J.R. Ward vit dans le sud des États-Unis avec son mari. Diplômée de droit, elle a travaillé dans le milieu de la santé à Boston et a été chef de service dans un des plus grands centres médicaux du pays. Elle a toujours été passionnée d'écriture et son idée du paradis ressemble à une journée passée devant son ordinateur en compagnie de son chien avec une cafetière pleine toujours à portée de main. Sa série *La Confrérie de la dague noire* connaît un succès phénoménal dans le monde entier et sa nouvelle série *Anges déchus* est en train de suivre le même chemin.

Du même auteur, chez Milady, en poche :

La Confrérie de la dague noire :
1. *L'Amant ténébreux*
2. *L'Amant éternel*
3. *L'Amant furieux*
4. *L'Amant révélé*
5. *L'Amant délivré*
6. *L'Amant consacré*
7. *L'Amant vengeur*
8. *L'Amant réincarné*

Anges déchus :
1. *Convoitise*
2. *Addiction*

Aux éditions Bragelonne, en grand format :

La Confrérie de la dague noire :
Le Guide de la Confrérie de la dague noire
7. *L'Amant vengeur*
8. *L'Amant réincarné*
9. *L'Amant déchaîné*

www.milady.fr

J.R. Ward

L'Amant réincarné

La Confrérie de la dague noire – 8

Traduit de l'anglais (États-Unis) par Marie Chabin

Bragelonne

Milady est un label des éditions Bragelonne

Cet ouvrage a été originellement publié en France par Bragelonne

Titre original : *Lover Mine*

Suivi d'un extrait de : *Lover Unleashed*

Publié avec l'accord de NAL Signet,
membre de Penguin Group (U.S.A.) Inc.

ISBN : 978-2-8112-0914-8

Bragelonne – Milady
60-62, rue d'Hauteville – 75010 Paris

E-mail : info@milady.fr
Site Internet : www.milady.fr

À Toi :
Je n'arrive pas à croire que nous soyons allés si loin ensemble.
Ton livre n'est cependant pas un au revoir
– juste un nouveau départ.
Mais tu as l'habitude…

Remerciements

Mon immense gratitude aux lecteurs de *La Confrérie de la dague noire* et une ovation spéciale aux *Cellies* !

Merci infiniment de votre soutien et vos conseils éclairés : Steven Axelrod, Kara Welsh, Claire Zion et Leslie Gelbman.

Merci à toute l'équipe de NAL ; ces romans sont vraiment le fruit d'un travail d'équipe.

Merci à Lu et Opal et à nos Mods, pour toutes ces choses que vous faites avec le cœur !

Comme d'habitude, un grand merci à mon comité exécutif : Sue Grafton, le docteur Jessica Andersen et Betsey Vaughan.

Tout mon respect à l'incomparable Suzanne Brockmann et la fabuleuse Christine Feehan (et sa famille), ainsi qu'à tous les auteurs qui comptent dans ma vie et sont source de réconfort et de précieux conseils (Christina, Linda et Lisa !).

Merci aussi à Kara Cesare, qui reste toujours dans mon cœur.

À DLB : je suis l'une de tes plus grandes admiratrices. Continue à écrire ! Je t'aime, maman.

À NTM : merci de m'avoir soutenue à chacun de mes pas, bon ou mauvais.

À Jac (et sa Gabe !) : merci encore pour Miss Plastic et ta redéfinition de l'amour romantique.

À LeElla Scott, que j'aime tant et pas seulement parce qu'elle prend soin de mon nouveau chiot adoré.

À Katie, notre petite Kaylie, et leur maman – que j'appelle si souvent.

À Lee pour m'avoir montré le chemin et Margaret et Walker pour être de telles sources de joie.
Rien de tout cela ne serait possible sans mon mari aimant, qui est aussi mon conseiller, mon gardien et mon voyant ; ma merveilleuse mère qui m'a donné tant d'amour ; ma famille (de sang et d'adoption) ; et mes très chers amis.
Oh, et toute mon affection à la meilleure moitié de WriterDog, comme toujours.

Certaines choses sont destinées à se produire…
Il nous faut simplement plusieurs tentatives pour y parvenir.

Prologue

Camp de guerre du Saigneur, Ancienne Contrée, 1644

Il aurait aimé avoir davantage de temps.

Mais, au fond, qu'est-ce que cela aurait changé ? Le temps ne compte que pour ceux qui en ont l'utilité, et il avait déjà mené à bien tout ce qu'il avait à faire.

Assis à même le sol de terre battue, Audazs, fils biologique de Therreur, adopté puis renié par Marklon, tenait sur ses genoux son carnet de bord. Une bougie à la cire d'abeille brûlait devant lui, sa flamme vacillante peinant à éclairer sa chambre coincée au fin fond d'une grotte. Il portait des vêtements et des bottes taillés grossièrement dans du cuir épais.

Dans ses narines, l'entêtante odeur de la sueur masculine et de l'âcreté de la terre se mêlait au parfum morbide et douceâtre du sang des éradiqueurs.

C'était comme si chacune de ses inspirations magnifiait cette puanteur.

Feuilletant les pages du parchemin, il remontait le temps, revivant chaque jour écoulé jusqu'à son arrivée au camp.

Son « foyer » lui manquait douloureusement. Il vivait son séjour là comme une amputation plutôt qu'un simple changement de lieu.

Il avait grandi dans un château où la grâce et l'élégance faisaient partie du quotidien. Derrière les murs épais protégeant sa famille des humains et des éradiqueurs, toutes les nuits étaient chaudes, dégageant un léger parfum de rose, telles les soirées de juillet. Les mois et les années s'écoulaient paisiblement. Tendues de soie et de satin, les cinquante chambres qu'il avait si souvent traversées étaient ornées de meubles en bois précieux, leur sol recouvert de tapis tissés et non de vulgaires nattes. Les peintures à l'huile resplendissaient dans leurs cadres dorés tandis que les statues de marbre prenaient des poses affectées. Un décor fastueux pour une vie en or…

Comment aurait-il pu deviner alors qu'un jour il atterrirait dans ce camp ? Toutefois, il devait reconnaître une faiblesse de taille dans les fondations de son existence.

Le cœur battant de sa mère lui avait octroyé le droit de vivre sous ce toit, dans ce foyer parfait. Quand cet organe vital, débordant d'amour, s'était arrêté, Audazs avait à la fois perdu sa mahmen *et la seule maison qu'il ait jamais connue.*

Son beau-père l'avait alors jeté à la porte et expédié là, dévoilant au grand jour l'hostilité qu'il lui portait secrètement depuis bien longtemps.

Il n'avait pas eu le temps de pleurer sa mère. Pas eu le temps non plus de s'interroger sur la haine de celui qui l'avait élevé, ni de se languir de son identité de mâle éduqué, issu de la glymera.

On l'avait déposé à l'entrée de cette grotte tel un humain victime de la peste. Et les bagarres avaient éclaté avant même qu'il soit confronté à un éradiqueur ou qu'il s'entraîne à combattre les tueurs. Dès la première nuit de son premier jour dans les entrailles du camp, il avait été attaqué par d'autres apprentis combattants qui voyaient dans le raffinement de sa tenue, la seule qu'il ait eu le droit d'emporter, le signe d'une faiblesse physique.

Durant ces heures sombres, il n'avait pas seulement surpris ses adversaires : il s'était surpris lui-même.

C'est ainsi qu'il avait découvert, en même temps que ses agresseurs, que bien qu'il eût été élevé par un aristocrate, les qualités d'un grand guerrier coulaient dans son sang. Pas celles d'un simple soldat, non. Celle d'un frère. Sans rien avoir appris, son corps avait su quoi faire et riposté aux agressions physiques par de féroces contre-attaques. Même si son esprit s'insurgeait contre la brutalité de ses actes, ses mains, ses pieds et ses dents avaient tout de suite su où frapper.

Une autre facette de sa personnalité, inconnue, étrangère, s'était révélée au grand jour… une facette qui, d'une certaine manière, semblait davantage lui correspondre que le reflet qu'il avait contemplé toutes ces années dans les vitres des fenêtres.

Avec le temps, ses techniques de combat s'étaient encore perfectionnées… et le dégoût qu'il éprouvait pour lui-même s'était atténué. À la vérité, il n'entrevoyait qu'un seul chemin possible : l'hérédité lui venant de son père biologique, du père de son père et de son arrière-grand-père avait déterminé sa peau, son ossature et ses muscles, et cette pure lignée de guerriers lui avait légué sa puissance et sa force.

Il était devenu un adversaire féroce, impitoyable.

L'idée de posséder cette autre identité le perturbait profondément. C'était comme s'il projetait deux ombres sur le sol, comme si, où qu'il aille, deux sources de lumière distinctes illuminaient son corps. Et bien que son comportement violent et détestable offensât sa sensibilité, il savait qu'il faisait partie de la cause supérieure qu'il était censé servir. Sans compter que cela l'avait sauvé à plusieurs reprises… de ceux qui cherchaient à lui faire du mal à l'intérieur du camp et de celui qui semblait vouloir leur mort à tous. Bien que le Saigneur fût leur gharrant, *il se comportait davantage comme un ennemi, même lorsqu'il leur enseignait les techniques de guerre.*

Mais peut-être était-ce intentionnel. La guerre était une chose atroce sous tous ses aspects, depuis les préparatifs jusqu'aux combats.

L'enseignement du Saigneur se faisait dans la brutalité et ses ordres sadiques induisaient des actes qu'Audazs refusait d'accomplir. Ce dernier sortait chaque fois vainqueur des combats avec les apprentis soldats… mais il ne participait jamais à la punition qu'on infligeait aux perdants : le viol. Il était le seul dont on respectait le refus. Le Saigneur lui avait tenu tête une seule fois à ce sujet, mais Audazs avait bien failli le battre à mort, si bien que le gardien du camp prenait désormais soin de garder ses distances.

Les adversaires tenus en échec par Audazs, c'est-à-dire tous les membres du camp, étaient donc punis par les autres, et c'était pendant ces moments-là, alors que la troupe était occupée à regarder le spectacle, qu'il se réfugiait dans la solitude avec son journal de bord. Audazs se sentait alors incapable de jeter ne fût-ce qu'un seul coup d'œil en direction du grand feu de camp autour duquel se déroulaient ces séances.

L'idée qu'il puisse être à l'origine, une fois encore, de ces actes lui répugnait. Hélas, il n'avait pas le choix. Il était obligé de s'entraîner, de se battre et de gagner. Et le résultat de cette équation était défini par le règlement du Saigneur.

Depuis le feu de camp lui parvenaient des grognements et des encouragements goguenards.

En les entendant, son cœur se serra si douloureusement qu'il dut fermer les yeux. Celui qui avait pris la place d'Audazs était un mâle pervers que le Saigneur avait façonné à son image. Il proposait souvent de le remplacer, tirant un réel plaisir de la souffrance et de l'humiliation qu'il infligeait au vaincu.

Mais ce jour était peut-être le dernier. Du moins pour Audazs.

Ce soir, il allait devoir faire ses preuves sur le champ de bataille. Après une année d'entraînement, ce n'était pas avec de simples guerriers qu'il allait sortir, mais avec des frères. C'était un honneur rare, et le signe que la guerre contre la Société des éradiqueurs faisait rage. Les talents innés d'Audazs avaient été remarqués et Kolher, le Roi juste, avait exigé qu'on le sorte du camp pour qu'il soit formé par les meilleurs combattants de l'espèce des vampires.

La Confrérie de la dague noire.

Mais tout cela n'aboutirait peut-être à rien. Si, cette nuit, il se montrait uniquement capable de se battre aux côtés de ceux de son espèce, on le renverrait au fond de la grotte où il devrait continuer à se plier aux « enseignements » du Saigneur.

Et les frères ne s'intéresseraient plus jamais à lui. Il serait condamné à servir comme simple soldat.

La Confrérie n'accordait qu'une seule chance et l'épreuve qui se tiendrait ce soir au clair de lune ne se résumait pas à une démonstration de techniques de combat et de maniement d'armes. C'était l'épreuve du cœur. Serait-il capable de soutenir le regard clair de l'ennemi, de supporter son odeur douceâtre et de garder la tête froide pendant que son corps combattrait ces tueurs ?

Audazs leva les yeux des mots qu'il avait couchés sur le papier il y a bien longtemps. Devant l'entrée la plus reculée de la grotte se dressaient quatre silhouettes. Imposantes, larges d'épaules et lourdement armées.

Les membres de la Confrérie.

Il connaissait le nom de chacun d'entre eux : Ahgonie, Affhres, Mheurtre et Tohrture.

Audazs ferma son carnet, le glissa dans une fissure de la roche et lécha l'entaille qu'il s'était faite au poignet pour avoir de l'« encre ». Arrachée à la queue d'un faisan, sa plume s'émoussait rapidement. Il n'était pas sûr de revenir mais il la rangea tout de même.

En soulevant la bougie pour l'éteindre, il fut frappé par l'épaisseur dorée de la lumière. Il avait passé tellement d'heures à écrire dans cette lueur douce et bienveillante... À vrai dire, c'était sans doute le seul lien entre sa vie d'avant et son existence actuelle.

D'un souffle il éteignit la flamme.

Puis il se leva et rassembla ses armes : une dague en acier qu'il avait récupérée sur le cadavre d'un apprenti combattant et une épée provenant de l'armurerie commune. Les manches n'étaient pas faits à sa paume, mais sa main experte n'en avait cure.

Tandis que les frères l'observaient, impassibles, il regretta que son père ne se trouvât pas parmi eux. Les choses auraient été tellement différentes s'il avait eu à son côté quelqu'un qui le soutienne et se soucie de son avenir. Non qu'il recherchât un traitement de faveur mais il se sentait si seul à présent, éloigné de ceux qui l'avaient entouré, séparé par un fossé qu'il percevait mais ne pourrait jamais franchir.

Être privé de famille était une prison étrange et invisible, les barreaux de la solitude et du déracinement devenant plus oppressants au fur et à mesure que les années se succédaient, et ce sentiment, prenant de l'ampleur, en venait à isoler un mâle et le pousser vers le néant.

Sans un regard pour le camp, Audazs se dirigea vers le quatuor. Le Saigneur savait qu'il combattait à l'extérieur cette nuit; qu'il revînt ou non lui importait peu. Il en allait de même pour les autres recrues.

En avançant, il regretta de ne pas avoir eu davantage le temps de se préparer à cette épreuve de volonté, de force et de courage. Mais c'était ici et maintenant.

Le temps continuait à filer même quand on désirait le retenir.

Il s'immobilisa devant les frères. Il aurait tant aimé recevoir une parole d'encouragement ou une marque de confiance! Comme rien ne venait, il formula une courte prière à l'intention de la mère sacrée de l'espèce:

« Très chère Vierge scribe, je vous en supplie, faites que je n'échoue pas. »

Chapitre premier

Encore un putain de papillon.

En jetant un coup d'œil par la vitrine de son studio de tatouage, RIP sut aussitôt ce qui l'attendait. Encore un putain de papillon. Peut-être même deux.

Ouais. Vu les deux nymphettes blondes qui s'avançaient en gloussant vers Mar, son employée, il n'allait certainement pas tatouer des squelettes ou des têtes de mort.

Ces clones de Paris Hilton et leur excitation de gamines en quête du grand frisson le poussèrent à regarder l'horloge… Que n'aurait-il pas donné pour fermer tout de suite, au lieu de devoir attendre 1 heure du mat' !

Merde alors… c'était quand même dingue, les trucs qu'on était forcés de faire pour gagner sa croûte ! En temps normal, RIP se fichait pas mal de toutes ces brindilles qui venaient se faire tatouer chez lui mais, ce soir, il ne se sentait pas d'humeur à supporter leurs minauderies. Pas facile d'avoir l'air enthousiaste alors qu'il venait de passer trois heures à tatouer sur un *biker* le portrait de son meilleur ami décédé dans un accident de la route. Ça, c'était la vraie vie. En comparaison, le monde de ces deux gamines ressemblait à un dessin animé.

Mar se dirigea vers lui.

— T'as le temps pour un petit boulot rapide ?

Elle leva les yeux au ciel, arquant ses sourcils ornés de piercings.

— Ça devrait pas être long.

— Ouais, dit-il en désignant un fauteuil rembourré. Envoie-moi la première.

— Elles veulent faire ça ensemble.

Évidemment.

— D'accord. Va chercher le tabouret dans la remise.

Mar disparut derrière le rideau et il prépara son matériel. Près de la caisse, les deux lolitas se tenaient par la main en parcourant les papiers qu'il leur fallait signer pour se faire tatouer. Elles jetaient de temps à autre un coup d'œil dans sa direction, un peu comme deux fillettes au zoo devant une espèce de fauve en voie de disparition. Ses tatouages et les nombreux bijoux qu'il arborait avaient l'air de leur plaire.

Mm-mm. OK. Il préférerait se couper les couilles plutôt que de coucher avec ces donzelles… même par charité.

Après avoir encaissé leur argent, Mar les conduisit jusqu'à lui et fit les présentations. Les donzelles se prénommaient Keri et Sarah. Il n'en attendait pas tant. En fait, il aurait parié sur Tiffany et Brittney.

— Je veux une carpe arc-en-ciel, déclara Keri en s'asseyant sur le fauteuil dans une ondulation provocante. Là.

Elle remonta son top hyper moulant, ouvrit la braguette de son jean et écarta le haut de son string rose. Un anneau orné d'un cœur en strass rose pendait à son nombril et, à l'évidence, elle était adepte de l'épilation intégrale par électrolyse.

— Super, dit RIP. De quelle taille ?

Keri la séductrice perdit un peu de sa contenance. Forte de la popularité dont elle jouissait sans nul doute auprès de l'équipe de football de sa fac, elle s'était imaginé qu'il tomberait aussitôt sous le charme.

— Euh… pas trop grande. Mes parents me tueraient s'ils savaient où je suis en ce moment… Je ne veux pas que ça dépasse de mon maillot.

Bien sûr…

— Cinq centimètres ? suggéra-t-il en levant sa main couverte de tatouages pour lui donner une idée.

— Peut-être un peu plus… petit.

Avec un stylo noir, RIP traça le dessin sur la peau de la jeune fille. Quand ce fut terminé, elle lui demanda de plutôt suivre le contour intérieur. Sans broncher, RIP enfila ses gants noirs, sortit une aiguille propre et chargea son pistolet.

Une seconde plus tard, Keri versait ses premières larmes en agrippant la main de Sarah, comme si elle était en train d'accoucher sans péridurale. Car elle était bien là, la différence. Un fossé abyssal se creusait entre les durs à cuire et ceux qui auraient aimé en être. Les papillons, les poissons de toutes les couleurs et les petits cœurs n'avaient décidément rien à voir avec…

À cet instant, la porte de la boutique s'ouvrit à toute volée… et RIP se redressa légèrement sur son tabouret à roulettes.

Trois types se tenaient sur le seuil. S'ils ne portaient pas d'uniformes militaires, on sentait pourtant qu'il ne s'agissait pas de simples civils. Vêtus de cuir noir de la tête aux pieds – vestes, pantalons et rangers –, les trois colosses occupaient tant d'espace que le studio parut soudain rétrécir et le plafond s'abaisser. De nombreuses bosses suspectes déformaient leurs vestes, le genre de renflements causés par des flingues et peut-être des couteaux.

Discrètement, RIP se glissa derrière le comptoir où se trouvait la sonnette d'alarme.

Criblé de piercings en bronze, le type sur la gauche avait un regard de tueur, glacial. Ses yeux étaient de deux couleurs différentes. Celui de droite paraissait un peu plus « normal » avec sa gueule d'ange et sa tignasse rousse. Seule son attitude donnait à croire qu'il rentrait tout juste du front.

Celui du milieu, en revanche, n'inspirait rien qui vaille. Un poil plus costaud que ses acolytes, il avait des cheveux bruns coupés court et un visage d'une beauté classique, mais ses yeux bleus étaient sans vie, ne reflétant rien de plus qu'une vieille plaque de bitume.

On aurait dit un mort-vivant. Qui n'avait rien à perdre.

— Salut, lança RIP Vous venez vous faire tatouer, les gars ?

— C'est pour lui, répondit l'homme aux piercings en désignant d'un signe de tête son copain aux yeux bleus. Il a déjà le modèle. Il le veut sur l'épaule.

RIP s'accorda quelques instants de réflexion. Les trois compères ne lorgnaient pas Mar d'un air salace. Ils n'avaient pas braqué la caisse et aucun d'eux n'avait sorti de flingue. Ils attendaient patiemment sa réponse mais le message était clair : soit il acceptait la mission, soit ils iraient voir ailleurs.

Avec l'impression d'être épié, il se cala sur son tabouret.

— Ça marche. Je n'en ai plus pour longtemps.

— On est censés fermer dans moins d'une heure, protesta Mar, debout derrière le comptoir.

— Je vais m'occuper de toi, déclara RIP à l'adresse du type du milieu. Peu importe l'heure.

— Je crois que je vais rester aussi, reprit Mar en jetant un coup d'œil vers le gars aux piercings.

Le balaise aux yeux bleus leva les mains pour esquisser une série de gestes. Lorsqu'il eut terminé, son copain prit la parole :

— Il te remercie. Il a apporté son encre, si ça ne te dérange pas.

C'était rare, et ça allait à l'encontre des normes sanitaires, mais RIP faisait toujours preuve de souplesse avec les bons clients.

— *No problemo,* vieux.

Il reporta son attention sur le poisson de Keri, qui se remit à geindre en se mordant les lèvres. Une fois le tatouage terminé, il ne fut pas surpris d'apprendre que Sarah était revenue sur sa décision après avoir assisté à l'« agonie » de son amie. Un petit tatouage multicolore ne lui disait plus rien, et elle préférait récupérer son argent.

Ça ne pouvait pas mieux tomber. Il allait pouvoir enchaîner directement avec le type aux yeux vides.

Deux questions lui traversèrent l'esprit tandis qu'il retirait ses gants noirs pour se laver les mains. Quel genre de motif allait lui présenter son nouveau client ? Et combien de temps s'écoulerait-il avant que Mar s'envoie en l'air avec le type aux piercings ?

Concernant la première question, il s'attendait à un truc plutôt sympa.

Et pour la seconde… il pariait sur une dizaine de minutes : Mar venait d'accrocher le regard vairon et elle était du genre rapide… pas seulement derrière un comptoir de réception.

À l'autre bout de la ville, loin des bars et des studios de tatouage de Trade Street, dans un dédale de rues pavées bordées d'immeubles en grès rouge construits au XIXe siècle, Xhex regardait à travers le carreau d'une baie vitrée.

Nue et couverte de bleus, elle grelottait.

Mais elle ne se sentait pas faible.

En bas, sur le trottoir, une femelle humaine se promenait avec un petit chien au bout d'une laisse, un téléphone portable collé à l'oreille. En face, dans d'autres immeubles élégants, des gens buvaient un verre, dînaient ou lisaient. Les voitures circulaient lentement, par égard pour les voisins mais aussi pour les amortisseurs sur cette chaussée cahoteuse.

Aucun de ces minuscules *Homo sapiens* ne pouvait la voir ni l'entendre. Et pas seulement parce que les capacités de cette espèce étaient bien moindres que celles des vampires.

Ou, dans son cas, des vampires à demi *symphathes*.

Même si elle allumait le plafonnier et se mettait à hurler à s'en faire exploser le larynx, même si elle agitait les bras à se déboîter les clavicules, les hommes et les femmes autour d'elle continueraient à vaquer à leurs occupations pour la simple raison qu'ils ignoraient qu'elle se trouvait là, piégée dans cette chambre. Si encore elle avait pu casser la vitre avec le bureau ou la table de chevet, enfoncer la porte ou encore se faufiler par la bouche d'aération de la salle de bains…

Elle avait déjà tout essayé.

La meurtrière tapie en elle ne pouvait s'empêcher d'être impressionnée par le caractère inviolable de sa prison invisible : il n'existait absolument aucun moyen de s'échapper.

Elle se détourna de la fenêtre et fit les cent pas autour du grand lit tendu de soie, plein de terribles souvenirs… Elle longea la salle de bains en marbre… et marcha jusqu'à la porte ouvrant sur le hall d'entrée. Vu la manière dont les choses se déroulaient avec son ravisseur, elle n'était pas en manque d'exercice physique, mais elle ne tenait pas en place, son corps semblant en permanence parcouru d'ondes fébriles.

Elle avait déjà fait ça une fois par le passé : agir contre son gré. Et elle savait à quel point l'esprit, tel un corps affamé, était capable de se cannibaliser s'il restait trop longtemps privé de nourriture intellectuelle.

Sa distraction préférée ? Les cocktails. Après avoir travaillé des années dans des clubs, elle connaissait des dizaines et des dizaines de boissons et mélanges en tous genres. Elle les passait en revue, visualisant les bouteilles, les verres, l'alcool coulant à flots sur les glaçons, les épices.

Seule sa petite encyclopédie de la parfaite barmaid la préservait de la folie.

Jusqu'à présent, elle avait espéré une erreur, un faux pas, une occasion de se faire la belle. Mais rien de tel ne s'était présenté et ses espoirs commençaient à s'amenuiser, révélant un immense trou noir prêt à l'engloutir. Elle continuait donc à mixer des cocktails dans sa tête tout en réfléchissant à un plan.

Étrangement, son expérience passée lui était d'une aide précieuse. Quoi qu'il puisse se passer là – la situation pouvait encore se dégrader, les souffrances physiques s'intensifier –, ce n'était rien en comparaison de ce qu'elle avait subi jadis.

De la gnognotte, rien de plus.

Elle s'efforçait en tout cas de s'en convaincre. Certains jours, cela lui semblait plus éprouvant.

Elle continua à arpenter les pièces de l'appartement, longea les deux baies vitrées sur le devant de la façade, passa devant le bureau puis circula encore autour du lit. Cette fois, elle entra dans la salle de bains. Il n'y avait ni rasoir, ni brosse, ni peigne, juste quelques serviettes encore humides et une ou deux savonnettes.

Lorsque Flhéau l'avait enlevée, usant des mêmes pouvoirs magiques que ceux qui la retenaient prisonnière, il l'avait emmenée là, dans ce bel appartement. La première nuit et la première journée qu'ils avaient passées ensemble avaient donné le ton à ce qui allait suivre.

Dans le miroir, au-dessus de la double vasque, elle aperçut son reflet et examina son corps d'un air absent. Elle était couverte d'hématomes… de coupures et de griffures, aussi. Il se comportait avec une extrême brutalité mais elle ripostait sans faiblir – pas question qu'il réussisse à la tuer, ça non ! Du coup, il était difficile de distinguer les marques qu'il lui avait faites de celles qui n'étaient que la conséquence de ce qu'elle avait fait à ce salaud.

Elle était prête à parier qu'il n'avait pas meilleure allure qu'elle, à poil devant un miroir.

C'était œil pour œil.

Pour son malheur, Flhéau appréciait qu'elle lui rende coup pour coup. Leurs affrontements attisaient son excitation et elle sentait bien que ses propres émotions le laissaient perplexe. Les deux premiers jours, il avait décidé de la punir, de lui faire payer ce qu'elle avait infligé à sa dernière petite amie en date – à l'évidence, les balles qu'elle avait collées dans la poitrine de cette garce l'avaient rendu fou de rage. Par la suite, les choses avaient changé. Il parlait moins de son ex et plus de certaines parties du corps, de ses fantasmes, évoquant un avenir où elle porterait le fruit de sa semence.

Confidences sur l'oreiller d'un psychopathe.

Les yeux de Flhéau brillaient désormais d'un éclat différent quand il s'approchait d'elle. Et s'il la tabassait, elle le retrouvait collé à elle en reprenant connaissance.

Xhex se détourna de son reflet. Sur le point de quitter la pièce, elle se figea.

Il y avait quelqu'un en bas.

Émergeant de la salle de bains, elle se dirigea vers la porte qui ouvrait sur le hall d'entrée et inspira lentement, profondément. À l'odeur de cadavre d'animal pas encore refroidi qui envahit ses narines, elle sut qu'il s'agissait d'un éradiqueur. Mais ce n'était pas Flhéau.

Non. C'était son larbin, qui venait chaque soir lui préparer à manger. Flhéau ne tarderait donc pas à arriver.

Merde alors, elle n'avait vraiment pas de bol : elle avait été enlevée par le seul membre de la Société des éradiqueurs qui mangeait et baisait. Tous les autres étaient impuissants comme des vieillards de quatre-vingt-dix ans et se nourrissaient uniquement d'oxygène. Flhéau était l'exception… Toutes les fonctions de ce fils de pute étaient en parfait état de marche.

Regagnant sa place devant la baie vitrée, elle tendit la main vers le carreau. Un champ magnétique marquait les limites de sa prison. Dès qu'elle entrait en contact avec lui, une sensation de brûlure la parcourait. Ce fichu truc ressemblait au collier électrique qu'on met à certains chiens. Sauf que ça fonctionnait sur des créatures plus grandes que les chiens et que le collier n'était même pas nécessaire.

Le système laissait un peu de marge : elle sentit le champ magnétique ployer légèrement sous la pression de ses doigts mais, très vite, les molécules bousculées se regroupèrent et la sensation de brûlure fut si cuisante qu'elle recula en secouant la main pour chasser la douleur.

Tandis qu'elle attendait le retour de Flhéau, son esprit vagabonda vers l'homme auquel elle s'efforçait de ne plus penser.

Surtout pas en présence de Flhéau. Elle ne savait pas vraiment dans quelle mesure ce dernier pouvait lire dans ses pensées, aussi préférait-elle ne pas prendre de risques. Si ce salaud finissait par apprendre que le soldat muet était le puits de son âme, comme disaient les siens, nul doute qu'il utiliserait l'information contre elle… et John Matthew.

L'image de John se forma dans son esprit. Elle se souvenait clairement de ses yeux bleus, constellés de paillettes plus foncées. Seigneur, ses magnifiques yeux bleus.

Elle se remémora leur première rencontre, à l'époque où il était encore un prétrans. Il l'avait regardée d'un air ébahi, comme si elle était la huitième merveille du monde, une révélation. Tout ce qu'elle savait à son sujet, c'est qu'il était entré armé jusqu'aux dents au *Zero Sum* et, en tant que chef de la sécurité du club, elle avait bien eu l'intention de le désarmer avant de le jeter dehors. C'était avant d'apprendre que le Roi aveugle était son *gharrant*; cette information, bien sûr, avait changé la donne.

À la suite de cette réjouissante mise au point sur les activités et les relations de John, celui-ci avait été non seulement autorisé à entrer armé, mais il avait aussi reçu le traitement de faveur réservé aux VIP, et ses deux compagnons avaient été logés à la même enseigne. Après cette soirée, il était revenu régulièrement, passant son temps à l'observer, ces incroyables yeux bleus la suivant dans tous ses déplacements. Jusqu'au jour où il avait fait sa transition. Seigneur, il était devenu hyper costaud et elle avait alors décelé, dans le mélange de timidité et de prévenance qui se lisait dans son regard, l'étincelle de la séduction.

Il en avait fallu beaucoup pour détruire cette gentillesse. Mais, guidée par sa nature meurtrière, elle avait réussi à étouffer cette chaleur qu'elle percevait chaque fois qu'il posait les yeux sur elle.

Le regard rivé sur la rue, elle repensa à ce moment qu'ils avaient passé ensemble dans son repaire en sous-sol. Après leurs ébats, il avait voulu l'embrasser et ses prunelles avaient brillé de cet éclat vulnérable et tendre, mais elle l'avait repoussé puis s'était repliée sur elle-même.

Par lâcheté. Elle ne se sentait pas le courage de supporter tout le baratin romantique… ni d'assumer la responsabilité d'être avec quelqu'un qui éprouve ce genre de sentiments pour elle… ni d'admettre qu'elle aurait pu l'aimer en retour.

Elle avait alors vu s'éteindre l'éclat si particulier de son regard.

Comme consolation, elle se disait que parmi tous les mâles susceptibles de se lancer à sa recherche – Vhengeance, iAm et Trez… la Confrérie –, John ne partirait pas en croisade. S'il la cherchait aussi, c'était uniquement parce qu'il y serait obligé en tant que soldat, pas parce qu'il en ferait une mission suicidaire personnelle.

Non, John Matthew ne partirait pas sur le sentier de la guerre à cause de ses sentiments à son égard.

Ayant déjà vu un valeureux mâle se détruire en essayant de la sauver, elle se réjouissait de ne pas assister au même spectacle une nouvelle fois.

Tandis que les effluves de steak grillé se répandaient dans l'appartement, elle s'arracha à ses pensées et se drapa de toute sa volonté, comme d'une armure.

Son « amant » serait là d'un instant à l'autre ; elle devait donc couper le flot de ses élucubrations pour se préparer à la bataille du soir. Une sensation de fatigue la tenailla, mais la puissance de sa volonté eut raison de ce boulet. Elle avait besoin de se nourrir, plus encore que de dormir correctement. Hélas, elle ne ferait ni l'un ni l'autre dans un avenir proche.

Il était juste question de mettre un pied devant l'autre jusqu'à ce que quelque chose casse.

Il lui fallait aussi se débarrasser de ce mâle qui avait le culot de la retenir contre son gré.

Chapitre 2

D'un point de vue purement chronologique, Blaylock fils de Rocke connaissait John Matthew depuis un peu plus d'un an.

Mais cela ne reflétait pas exactement la teneur de leur relation fraternelle. Il existait deux tableaux chronologiques dans la vie d'une personne : l'absolu et le ressenti. L'absolu se définissait par le cycle universel du jour et de la nuit qui, dans leur cas, correspondait à une période de trois cent soixante-cinq unités. Et puis il y avait la manière dont ce laps de temps s'était déroulé, les événements, les morts, les actes de destruction, l'entraînement, les combats.

Si l'on comptabilisait le tout... cela devait bien faire quatre cent mille ans qu'ils se fréquentaient, tous les deux.

Et ce n'est pas terminé, pensa-t-il en jetant un coup d'œil à son ami.

John Matthew contemplait les motifs à l'encre placardés sur les murs du studio de tatouage, ses yeux survolant les têtes de mort et les poignards, les drapeaux américains et les symboles chinois. Avec sa stature et sa corpulence extraordinaires, il occupait tout l'espace de la boutique composée de trois pièces – on aurait presque pu croire qu'il venait d'une autre planète. À l'inverse de l'époque où il était prétrans, il avait développé la musculature d'un catcheur professionnel. Comme il était très grand, son poids se répartissait harmonieusement sur tout son corps, ce qui lui conférait une élégance étrangère à ces humains boursouflés moulés dans des collants. Avec ses cheveux noirs coupés à ras, les traits de son visage paraissaient plus austères que beaux. Les cernes sombres sous ses yeux lui donnaient un air de dur à cuire, le genre qu'on préfère éviter.

La vie ne l'avait pas épargné mais au lieu de le faire plier, chaque coup, chaque attaque l'avait rendu plus fort, plus résistant, plus déterminé. Il était fait d'acier trempé à présent ; il ne restait plus rien du jeune gars qu'il avait été autrefois.

C'était donc ça qu'on appelait grandir. Le corps n'était pas le seul à se modifier ; le mental aussi évoluait.

Le regard rivé sur son ami, Blay ne put s'empêcher de songer que c'était un véritable crime de perdre son innocence.

Il en était là de ses réflexions quand son attention fut attirée par l'assistante du tatoueur. Debout derrière le comptoir, elle était penchée sur la vitrine de bijoux, sa généreuse poitrine s'échappant presque de son soutien-gorge et de son tee-shirt ultra moulant, dont les manches étaient de couleurs différentes, l'une noir et blanc et l'autre rouge et noir. Des anneaux en bronze ornaient son nez, ses sourcils et ses oreilles. Parmi tous les modèles de tatouage accrochés au mur, elle était l'exemple vivant de ce qu'on pouvait obtenir là. Un exemple hardcore hyper sexy… avec une bouche grenat et des cheveux de jais.

Elle ressemblait à Vhif. Elle était comme son double féminin.

Et ce qui devait arriver arriva. Les yeux vairons étaient déjà fixés sur elle, et le fameux sourire carnassier flottait sur ses lèvres.

Blay plongea une main dans son blouson à la recherche de son paquet de cigarettes. Putain, la vie amoureuse de Vhif l'obligeait toujours à s'en griller une…

De toute évidence, il était bien parti pour fumer quelques clopes ce soir. Vhif s'approcha de l'assistante en la buvant du regard, comme s'il s'agissait d'une grande bière bien fraîche servie après une longue journée de travail. Sans quitter sa poitrine des yeux, il lui demanda son prénom et elle lui laissa voir un peu plus de ses charmes en prenant appui sur ses coudes pour se pencher sur le comptoir.

Fort heureusement, les vampires étaient immunisés contre les MST.

Blay tourna le dos à la télé allumée sur Canal Éros et alla rejoindre John Matthew.

— C'est sympa, dit-il en désignant un motif de poignard.

— *Est-ce que tu vas te décider à te faire tatouer, un jour?* demanda John avec ses mains.

— Je ne sais pas.

Il adorait les peaux tatouées, pourtant…

Il reporta son regard sur Vhif. Son grand corps était tendu vers celui de l'humaine, ses larges épaules, ses hanches étroites et ses longues jambes musclées lui promettant une fantastique chevauchée.

Vhif baisait comme un dieu.

Oh, Blay n'avait jamais été aux premières loges, mais il avait eu l'occasion de l'apercevoir et de l'entendre en pleine action… Il avait donc une idée très précise de ce que ça donnait. Quand l'occasion s'était présentée, il s'était retrouvé dans un petit groupe très particulier: celui des recalés.

En réalité, il s'agissait plus d'une catégorie que d'un groupe… car il était bien le seul avec qui Vhif refusait d'avoir des rapports sexuels.

— Hum, ça va continuer à piquer longtemps? demanda une voix féminine.

Un marmonnement lui répondit et Blay jeta un coup d'œil vers le fauteuil. La blonde fraîchement tatouée déroulait son tee-shirt sur le pansement, dardant son regard sur le type comme s'il s'apprêtait à lui délivrer des consignes antirabiques.

Les deux filles se dirigèrent ensuite vers l'assistante et celle qui avait changé d'avis se fit rembourser. Elles en profitèrent pour mater Vhif.

C'était comme ça partout où il allait, et aussi une des raisons pour lesquelles Blay vénérait tant son meilleur ami. Autrefois. À présent, cela ne faisait que raviver en lui un sentiment de rejet : chaque fois que Vhif disait oui à quelqu'un, ce seul et unique refus résonnait encore plus fort à ses oreilles.

— Je suis prêt, si c'est bon pour vous, les mecs, lança le tatoueur.

John et Blay se dirigèrent vers l'arrière-boutique. Abandonnant l'assistante sans autre forme de procès, Vhif leur emboîta le pas. Le sérieux qu'il accordait à son rôle d'*ahstrux nohtrum* auprès de John était l'une de ses grandes qualités ; à ce titre, il était censé veiller sur lui 24 heures sur 24, 7 jours sur 7, et cette responsabilité lui tenait bien plus à cœur que ses besoins sexuels.

En s'asseyant dans le fauteuil au milieu de la pièce, John sortit une feuille de papier qu'il déplia sur la table du tatoueur.

Le type observa le dessin en fronçant les sourcils.

— Tu veux que je te tatoue ces quatre symboles sur le haut du dos ?

John hocha la tête avant d'ajouter en langage des signes :

— *Tu peux les embellir si tu veux, à condition qu'ils restent lisibles.*

Vhif traduisit au tatoueur.

— Ça marche, dit ce dernier en attrapant un stylo noir pour tracer d'élégantes volutes autour du croquis.

— Qu'est-ce que ça représente, au juste ?

— Ce ne sont que des symboles, répondit Vhif.

Le tatoueur hocha la tête sans cesser de dessiner.

— Qu'est-ce que vous en dites ?

Tous trois se penchèrent au-dessus de la feuille.

— Merde, murmura Vhif. Ça déchire.

Il avait raison. C'était parfait, exactement le genre de chose que John arborerait avec fierté – même si personne n'aurait l'occasion de voir ces lettres de la langue ancienne ornées de magnifiques arabesques. Il n'avait pas envie que tout le monde sache ce qui était écrit là et c'était précisément pour cette raison qu'il aimait les tatouages : on n'était pas obligé de les montrer, et il possédait des tas de tee-shirts pour dissimuler les siens.

Lorsque John acquiesça d'un signe de tête, le tatoueur se leva.

— Je vais chercher le papier calque. Il faut d'abord que je trace le dessin sur ta peau, ça ne sera pas long. Ensuite, j'attaquerai le vrai boulot.

John posa sur la table la fiole d'encre puis retira son blouson. Pendant ce temps, Blay alla s'asseoir sur un tabouret et tendit les bras pour réceptionner les vêtements de John. Vu l'artillerie que ce dernier stockait dans ses poches, mieux valait éviter d'utiliser le portemanteau.

Une fois débarrassé de son tee-shirt, John se pencha en avant, étendant ses bras puissamment musclés sur une rampe molletonnée. Après avoir reporté le dessin sur du papier calque, le tatoueur pressa la feuille sur le dos de John puis la retira doucement.

Le motif formait une arche parfaite sur ses larges épaules, recouvrant cette partie particulièrement développée de son corps.

La langue ancienne était vraiment somptueuse, songea Blay.

Les yeux fixés sur la série de symboles, il imagina, pendant un bref instant de folie, son propre prénom inscrit sur les épaules de Vhif, incrusté dans sa peau douce, comme le symbole de leur union.

Sauf que ça n'arriverait jamais. Ils étaient condamnés à rester les meilleurs amis du monde… ce qui était mille fois mieux que s'ils ne se connaissaient pas du tout. Mais mille fois moins bien que s'ils étaient amants.

Il glissa un regard en direction de Vhif. Ce dernier gardait un œil sur John et l'autre sur l'assistante… qui venait de le rejoindre après avoir verrouillé la porte de la boutique.

Une bosse impressionnante soulevait la braguette de son cuir.

Blay baissa les yeux sur le tas de vêtements entassés sur ses genoux. Un par un, il plia soigneusement le débardeur, le tee-shirt à manches longues puis la veste de John. Lorsqu'il releva la tête, Vhif faisait glisser son index sur le bras de la fille.

Ils iraient s'envoyer en l'air derrière le rideau, là-bas, sur la gauche. La porte du studio était fermée à clé, le tissu peu épais, et Vhif baiserait la nana sans se débarrasser de ses armes. John ne courrait ainsi aucun risque pendant qu'il satisferait ses pulsions.

Quant à Blay, il serait condamné à tout entendre.

Ce qui valait tout de même mieux qu'un spectacle visuel. Parce que Vhif était très beau quand il faisait l'amour. Vraiment très beau.

À l'époque où Blay s'était essayé aux pratiques hétérosexuelles, Vhif et lui avaient eu l'occasion de coucher ensemble avec plusieurs humaines – même s'il ne se souvenait ni des visages, ni des corps, ni des noms de ces femmes.

Parce qu'il n'avait eu d'yeux que pour Vhif. Chaque fois.

La douleur provoquée par les picotements de l'aiguille s'avéra être une source de plaisir.

Paupières closes, John respirait profondément en songeant à la rencontre du métal avec son épiderme, à la manière dont le dur pénétrait le tendre, au sang qui jaillissait… et au fait que l'on savait exactement à quel endroit piquait l'aiguille.

En ce moment, par exemple, le tatoueur travaillait juste au niveau de sa colonne vertébrale.

John avait pas mal d'expérience dans le domaine des plaies et des blessures – mais à plus grande échelle et plutôt dans le rôle de celui qui les infligeait. Il avait été blessé plusieurs fois sur le champ de bataille, mais il avait fait plus de trous qu'il n'en avait reçu et, comme le tatoueur, il ne sortait jamais sans son matériel : les poches de sa veste regorgeaient d'armes en tous genres, des matraques aux armes blanches en passant par les chaînes. Sans oublier un assortiment d'armes à feu, au cas où.

Tout ça… plus une paire de cilices à pointes.

Qu'il n'utilisait jamais sur ses ennemis.

Car ce n'étaient pas des armes. Et, bien qu'ils n'aient ceint aucune jambe depuis presque quatre semaines, ils n'étaient pas dépourvus d'utilité. John voyait en eux une espèce de protection un peu bizarre et, s'il ne les avait pas avec lui, il se sentait nu.

En fait, ces liens de douleur étaient les seuls qui l'unissaient encore à celle qu'il aimait. Compte tenu de la manière dont leur relation s'était terminée, cela signifiait beaucoup pour lui.

Même si ça n'était pas suffisant. Ce que Xhex portait autour de ses jambes pour mater sa moitié *symphathe* n'offrait pas le caractère permanent qu'il recherchait, et ce constat l'avait poussé à envisager différemment le concept du « métal sur la peau ». Lorsqu'il en aurait terminé, elle serait toujours avec lui. Dans sa peau, sous sa peau. Sur ses épaules comme dans son esprit.

Il ne lui restait plus qu'à espérer que ce type reproduirait correctement les symboles.

Quand les frères avaient envie de se faire tatouer, quelle qu'en soit la raison, c'était Viszs qui maniait l'aiguille, ce en quoi il excellait. La larme rouge sur le visage de Vhif et la date en volutes noires sur sa nuque étaient superbes. Le problème, c'est que V. l'aurait forcément questionné s'il était allé le voir avec son croquis. Lui, et tous les autres.

Les secrets n'étaient pas de mise au sein de la Confrérie, et John préférait taire ses sentiments pour Xhex.

Parce qu'il était amoureux d'elle. Passionnément, à la folie et pour l'éternité. Et tant pis si ses sentiments n'étaient pas partagés. Il avait enfin accepté de ne pas être aimé en retour.

Ce qu'il ne supportait pas, en revanche, c'était de savoir sa bien-aimée en souffrance, en train de mourir lentement, dans des conditions particulièrement cruelles.

Et l'idée de ne pouvoir lui offrir un enterrement digne de ce nom le mettait à la torture.

Sa disparition l'obsédait. Il ne pensait plus qu'à ça au point de se détruire lui-même. Il était cruel et sans pitié quand il songeait à son ravisseur. Mais cela ne regardait personne d'autre que lui.

Le seul point positif, dans tout ça, c'était que la Confrérie voulait également savoir ce qui était arrivé à Xhex. Les frères n'abandonnaient jamais personne en mission, et Xhex avait intégré l'équipe partie récupérer Vhengeance, retenu dans une colonie *symphathe*. Quand les combats s'étaient apaisés, elle avait disparu et on avait conclu à un enlèvement. Seuls deux scénarios étaient possibles : ses ravisseurs étaient soit des *symphathes,* soit des éradiqueurs.

Autrement dit, cela revenait à choisir entre la peste et le choléra.

Tout le monde était sur le coup, y compris John, Vhif et Blay. Par voie de conséquence, sa quête personnelle passait pour la simple mission d'un soldat en temps de guerre, ce qu'il était vraiment.

Le ronronnement de l'aiguille se tut et le tatoueur lui essuya le dos.

— Ça prend forme. Tu veux faire ça sur deux séances ou une seule ?

John jeta un coup d'œil à Blay avant de signer.

— Il dit qu'il préférerait que ce soit terminé ce soir, si tu as le temps, traduisit-il.

— C'est possible, ouais. Mar, appelle Rick et dis-lui que je serai en retard.

— C'est comme si c'était fait, répondit son assistante.

Non, John ne montrerait pas son tatouage aux frères, même s'il était très réussi.

Il était né dans une gare routière où il avait été laissé pour mort avant d'être récupéré par les services à l'enfance des humains. Par la suite, Tohr et sa compagne l'avaient recueilli, puis cette dernière s'était fait tuer et Tohr avait disparu. Maintenant Z. était censé s'occuper de lui, mais il était trop accaparé par sa *shellane* et leur nouveau-né – ce qui était bien compréhensible.

Même Xhex l'avait repoussé avant le drame.

Il n'était pas idiot, il avait capté le message. En même temps, il y avait quelque chose d'étrangement libérateur à se foutre de l'opinion des autres. Il se sentait libre d'entretenir l'obsession qui le hantait : retrouver le ravisseur de Xhex et arracher les membres de ce salopard l'un après l'autre.

— Tu veux bien m'expliquer la signification de ces symboles ? demanda le tatoueur.

John leva les yeux. Il n'avait aucune raison de mentir à cet humain. En plus, Blay et Vhif connaissaient la vérité.

Quand il répondit, Blay eut l'air un peu surpris mais il traduisit.

— Il dit que c'est le nom de sa petite amie.

— Ah. Ouais, je m'en doutais. Vous allez vous marier, c'est ça ?

John esquissa quelques gestes et Blay expliqua :

— C'est en son souvenir.

Il y eut un instant de silence puis le tatoueur posa son pistolet à encre sur la table roulante, releva la manche de son tee-shirt noir et montra son bras à John. Il y avait là le dessin d'une femme sublime : ses cheveux balayés par le vent flottaient sur son épaule et son regard était tellement intense qu'il semblait vivant.

— C'était ma copine. Elle n'est plus là non plus.

D'un geste sec, il rabattit sa manche.

— Alors, je comprends.

Tandis que l'aiguille s'enfonçait de nouveau dans sa peau, John eut soudain du mal à respirer. L'idée que Xhex soit probablement morte le torturait… mais imaginer la façon dont elle était peut-être morte était pire encore.

John savait qui l'avait enlevée, car il n'y avait qu'une seule explication logique : alors qu'elle était entrée dans le labyrinthe pour tenter de libérer Vhengeance, Flhéau avait fait irruption puis s'était volatilisé en même temps qu'elle. Il ne pouvait s'agir d'une simple coïncidence, même si personne n'avait rien vu. Il y avait une centaine de *symphathes* dans la grotte où se trouvait Vhengeance et beaucoup d'agitation… sans compter que Flhéau n'était pas un éradiqueur ordinaire.

Oh non… il était, semble-t-il, le fils de l'Oméga. Le descendant du Mal. À ce titre, cet enfoiré possédait des pouvoirs particuliers.

John avait eu l'occasion de goûter à quelques-unes de ses bottes secrètes durant le combat à la colonie : s'il était capable de tenir à pleines mains des bombes énergétiques et d'affronter la bête de Rhage, pourquoi ne pourrait-il pas enlever quelqu'un au nez et à la barbe de tous ? Si Xhex avait été tuée cette nuit-là, ils auraient retrouvé son corps. Et si elle avait été simplement blessée, elle aurait contacté Vhengeance par télépathie, moyen de communication qu'utilisaient les *symphathes* entre eux. Enfin, dans l'hypothèse où elle serait partie de son plein gré, désireuse de s'éloigner quelques jours, elle aurait d'abord veillé à ce que tout le monde soit hors de danger avant de disparaître.

Les frères avaient suivi le même raisonnement et tous s'étaient lancés à la recherche des éradiqueurs. Tandis que la grande majorité des vampires avaient quitté Caldwell après les attaques pour s'installer dans des endroits sûrs, en dehors de l'État, la Société des éradiqueurs, sous le contrôle de Flhéau, s'était tournée vers le trafic de drogue pour joindre les deux bouts, et cette activité se concentrait principalement autour des clubs de la ville, sur Trade Street. La chasse consistait à arpenter les allées sordides pour rechercher des créatures vivantes dont l'odeur rappelait celle d'un putois exsangue parfumé au désodorisant d'ambiance.

Quatre semaines s'étaient écoulées, et ils n'avaient pas trouvé d'autres indices que ceux du business des éradiqueurs vendant leur came aux humains.

John se sentait plonger dans la folie, principalement parce qu'il n'avait rien appris de plus et qu'il redoutait le pire, mais aussi parce qu'il lui fallait contenir sa violence. Cela dit, ce qu'on était capable d'accomplir quand on n'avait pas le choix se révélait stupéfiant ; s'il voulait continuer à participer aux recherches, il devait se comporter normalement et garder la tête froide, et c'est ce qu'il faisait.

Et le tatouage, dans tout ça ? C'était une sorte de déclaration. Sa façon de clamer que, même si Xhex n'avait pas voulu de lui, elle était sa moitié et il continuerait à l'honorer, morte ou vive. Parce que c'était ainsi : on éprouvait des sentiments pour quelqu'un et ce n'était la faute de personne s'ils n'étaient pas partagés. C'était… comme ça.

Seigneur, comme il regrettait de s'être montré si froid quand ils avaient fait l'amour pour la seconde fois !

La toute dernière fois.

Il refoula brutalement ses émotions, enfouissant ce génie de tristesse, de regrets et de solitude au fond de sa bouteille. Il ne pouvait pas se permettre de craquer. Il devait continuer à avancer, chercher et mettre un pied devant l'autre. Le temps passait inexorablement, même s'il désirait le retenir pour qu'ils aient encore une chance de la retrouver vivante.

Mais l'horloge se fichait bien de ses sentiments.

Seigneur Dieu, pria-t-il. *Je Vous en supplie, faites que je n'échoue pas.*

Chapitre 3

— Une cérémonie d'initiation ? C'est quoi, ce bordel, un club privé ?

Les mots résonnèrent dans l'habitacle de la Mercedes et les doigts de Flhéau se crispèrent sur le volant. Il se força à rester concentré sur sa conduite, mais il aurait volontiers sorti le couteau qui se trouvait dans la poche intérieure de sa veste italienne pour trancher la gorge de cet humain.

Toutefois, il lui aurait fallu après cela s'occuper du cadavre, et l'intérieur cuir de sa voiture aurait été taché de sang.

Deux galères de plus à gérer.

Il jeta un coup d'œil sur le côté. Celui qu'il avait choisi parmi des centaines de candidats était l'enfoiré de base, le type même du toxico rapace qui ne vous regarde jamais droit dans les yeux. Son passé d'enfant battu était inscrit dans cette vieille cicatrice qu'il avait sur le visage : une marque parfaitement ronde, de la taille d'un mégot de cigarette, et la dureté de sa vie de gosse des rues se lisait dans son regard vif et nerveux. Quant à sa cupidité, on la devinait à sa façon d'observer l'intérieur de la voiture, comme s'il se demandait par quel moyen il pourrait avoir la même. Le type avait du potentiel vu la vitesse à laquelle il avait réussi à se faire un nom dans le milieu des petits dealers.

— C'est plus qu'un club, répondit Flhéau à voix basse. Bien plus que ça. Tu as un avenir dans ce business et je te l'offre sur un plateau d'argent. Mes gars viendront te chercher ici demain soir.

— Et si je ne viens pas ?

— À toi de voir.

Dans ce cas, le petit salopard ne serait plus de ce monde, mais à quoi bon évoquer ce genre de détail ?

Le regard du gosse rencontra celui de Flhéau. L'humain n'avait pas le physique d'un combattant ; il était plutôt du type à se faire maltraiter par ses camarades d'école. Mais la Société des éradiqueurs recherchait désormais deux catégories de membres : ceux qui rapportaient de l'argent et ceux qui allaient au combat. M. D avait surveillé l'Xtreme Park, s'efforçant de repérer les meilleurs vendeurs, et au bout du compte c'était ce petit salaud malingre au regard reptilien qui était sorti du lot.

— T'es pédé ? demanda le gamin.

Flhéau s'autorisa à lâcher le volant d'une main, qu'il plongea dans la poche de sa veste.

— Pourquoi ?

— T'as le même parfum qu'eux. Et tu t'habilles comme eux, aussi.

Flhéau fut si rapide que sa proie n'eut pas le temps de se dérober. D'un mouvement sec, il déplia son couteau et posa la lame sur la jugulaire pulsative, à la base de son cou pâle.

— Je ne fais qu'un truc aux hommes : je les tue, déclara-t-il. Tu as envie de te faire baiser comme ça ? Parce que si tu es prêt, je le suis aussi.

Les yeux du gamin s'agrandirent d'effroi et il se mit à trembler dans ses vêtements crasseux.

— Non… je n'ai pas de problème avec les homos.

L'abruti n'avait décidément pas compris, mais tant pis pour lui.

— Marché conclu ? demanda Flhéau en enfonçant la pointe de son couteau jusqu'à ce qu'une goutte de sang apparaisse.

Elle resta là une fraction de seconde, comme hésitante sur la conduite à tenir : allait-elle couler le long du métal étincelant ou sur la peau veloutée ? Elle opta pour la lame et dégoulina lentement, semblable à un minuscule ruisseau écarlate.

— S'il te plaît… ne me tue pas.

— J'attends ta réponse.

— Ouais. Je vais le faire.

Flhéau exerça une nouvelle pression sur la lame, les yeux rivés sur la rigole de sang. Pendant quelques instants, l'idée que cet humain cesserait d'exister s'il continuait à enfoncer le couteau le fascina, tel un souffle dans la fraîcheur de la nuit…

Cette sensation d'être un dieu vivant lui plaisait bien.

Lorsqu'un gémissement s'échappa des lèvres desséchées du gamin, Flhéau s'écarta. D'un rapide coup de langue, il nettoya la lame puis referma le couteau.

— Tu vas aimer l'endroit où je t'emmène. Promis.

Il lui laissa le temps de recouvrer ses esprits. Le gosse se ressaisirait vite, il ne se faisait pas de souci là-dessus. Les enfoirés dans son genre possédaient des ego surdimensionnés, un peu comme des ballons de baudruche. Soumis à un stress, surtout s'il s'agissait d'un couteau sur la gorge, ils se dégonflaient, mais dès l'instant où la pression retombait ils se remplissaient de nouveau, immédiatement prêts à rebondir.

Le gamin tira sur le bas de son blouson en cuir miteux.

— Je me plais déjà pas mal là où je suis.

Bingo.

— Dans ce cas, explique-moi pourquoi tu mates ma bagnole comme si tu crevais d'envie d'avoir la même dans ton garage.

— Je suis déjà monté dans des caisses plus impressionnantes que ça.

— Ah ouais, vraiment ?

Flhéau détailla le jeune connard de la tête aux pieds.

— Tu viens ici tous les soirs en VTT. Tu portes un jean déchiré mais c'est certainement pas un jean de marque.

Combien de blousons as-tu dans ton armoire ? Oh, attends, c'est vrai : tu ranges tes affaires dans un carton, sous le pont.

Flhéau leva les yeux au ciel devant l'air étonné du garçon.

— Tu croyais peut-être qu'on n'avait pas vérifié d'où tu venais ? Tu nous prends pour des abrutis ou quoi ?

Il montra du doigt l'Xtreme Park, où les skateurs glissaient le long des rampes comme des métronomes, dans un mouvement perpétuel de haut en bas puis de bas en haut.

— T'as fait ton trou dans cette aire de jeux. Super. Félicitations. Mais nous, on aimerait que tu vises plus haut. Si tu nous rejoins, t'auras la force derrière toi… le fric, la marchandise, la protection. Si tu marches avec nous, tu deviendras autre chose qu'un caïd de pacotille qui se la joue entre trois murs de béton. Ton avenir est là, entre nos mains.

Le regard calculateur du gamin se posa sur sa petite portion de territoire à Caldwell puis dériva sur la ligne d'horizon hérissée de gratte-ciel. Il avait de l'ambition, et c'était pour cette raison qu'il avait été choisi. Ce petit enfoiré avait besoin d'être poussé en avant, tiré vers le haut.

Quand il se rendrait compte qu'il lui faudrait vendre son âme pour parvenir à ses fins, il serait déjà trop tard. C'était comme ça, avec la Société. D'après ce que Flhéau tenait des éradiqueurs qu'il commandait à présent, on n'expliquait jamais rien avant l'initiation, et c'était bien compréhensible. Lequel de ces types aurait cru que le Mal se trouvait derrière la porte à laquelle ils frappaient ? Qui se serait dès lors porté volontaire pour accomplir ce qu'on leur demandait ?

Surprise, connard. Ce n'est pas Disney World et, une fois que tu entres en piste, tu n'en sors plus jamais. Plus jamais.

Quoi qu'il en soit, la tromperie ne gênait pas Flhéau.

— Je suis prêt à passer à la vitesse supérieure, murmura le gamin.

— Parfait. Maintenant, dégage de ma voiture. Mon associé passera te prendre demain soir, à 19 heures.

— Cool.

L'affaire étant conclue, Flhéau eut hâte de se débarrasser du jeune con. Le gosse puait les égouts, il aurait fallu plus qu'une simple douche pour venir à bout de sa crasse. Un coup de Kärcher aurait été plus approprié, comme pour les trottoirs sales.

Dès que la portière fut refermée, Flhéau quitta le parking et s'engagea sur la route parallèle à l'Hudson River. Il rentrait chez lui et serrait le volant entre ses mains pour une autre raison que l'envie de tuer.

L'envie de baiser était une motivation tout aussi forte chez lui.

Située dans le quartier historique de Caldwell, la rue où il habitait était bordée d'immeubles en grès rouge brun de l'époque victorienne, des arbres étaient plantés sur les trottoirs et les demeures valaient toutes plus d'un million de dollars. Les habitants ramassaient les crottes de leurs chiens, ne faisaient jamais de bruit et veillaient à sortir leurs poubelles dans les contre-allées en respectant scrupuleusement les jours de collecte. En passant devant sa maison pour gagner son garage, il rit sous cape en songeant qu'il habitait parmi tous ces coincés bien-pensants. Certes, il leur ressemblait en surface, s'habillait comme eux, mais il avait le sang noir et pas plus d'âme qu'une statue de cire.

En appuyant sur la télécommande du garage, il esquissa un sourire, dévoilant ses crocs – un cadeau de sa mère – allongés à l'idée de jouer le rôle du type heureux de retrouver sa petite femme.

Il ne s'en lassait pas. Non, il ne se lassait pas de rentrer auprès de Xhex.

Il se gara, sortit et prit le temps de s'étirer. Elle lui avait fait passer de sales quarts d'heure, c'est clair, mais il adorait les tensions qu'elle créait en lui… et pas seulement d'un point de vue sexuel.

Rien de tel qu'un adversaire digne de ce nom pour recharger ses batteries.

Il traversa le jardin de derrière et pénétra dans la maison par la cuisine où flottaient des effluves de steak grillé et de pain frais.

Mais il n'avait pas envie de manger. Grâce à cette petite entrevue au parc, ce vaurien de skateur serait son premier initié, la première offrande qu'il présenterait à son père, l'Oméga. Et ça, ça excitait terriblement sa libido.

— Prêt à passer à table ? demanda M. D en retournant le steak dans la poêle.

Le petit Texan s'était avéré très utile en tant que guide dans la Société des éradiqueurs, mais aussi comme tueur et cuisinier à peu près potable.

— Non, je monte, répondit Flhéau en jetant ses clés et son portable sur le plan de travail en granit. Laisse tout au frigo et ferme la porte à clé en partant.

— Oui, chef.

— On est prêts pour demain soir. Tu passes prendre la cible à 19 heures. Tu sais où l'emmener.

— Oui, chef.

Ces deux mots étaient la réponse préférée de cet enfoiré, ce qui expliquait aussi pourquoi il restait un bras droit intègre.

Flhéau longea l'office du majordome puis la salle à manger avant de prendre à droite en direction de l'escalier sculpté. La première fois qu'il avait vu la maison, elle était vide, à l'exception de quelques vestiges d'un style de vie raffiné : des tentures en soie, des rideaux damassés et une bergère. Maintenant, la demeure regorgeait de meubles anciens, de sculptures et de tapis. Ça prenait plus de temps que ce qu'il avait imaginé pour parvenir à l'effet désiré, mais on ne pouvait pas tout obtenir comme ça, du jour au lendemain.

Il gravit l'escalier d'un pas léger, son corps vibrant alors qu'il déboutonnait son manteau puis sa veste.

Tandis qu'il se rapprochait de Xhex, il prit conscience que ce qu'il avait d'abord considéré comme une revanche s'était transformé en addiction : ce qui l'attendait derrière la porte de sa chambre dépassait tous ses espoirs.

Au départ, la donne était simple : il l'avait enlevée parce qu'elle lui avait pris quelque chose. Quand Xhex s'était pointée à la colonie, là-bas, dans la grotte, elle avait pointé son flingue sur sa maîtresse et l'avait criblée de balles. Inacceptable. Ce faisant, elle l'avait privé de son jouet préféré et il n'avait qu'un seul credo, en bon salopard qui se respecte : œil pour œil…

En l'amenant là et en l'enfermant dans cette chambre, son intention avait été de la réduire en pièces, de taillader son esprit, ses émotions et son corps, de la mettre à l'épreuve jusqu'à ce qu'elle craque.

Le moment venu, il s'en serait débarrassé comme on jette un objet cassé.

Tel avait été son plan initial. Mais Xhex était une dure à cuire.

Oh, oui ! Elle était en titane, celle-là. Ses ressources se révélaient inépuisables, comme en témoignaient les bleus recouvrant le corps de Flhéau.

Arrivé devant la porte, il s'arrêta un instant pour enlever ses derniers vêtements. Il aimait bien ses fringues, et préférait donc s'en débarrasser avant d'entrer dans la chambre, parce que les choses s'emballaient à toute allure dès qu'il s'approchait d'elle.

Il ouvrit sa braguette, retira ses boutons de manchette et les posa sur la console du couloir avant d'ôter sa chemise en soie.

Son corps était couvert de marques : des coups de poing, des griffures, des morsures. Signés Xhex.

Le bout de son sexe lui picota tandis qu'il contemplait ses blessures et hématomes. Il cicatrisait vite, grâce au sang épais de son père qui coulait dans ses veines, mais il arrivait que les contusions restent un peu, ce qui l'excitait au plus haut point.

Quand on était le fils du Mal, il y avait peu de choses qu'on ne pouvait faire, posséder ou tuer, et pourtant, en tant qu'être mortel, Xhex était un trophée illusoire qu'il pouvait certes toucher, mais pas exposer dans une vitrine.

Cela la rendait rare. Et précieuse.

Cela faisait… qu'il l'aimait.

Suivant du bout des doigts le contour d'un hématome bleuâtre à l'intérieur de son bras, il esquissa un sourire. Ce soir, il se rendrait chez son père pour confirmer l'initiation mais, avant ça, il avait bien l'intention de prendre un peu de bon temps avec sa partenaire et compléter ainsi sa collection d'égratignures. Avant de partir, il lui laisserait de quoi manger.

Comme pour toute bête de concours, il s'agissait d'en prendre soin.

Tendant la main vers la poignée de la porte, il fronça les sourcils en songeant à ce problème de nourriture. Xhex n'était qu'à moitié *symphathe* et son côté vampire l'inquiétait. Tôt ou tard, elle réclamerait une chose qu'on ne trouvait pas au supermarché du coin… une chose qu'il ne serait pas en mesure de lui fournir.

Les vampires s'abreuvaient du sang du sexe opposé, c'était ainsi. Les porteurs de ces gènes étaient voués à la mort s'ils n'avalaient pas de sang frais. Le problème, c'est qu'elle ne pouvait se nourrir de ce qui coulait dans son corps à lui, où à présent tout était noir. Il avait donc ordonné aux quelques hommes qu'il lui restait encore de se mettre en quête d'un mâle d'âge moyen, mais en vain. Les vampires en civil ne couraient pas les rues de Caldwell.

Il avait bien quelqu'un en tête, cela dit…

Quelqu'un qu'il avait fréquenté dans son ancienne vie, mais l'idée que Xhex pompe le sang d'un de ses anciens amis lui répugnait.

Sans compter que ce salopard était aussi le frère de Vhif… et qu'il n'avait aucune envie qu'elle se rapproche de cette famille-là.

Quoi qu'il en soit, ses hommes finiraient par trouver, tôt ou tard. Il le fallait. Parce qu'il comptait bien profiter longtemps de son nouveau jouet préféré.

Il sourit en ouvrant la porte.

— Bonsoir, chérie. Je suis là.

De l'autre côté de la ville, dans le studio de tatouage, Blay s'efforçait de focaliser son attention sur le dos de John. Il y avait quelque chose d'hypnotique à regarder l'aiguille suivre les lignes bleues décalquées sur la peau de son ami. De temps en temps, l'artiste s'interrompait pour passer une serviette en papier sur la partie tatouée, puis reprenait son ouvrage. Le bourdonnement du pistolet emplissait alors le silence.

Hélas, si captivé fût-il par la scène, il ne put s'empêcher de remarquer le moment où Vhif décida qu'il était temps de passer à l'acte avec l'humaine : après une discussion à voix basse en échangeant de légères caresses sur les bras et les épaules, l'étonnant regard vairon se posa sur la porte de la boutique.

Un instant plus tard, Vhif traversa la pièce pour s'assurer qu'elle était bien fermée à clé.

Puis il regagna le comptoir du tatoueur en évitant le regard de Blay.

— Ça va ? demanda-t-il à John.

Ce dernier leva les yeux et hocha la tête. Vhif en profita pour lui demander en langage des signes, rapidement :

— *Ça te dérange si je fais un peu d'exercice derrière le rideau ?*

Allez, dis que oui, ça te dérange, songea Blay. *Dis-lui qu'il doit rester ici.*

— *Pas du tout,* signa John. *Fais-toi plaisir.*

— Je serai là si tu as besoin de moi. Même si je dois sortir la bite à l'air.

— Ouais, bon, je préférerais éviter ça.

Vhif laissa échapper un petit rire.

— Je te comprends.

Il observa une courte pause avant de tourner les talons, sans un regard pour Blay.

La femme le précéda dans l'autre pièce. La manière dont elle ondulait des hanches était un message clair concernant ses attentes, et Vhif disparut à son tour derrière le rideau.

Le plafonnier de la pièce et le tissu du rideau aux fibres maigrichonnes offraient une vue imprenable sur ce qui se passait de l'autre côté. Aussi Blay vit-il distinctement Vhif prendre la fille par le cou pour l'attirer contre lui.

Il se força à regarder le tatouage mais, deux secondes plus tard, il se laissait de nouveau absorber par le peep-show, attentif aux détails plutôt qu'au tableau d'ensemble. Comme d'ordinaire avec Vhif, la fille était maintenant à genoux et il avait enfoui les mains dans ses cheveux, dirigeant son visage et faisant aller et venir ses hanches pour mieux plonger dans sa bouche.

Les soupirs étouffés étaient aussi incroyables que le spectacle, et Blay s'agita sur son siège, le corps soudain tendu. Comme il aurait aimé être à la place de cette fille, à genoux, guidé par les mains de Vhif ! Il aurait voulu avoir la bouche pleine, être celui qui donne du plaisir à son ami.

Mais cela n'arriverait jamais.

Merde, pourquoi ? Ce mec avait baisé dans des boîtes de nuit, des salles de bains, des voitures, des ruelles et parfois même dans un lit. Il s'était tapé des centaines d'inconnus, hommes et femmes, mâles et femelles confondus… le Casanova vampire des temps modernes. Alors, évidemment, Blay avait un peu l'impression de se voir refuser l'accès d'un parc public.

Il détourna les yeux mais un long gémissement le poussa à regarder de nouveau en direction du…

Vhif avait tourné la tête et fixait à présent le rideau. Lorsque leurs regards se croisèrent, une lueur traversa les yeux vairons… comme s'il était plus excité par l'observateur que par sa partenaire.

Le cœur de Blay cessa de battre, surtout quand Vhif aida la fille à se relever et la fit pivoter pour la plaquer sur le bureau. En un clin d'œil, il fit glisser son jean jusqu'à ses genoux. Ensuite, ce fut…

Seigneur Jésus… Était-il possible que son meilleur ami partage ses fantasmes, finalement ?

Mais Vhif enlaça la fille et la serra contre son torse. Lorsqu'il lui murmura quelques mots à l'oreille, elle rit et tourna la tête pour qu'il l'embrasse. Ce qu'il fit.

Espèce d'abruti, songea Blay, furieux contre lui-même. *Un pauvre con, voilà ce que tu es. Il sait exactement qui il est en train de baiser… et qui il ne baise pas.*

Blay secoua la tête en marmonnant :

— John, ça te dérange si je vais m'en griller une dehors ?

John fit signe que non, et Blay se leva en posant les vêtements sur la chaise.

— Il faut juste tourner le verrou ? demanda-t-il au tatoueur.

— Ouais, et c'est pas la peine de refermer si tu restes devant la porte.

— Merci, mec.

— Pas de quoi.

Blay laissa derrière lui le ronronnement du pistolet encreur et le concert de gémissements, de l'autre côté du rideau. Une fois dehors, il s'adossa au mur de la boutique. Puis il sortit son paquet de cigarettes, en prit une qu'il glissa entre ses lèvres et l'alluma avec son briquet noir.

La première taffe fut exquise. C'était toujours la meilleure, comparée aux suivantes.

En recrachant la fumée, il maudit sa tendance à vouloir lire entre les lignes, à établir des liens de cause à effet là où il n'y en avait pas, à interpréter de façon erronée des actes, des regards ou des gestes anodins.

C'était pathétique, franchement.

Ce n'était pas pour le regarder lui que Vhif avait tourné la tête pendant que la fille le suçait. C'était pour vérifier que tout allait bien du côté de John Matthew. Et s'il l'avait retournée pour la prendre en levrette, c'était parce qu'il aimait ça.

Putain de merde… l'espoir ne se contentait pas de faire vivre, il étouffait tout bon sens, tout instinct de survie.

Blay aspira une longue bouffée, tellement absorbé dans ses pensées qu'il ne remarqua pas l'ombre au bout de l'allée, sur le trottoir d'en face. Sans savoir qu'on l'observait, il continua de fumer sa cigarette, la fraîcheur printanière faisant disparaître les traits de fumée qu'il exhalait.

Lorsqu'il comprit qu'il ne pourrait pas continuer comme ça, un long frisson lui glaça les os.

Chapitre 4

— OK, je crois que c'est bon.

John sentit un dernier picotement sur son épaule puis le pistolet à encre se tut. Il s'écarta de la rampe contre laquelle il était appuyé depuis deux heures, étira les bras au-dessus de sa tête et se redressa.

— Une seconde, je dois encore nettoyer.

Pendant que le tatoueur aspergeait quelques serviettes en papier de solution antibactérienne, John se pencha de nouveau en avant avec l'impression que les picotements provoqués par l'aiguille envahissaient à présent tout son corps.

Un étrange souvenir lui revint alors en mémoire, une chose à laquelle il n'avait pas pensé depuis des années. Cela remontait à l'époque où il vivait à l'orphelinat de Notre-Dame, au temps où il ne savait pas encore qui il était vraiment.

L'un des bienfaiteurs de l'institution était un homme fortuné, propriétaire d'une immense maison sur les rives du lac Saranac. Chaque été, il invitait les orphelins à passer une journée chez lui ; ils profitaient de la pelouse grande comme un terrain de foot, partaient en promenade sur son beau bateau et mangeaient des sandwichs et de la pastèque.

John attrapait toujours des coups de soleil, ce jour-là. Malgré les couches de crème solaire dont on le badigeonnait, sa peau finissait par brûler, si bien qu'on l'envoyait se mettre à l'ombre, sur la terrasse couverte. Forcé d'attendre en coulisse la fin de la journée, il regardait les autres enfants s'amuser, entendait leurs rires cascader sur la belle pelouse verte et mangeait seul le repas qu'on lui apportait, cantonné dans le rôle de témoin alors qu'il aurait tant aimé prendre part aux activités.

C'était marrant, il éprouvait dans le dos les mêmes sensations qu'à l'époque : ça tirait et ça piquait, surtout quand le tatoueur passait la serviette humide sur les zones sensibles de sa peau fraîchement tatouée.

John se souvenait qu'il redoutait tous les ans cette épreuve, cette fichue journée au lac. Il aurait tellement voulu rester avec les autres… même si, pour être honnête, ce qu'ils faisaient ne l'intéressait guère ; l'enjeu était davantage, pour lui, de rentrer dans le moule. Merde, ils auraient tout aussi bien pu avaler des tessons de verre, ensanglantant leurs chemises, qu'il aurait encore voulu *en être.*

Ces six heures passées sur la terrasse, à lire des bandes dessinées ou inspecter dix fois un nid tombé de l'arbre, lui semblaient durer des mois. Tout ce temps écoulé à penser et ruminer. Il avait toujours espéré être adopté et, dans des accès de solitude comme celui-ci, ce désir se faisait encore plus pressant : plus encore que se retrouver au milieu des autres garçons, il rêvait d'une famille, avec une vraie mère et un vrai père qui représenteraient bien plus que de simples éducateurs payés pour l'élever.

Il avait envie de devenir la propriété de quelqu'un. Envie de s'entendre dire : « *Tu m'appartiens.* »

Bien sûr, à présent qu'il connaissait sa vraie nature… et qu'il vivait comme un vampire parmi les vampires, il comprenait mieux ce besoin d'« appartenance ». Certes, les humains avaient leurs propres conceptions de la famille, du mariage et tout le toutim, mais ceux de son espèce ressemblaient davantage à des animaux vivant en meute. Les liens du sang et les unions avaient quelque chose de plus viscéral, de plus intense.

Lorsqu'il pensait au petit garçon triste qu'il était alors, sa poitrine se serrait. Pas parce qu'il aurait aimé remonter le temps pour dire à ce gamin que ses parents viendraient le chercher, non. Il souffrait parce que ce dont il rêvait avait bien failli le détruire. L'adoption avait eu lieu, en effet, mais le sentiment d'« appartenance » n'avait pas duré. Wellsie et Tohr avaient débarqué dans sa vie, lui avaient révélé ce qu'il était et donné un bref aperçu de ce qu'était une famille… avant de disparaître.

Pour lui désormais, les choses étaient claires : il était bien pire d'avoir eu des parents et de les avoir perdus que de ne pas en avoir du tout.

Bon, d'accord, d'un point de vue purement technique, Tohr était de retour dans la demeure de la Confrérie mais, aux yeux de John, il n'était pas vraiment là : même si Tohr essayait de faire amende honorable, il y avait eu trop de trahisons par le passé. Et il était trop tard pour changer les choses.

John ne voulait plus entendre parler de Tohr, c'était terminé.

— Tiens, prends ce miroir si tu veux voir le résultat.

D'un hochement de tête, John remercia le tatoueur et se dirigea vers un miroir en pied. Blay revint de sa longue pause cigarette et Vhif émergea de derrière le rideau au moment où John se tournait pour examiner son tatouage.

Seigneur ! C'était exactement ce qu'il voulait. Et le travail d'enluminures était superbe.

Il hocha de nouveau la tête en promenant le miroir à main autour de lui pour étudier le tatouage sous tous ses angles. Merde, c'était tout de même dommage que personne ne puisse contempler ça. Le résultat était spectaculaire.

Et surtout, quoi qu'il advînt par la suite, que Xhex soit vivante ou morte quand il la retrouverait, elle resterait à jamais avec lui.

Les quatre semaines qui s'étaient écoulées depuis son enlèvement avaient été les plus longues de son existence. Il avait pourtant connu des journées foutrement interminables avant ça. Mais ne pas savoir où elle était, ni ce qui lui était arrivé… l'avoir perdue… c'était comme si on lui avait porté un coup mortel, bien que sa peau soit intacte, ses membres entiers et son torse dépourvu d'impact de balle ou de blessure au couteau.

Mais encore une fois, tout au fond de son cœur, elle lui appartenait. Et même s'il devait la ramener à une existence dont il ne ferait jamais partie, c'était sans importance. Tout ce qu'il souhaitait était la savoir saine et sauve.

John se tourna vers le tatoueur et, posant une main sur son cœur, s'inclina profondément. Lorsqu'il se redressa, l'autre lui tendit la main.

— De rien, mec. C'est important pour moi que ça te plaise. Je vais te mettre de la crème et un pansement.

Ils se serrèrent la main puis John esquissa une série de gestes que Blay traduisit.

— C'est pas nécessaire. Il cicatrise à la vitesse de l'éclair.

— Mais ça risque de prendre du temps pour…

L'homme se pencha et fronça les sourcils en inspectant la zone qu'il avait tatouée.

Sans lui laisser le temps de poser des questions, John recula d'un pas et prit le tee-shirt que lui tendait Blay. Prélevée dans la réserve de V., l'encre contenait du sel. Les lettres et les magnifiques arabesques ne s'effaceraient jamais… et la peau de John avait déjà cicatrisé.

Ce qui était un des avantages à être un vampire presque pur-sang.

— Ton tatouage assure, déclara Vhif. C'est carrément le pied.

Au même instant, la nana qu'il venait de baiser fit son apparition et il fut difficile de ne pas remarquer l'expression chagrinée de Blay, surtout lorsqu'elle glissa un papier dans la poche de Vhif. Son numéro de téléphone, sans doute, mais il ne fallait pas qu'elle se fasse d'illusions. Une fois qu'il avait eu ce qu'il voulait, c'était fini. Un peu comme si ses partenaires sexuels étaient un plat qu'il refusait de manger deux fois ; il ne se resservait jamais. Hélas, le sosie de la brune Kat Von D avait des étoiles dans les yeux.

— Appelle-moi, murmura-t-elle avec une assurance qui s'effriterait au fil des jours.

Vhif esquissa un léger sourire.

— Prends soin de toi.

En entendant ces mots, Blay se détendit et ses larges épaules se décontractèrent. Dans le petit monde de Vhif, « Prends soin de toi » signifiait « Je ne te verrai, ne t'appellerai et ne te baiserai plus jamais ».

John sortit un portefeuille rempli de billets et compta 400 dollars. Soit deux fois le prix demandé. Comme le tatoueur secouait la tête en protestant, John fit un signe à Vhif.

Ensemble, ils levèrent leurs paumes droites en direction des deux humains et entrèrent en contact avec leur esprit pour effacer tout souvenir des deux dernières heures.

Ni le tatoueur ni son assistante ne garderaient la moindre réminiscence de leur rencontre. Tout au plus feraient-ils quelques rêves confus. Peut-être même n'auraient-ils qu'un mal de tête.

Pendant que RIP et Mar entraient en transe, John, Blay et Vhif sortirent de la boutique pour se glisser dans la pénombre. Ils attendirent que le tatoueur ait recouvré ses esprits et se dirige vers la porte pour tirer le verrou. Il était temps pour eux de retourner au boulot.

— On va au *Sal's* ? demanda Vhif d'une voix plus sourde que d'habitude, caractéristique chez lui de bien-être post-coïtal.

Blay alluma une autre cigarette tandis que John hochait la tête en signant :

— *Ils nous attendent.*

L'un après l'autre, ses compagnons disparurent dans la nuit. Avant qu'il n'ait eu le temps de se dématérialiser à son tour, il se figea, tous ses sens en alerte.

Ses yeux, pénétrants comme des lasers, scrutèrent l'obscurité, d'abord à gauche puis à droite. Trade Street regorgeait d'enseignes lumineuses et, à 2 heures du matin, des voitures circulaient encore dans la rue. Mais ce n'étaient pas les zones éclairées qui intéressaient John.

Son attention était plutôt attirée par les allées sombres.

Quelqu'un les observait.

Glissant une main dans son blouson de cuir, il referma les doigts sur le manche de son poignard. Éliminer l'ennemi ne lui posait aucun problème, et encore moins depuis qu'il savait qui avait enlevé sa moitié... Il espérait même sentir cette odeur de gibier en décomposition.

Mais il n'eut pas cette chance, son téléphone portable sonna au même instant : Vhif et/ou Blay se demandai(en)t sans doute où il était passé.

Il patienta encore une minute puis décida que les infos qu'il espérait soutirer à Trez et iAm étaient plus importantes que le passage à tabac d'un éradiqueur planqué dans un coin.

Habité par un profond désir de vengeance, John se dématérialisa dans l'air cristallin pour reprendre forme sur le parking du restaurant *Salvatore*. Il n'y avait plus aucune voiture et les lumières qui éclairaient la façade de brique du bâtiment étaient éteintes.

Les deux battants de la porte cochère s'ouvrirent et Vhif passa la tête dans l'entrebâillement.

— Pourquoi t'as mis autant de temps, bordel ?

Un accès de paranoïa, songea John avant d'expliquer dans le langage des signes, en avançant vers Vhif :

— *Je vérifiais l'état de mes armes.*

— T'aurais pu me dire d'attendre. Ou faire ça ici.

— *Oui, maman.*

À l'intérieur de l'établissement, la décoration s'inspirait du style Rat Pack, avec papier peint rouge floqué et moquette à poil long à perte de vue. Depuis les fauteuils club jusqu'aux nappes en tissu et aux assiettes et couverts en argent, tout reproduisait l'atmosphère des années 1960, à la grande époque de Dean Martin : élégant, luxueux, classe.

Frank Sinatra, le vieux crooner aux yeux bleus, y chantait même *Fly Me to the Moon*.

À croire que les enceintes fixées au plafond auraient refusé de diffuser un autre style de musique…

Le trio passa devant le comptoir de réception et pénétra dans la salle de bar où flottait l'odeur capiteuse du cigare, défiant l'interdiction de fumer dans les lieux publics en vigueur à New York. Blay passa derrière le bar en teck pour se servir un soda tandis que John faisait quelques pas dans la salle, les mains sur les hanches et le regard rivé sur le sol en marbre. Plusieurs tables flanquées de banquettes en cuir occupaient l'espace.

Vhif prit place sur l'une d'elles.

— Ils nous ont dit de patienter en buvant un verre. Ils seront là dans une min…

Au même moment, de l'autre côté de la porte estampillée « Privé », des coups sourds suivis d'un grognement masquèrent la voix roucoulante de Sinatra. Étouffant un juron, John alla s'asseoir en face de Vhif. Si les Ombres étaient en train de régler son compte à un dealer, il leur faudrait patienter un moment.

Vhif allongea ses jambes sous la table noire et fit craquer ses vertèbres. Son visage rayonnait encore d'un éclat particulier, l'effort physique avait rosi ses pommettes et les baisers gonflé ses lèvres. L'espace d'un instant, John eut envie de lui demander pourquoi il aimait tant prendre son pied sous les yeux de Blay, mais il ravala sa question en contemplant la larme rouge tatouée sur la joue de son ami.

Comment aurait-il pu faire autrement ? Il était littéralement soudé à John et, avec Blay qui faisait aussi partie de leur équipe, ils passaient le plus clair de leur temps à combattre.

Ce dernier les rejoignit, un verre de soda à la main, et s'assit en silence à côté de John.

Quelle ambiance ! songea ce dernier tandis que le silence se prolongeait.

Dix minutes plus tard, la porte ornée de la pancarte « Privé » s'ouvrit à toute volée et Trez fit son apparition.

— Désolé de vous avoir fait attendre.

Il attrapa un torchon derrière le bar et essuya son poing ensanglanté.

— iAm est en train de balancer les ordures dans la contre-allée. Il n'en a pas pour longtemps.

John esquissa quelques gestes.

— *On a du nouveau ?*

Vhif traduisit et les sourcils de Trez se froncèrent. Le regard de l'Ombre se fit calculateur.

— À quel sujet ?

— Xhex, répondit Vhif.

Trez prit tout son temps pour replier le torchon taché de sang.

— Vhen n'habite-t-il plus sous le même toit que vous ?

— Si.

L'Ombre posa ses paumes sur le bar et se pencha en avant, faisant jouer l'impressionnante musculature de ses épaules.

— Alors pourquoi venez-vous me demander à moi ce qu'il en est des recherches et des opérations de sauvetage ?

— *Tu la connais bien,* signa John.

Une fois le message traduit, les yeux sombres de Trez brillèrent d'un éclat émeraude.

— C'est vrai. C'est une sœur pour moi, même si nous ne sommes pas du même sang.

— *Alors quel est le problème ?* demanda John.

Vhif hésita, comme s'il n'était pas sûr que John ait vraiment envie de poser ce genre de question à une Ombre. Mais ce dernier le pressa de prendre la parole.

Vhif secoua légèrement la tête.

— Il dit qu'il comprend. Il veut juste s'assurer que toutes les pistes sont exploitées.

— C'est drôle, j'ai dans l'idée que ce n'est pas tout à fait ce qu'il a dit, répliqua Trez avec un sourire glacial. Alors voici mon problème : votre visite et vos questions me donnent à croire que votre roi et vous ne faites pas suffisamment confiance à Vhen ; soit vous le soupçonnez de vous cacher des choses, soit vous trouvez qu'il ne se bouge pas assez le cul pour la retrouver. Et comme vous le savez… j'aime pas ce genre d'embrouilles.

iAm émergea de la pièce réservée au personnel et rejoignit son frère en adressant à leurs visiteurs un bref signe de tête. C'était sa façon à lui de saluer les gens. Pas de perte de temps en paroles inutiles. Ni en coups de poing vains, à en juger par les taches de sang sur son tee-shirt gris. Il ne demanda pas qu'on lui résume la situation. Apparemment, il savait déjà à quoi s'en tenir : soit il y avait un écran de surveillance dans la pièce d'où il venait, soit il avait déjà perçu la tension dégagée par le corps solidement charpenté de son frère.

— *Nous ne sommes pas venus ici pour nous battre ou vous offenser,* reprit John. *Nous voulons la retrouver, c'est tout.*

Vhif relaya le message, et le silence retomba. Puis Trez posa enfin la question cruciale :

— Votre roi sait-il que vous êtes ici ?

Quand John secoua la tête, les pupilles de Trez s'étrécirent.

— Et qu'attendez-vous de nous, au juste ?

— *Tout ce que vous savez ou croyez savoir au sujet de l'endroit où se trouve Xhex. Et toute information concernant le trafic de drogue à Caldwell.*

Il attendit que Vhif ait terminé de traduire avant de poursuivre :

— *À supposer que Vhen ait raison et que ce soit bel et bien Flhéau qui liquide tous les dealers de la ville, il semble clair que lui et la Société des éradiqueurs combleront rapidement le vide qu'ils ont créé.*

Nouvelle pause.

— *Où les gens iront-ils se fournir, après ça, à part dans les clubs autour de Trade ? Y a-t-il une filière de crack ? Qui sont les gros fournisseurs qui travaillaient avec Vhen ? Si Flhéau se lance dans le business de la came, il faudra bien qu'il se fournisse quelque part.*

Une dernière pause pour Vhif.

— *On a sillonné les rues mais, jusqu'à présent, ça ne nous a menés nulle part. On a juste vu des humains qui dealent entre eux.*

Trez souleva ses mains du comptoir en teck et l'on pouvait presque apercevoir de la fumée sortant de sa tête tandis qu'il réfléchissait.

— Laisse-moi te poser une question.

— *Pas de problème*, signa John.

Trez regarda autour de lui avant de reporter son attention sur John.

— En privé.

Chapitre 5

Lorsque l'Ombre prononça ces deux derniers mots, John vit Blay et Vhif se raidir, et leur réaction ne l'étonna pas. Si Trez était un allié, il n'en demeurait pas moins dangereux, par définition. Les Ombres possédaient leur propre code, un code qu'ils étaient les seuls à connaître, et ils étaient capables de choses qui auraient donné la nausée aux *symphathes.*

Mais, pour Xhex, John était prêt à tout.

— *Il me faut des feuilles et un stylo, et c'est bon pour moi,* signa John.

Comme ni Blay ni Vhif ne rapportait ses propos, il leur donna un coup de coude.

Vhif s'éclaircit la voix et chercha le regard de Trez.

— Je suis son *ahstrux nohtrum,* je vais partout où il va.

— Pas sous mon toit, non. Ni sous celui de mon frère.

Vhif se leva, visiblement prêt à en découdre si cela s'avérait nécessaire.

— C'est pourtant comme ça que ça se passe.

John se leva à son tour et vint se poster devant Vhif avant que celui-ci ne monte sur ses grands chevaux. Avec un signe de tête en direction du fond de la salle, où Trez souhaitait probablement l'entraîner, il attendit que l'Ombre ouvre la voie.

Bien entendu, Vhif ne l'entendait pas de cette oreille.

— Arrête tes conneries, John.

John se tourna vers son ami.

— *Tu veux m'obliger à te donner un ordre, c'est ça ?* demanda-t-il en langage des signes. *Je vais avec lui et toi, tu restes ici. Point barre.*

— *Tu crains,* répondit Vhif par gestes. *On n'est pas en train de rigoler, là…*

Une sonnette interrompit la confrontation et tous deux se tournèrent vers les Ombres. iAm jeta un coup d'œil sur l'écran de surveillance derrière le bar.

— Notre rendez-vous de 2 h 30 est arrivé.

Tandis qu'il contournait le comptoir pour aller ouvrir, Trez dévisagea longuement Vhif.

— Explique à ton gars que ce n'est pas facile de protéger quelqu'un quand on est mort, déclara-t-il en s'adressant à John.

La voix de Vhif se fit tranchante.

— Je suis prêt à mourir pour lui.

— Continue comme ça et c'est ce qui risque d'arriver, plus vite que tu ne le crois.

Vhif dévoila ses crocs et un sifflement monta de sa gorge tandis qu'il se métamorphosait en l'animal mortel tant craint et mystifié par l'espèce humaine. Il gratifia Trez d'un regard noir. Mentalement, il était évident qu'il se voyait en train d'escalader le bar pour sauter à la gorge de l'Ombre.

Sans bouger d'un pouce, Trez esquissa un sourire glacé.

— T'es un dur à cuire, hein ? À moins que ça ne soit que de l'esbroufe.

Pas facile de savoir qui des deux l'emporterait. L'Ombre avait certes plus d'un tour dans son sac mais, de son côté, Vhif ressemblait à un bulldozer s'apprêtant à détruire un gratte-ciel. Mais là n'était pas le propos : on était à Caldwell, pas à Las Vegas, et John n'était pas un parieur professionnel.

Il s'agissait juste d'empêcher la confrontation entre la force irrésistible et l'objet immuable.

John serra le poing et l'abattit sur la table. Le coup fit tellement de bruit que toutes les têtes se tournèrent dans leur direction, et Blay rattrapa de justesse son verre de soda propulsé dans les airs.

Lorsque John eut capté l'attention des combattants, il forma avec ses doigts deux oiseaux qu'il fit mine de lancer sur chacun d'eux. Vu son handicap, c'était son seul moyen de leur intimer de se calmer.

Le regard vairon de Vhif revint sur l'Ombre.

— Tu te comporterais de la même manière pour Vhengeance. T'es mal placé pour me le reprocher.

Un silence accueillit ses paroles… puis l'Ombre se détendit légèrement.

— C'est vrai, je te l'accorde.

La montée d'adrénaline retomba et Trez hocha la tête.

— Ouais… je te l'accorde. Je n'ai pas l'intention de lui faire du mal. S'il se comporte en gentleman, je ferai de même. Je te donne ma parole.

— *Reste avec Blay,* ordonna John en langage des signes, avant de pivoter sur ses talons pour suivre l'Ombre.

Trez le conduisit dans un large couloir encombré de caisses de bière et d'alcool. Tout au bout, derrière deux portes battantes qui s'ouvrirent sans bruit, se trouvait la cuisine.

Brillamment éclairé et carrelé de tomettes rouges, le cœur du restaurant, de la taille d'une maison, était d'une propreté impeccable. Une panoplie de fourneaux, une chambre froide pour la viande et des mètres de plans de travail en acier inoxydable occupaient l'espace. Des casseroles et des poêles pendaient au-dessus de leurs têtes tandis qu'un délicieux fumet s'échappait d'un faitout mijotant sur le feu.

Trez se dirigea vers la gazinière et souleva le couvercle. Après avoir humé profondément, il se retourna et gratifia John d'un sourire.

— Mon frère est un cuistot d'enfer.

On dirait, songea John. Bien qu'avec les Ombres, on pouvait toujours s'interroger sur l'origine des protéines animales. Selon la rumeur, ils se plaisaient à manger leurs ennemis.

Trez remit le couvercle à sa place et tendit la main vers une pile de carnets. Il en prit un qu'il fit glisser sur le plan de travail et saisit un stylo dans une tasse.

— Voilà pour toi, dit Trez en s'appuyant contre le fourneau, les bras croisés sur son large torse. Quand tu as appelé pour nous dire que tu voulais nous rencontrer, j'ai été étonné. Comme je l'ai fait remarquer tout à l'heure, Vhengeance vit sous le même toit que vous, tu es donc forcément au courant des actions qu'il mène là-bas, dans la colonie. Tu dois savoir, comme tes chefs, qu'il est en train de passer au peigne fin la partie la plus au nord du labyrinthe cette semaine… et tu sais aussi qu'il n'a rien trouvé, absolument rien, qui lui permette d'établir que Xhex ait été enlevée par un *symphathe*.

John resta de marbre.

— Je trouve également étrange que tu veuilles m'interroger sur le trafic de drogue, étant donné que Vhengeance connaît tout de ce business-là à Caldwell.

À ce moment-là, iAm les rejoignit dans la cuisine. Il se dirigea vers le faitout, remua son contenu avec la cuillère puis prit place à côté de son frère, adoptant la même attitude. John n'avait jamais entendu dire que ces deux-là étaient jumeaux mais, Seigneur, leur ressemblance était frappante.

— Alors, John, qu'est-ce qui se passe ? reprit Trez dans un murmure. Pourquoi ton roi n'est-il pas au courant de tes intentions et pourquoi ne t'adresses-tu pas à mon ami Vhengeance ?

John soutint leurs regards, puis s'empara du stylo et écrivit quelques mots. Lorsqu'il poussa la feuille devant lui, les Ombres se penchèrent.

— *Vous savez pertinemment ce qui se passe. Ne perdons pas notre temps en paroles inutiles.*

Trez éclata de rire et même iAm sourit.

— Ouais, tes émotions se devinent facilement. Mais je croyais que tu aurais aimé expliquer les choses par toi-même.

John secoua la tête et Trez acquiesça.

— OK, c'est ton choix. Ta franchise force le respect. Qui d'autre est au courant que tu en fais une affaire personnelle ?

John se pencha de nouveau sur son carnet.

— *Vhengeance, très probablement, vu que c'est un* symphathe. *Vhif et Blay. Mais aucun des frères.*

iAm prit la parole.

— Le tatouage que tu viens de te faire faire… c'est en rapport avec elle ?

Passé le moment de surprise, John songea qu'ils devaient avoir senti l'encre fraîche ou les ondes de douleur qui le parcouraient encore.

D'une écriture posée, il répliqua :

— *Ça ne vous regarde pas.*

— Cool, je comprends, répondit Trez. Écoute, ne le prends pas mal mais… pourquoi ne fais-tu pas confiance aux frères dans cette affaire ? Est-ce que c'est parce qu'elle est *symphathe* et que tu crains leur réaction ? Ils ont bien accepté Vhengeance parmi eux.

— *Réfléchissez un peu. Si je prends part aux recherches qu'ils ont organisées et qu'on finit par la retrouver, tout le monde s'attendra à une union dès notre retour. Vous croyez vraiment qu'elle appréciera ? Et si elle est morte ? Je n'ai pas envie d'affronter chaque matin les regards curieux de tous ceux qui se demanderont si je ne vais pas finir par me pendre dans ma salle de bains.*

Trez éclata de rire.

— Ah… un point pour toi. Je ne trouve rien à redire là-dessus.

— *Donc, j'ai besoin de votre soutien pour lui venir en aide.*

Les deux Ombres se regardèrent et le silence se prolongea. John en conclut qu'ils devaient être en train de converser par télépathie.

Au bout d'un moment, ils se tournèrent vers lui et, comme d'habitude, Trez prit la parole.

— Bon, alors… comme tu as eu la courtoisie d'aller droit au but, on va faire pareil. Cette conversation nous met dans une position délicate. Comme tu le sais, nous sommes très proches de Vhen et il se trouve qu'il est autant impliqué que toi dans cette affaire sur le plan personnel.

Tandis que John cherchait déjà à argumenter, Trez poursuivit :

— Mais on va quand même te dire ce qu'il en est… Aucun de nous n'a la moindre idée de l'endroit où elle se trouve. On ne capte absolument rien.

John avala sa salive. Ce n'était pas bon signe.

— Non, ce n'est pas bon signe. Soit elle est morte… soit elle est retenue prisonnière, enfermée quelque part, reprit Trez avant de lâcher un juron. Moi aussi, je pense à Flhéau. Et je pense aussi qu'il est en train de ratisser les rues pour engranger du fric, c'est donc le seul moyen de le trouver. Si tu veux mon avis, il met à l'épreuve des dealers humains pour pouvoir les intégrer ensuite dans la Société des éradiqueurs, et je mettrais ma main à couper qu'il compte les initier au plus vite. Il veut garder le contrôle intégral sur son équipe de revendeurs et le seul moyen d'y parvenir, c'est de les transformer. Les centres commerciaux font partie des endroits les plus propices au trafic. Il y a aussi le lycée, mais ça risque d'être plus difficile pour toi, à cause de la lumière du jour. Sans oublier les chantiers de construction de la ville… Les chauffeurs de camions de matériaux nous achetaient pas mal de came. Et puis il y a le parc des skateurs, l'Xtreme Park. Y a pas mal de business là-bas. Sous les ponts aussi, bien que ce soit plutôt le coin des SDF et des charognards. Les marges de profit ne doivent pas être terribles, pas de quoi exciter Flhéau, en tout cas.

John hocha la tête. C'étaient exactement les informations qu'il espérait obtenir en venant là.

—*Et les fournisseurs ?* écrivit-il. *Si Flhéau prenait la place de Vhen, il lui faudrait bien des contacts avec eux ?*

—Exact. Le gros caïd de la ville, Ricardo Benloise, est plutôt isolé, cela dit.

Trez jeta un coup d'œil à son frère et il y eut un autre silence. Quand iAm hocha la tête, Trez reporta son attention sur John.

—OK. On va essayer de te rancarder sur Benloise ; il faudrait au moins que tu en saches assez pour pouvoir le suivre le jour où il aura rendez-vous avec Flhéau.

John écrivit spontanément :

—*Merci beaucoup.*

Les deux frères hochèrent la tête puis Trez déclara :

—Deux choses.

D'un geste de la main, John l'encouragea à poursuivre.

—*Primo,* on n'a pas de secret pour Vhen, mon frère et moi. On va donc être obligés de lui dire que tu es venu nous voir.

Comme John fronçait les sourcils, Trez secoua la tête.

—Désolé, c'est comme ça.

—Ça ne nous pose pas de problème que tu veuilles intensifier les recherches, intervint iAm. Les frères sont également sur le coup, c'est clair, mais plus on sera nombreux, plus on aura de chances de la retrouver.

John en était conscient, mais il aurait préféré malgré tout passer ça sous silence. Avant qu'il puisse écrire, Trez reprit :

—Et *deuxio*, on compte sur toi pour nous transmettre toutes les informations que tu obtiendras. Avec sa manie de tout vouloir contrôler, ce salaud de Vhen nous a ordonné de rester en dehors de l'affaire. Et voilà que tu te pointes ici… un excellent moyen pour nous d'être tenus au parfum.

Alors que John se demandait pourquoi diable Vhen avait ligoté les poings de ces deux guerriers, iAm répondit à sa question :

— Il a peur qu'on se fasse descendre.

— Et étant donné nos…

Trez parut hésiter sur le choix du mot.

— … « liens » avec lui, on est coincés.

— Il aurait tout aussi bien pu nous enchaîner à un putain de mur.

Trez haussa les épaules.

— C'est pour ça qu'on a accepté de te recevoir. À l'instant où on a lu ton texto, on a su…

— … que c'était l'ouverture…

— … qu'on attendait.

Tandis que les Ombres complétaient leurs phrases à tour de rôle, John prit une longue inspiration. Au moins ces deux-là comprenaient ce qu'il endurait.

— On comprend parfaitement, confirma Trez en tendant son poing fermé vers John, qui fit de même.

Leurs poings s'entrechoquèrent et Trez hocha la tête.

— Gardons cette petite entrevue pour nous.

John se pencha sur le carnet.

— Attendez, vous avez dit tout à l'heure que vous informeriez Vhen de ma visite… ?

Après avoir lu la phrase, Trez partit d'un nouvel éclat de rire.

— Oh, on va lui dire que tu es passé, oui. Pour manger.

iAm esquissa un sourire sinistre.

— Il n'a pas besoin d'en savoir plus.

Après le départ de Trez et John, Blay termina son verre et chercha Vhif du regard ; il était occupé à faire les cent pas autour du bar comme un volatile dont on aurait coupé les ailes.

Il ne supportait pas d'être tenu à l'écart. Qu'il s'agisse d'un repas, d'une réunion ou d'une bagarre, il voulait être sur tous les coups.

Son silence cinétique était encore pire que ses jurons, vraiment.

Blay se leva et s'approcha du bar avec son verre vide. Il se resservit et, les yeux rivés sur le liquide sombre qui moussait sur les glaçons, il se demanda pourquoi il éprouvait une telle attirance pour ce type précisément. Lui-même était du genre poli et bien élevé. Vhif, lui, plutôt du style brut de décoffrage.

Les contraires s'attirent, paraît-il. Mais, en l'occurrence, cette attirance n'était pas réciproque.

iAm fit son apparition avec, à son côté, un homme tiré à quatre épingles. Il portait un pardessus gris anthracite impeccablement coupé, des chaussures bicolores et, au lieu de la traditionnelle cravate, un foulard noué autour du cou. Ses épais cheveux blonds étaient coupés court sur la nuque tandis que des mèches plus longues encadraient son visage. Il avait des yeux gris perle.

— Putain de Dieu, qu'est-ce que tu viens foutre ici ? tonna la voix de Vhif lorsque iAm eut disparu dans le fond de la salle. T'es beau, mon salaud !

À ces mots, Blay se raidit. Il n'avait aucune envie d'assister à une autre partie de jambes en l'air… en supposant que Vhif soit attiré par le nouveau venu.

Puis il fronça les sourcils. Se pourrait-il que… ?

Le type rigola en prenant Vhif dans ses bras.

— Tu sais tellement bien manier les mots, mon cousin. Comme un routier s'entretenant avec un marin croisé avec un gamin de douze ans.

Saxton. C'était Saxton, le fils de Tyhm. Blay se souvenait de l'avoir rencontré une ou deux fois par le passé.

Vhif s'écarta.

— Le mot « putain » est en réalité un signe de ponctuation. Ils t'ont pas appris ça, à Harvard ?

— Disons que le droit les intéressait davantage. Droit immobilier. Droit civil. Tout ce qui concerne les injustices commises contre un tiers et passibles de poursuites, en fait. Je suis surpris que tu n'aies pas décroché ton diplôme, toi aussi.

Les dents blanches et acérées de Vhif étincelèrent.

— C'est le droit des humains. Ils ne peuvent rien contre moi.

— Qui peut quoi que ce soit contre toi ?

— Alors, dis-moi, qu'est-ce que tu viens faire ici ?

— Je m'occupe de certaines transactions immobilières pour les frères de l'Ombre. Tu croyais peut-être que je m'étais enfilé toute cette jurisprudence humaine pour le plaisir ?

Saxton détourna son regard de Vhif pour le river sur Blay. Son expression devint aussitôt plus grave, songeuse.

— Tiens, tiens, bonjour.

Tournant le dos à Vhif, Saxton s'avança vers Blay d'un air si pénétré que ce dernier ne put s'empêcher de jeter un coup d'œil derrière lui.

— Blaylock, c'est bien ça ? dit-il en tendant sa belle main par-dessus le bar. Ça fait une éternité que je ne t'ai pas vu.

Blay s'était toujours senti mal à l'aise en présence de Saxton, le « beau salaud » à la repartie facile. Il donnait l'impression non seulement de tout savoir sur tout, mais aussi de choisir les personnes dignes d'entendre ses confidences.

— Comment vas-tu ? demanda Blay lorsque leurs paumes se touchèrent.

Saxton sentait bon et sa poignée de main était ferme.

— Tu as bien grandi, dis-moi.

Blay rougit en retirant sa main.

— Toi aussi.

Les yeux gris étincelèrent.

— Vraiment ? Dans le bon sens du terme ?

— Oh… oui. Je ne voulais pas…

— Qu'est-ce que tu deviens ? Es-tu lié avec une jolie femelle que tes parents t'ont trouvée ?

Blay laissa échapper un rire dur.

— Grands dieux, non. Personne ne veut de moi.

Vhif vint se poster entre eux.

— Et *toi,* Sax, comment vas-tu ?

— Plutôt bien, répondit ce dernier sans quitter Blay des yeux. Sauf que mes parents veulent que je quitte Caldwell. Et que je n'ai aucune envie de partir.

Désireux d'échapper à son regard, Blay focalisa son attention sur son verre en comptant les glaçons à la surface du liquide brun.

— Et toi, qu'est-ce que tu fais ici ?

Un long silence suivit sa question. Surpris par le mutisme de Vhif, Blay se décida enfin à lever les yeux.

Oh ! Ce n'était pas à son cousin que Saxton avait posé la question.

— On t'a posé une question, Blay, intervint Vhif dans un froncement de sourcils.

Pour la première fois depuis… une éternité pour ainsi dire… Blay chercha le regard de son meilleur ami. Inutile de forcer son courage : comme d'habitude, les yeux vairons fixaient quelqu'un d'autre. Beaucoup d'hommes auraient courbé l'échine en croisant ce genre de regard. Le cousin de Vhif, lui, ne sembla pas y prêter attention, ou peut-être s'en fichait-il.

— Réponds à ma question, Blaylock, murmura-t-il.

Blay s'éclaircit la voix.

— On est venus aider un ami.

— Admirable, commenta Saxton dans un sourire, dévoilant une rangée de dents étincelantes. On devrait faire un truc ensemble, un de ces quatre.

La voix de Vhif trahissait sa tension.

— Oui, très bonne idée. Je te donne mon numéro.

Il était en train d'énumérer les chiffres quand John, Trez et iAm réapparurent. On fit les présentations, quelques mots furent échangés mais Blay resta en dehors de la conversation ; il termina son soda et mit son verre dans le lave-vaisselle.

Lorsqu'il contourna le bar et passa devant Saxton, celui-ci lui tendit la main.

— Ça m'a fait plaisir de te revoir.

Par réflexe, Blay saisit la main qu'on lui tendait… et se rendit compte après l'avoir serrée qu'une carte de visite se trouvait dans le creux de sa paume. Alors qu'il s'efforçait de cacher sa surprise, Saxton sourit.

Blay enfouit la carte dans sa poche et Saxton se tourna vers Vhif.

— Je t'appellerai, cousin.

— Ouais. OK.

Les salutations furent moins chaleureuses de la part de Vhif mais, une fois encore, Saxton sembla s'en moquer.

— Excusez-moi, lança Blay à la cantonade.

Il quitta le restaurant seul et alluma une cigarette sous la porte cochère, prenant appui contre la brique froide, un pied posé sur le mur.

Il commença à fumer puis sortit la carte de sa poche. Le bristol était épais, de couleur crème. Les lettres n'étaient pas en relief mais gravées… bien sûr, dans une typographie noire, de style classique. Il porta le carton à son nez et huma l'eau de toilette de son propriétaire.

C'était un parfum agréable. Très agréable. Vhif n'appréciait guère ce genre de trucs… C'était sans doute la raison pour laquelle il exhalait, la plupart du temps, le cuir et le sexe.

Il rangea la carte dans la poche intérieure de son blouson en tirant une autre bouffée, qu'il expira lentement. Il n'avait pas l'habitude d'attirer l'attention. Ni d'être dragué. C'était lui qui prenait l'initiative d'ordinaire, et Vhif était l'objet de sa convoitise depuis très longtemps.

Les portes s'ouvrirent et ses amis sortirent du restaurant.

— Bon sang, je déteste la fumée, marmonna Vhif en balayant le nuage que Blay venait de recracher.

Ce dernier éteignit sa cigarette contre le talon de sa botte et enfouit le mégot dans sa poche.

— Où va-t-on ?

— *À l'Xtreme Park,* signa John. *À côté du fleuve. Ils nous ont donné une autre piste mais il faudra quelques jours pour nous organiser.*

— Le parc ne fait-il pas partie du territoire des gangs ? demanda Blay. La police traîne pas mal dans le coin, non ?

— Pourquoi aurions-nous peur des flics ? intervint Vhif en laissant échapper un rire dur. En cas de problème, Saxton pourra toujours nous sortir d'affaire, non ?

Blay jeta un coup d'œil à son ami. Cette fois, il aurait dû être prêt à affronter le regard bleu et vert de Vhif qui le transperça, et il sentit cette onde si familière traverser sa poitrine.

Seigneur… c'était l'être qu'il aimait, songea-t-il. Pour toujours.

C'était cette mâchoire volontaire et déterminée, ces sourcils noirs au contour net, ces piercings dans l'oreille et la lèvre inférieure, pleine et charnue. C'était cette épaisse chevelure noire et brillante, cette peau dorée et ce corps puissamment musclé. C'était sa façon de rire et le fait qu'il ne versait jamais la moindre larme, jamais. C'étaient les cicatrices sur son ventre que personne n'avait jamais vues et la certitude qu'il serait toujours le premier à s'élancer dans un bâtiment en flammes, une bagarre sanglante ou un accident de voiture.

C'étaient toutes ces choses que Vhif avait été et serait à l'avenir.

Mais rien ne changerait jamais.

— Qu'est-ce qui ne changera pas ? demanda Vhif en fronçant les sourcils.

Et merde ! Il avait parlé à voix haute.

— Rien. On y va, John ?

Ce dernier les dévisagea à tour de rôle, puis hocha la tête.

— *Il ne nous reste plus que trois heures avant le lever du soleil. Ne perdons pas de temps.*

Chapitre 6

— J'adore ta façon de me regarder.

À l'autre bout de la pièce, Xhex s'abstint de tout commentaire. À la manière dont il se tenait, affalé devant la commode, une épaule plus haute que l'autre, elle songea qu'il était fort possible qu'elle lui ait déboîté la clavicule. Et ce n'était pas sa seule blessure : un filet de sang noir s'écoulait de la lèvre qu'elle lui avait fendue, et il boiterait sans doute un moment, vu qu'elle l'avait aussi mordu à la cuisse.

Le regard de Flhéau glissa sur elle mais elle ne chercha pas à se couvrir de ses mains. S'il était prêt pour le deuxième round, elle allait avoir besoin de toute son énergie. Et puis la pudeur n'avait lieu d'être que lorsqu'on s'intéressait un tant soit peu à son corps. Pour sa part, il y avait belle lurette qu'elle n'accordait plus la moindre attention au sien.

— Tu crois au coup de foudre ? demanda Flhéau.

Avec un grognement, il se releva et se cala contre la commode pour essayer de bouger son bras.

— Alors ?

— Non.

— Tu es cynique.

Il tituba jusqu'à l'arche qui menait à la salle de bains. Là, il posa une main sur le mur, se tourna vers la gauche et inspira profondément.

D'un coup sec, il remit son bras en place, la manœuvre s'accompagnant d'un craquement et d'un juron retentissants. Puis il se laissa aller contre le mur, la respiration hachée, et les égratignures de son visage laissèrent des traces de sang noir, du sang d'éradiqueur, sur les moulures blanches. Il finit par se tourner vers elle en souriant.

— Tu viens prendre une douche avec moi ?

Devant son silence, il secoua la tête.

— Non ? Quel dommage.

Il disparut derrière la cloison en marbre et, quelques secondes plus tard, l'eau se mit à ruisseler.

Ce ne fut que lorsqu'elle l'entendit se laver et sentit le parfum de son savon qu'elle remit soigneusement en place ses bras et ses jambes.

Aucun signe de faiblesse. Elle ne lui montrerait aucun signe de faiblesse. Et il ne s'agissait pas seulement d'être forte pour lui passer l'envie de danser le tango. Sa nature lui interdisait de se laisser mater par quiconque : sa mort serait celle d'un guerrier.

Elle fonctionnait ainsi, voilà tout : elle était invincible, et ce constat n'avait rien de prétentieux. Elle le savait d'expérience : quoi qu'on lui fasse, elle était capable de le surmonter.

Mais, Seigneur, elle détestait se battre contre lui. Détestait toute cette sale histoire.

Lorsqu'il reparut un moment plus tard, il était propre et son corps cicatrisait déjà : les bleus disparaissaient à vue d'œil, les griffures se refermaient et les os se ressoudaient comme par magie.

C'était bien sa chance. Un vrai robot rechargeable, merde !

— Je vais voir mon père, déclara-t-il en s'approchant d'elle.

Elle lui montra les crocs, ce dont il parut se réjouir brièvement.

— J'aime ton sourire.

— C'est pas un sourire, enfoiré.

— Peu importe ce que c'est, ça me plaît. Un jour, je te présenterai à mon cher vieux papa. J'ai des projets pour nous deux.

Flhéau se pencha vers elle, probablement avec l'intention de l'embrasser, mais se ravisa lorsqu'elle émit un sifflement rauque.

—Je reviens vite, mon amour, murmura-t-il.

Il savait qu'elle détestait tout ce baratin romantique, mais cette fois elle s'efforça de rester de marbre, tout comme elle évita de le provoquer lorsqu'il pivota sur ses talons et quitta la pièce.

Plus elle refusait d'entrer dans son jeu, plus il s'y engluait, et plus elle gardait la tête froide.

En l'écoutant s'affairer dans la pièce voisine, elle l'imagina en train de s'habiller. Il avait déménagé sa garde-robe dès qu'il avait compris comment les choses se passeraient entre eux. Il détestait le désordre et prenait grand soin de ses vêtements.

Quand le silence retomba et qu'elle l'entendit descendre l'escalier, elle inspira profondément et fit un effort pour se relever. Il régnait encore une chaleur moite, presque tropicale, dans la salle de bains et, bien qu'elle détestât utiliser le même savon que lui, elle haïssait encore plus ce qu'il y avait sur sa peau.

Elle se glissa sous le jet d'eau chaude et aussitôt le marbre sous ses pieds se teinta de rouge et de noir. Les deux sangs s'écoulaient depuis son corps vers la bonde. Elle se lava et se rinça rapidement : Flhéau venait juste de partir, et il était du genre imprévisible. Il pouvait aussi bien revenir dans la minute que disparaître toute une journée.

Le parfum raffiné de ce foutu savon français que Flhéau aimait tant lui donnait la nausée. La majorité des femmes appréciaient sans doute ce mélange de jasmin et de lavande. Elle aurait mille fois préféré se laver avec la bonne vieille savonnette qu'utilisait Vhen. Elle lui aurait certainement piqué et brûlé les plaies, mais la souffrance ne lui faisait pas peur. Mieux, l'idée de se nettoyer jusqu'au sang lui plaisait bien.

Penchée en avant ou de côté, elle savonna ses bras et ses jambes couvertes de blessures diverses et songea soudain aux cilices qu'elle avait toujours portés pour contrôler sa nature *symphathe*. Les combats qui se déroulaient dans cette chambre à coucher lui procuraient son lot de souffrance physique, si bien qu'elle n'avait pas besoin de tempérer ses inclinations perverses. Même si, au fond, c'était sans importance. Elle n'évoluait pas parmi les « gens normaux », et le côté sombre de sa personne l'aidait à gérer la situation.

Toutefois, après avoir porté pendant deux décennies ces chaînes hérissées de pointes, il lui semblait bizarre d'en être privée. Elle les avait laissées à la Confrérie… sur la commode de la pièce où elle avait séjourné avant leur départ pour la colonie. Elle avait bien eu l'intention de rentrer au lever du jour, d'aller se doucher et de les remettre en place… mais, à l'heure qu'il était, nul doute que ces instruments de pénitence prenaient la poussière en attendant son retour.

Elle commençait à se demander si elle les reverrait un jour, ces deux garces.

C'était incroyable comme la vie pouvait basculer d'un instant à l'autre : on quittait sa maison en pensant y retourner un peu plus tard et, brusquement, le chemin qu'on suivait nous emmenait là on ne s'y attendait pas.

Combien de temps les frères laisseraient-ils ses affaires en place ? Combien de temps s'écoulerait-il avant que ses effets personnels, qu'ils se trouvent dans la maison des frères, sa cabane de chasse ou son appartement en sous-sol, ne deviennent qu'un bric-à-brac insignifiant ? Disons deux semaines… maximum. Cela dit, étant donné que personne excepté John ne connaissait l'existence de son refuge souterrain, ses affaires croupiraient là-bas plus longtemps.

Le reste serait relégué dans un placard au bout de quinze jours. Puis dans une petite boîte, au grenier.

Ou peut-être même directement à la poubelle.

C'était ainsi quand les gens mouraient. Ce qui avait jadis appartenu à quelqu'un finissait à la poubelle… à moins que quelqu'un d'autre ne s'approprie les affaires du défunt.

Mais qui voudrait de ses cilices ?

Elle ferma le robinet, sortit de la douche et se sécha avant de regagner la chambre. Alors qu'elle s'asseyait près de la fenêtre, le petit éradiqueur qui travaillait en cuisine entra avec un plateau chargé de nourriture.

Chaque fois qu'il posait les assiettes sur la commode, il regardait autour de lui d'un air intrigué, comme si après tout ce temps il se demandait encore pourquoi il laissait des repas chauds dans une pièce vide. Il inspecta également les murs, suivant du bout des doigts les traînées de sang noir. À en juger par son apparence soignée, il ne faisait aucun doute qu'il brûlait d'envie de tout retaper. Il faut dire qu'à l'arrivée de Xhex, les tentures de soie étaient impeccables ; maintenant, on aurait dit qu'elles avaient été passées à la moulinette.

Il se dirigea vers le lit, tira la couette froissée et remit les oreillers à leur place. En entrant, il avait laissé la porte grande ouverte et elle jeta un coup d'œil dans le couloir et l'escalier.

Inutile d'essayer de s'enfuir. Elle s'était déjà jetée sur lui, mais sans succès. Et le mode *symphathe* n'avait pas plus fonctionné car elle était piégée aussi bien mentalement que physiquement.

Elle devait donc se contenter de l'observer en rêvant de pouvoir le neutraliser, d'une manière ou d'une autre. Bon sang, ce désir de tuer à la fois puissant et inexploitable ressemblait sans doute à ce que ressent un lion derrière les barreaux, quand le dresseur pénètre dans sa cage pour faire le ménage et lui apporter à manger. Le type va et vient, déplace quelques bricoles dans votre cadre de vie, mais vous, vous êtes coincé.

Et ça, ça donne envie de mordre.

Après son départ, elle s'approcha du plateau. Se défouler sur le steak ne servirait à rien, sans compter qu'elle avait besoin de calories pour continuer à se battre. Même si la nourriture avait un goût de carton dans sa bouche, elle se força à l'avaler. Éprouverait-elle de nouveau l'envie et le plaisir de manger ?

L'important pour le moment était de reprendre des forces, rien de plus. Ni de bien excitant.

Lorsqu'elle eut achevé son repas, elle regagna sa place sur la bergère, près de la fenêtre, et ramena ses genoux sur sa poitrine. Les yeux fixés sur la rue, elle ne bougeait plus mais son esprit, lui, restait en alerte.

Même après toutes ces semaines, elle cherchait encore un moyen de s'échapper… et elle poursuivrait son but jusqu'à son dernier souffle.

À l'instar de ce besoin qu'elle avait d'affronter Flhéau, son désir de s'échapper ne dépendait pas seulement des circonstances ; il faisait partie de son être, de son existence en tant que femme, et cette prise de conscience lui fit penser à John.

Elle s'était éloignée de lui avec une telle détermination…

Elle repensa aux moments qu'ils avaient passés ensemble. Pas la dernière fois, lorsqu'il lui avait fait payer sa rebuffade, mais celle d'avant, dans son appartement en sous-sol. Après leurs ébats, il avait cherché à l'embrasser… À l'évidence, il désirait plus qu'une simple relation sexuelle, autre chose qu'un coup rapide. Et quelle avait été sa réaction ? Elle avait battu en retraite dans la salle de bains où elle s'était lavée à grande eau, comme s'il l'avait salie. Puis elle était partie.

Après ça, elle ne lui tenait pas rigueur de la façon dont s'était déroulée leur dernière rencontre.

Elle promena son regard sur sa prison vert sombre. Elle mourrait sans doute là, et probablement bientôt, car cela faisait un bout de temps qu'elle ne s'était pas nourrie de sang alors même qu'elle subissait un énorme stress physique et psychologique.

La vision de sa propre mort lui fit penser aux nombreux visages qu'elle avait contemplés au moment où la vie quittait leurs corps et où les âmes s'envolaient, libérées. En tant que meurtrière, la mort avait été son métier. En tant que *symphathe,* ça avait été une sorte de vocation.

Ce processus l'avait toujours fascinée. Tous les êtres qu'elle avait tués s'étaient risqués à résister, alors qu'ils savaient pertinemment, puisqu'elle se tenait au-dessus d'eux avec une arme, qu'elle frapperait de nouveau s'ils réussissaient à s'extirper de la spirale fatale. Mais à l'évidence c'était sans importance. L'effroi et la douleur s'avéraient d'incroyables sources d'énergie qui nourrissaient leur dernier combat. Elle savait ce que c'était que d'essayer de respirer alors qu'on ne pouvait plus avaler d'air... Le voile de sueur froide enveloppant la peau brûlante. Et puis les muscles qui perdaient de leur force mais qu'on continuait malgré tout à solliciter. *Bougez, merde à la fin, bougez, bougez!*

Ses précédents ravisseurs l'avaient poussée plus d'une fois aux frontières de la mort.

Si les vampires avaient foi en la Vierge scribe, les *symphathes,* eux, ne croyaient pas en l'existence d'une vie après la mort. Ils considéraient le trépas comme une voie de sortie qui ne débouchait sur rien d'autre qu'un mur de brique. Après ça, c'était le néant.

Pour sa part, Xhex n'adhérait pas à tout ce baratin pseudo-sacré. Que ce soit lié à l'espèce ou à l'éducation, le résultat était le même. La mort, c'était l'extinction des feux, fin de l'histoire. Merde alors, elle l'avait côtoyée tellement de fois. Après l'ultime combat, il n'y avait... rien. Ses victimes arrêtaient juste de gigoter, figées dans la position qu'elles avaient lorsque leur cœur avait cessé de battre. Des gens mouraient peut-être le sourire aux lèvres mais, à sa connaissance, il s'agissait plutôt d'une grimace.

S'ils étaient morts dans la chaude lumière blanche du paradis, du royaume éternel et tout le toutim, leurs visages auraient exprimé une joie éclatante, un peu comme s'ils avaient gagné au loto.

Mais peut-être ne se préoccupaient-ils pas de ce qui les attendait, à ce moment-là ? Peut-être faisaient-ils cette tête parce qu'ils se rappelaient ce qu'avait été leur vie ?

Ah, les regrets… qui n'en avait pas ?

Mis à part le fait qu'elle aurait aimé naître dans d'autres circonstances, Xhex supportait le poids de deux transgressions, plus lourdes que toutes les autres.

Elle regrettait de ne pas avoir confié à Mheurtre, des années auparavant, qu'elle était à moitié *symphathe.* S'il l'avait su, il ne serait pas venu la chercher lorsqu'on l'avait emmenée à la colonie. Il aurait compris qu'il était inévitable que l'autre partie de sa famille la réclame un jour et sa vie ne se serait pas achevée dans ces circonstances.

Elle aurait également aimé pouvoir dire à John Matthew qu'elle était désolée. Elle l'aurait tout de même repoussé, car c'était le seul moyen de l'empêcher de commettre les mêmes erreurs que son ex. Mais elle lui aurait expliqué qu'il n'y était pour rien. Que le problème venait d'elle.

Il s'en sortirait, c'était l'essentiel. Les frères et le roi de l'espèce étaient là pour veiller sur lui et, comme elle avait eu la bonne idée de le rejeter, il ne tenterait rien d'insensé.

Elle était toute seule, là, et advienne que pourra.

Après avoir mené une vie pleine de violence, il n'était pas étonnant qu'elle connaisse une fin identique… Mais, quoi qu'il en soit, elle avait bien l'intention d'emporter avec elle quelques grammes de chair fraîche.

Chapitre 7

Merde, la nuit touchait à sa fin.

John consulta sa montre, mais en pure perte. Ses yeux commençaient à lui picoter, ce qui était un signe indéniable.

La simple idée que le jour se lèverait bientôt suffisait à le faire cligner des yeux plus vite.

De toute façon, l'activité à l'Xtreme Park ralentissait à l'approche de l'aube ; les derniers camés se redressaient sur les bancs ou disparaissaient dans les toilettes publiques pour un dernier shoot. Contrairement aux autres parcs de Caldwell, celui-ci restait ouvert 24 heures sur 24, 7 jours sur 7. Des barres de néon, fixées au sommet de grands poteaux, éclairaient l'étendue de béton. À quoi songeaient les urbanistes le jour où ils avaient décidé de ne jamais fermer ce parc ? Toujours est-il que le trafic de drogue ne cessait jamais. Avec tous les produits en circulation, cet endroit ressemblait à une sorte de bar, loin de ceux de Trade.

Sauf qu'on n'y croisait pas d'éradiqueurs. Juste des humains trafiquant avec d'autres humains venus se droguer dans la nuit.

C'était toutefois un marché prometteur. En admettant que Flhéau n'ait pas encore infiltré la zone, il ne tarderait pas à le faire. Les flics patrouillaient dans des bagnoles de police mais malgré tout l'endroit offrait pas mal de recoins protégés, bien connus des dealers et de leurs clients. Le parc ressemblait à une vaste terrasse agrémentée de rampes de glisse et de tremplins. Son principal intérêt était qu'on voyait les flics de loin et qu'on avait tout le temps de se planquer avant leur arrivée.

Sans compter que les dealers avaient une parfaite connaissance du terrain. Depuis leur poste de surveillance derrière le local à outils, John et ses amis avaient observé la même scène des dizaines de fois. À se demander pourquoi les flics ne faisaient pas leurs rondes en voiture banalisée ou ne tentaient pas de s'infiltrer en civil!

Mais peut-être était-ce déjà le cas. Peut-être y avait-il d'autres types, comme lui, que personne ne remarquait. Bon, pas exactement comme lui, ou Vhif, ou Blay. Si expérimenté fût-il, aucun membre du commissariat de police de Caldwell ne passerait jamais aussi inaperçu qu'eux, et pour cause : cela faisait trois heures que John et ses acolytes surveillaient les allées et venues dans le parc ; chaque fois qu'ils croisaient quelqu'un, ils effaçaient leur image de sa mémoire.

Ça faisait une drôle d'impression, de se trouver dans un endroit sans en faire réellement partie… d'être perçu sans être vu.

— On se tire ? demanda Vhif.

John leva les yeux vers le ciel de plus en plus clair et songea que, dans treize heures environ, cette putain de grosse lampe à chaleur qu'était le soleil disparaîtrait de nouveau et qu'ils pourraient revenir faire le guet dans leur planque.

Bordel de merde.

— John ? Allons-y.

L'espace d'un instant, il eut envie de faire taire son pote d'un coup de poing dans la gueule. Il leva les mains, prêt à lui faire comprendre qu'il n'en avait rien à foutre, qu'il n'avait pas à lui obéir.

D'un autre côté, ce n'était pas parce qu'ils attendraient là plus longtemps que Flhéau ferait son apparition. Ce n'était pas parce qu'il se défoulerait sur Vhif qu'une confrontation aurait lieu.

Alors il hocha la tête en jetant un dernier coup d'œil circulaire. Il ne restait plus qu'un seul dealer, à présent, un jeune type qui n'avait pas l'air de vouloir partir. Il tournait autour de la rampe centrale, une position stratégique qui lui permettait de tout voir, jusqu'à l'angle de la rue d'où déboulaient les bagnoles de flics.

Le gosse devait avoir dix-sept, dix-huit ans. Ses fringues flottaient autour de sa silhouette filiforme. Au-delà du look de skateur, sa maigreur laissait deviner qu'il consommait aussi ce qu'il vendait aux autres. Il aurait eu besoin d'un lavage à grande eau suivi d'un bon décapage, mais il n'en demeurait pas moins vif et alerte. Il donnait aussi l'impression de travailler seul. Détail intéressant. Pour garder le contrôle d'une zone de trafic, le dealer était généralement entouré d'une équipe, ce qui lui évitait de se faire dépouiller de sa marchandise ou de son fric. Mais ce jeune type-là… il était resté seul tout ce temps.

Deux solutions : soit il bénéficiait d'une super protection, quelque part, en coulisse, soit il ne tarderait pas à se faire démolir.

Appuyé contre le mur du bâtiment, John se redressa et fit signe à ses compagnons.

— *Allons-y.*

Lorsqu'il reprit sa forme réelle, les graviers crissèrent sous son poids et un vent frais lui balaya le visage. La cour de la demeure de la Confrérie était délimitée par la façade de la maison et les contreforts massifs du mur d'enceinte, haut de six mètres, courant tout autour de la propriété. Au milieu de la cour, une fontaine de marbre blanc attendait les beaux jours pour ruisseler de nouveau et cinq ou six voitures étaient garées en épi, prêtes à démarrer au quart de tour.

Le ronronnement d'un mécanisme bien huilé lui fit lever la tête. Dans un ballet parfaitement synchronisé, les stores en acier descendaient sur les fenêtres, recouvrant la multitude de petits carreaux, telles des paupières sur des yeux lourds de sommeil.

L'idée de devoir rentrer lui répugnait. La demeure abritait une cinquantaine de pièces mais elle ressemblait malgré tout à une boîte à chaussures quand on était obligé d'y rester jusqu'au coucher du soleil.

Lorsque Vhif et Blay se matérialisèrent à ses côtés, il gravit les marches menant à l'immense porte à double battant et pénétra dans le vestibule.

Là, il montra son visage à la caméra de surveillance. Le verrou se débloqua et il entra dans un hall digne de ceux de la Russie tsariste. Des colonnes en malachite et marbre rouge supportaient un plafond décoré d'une hauteur impressionnante. Des chandeliers et des miroirs peints à la feuille d'or diffusaient et renvoyaient une douce lumière magnifiant les couleurs. Quant à l'escalier… il ressemblait à une piste d'atterrissage tapissée s'élevant vers les cieux ; sa balustrade dorée formait à l'étage la rambarde du premier balcon en mezzanine.

Son père n'avait pas regardé à la dépense pour satisfaire son goût du spectaculaire. Il ne manquait plus qu'une musique d'orchestre et l'on imaginait facilement un roi descendant l'escalier dans un tourbillon d'étoffes…

Kolher fit son apparition en haut des marches, son corps massif vêtu de cuir noir, ses longs cheveux bruns cascadant sur ses larges épaules. Il portait des lunettes de soleil en forme de bandeau et, bien qu'il se trouvât en haut de l'escalier, il ne baissa pas les yeux. À quoi bon ? Il était aveugle.

Mais ce n'était pas comme s'il ne voyait plus rien. À son côté, George veillait sur lui. Le chien d'aveugle, un golden retriever, guidait le roi grâce à un harnais enserrant sa poitrine et son arrière-train et les reliant l'un à l'autre. Ils formaient un couple insolite, le bon Samaritain canin à l'allure élégante et le guerrier sans foi ni loi, capable d'égorger quelqu'un sur un simple coup de tête. Mais ils travaillaient bien ensemble, et Kolher adorait son chien, qu'il traitait avec tous les égards royaux dus à son rang. Au diable les croquettes ! George mangeait les mêmes plats que son maître : des morceaux de bœuf et d'agneau de premier choix. La rumeur courait aussi que le chien dormait dans le lit de Beth et Kolher ; cette information restait toutefois à vérifier puisque personne n'était autorisé à pénétrer dans les quartiers de la Première famille.

Kolher entreprit de descendre l'escalier. Il boitait depuis son retour de l'autre côté, chez la Vierge scribe. Personne ne savait qui il voyait là-bas, ni pourquoi il revenait régulièrement avec un œil au beurre noir ou une lèvre fendue, mais tout le monde, John y compris, se réjouissait de ces expéditions. Elles procuraient un équilibre à Kolher tout en l'éloignant du champ de bataille.

Tandis que le roi approchait, d'autres frères poussèrent la porte que John venait de franchir et il préféra s'éclipser. Si les Ombres avaient senti l'encre fraîche, tous ces gens qui s'apprêtaient à prendre leur Dernier Repas avant le lever du jour percevraient cette même odeur en un clin d'œil.

Par chance, il y avait un bar en libre service dans la bibliothèque et John alla se verser un verre de whisky. Le premier d'une longue série.

Il avala une gorgée d'alcool et s'appuya au comptoir de marbre. Si seulement il disposait d'une machine à voyager dans le temps… mais qu'en ferait-il, cela dit ? Remonterait-il le temps ou bien se projetterait-il dans le futur ?

— Tu veux manger ? demanda Vhif depuis le seuil de la porte.

Sans le regarder, John secoua la tête en remplissant de nouveau son verre. L'alcool lui apporterait un peu de soulagement.

— OK, je t'apporte un sandwich.

Avec un juron, John fit volte-face.

— *J'ai dit non,* assena-t-il en quelques gestes.

— Du rôti de bœuf ? Parfait. Je te mettrai aussi une part de *carrot cake.* Tu trouveras le plateau dans ta chambre, déclara Vhif en tournant les talons. Si tu restes encore cinq minutes ici, tout le monde sera passé à table et la voie sera libre pour monter.

Sur ce, il s'éloigna. À moins de lui jeter son verre à la tête, John n'avait aucun moyen d'exprimer son mécontentement. À quoi bon gâcher du whisky de qualité ? Vhif avait la tête tellement dure qu'un coup de matraque sur le crâne ne lui ferait ni chaud ni froid.

Heureusement, l'alcool commença à faire son effet, telle une brume anesthésiante enveloppant d'abord ses épaules avant de se répandre dans le reste de son corps. Son esprit n'était pas apaisé pour autant, mais ses os et ses muscles se détendirent.

Après avoir patienté cinq minutes, John prit son verre et la bouteille et grimpa les marches deux à deux. Les conversations étouffées de la salle à manger le suivirent dans l'escalier, mais ce fut tout. À table, les rires se faisaient rares depuis quelque temps.

Il ouvrit la porte de sa chambre et pénétra dans une véritable jungle. Des vêtements recouvraient toutes les surfaces existantes : la commode, le fauteuil, le lit et l'écran plasma de la télé. Comme si la penderie avait recraché tout son contenu. Des bouteilles de whisky vides encombraient les deux tables de chevet et d'autres cadavres jonchaient le sol, jusque dans les plis des draps.

Cela faisait deux semaines qu'il avait interdit l'accès de sa chambre à Fritz et son équipe de nettoyage. Au train où allaient les choses, il leur faudrait une faux quand il se déciderait à ouvrir sa porte.

Il se déshabilla, abandonnant son pantalon de cuir et sa chemise par terre ; en revanche, il veilla à retirer toutes les armes de sa veste avant de la jeter sur le lit. Dans la salle de bains, il inspecta ses deux couteaux puis nettoya rapidement ses revolvers avec le kit qu'il avait laissé sur le second lavabo.

OK, il se laissait aller, encore plus qu'un étudiant à la fac, d'accord, mais avec les armes c'était différent. Il fallait entretenir le matériel avec soin.

Il se doucha rapidement. En étalant le savon sur son torse et son ventre musclés, il songea à l'époque où la simple caresse de l'eau chaude sur son sexe suffisait à le faire bander. Cette époque-là était révolue. Il n'avait pas eu d'érection… depuis sa dernière entrevue avec Xhex.

Il avait perdu l'envie, tout simplement. Même dans ses rêves, et ça, c'était nouveau. Bon sang, avant sa transition, alors qu'il était censé n'avoir aucune conscience de sa sexualité, toutes sortes d'images torrides jaillissaient de son subconscient. Et ces ébats étaient si réels, si détaillés, qu'ils ressemblaient davantage à des souvenirs qu'à des fantasmes engendrés par le sommeil.

Qu'en était-il à présent ? Les seules images défilant dans son cerveau étaient des scènes de poursuite, des scènes où il courait comme un dératé, pris de panique, sans savoir qui le pourchassait… ni s'il réussirait à trouver un abri.

En sortant de la salle de bains, il trouva sur un plateau un sandwich au rosbif et une énorme part de *carrot cake*. Rien à boire, mais Vhif savait que seul un certain liquide ambré était capable de le rafraîchir.

John mangea debout devant la commode, nu comme au jour de sa naissance. Lorsque la nourriture atterrit dans son estomac, elle pompa toute son énergie et aspira toutes ses pensées. Après s'être essuyé la bouche avec la serviette en lin, il sortit le plateau dans le couloir puis, machinalement, alla se brosser les dents.

Enfin, il éteignit les lumières de la salle de bains. Celles de la chambre. Et s'assit sur le lit avec pour toute compagnie une bouteille de whisky.

Malgré son état d'épuisement, il n'était pas pressé de se coucher. Il existait un rapport inverse entre son stock d'énergie et la distance entre sa tête et le sol : même lorsqu'il était éreinté, à la seconde où sa tête touchait l'oreiller, ses pensées se mettaient à valser et tourbillonner au point qu'il se retrouvait vite parfaitement réveillé, les yeux rivés au plafond, à compter les heures et ses malheurs.

Il vida son verre et appuya les coudes sur ses genoux. Quelques minutes plus tard, sa tête dodelina et ses paupières se fermèrent. Quand il commença à pencher sur le côté, il ne résista pas, sans savoir s'il allait atterrir sur les oreillers ou la couette.

Les oreillers.

Il posa ses pieds sur le lit, remonta les draps sur ses hanches et savoura un délicieux moment d'abandon. Peut-être le cycle se briserait-il ce soir ? Peut-être cette exquise spirale de soulagement l'aspirerait-elle dans le trou noir dont il rêvait ? Peut-être aurait-il…

Ses yeux s'ouvrirent brusquement et il scruta l'épaisse obscurité.

Non. La fatigue le poussait au bord de l'étourdissement, il n'était pas complètement réveillé… et pourtant, tous ses sens étaient en alerte. Il se passa une main sur le visage, intrigué par cette situation contradictoire, et songea qu'il s'agissait peut-être de l'équivalent cognitif de la capacité à voler des bourdons : les physiciens soutenaient que c'était impossible et pourtant c'était bien la réalité.

Il roula sur le dos, croisa les bras sur son torse et bâilla si fort que sa mâchoire craqua. Devait-il allumer la lumière ? L'obscurité accentuait le tourbillon dans son crâne, mais la lampe lui brûlait les yeux au point de lui donner l'impression de pleurer du sable. D'habitude, il jouait avec l'interrupteur, éteignait et allumait sans fin.

Dans le couloir aux statues, il entendit Zadiste, Bella et Nalla regagner leur chambre. Tandis que le couple parlait du dîner, Nalla roucoulait et babillait comme le font les bébés quand ils sont repus et que leurs parents s'occupent d'eux avec amour.

Blay fut le suivant. Avec V., il était le seul fumeur de la maisonnée et John le reconnut grâce à ça. Vhif était avec lui. Forcément. Blay n'aurait pas allumé de cigarette devant sa chambre, sinon.

C'était sa façon de se venger de l'épisode avec la nana du studio de tatouage, et qui pourrait bien lui en vouloir ?

Il y eut ensuite un long silence. Puis une dernière paire de bottes.

Tohr allait se coucher.

Reconnaissable à son pas lent et relativement léger pour un frère, Tohr s'efforçait de retrouver sa forme physique. En toute logique, il n'avait pas été retenu pour le champ de bataille. Il lui faudrait encore gagner vingt-cinq kilos de muscles avant d'aller se colleter avec l'ennemi.

Personne d'autre ne viendrait, à présent. Lassiter, l'ombre dorée de Tohr, ne dormait pas ; l'ange restait généralement dans la salle de billard à regarder des programmes télé hautement intellectuels.

Le silence… silence… silence…

Lorsque les battements de son cœur commencèrent à l'agacer, John se redressa en jurant puis alluma la lumière. Il s'adossa aux oreillers et laissa tomber ses bras sur le côté. Il ne partageait pas la fascination de Lassiter pour le petit écran, mais n'importe quoi était préférable au silence. Il tâtonna parmi les bouteilles vides, à la recherche de la télécommande, et appuya sur le bouton « marche ». Il y eut un moment de flottement, comme si l'appareil avait oublié à quoi il servait, puis l'image apparut.

Linda Hamilton bondissait dans un couloir, le corps propulsé par une énergie débordante. Tout au bout, les portes d'un ascenseur s'ouvrirent… sur un gamin aux cheveux bruns accompagné d'Arnold Schwarzenegger.

John rappuya sur le même bouton, et l'image disparut.

La dernière fois qu'il avait vu ce film, c'était avec Tohr… à l'époque où le frère l'avait arraché à sa triste existence pour lui montrer qui il était vraiment… avant que toutes les coutures de leurs vies ne lâchent.

À l'orphelinat, dans le monde humain, John avait toujours eu conscience qu'il était différent. Ce soir-là, le frère lui avait révélé la raison de ce sentiment, et la vision de ses canines acérées avait suffi à tout expliquer.

Évidemment, c'est angoissant de découvrir qu'on n'est pas celui qu'on a toujours cru être. Mais Tohr était resté près de lui et avait pris le temps de regarder la télé en sa compagnie, alors même qu'il était de garde et qu'il devait veiller sur sa *shellane,* enceinte à l'époque.

C'était la chose la plus gentille qu'on ait jamais faite pour lui.

Revenant au présent, John jeta la télécommande sur la table de chevet. Elle rebondit, renversant une bouteille vide au passage. Quelques gouttes de liquide s'en échappèrent et il attrapa un tee-shirt pour réparer les dégâts. Compte tenu du bazar ambiant, c'était un peu comme commander un soda *light* avec un Big Mac et des frites.

Mais qu'importe.

Il essuya la table de chevet, soulevant les bouteilles une à une, puis ouvrit le tiroir pour nettoyer le…

Jetant son tee-shirt par terre, il tendit la main vers un vieux livre relié de cuir.

Cela faisait à peu près six mois que le journal de bord était en sa possession, et il ne l'avait toujours pas ouvert.

C'était la seule chose qu'il tenait de son père.

N'ayant rien d'autre à faire et nulle part où aller, il souleva la couverture. Les pages en vélin dégageaient une odeur de renfermé mais l'encre était encore tout à fait lisible.

John repensa aux phrases qu'il avait écrites à Trez et iAm, au *Sal's*, et se demanda si son écriture ressemblait à celle de son père. Les pages du journal étant écrites en langue ancienne, il était impossible de le savoir.

Fixant les lignes de ses yeux fatigués, il commença par examiner la manière dont les lettres étaient formées, comment les traits à l'encre dessinaient les symboles. Il n'y avait là ni fautes ni ratures et, bien que les feuilles ne soient pas quadrillées, son père avait écrit parfaitement droit, chaque ligne de la même longueur. Il imagina Audazs, penché sur les feuilles de son carnet, écrivant à la lueur d'une bougie, trempant sa plume…

Un curieux frisson parcourut John. Il n'allait tout de même pas être malade… Heureusement, la nausée passa au moment où une autre image germa dans son esprit.

Une imposante demeure en pierre, un peu semblable à celle où ils se trouvaient en ce moment. Une pièce pleine de jolies choses. Un bureau et quelques lignes griffonnées à la hâte sur ces pages avant un grand bal.

La lueur des bougies, douce et rassurante.

John se ressaisit et continua à tourner les feuilles du carnet. Au fil des pages, il cessa de scruter la taille des caractères pour lire ce qui était écrit…

D'abord noire, l'encre devint marron lorsque son père relata sa première nuit dans le camp de guerre. Il racontait le froid, la peur, combien les siens lui manquaient.

Combien il se sentait seul.

John compatit tellement que toute distance entre le père et le fils s'évanouit : en dépit des nombreuses, très nombreuses années et le continent qui les séparaient, il eut l'impression de se retrouver dans la peau de son père.

Pas étonnant, au fond. Ne vivait-il pas exactement la même situation ? Une réalité hostile jalonnée de recoins obscurs… et aucun parent sur qui compter maintenant que Wellsie était morte et que Tohr n'était plus que l'ombre de lui-même.

Impossible de savoir à quel moment ses paupières se fermèrent.

Toujours est-il qu'il finit par s'endormir, avec le peu qui lui restait de son père reposant respectueusement entre ses mains.

Chapitre 8

Ancienne Contrée, printemps 1671

Audazs se matérialisa au beau milieu d'une forêt dense, reprenant forme devant l'entrée d'une grotte. Il scruta la nuit, à l'affût de bruits insolites… Des cerfs gambadaient avec grâce le long du ruisseau, une petite brise sifflait entre les aiguilles de pin et il entendait le bruit de sa propre respiration. Ni humain ni éradiqueur ne traînait dans les environs.

Il attendit encore un peu avant de se glisser sous le surplomb formé par les roches pour pénétrer dans une cavité naturelle créée il y a une éternité. Plus il s'enfonçait, plus l'air s'épaississait d'une odeur qu'il méprisait : un mélange de poussière, de moisissure et d'humidité froide qui lui rappelait le camp de guerre. Bien qu'il ait quitté cet enfer vingt-sept ans plus tôt, les souvenirs de cette époque avec le Saigneur lui donnaient encore la chair de poule.

Arrivé devant la paroi du fond, il passa la main sur la roche rugueuse et humide, à la recherche de la poignée en fer qui déverrouillait la porte secrète. Les gonds tournèrent dans un grincement étouffé tandis qu'une partie de la paroi coulissait sur la droite. Sans attendre l'ouverture complète, il se glissa dans le passage de profil dès qu'il eut assez de place pour y insérer son torse puissant. Une fois de l'autre côté, il actionna une autre poignée et attendit que la paroi soit refermée.

Le long couloir conduisant au sanctum sanctorum *de la Confrérie était éclairé par des torches vives projetant des ombres angulleuses qui glissaient et tressautaient sur le sol et le plafond bosselés. Parvenu à mi-chemin, il entendit les voix de ses frères.*

Manifestement, ils étaient venus nombreux à la réunion, à en juger par le brouhaha de voix basses et masculines s'entrechoquant dans l'espace confiné.

Sans doute était-il le dernier.

Lorsqu'il atteignit la grille en fer, il sortit une lourde clé de sa poche intérieure et l'inséra dans la serrure. Ouvrir la porte demandait de la force, même pour lui, l'imposant portail ne cédant que si celui qui cherchait à entrer se montrait capable de la pousser en grand.

Il descendit sur la vaste esplanade enserrée dans les entrailles de la terre. La Confrérie était au complet et, à son arrivée, la réunion débuta.

Lorsqu'il prit place auprès d'Ahgonie, les voix se turent et Kolher le Juste enveloppa l'assistance du regard. Les frères respectaient le chef de l'espèce car même s'il n'était pas un guerrier, comme eux, c'était un descendant royal, un mâle de valeur dont les sages conseils et la retenue prudente étaient d'une aide précieuse dans la guerre contre la Société des éradiqueurs.

— Mes guerriers, commença le roi. Ce soir, je viens vous informer de faits graves et formuler une requête. Un émissaire doggen *s'est présenté à mon domicile en plein jour pour solliciter une audience privée. Après avoir refusé d'exposer la raison de sa visite à mon assistant, il s'est effondré en sanglotant.*

Tandis que le monarque observait les visages de son regard vert pâle, Audazs se demanda où il voulait en venir. À rien de bon, sans doute.

— C'est alors que je suis intervenu, reprit le roi en baissant brièvement les paupières. Le maître du doggen *l'avait chargé de m'annoncer une terrible nouvelle. Il se trouve que la jeune fille de la famille a disparu. Elle s'était retirée tôt et paraissait en bonne santé, mais lorsque sa servante a voulu lui apporter*

une collation vers midi, pensant qu'elle aurait peut-être faim, elle a trouvé la chambre vide.

Ahgonie, le chef convers de la Confrérie, prit la parole.

—À quel moment a-t-elle été vue pour la dernière fois ?

—Avant le Dernier Repas. Elle est allée voir ses parents pour leur dire qu'elle n'avait pas faim, qu'elle préférait aller se reposer.

Le regard du roi continua à se promener sur son auditoire.

—Son père est un mâle respectable qui m'a rendu des services personnels. Qui plus est, l'espèce tout entière lui est redevable des actions qu'il a soutenues en tant que menheur *du Conseil.*

Tandis que des jurons s'élevaient dans la grotte, le roi hocha la tête.

—Oui, il s'agit bien de la fille de Sampsone.

Audazs croisa les bras. C'était une bien mauvaise nouvelle, en effet. Les filles de la glymera *étaient comme des bijoux précieux aux yeux de leurs pères… jusqu'à ce qu'elles soient confiées à un autre mâle digne de ce nom qui veillerait sur elles avec la même attention. Ces femelles étaient cloîtrées et surveillées de près… Elles ne disparaissaient pas comme ça de chez elles.*

En revanche, les enlèvements n'étaient pas exclus.

Comme tous les biens rares, les femelles de bonne famille avaient une grande valeur. Et comme toujours en ce qui concernait la glymera, *on attachait moins d'importance à l'individu qu'à la famille dont il était issu : on acceptait de verser une rançon davantage pour sauver l'honneur d'une lignée que la vie d'une jeune fille. Il n'était pas rare d'entendre parler de rapts de vierges motivés par le désir de semer la terreur.*

La Société des éradiqueurs n'était pas l'unique élément malfaisant au monde. Certains vampires s'en prenaient aussi aux leurs.

La voix du roi résonna dans la cave, prenant des intonations profondes et pressantes.

—Comme tu es mon gardien personnel, je m'en remets à toi pour remédier à la situation, déclara-t-il en braquant les yeux

sur Audazs. Et je confierai à l'un d'entre vous la mission de se rendre sur le terrain pour réparer le tort commis.

Audazs s'inclina longuement avant même qu'il ait terminé de parler. Comme toujours, il se tenait à l'entière disposition de son roi.

—Merci, mon guerrier. Tes qualités de diplomate seront grandement appréciées dans ce foyer brisé, de même que ton sens du protocole. Tu démasqueras le coupable et, lorsque ce sera chose faite, je ne doute pas un instant de ta capacité à trouver une issue… appropriée. Fais-toi aider de tes pairs et, surtout, retrouve-la. Aucun père ne devrait jamais subir ce préjudice atroce.

Audazs était bien placé pour le savoir.

C'était une mission pleine de sagesse dictée par un roi sage. Certes, Audazs était un fin diplomate. Mais il se sentait aussi particulièrement proche des femmes depuis qu'il avait perdu sa mère. Les autres frères auraient sans aucun doute accepté cette mission avec la même ferveur, à l'exception de Nhuisance, peut-être, qui tenait les femelles en piètre estime. Mais de tous, Audazs était celui qui s'investirait le plus, ce dont le roi avait pleinement conscience.

Cela dit, il aurait besoin d'aide. Il balaya ses frères du regard pour choisir le mâle qui le seconderait. Les visages graves lui étaient désormais familiers. Ses yeux s'arrêtèrent soudain sur une figure qu'il ne connaissait pas.

De l'autre côté de l'autel, le frère Nhuisance se tenait près d'un jeune mâle, une parfaite réplique de sa personne en plus jeune et moins charpenté. Brun aux yeux bleus, comme son père, le fils avait de larges épaules et un torse puissant qui demandaient encore à s'étoffer. Il possédait les mêmes caractéristiques physiques que Nhuisance, mais la ressemblance s'arrêtait là. Nhuisance était appuyé contre la paroi de la grotte dans une attitude délibérément désinvolte, ce qui n'avait rien de surprenant. Ce mâle préférait le combat aux paroles. Ce genre de réunion ne l'intéressait pas.

Le garçon à son côté, en revanche, semblait pétrifié tant il était concentré. Il fixait le roi de son regard intelligent, l'air ébahi.

Il gardait les mains dans son dos.

Malgré son calme apparent, il se tordait les doigts à l'abri des regards. Le léger mouvement de ses avant-bras trahissait sa nervosité.

Audazs savait ce qu'il ressentait. Au terme de cette assemblée, tous se rendraient au champ de bataille où le fils de Nhuisance serait testé pour la première fois face à l'ennemi.

Il n'était pas armé pour ça.

Fraîchement sorti du camp d'entraînement, il ne disposait pas d'armes plus performantes que celles d'Audazs, à l'époque… Encore un laissé-pour-compte du Saigneur. Et c'était déplorable. Audazs n'avait pas de père pour veiller sur lui, mais Nhuisance aurait dû s'occuper de son fils et lui donner les instruments de belle facture dont il se servait lui-même.

Le roi leva les bras et regarda vers le plafond.

— Puisse la Vierge scribe bénir avec toute sa grâce et sa bienveillance cette assemblée de valeureux soldats sur le point de partir au champ de bataille.

Les frères poussèrent alors leur cri de guerre, et Audazs se joignit à eux, à pleins poumons. Le grondement résonnait encore lorsqu'un chant s'éleva de l'assemblée. Comme les voix graves devenaient de plus en plus fortes, le roi tendit sa main sur le côté, et le jeune héritier du trône sortit de l'ombre. Son visage exprimait une maturité frappante pour ses sept ans. Comme Tohrment, Kolher, fils de Kolher, était le portrait craché de son père, mais la comparaison entre eux s'arrêtait là. Le régent était sacré, pas seulement pour ses parents, mais pour l'espèce entière.

Ce petit mâle représentait l'avenir, il était leur futur chef… la preuve vivante que les vampires survivraient aux affronts perpétrés par la Société des éradiqueurs.

Et il n'avait peur de rien. Alors que d'autres de son âge se seraient réfugiés derrière leurs parents en apercevant un seul des frères, le jeune Kolher se tenait droit, dévisageant les mâles qui lui faisaient face comme s'il savait, malgré son jeune âge, qu'il commanderait un jour ces dos puissants et ces bras combatifs.

—Allez, mes guerriers, ordonna le roi. Allez et brandissez vos armes avec détermination.

C'étaient là des paroles bien féroces pour des oreilles innocentes mais, en temps de guerre, protéger la relève royale n'était d'aucun intérêt. Kolher, fils de Kolher, n'irait jamais se battre – il était trop important pour l'espèce –, mais il suivrait le même entraînement que les autres pour ainsi mesurer ce qu'iraient affronter les mâles placés sous son autorité.

Lorsque le roi baissa les yeux sur sa progéniture, son regard s'embua de fierté, de joie, d'espoir et d'amour.

Nhuisance et son fils étaient si différents ! Vu le peu d'intérêt que celui-ci accordait à son garçon, on aurait pu croire qu'ils ne se connaissaient pas.

Ahgonie se pencha vers Audazs.

—Il faut que quelqu'un prenne ce garçon sous son aile.

Audazs approuva d'un signe de tête.

—Oui.

—Je suis allé le chercher au camp ce soir.

Audazs jeta un coup d'œil à son frère.

—C'est vrai ? Où était son père ?

—Entre les jambes d'une vierge.

Audazs étouffa un juron. Malgré son éducation, le frère était une véritable brute, et à cause de ses instincts primaires, il comptait une multitude de fils, ce qui expliquait sans doute, sans pour autant l'excuser, l'indifférence qu'il leur témoignait. Ses autres fils, bien sûr, ne pouvaient entrer dans la Confrérie car leurs mères ne faisaient pas partie des Élues.

Mais Nhuisance s'en moquait.

En observant ce pauvre garçon, tellement seul, Audazs se remémora sa première nuit sur le champ de bataille : lui non plus n'avait eu personne sur qui compter… Il avait eu tellement peur d'affronter l'ennemi sans autre arme que son intelligence et le court entraînement qu'il avait suivi pour fortifier son courage. Ce n'était pas comme si les frères ne s'intéressaient pas à ce qu'il faisait. Mais ils devaient d'abord se concentrer sur leurs actions. Quant à lui, il lui fallait prouver qu'il était capable de se débrouiller seul.

Ce jeune mâle se trouvait manifestement dans la même situation que lui, autrefois, à la différence près qu'il avait un père censé lui faciliter les choses.

—Porte-toi bien, Audazs, lança Ahgonie tandis que le roi et son héritier se promenaient parmi les frères, serrant des mains avant de prendre congé. Je dois escorter le roi et le prince.

—Porte-toi bien, mon frère.

Ils s'étreignirent brièvement puis Ahgonie alla rejoindre les Kolher, père et fils, et quitta la grotte avec eux.

Tohrture entreprit alors de distribuer les territoires pour la nuit, les binômes se formèrent, et Audazs chercha du regard le fils de Nhuisance. Le garçon avait regagné sa place contre la paroi rocheuse où il se tenait droit, les mains toujours derrière le dos. Indifférent au sort de son fils, Nhuisance continuait à parler fort avec les autres frères.

Portant deux doigts à ses lèvres, Tohrture siffla.

—Mes frères ! Votre attention, je vous prie !

Le silence s'abattit sur la grotte.

—Merci. En avons-nous terminé avec la répartition des territoires ?

Un murmure d'approbation s'éleva, puis les frères commencèrent à quitter les lieux. Sans le moindre regard pour son fils, Nhuisance se dirigea vers la sortie.

Derrière lui, le garçon joignit ses deux mains et les frotta l'une contre l'autre. Il fit un pas en avant puis prononça le nom de son père une fois… deux fois.

Quand le frère fit volte-face, une expression de profonde contrariété se lisait sur son visage.

— Bon, eh bien, viens…

— Si je peux me permettre, intervint Audazs en se plantant entre eux. Ce serait un plaisir de le prendre avec moi afin qu'il m'aide dans ma mission. Sans vouloir offenser quiconque.

À la vérité, il se moquait bien d'offenser l'un ou l'autre. Le père ne pourrait pas procurer à son fils ce dont il avait besoin, et Audazs n'était pas du genre à rester sans rien faire quand quelque chose n'allait pas.

— Tu ne me crois pas capable de prendre soin de mon fils ? demanda sèchement Nhuisance.

Audazs vint se poster à quelques centimètres de Nhuisance. Il avait toujours préféré la négociation pacifique, mais avec un tel énergumène cela relevait de l'impossible. Dans ce cas, la confrontation directe n'effrayait pas Audazs.

Tandis que les membres de la Confrérie s'immobilisaient autour d'eux, Audazs s'efforça de baisser le ton, bien que tout le monde entendît chacune de ses paroles.

— Confie-moi ton garçon et je te le rendrai sain et sauf à l'aube.

Nhuisance émit un grognement, celui d'un loup au milieu d'une mare de sang frais.

— Pourquoi devrais-je accepter, frère ?

Audazs se pencha encore un peu.

— Si tu l'emmènes au combat et qu'il meurt, toi et ta descendance devrez supporter cette honte à jamais.

En vérité, il était difficile de savoir si la conscience de Nhuisance en serait affectée.

— Confie-le-moi et je t'épargnerai ce fardeau.

— Je ne t'ai jamais aimé, Audazs.

— Au camp, tu étais pourtant plus que disposé à offrir tes services à ceux que j'avais battus, répliqua ce dernier en dévoilant ses canines. Compte tenu du plaisir que tu en tirais, j'aurais pensé que tu me tenais en meilleure estime. Écoute bien : si tu ne me donnes pas l'autorisation de prendre ton garçon sous mon aile, je te jetterai à terre et te battrai jusqu'à ce que tu finisses par céder.

Nhuisance détourna les yeux. Son regard s'envola par-dessus l'épaule d'Audazs tandis que les souvenirs d'une époque lointaine le submergeaient. Audazs savait à quoi il songeait : à la nuit où lui-même était sorti vainqueur du combat qui les avait opposés, lorsqu'ils étaient au camp. Audazs ayant refusé d'infliger au vaincu la punition ultime, le Saigneur avait pris sa place. « Brutal » était un qualificatif bien faible pour décrire la scène qui avait suivi. Bien qu'Audazs répugnât à évoquer ce souvenir, la sécurité du garçon passait bien avant ses réticences.

Nhuisance savait qui sortirait vainqueur d'un combat aux poings.

—Prends-le, déclara-t-il d'une voix blanche. Fais ce que bon te semble avec lui. Par ces mots, je le renie.

Le frère pivota sur ses talons et sortit… emportant avec lui tout l'air de la grotte.

Les guerriers le regardèrent partir, leur silence plus assourdissant que leur cri de guerre. Renier un enfant était une hérésie aux yeux de l'espèce. C'était un peu comme la lumière du jour lors d'un repas de famille : le désastre assuré.

Audazs s'approcha du jeune mâle. Ce visage… Très chère Vierge scribe. Ce n'était pas de la tristesse qu'on lisait sur le visage gris et figé du garçon. Ni de la souffrance, ni même de la honte.

Ses traits semblaient porter le masque de la mort.

Tendant une main vers lui, Audazs prit la parole :

—Bonjour, fils. Je m'appelle Audazs et je serai ton gharrant *lors des combats.*

Le jeune garçon cligna des yeux.

—Fils ? reprit son protecteur. Nous devons rallier les falaises.

Audazs fut brusquement confronté à son regard perçant. À l'évidence, le garçon cherchait des signes de contrariété et de pitié. Il n'en trouverait pas. Audazs connaissait bien cette terre sèche et dure sous les pieds du jeune mâle ; il savait que la moindre marque de gentillesse accentuerait encore sa disgrâce.

—Pourquoi ? demanda-t-il d'une voix rauque.

—Nous devons rallier les falaises pour retrouver la femelle disparue, répondit posément Audazs. Voilà pourquoi.

Le regard du garçon plongea dans celui de son aîné. Puis il posa une main sur sa poitrine et dit en s'inclinant :

—Je m'efforcerai de vous servir sans vous entraver.

C'était si difficile de ne pas se sentir désiré. Et encore plus difficile de garder la tête haute après pareil affront.

— Quel est ton nom ? questionna Audazs.

— Tohrment. Je suis Tohrment, fils de…

Il s'interrompit et s'éclaircit la voix.

—Je m'appelle Tohrment.

Audazs avança vers le jeune mâle et posa sa main sur une épaule qui devrait encore gagner en puissance pour devenir pleinement performante.

— Viens avec moi.

Le garçon le suivit d'un pas déterminé… se frayant un chemin parmi les membres de la Confrérie pour sortir du sanctuaire… puis de la grotte… jusque dans la nuit.

Audazs éprouva une curieuse sensation dans la poitrine entre ce premier pas et le moment où ils se dématérialisèrent ensemble.

Pour la première fois, il goûtait au sentiment d'avoir une famille à lui… car même si le garçon n'était pas le fruit de son sang, il était sous sa garde.

De ce fait, il irait au-devant d'une épée si le jeune mâle était menacé, n'hésiterait pas à se sacrifier pour le sauver. Car tel était le code de la Confrérie, mais entre frères seulement. Tohrment ne faisait pas encore partie de cette catégorie ; il n'était qu'un initié en vertu de sa lignée, ce qui lui conférait l'accès au Tombeau, rien de plus. S'il ne réussissait pas à faire ses preuves, il en serait banni à jamais.

Selon le code, donc, le garçon pouvait aussi bien se faire massacrer sur le champ de bataille, où il serait laissé pour mort.

Mais Audazs ne le permettrait pas.

Il avait toujours voulu avoir un fils.

Chapitre 9

À trente kilomètres de Charleston, Caroline du Sud

— Merde alors, on peut dire qu'ils savent ce qu'est un arbre, ici.

Cette remarque plantait assez bien le décor, en effet. Reliée par satellite, la camionnette des *Détectives du Paranormal* quitta la route secondaire SC 124. Gregg Winn freina et se pencha sur le volant.

C'était carrément… *parfait.*

Des chênes énormes bordaient l'allée menant à la demeure de la plantation, leurs grosses branches gainées de mousse espagnole oscillant doucement dans le vent. Au bout du chemin, à huit cents mètres environ, la maison à colonnades trônait telle une jolie jeune femme assise dans un fauteuil. Le soleil de la mi-journée nimbait sa façade d'une lumière jaune citron.

Sur la banquette arrière, Holly Fleet, l'« animatrice » de *Détectives du Paranormal,* se pencha en avant.

— T'es sûr de toi ?

— Ils louent des chambres d'hôtes, non ?

Gregg appuya sur la pédale d'accélérateur.

— Ouvertes au public.

— T'as appelé quatre fois.

— Ils n'ont pas dit non.

— Mais ils n'ont pas rappelé.

— Pas grave.

Il était prêt à tout pour que ça marche. Diffusée en prime time, l'émission *Détectives du Paranormal* était sur le point de décrocher de nouveaux budgets publicitaires juteux. Certes, ils ne jouaient pas encore dans la même cour qu'*American Idol,* mais ils avaient battu à plate couture l'Audimat du dernier épisode de l'émission de magie et, si la tendance se confirmait, l'argent coulerait bientôt à flots.

Plongeant au cœur du domaine, la longue allée menant à la demeure était aussi un véritable retour dans le temps. Seigneur, en promenant son regard sur les vastes étendues de gazon, Gregg s'attendait presque à voir surgir des soldats de la guerre de Sécession et des Scarlett O'Hara déambulant à l'ombre des grands arbres.

L'allée de gravier conduisait les visiteurs jusqu'à l'entrée principale, et Gregg gara la camionnette sur le côté pour le cas où d'autres véhicules arriveraient.

— Vous deux, attendez-moi ici. J'y vais.

En sortant du véhicule, il passa un coupe-vent noir sur son tee-shirt Ed Hardy et descendit la manche sur sa montre en or. Frappée du logo des *Détectives du Paranormal,* une loupe braquée sur une ombre fantomatique, la camionnette attirait déjà suffisamment l'attention. Le propriétaire de la maison était très certainement quelqu'un du coin, car le style Hollywood n'était pas toujours apprécié en dehors de L.A. Pour faire court, cet endroit raffiné était à des années-lumière des histoires de chirurgie esthétique et de crème solaire.

Ses mocassins luxueux firent crisser le gravier de l'allée alors qu'il se dirigeait vers la porte d'entrée. La maison blanche ressemblait à une grande boîte de deux étages, cerclée par une terrasse au rez-de-chaussée et un balcon au premier, coiffée d'un toit en croupe percé de lucarnes. Mais l'élégance de ses lignes et sa taille imposante faisaient d'elle une belle demeure. Pour couronner ses allures de grande dame, des rideaux aux tons mordorés encadraient chacune de ses fenêtres ornées de petits carreaux, derrière lesquels on apercevait des lustres suspendus aux plafonds hauts.

Une maison d'hôtes d'enfer.

La porte d'entrée était aussi imposante que celle d'une cathédrale et la tête de lion en cuivre faisant office de heurtoir paraissait presque grandeur nature. Gregg la souleva puis la laissa retomber.

En attendant que quelqu'un vienne lui ouvrir, il s'assura que Holly et Stan étaient bien là où il les avait laissés. Il n'avait surtout pas besoin de renfort pour gérer ce qu'il considérait comme une visite de prospection, d'autant que le simple nom de l'émission ne serait pas le bienvenu. À vrai dire, Gregg n'aurait pas tenté de face-à-face s'ils n'avaient pas eu cette mission à Charleston. Mais, la plantation ne se trouvant qu'à une demi-heure de route, sans même faire de détour, le jeu en valait la chandelle. Et puis, il leur restait encore deux jours avant la spéciale d'Atlanta, ils avaient donc largement le temps. Sans compter qu'il serait prêt à tuer pour…

La porte s'ouvrit en grand et il ne put s'empêcher de sourire. De mieux en mieux, bon sang… Le type qui se tenait devant lui avait tout du majordome anglais, depuis la pointe de ses chaussures cirées jusqu'à son gilet et sa veste noirs.

— Bonjour, monsieur.

Et il avait un accent. Pas franchement britannique, pas français non plus. Disons un accent de l'aristocratie européenne.

— En quoi puis-je vous aider ?

— Gregg Winn.

Il tendit la main.

— J'ai cherché à vous joindre à plusieurs reprises. Je ne sais pas si vous avez eu mes messages.

La poignée de main du majordome fut brève.

— En effet.

Gregg attendit la suite mais, comme rien ne vint, il s'éclaircit la voix.

— Voilà… j'espérais que vous nous autoriseriez à mener quelques recherches dans votre belle maison et sur votre domaine. La légende d'Eliahu Rathboone est assez extraordinaire, je veux dire… Les témoignages de vos hôtes sont stupéfiants. Mon équipe et moi-même…

— Permettez-moi de vous interrompre. Il est interdit de filmer et d'enregistrer quoi que ce soit ici…

— Nous sommes prêts à vous dédommager.

— Strictement interdit, compléta le majordome en esquissant un sourire guindé. Nous tenons à préserver notre intimité, vous le comprenez, n'est-ce pas ?

— Très franchement, non. Quel mal y aurait-il à nous laisser jeter un coup d'œil ?

Gregg se pencha légèrement avant de reprendre à mi-voix :

— Sauf, bien sûr, si c'est vous qui faites ces bruits de pas en pleine nuit ? Ou qui accrochez une bougie à un câble invisible dans la chambre du haut ?

Le visage du majordome resta de marbre même si son dédain était presque palpable.

— Vous alliez prendre congé, je crois.

Ce n'était ni une remarque, ni même une suggestion. C'était un ordre. Qu'il aille se faire foutre. Gregg en avait maté de plus retors que ce baltringue en costume de pingouin.

— Cette histoire de maison hantée doit attirer pas mal de clients, j'imagine, insista Gregg en baissant encore le ton. Notre émission a une excellente audience. Imaginez un peu l'ampleur que prendrait votre activité si vous bénéficiiez d'une publicité à l'échelle nationale. Et même dans l'hypothèse où ce soit vous qui ayez monté ce truc autour de Rathboone, nous sommes prêts à travailler avec vous, et non contre vous. Si vous voyez ce que je veux dire.

Le majordome fit un pas en arrière pour fermer la porte.

— Au revoir, monsieur…

Gregg s'interposa pour bloquer la porte. Outre son envie de vérifier toutes ces histoires, il n'acceptait jamais de refus non justifié. Et, comme d'habitude, la rebuffade attisait encore plus sa curiosité.

— Très bien. On aimerait réserver une chambre pour la nuit. Nous faisons des repérages sur des sites de la guerre de Sécession dans les environs. Il nous faut un endroit où dormir.

— Je crains que nous n'ayons plus de chambre disponible.

À ce moment, comme un cadeau du ciel, un couple descendit l'élégant escalier, valises à la main. Jetant un coup d'œil par-dessus l'épaule du majordome, Gregg sourit.

— Il y en a une, maintenant.

Parmi l'éventail des mimiques qu'il avait à sa disposition, il choisit celle de l'homme conciliant et compréhensif.

— Vous avez dit non, je vous ai entendu. Nous n'effectuerons donc aucun enregistrement audio ou vidéo. Je le jure sur la vie de ma grand-mère.

Puis, levant la main, il lança d'une voix forte :

— Bonjour, la compagnie ! Votre séjour s'est bien passé ?

— Oh, mon Dieu, c'était extraordinaire ! répondit l'épouse, la fiancée ou la maîtresse, peu importe ce qu'elle était. Eliahu existe vraiment !

Le mari, fiancé ou amant hocha la tête.

— Je ne voulais pas la croire. Je veux dire, des fantômes, c'est du pipeau… Et pourtant… j'ai bien entendu le truc.

— Et on a vu la lumière, aussi. Vous en avez entendu parler ?

Gregg posa la main sur son torse d'un air effaré.

— Non, quelle lumière ? Racontez-moi tout…

Tandis qu'ils se lançaient dans un récit détaillé de toutes « les choses incroyables et extraordinaires » qui avaient été si « incroyables et extraordinaires » à observer durant leur séjour « incroyable et… », les yeux du majordome s'étrécirent. Ses bonnes manières prirent clairement le pas sur son envie de tuer lorsqu'il s'écarta pour permettre à Gregg d'aller rejoindre le couple qui s'apprêtait à partir. Mais, dans le hall d'entrée, la température était devenue glaciale.

— Attendez… est-ce que…

L'homme se pencha sur le côté, sourcils froncés.

— Mince alors, vous ne feriez pas partie de l'équipe de cette émission…

— *Les Détectives du Paranormal,* compléta Gregg. Je suis le producteur.

— Et l'animatrice, est-ce que…

Il coula un regard vers son amie.

— Est-ce qu'elle est là aussi ?

— Bien sûr. Vous voulez rencontrer Holly ?

Le type posa sa valise pour rajuster son polo dans son pantalon.

— Oui ! Ce serait possible ?

— On allait partir, intervint sa moitié. N'est-ce pas, Dan ?

— Mais si je… nous… pouvions…

— Prendre la route tout de suite, nous serions à la maison avant la tombée de la nuit, termina-t-elle en se tournant vers le majordome. Merci pour tout, monsieur Griffin. Nous avons passé un excellent séjour.

Le majordome s'inclina gracieusement.

— N'hésitez pas à revenir nous voir, madame.

— Oh, nous n'y manquerons pas. Ce sera le cadre parfait pour notre mariage, en septembre. C'est extraordinaire.

— Juste incroyable, renchérit son fiancé pour tenter de se racheter.

Le couple se dirigea vers la porte et Gregg s'abstint de reparler de Holly, même quand le type s'immobilisa pour jeter un coup d'œil par-dessus son épaule, comme s'il espérait que Gregg leur emboîterait le pas.

— Je vais chercher nos bagages, déclara ce dernier à l'intention du majordome. Vous pouvez préparer notre chambre, monsieur Griffin.

L'air devint difficilement respirable.

— Nous avons deux chambres.

— C'est parfait. Et comme je devine en vous un homme de principes, je partagerai ma chambre avec Stan, en vertu des règles de bienséance.

Le majordome haussa les sourcils.

— Bien. Soyez aimables de patienter avec vos amis dans le salon, sur votre droite. Je vais demander aux femmes de ménage de préparer vos chambres.

— Formidable, lança Gregg en le gratifiant d'une bourrade dans le dos. Vous ne remarquerez même pas notre présence.

L'employé recula.

— Juste une mise en garde, si vous permettez.

— Je vous écoute.

— Ne montez pas au second étage.

Si ce n'était pas une invitation, ça… en plus d'être une réplique du film *Scream*.

— Nous n'irons pas là-haut. Promis-juré.

Le majordome s'éloigna et Gregg se pencha par la porte d'entrée pour faire signe à son équipe. Quand Holly sortit du véhicule, son opulente poitrine bondit joyeusement sous son tee-shirt noir et son jean taille basse laissa entrevoir son ventre plat et bronzé. Il l'avait engagée pour ses mensurations de poupée Barbie, pas pour son intelligence, et pourtant elle avait réussi à le surprendre. Comme beaucoup d'idiotes, elle n'était pas complètement stupide, juste très bête, et elle possédait le don de savoir se positionner exactement où il le fallait pour obtenir de l'avancement.

Stan fit coulisser la portière de la camionnette et sortit à son tour. Il cligna plusieurs fois des yeux et passa une main dans ses longs cheveux hirsutes. Défoncé à longueur de journée, il était le type idéal pour ce genre de boulot : techniquement compétent et suffisamment docile pour accepter les ordres sans broncher.

Gregg n'avait vraiment pas besoin d'un artiste derrière la caméra.

— Apportez les bagages, leur lança-t-il.

Ce qui, en langage codé, signifiait : « Prenez vos affaires pour la nuit et n'oubliez pas le petit équipement vidéo. »

Il avait déjà eu l'occasion de s'introduire dans des endroits de cette façon.

Il rentra dans la demeure au moment où le couple s'éloignait dans son coupé décapotable. Au lieu de se concentrer sur la conduite, le type ne se gêna pas pour mater Holly, penchée à l'intérieur de la camionnette.

À de rares exceptions près, elle produisait cet effet-là sur toute la gent masculine. Une raison de plus de la garder dans l'équipe.

En plus du fait qu'elle n'était pas contre les parties de jambes en l'air entre amis.

Gregg se dirigea vers le salon et inspecta les lieux avec attention. Toiles de maîtres aux murs, tapis persans, fresque murale représentant une scène pastorale. Des chandeliers en argent massif étaient disposés sur toutes les surfaces libres et les meubles ne dataient ni du XXIe siècle… ni même du XIXe, semblait-il.

Intrigué, le journaliste qui sommeillait en lui s'imprégna de l'ambiance. Même les maisons d'hôtes de luxe n'étaient pas décorées de la sorte. Quelque chose clochait, assurément.

À moins que la légende d'Eliahu suffise à attirer une multitude de nouveaux clients chaque soir.

Gregg s'approcha du petit portrait d'un jeune homme d'une vingtaine d'années, peint à une autre époque et dans un autre lieu. Assis dans un fauteuil à dossier haut, le sujet avait les jambes croisées, ses mains élégantes reposant sur le côté. Retenus en arrière par un ruban, ses cheveux bruns encadraient un visage d'une grande beauté. Les vêtements étaient de style… merde alors, Gregg n'était pas historien, comment aurait-il pu savoir avec précision de quelle époque dataient ses vêtements ? Toujours est-il qu'ils ressemblaient aux oripeaux que portaient George Washington et sa troupe.

Eliahu Rathboone, songea Gregg. C'était forcément lui, l'abolitionniste clandestin qui laissait en permanence brûler une lumière afin que les fuyards viennent se réfugier chez lui... l'homme qui était mort en défendant une cause encore inconnue dans le Nord... le héros qui avait sauvé tant de vies avant d'être abattu dans la fleur de l'âge.

C'était lui, leur fantôme.

Se servant de sa main comme d'un petit cadre, Gregg fit le tour de la pièce avant de zoomer de nouveau sur ce visage. La voix de Holly s'éleva dans son dos.

— C'est lui ? C'est vraiment lui ?

Tournant la tête, Gregg la gratifia d'un sourire rayonnant. Des frissons parcouraient son corps.

— Je le trouvais déjà pas mal sur les photos que j'ai vues sur Internet.

— Il est carrément... superbe.

Comme l'histoire de sa vie, sa maison et les impressions de tous ceux qui parlaient de son fantôme après leur séjour là.

Au diable leur virée dans cet asile d'Atlanta. C'est ici qu'ils tourneraient leur prochaine émission en direct.

— Je compte sur toi pour travailler le majordome, déclara Gregg à voix basse. Tu vois ce que je veux dire. Je veux avoir accès à tout.

— Pas question que je couche avec lui. Je ne fais pas dans la nécrophilie, et ce type-là est encore plus vieux que Dieu.

— Est-ce que je t'ai demandé d'écarter les jambes ? Il y a d'autres façons d'arriver à ses fins, tu sais. Tu as ce soir et demain. J'ai l'intention de tourner le prochain direct ici.

— Tu veux dire...

— Nous diffuserons l'émission en direct depuis cette maison dans dix jours.

Il s'approcha des fenêtres ouvertes sur l'allée bordée d'arbres, le parquet craquant à chacun de ses pas.

À nous le prochain Emmy Award, songea-t-il. *Merde, c'est carrément parfait.*

Chapitre 10

John Matthew se réveilla – ouvrit un œil serait plus précis – une main posée sur son sexe.

Ce qu'il tenait dans sa main, en revanche, était en parfait état de marche.

Dans son esprit embrumé, des images de ses ébats avec Xhex défilaient, électrisantes… Ils étaient sur le lit, dans son appartement en sous-sol, nus, elle le chevauchant tandis qu'il tendait les bras pour caresser ses seins. Elle le dominait de son corps souple et ferme, son sexe humide et chaud contre son pénis en érection. Son dos musclé s'arquait et se courbait alors qu'elle se frottait contre le membre qui brûlait d'envie de la pénétrer.

Il devait à tout prix la faire sienne. Laisser une trace de son passage.

La marquer.

Son instinct exacerbé flirtait avec la pulsion… mais sa raison se rappela à lui lorsque, se redressant, il prit la pointe de son sein dans sa bouche. En aspirant le bourgeon de chair entre ses lèvres, le suçotant, faisant courir le bout de la langue autour, le mordillant délicatement, il comprit que, quelque part, ce n'était pas réel… et que même si c'était un rêve, c'était mal. C'était bafouer son souvenir, et pourtant… pourtant, les images étaient tellement concrètes, et la main qui le masturbait était tellement ferme… Le moment était trop vrai, trop électrique pour l'interrompre.

Impossible de faire machine arrière.

John s'imagina en train de l'allonger sur le dos puis se pencher sur elle, plongeant dans son regard gris acier. Ses jambes écartées enserraient ses hanches, son sexe moite était mûr à point pour ce qu'il comptait lui offrir et son parfum envahissait ses narines jusqu'à ce que plus rien ne compte à part elle. Promenant les mains sur sa poitrine et son ventre, il s'émerveilla de la ressemblance de leurs corps. Si elle était plus fine que lui, leur musculature n'en demeurait pas moins similaire, puissante et déliée, prête à l'action, dure comme de l'os quand ils s'étreignaient. Il aimait cette inflexibilité sous sa peau douce et lisse, cette force, cette rugosité…

Il la désirait comme un fou.

Sauf que, tout à coup, il se sentait incapable d'aller plus loin.

C'était comme si le rêve s'enrayait, la cassette s'emballait, le DVD bloquait ou le fichier était infecté. Tout ce qu'il lui restait, c'était son attirance pour elle et cette extase douloureuse parce que tout juste amorcée, cet orgasme qui allait le rendre fou…

Levant les mains, Xhex prit son visage en coupe et, par ce geste d'une grande douceur, s'empara soudain des commandes de tout son être : sa raison, son corps et son esprit. Elle le possédait entièrement. Il était à elle.

— Viens, dit-elle en inclinant la tête de côté.

Des larmes embuèrent les yeux de John. Enfin, ils allaient s'embrasser. Enfin, elle allait lui donner ce qu'elle lui avait toujours refusé…

Il s'allongea sur elle… et elle guida sa bouche jusqu'à son téton.

Un bref sentiment de rejet le submergea, vite remplacé par une étrange allégresse. L'excitation de Xhex était si palpable qu'il pensa que ce n'était peut-être pas un rêve. Peut-être cette scène était-elle réellement en train de se jouer. Refoulant sa tristesse, il se concentra sur ce qu'elle souhaitait lui offrir.

— Marque-moi, dit-elle d'une voix profonde.

Dévoilant ses crocs, il promena d'un geste caressant une pointe blanche et acérée autour de son aréole. Il voulut lui demander si elle était sûre d'elle mais elle répondit à sa question sans qu'il eût besoin de la formuler. Avec un mouvement rapide, elle se redressa et attira la tête de John contre sa poitrine, de sorte qu'il la poinçonna et fit couler son sang.

John s'écarta vivement, craignant de lui avoir fait mal… mais ce n'était apparemment pas le cas : elle s'arc-bouta, telle une onde érotique, et la vue de sa source de vie, étincelante, le fit jouir.

— Suce mon sang, ordonna-t-elle tandis que, dans un spasme violent, son sexe déversait un fluide chaud sur ses cuisses. Obéis, John. *Maintenant.*

Il ne se le fit pas dire deux fois. Captivé, il observa la perle pourpre qui gonfla à la surface de sa peau avant de glisser gracieusement sur le globe pâle de son sein. Du bout de la langue, il recueillit la goutte de sang et remonta jusqu'à son téton…

Son corps tout entier vibra lorsqu'il la savoura et, subissant les assauts d'un nouvel orgasme, il déversa sa semence sur la peau de Xhex, emporté par une vague de plaisir infini. Dans sa bouche, le sang de Xhex était épais et enivrant. Il en tomba accro dès la première gorgée et n'avait aucune envie de mettre un terme à ce voyage extatique. Tandis qu'il dégustait ce qu'il avait léché, il crut l'entendre émettre un rire satisfait, mais il n'aurait pu le jurer tant il était concentré sur ce qu'elle lui avait offert.

Sa langue s'attarda à la fois sur le téton et l'incision puis, collant ses lèvres à la peau de Xhex, il se mit à la sucer, aspirant le liquide sombre qui coula dans sa gorge jusqu'à son ventre. Il avait rêvé de ne faire plus qu'un avec elle, et voilà qu'elle le nourrissait… Un sentiment de joie le submergea, en même temps que l'onde d'énergie formidable puisée dans le sang de Xhex se propageait en lui.

Désireux de lui offrir du plaisir en retour, il fit glisser la main sur ses hanches puis entre ses cuisses. Il se fraya un chemin au cœur de sa féminité et en effleura le bouton de chair gorgé de désir… Oh, Seigneur, elle était toute mouillée, si douce et en même temps brûlante comme la braise, prête à l'accueillir. Bien qu'il ne fût pas un expert en anatomie féminine, il se laissa guider par ses gémissements et ses frissons et sut vite où et comment la caresser.

Il ne fallut pas longtemps pour que ses doigts soient trempés, à l'instar de ce qu'il touchait. Sans cesser ses attouchements, il introduisit le majeur dans son sexe, aspirant son sang au rythme de ses caresses.

Il voulait l'entraîner avec lui dans l'abîme de la volupté, lui donner autant que ce qu'il prenait et, en même temps, il savait qu'il ne pourrait se contenter de ça. Il voulait être en elle au moment où elle atteindrait le paroxysme de la jouissance. Il connaîtrait ainsi un sentiment de plénitude absolue, au sens noble du terme. Il se sentirait en accord parfait avec son enveloppe corporelle.

C'était une pulsion de mâle lié à sa partenaire, un acte incontournable pour se sentir en paix.

Il détacha ses lèvres de la poitrine de Xhex puis écarta la main de son sexe pour se placer au-dessus d'elle, pointant son membre luisant entre les jambes écartées de sa compagne. Dans la touffeur du moment, il rencontra son regard puis caressa les cheveux courts qui encadraient son visage. Lentement, il avança ses lèvres vers…

— Non, dit-elle. Il n'est pas question de ça.

John Matthew s'assit brusquement dans son lit. La bulle de son rêve éclata tandis qu'une onde de douleur transcendante lui traversait la poitrine.

D'un air dégoûté, il lâcha son sexe soudain flasque alors que, à peine un instant plus tôt, un orgasme d'une intensité incroyable était sur le point de l'emporter.

« Il n'est pas question de ça. »

Contrairement au rêve, pur produit de son imagination, ces paroles étaient celles qu'elle lui avait dites réellement, et dans le même contexte.

Baissant les yeux sur son corps dénudé, il contempla les traces des orgasmes qu'il avait eus en s'imaginant dans les bras de Xhex, collant à son ventre et dans les draps.

Autant de signes criants de son immense solitude.

Il jeta un coup d'œil à son réveil. Il n'avait pas entendu la sonnerie. Ou, plus exactement, il ne s'était pas donné la peine de l'activer. C'était un des avantages d'être insomniaque : on n'avait pas besoin d'utiliser tous ces boutons pour se réveiller.

Sous la douche, il se lava rapidement, s'attardant sur son pénis. Il détestait ce qui s'était passé dans cet état de semi-conscience. Compte tenu de la situation, la masturbation lui paraissait complètement déplacée. À partir de ce jour, il garderait son jean pour dormir si c'était nécessaire.

Toutefois, il ne pourrait pas empêcher sa main, la traîtresse, de se faufiler sous la braguette.

Qu'à cela ne tienne, bordel : il s'attacherait les poignets à la tête du lit s'il le fallait.

Après s'être rasé, ce qu'il faisait plus par habitude que par réel souci de son apparence, comme se brosser les dents, il posa ses mains sur le marbre et se posta sous le jet principal, laissant l'eau couler sur son corps.

Les éradiqueurs étaient impuissants. Les éradiqueurs... étaient impuissants.

Penchant la tête en avant, il savoura le contact de l'eau chaude sur sa nuque.

Le sexe réveillait en lui nombre de souvenirs sordides, et lorsque l'image d'une cage d'escalier sinistre germa dans son esprit, comme une tache, il rouvrit les yeux et se força à reprendre contact avec le présent. Même si ce n'était guère mieux.

Il était prêt à revivre mille fois toutes ces horreurs pour épargner à Xhex ce genre de maltraitance.

Oh… Seigneur…

Les éradiqueurs étaient impuissants. Depuis toujours.

Semblable à un zombie, il sortit de la douche, se sécha et alla s'habiller dans sa chambre. Il était en train d'enfiler son pantalon en cuir quand son téléphone sonna. Il s'empara de sa veste pour le récupérer.

Consultant sa messagerie, il trouva un texto de Trez : « 189, avenue St. Francis, 22 heures ce soir. »

Il referma le clapet du téléphone, le cœur battant avec une détermination nouvelle. Une fissure dans la façade. Voilà ce qu'il recherchait, une petite faille dans le monde de Flhéau, une entaille par où il pourrait s'engouffrer et tout faire exploser.

Xhex était peut-être déjà morte et il devrait supporter à jamais les affres d'une vie sans elle, mais tout au moins aurait-il la possibilité de la venger.

De retour dans la salle de bains, il enfila son étui de revolver, le chargea et, après avoir attrapé sa veste, sortit dans le couloir. Il s'immobilisa, songeant à toutes les personnes réunies au rez-de-chaussée… et à l'heure. Les stores étaient encore baissés.

Au lieu de partir à gauche en direction de l'escalier descendant vers le hall d'entrée, il prit à droite… et marcha en silence malgré ses lourdes bottes.

Blaylock quitta sa chambre peu avant 18 heures pour prendre des nouvelles de John. Normalement, ce dernier frappait à sa porte à l'heure du repas mais il n'avait rien entendu. Deux solutions : soit il était mort, soit il était ivre mort.

Arrivé devant la porte de son ami, il s'immobilisa et tendit l'oreille. Pas le moindre bruit.

Il frappa. Toujours sans réponse, il sortit alors un passe et ouvrit la porte. Merde, la pièce semblait avoir été mise à sac, des vêtements traînaient partout et le lit ressemblait à un chantier de démolition.

— Il est là ?

Au son de la voix de Vhif dans son dos, il se raidit et se força à rester immobile. À quoi bon se retourner ? Sans même le regarder, Blay savait qu'il portait un tee-shirt de Sid Vicious ou d'un autre groupe de rock alternatif, glissé dans son pantalon en cuir noir. Son visage dur serait lisse, rasé de frais. Et ses cheveux bruns, coupés en brosse, encore légèrement humides.

Blay entra dans la chambre de John et se dirigea vers la salle de bains. Ses gestes suffiraient à répondre à la question de Vhif.

— J. ? T'es là, J. ?

Dans la salle de bains, l'air saturé d'humidité sentait encore le savon que John avait coutume d'utiliser. Une serviette mouillée gisait sur le plan de toilette.

Pivotant sur ses talons pour ressortir, il heurta de plein fouet le torse de Vhif. Le choc fut aussi violent qu'une collision avec une voiture, et son meilleur ami tendit la main pour l'empêcher de vaciller.

Oh, non ! Pas de contact physique.

Reculant vivement, Blay promena un regard circulaire sur la chambre à coucher.

— Désolé.

Il y eut un silence pesant.

— Il n'est pas là.

Étonnant !

Vhif se pencha sur le côté pour placer son visage, son beau visage, dans le champ de vision de Blay. Lorsqu'il se redressa, Blay le suivit des yeux parce qu'il n'avait pas le choix.

— Tu ne me regardes plus.

Exact.

— Bien sûr que si.

Pressé d'échapper à ce regard bleu et vert, il gagna du temps en s'occupant de la serviette de bain, qu'il fourra dans le conduit à linge sale.

Comme si c'était sa tête qu'il enfouissait dans le trou.

Blay avait recouvré un peu de son calme lorsqu'il fit volte-face. Il réussit même à rencontrer le regard de Vhif.

— Je descends manger.

En fait, il se sentait même très fier de lui en passant devant…

À la vitesse de l'éclair, Vhif tendit la main et le retint par le bras.

— On a un problème, toi et moi.

— Ah oui.

Blay s'était bien gardé d'employer un ton interrogatif, n'ayant aucune envie de s'aventurer sur ce terrain-là.

— Qu'est-ce qui ne va pas chez toi, merde à la fin ?

Blay cligna des yeux. Qu'est-ce qui n'allait pas chez *lui* ? Ce n'était tout de même pas lui qui baisait tout ce qui bouge…

Non, lui, pauvre imbécile, était amoureux de son meilleur ami. Ce qui le plaçait dans une situation ingérable. Encore un peu de ce régime-là et il serait obligé de cacher des Kleenex dans sa manche pour essuyer ses larmes.

Hélas, l'étincelle de colère s'éteignit vite, laissant un grand vide derrière elle.

— Rien. Tout va bien.

— Conneries.

Très bien. Parfait. Ce n'était pas honnête de sa part. Ils avaient déjà évoqué le sujet ensemble. Vhif était peut-être un sale enfoiré mais sa mémoire fonctionnait parfaitement bien.

— Vhif…, commença Blay en se passant une main dans les cheveux.

Fort à propos, la chanson de cette garce de Bonnie Raitt résonna dans sa tête, sa voix s'élevant mélodieusement…

I can't make you love me if you don't… You can't make your heart feel something it won't… (Je ne peux pas t'obliger à m'aimer… Tu ne peux obliger ton cœur à éprouver des sentiments…)

Blay ne put s'empêcher de rire.

— Qu'est-ce qu'il y a de drôle ?

— Tu crois que c'est possible d'avoir été castré sans le savoir ?

Pour changer, ce fut Vhif qui cligna des yeux.

— Si t'es bourré, à la limite.

— Il se trouve que je suis sobre comme un chameau. Et comme d'habitude.

Ça ne lui ferait peut-être pas de mal de suivre l'exemple de John, dans ce domaine-là.

— Mais je crois que ça va changer, reprit-il. Excuse-moi.

— Blay…

— Arrête ton cinéma, tu veux ? coupa-t-il en pointant son index sous le nez de son ami. Occupe-toi de tes affaires. C'est ce que tu fais le mieux. Et fous-moi la paix.

Il sortit de la pièce, l'esprit confus mais le pas ferme. Remontant le couloir en direction du grand escalier, il longea les statues de style gréco-romain et laissa son regard glisser sur ces corps virils, remplaçant chaque visage par celui de Vhif.

— Ne te sens pas obligé de changer quoi que ce soit.

Vhif l'avait rattrapé et lui parlait d'une voix sourde.

Arrivé en haut de l'escalier, Blay embrassa du regard le vaste hall d'entrée. Il s'étendait en contrebas, et chaque pas fait en sa direction vous entraînait dans un univers riche en couleurs et en dorures ; c'était comme découvrir un cadeau avec son corps.

Le cadre idéal pour une union, songea-t-il sans raison particulière.

— Blay, c'est bon. Rien n'a changé.

Il jeta un coup d'œil par-dessus son épaule. Les sourcils percés de Vhif étaient crispés, son regard intense. À l'évidence, il avait envie de parler mais, pour Blay, le sujet était clos.

Il descendit rapidement les marches.

Et ne fut guère étonné quand Vhif lui emboîta le pas.

— Putain, Blay, qu'est-ce que ça veut dire ?

Avaient-ils réellement besoin de se donner en spectacle devant les convives de la salle à manger ? Si Vhif s'accommodait de tous les publics, Blay n'appréciait guère ce genre de situation.

Il remonta deux marches pour se placer à la même hauteur que son ami.

— Comment elle s'appelait ?

Vhif eut un mouvement de recul.

— Pardon ?

— Comment s'appelait l'assistante ?

— Quelle assistante ?

— Hier soir, au studio de tatouage.

Vhif leva les yeux au ciel.

— Oh, allez, ça va…

— Son prénom.

— Je n'en ai pas la moindre idée, putain, répondit Vhif en levant les mains dans un geste désinvolte. Qu'est-ce que ça peut bien foutre ?

Blay ouvrit la bouche, sur le point d'avouer que ce qui n'avait été qu'un épisode insignifiant pour Vhif avait été un calvaire pour lui. Mais ce serait une confession ridicule qui en dirait long sur sa nature possessive…

Il se ravisa donc et, plongeant une main dans sa poche, sortit son paquet de cigarettes. Il en prit une qu'il coinça entre ses lèvres avant de l'allumer, les yeux rivés sur ceux de Vhif.

— Je déteste te voir fumer, marmonna ce dernier.

— Faudra pourtant t'y faire, répliqua Blay en se détournant pour descendre les dernières marches.

Chapitre 11

— Où vas-tu comme ça, John ?

Dans le vestibule situé tout au fond de la demeure, John se figea, la main sur la poignée de la porte. Bordel de merde… Dans une maison aussi grande, on aurait pu espérer pouvoir s'éclipser sans que personne ne le remarque. Mais non… il y avait des yeux partout. Et des jugements aussi… tout le temps.

De ce point de vue, c'était comme à l'orphelinat.

Il se retourna pour faire face à Zadiste. Le frère tenait un bavoir dans une main et un biberon dans l'autre. Il venait de quitter la table de la salle à manger et avait regagné la cuisine. Et comme par hasard, Vhif apparut à son tour, une cuisse de dinde à moitié rognée dans sa main, comme s'il craignait de ne plus rien manger avant, disons, une bonne dizaine d'heures.

Puis ce fut au tour de Blay de faire son apparition : tout était fin prêt pour une putain de conférence.

Z. hocha la tête en direction de la main de John, toujours posée sur la poignée de la porte. Malgré le biberon et le bavoir, son apparence était celle d'un tueur en série. Sans doute à cause de la cicatrice qui barrait son visage ou, plus vraisemblablement, à cause de ses yeux sombres qui lançaient des éclairs.

— Je t'ai posé une question, mon garçon.

— *Je sors les poubelles.*

— Ah ouais ? Je peux savoir où est ton sac-poubelle ?

Vhif termina sa cuisse de dinde puis se dirigea délibérément vers le conteneur pour s'en débarrasser.

— C'est vrai, John. Comment tu expliques ça ?

Le truc, c'est qu'il n'avait aucune envie de s'expliquer.

— *Je me tire d'ici*, signa-t-il.

Se penchant en avant, Z. posa une main sur les battants de la porte, et la serviette qu'il tenait entre ses doigts se déploya tel un drapeau.

— Tu pars chaque soir un peu plus tôt. Mais là, c'est bon, tu as atteint la limite. Je ne te laisserai pas sortir à cette heure-ci, à moins que tu aies envie de cramer comme une chips. Dernière chose : si tu songes encore à te faire la malle sans ta garde personnelle, Kolher prendra ta tronche pour un marteau, les choses sont claires ?

— Putain de merde, John.

La voix de Vhif n'était qu'un grognement écœuré, et l'expression de son visage exprimait un profond dégoût, comme quelqu'un qui viendrait de s'apercevoir qu'on a récuré les toilettes avec ses draps.

— Je ne t'ai jamais empêché de faire quoi que ce soit. Jamais. Et tu me fais un plan d'enfoiré comme ça ?

John fixa un point invisible au-dessus de l'oreille de Z. L'espace d'un instant, il eut très envie de répliquer… parce que, d'après les bruits qui circulaient, ce dernier était parti en vrille à l'époque où Bella avait disparu, faisant connerie sur connerie. Sauf qu'évoquer l'enlèvement de sa *shellane* reviendrait à agiter un chiffon rouge sous le nez d'un taureau. Et comme John se sentait dans le même état d'esprit, l'affrontement se terminerait forcément très mal.

Z. prit la parole d'une voix sourde.

— Alors, John ?

Ce dernier ne bougea pas.

— John, reprit Z. en se penchant vers lui. Je vais te casser la gueule si tu ne réponds pas à ma question.

—Je me suis trompé en regardant l'heure.

L'excuse était complètement bidon car si tel avait été le cas, il ne se serait pas donné la peine de sortir par-derrière. Il n'aurait pas non plus inventé cette histoire débile de poubelle. Mais le fait que son mensonge ne tienne pas la route était le cadet de ses soucis.

—Je ne te crois pas, répondit Z. en consultant sa montre. Tu ne sortiras pas avant dix minutes.

John croisa les bras, s'efforçant de ne pas commenter la décision de Z. Le thème musical du jeu télévisé *Jeopardy!* résonnant dans sa tête, il se sentait sur le point d'exploser.

Et le regard perçant de Z. ne fit rien pour arranger les choses.

Dix minutes plus tard, le roulement signalant l'ouverture de tous les stores de la demeure marqua la fin du couvre-feu et Z. inclina la tête en direction de la porte.

—OK. Tu peux partir, maintenant. Au moins, tu ne grilleras pas.

John tourna les talons.

—Si je t'attrape encore sans ton *ahstrux nohtrum,* je t'enferme pour de bon, compris ?

Vhif étouffa un juron.

—Ouais, et moi, je me ferai virer. Ce qui veut dire, en gros, que V. me transpercera le cul avec son épée. Sympa, merci.

John appuya sur la poignée de la porte et sortit avec la désagréable sensation que sa peau avait rétréci. Il respectait trop Z. pour souhaiter une confrontation mais ce dernier était fichtrement versatile, et tout portait à croire que cela s'accentuerait encore par la suite.

Dans le garage, il prit à gauche et se dirigea vers la porte du fond, évitant soigneusement de poser les yeux sur les cercueils empilés au milieu de la pièce. Une chose était sûre : il n'avait pas vraiment besoin de ce genre d'image en ce moment. Seize ? Oh, peu importe.

Il poussa la porte métallique puis s'avança sur la grande pelouse ondoyante qui s'étendait tout autour de la piscine vidée. Il se dirigea ensuite vers la lisière de la forêt, où se dressait le mur d'enceinte. Il savait que Vhif marchait sur ses talons : le parfum de la désapprobation souillait l'air frais, comme l'odeur de moisi dans un sous-sol. Et Blay l'avait également suivi, à en juger par la note d'eau de Cologne qui flottait aussi dans l'air.

Il s'apprêtait à se dématérialiser lorsqu'on le retint fermement par le bras. Pivotant sur lui-même pour envoyer paître Vhif, il se figea. C'était Blay qui l'avait attrapé, et les yeux bleus du rouquin lançaient des éclairs.

Au lieu de prendre la parole, ce dernier préféra s'exprimer en langage des signes, comme pour obliger John à lui prêter attention.

— *Tu veux te faire descendre, super. Au point où on en est, je m'y suis résigné. Mais tu n'as pas le droit de mettre les autres en danger. Je ne le tolérerai pas. Ne t'avise pas de repartir sans avertir Vhif.*

John jeta un coup d'œil par-dessus son épaule. Pétri de frustration, Vhif semblait avoir très envie de taper dans quelque chose. C'était donc pour cette raison que Blay avait choisi le langage des signes. Il ne voulait pas que le troisième larron de ce triumvirat bancal comprenne ce qu'il disait.

— *C'est compris ?* conclut Blay.

Il était rare que Blay monte au créneau de la sorte. Tellement rare que John se sentit obligé de s'expliquer :

—*Je ne peux pas promettre que je n'aurai pas besoin de me barrer en douce. Je ne peux pas. Mais je jure que je le mettrai au courant, la prochaine fois. Au moins, comme ça, il pourra faire en sorte de ne pas se trouver à la maison à ce moment-là.*

—*John…*

Il secoua la tête et serra le bras de Blay.

— Je ne peux promettre ça à personne. Pas avec tout ce que j'ai dans la tête. Mais je ne partirai pas sans lui dire où je vais et quand je serai de retour.

La mâchoire de Blay se contracta puis se détendit. Il n'était pas idiot. Il savait reconnaître une négociation dans l'impasse.

— OK, ça me va.

— Qu'est-ce qui se passe, vous voulez vous faire un câlin ? intervint Vhif.

John recula d'un pas et signa :

— Nous resterons à l'Xtreme Park jusqu'à 22 heures. Ensuite, on ira sur St. Francis Avenue. Trez m'a envoyé un texto.

Il se dématérialisa, voyagea vers le sud puis l'ouest, et reprit forme derrière le local où, la veille, ils s'étaient postés pour faire le guet. Tandis que ses acolytes apparaissaient à leur tour, il s'efforça d'ignorer l'atmosphère lourde et pesante.

Le regard fixé sur l'esplanade de béton, il repéra les différents protagonistes. Le jeune gars aux poches pleines occupait toujours le centre de la scène. Appuyé contre une rampe, il jouait avec un briquet étincelant sans jamais l'allumer. Il y avait cinq ou six skateurs qui montaient et descendaient les rampes et une autre dizaine qui discutaient en faisant tourner les roulettes de leurs planches. Sept voitures de marques différentes étaient garées sur le parking et une patrouille de police circulait lentement sur les lieux, donnant à John l'impression qu'ils étaient carrément en train de perdre leur temps.

S'ils s'enfonçaient plus dans le centre-ville pour y arpenter les ruelles, peut-être auraient-ils davantage de…

Une Lexus pénétra dans le parking, mais ne chercha pas d'emplacement pour stationner. Elle s'immobilisa, perpendiculaire aux sept autres pare-chocs… et l'individu qui en sortit ressemblait à un lycéen, vêtu d'un baggy et coiffé d'un chapeau de cow-boy.

Cependant, la brise se chargea de répandre un effluve de cadavre en décomposition.

Peut-être mélangé à une goutte de… d'eau de Cologne ?

John se redressa, le cœur battant à coups redoublés. Sa première idée fut de se précipiter sur le jeune salopard, mais Vhif lui barra le passage avec son bras.

— Attends un peu. Ce serait mieux d'en savoir davantage.

Son pote avait raison, John le savait bien. Aussi s'écarta-t-il du bras qui l'empêchait d'avancer pour se concentrer sur la plaque d'immatriculation de la Lexus 600h.

Les autres portes du véhicule s'ouvrirent et trois types émergèrent. Ils n'avaient pas l'extrême pâleur des vieux éradiqueurs, mais avaient le teint très clair et, chose indéniable, ils dégageaient une odeur pestilentielle.

Seigneur, ces effluves de talc pour bébé étaient vraiment insupportables.

L'un d'eux resta en arrière pour faire le guet pendant que les deux autres emboîtaient le pas du jeune cow-boy. Lorsqu'ils arrivèrent sur la dalle de béton, tous les regards convergèrent sur eux. Le gosse appuyé à la rampe centrale se redressa et enfouit son briquet dans sa poche.

— Merde, on aurait dû prendre ma caisse, murmura Vhif.

Putain ! À moins de trouver un gratte-ciel tout près, d'où ils pourraient avoir une vue panoramique, ils n'auraient aucun moyen de pister la Lexus.

Le dealer ne bougea pas tandis que le petit groupe s'approchait de lui, comme si cette visite n'avait rien d'une surprise. Sans doute s'agissait-il d'un rendez-vous convenu à l'avance. Après un court échange verbal, les éradiqueurs entourèrent le jeune type et ensemble ils regagnèrent le véhicule.

Tous s'engouffrèrent dans l'habitacle excepté un des éradiqueurs.

L'heure était venue de prendre une décision. Est-ce qu'ils devaient braquer une voiture pour se lancer à la poursuite de la Lexus ? Ou se matérialiser sur le capot de la bagnole pour intercepter le convoi ? Quelle que soit l'option choisie, le climat de paix risquait d'être fortement perturbé… sans compter qu'effacer la mémoire de vingt humains s'avérerait une tâche difficile.

— On dirait que l'un d'eux va rester là, murmura Vhif.

Exact. L'un des tueurs se dirigea vers la gauche du parking tandis que la Lexus faisait demi-tour avant de s'éloigner.

John eut un mal fou à laisser partir la voiture. Mais cette bande de salauds avait juste emmené l'un des meilleurs dealers du coin ; ils reviendraient forcément. Sans compter qu'ils avaient laissé un éradiqueur derrière eux. De quoi les maintenir occupés, lui et ses deux compagnons.

John le suivit des yeux tandis qu'il s'enfonçait dans le parc. Contrairement au type qu'il remplaçait, l'éradiqueur ne tenait pas en place, marchait sans cesse, croisant les regards posés sur lui. À l'évidence, sa présence mettait les skateurs mal à l'aise et quelques-uns de ceux qui avaient acheté la veille s'en allèrent. Mais tous n'étaient pas aussi méfiants… ni aussi sobres pour s'inquiéter de sa présence.

Un léger martèlement se fit entendre et John baissa les yeux. C'était son pied qui frappait le sol à la vitesse d'un lapin courant dans la lande.

Mais il n'allait pas tout foutre en l'air. Il attendit derrière l'abri… attendit… et attendit encore.

Le salopard mit presque une heure avant de ramener son cul dans le coin et, quand il arriva, John se félicita de s'être montré si patient. À la force de son mental, il éteignit le réverbère le plus proche pour avoir un peu d'intimité. Le connard leva les yeux et John sortit de sa cachette.

L'éradiqueur tourna brusquement la tête et comprit tout de suite que les hostilités étaient ouvertes. Avec un sourire d'enfoiré, il plongea la main dans sa veste.

Ce qui n'eut pas pour effet d'inquiéter John : la règle d'or interdisait les échanges de tirs devant les humains…

Mais une arme automatique apparut, crachant ses balles dans une rafale bruyante qui résonna dans le parc, telle une malédiction.

John se précipita derrière le local, la surprise lui donnant des ailes. D'autres balles se mirent à pleuvoir, ricochant sur le béton tandis que les humains s'enfuyaient en criant.

Protégé, il s'appuya contre le panneau de bois et sortit son arme. Blay et Vhif le rejoignirent et eurent juste le temps d'apprécier la situation pendant que les tirs se calmaient.

—*À quoi il joue, putain ?* signa Vhif. *Il aime se donner en spectacle ?*

Des pas lourds approchèrent, accompagnés du cliquètement des munitions qu'on rechargeait. John jeta un coup d'œil vers la porte de la remise. La chaîne de sécurité fixée au verrou principal était un cadeau du ciel. Il leva la main et détacha mentalement la chaîne, qui pendit contre la porte.

—*Allez de l'autre côté,* ordonna John à ses deux amis. *Et faites comme si vous étiez blessés.*

—*Bon Dieu, non…*

John colla son flingue sous le nez de Vhif.

Comme ce dernier reculait, John plongea son regard dans les yeux vairons. C'était lui qui décidait, lui qui s'occuperait de l'éradiqueur. Fin de la discussion.

—*Va te faire foutre !* articula Vhif avant de se dématérialiser avec Blay.

Dans un grognement sonore, John se laissa tomber par terre, son corps heurtant le sol comme un gros sac de ciment.

Il s'allongea sur le ventre, son SIG toujours collé à sa poitrine, le cran de sécurité déverrouillé.

Les pas étaient maintenant très proches. Un rire rauque parvint également à ses oreilles, comme si l'éradiqueur s'amusait comme un fou.

Quand Flhéau rentra de chez son père, il reprit forme dans la chambre voisine de celle où il retenait Xhex. Il avait très envie de la voir mais il était préférable qu'il reste dans sa chambre. Chaque fois qu'il revenait de là-bas, il n'était plus capable de rien pendant une bonne demi-heure, et il ne commettrait pas l'erreur de lui laisser une chance de le tuer.

Car c'est ce qu'elle ferait si l'occasion se présentait. N'était-ce pas adorable ?

Il s'allongea sur le lit et ferma les yeux. Son corps était mou et froid et, tandis qu'il respirait profondément, il eut l'impression de dégeler, un peu comme une tranche de viande sortie du congélateur. Il ne faisait pourtant pas froid du tout, de l'autre côté. En fait, il régnait même une douce chaleur dans la demeure confortablement aménagée de son père… Encore fallait-il apprécier le style baroque clinquant.

Il n'y avait presque pas de meubles chez son cher papa, mais il y avait beaucoup de chandeliers.

Ses frissons semblaient davantage liés à son retour dans cette réalité. Chaque fois qu'il revenait de ce côté-là, il lui était plus difficile de rebondir. La bonne nouvelle, c'est qu'il devrait sans doute s'y rendre moins souvent, car, à présent que l'éventail de tours dont il disposait avait été totalement exploré et maîtrisé, il ne voyait plus l'utilité de ces visites. Car, à la vérité, l'Oméga n'était pas une compagnie très stimulante.

Le type ne parlait que de lui, encore et toujours. Et même si ces exigences de masturbation intellectuelle provenaient d'un enfoiré diabolique qui n'était autre que votre père, on finissait tout de même par se lasser.

En outre, la vie amoureuse de son père était foutrement dérangeante.

Il y avait ces putains de choses dans son lit, et Flhéau n'avait aucune idée de ce que c'était. Des bêtes noires, OK, mais leur sexe restait aussi indiscernable que leur espèce. Et leur manière de se déplacer en laissant des traces d'huile derrière elles était carrément flippante. Pour couronner le tout, elles avaient toujours envie de baiser, même quand il y avait du monde autour.

Et son père ne refusait jamais.

Lorsqu'un bip retentit, Flhéau s'empara de son téléphone dans la poche de sa veste. C'était un message de M. D : « Sur la route. On a le type. »

Jetant un coup d'œil au réveil, Flhéau se redressa. Ce n'était pas la bonne heure, c'était impossible. Cela faisait déjà deux heures qu'il était rentré… Comment avait-il pu perdre ainsi la notion du temps ?

Son estomac avait chaviré lorsqu'il s'était assis brutalement, et il dut faire un effort pour se passer les mains sur le visage. La sensation de poids mort procurée par son corps, en plus de ses hématomes, lui rappela l'époque où il était sujet aux rhumes et aux grippes. C'étaient exactement les mêmes sensations. Était-il possible qu'il soit en train de tomber malade ?

Si oui, existait-il un médicament ou un truc dans le genre pour soigner les morts ?

Probablement que non.

Laissant retomber ses mains sur ses genoux, il jeta un coup d'œil dans la salle de bains. La douche semblait à des kilomètres… L'effort en valait-il la peine ?

Il lui fallut encore dix minutes pour sortir de sa léthargie et lorsque, enfin, il fut debout sur ses pieds, il s'étira longuement pour faire circuler le sang noir dans son corps. La salle de bains n'était plus à des kilomètres, mais seulement à quelques mètres, et chaque pas le rendit plus fort. Avant de tourner le robinet d'eau chaude, il s'admira dans le miroir, examinant sa collection de bleus. Ceux de la veille avaient presque tous disparu, mais il savait que d'autres allaient arriver...

Sourcils froncés, Flhéau souleva son bras. À l'intérieur de son avant-bras, la plaie s'était élargie. Quand il passa le doigt dessus, il ne ressentit aucune douleur mais le machin n'était vraiment pas beau à voir. C'était une blessure plate et ouverte, cerclée d'un trait noir et gris au milieu.

Sans doute devrait-il aller voir Havers... sauf que c'était une idée ridicule, une simple réminiscence de sa vie d'avant. Il se voyait bien se pointer au cabinet médical pour demander un rendez-vous...

De toute façon, il ne savait même pas où ils avaient déménagé les locaux. C'était bien ça, le problème d'une attaque réussie. Votre cible prend tellement vos menaces au sérieux qu'elle part se planquer loin, très loin.

Sous le jet d'eau chaude, il prit soin de savonner la blessure. Si elle était infectée, cela ne pourrait qu'être bénéfique.

Une nuit d'enfer l'attendait. D'abord, la cérémonie d'initiation à 20 heures, puis le rendez-vous avec Benloise à 22 heures.

Sans oublier une bonne baise à son retour.

En sortant de la douche, il se sécha et inspecta la plaie. Comme si elle lui en voulait de trop s'intéresser à elle, elle avait développé une fine cloque noirâtre en surface.

Oh, ça allait faire super sur ses putains de chemises en soie blanche...

Il colla un grand pansement dessus en espérant que sa maîtresse se montrerait plus douce ce soir...

Il pourrait toujours l'attacher, pour changer.

En un temps record, il enfila un costume confectionné sur mesure et quitta la pièce. En passant devant la chambre principale, il s'immobilisa et frappa à la porte. Un coup à réveiller les morts. Un sourire flotta sur ses lèvres.

— Je reviens vite. Avec des chaînes.

N'obtenant pas de réponse, il saisit la poignée et colla son oreille à la porte. Le bruit de sa respiration régulière était aussi doux qu'un imperceptible courant d'air mais il parvint à l'entendre. Elle était là, vivante. Et elle le serait toujours quand il rentrerait.

Avec un sang-froid maîtrisé, il lâcha la poignée. S'il ouvrait la porte, il perdrait encore deux heures, et son père détestait attendre.

Dans la cuisine, il chercha quelque chose à se mettre sous la dent mais ne trouva rien. La cafetière électrique avait été programmée pour se mettre en marche deux heures plus tôt et, lorsqu'il souleva le couvercle, il n'y avait plus qu'une couche noircie et craquelée au fond de la verseuse. Il entrouvrit le frigo mais ne vit rien d'intéressant, alors même qu'il avait une faim de loup.

Finalement, Flhéau se dématérialisa dans la cuisine, les mains et l'estomac vides. Pas terrible pour son état d'esprit, mais pour rien au monde il ne louperait le spectacle… ne serait-ce que pour voir de ses yeux ce qu'on lui avait fait pendant sa propre initiation.

La ferme était située au nord-est de sa maison de ville et, dès l'instant où il reprit forme dans le jardin, il sut que son père était à l'intérieur : un étrange frisson courait dans ses veines chaque fois qu'il se trouvait en présence de l'Oméga, comme un écho se répercutant dans un espace clos… Était-il le son et son père la grotte… ou l'inverse ? Il n'en savait trop rien.

La porte d'entrée était ouverte. En gravissant les marches du perron pour pénétrer dans le vestibule miteux, il songea à sa cérémonie d'initiation.

— Le jour où tu m'as enfin appartenu.

Flhéau fit volte-face. L'Oméga se trouvait dans le salon, sa longue robe blanche recouvrant son visage et ses mains, son énergie obscure dégoulinant sur le sol, une ombre noire qu'aucune lumière ne projetait.

— Tu es excité, mon fils ?

— Ouais.

Flhéau jeta un coup d'œil par-dessus son épaule en direction de la table de la salle à manger. Le seau et les couteaux qu'on avait utilisés pour lui étaient là. Prêts à l'usage.

Le crissement du gravier sous les roues d'une voiture le fit se tourner vers l'entrée.

— Les voilà.

— Mon fils, j'aimerais que tu m'en amènes d'autres. J'ai faim de chair fraîche.

Flhéau se dirigea vers la porte.

— Pas de problème.

À cet égard, au moins, ils étaient sur la même longueur d'onde. D'autres candidats à l'initiation signifiaient plus d'argent, et plus de combats.

L'Oméga vint se poster derrière Flhéau et une main noire glissa le long de son dos telle une douce caresse.

— Tu es un bon fils.

Pendant une fraction de seconde, le cœur noir de Flhéau se serra. C'était exactement la phrase que le vampire qui l'avait élevé lui disait de temps en temps.

— Merci.

M. D et les deux autres sortirent de la Lexus… accompagnés par l'humain. Le petit con n'avait pas encore pris conscience qu'il n'était plus qu'à deux doigts de devenir un agneau sacrificiel. Mais à l'instant où il posa les yeux sur l'Oméga, les choses commencèrent à prendre forme dans son esprit.

Chapitre 12

Allongé face contre terre, John entendit les pas de son ennemi approcher. Il inspira par le nez, se bouchant les sinus avec une bonne dose de poussière. En général, ce n'était pas une excellente idée de faire le mort, mais cet enfoiré à l'index et la gâchette épileptiques n'avait pas l'air du genre à vérifier l'état de ses cibles.

Tirer comme un malade dans un parc public ?

L'abruti n'avait-il jamais entendu parler du commissariat de police de Caldwell ? Ni du *Caldwell Courier Journal* ?

Les bottes marquèrent un temps d'arrêt et l'odeur douceâtre, écœurante, qu'exhalaient les éradiqueurs faillit le faire vomir. C'était drôle, comme la vie et la mort captaient systématiquement l'attention de l'estomac.

Il sentit quelque chose de dur contre son bras gauche, comme si le tueur vérifiait du bout de sa botte s'ils étaient à portée de pied. Au même moment, Vhif laissa échapper une plainte rauque et déchirante, de l'autre côté du local.

On aurait dit que son foie dégoulinait dans son côlon.

Les bottes descendirent le long de son corps, le bâtard désirant manifestement poursuivre son inspection. John entrouvrit un œil. Il se croyait dans un film, avec son arme bien serrée entre ses deux mains, balançant le canon plus pour se la jouer que par souci d'efficacité. Bon, il avait peut-être l'air ridicule avec ses mimiques d'acteur hollywoodien, mais des balles n'en demeuraient pas moins des balles, et il suffirait d'un léger mouvement pour que John se retrouve en ligne de mire.

C'était une bonne chose qu'il s'en foute complètement. Tandis que l'enfoiré se dirigeait vers Vhif comme dans une marche nuptiale, le visage de Xhex apparut dans l'esprit de John, qui bondit dans un mouvement fluide pour se jeter sur le dos charpenté de l'éradiqueur, l'emprisonnant de ses jambes et de son bras libre avant d'appuyer le canon de son flingue sur la tempe pâle.

L'espace d'un instant, le tueur se figea et John siffla entre ses dents, signalant à Blay et Vhif qu'ils pouvaient se joindre aux festivités.

— L'heure est venue de lâcher ton flingue, connard, lança Vhif en faisant son apparition.

Puis, sans lui laisser le temps de s'exécuter, il tendit les mains et les referma sur l'avant-bras de l'éradiqueur, comme s'il voulait casser un bout de bois.

Le craquement des os fut plus bruyant que le sifflement de John et le résultat ne se fit pas attendre : un poignet brisé et une arme gisant à terre.

Tandis que l'éradiqueur se pliait de douleur, des sirènes retentirent au loin… pour devenir de plus en plus proches.

John l'entraîna vers la porte à double battant du local et Blay, les ayant devancés, le poussa à l'intérieur.

En articulant exagérément chaque mot, il murmura à l'adresse de Vhif :

— *Va chercher la bagnole.*

— Si les flics viennent pour nous, on ferait mieux de se tirer de là.

— *On ne part pas. Va chercher la bagnole.*

Vhif mit la main sur ses clés et les lança à Blay.

— Vas-y. Tu nous enfermes, OK ?

Sans perdre un instant, Blay sortit et ferma la porte derrière lui. Il y eut un petit bruit métallique lorsqu'il replaça la chaîne, suivi du cliquètement du cadenas.

L'éradiqueur commençait à se débattre avec plus de vigueur, ce qui n'était pas, en soi, une mauvaise chose. Il fallait qu'il reste conscient.

John le jeta par terre, sur le ventre, et tira sur sa nuque jusqu'à ce que sa colonne vertébrale craque.

De son côté, Vhif savait exactement quel était son rôle. S'agenouillant à côté du tueur, il plaça son visage juste devant le sien.

— On sait que vous retenez une prisonnière. Où est-elle ?

Tandis que le hurlement des sirènes s'amplifiait, l'éradiqueur ne put qu'émettre une série de grognements. John donna un peu de lest afin de lui permettre de respirer.

Vhif leva la main et gifla le tueur.

— Je t'ai posé une question, connard. Où est-elle ?

John relâcha encore un peu la pression, veillant toutefois à ce qu'il ne puisse pas s'échapper. L'éradiqueur put alors frissonner de peur, signe que sa démonstration tonitruante avec son arme n'avait été qu'un coup de bluff. À l'heure de l'affrontement, il n'était plus qu'un jeune vaurien mort de trouille.

Vhif frappa plus fort la deuxième fois.

— Réponds-moi.

— Pas de… prisonnière.

Lorsque Vhif porta un nouveau coup, le tueur se recroquevilla. Eh ouais, ces enfoirés étaient peut-être morts mais ils restaient encore très sensibles à la douleur.

— Une femelle enlevée par le grand éradiqueur. Où ?

John se pencha en avant pour donner son arme à Vhif puis, de sa main libre, récupéra son couteau de chasse niché dans le creux de son dos. Pas besoin de le formuler avec des mots : il se chargerait lui-même du sale boulot. D'un geste circulaire, il plaça la lame du couteau sous les yeux de l'éradiqueur. Ce dernier se débattit farouchement mais fut rapidement maîtrisé par le corps massif de John, allongé sur lui.

— Tu vas avoir très envie de parler, maintenant, ironisa Vhif. Fais-moi confiance.

— Je ne connais pas de femelle, murmura-t-il d'une voix à peine audible, la trachée écrasée par l'avant-bras de John.

John s'écarta légèrement et l'éradiqueur hurla :

— C'est la vérité !

Les sirènes leur vrillaient littéralement les oreilles, à présent, et on entendit des pneus crisser sur le parking.

L'heure était à la prudence. L'éradiqueur avait déjà montré son mépris total pour la seule règle de guerre en vigueur. N'importe quel autre serait resté silencieux en pareilles circonstances, mais on ne pouvait rien tenir pour acquis avec M. Clic-clic Bang-bang.

John croisa le regard vairon de Vhif, mais ce dernier avait déjà trouvé une solution. Tendant la main vers une pile de vieux chiffons graisseux, il en prit un qu'il enfonça dans la bouche de l'éradiqueur. Le silence fut alors total.

Les voix des flics leur parvinrent du dehors, étouffées.

— Couvre-moi.

— Compris.

John rangea son couteau afin de pouvoir prendre appui sur ses deux mains. Il y eut encore des bruits de pas à l'extérieur, assez éloignés, mais ils finiraient forcément par s'approcher.

Tandis que les uniformes se dispersaient, les radios des véhicules de police diffusaient des messages relatifs à leur mission de sécurisation de la zone. Ce qu'ils firent rapidement. Quelques minutes plus tard, les policiers se regroupèrent autour de leurs véhicules, à proximité du local.

— Unité 240 au commissariat. La zone est sécurisée. Aucune victime. Aucun susp…

Vif comme l'éclair, l'éradiqueur décocha un coup de botte dans une bonbonne de gaz. Aussitôt, tous les flics pointèrent leur arme avant de se diriger vers l'entrepôt.

— C’est quoi, ce bordel ?

Flhéau ne put s’empêcher de sourire lorsque le gamin posa les yeux sur l’Oméga. Bien que celui-ci soit dissimulé sous un amas de voiles et d’étoffes, il aurait fallu être complètement idiot pour ne pas comprendre qu’il se cachait quelque chose de tout à fait étrange là-dessous. Et bingo, il y avait un gagnant à la loterie cognitive !

Lorsque le gosse fit mine de partir à reculons, les éradiqueurs de M. D l’entourèrent et l’attrapèrent par les bras.

Flhéau hocha la tête en direction de la table de la salle à manger.

— Mon père va s’occuper de lui ici.

— S’occuper de quoi ?

Pris de panique, le gamin se débattait à présent comme un cochon qu’on égorge. Ce qui, en somme, était une assez bonne préparation à ce qui allait suivre.

Les éradiqueurs le soulevèrent et l’allongèrent sur la planche de bois piquée, enserrant ses pieds et ses chevilles tandis que l’Oméga approchait, grinçant et bruissant de tout son être.

Lorsque la force maléfique souleva sa capuche, un silence pesant s’abattit.

Puis le hurlement sortant de la bouche de l’humain fendit l’air, ricochant sur le plafond, emplissant bruyamment la maison délabrée.

Flhéau recula, laissant son père œuvrer. Les vêtements de l’humain se désintégrèrent au simple passage de la paume noire et transparente. Puis vint le tour du couteau, sa lame reflétant la lumière du lustre de pacotille accroché au plafond décrépit.

M. D s’occupait de toutes les manipulations techniques, comme positionner les seaux sous les bras et les jambes, courant dans tous les sens.

Flhéau était déjà mort quand on avait vidé ses veines ; il ne s’était réveillé que lorsqu’un choc venu de Dieu sait où avait traversé son corps. Il trouvait donc intéressant de voir le processus dans son intégralité : comment vider un corps de son sang. Comment, une fois la poitrine fendue en deux, l'Oméga s'ouvrait les veines du poignet pour verser l'huile noire dans la cavité. Comment la force maléfique fabriquait avec de l'air une boule d'énergie qu'il introduisait dans le cadavre. Comment chaque veine, chaque artère reprenait vie grâce à ce qu'on leur avait insufflé. La dernière étape consistait à arracher le cœur, qui se flétrissait dans la paume de l'Oméga avant d'être déposé dans une jarre en céramique.

Tandis que Flhéau se remémorait son propre retour d'entre les morts, il se souvint que son père lui avait amené M. D afin qu'il puisse se nourrir. Il avait besoin de sang mais, là encore, cela faisait déjà un petit moment qu'il était mort, sans compter qu'il était au moins à moitié vampire. Cet humain-là, en revanche, revint à la vie dans un simple soubresaut, ouvrant la bouche comme un poisson, en pleine confusion.

Portant la main à sa poitrine, Flhéau sentit les battements de son cœur…

Quelque chose suintait. Dans la manche de sa chemise.

Tandis que l'Oméga commençait à faire des choses dépravées avec le nouvel initié, Flhéau monta en courant dans la salle de bains. Après avoir retiré sa veste, il la plia et chercha un endroit où la poser… mais n'en trouva aucun. Tout était recouvert d'une couche de crasse vieille de deux décennies.

Seigneur, pourquoi n'avait-il pas envoyé quelqu'un faire le ménage ?

Il se résigna à suspendre la veste à un crochet et…

Oh, merde !

En levant le bras, il aperçut une tache noire à l'endroit où il avait mis le pansement et une auréole humide à la pointe de son coude.

— Putain de merde.

Arrachant ses boutons de manchette, il ouvrit sa chemise et se figea en baissant les yeux sur son torse.

Puis il s'examina dans le miroir piqué, comme si cela allait changer ce qu'il voyait, et se pencha en avant. Il y avait une autre tache sur la partie gauche de son torse, de la même forme et de la même taille que la première. Et une troisième près de son nombril.

Cédant à la panique, il fut pris d'un léger vertige et dut s'agripper au rebord du lavabo. Il songea d'abord à courir chercher de l'aide auprès de l'Oméga, mais se ravisa. À en juger par les hurlements et les plaintes s'élevant du rez-de-chaussée, les choses allaient bon train dans la salle à manger, et il aurait fallu être stupide pour oser interrompre la scène.

Si l'Oméga était inconstant par nature, il savait faire preuve d'une concentration extrême dans certains domaines.

Les doigts crispés sur la vasque, Flhéau inclina la tête tandis que son estomac vide n'était plus que brûlures et tiraillements. Combien d'autres taches semblables avait-il encore ? Il ne désirait pas le savoir.

Son initiation ou sa renaissance, peu importe le terme exact, était censée être permanente. C'était ce que son père lui avait dit. Né du Mal, il avait été engendré par une source obscure, réputée éternelle.

Pourrir dans sa propre enveloppe corporelle ne faisait pas partie du marché.

— Tout va bien, là-dedans ?

Flhéau ferma les yeux. La voix du Texan fut comme une griffure le long de son dos, mais il n'avait pas la force de l'envoyer sur les roses.

— Comment ça se passe, en bas ?

M. D s'éclaircit la voix, la désapprobation le faisant bredouiller.

— Je crois qu'on en a encore pour un petit moment.

Super.

Au prix d'un immense effort, Flhéau se redressa pour se tourner vers son assistant…

D'un coup, ses crocs s'enfoncèrent dans sa lèvre sans qu'il sache pourquoi. Jusqu'à ce qu'il prenne conscience que son regard était rivé à la jugulaire du Texan.

Dans le ventre de Flhéau, la faim se dota de cornes et se mit à virevolter furieusement.

Tout alla trop vite pour faire machine arrière, s'interroger ou réfléchir. Il était là, cloué devant le lavabo et, l'instant d'après, il se jetait sur M. D, poussant l'éradiqueur contre la porte pour lui planter ses incisives dans la gorge.

Le sang noir qui jaillit sur sa langue était exactement le remontant qu'il lui fallait et il l'aspira avec l'énergie du désespoir, même lorsque le Texan se débattit avant de cesser de bouger. L'enfoiré n'avait aucun souci à se faire. Il n'y avait là rien de sexuel. C'était une simple question de subsistance : il se nourrissait, rien d'autre.

Et plus il en avalait, plus il en voulait.

Serrant le tueur contre sa poitrine, il aspira son sang indéfiniment.

Chapitre 13

Lorsque la résonance du coup de botte dans la bonbonne de gaz s'évanouit enfin, Vhif s'assit sur les jambes de ce fils de pute. Il avait tenté sa chance, mais n'en aurait pas d'autre.

Dehors, les flics se rassemblèrent autour du local. La chaîne de sécurité cliqueta.

— C'est fermé, déclara l'un d'eux.

— Il y a des cartouches vides par ici.

— Attendez, il y a un truc à l'intérieur. Oh ! là, là ! Quelle puanteur !

— Je ne sais pas ce que c'est, mais la bête doit être crevée depuis une bonne semaine. Cette odeur, punaise... Je préfère encore sentir le ragoût de thon de ma belle-mère.

Des murmures d'approbation s'élevèrent.

Dans l'obscurité, John et Vhif se regardèrent et attendirent. Si la porte venait à s'ouvrir, la seule solution serait de se dématérialiser en laissant l'éradiqueur sur place, car il leur était impossible de le faire voyager avec eux. D'un autre côté, aucun de ces flics n'avait la clé du cadenas. Il leur faudrait faire sauter la serrure à coups de revolver.

Selon toute probabilité et vu la paperasserie qu'ils devraient se coltiner pour rendre compte de leur action, ils ne jugeraient pas nécessaire d'en arriver là.

— Il n'y avait qu'un seul tireur, selon l'appel d'urgence. Et il ne peut pas être là-dedans.

Quelqu'un toussa puis jura.

— S'il y est, il n'a déjà plus de nez, avec cette puanteur.

— Appelez le chef de l'entretien, intervint une voix profonde. Il faut que quelqu'un vienne retirer le cadavre de cet animal. En attendant, allons faire un tour dans le voisinage.

Il y eut des discussions et des piétinements. Un moment plus tard, l'un des véhicules démarra.

— On doit s'en débarrasser, murmura Vhif par-dessus l'épaule de John. Sors ton couteau, qu'on l'élimine avant de se barrer d'ici.

John secoua la tête. Il était hors de question qu'il passe à côté de cette aubaine.

— John, on ne partira pas avec lui. Tue-le et on se tire.

Vhif ne voyait pas ses lèvres mais John articula malgré tout :

— *Pas question. Il est à moi.*

Et il ne laisserait pas cette source d'informations lui filer entre les doigts. La police des humains pouvait toujours être maîtrisée mentalement… ou physiquement, s'il le fallait.

On entendit le chuintement d'une lame glissant hors de son étui.

— Désolé, John, on se casse de là.

— *Non !* répliqua John par-dessus son épaule, dans un hurlement silencieux.

La main de Vhif se referma sur le col du blouson de John et le tira brusquement vers lui. Déséquilibré, John fut contraint de choisir entre deux options : soit il lâchait le cou de l'éradiqueur, soit il le lui brisait. Un éradiqueur diminué n'aurait pas pu parler… aussi relâcha-t-il son étreinte et se stabilisa-t-il en posant une main sur le ciment froid.

Il ne laisserait pas son pote le trahir comme ça. Pas question.

Il se jeta sur Vhif et, à partir de cet instant, tout s'emballa. Tous deux se battirent pour s'emparer de la dague, heurtant au passage bien plus qu'une simple bouteille de gaz. Dans la bagarre, l'éradiqueur roula par terre, enfin libéré, et fit un bond vers la sortie. Dehors, les flics se mirent à crier et le tueur martela la porte…

Un coup de feu retentit au milieu du brouhaha, aussitôt suivi d'un cliquetis métallique.

Les flics venaient de faire sauter le cadenas.

Couché au sol, John glissa une main dans le creux de son dos. Lorsqu'il pivota sur ses genoux, il vit que Vhif avait également dégainé son couteau ; d'un même mouvement, ils lancèrent leur arme et les deux lames traversèrent le local, collées l'une à l'autre.

Elles pénétrèrent le tueur avec une telle force qu'elles remplirent leur objectif, l'une ou l'autre, peut-être les deux à la fois, et ce bien qu'elles se soient plantées entre les omoplates : dans un éclair de lumière et un grondement assourdissant, l'éradiqueur alla rejoindre son créateur, ne laissant rien d'autre qu'un nuage pestilentiel… et un trou de la taille d'un réfrigérateur dans la porte du local.

En proie à une forte montée d'adrénaline, ni John ni Vhif ne réussirent à se dématérialiser, aussi s'écartèrent-ils pour se plaquer contre la porte, de part et d'autre du trou béant, parfaitement immobiles, tandis que le canon d'une première arme à feu puis d'une seconde faisaient leur apparition.

Des bras suivirent, précédés de lampes torches.

Puis des visages de profil et des épaules.

Par chance, les humains entrèrent complètement à l'intérieur.

— Psst, t'as la braguette ouverte.

Au moment où les flics se tournaient vers ce plaisantin de Vhif, John dégaina ses deux revolvers et abattit les crosses sur les crânes des meilleurs officiers de police de Caldwell, qui s'écroulèrent, voyant trente-six chandelles.

Blay arriva alors à point nommé, au volant du 4 × 4.

Enjambant les flics, John courut jusqu'à lui, Vhif sur ses talons. Les nouvelles bottes que ce dernier tenait tant à porter martelaient bruyamment le sol. John s'engouffra dans le véhicule par le coffre que Blay avait déjà ouvert, attrapant la poignée pour se hisser, tandis que Vhif se jetait sur la banquette arrière.

Sans plus tarder, Blay enfonça la pédale d'accélérateur. John se réjouissait d'avoir eu maille à partir avec une seule équipe de flics, même si les deux officiers qu'il avait assommés ne tarderaient pas à reprendre leurs esprits.

Ils fonçaient vers le nord, en direction de l'autoroute, lorsque John rejoignit Vhif sur la banquette arrière... pour lui attraper le cou.

Alors que la bagarre reprenait de plus belle, Blay s'écria :

— C'est quoi, votre problème, merde à la fin ?

Pas le temps de répondre. John était trop occupé à étrangler Vhif tandis que ce dernier essayait de lui décocher un coup de poing... avec succès.

Ils roulaient à plus de cent dix en plein centre-ville. Avec peut-être un avis de recherche lancé sur le 4 × 4 si l'un des flics avait réussi à relever la plaque d'immatriculation lorsque Blay était venu les récupérer.

Sans compter une bagarre qui faisait rage.

Plus tard, John comprendrait que Blay ne pouvait les conduire qu'à un seul endroit, bien sûr.

Quand il gara la voiture sur le parking du *Sal's* dont la façade arrière était plongée dans l'obscurité, John et Vhif avaient pris des coups et saigné de concert. Et la rixe ne se termina que lorsque Trez tira John hors du véhicule. À l'évidence, le rouquin les avait appelés pour les mettre au courant. Vhif reçut le même traitement musclé de la part d'iAm.

John cracha par terre en les foudroyant du regard.

— Disons que vous êtes quittes, les mecs, déclara Trez dans un demi-sourire. Qu'est-ce que vous en pensez ?

Une fois libre, John trembla de rage. Cet éradiqueur était peut-être leur seul moyen de trouver une piste... une faille...

n'importe quoi qui les fasse avancer. Mais voilà, Vhif avait insisté pour le descendre et ils étaient de retour à la case départ. Il était mort si facilement… Il avait suffi d'une seule blessure à la cage thoracique pour lui rendre sa liberté… ou le renvoyer en tout cas auprès de l'Oméga.

Vhif s'essuya la bouche avec le dos de la main.

— Pour l'amour de Dieu, John ! Tu crois vraiment que je n'ai pas envie de la retrouver ? Tu crois que je n'en ai rien à foutre ? Bon sang, je suis sur le coup toutes les nuits avec toi, à guetter, chercher, prier qu'une piste se présente !

Il pointa son index en direction de John.

— Alors écoute-moi bien : ça n'aurait servi à *rien* de se faire pincer par un groupe d'humains en compagnie d'un éradiqueur en fin de vie. Tu veux raconter ça à Kolher ? Parce que moi, non. Et si tu t'avises encore de me menacer avec ton flingue, je n'hésiterai pas à te tomber dessus, quelle que soit ma mission.

John s'abstint de répliquer. Une chose était sûre, en tout cas : s'il n'avait pas l'espoir d'obtenir des informations en se rendant chez Benloise, sur St. Francis Avenue, il aurait continué à livrer bataille, ignorant ceux qui tentaient de le maîtriser, Ombres ou pas.

— Tu m'as bien compris ? insista Vhif. Tout est clair dans ta tête ?

John fit les cent pas, les mains plantées sur les hanches, la tête baissée. À présent que sa colère retombait, son esprit rationnel était bien forcé d'admettre que son copain était dans le vrai. Il prit également conscience qu'il avait perdu la tête dans ce satané local. Avait-il réellement menacé son ami avec son flingue ?

Cet accès de lucidité lui retourna l'estomac.

S'il ne se ressaisissait pas très vite, la disparition de Xhex ne serait pas son seul tourment. Il finirait par mourir, soit parce qu'il ne serait pas assez vigilant durant les combats, soit parce que Kolher déciderait de lui botter le cul méchamment.

Il jeta un coup d'œil en direction de Vhif. Merde, l'expression dure et fermée de son visage criblé de piercings signifiait clairement les limites de son amitié. Et cette fois, ça ne tenait pas à sa nature bourrue, mais bel et bien au fait que lui-même devenait infréquentable, depuis quelque temps.

Il se dirigea vers Vhif et ne fut pas surpris par sa force tranquille, en dépit de tout ce qui s'était passé dans la voiture. Un long silence plana entre eux lorsque John lui tendit la main.

— Je ne suis pas ton ennemi, John.

Ce dernier hocha la tête, le regard rivé sur la larme tatouée sous l'œil de son ami. Retirant sa main, il signa :

— *Je sais. C'est juste que… il faut vraiment que je la retrouve. Et cet éradiqueur aurait peut-être pu nous conduire jusqu'à elle, qui sait ?*

— Peut-être, en effet… mais la situation était critique et il va bien falloir que tu apprennes à sauver ta peau plutôt que la sienne, dans certains cas. Si tu agis en dépit du bon sens, tu risques fort de ne jamais découvrir ce qui lui est arrivé. Et quand tu reposeras dans un cercueil, il te sera impossible de poursuivre tes recherches.

John ne trouva rien à répliquer.

— Alors écoute-moi bien, espèce d'abruti, on bosse ensemble sur ce coup-là, reprit Vhif à voix basse. Et je suis là pour veiller sur toi. Je comprends bien l'urgence de la situation, je t'assure. Mais tu vas devoir travailler avec moi.

— *Je vais tuer Flhéau,* signa John avec des gestes rapides. *Je l'étranglerai de mes propres mains et je le regarderai dans les yeux pendant qu'il crèvera. Je me fous de savoir ce qu'il m'en coûtera… mais je ferai en sorte que ses cendres soient dispersées sur la tombe de Xhex. Je le jure sur…*

Sur quoi pouvait-il bien jurer ? Pas sur la tête de son père. Ni sur celle de sa mère.

— *… sur ma propre vie.*

En l'entendant parler ainsi, n'importe qui lui aurait servi un discours sur la foi et l'espoir, le genre de baratin censé encourager. Vhif, lui, se contenta de le gratifier d'une tape dans le dos.

— Est-ce que je t'ai dit à quel point je t'aimais, récemment ?

— *Tu sors toutes les nuits avec moi pour essayer de la retrouver.*

— Et ça n'a rien à voir avec ma putain de mission.

Cette fois, lorsque John lui tendit la main, Vhif la saisit et l'attira contre lui dans une étreinte virile. Puis il le repoussa et jeta un coup d'œil à sa montre.

— Il est temps de tailler la route, direction St. Francis Avenue.

— Vous avez dix minutes devant vous, fit observer Trez en glissant un bras sur l'épaule de Vhif pour l'entraîner vers la porte des cuisines. Profitez-en pour faire un brin de toilette. Et laissez-nous le 4 × 4, je changerai ses plaques d'immatriculation pendant votre absence.

Vhif leva les yeux sur Trez.

— C'est vachement sympa de ta part.

— Ouais, je suis un vrai seigneur, je sais. Et, pour te le prouver, je vais même te dire tout ce que je sais au sujet de Benloise.

En les suivant à l'intérieur, John songea à cet éradiqueur dont il n'avait obtenu aucune information. Obsédé par cette pensée, il se sentit submergé par un regain de détermination.

Flhéau ne quitterait pas Caldwell. Il ne pouvait pas se le permettre. Tant qu'il était à la tête de la Société des éradiqueurs, il était obligé de rester à proximité de la Confrérie, et les frères ne bougeraient pas. C'était là que se trouvait le Tombeau. Bien que les vampires civils se fussent éloignés de Caldwell, la ville restait au cœur de la guerre ; l'ennemi ne sortirait pas vainqueur du conflit tant que les frères étaient vivants.

Tôt ou tard, Flhéau commettrait un faux pas, et John serait là pour le cueillir.

Mais, Seigneur, que l'attente était longue et éprouvante… Chaque nuit passée à essayer de glaner des informations qui ne tombaient pas ressemblait à une vie… en enfer.

Chapitre 14

Flhéau s'arracha enfin de la veine de M. D, repoussant son assistant comme une assiette vide et sale à la fin d'un repas. Il prit appui contre le plan de toilette, heureux de se sentir rassasié et ragaillardi. Mais il était aussi en proie à une curieuse torpeur, comme toujours après avoir bu du sang.

Il lui arrivait de sucer la veine de Xhex de temps à autre, juste pour le *fun*, parce que, clairement, cela ne suffisait pas à le nourrir.

Il ne lui restait donc plus que ça… pomper le sang des éradiqueurs ?

Nan, ce n'était pas comme ça que ça fonctionnait. Ça n'avait jamais été ainsi. Il était hors de question qu'il prenne l'habitude de boire à la veine de ces types, il ne tomberait pas là-dedans.

Il leva le bras pour consulter sa montre : 21 h 50. Et il ressemblait à un SDF. Pire : il avait l'impression d'en être un.

— Lave-toi le visage, ordonna-t-il à M. D. J'ai des choses à te faire faire.

Il entreprit de donner ses instructions à son assistant, mais il butait sur les mots tandis qu'il parlait.

— C'est pigé ?

— Ouais, patron, répondit le Texan en cherchant du regard une serviette de toilette.

— En bas, trancha Flhéau. Dans la cuisine. Tu vas aller me chercher des vêtements de rechange que tu m'apporteras ici. Oh, et quand tu seras là-bas, laisse de quoi manger dans la chambre à coucher.

M. D hocha la tête et sortit d'un pas mal assuré.

— T'as un portable pour la nouvelle recrue ? Une pièce d'identité ? lança encore Flhéau.

— C'est en bas, dans une sacoche. Et je t'ai envoyé son numéro par texto.

L'enfoiré était un assistant hors pair, rien à redire là-dessus.

Se penchant dans la douche, Flhéau tourna les robinets fixés au mur carrelé. Il n'aurait pas été surpris que rien n'en sorte, ou peut-être un mince filet d'eau saumâtre. Mais il eut de la chance sur ce coup-là : un jet d'eau fraîche et claire jaillit du pommeau de douche, et il se déshabilla rapidement.

Ce fut un vrai plaisir de se laver, un peu comme s'il rechargeait ses batteries.

Lorsqu'il eut terminé, il se sécha avec sa chemise et partit se reposer dans une chambre à coucher. Il s'allongea, ferma les yeux et posa une main sur son torse, plus précisément sur ses plaies. Un geste idiot. Comme s'il avait besoin de les protéger de quoi que ce soit…

Les bruits en provenance du rez-de-chaussée semblaient indiquer que les choses suivaient leur cours et il en fut soulagé… et un peu surpris, également. Ce n'étaient plus des cris de douleur et de terreur, non… Le registre était plutôt de l'ordre du porno, les plaintes et les gémissements qui s'élevaient jusqu'à lui ressemblaient désormais à des cris de plaisir, le fruit d'orgasmes à répétition.

« *T'es pédé ?* » lui avait demandé le gamin.

Peut-être l'avait-il espéré, qui sait…

Qu'importe. Flhéau n'avait aucune intention d'interférer dans la vie de son père, et la nouvelle recrue lui servirait un bon petit moment.

Fermant les yeux, il s'efforça de faire le vide dans son esprit. Les projets pour la Société, Xhex, la frustration qu'il éprouvait à propos de cette histoire de nourriture… Les pensées tourbillonnaient dans son cerveau mais son corps était trop épuisé pour lui permettre de rester conscient.

Et ce n'était pas plus mal ainsi…

C'est en sombrant dans le sommeil qu'il eut la vision. Claire et nette, issue de nulle part, elle s'imposa à lui, pénétrant son esprit de l'intérieur, chassant sur son passage toutes ses autres préoccupations.

Il se vit en train de marcher dans le parc du domaine où il avait grandi, en direction de la grande demeure. À l'intérieur, les lumières brillaient et des silhouettes se déplaçaient… exactement comme la nuit où il avait tué les deux vampires qui l'avaient élevé. Mais ces silhouettes-là ne lui étaient pas familières. C'en étaient d'autres, celles des humains qui avaient racheté la maison.

Sur la droite se trouvait le lit de lierre sous lequel il avait enterré ses parents.

Il se tenait debout à l'endroit précis où il avait creusé le trou pour y jeter les corps sans vie. Le terrain n'était pas complètement uniforme, bien que le jardinier ait recouvert la parcelle de nouvelles pousses de lierre.

Il s'agenouilla, tendit la main en avant… et s'aperçut que le bras n'était pas le sien.

Il avait pris l'apparence de son véritable père, une ombre noire, vacillante.

Pour une raison inexplicable, ce constat l'emplit de panique et il tenta de se relever. Il ne put que se débattre, enfermé dans un carcan de peau rigide.

Il était tombé trop bas pour se dérober.

La galerie d'art de Ricardo Benloise se trouvait en plein centre-ville, près du groupe hospitalier St. Francis. Les lignes épurées de l'immeuble de cinq étages se dressaient parmi d'autres « gratte-ciel » des années 1920, se démarquant du lot grâce au récent ravalement qui lui avait valu une façade en acier brossé et des fenêtres de taille impressionnante.

Un peu comme une starlette perdue au milieu d'une bande de douairières.

Lorsque John et ses hommes firent leur apparition sur le trottoir d'en face, l'endroit grouillait de monde. À travers les immenses baies vitrées, on pouvait voir des hommes et des femmes, vêtus de noir, déambuler au milieu des œuvres d'art, une flûte de champagne à la main. De loin, les tableaux semblaient avoir été peints par un gamin de cinq ans assisté d'un sadique fétichiste armé d'un clou rouillé.

La tendance intellectuelle de l'avant-garde n'impressionnait pas John. Comme d'habitude, il se demandait même pourquoi l'art lui inspirait une quelconque réflexion. Comme si tout ça était utile à quelque chose…

Trez leur avait dit d'entrer par l'arrière de l'immeuble. Ils remontèrent donc la rue et s'engagèrent dans la contre-allée menant à la galerie. Alors que la façade principale était soignée et accueillante, l'arrière du bâtiment tranchait par sa sobriété. Pas de fenêtre, des murs d'un noir mat, deux portes encastrées et un quai de livraison aussi bien protégé qu'une vierge dans une ceinture de chasteté.

D'après les infos que leur avait communiquées Trez, les semblants d'œuvres d'art telles que celles dont débattaient en ce moment même cette bande de pseudo-Andy Warhol prétentieux n'étaient pas les seules marchandises à transiter par la galerie. Ce qui expliquait le nombre impressionnant de caméras de surveillance braquées sur la porte de derrière.

Il y avait fort heureusement pas mal de recoins où se cacher et, au lieu d'avancer sous l'objectif des caméras, ils se dématérialisèrent et reprirent forme à côté d'une pile de palettes en bois, dans un coin sombre.

La ville était très animée, à cette heure-ci ; les klaxons étouffés, les sirènes de police hurlant dans le lointain et les grognements mécaniques des bus emplissaient l'air frais pour composer une symphonie urbaine…

Une voiture apparut tout au bout de l'allée. Ses phares s'éteignirent tandis qu'elle remontait en direction de la galerie.

— Pile à l'heure. Et dans la même Lexus.

John inspira profondément, s'efforçant de garder son sang-froid sous peine de sombrer dans la folie.

Le véhicule se gara parallèlement au quai de livraison et la portière s'ouvrit. Lorsque le plafonnier s'alluma… le petit éradiqueur qu'ils avaient vu dans le parc et qui sentait l'eau de toilette Old Spice fit son apparition. Il était seul, Flhéau n'était pas là.

La première réaction de John fut de se jeter sur le tueur… mais, aux dires de Trez, Flhéau était censé assister au rendez-vous, alors mieux valait attendre sans bouger la suite des événements.

Compte tenu des nombreux tours dont disposait le chef de la Société des éradiqueurs, la surprise serait peut-être au rendez-vous.

L'espace d'un instant, John songea à prévenir les frères par texto. Les informer de la situation pour qu'ils envoient du renfort… mais au même moment son désir de vengeance se réveilla avec un grognement sonore.

Et ce fut précisément pour cette raison qu'il sortit son téléphone. Tandis que le tueur disparaissait à l'intérieur du bâtiment, il adressa à Rhage un message bref et précis : « 189 St. Francis. Flhéau en route. Trois d'entre nous dans la contre-allée. »

En rangeant l'appareil dans sa poche, il sentit les regards de Blay et Vhif par-dessus son épaule. L'un d'eux lui serra le bras en signe d'approbation.

Vhif avait raison, bien entendu. S'il s'agissait d'éliminer Flhéau, ils auraient beaucoup plus de chances de parvenir à leur but en demandant de l'aide. Il lui faudrait gérer la situation intelligemment, il n'arriverait à rien en agissant sur un coup de tête stupide.

Un moment plus tard, Rhage se matérialisa au bout de l'allée en compagnie de Viszs et ils approchèrent ensemble. Hollywood était forcément de la partie : le frère possédait la seule arme capable d'affronter en direct cet enfoiré de Flhéau : un dragon qui le suivait partout où il allait.

Les deux compères s'immobilisèrent à côté de John et, avant que l'un d'eux ait eu le temps de prendre la parole, John signa :

— *J'ai besoin de tuer Flhéau moi-même. Tu comprends ? Il faut que je m'en charge personnellement.*

Viszs hocha la tête et répondit, en langage des signes :

— *Je sais ce que tu as vécu avec cet enfoiré. Mais s'il arrive un moment où il faudra choisir entre toi et ce connard, tu mettras ton honneur dans ta poche pour nous permettre d'intervenir. C'est clair ?*

John exhala un long soupir, exprimant ainsi tout un tas de « Pourquoi ? ».

— *Je ferai en sorte de ne pas vous mettre dans cette position.*

— *Je comprends.*

Tous se figèrent lorsque l'éradiqueur qui était arrivé en Lexus sortit du bâtiment, se glissa derrière le volant… et s'en alla, comme si le rendez-vous venait d'être annulé.

— Sur le toit, ordonna Rhage avant de disparaître.

Étouffant un juron, John s'exécuta, reprenant forme sur le toit de l'immeuble de Benloise. Depuis son poste d'observation, il vit la voiture s'arrêter dans St. Francis Avenue. Par chance, le tueur respectait le Code de la route et, lorsqu'il actionna son clignotant gauche, John se dispersa de nouveau pour réapparaître deux immeubles plus bas. Puis il répéta le processus, de façon à suivre la progression de la voiture jusqu'à ce que l'éradiqueur tourne à droite, en direction des vieux quartiers de Caldwell.

Là où les gratte-ciel n'avaient pas pris racine et où les maisons de l'époque victorienne étaient surmontées de toits pointus, beaucoup moins pratiques comme pistes d'atterrissage. Heureusement que les semelles de ses bottes étaient à crampons.

Telle une gargouille, sans quitter sa proie des yeux, John se percha sur des tourelles, des lucarnes et des rebords de fenêtres... jusqu'à ce que la Lexus s'engage dans une allée pour disparaître derrière une rangée d'immeubles en grès rouge.

John connaissait vaguement le quartier ; il y était passé lors de son unique visite chez Xhex, dans son appartement en sous-sol, situé non loin de là. Mais, habituellement, la Société des éradiqueurs n'occupait pas ce territoire. D'ordinaire, leurs maisons se trouvaient dans des quartiers beaucoup moins chics.

Il n'y avait donc qu'une seule explication possible : Flhéau habitait là.

Un type comme lui, élevé dans le bling-bling, le goût des belles fringues et tout le toutim, aurait eu besoin d'une greffe de personnalité pour s'accommoder d'autre chose que d'une belle maison. Il avait grandi là-dedans et considérait certainement le luxe comme un dû.

Le cœur de John se mit à battre violemment.

La Lexus s'arrêta devant un garage où elle s'engouffra dès que la porte fut ouverte. Quelques minutes plus tard, le petit éradiqueur traversa le jardin d'une des plus élégantes maisons du quartier.

Rhage fit son apparition à côté de John et signa :

— *Tu passes par-derrière. Viszs et les gars vont se dématérialiser au niveau de la porte de devant. V. est déjà sur le perron. Il dit qu'il n'y a pas de trace d'acier.*

John hocha la tête et, ensemble, ils piquèrent vers la terrasse recouverte d'ardoise. Au même instant, l'éradiqueur entrouvrit la porte, laissant apparaître une cuisine luxueusement équipée.

Ils attendirent un moment, figés dans le temps et l'espace, pendant que le type débranchait le système d'alarme.

Ce qui ne signifiait pas forcément que Flhéau ne se trouvait pas à l'intérieur. Les éradiqueurs avaient besoin de périodes de repos régulières pour recharger leurs batteries, et il aurait fallu être idiot pour oublier de se protéger pendant ces moments-là.

John n'avait plus qu'à espérer qu'il dénicherait ce qu'il cherchait derrière les murs de cette maison.

Chapitre 15

Xhex était assise dans la bergère, près de la fenêtre, lorsqu'elle entendit du bruit sur le toit. Le tapotement étouffé fut assez fort pour la tirer de la séance d'aérobic mental auquel elle s'adonnait pour se maintenir alerte.

Elle leva les yeux vers le plafond…

Au rez-de-chaussée, l'alarme se déclencha et son ouïe surpuissante perçut le « bip-bip-bip-bip » émis par le système quand on l'éteignait. Il y eut ensuite les pas légers de l'éradiqueur qui lui apportait à manger.

Quelque chose ne tournait pas rond… Oui, il y avait un problème.

Légèrement penchée en avant, elle se raidit de la nuque aux orteils et émit des capteurs mentaux. Bien qu'elle ne puisse pas envoyer de signaux propres aux *symphathes,* sa capacité à percevoir des grilles émotionnelles fonctionnait encore à peu près… Elle sut ainsi que le tueur n'était pas seul dans la maison.

Elle percevait plusieurs corps. Deux à l'arrière, dehors. Trois devant. Et les émotions de ces individus qui encerclaient la bâtisse ressemblaient à celles de soldats : incroyablement calmes, terriblement concentrés.

Mais il ne s'agissait pas d'éradiqueurs.

Xhex bondit sur ses pieds.

Seigneur… Dieu. Ils l'avaient retrouvée. Les frères l'avaient retrouvée, putain !

Et l'embuscade tombait à point nommé. Venant d'en bas, elle entendit un cri de surprise, le bruit de deux corps qui luttaient puis le martèlement des bottes tandis que les coups de poing pleuvaient. Le renfort débarqua en trombe.

Bien que personne à part Flhéau ne puisse l'entendre, elle se mit à hurler aussi fort que possible dans l'espoir que, pour une fois, sa voix parvienne à transpercer les murs invisibles de sa cage.

John Matthew avait du mal à croire que l'éradiqueur n'eût pas perçu leur présence. À moins que ce salopard ne souffre d'un problème quelconque, il aurait dû sentir les vampires tout autour de lui. Mais non… il vaquait tranquillement à ses occupations, pénétrant dans la maison sans même refermer la porte derrière lui.

Le maître mot d'une infiltration réussie était le contrôle et, dès qu'il eut franchi le seuil de la maison, John maîtrisa l'éradiqueur en le projetant sur le sol carrelé, face contre terre, maintenant ses bras dans son dos puis s'asseyant sur son cul comme devant un piano à queue. Pendant ce temps, Rhage passa à côté d'eux d'un pas étonnamment léger tandis que V. et les deux autres émergeaient de la salle à manger pour aller inspecter la cuisine.

Le rez-de-chaussée fut fouillé rapidement. Soudain, John sentit un picotement courir le long de son dos… comme si la lame acérée d'un couteau glissait sur sa colonne vertébrale. Balayant les lieux du regard, il ne réussit pas à déceler l'origine de cette sensation, aussi paria-t-il sur son instinct.

— La cave, souffla Rhage.

Viszs descendit avec le frère.

Entouré de ses deux compagnons, John observa l'éradiqueur sur lequel il était toujours assis. L'enfoiré était trop calme, trop silencieux. Il respirait, mais c'était tout.

Avait-il heurté quelque chose en tombant à terre ? Perdait-il du sang ? Ces êtres-là ne se laissaient pas faire, d'ordinaire.

Ils donnaient des coups de pied dans des bouteilles de gaz, par exemple.

Cherchant des traces de saignement ou de toute autre blessure, John l'obligea à montrer son visage sans relâcher son étreinte. L'attrapant par les cheveux, il tira…

Et fit une découverte… mais qui n'avait rien à voir avec l'échauffourée qui venait d'avoir lieu. Son cou était marqué par deux piqûres et un hématome circulaire provoqué par l'aspiration.

Vhif approcha et s'agenouilla.

— Qui t'a sucé le cou, mon grand ?

L'éradiqueur ne répondit pas. Remontant du sous-sol, V. et Rhage se dématérialisèrent en direction du premier étage.

Tandis que les frères se déplaçaient sans bruit dans la maison, Vhif saisit la mâchoire de l'éradiqueur.

— On cherche une femelle. Tu peux encore t'épargner le pire si tu nous dis où elle est.

L'éradiqueur fronça les sourcils… et leva lentement les yeux vers le haut.

C'était tout ce que John attendait.

Se penchant en avant, il attrapa la main de Blay et la plaqua sur le dos du tueur. Dès qu'il eut passé le relais, John bondit sur ses pieds et traversa en courant une salle à manger puis un hall d'entrée. L'escalier était large, les marches recouvertes d'un tapis, ce qui lui offrit toute la latitude nécessaire pour les gravir trois par trois. Plus il montait, plus son instinct hurlait.

Xhex se trouvait là, entre ces murs.

Au moment où il parvenait à l'étage, Rhage et V. surgirent devant lui, lui bloquant le passage.

— La maison est vide…

John l'interrompit.

—*Elle est là. Elle est là quelque part. Je le sais.*

Rhage le saisit par le bras.

—Redescendons et interrogeons le tueur. Ce sera plus rapide ainsi…

—*Non ! Elle est ici !*

Viszs se plaça dans le champ de vision de John, son regard de diamant brillant de mille feux.

—Écoute-moi, fiston. Il faut que tu retournes en bas.

John plissa les yeux. Ils ne voulaient pas simplement qu'il redescende. Ils ne voulaient pas qu'il monte.

—*Qu'est-ce que vous avez trouvé ?*

Aucun d'eux ne répondit.

—*Qu'est-ce que vous avez trouvé ?*

Il s'écarta brusquement et Rhage émit un juron tandis que V. se précipitait vers une porte.

Hollywood parla d'une voix atone.

—C'est bon, V., laisse-le passer. Laisse-le passer… Il déteste déjà Flhéau, de toute manière.

Le regard de V. étincela comme s'il s'apprêtait à protester mais, finalement, il s'écarta en lâchant un juron.

La nuque crispée comme un poing serré, John franchit le seuil de la chambre et s'arrêta net. La désolation qui régnait dans la pièce formait une barrière tangible qu'il dut s'obliger à briser. Son corps transperça le mur glacé de désespoir grâce aux mouvements de ses pieds qui continuèrent à avancer.

Elle avait été retenue prisonnière là.

Xhex avait été retenue prisonnière là… et elle avait souffert là.

Les lèvres de John s'entrouvrirent et il respira par la bouche tandis que son regard glissait sur les traces de griffures maculant les murs. Il y en avait des dizaines, avec des taches noires… et du sang séché, différent celui-là.

Un sang d'un rouge profond, légèrement violacé.

John se dirigea vers une entaille si profonde que la tenture en soie était déchirée, laissant entrevoir les lattes et l'enduit du mur.

Ses inspirations se firent plus profondes et ses expirations plus courtes tandis qu'il poursuivait son inspection de la pièce. Le lit était un véritable champ de bataille, les oreillers éparpillés sur le sol, la couette sens dessus dessous…

Et tachée de sang.

Il tendit la main pour prendre un oreiller, qu'il porta à son nez. Lorsqu'il inspira, il fut assailli par une version plus forte de l'odeur qui hantait ses rêves, nuit après nuit : le parfum de Xhex.

Ses genoux se dérobèrent et il tomba comme une pierre coulant à pic dans des eaux calmes, pour finalement s'affaisser à côté du matelas. Enfouissant son visage dans cette incroyable douceur, il attira Xhex contre lui, son odeur flottant comme un souvenir, à la fois tangible et insaisissable.

Elle avait séjourné là. Et récemment.

Il jeta un coup d'œil aux draps maculés de sang. Aux murs éclaboussés de sang.

Il arrivait trop tard.

Le visage de John devint humide et il sentit des larmes couler de son menton mais il s'en foutait. L'idée qu'il ait été à deux doigts de la sauver le consumait… mais voilà, il n'était pas arrivé suffisamment tôt.

Le sanglot qui s'échappa de sa gorge résonna dans toute la pièce.

Pas une seule fois dans sa vie Xhex n'avait senti son cœur sur le point de se briser. Elle en avait conclu depuis quelque temps déjà que c'était là le résultat de son côté *symphathe,* une sorte de prédisposition génétique la rendant insensible à toutes les choses qui faisaient fondre la plupart des femelles.

Cette hypothèse s'avérait finalement infondée.

Debout à côté de John Matthew, les yeux fixés sur son grand corps recroquevillé près du lit, Xhex sentit l'organe qui battait sous son sternum se briser en mille morceaux, comme un miroir.

Il n'en restait plus rien que des éclats.

Complètement dévastée, elle le regarda bercer l'oreiller entre ses bras comme s'il s'agissait d'un nouveau-né, et dans ce moment d'intense désespoir dont elle était le témoin elle aurait tout donné, tout essayé pour soulager sa douleur. Elle ne savait pas pourquoi il souffrait ainsi, mais ce n'étaient pas les raisons qui importaient.

Sa souffrance était terrible.

Elle-même affaiblie, elle s'agenouilla à son côté, ses yeux renvoyant directement à son cerveau l'image tragique qu'il lui offrait.

On aurait dit qu'il s'était écoulé des siècles depuis leur dernière rencontre et, mon Dieu, il était toujours aussi beau… bien plus encore que dans les souvenirs qu'elle chérissait dans ses moments de solitude. Avec son profil dur et volontaire et ses yeux d'un bleu extraordinaire, il avait le visage d'un guerrier et le corps puissant correspondant. Ses épaules étaient trois fois plus larges qu'elle. Tous ses vêtements étaient en cuir, à l'exception du tee-shirt qu'il portait sous sa veste. Ses cheveux étaient presque rasés, comme s'il avait cessé de s'y intéresser et se contentait de les couper à la tondeuse.

Il y avait du sang d'éradiqueur sur sa veste et son tee-shirt.

Il avait tué, ce soir. Et peut-être même était-ce ainsi qu'il l'avait retrouvée.

Enfin, presque retrouvée.

— John ? murmura une voix masculine.

Elle se tourna vers la porte tandis qu'il restait immobile. Vhif se tenait à côté des frères Rhage et Viszs.

D'un air absent, elle remarqua l'expression de stupeur sur les visages des frères et eut alors l'impression qu'ils n'étaient pas au courant du lien profond qui l'unissait à John. Eh bien, ils savaient tout à présent. La révélation était on ne peut plus limpide.

Vhif s'approcha du lit et reprit d'une voix douce :

— John, ça fait une demi-heure qu'on est là. Si l'on veut encore interroger l'éradiqueur au sujet de Xhex, il va falloir faire vite. On ne peut pas s'occuper de ça ici et je sais que tu tiens à t'en charger personnellement.

Oh, mon Dieu… non…

— Emmène-moi, implora Xhex dans un murmure désespéré. Je t'en prie… ne me laisse pas là.

John leva soudain les yeux vers elle, comme s'il avait entendu sa requête.

Mais non, c'était Vhif qu'il regardait à travers elle.

Comme il hochait la tête, elle s'efforça de mémoriser son visage, certaine qu'elle ne le reverrait plus. Lorsque Flhéau découvrirait que sa maison avait été visitée, soit il la tuerait sur-le-champ, soit il l'emmènerait ailleurs, et le risque était alors immense qu'elle périsse avant qu'ils puissent la retrouver.

Tout en sachant pertinemment que cela ne lui ferait aucun bien, Xhex leva la main et la posa sur la joue de John, effaçant du pouce les traces de ses larmes. Elle crut presque sentir la chaleur de sa peau et l'humidité de ses joues.

Elle aurait tout donné pour pouvoir le prendre dans ses bras et le serrer contre elle. Et plus encore pour pouvoir partir avec lui.

— John, articula-t-elle. Oh, mon Dieu… pourquoi te donnes-tu tout ce mal ?

Il fronça les sourcils, sans doute en réaction à ce que lui disait Vhif. Contre toute attente, il leva la main et posa sa paume là où elle le caressait.

Pour essuyer ses larmes, tout simplement.

Il se leva en emportant l'oreiller avec lui et passa à travers Xhex.

Elle le regarda s'éloigner, le sang battant sourdement à ses oreilles. C'était, à certains égards, l'écho de sa propre mort qui se rappelait à elle. Petit à petit, centimètre par centimètre, ce qui la liait encore à la vie disparaissait, s'éloignait, s'effaçait. À chaque pas de John en direction de la porte, sa respiration restait coincée dans ses poumons. Son cœur cessait progressivement de battre. Sa peau se glaçait.

Sa seule chance de sortir de là était en train de s'éloigner. Sa seule chance de…

Ce fut à cet instant qu'elle comprit contre quoi elle s'était battue tout du long et, pour une fois, elle n'eut pas envie de dissimuler ses émotions. À quoi bon ? Bien qu'il se trouvât dans la même pièce qu'elle, elle se sentait seule et loin de lui mais, par-dessus tout, la réalité de sa propre mort clarifiait ses priorités.

— John, murmura-t-elle.

Il s'immobilisa pour jeter un coup d'œil en direction du lit.

— Je t'aime.

Son beau visage se crispa de douleur et il passa une main sur son torse, comme si quelqu'un lui avait arraché le cœur pour le serrer à mort.

Puis il se détourna.

Le corps de Xhex prit le pas sur son esprit. D'un bond désespéré, elle courut vers la porte ouverte, les bras tendus devant elle, la bouche grande ouverte.

Lorsqu'elle se heurta aux contours de sa prison, elle entendit un bruit assourdissant, comme le hurlement d'une sirène… ou le sifflement aigu des mèches d'un feu d'artifice qu'on vient d'allumer… à moins que ce ne fût l'alarme qui s'était déclenchée.

Mais ce n'était ni les uns ni l'autre.

C'était elle, qui hurlait à s'en faire éclater les poumons.

Chapitre 16

John dut faire un effort pour s'arracher de cette chambre à coucher. Sans une bonne dose de raison et la nécessité d'en finir avec l'éradiqueur qui les attendait en bas, il en aurait été incapable.

Il aurait juré qu'il sentait la présence de Xhex… mais il avait aussi conscience que son esprit, taraudé par sa quête, lui jouait des tours. Elle n'était pas dans cette pièce. Elle y avait séjourné, c'est tout. Ce qui était totalement différent… et sa seule chance de découvrir ce qui lui était arrivé se trouvait en bas, dans la cuisine.

En descendant l'escalier, il se frotta les yeux et le visage. Comme mue par une force invisible, sa main s'attarda sur sa joue, à l'endroit où de légers frissons parcouraient sa peau… La sensation ressemblait à celle qu'il avait éprouvée les rares fois où Xhex l'avait caressé.

Seigneur… tout ce sang dans cette pièce. Tout ce sang… Elle s'était battue contre Flhéau et, bien qu'il ressentît de la fierté à l'idée qu'elle lui ait flanqué quelques bonnes raclées, la réalité de ce qui s'était déroulé dans cette chambre lui était tout simplement insupportable.

Virant à gauche, John traversa la salle à manger, s'efforçant de recouvrer ses esprits, alors même qu'il se sentait comme un écorché vif qu'on aurait jeté à la mer. Il poussa la porte de la cuisine…

À l'instant où il posa les yeux sur l'éradiqueur, un tremblement de terre secoua son corps et les éléments se déchaînèrent en lui.

Sa bouche s'agrandit pour laisser échapper une plainte muette.

La rage dévoilant ses crocs, le corps en pilotage automatique, il fendit l'air et se dématérialisa pour reprendre forme devant l'espèce de salopard. Repoussant Blay d'un geste de la main, le vampire qui sommeillait en John passa à l'attaque avec une férocité dont il avait entendu parler… mais qu'il n'avait encore jamais vue.

Et jamais éprouvée.

Le regard flou, les muscles bandés dans un accès de folie, il attaqua sans plus penser à rien, se concentrant uniquement sur ses actes. Ses mains se métamorphosèrent en griffes, ses crocs se mirent à trancher comme des lames aiguisées, et la colère qui l'animait était si intense qu'il se transforma en bête sauvage.

Il perdit toute notion du temps… Il n'avait même pas vraiment conscience de ce qu'il faisait, si ce n'est de la puanteur douceâtre emplissant ses narines.

Plus tard… bien plus tard… une éternité plus tard… il marqua une pause pour reprendre son souffle et remarqua qu'il était à quatre pattes, la tête courbée en avant, les poumons brûlés par l'effort. Ses mains reposaient sur le carrelage recouvert de sang noir et une substance poisseuse coulait de ses cheveux et de sa bouche.

Il cracha plusieurs fois pour tenter de se débarrasser du goût immonde mais, quoi que ce fût, ce truc ne se trouvait pas seulement sur sa langue et ses dents : il avait envahi sa gorge et glissé jusque dans son estomac. En outre, ses yeux lui picotaient et il voyait trouble.

Est-ce qu'il pleurait encore ? Il ne se sentait plus triste, pourtant… mais complètement vidé.

— Doux Jésus…, murmura une voix.

Terrassé par la fatigue, John plia les coudes et se laissa glisser sur le flanc. Posant la tête dans une flaque froide, il ferma les yeux. Toutes ses forces l'avaient quitté, et c'était à peine s'il pouvait respirer.

Plus tard, il entendit Vhif qui lui parlait. Par pure politesse et parce qu'il ignorait tout de ce qui se passait autour de lui, il hocha la tête. Un silence suivit.

Il eut une légère réaction de surprise en sentant des mains le saisir par les jambes et les épaules et parvint juste à entrouvrir les yeux au moment où on le soulevait.

Bizarre. Les plans de travail et les placards étaient blancs à leur arrivée. À présent… ils étaient laqués en noir.

Dans son délire, il se demanda pourquoi on avait fait ça.

Le noir n'était guère une couleur chaleureuse.

Fermant les yeux, il sentit les embardées et les rebonds tandis qu'on le transportait. Puis on le souleva plus haut et son corps atterrit enfin mollement. Le vrombissement d'un moteur. Le claquement de portières.

Ils partaient. Sans doute pour la demeure de la Confrérie.

Avant de perdre conscience, il leva une main qu'il posa sur sa joue. Ce faisant, il s'aperçut qu'il n'avait pas pris l'oreiller.

Alors, brusquement, il se réveilla et se redressa, tel Lazare revenu d'entre les morts.

À son côté, Blay lui tendit ce qu'il pensait avoir oublié.

— Tiens. J'ai veillé à ne pas partir sans.

John s'empara de l'oreiller imprégné de l'odeur de Xhex et se recroquevilla autour de lui. Ce fut la dernière chose dont il se souvint de leur retour à la maison.

Lorsque Flhéau se réveilla, il n'avait pas changé de position : il était toujours allongé sur le dos, les bras croisés sur sa poitrine… comme un cadavre dans un cercueil. À l'époque où il était vampire, il bougeait beaucoup dans son sommeil, la journée, et se réveillait souvent couché sur le côté, la tête enfouie sous l'oreiller.

En se redressant, il inspecta aussitôt les lésions sur son torse et son ventre. Elles n'avaient pas évolué mais étaient toujours là. Et ses réserves d'énergie ne s'étaient pas améliorées.

Alors même qu'il avait dormi… Seigneur Dieu, trois heures ? C'était quoi, ce bordel ?

Heureusement qu'il avait eu la présence d'esprit de repousser son rendez-vous avec Benloise. On ne s'amusait pas à rencontrer un type comme lui quand on avait l'air de sortir d'une cuite monumentale.

Glissant ses jambes sur le côté du lit, il prit son courage à deux mains et se souleva du matelas pour se mettre debout. Son corps chancela légèrement. Il n'y avait plus aucun bruit au rez-de-chaussée. Oh… si. Quelqu'un était en train de vomir. Ce qui signifiait que l'Oméga avait terminé son boulot avec la nouvelle recrue et que le gamin s'embarquait pour une réjouissante période de vomissements qui durerait entre six et dix heures.

Flhéau ramassa sa chemise et son costume tachés. Où diable étaient ses vêtements de rechange ? M. D n'avait tout de même pas mis trois heures pour aller trouver Benloise, fixer un autre rendez-vous puis retourner à la maison afin de nourrir Xhex et prendre des vêtements propres dans son dressing…

En descendant au rez-de-chaussée, Flhéau appela l'abruti et tomba sur la messagerie vocale. « Où sont mes vêtements, connard ? » lança-t-il d'un ton sec.

Après avoir raccroché, il risqua un coup d'œil dans la salle à manger. La nouvelle recrue n'était plus allongée sur la table ; il était accroupi en dessous, penché sur un seau, le corps secoué de spasmes violents comme si un rat était coincé dans son estomac.

— Je te laisse ici, déclara Flhéau d'une voix sonore.

Pétrifié, le type se tourna vers lui. Ses yeux étaient injectés de sang et un liquide ressemblant à de l'eau de vaisselle sale coulait de sa bouche ouverte.

— Qu'est-ce… qui va m'arriver ?

Une petite voix. Des mots courts.

La main de Flhéau se posa sur la plaie de son torse et il eut du mal à respirer en songeant, une fois de plus, que les nouvelles recrues ne connaissaient jamais la véritable version de l'histoire. Elles ne savaient pas à quoi s'attendre ni ne mesuraient précisément la valeur de ce qu'elles recevaient en échange de leur sacrifice.

Flhéau ne s'était jamais considéré comme une recrue jusqu'à ce jour. Il était le fils de l'Oméga, pas un simple élément de sa mécanique. Mais quelle était vraiment l'étendue de son savoir, au juste ?

Il se força à détacher sa main de la plaie.

— Ça va aller, dit-il d'un ton bourru. Tout… ira bien. Dans un petit moment, tu vas tomber de fatigue, et quand tu te réveilleras… tu te sentiras comme avant, en mieux.

— Cette chose…

— … est mon père. Comme je te l'ai expliqué, tu vas bosser pour moi, c'est toujours d'actualité, expliqua Flhéau en se dirigeant vers la porte, luttant avec peine contre l'envie de prendre ses jambes à son cou. J'enverrai quelqu'un te chercher.

— S'il te plaît… ne me laisse pas là, implora le jeune type en tendant sa main, les yeux embués de larmes. S'il te plaît…

Les côtes de Flhéau se soulevèrent, comprimant douloureusement ses poumons, jusqu'à ce qu'il ne puisse plus aspirer le plus petit filet d'air.

— Quelqu'un viendra te chercher.

La porte, vite. S'éloigner de cette baraque, de ce chaos. Il se hâta vers sa Mercedes, se glissa au volant et verrouilla les portières avant de s'engager sur le chemin de la ferme. Il lui fallut cinq bons kilomètres avant de pouvoir respirer de nouveau normalement, et ce ne fut qu'en apercevant les gratte-ciel du centre-ville qu'il se sentit redevenir lui-même.

Sur la route, il rappela deux fois M. D et tomba encore sur la messagerie… à deux reprises.

Quand il bifurqua à droite pour prendre l'allée conduisant au garage, il était à deux doigts de jeter son portable par la vitre, de frustration.

Il leva le pied de l'accélérateur pour laisser une autre voiture le doubler… mais ce n'était pas par courtoisie qu'il avait cédé le passage à la Porsche de son voisin.

La porte du garage était grande ouverte, la Lexus de M. D garée à l'intérieur. Pas réglementaire du tout.

Ça, plus les appels en absence… autant de signaux d'alarme qui se mirent à clignoter avec fureur dans son esprit. Il songea aussitôt à Xhex. Si ces enfoirés de frères étaient venus la récupérer, il les sortirait de leur tanière par la peau du cul et les laisserait tranquillement griller en plein soleil.

Fermant les yeux, il fit appel à ses instincts les plus profonds… puis, au bout d'un moment, perçut la présence de M. D, mais le signal était d'une extrême faiblesse. Quasi imperceptible.

À l'évidence, le salopard avait été passé à tabac mais n'était pas mort.

Lorsqu'une voiture s'arrêta derrière lui et se mit à klaxonner, il prit conscience qu'il était toujours planté au milieu de l'allée.

En temps normal, il se serait empressé de garer la Mercedes dans le garage et aurait foncé dans la maison, prêt au combat. Mais il ne se sentait pas très en forme et, dans l'hypothèse où les frères se trouvent encore à l'intérieur, le moment était mal choisi pour les affronter.

Les éradiqueurs mouraient aussi. Et même le propre fils du Mal pouvait être renvoyé dans ses foyers.

Mais sa femelle, alors ?

Submergé par une vague de terreur glaciale, Flhéau avança dans l'allée puis tourna deux fois à droite. En approchant de la façade côté rue, il se mit à prier comme un pauvre crétin qu'elle soit toujours…

Levant les yeux vers l'étage, il l'aperçut dans la chambre à coucher… et son soulagement fut tel qu'un sifflement s'échappa de ses lèvres lorsqu'il expira. Quoi qu'il se soit passé à l'intérieur de la maison, quels que soient les intrus qui s'y étaient immiscés, Xhex était toujours là où il l'avait laissée : son visage s'offrait à lui, et à lui seul, de l'autre côté de la vitre. Elle avait les yeux levés vers le ciel et la main posée sur sa gorge.

Quel merveilleux tableau, songea-t-il. En poussant, ses cheveux se mettaient à boucler, et la clarté de la lune sur ses pommettes hautes et ses lèvres parfaites était d'un romantisme indescriptible.

Elle lui appartenait toujours.

Il lui fallut faire un effort pour poursuivre sa route. Elle était en sécurité là où il l'avait enfermée, dans cette prison invisible dans laquelle aucun vampire, humain ou autre éradiqueur ne pouvait pénétrer, fût-ce un des frères ou un simple connard armé voulant en découdre.

Que se passerait-il s'il se risquait à entrer dans la maison et se retrouvait nez à nez avec les frères ? S'il était blessé ? Il la perdrait, car le sort qui la maintenait prisonnière lui demandait beaucoup d'énergie s'il voulait qu'il soit efficace. Et il commençait déjà à éprouver des difficultés à l'entretenir… Il avait beau mépriser sa propre faiblesse, il n'en demeurait pas moins réaliste.

Passer son chemin le mit à la torture. Vraiment.

Mais il était sûr de prendre la bonne décision. S'il voulait la garder près de lui, il devait attendre que l'aube se lève enfin, libérant la maison de tout danger.

Il mit un certain temps avant de s'apercevoir qu'il tournait en rond au volant de sa voiture, mais la simple idée de passer le restant de la nuit dans un de ces petits ranchs merdiques gérés par la Société des éradiqueurs lui répugnait.

Merde alors, l'aube n'allait donc jamais poindre... ?

En un sens, il se sentait sacrément pleutre d'avoir mis les bouts comme ça. Et en même temps, il avait un mal de chien à garder les yeux ouverts et la tête haute derrière le volant. Alors qu'il s'engageait sur le pont en direction des quartiers ouest de Caldwell, il s'interrogea encore sur son état de fatigue intense. Les plaies résultaient peut-être de ses combats avec Xhex, mais cet épuisement...

La réponse lui apparut lorsqu'il jeta un coup d'œil en direction des quartiers est. C'était l'évidence même et, pourtant, cela le frappa si fort qu'il leva le pied de l'accélérateur.

L'est et l'ouest. La gauche et la droite. Le jour et la nuit.

Se nourrir à la veine de M. D ne l'avait que superficiellement rassasié.

Il avait besoin de se trouver une femelle. Une femelle parmi les éradiqueurs.

Pourquoi n'y avait-il pas pensé plus tôt ? Les vampires mâles ne tiraient leur force que dans le sang du sexe opposé. Et bien que l'héritage de son père soit clairement dominant chez lui, il semblait avoir conservé bon nombre de particularités de sa nature vampire, et il allait être obligé d'en tenir compte.

Il avait éprouvé un semblant de satisfaction après avoir bu à la veine de M. D. Sa survie tenait donc à ça.

Très bien... dans ce cas, ça changeait complètement la donne... et, du coup, le sort de Xhex ne serait plus du tout le même.

Chapitre 17

Le vacarme du corps à corps sanglant était monté jusqu'aux oreilles de Xhex et, à en juger par les effluves pestilentiels, elle devinait facilement ce qu'il était advenu du petit éradiqueur qui lui apportait à manger.

Manifestement, une partie du rez-de-chaussée avait été repeinte avec son sang.

Xhex était étonnée que les frères aient choisi de dépecer le tueur entre ces murs. D'après ce qu'elle savait, Butch O'Neal avait coutume d'inhaler les éradiqueurs pour les empêcher de retourner auprès de l'Oméga. Alors faire ça là, au rez-de-chaussée ? Celui qui aurait dans l'idée de récupérer les restes devrait forcément s'armer d'un balai et d'une serpillière...

Mais peut-être était-ce un message à l'intention de Flhéau ?

Après le vacarme du massacre, il y avait eu un étrange silence suivi de nombreux va-et-vient : ils s'en allaient, à présent qu'il n'y avait rien de plus à tuer.

Une onde de panique transperça sa poitrine et elle dut fournir un effort quasi physique pour se ressaisir... Il fallait à tout prix qu'elle se reprenne, bon sang. Elle ne pouvait compter que sur elle-même dans sa situation. Elle était sa seule arme ; son esprit et son corps étaient les seules choses que Flhéau ne pouvait lui prendre.

Si elle les perdait, elle était morte.

Putain de merde, si elle les perdait, elle ne pourrait même pas emmener Flhéau avec elle en mourant.

L'horreur de la situation lui donnait la force de résister, lui permettant de maîtriser ses émotions alors même qu'en pareilles circonstances, elles auraient dû la submerger, balayant au passage sa capacité à raisonner. Cette fois encore, elle réussit à faire le vide, refoulant les sensations qu'elle avait ressenties auprès de John Matthew.

Rien ne filtra ni ne fit surface.

Passant en mode guerre, elle prit conscience qu'elle n'avait pas entendu d'explosion ni vu d'éclair de lumière. Ils n'avaient donc pas poignardé l'éradiqueur. Et l'odeur était tellement forte qu'ils devaient avoir laissé le corps sur place.

Flhéau allait péter un câble. Elle l'avait entendu discuter avec le Texan et, bien qu'il refusât de l'admettre, il était attaché à ce petit salopard. Il lui faudrait donc exploiter cette faiblesse. L'enfoncer davantage quand il serait à terre. Peut-être même craquerait-il complètement…

Dans le silence et la puanteur, Xhex arpenta la pièce avant de s'immobiliser devant la fenêtre. Sans penser au champ magnétique, elle leva les deux mains, prit appui contre les montants…

Et recula d'un bond, attendant l'onde de douleur.

Au lieu de quoi… elle ne ressentit qu'un léger picotement.

Sa prison n'était plus tout à fait la même.

S'efforçant de garder son sang-froid, elle posa de nouveau ses paumes contre la barrière de protection. Elle avait besoin d'évaluer la situation avec une parfaite objectivité. Mais, à vrai dire, le changement était tellement évident qu'elle l'aurait remarqué sans même y prêter attention : il existait une faiblesse dans le maillage élastique du sortilège. Une indéniable faiblesse.

La question était de savoir pourquoi. En outre, cette faiblesse allait-elle s'accentuer ou bien avait-elle plutôt intérêt à l'exploiter sur-le-champ ?

Elle inspecta la fenêtre du regard. En apparence, sa prison n'avait rien d'anormal. Elle posa de nouveau sa main sur la vitre, juste pour s'en assurer… Ouais, elle ne s'était pas trompée.

Flhéau était-il mort ? Blessé ?

À cet instant, une grosse Mercedes noire passa devant la maison et elle sentit la présence de ce fils de pute à l'intérieur. Était-ce parce qu'il avait bu à sa veine ou parce que la barrière montrait des signes de faiblesse ? Toujours est-il que son état d'esprit apparut clairement à la nature *symphathe* de Xhex. Il se sentait seul. Angoissé. Et… faible.

Tiens, tiens…

Voilà qui venait confirmer le relâchement qu'elle avait perçu. Et qui expliquait aussi pourquoi il ne s'était pas précipité pour venir la chercher. À la place de Flhéau et compte tenu de son état de faiblesse actuel, elle aurait attendu les premières lueurs de l'aube pour se risquer à l'intérieur de la maison.

Ou peut-être serait-elle allée chercher des renforts dignes de ce nom. En même temps, n'était-ce pas à ça que servaient les téléphones portables ?

La Mercedes quitta le quartier et, comme elle ne reparaissait pas, Xhex recula de deux pas, toujours face à la fenêtre. Contractant les muscles de ses cuisses, elle se courba en deux dans une posture de combat, les poings serrés, le bassin légèrement en retrait. Inspirant profondément, elle se concentra et…

Lançant son poing droit de toutes ses forces, elle frappa la barrière avec une telle violence que, s'il s'était agi d'une mâchoire, elle l'aurait brisée en mille morceaux.

Le sortilège la repoussa mais les ondes de choc se diffusèrent tout autour d'elle et sa cellule se mit à chatoyer, comme si elle se remettait du coup qu'elle venait d'encaisser. Avant qu'elle ne retrouve une stabilité parfaite, Xhex frappa de nouveau…

À l'extrémité de la barrière, le verre trembla sous l'impact.

Tout d'abord, Xhex se sentit stupide… même lorsqu'elle sentit la caresse de l'air sur son visage. Puis, baissant les yeux sur son poing ensanglanté, elle prit conscience qu'elle venait de casser la fenêtre.

Putain de merde.

Elle réfléchit rapidement aux possibilités qui s'offraient à elle pour s'enfuir. Jetant un coup d'œil par-dessus son épaule, elle vit la porte que John et les frères avaient laissée ouverte.

Elle ne voulait pas s'enfuir par l'entrée principale ; elle ne connaissait pas le plan de la maison et n'avait aucune idée de ce qu'elle pourrait rencontrer en chemin. En même temps, son instinct lui soufflait qu'elle était trop faible pour se dématérialiser. Si elle tentait de passer par la fenêtre, elle n'était pas sûre de pouvoir se désintégrer dans l'air.

Auquel cas elle s'écraserait par terre, sur le bitume.

Il ne lui restait donc qu'une option : la porte ouverte. Elle pouvait se servir de son corps comme d'un poing serré et gagnerait en puissance avec de l'élan.

Pivotant sur ses talons, elle s'appuya au mur, prit une longue inspiration… et s'élança, volant presque à travers la pièce, ses bras accompagnant le mouvement.

Lorsqu'elle se heurta à la barrière, la douleur fut incandescente, embrasant chaque cellule de son corps, la consumant tout entière. La souffrance l'aveugla tandis que le sortilège l'empêchait de bouger, la tenait enfermée dans ses cloisons, la rendait impuissante… comme morte.

Et puis soudain une faille se dessina, ses ressources venant enfin à bout des barreaux invisibles de sa prison… Elle allait réussir, oui, elle finirait bien par atteindre l'autre bout de la pièce.

Lorsque son corps parvint enfin à se libérer du carcan qui l'étouffait, elle alla percuter le mur du couloir si violemment qu'elle s'effondra. Vu le choc, elle n'aurait pas été étonnée d'avoir emporté la première couche de peinture sur son visage et sa poitrine.

Étourdie, clignant des yeux pour tenter de chasser les trente-six chandelles qui dansaient autour d'elle, elle s'efforça de se ressaisir. Elle était sortie, mais n'était pas encore libre.

Jetant un coup d'œil derrière elle, elle vit les ondes du sortilège vibrer pour se reformer… Était-il possible que son évasion ait déclenché une sorte de signal à l'intention de Flhéau ?

Pars… Tout de suite… Sors de là… Cours !

Elle se redressa et longea le couloir jusqu'à l'escalier, qu'elle descendit d'un pas flageolant, vacillant et titubant en chemin. Au rez-de-chaussée, l'odeur du sang de l'éradiqueur l'assaillit, lui soulevant le cœur. Elle s'éloigna, pas tant à cause de la puanteur que par crainte d'être repérée. Toutes les allées et venues passaient par l'arrière de la maison, précisément là où elle se trouvait. S'il lui restait encore un tout petit peu de temps, mieux valait trouver rapidement une autre sortie.

Un peu plus loin se dressait la porte d'entrée, massive, délicatement sculptée, avec une paroi vitrée protégée par des barreaux en fer. En guise de verrous, de simples loquets.

Un jeu d'enfant.

Elle avança, posa les mains sur les loquets et concentra tout ce qui lui restait d'énergie sur les tiges d'acier qu'il lui fallait encore tirer. Une… deux… trois… et la quatrième.

Elle ouvrit la porte en grand et mit un pied dehors. Au même instant, un craquement lui indiqua que quelqu'un entrait dans la cuisine.

Oh, merde. Flhéau était de retour. Il venait la chercher.

En un éclair elle disparut, la panique lui donnant des ailes dont son esprit concentré fit bon usage. Compte tenu de son état de santé, elle ne pourrait pas aller bien loin. Le mieux serait donc de se réfugier dans son appartement en sous-sol. Là-bas, au moins, elle serait en sécurité et pourrait recouvrer des forces.

Xhex reprit forme dans l'alcôve abritée qui descendait à son studio. Elle ouvrit les verrous en cuivre par la force de son esprit. Lorsqu'elle franchit la porte, les lampes automatisées s'allumèrent dans le couloir blanchi à la chaux et elle leva le bras pour se protéger les yeux avant de descendre les marches d'un pas hésitant. Verrouillant mentalement la porte, elle continua à avancer, vaguement consciente de boiter.

Était-ce dû au choc qu'elle avait subi en percutant le mur ? Aux marches qu'elle avait descendues sur des jambes qui la portaient à peine ? Elle n'aurait su le dire et, à la vérité, elle s'en foutait carrément.

Elle entra dans sa chambre et s'y enferma. Les lampes s'allumèrent automatiquement et elle contempla le lit. Des draps d'une blancheur immaculée. Des oreillers impeccablement disposés. La couette bien tirée.

Mais elle n'eut pas le temps d'atteindre le matelas. Ses genoux se dérobèrent et elle s'affala sur le sol, tel un sac d'os recouverts de peau.

Ce ne fut pas dans le sommeil qu'elle sombra, en tombant à terre. Mais ce n'était pas grave.

Perdre conscience était encore mieux.

Blaylock pénétra de nouveau dans la maison de grès rouge, accompagné de Rhage et Viszs, à peine vingt minutes après avoir déserté les lieux avec John. Ils avaient déposé ce dernier chez les frères puis étaient revenus terminer l'inspection : cette fois-ci, ils cherchaient le petit matériel, les pièces d'identité, les ordinateurs, de l'argent liquide, de la drogue, tout ce qui pourrait leur indiquer une piste.

Ayant assisté au carnage provoqué par John Matthew, le trio prêta à peine attention aux dégâts. Sans perdre de temps, Blay se mit à ouvrir tous les tiroirs et les portes de placard. Viszs monta à l'étage tandis que Rhage fouillait l'avant de la maison.

Blay terminait de passer la cuisine en revue lorsque Rhage annonça :

— La porte de devant est grande ouverte.

Quelqu'un était donc venu pendant qu'ils ramenaient John à la demeure. Un éradiqueur ? C'était peu probable ; il ne serait pas reparti sans fermer derrière lui. Un cambrioleur de l'espèce humaine ? Les frères n'ayant pas verrouillé la porte de derrière en partant, il était possible que quelqu'un se soit introduit dans la maison par là.

Surpris par l'horrible spectacle, l'humain se serait vite carapaté par la porte de devant.

Blay sortit son arme pour le cas où l'intrus se trouverait encore à l'intérieur et, de sa main libre, continua à fouiller rapidement les lieux. Il trouva deux téléphones portables dans le tiroir à couteaux. Aucun d'eux n'avait de chargeur mais V. résoudrait le problème. Il y avait aussi quelques cartes de visite près du téléphone, mais uniquement des contacts d'humains dans le secteur du bâtiment, sans doute les artisans qui s'étaient occupés des travaux dans la maison.

Il était en train d'inspecter les placards situés sous le plan de travail lorsqu'il leva les yeux, les sourcils froncés. Sous son nez trônait une coupe de pommes fraîchement cueillies.

Jetant un coup d'œil en direction de la gazinière, il aperçut des tomates. Et une miche de pain enveloppée dans du papier.

Blay se redressa pour se diriger vers le frigo. Il ouvrit la porte. Du lait biologique. Des plats à emporter achetés dans un célèbre magasin de produits diététiques. Une dinde prête à cuire. Du bacon fumé.

Pas exactement le genre de nourriture qu'on servait à un prisonnier.

Blay leva les yeux vers le plafond. À l'étage résonnaient lourdement les pas de V., qui passait de chambre en chambre. Puis son regard survola la cuisine, s'attardant sur le manteau en cachemire drapé sur un tabouret, la batterie de casseroles en cuivre empilées sur l'étagère, la cafetière pleine.

Tout ce qui se trouvait dans cette pièce était flambant neuf, il n'y avait là que des produits de grande marque. C'était encore plus beau que dans un magazine de décoration.

L'ambiance luxueuse correspondait parfaitement au train de vie de Flhéau… sauf que les éradiqueurs n'étaient pas censés manger. Alors, à moins qu'il ait décidé de traiter Xhex comme une reine, ce qui était fort improbable… quelqu'un d'autre vivait forcément sous ce toit.

Le garde-manger se trouvait à côté de la cuisine et Blay se fraya un chemin parmi les restes encore humides de l'éradiqueur pour y jeter un coup d'œil. Il y avait là assez de conserves pour nourrir toute une famille pendant un an.

En sortant de la pièce, son regard fut attiré par un détail, au sol : une série de très fines rainures ornait la surface lisse et brillante du parquet en bois massif… Elles avaient la forme d'un croissant de lune.

Les genoux de Blay craquèrent lorsqu'il s'accroupit. Repoussant le carton d'emballage d'un aspirateur, il examina le mur mais ne découvrit aucune trace suspecte. Cependant, en passant rapidement la main sur la plinthe, il détecta un espace creux. Il prit son couteau et se servit du manche comme d'une sonde pour tenter de mesurer les dimensions exactes de la cachette. Puis il sortit la lame, l'enfonça entre les lattes du parquet et força.

Après avoir soulevé le morceau de bois, il prit sa lampe de poche et braqua le faisceau lumineux dans la cavité.

Un sac-poubelle, en plastique épais, de la même couleur que le sang des éradiqueurs.

Il le sortit et dénoua les liens.

— Putain… de merde.

Rhage apparut derrière lui.

— Qu'est-ce que t'as trouvé ?

Blay plongea la main dans le sac et sortit une poignée de billets froissés.

— Du fric. Un paquet de fric.

— Embarque. V. a trouvé un ordinateur portable là-haut, et une fenêtre cassée qui était intacte tout à l'heure. J'ai fermé la porte de devant pour éviter d'éveiller la curiosité des humains.

Il consulta sa montre.

— Il faut qu'on se tire d'ici avant le lever du soleil.

— Message reçu.

Blay ramassa le sac-poubelle et laissa tout en l'état, comme pour donner l'impression d'un cambriolage. Sauf qu'on ne pouvait guère ignorer les restes de l'éradiqueur.

Si seulement il pouvait voir la tronche de Flhéau quand l'enfoiré se pointerait.

Le petit groupe sortit par-derrière. Dans le jardin, Blay et Rhage se dématérialisèrent tandis que Viszs se chargeait de trafiquer la Lexus pour l'embarquer.

Ils auraient préféré rester sur place pour faire le guet, mais on ne négociait pas avec le soleil.

De retour à la maison de la Confrérie, Blay et Hollywood pénétrèrent ensemble dans le hall où un comité d'accueil les attendait. Ils remirent leur butin à Butch, qui s'en occuperait à la Fosse. Dès que Blay put s'éclipser, il monta voir John dans sa chambre.

Un grognement lui répondit lorsqu'il frappa à la porte. Il entra et aperçut Vhif, assis dans le fauteuil près du lit. Sur la table de chevet, dans l'obscurité, une lampe diffusait un halo de lumière sur Vhif et l'imposante silhouette recroquevillée sous la couette.

John dormait profondément.

Quant à Vhif, il se reposait, une bouteille de tequila de premier choix à portée de main, un verre rempli à ras bord de sa boisson favorite depuis quelque temps.

Seigneur, entre lui et John accro au whisky, Blay allait devoir réviser ses classiques. À côté de ça, la bière faisait franchement figure de boisson d'ado.

— Comment va-t-il ? demanda-t-il à voix basse.

Vhif but une gorgée de tequila avant de répondre.

— Il est pas mal agité. J'ai appelé Layla. Il a besoin de s'alimenter.

Blay s'approcha du lit. Les yeux de John semblaient hermétiquement fermés, ses sourcils froncés comme s'il essayait de résoudre les lois de la physique dans son sommeil. Anormalement pâle, son teint contrastait avec ses cheveux qui paraissaient encore plus noirs, et sa respiration était bien trop faible. On avait ôté ses vêtements et nettoyé pour l'essentiel le sang de l'éradiqueur dont il était couvert en arrivant là.

— Tequila ? proposa Vhif.

Blay tendit la main sans regarder, les yeux fixés sur leur ami. Ses doigts ne se refermèrent pas sur la bouteille mais sur le verre. Ce qui n'était pas un problème en soi, et il but d'un trait.

Il comprit alors pourquoi Vhif appréciait tant la tequila.

Après lui avoir rendu le verre, il croisa les bras et écouta le glougloutement tranquille de l'alcool cascadant sur le cristal. Pour une raison inexplicable, ce charmant bruit le détendit agréablement.

— Je n'arrive pas à croire qu'il ait pleuré, murmura Blay. Je veux dire… c'est quand même surprenant de sa part.

— Apparemment, Xhex avait séjourné dans cette chambre.

Avec un bruit mat, la bouteille fut reposée sur la table de chevet.

— Et on est arrivés trop tard.

— Est-ce qu'il t'a dit quelque chose ?

— Non. Même quand je suis entré dans la douche avec lui pour le laver.

Blay se serait bien passé de l'image qui surgit dans son esprit à ces mots. Heureusement que John n'était pas comme lui…

Un coup léger fut frappé à la porte. L'instant d'après, une bouffée de cannelle et d'épices envahit la pièce. Blay alla ouvrir à Layla en s'inclinant révérencieusement.

— Que puis-je faire pour… ?

L'Élue fronça les sourcils en regardant le lit.

— Oh, non… Est-il blessé ?

Alors qu'elle s'approchait du lit, Blay pensa que oui, il était blessé, mais pas tant physiquement que moralement.

— Merci d'être venue, dit Vhif en se levant.

Il se pencha vers John et secoua doucement son épaule.

— Hé, mon pote, tu peux te réveiller un instant ?

John émergea avec peine, comme s'il luttait contre un raz-de-marée. Sa tête se souleva avec lenteur et ses paupières se mirent à battre frénétiquement.

— Il est l'heure de te nourrir.

Sans se retourner, Vhif tendit la main vers Layla pour l'inviter à approcher.

— On aimerait que tu te concentres un tout petit moment et on te laissera tranquille ensuite.

L'Élue s'immobilisa… puis avança dans la pièce. Avec délicatesse, elle saisit la main de Vhif, glissant sa paume dans la sienne, et vint presque timidement.

À cet instant, Blay eut de la peine pour elle car, à en juger par le flot de sang qui empourprait ses pommettes, Layla, comme tout le monde, éprouvait de l'attirance pour Vhif.

— John… mon pote ? Écoute, j'ai besoin de toute ton attention.

Vhif tira l'Élue par la main pour qu'elle vienne s'asseoir au bord du lit. Dès qu'elle aperçut le visage de John, elle se concentra entièrement sur lui.

— Seigneur…

Elle parlait d'une voix posée, incroyablement douce tandis qu'elle relevait la manche de sa robe.

— Seigneur, redressez-vous pour prendre ce que j'ai à vous offrir. À vrai dire, vous en avez grand besoin.

John secoua la tête mais Vhif trouva les arguments pour le convaincre.

— Tu veux retrouver Flhéau ? Tu n'en auras pas la force dans ton état. Tu ne peux même pas lever la tête, putain. Excusez mes écarts de langage, Élue. Tu as besoin de reprendre des forces… Allez, John, fais pas le con.

Le regard vairon de Vhif chercha celui de Layla tandis qu'il articulait silencieusement quelques mots d'excuse. Et elle dut lui sourire car il inclina brièvement la tête de côté, comme s'il était tombé sous le charme.

À moins qu'elle ne lui ait répondu quelque chose.

Oui, c'était ça.

Forcément.

Tous deux baissèrent soudain la tête et Layla laissa échapper un petit cri : John venait d'enfoncer ses crocs dans sa chair et prenait à présent ce qu'elle était venue lui offrir. Satisfait, Vhif regagna sa place et se servit un autre verre. Il but la moitié du contenu puis le tendit à Blay.

Excellente idée ! Prenant appui contre le dossier de la bergère, il glissa son bras sur la têtière et prit une grande gorgée de tequila, puis une autre, avant de rendre le verre à Vhif.

Ils restèrent ainsi, partageant le verre, pendant que John se nourrissait à la veine de Layla… quand tout à coup Blay prit conscience qu'il posait ses lèvres là où Vhif mettait les siennes.

Peut-être était-ce à cause de l'alcool. Ou de cette histoire de verre. Peut-être était-ce le fait que là où il était, il sentait l'odeur capiteuse de Vhif à chacune de ses inspirations…

Il devait partir de là.

Il aurait voulu rester au chevet de John, mais plus les minutes passaient, plus il se penchait… encore et encore… toujours plus près de Vhif. Au point que sa main pendait à présent juste à côté de la tête de son ami et qu'il caressait presque ses épais cheveux bruns.

— J'y vais, annonça-t-il d'un ton abrupt en lui tendant le verre une dernière fois avant de se diriger vers la porte.

— Tout va bien ? s'enquit Vhif.

— Ouais. Dors bien et prends soin de toi, Layla.

— Tu ne veux pas te nourrir ? insista Vhif.

— Demain.

L'Élue prononça quelques mots doux et apaisants mais il ne se retourna pas. Impossible. Il ne pouvait pas se retourner.

Et Seigneur, faites que je ne croise personne dans le hall d'entrée.

Il n'avait pas vérifié mais il sentait quand il bandait… et c'était bien la seule chose qu'un homme, même le plus pudique, ne pouvait dissimuler sous un pantalon en cuir moulant.

Chapitre 18

De l'autre côté, Souffhrance faisait les cent pas dans la fontaine de sa mère. Ses pieds formaient des cercles à la surface du bassin où ruisselait l'eau. Soulevant sa robe, elle s'éclaboussa en écoutant chanter les oiseaux multicolores perchés sur l'arbre blanc, à quelques pas de là. Les petites créatures pépiaient et gazouillaient, sautillant de branche en branche, échangeant des coups de bec et gonflant leurs plumes.

Comment diable trouvaient-ils la force de se réveiller le matin pour se livrer à ce genre d'activités futiles ? Cette question demeurait un mystère pour Souffhrance.

La notion de temps n'existait pas dans le sanctuaire et, pourtant, elle aurait aimé avoir une montre ou une pendule, juste pour évaluer le retard du Roi aveugle qui venait lui donner une leçon de combat rapproché tous les après-midi.

Enfin, pour lui, c'était l'après-midi. Pour elle, coincée de ce côté-là, c'était continuellement le jour.

Depuis quand sa mère l'avait-elle sortie de sa glaciation pour lui permettre de goûter un peu de liberté ? Aucun moyen de le savoir. Kolher était venu régulièrement… une quinzaine de fois, à peu près, et elle avait été réanimée bien avant. Six mois, peut-être ?

La vraie question était de savoir combien de temps elle était restée enfermée dans la glace… mais elle ne se risquerait pas à interroger sa mère. Elles ne se parlaient pas. Tant que la femelle « divine » qui l'avait mise au monde ne se déciderait pas à la laisser partir, Souffhrance ne prononcerait pas un mot.

À vrai dire, cette obligation au silence ne l'indisposait pas, ce qui n'avait rien d'étonnant. Quand on avait pour mère la créatrice de l'espèce et que cette dernière ne devait obéissance à personne, pas même au roi…

Il devenait assez facile de se laisser piéger par sa propre vie.

Comme elle accélérait le pas, l'eau trempa sa robe et elle bondit hors du bassin pour courir autour de la fontaine, balançant des coups de poing devant elle.

Elle n'était pas faite pour tenir le rôle de la bonne petite Élue et c'était ça, la source de tous ses problèmes avec sa mère. Oh, quel gâchis, quelle déception !

Il va bien falloir t'en remettre, chère mère.

Tous ces principes de comportement et de croyance n'étaient pas faits pour elle. Si la Vierge scribe avait espéré engendrer un autre fantôme à la grande robe errant silencieusement dans une pièce tempérée, elle aurait dû choisir un autre géniteur.

La vitalité du Saigneur habitait Souffhrance ; nul doute que son père avait transmis ses traits de caractère à sa descendance…

Pivotant sur ses talons, Souffhrance bloqua le poing de Kolher avec son avant-bras et un coup de pied dans le foie. La riposte du roi ne se fit pas attendre : son coude s'abattit sur elle avec la force d'un marteau.

Elle se baissa juste à temps pour esquiver le coup. Lorsqu'elle tendit la jambe, le roi s'écarta. Bien qu'aveugle, il savait précisément où la situer dans l'espace.

Il le devinerait donc, si elle visait son flanc. Effectivement, basculant le poids de son corps sur son autre jambe, il s'apprêta à lui décocher un coup de pied dans les reins.

Souffhrance changea d'avis : d'un rapide battement de jambes, elle le faucha au niveau des chevilles et lui fit perdre l'équilibre. Puis elle sautilla sur sa droite pour éviter de se faire écraser par son grand corps massif. Un autre bond et elle lui grimpa sur le dos tandis qu'il atterrissait durement sur le sol, nouant le bras autour de son cou pour l'étrangler. Elle resserra son étreinte en attrapant l'autre poignet de Kolher, utilisant toute la force de ses biceps.

Le roi répliqua en adoptant la position de la tortue.

Son extraordinaire force physique lui permit de soulever leurs deux poids d'un seul coup pour se redresser. Puis il la fit virevolter et basculer par terre, l'écrasant de toute sa masse contre le sol de marbre.

Jamais la position horizontale n'avait semblé aussi inconfortable à Souffhrance. Elle pouvait presque sentir ses os ployer sous la pression.

Le roi était un mâle puissant et vigoureux ; toutefois, par égard à l'infériorité physique de Souffhrance, il ne restait jamais longtemps dans cette position. Ce qui avait le don de l'énerver. Elle aurait préféré un combat d'égal à égal, mais certaines différences entre les deux sexes étaient incontestables : les mâles étaient tout simplement plus costauds, donc plus forts.

Cette donnée biologique avait beau l'agacer, elle ne pouvait pas lutter contre.

Aussi se réjouissait-elle de pouvoir le mettre à mal de temps à autre grâce à son principal atout : sa vitesse de déplacement.

D'un mouvement souple, le roi se releva et lui tourna le dos. Ses longs cheveux noirs tournoyèrent avant de retomber sur son judogi blanc. Avec ses lunettes noires et sa puissante musculature, il était magnifique : l'incarnation de la meilleure lignée de vampires, d'une pureté irréprochable, sans aucun croisement avec l'espèce humaine ou une autre.

Cette spécificité, toutefois, n'était pas sans poser problème. Elle avait entendu dire que la cécité de Kolher était une conséquence de l'extrême pureté de son sang.

Lorsque Souffhrance se releva, une douleur fulgurante traversa son dos mais elle l'ignora pour de nouveau faire face à son adversaire. Cette fois, elle s'efforça de prendre les rênes du combat, virevoltant et assenant les coups. Pour un aveugle, Kolher possédait des parades absolument stupéfiantes.

Sans doute était-ce pour cette raison qu'il ne se plaignait jamais de son handicap. De toute façon, ils ne discutaient guère, et Souffhrance ne s'en portait pas plus mal.

Même si elle se demandait souvent à quoi ressemblait la vie de Kolher de l'autre côté.

Elle lui enviait beaucoup sa liberté.

Ils poursuivirent leur entraînement, se livrant combat autour de la fontaine puis en direction des colonnades et vers la porte ouvrant sur le sanctuaire, avant de revenir à leur point de départ.

À la fin de la séance, tous deux étaient couverts de sang et de contusions, mais c'était sans importance. Dès que les poings se relâcheraient et que les coups cesseraient, leurs blessures commenceraient à cicatriser.

Souffhrance assena le dernier coup, un formidable uppercut au menton qui fit basculer la tête du roi et voler ses cheveux.

Comme d'habitude, ils n'eurent pas besoin de se parler pour décider que le cours était terminé.

Ils reprirent leur souffle en marchant côte à côte jusqu'à la fontaine, étirant leurs muscles, faisant craquer les os de leur nuque. Ensemble, ils se rincèrent le visage et les mains dans l'eau claire puis se séchèrent avec des serviettes moelleuses que Souffhrance avait fait apporter.

Bien que leurs échanges consistent essentiellement en combats, rarement en paroles, elle considérait le roi comme un ami. Et lui faisait confiance en tant que tel.

C'était la première fois qu'elle goûtait à ça.

Ils étaient vraiment amis, et rien d'autre. Même si Souffhrance admirait les splendides attributs physiques de Kolher, il n'y avait pas la moindre attirance entre eux. Et c'était en partie pour cette raison qu'ils s'entendaient bien. L'inverse ne lui aurait pas permis de se sentir aussi à l'aise.

Non, Souffhrance n'éprouvait aucune attirance sexuelle pour lui, ni pour aucun autre. Les vampires mâles, même les plus éduqués, avaient tendance à vouloir dominer leur partenaire. C'était plus fort qu'eux ; là encore, le sang déterminait leur comportement. Et Souffhrance n'avait pas besoin qu'une seconde personne lui dicte sa conduite. Une seule suffisait amplement.

— Ça va ? demanda Kolher en s'asseyant à côté d'elle sur la margelle de la fontaine.

— Oui. Et vous ?

À présent, elle se moquait qu'il lui pose cette question. Les premières fois, pourtant, elle avait été vexée… La croyait-il incapable de gérer les douleurs occasionnées par leurs combats ? Mais elle avait compris par la suite que cela n'avait rien à voir avec le fait qu'elle soit une femme. Il aurait posé la question à n'importe lequel de ses partenaires d'entraînement.

— Je me sens en pleine forme, répondit-il en souriant, dévoilant ses crocs énormes. Au fait, ta parade du bras, au tout début, était géniale.

Un sourire fendit le visage de Souffhrance, un sourire si large qu'elle en eut mal aux joues. C'était aussi pour cette raison qu'elle aimait sa compagnie. Comme il était aveugle, elle n'avait pas besoin de dissimuler ses émotions… et rien ne la mettait plus en joie que les compliments de Kolher sur ses techniques de combat.

— Vos tortues me tuent chaque fois, Votre Altesse.

Le sourire du roi s'épanouit et Souffhrance éprouva une bouffée de joie à l'idée qu'il puisse être sensible à ses remarques.

— Un poids mort a toujours son utilité, murmura-t-il.

Il se tourna brusquement vers elle et, comme toujours, elle se fit la réflexion que ses lunettes noires lui donnaient un air cruel qui ne correspondait pas au mâle qu'elle connaissait.

Il s'éclaircit la voix.

— Merci pour cette séance. Les choses ne vont pas très fort, à la maison.

— Ah bon ?

Il se détourna comme pour fixer l'horizon. Sans doute était-ce ainsi, jadis, qu'il cachait ses émotions.

— On a perdu une femelle. L'ennemi la retient prisonnière, expliqua-t-il en secouant la tête. Et l'un des nôtres souffre de cette situation.

— Ils étaient liés ?

— Non… mais il réagit comme si c'était le cas.

Il marqua une pause, haussant les épaules.

— Je n'avais pas remarqué que des sentiments les unissaient. Personne, d'ailleurs. Mais… l'évidence nous a sauté à la figure ce soir, de manière extrêmement brutale.

Souffhrance se pencha vers le roi, désireuse d'en savoir plus sur ce qui se passait en bas, sur ces vies terrestres certes éprouvantes mais tellement trépidantes.

— Que s'est-il passé ?

Le roi repoussa ses cheveux en arrière.

— Il a tué un éradiqueur, cette nuit. Le bâtard a été carrément massacré.

— C'est son devoir, non ?

— Ce n'était pas sur le champ de bataille. Ça s'est passé dans la maison où les tueurs avaient enfermé la femelle. Il aurait fallu le garder en vie pour pouvoir le cuisiner, mais John lui a sauté dessus. C'est un bon gars, pourtant… mais ces histoires de mâles liés à une femelle… peuvent être fatales, au sens littéral du terme, tu comprends ?

Des souvenirs de l'autre côté, quand il fallait se battre pour redresser les torts et…

La Vierge scribe émergea de ses appartements privés, ses robes noires flottant légèrement au-dessus du sol en marbre.

Le roi se leva et s'inclina… sans pour autant paraître servile. Encore une raison de plus de l'apprécier.

— Très chère Vierge scribe.

— Kolher, fils de Kolher.

Et ce fut tout. Personne n'étant autorisé à poser des questions à la mère de l'espèce et celle-ci restant murée dans le silence, aucune autre parole ne fut échangée. Le motif de sa soudaine apparition était pourtant clair : la mère de Souffhrance ne souhaitait aucune interférence entre sa fille et le monde extérieur.

— Permettez-moi de me retirer, déclara Souffhrance à l'intention du roi.

Elle préférait prendre les devants avant que sa mère ne se risque à la renvoyer dans ses quartiers.

Le roi lui tendit son poing serré.

— Adieu. À demain ?

— Avec plaisir.

Souffhrance heurta doucement son poing dans le geste rituel qu'il lui avait appris puis se dirigea vers la porte menant au sanctuaire.

De l'autre côté des murs blancs, le vert éclatant de la pelouse l'aveugla et elle cligna des yeux en longeant le temple du Primâle jusqu'à la résidence des Élues. Des fleurs jaunes, roses et rouges formaient des massifs colorés, les tulipes se mélangeant gaiement aux jonquilles et aux iris.

Il n'y avait là que des fleurs printanières, si les souvenirs de son bref séjour sur Terre étaient exacts.

À cet endroit, c'était toujours le printemps. Dans sa phase naissante, il ne s'épanouissait jamais complètement, refusant de céder la place aux chaleurs torrides de l'été. Du moins était-ce ce qu'elle avait lu au sujet de l'été.

La demeure à colonnades qui abritait les Élues était divisée en chambres carrées offrant un peu d'intimité à ses résidentes. La plupart de ces pièces étaient vides, à présent, et pas seulement parce que les Élues étaient une espèce en voie de disparition. Depuis que le Primâle les avait « libérées », la Vierge scribe voyait se réduire comme peau de chagrin sa collection privée de jeunes oisives éthérées du fait de leurs voyages de l'autre côté.

Étonnamment, aucune d'elles n'avait choisi de se libérer elle-même de son statut d'Élue. Mais, contrairement aux coutumes ancestrales, elles étaient autorisées à regagner le sanctuaire même après avoir visité la résidence privée du Primâle.

Souffhrance se rendit directement aux bains. À son grand soulagement, elle n'y trouva personne. Elle savait que ses « sœurs » ne comprenaient pas ce qu'elle faisait avec le roi et elle préférait, par conséquent, savourer seule ce moment de détente, après l'effort.

La salle de bains commune était aménagée dans un vaste espace habillé de marbre. Une cascade ruisselait tout au bout de l'immense bassin. Comme tout ce qui se trouvait à l'intérieur du sanctuaire, aucune loi rationnelle ne régissait les lieux : le jet d'eau tiède et bouillonnant débordant de la margelle de pierre blanche était toujours d'une pureté cristalline, alors même qu'il n'y avait ni source, ni système de drainage.

Après avoir ôté la robe qu'elle avait transformée pour ressembler au judogi de Kolher – c'est ainsi qu'il appelait sa tenue de combat –, Souffhrance entra dans le bassin en sous-vêtements. La température était toujours idéale… et lui donnait envie de se glisser, pour changer, dans un bain trop chaud ou trop froid.

Au centre de la piscine de marbre, l'eau était suffisamment profonde pour nager et elle savoura les étirements de son corps léger comme une plume.

Décidément, c'était bien le meilleur moment de son entraînement. Sauf quand elle réussissait à décocher un bon coup de poing à Kolher.

Sous la cascade, elle dénoua ses cheveux. Ils étaient plus longs que ceux de Kolher et elle avait appris non seulement à les tresser mais aussi à les remonter en chignon pour éviter qu'il s'en serve d'arme contre elle.

Sous le jet d'eau tiède, elle trouva un savon délicatement parfumé et se nettoya soigneusement tout le corps. Lorsqu'elle se retourna pour se rincer, elle découvrit qu'elle n'était plus seule.

La silhouette vêtue de noir qui s'approchait en claudiquant n'était pas celle de sa mère ; c'était déjà ça.

— Salutations, lança Souffhrance.

PersOnne s'inclina sans mot dire, fidèle à ses habitudes. Souffhrance regretta soudain de ne pas avoir pris le soin de plier sa robe.

— Je ramasserai ça, ajouta-t-elle tandis que sa voix faisait écho contre les pierres.

Secouant la tête, PersOnne se baissa pour s'emparer du vêtement. Aussi ravissante que réservée, la servante accomplissait ses tâches sans jamais se plaindre, feignant d'ignorer son handicap.

Bien qu'elle ne parlât jamais, il n'était pas difficile de deviner son triste parcours.

Encore une raison de mépriser Celle qui m'a mise au monde, songea Souffhrance.

À l'instar de la Confrérie de la dague noire, les Élues étaient élevées et éduquées selon des critères stricts dans un dessein clairement défini. Alors que les mâles se devaient d'être robustes et impétueux, belliqueux et vaillants, les femelles, elles, devaient être intelligentes et résistantes, capables de maîtriser les instincts mâles les plus primaires afin de civiliser l'espèce. Le yin et le yang. Les deux morceaux d'un tout, avec cette nécessité de se nourrir mutuellement, assurant ainsi la pérennité des liens qui les unissaient.

Mais tout n'était pas parfait dans le grand plan divin. À vrai dire, la consanguinité avait engendré de nombreux problèmes et si, dans le cas de Kolher, la loi exigeait qu'en tant que fils du roi il monte sur le trône malgré sa cécité, les Élues, elles, n'avaient pas cette chance. La loi de l'espèce ne supportait pas les handicaps et les malformations. C'était ainsi depuis toujours. Et une Élue handicapée comme PersOnne se trouvait reléguée au service de ses sœurs, dissimulée sous un capuchon… telle une source d'embarras cachée dont personne ne voulait parler mais qu'on traitait malgré tout avec « amour ».

Le terme « pitié » serait plus approprié.

Souffhrance savait exactement ce que PersOnne devait ressentir. Oui, elle savait ce que cela faisait de se sentir reléguée parce qu'on ne répondait pas à certaines attentes.

À propos d'attentes…

Layla, une autre Élue, pénétra dans la pièce et ôta sa tunique avant de la tendre à PersOnne avec le doux sourire qu'elle arborait souvent.

Le visage impénétrable, elle baissa les yeux et entra dans l'eau, visiblement plongée dans des pensées peu réjouissantes.

— Salutations, ma sœur, lança Souffhrance.

Relevant la tête, Layla haussa les sourcils.

— Oh… je ne t'avais pas vue. Salutations, ma sœur.

Après s'être inclinée respectueusement, l'Élue prit place sur l'un des bancs en marbre immergés. Bien que Souffhrance ne soit pas d'un tempérament bavard, l'étrange silence de l'autre Élue éveilla sa curiosité.

Elle termina de se rincer puis nagea vers Layla et s'assit auprès d'elle. Cette dernière était en train de laver deux piqûres de succion sur son poignet.

— Qui as-tu nourri ? s'enquit Souffhrance.

— John Matthew.

Sans doute s'agit-il du mâle dont le roi m'a parlé.

— Tout s'est bien passé ?

— Oui. Très bien.

Appuyant sa tête sur le rebord du bassin, Souffhrance observa la beauté blonde de l'Élue. Au bout d'un moment, elle murmura :

— Puis-je te poser une question ?

— Bien sûr.

— D'où vient cette tristesse que tu portes toujours en toi ? Tu es morose quand tu reviens.

Elle se doutait cependant de la réponse. Même si c'était la tradition, être contrainte à avoir des rapports sexuels et à nourrir les mâles avait tout d'une violation inadmissible.

Layla examina les traces sur son poignet d'un air à la fois absorbé et détaché, comme s'il s'agissait des blessures d'une autre. Finalement, elle secoua la tête.

— Je ne dois pas me plaindre de la chance qui m'a été offerte.

— Une chance ? On ne dirait pas que c'est une chance, quand on te voit ainsi.

Le terme de malédiction conviendrait mieux pour décrire la situation.

— Oh, non. C'est une grande chance de servir...

— Je t'en prie, ne te dissimule pas derrière ce genre de paroles quand ton visage trahit ce que ton cœur ressent. Et comme toujours, si des critiques de la Vierge scribe désirent franchir tes lèvres, n'hésite pas à venir t'asseoir près de moi.

Alors qu'une paire d'yeux vert pâle, empreints de stupeur, se posaient sur elle, Souffhrance haussa les épaules.

— Je n'ai jamais caché ce que je ressentais. Jamais.

— Non, c'est vrai... c'est juste que cela semble si...

— Inconvenant ? Irrespectueux ?

Souffhrance fit craquer les jointures de ses mains.

— Quel dommage !

Layla exhala un long soupir.

— J'ai suivi la formation, tu sais. Pour être *courthisane.*

— Et c'est ce que tu n'aimes pas…

— Pas du tout. C'est ce que je ne connais pas, mais que j'aimerais connaître.

Souffhrance fronça les sourcils.

— Tu n'as pas servi ?

— En vérité, John Matthew m'a repoussée la nuit de sa transition après que j'ai veillé sur lui tout au long de sa métamorphose. Et quand je vais nourrir les frères, aucun d'eux ne me touche jamais.

— Je te demande pard…

Avait-elle bien entendu ?

— Tu *veux* coucher avec l'un d'entre eux ?

Le ton de Layla se teinta de complicité.

— De toutes mes sœurs, tu es sûrement la mieux placée pour savoir ce que ça fait d'avoir un potentiel inexploité.

Eh bien… Souffhrance s'était trompée du tout au tout.

— Avec tout le respect que je te dois, je n'arrive pas à comprendre pourquoi tu as envie de… faire *ça* avec l'un de ces mâles.

— Pourquoi en serait-il autrement ? Les frères et les trois autres mâles plus jeunes sont des êtres séduisants, forts et *vighoureux*. Et comme le Primâle ne s'intéresse pas à nous…

Layla secoua la tête avant de poursuivre :

— On a tout appris là-dessus dans les livres, on sait tout de l'acte en théorie… Maintenant, je veux en faire l'expérience par moi-même. Ne serait-ce qu'une seule fois.

— Pour être franche, je n'ai jamais éprouvé cette envie-là, déclara Souffhrance. Et je crois que ça ne m'arrivera jamais. Je préfère de loin combattre.

— Sais-tu que je t'envie ?

— Vraiment ?

Le regard de Layla se perdit dans le vide.

— Mieux vaut ne pas s'y intéresser plutôt que de vivre insatisfaite. Le désintérêt est un soulagement. L'insatisfaction, un abîme dont on ne peut sortir.

PersOnne fit son apparition, chargée d'un plateau de fruits coupés en morceaux et de jus fraîchement pressé.

— PersOnne, joins-toi à nous, veux-tu ? l'invita Souffhrance.

Layla gratifia la servante d'un sourire.

— Oui. Je t'en prie.

Refusant d'un signe de tête, PersOnne s'inclina puis déposa la collation qu'elle leur avait gentiment préparée avant de s'atteler à d'autres tâches, sortant des bains en claudiquant.

Souffhrance fronçait toujours les sourcils lorsque le silence retomba entre elle et Layla. Songeant à leur discussion, elle avait bien du mal à comprendre comment elles pouvaient nourrir des opinions aussi différentes… et, au final, avoir raison toutes les deux.

Pour le bonheur de Layla, Souffhrance espérait se tromper. Car quelle déception cela devait être de se languir d'une chose qui était loin, très loin d'apporter la satisfaction qu'on en attendait…

Chapitre 19

— Une femelle…

Tel un écho, la voix douce de l'Oméga portait plus loin que son volume pouvait le laisser croire, et les deux mots emplirent chaque recoin de la pièce en pierre lisse qui lui servait d'antichambre privée.

Nonchalamment appuyé contre l'un des murs noirs, Flhéau se força à rester de marbre.

— J'ai besoin d'une femelle pour me nourrir de son sang.

— Vraiment ?

— C'est une question de biologie.

Vêtu d'une tunique blanche, l'Oméga dessinait une étonnante silhouette tandis qu'il déambulait dans la pièce. Avec sa capuche sur la tête, ses bras croisés et ses mains glissées dans les manches larges de son habit, il ressemblait au fou d'un jeu d'échecs.

Sauf, bien sûr, qu'il était le roi.

Le salon de réception du Malin était aussi vaste qu'une salle de bal et décoré comme tel, regorgeant de lustres noirs et de chandeliers fixés aux murs, garnis de bougies noires. Mais l'ambiance n'avait pourtant rien d'austère. Les flammes rouge orangé des chandelles réchauffaient l'atmosphère et la pièce était recouverte du sol au plafond d'un marbre extraordinaire, le plus beau que Flhéau ait jamais vu. Selon l'endroit où l'on se trouvait, il virait du noir au rouge sang et, à la lueur vacillante des bougies, les deux teintes se fondaient entre elles.

Il n'était pas difficile d'imaginer la raison d'un tel décor. La garde-robe de l'Oméga se limitant à d'amples tuniques d'une blancheur éclatante, lui seul pouvait se démarquer dans ce cadre, devenant par là même le point de mire de toutes les attentions.

C'était également ainsi qu'il dirigeait son monde.

— Serait-ce aussi une compagne pour toi, mon fils ? demanda l'Oméga, à l'autre bout de la pièce.

— Non, mentit Flhéau. Juste une réserve de sang pour me nourrir.

Mieux valait s'en tenir aux informations essentielles, avec l'Oméga. Connaissant la nature versatile de ce dernier, Flhéau préférait ne lâcher que le minimum.

— Ne t'ai-je pas donné assez de force ?

— C'est ma nature vampire qui le réclame.

Pivotant sur ses talons, l'Oméga fit face à Flhéau. Après une courte pause, sa voix déformée murmura :

— Je comprends, en effet.

— Je te l'amènerai, déclara Flhéau en se décollant du mur. À la ferme. Ce soir. Tu n'auras qu'à la transformer et j'obtiendrai ainsi ce qu'il me faut.

— Je ne peux donc rien faire pour toi ?

— Tu me viendras en aide de cette manière. Intègre-la et je disposerai enfin de la source de sang dont j'ai besoin pour reprendre des forces.

— Tu admets donc te sentir faible ?

Qu'il aille au diable… En même temps, la dégradation de sa forme physique devait être évidente. L'Oméga percevait de nombreuses choses, et la faiblesse de son fils ne lui aurait pas échappé.

Devant le silence de Flhéau, l'Oméga glissa vers lui, s'immobilisant à quelques centimètres. Leurs regards se nouèrent.

— Je n'ai jamais initié de femelle.

— Elle n'entrerait pas forcément dans la Société des éradiqueurs. Elle serait là juste pour moi.

— Pour toi.

— Il ne serait pas nécessaire de l'envoyer au combat.

— Et cette femelle… l'as-tu déjà choisie ?

— Oui, répondit Flhéau avec un rire bref, songeant à Xhex et à sa nature belliqueuse. Je suis sûr que tu approuveras mon choix.

— Tu as l'air bien sûr de toi, en effet.

— Je pense avoir bon goût.

Tout autour d'eux, les flammes rougeoyantes des chandeliers tremblèrent, comme sous l'effet d'un léger courant d'air.

La capuche de l'Oméga se rabattit brusquement, révélant un visage à la fois ténébreux et translucide dont les traits acérés rappelaient ceux de Flhéau, sa copie de chair et de sang.

— Retourne d'où tu viens, articula l'Oméga en levant sa main sombre et fumante.

Après avoir effleuré la joue de Flhéau, la force maléfique lui tourna le dos.

— Retourne d'où tu viens.

— Je te retrouverai à la tombée de la nuit, dit Flhéau. À la ferme.

— Tombée. De la nuit.

— Veux-tu que je vienne plus tard ? Vers 1 heure du matin ? Comme ça, nous nous verrons.

— Tu me verras, en effet.

— Merci, père.

Tandis que l'Oméga glissait à travers la pièce, la capuche se remit en place toute seule, comme mue par une volonté propre, et une cloison coulissa devant lui. L'instant d'après, Flhéau était seul.

Inspirant profondément, il se passa une main sur le visage et contempla les flammes rouges et les murs spectaculaires tout autour de lui. Ce lieu donnait une idée de ce que devait être l'intérieur d'un utérus.

Par la force de sa volonté, il s'expulsa de l'*Abhîme* pour regagner le petit ranch minable qui lui servait de plateforme de décollage. En se réveillant dans son enveloppe corporelle, il eut la mauvaise surprise de se retrouver allongé sur un canapé recouvert d'une housse ringarde, aux motifs de feuilles d'automne. L'étoffe poilue ressemblait à un pelage de chien... et, de plus, dégageait la même odeur.

Celle d'un putain de chien qui se serait roulé dans un cendrier mouillé.

Redressant la tête, il souleva sa chemise. Les lésions étaient toujours là, de plus en plus étendues. Une bouffée de panique le submergea.

Les mains tremblantes, il s'assit et s'empara de son téléphone. Aucun message. Pas de nouvelles de M. D, et aucun éradiqueur n'avait cherché à le joindre. Logique. Toutes les demandes passaient d'abord par son bras droit, qui se chargeait de les lui transmettre. Si le fils de pute avait lâché l'affaire, aucun membre de la Société ne parviendrait à joindre Flhéau.

Au fond, le petit Texan était peut-être un assistant beaucoup trop compétent.

Tenaillé par la faim, il se dirigea vers la cuisine et ouvrit la porte du réfrigérateur. Vide. À l'exception d'une boîte de bicarbonate de soude qui aurait été bien utile pour nettoyer le canapé.

Il claqua violemment la porte, méprisant la Terre et tout ce qui se trouvait dessus. Ne pas trouver ses œufs au bacon au réveil le rendait d'une humeur indescriptible.

Sans parler de l'état de délabrement avancé de cette bicoque. Le ranch était une toute nouvelle acquisition qu'il n'avait visitée qu'une seule fois auparavant. Même M. D ignorait que la Société possédait cette propriété. Flhéau l'avait achetée à une vente aux enchères dans l'optique de pallier leur manque de locaux pour fabriquer de la meth, et le sous-sol spacieux lui avait semblé idéal. C'était tout de même étonnant que l'ancien propriétaire n'ait pas réussi à payer ses traites. Le taudis était à peine plus présentable qu'un abri de jardin.

À peine.

Il se dirigea vers le garage et s'engouffra avec soulagement dans sa Mercedes... L'idée de devoir s'arrêter à un McDrive pour commander son petit déjeuner ne le branchait pas du tout. Il n'avait jamais eu à faire la queue au milieu des ouvriers dans leurs camionnettes et des mères de famille au volant de leurs monospaces.

De retour dans sa maison victorienne, son humeur s'assombrit encore... et plus encore lorsqu'il entra dans le garage. La porte était toujours ouverte mais la Lexus n'était plus là.

Après avoir garé la Mercedes, il verrouilla ses portières et sortit dans le jardin de derrière. Rien ne semblait avoir bougé, mais l'odeur de l'éradiqueur lui assaillit les narines dès qu'il...

Marquant une pause sur la terrasse, il leva les yeux vers l'étage. Oh, mon Dieu...

Galvanisé par la panique, Flhéau s'élança vers la maison, sauta une volée de marches et pénétra en trombe à l'intérieur...

Ses mocassins s'arrêtèrent net devant le carnage. Doux Jésus... sa cuisine.

On aurait dit qu'un pétrolier avait déversé sa marchandise dans la pièce. Et il ne restait pas grand-chose de M. D : le torse du tueur gisait au milieu, à côté de l'îlot central, tandis que ses bras et ses jambes étaient éparpillés aux quatre coins de la cuisine... Quant à ses intestins, ils pendaient aux poignées des placards, telle une suspension en macramé.

Par miracle, la tête du type était encore attachée à son torse ; il avait les yeux grands ouverts et tenta d'articuler quelques mots lorsqu'il vit qu'il n'était plus seul. Une plainte gutturale s'échappa de ses lèvres, brillantes de sang noir figé.

— Putain de merde, lâcha Flhéau. Regarde-toi, bordel de Dieu !

Et puis zut, à la fin, le massacre de son assistant n'était pas sa priorité. Enjambant le chaos qui régnait dans la pièce, il courut vers la salle à manger et gravit l'escalier quatre à quatre.

Débouchant à toute allure dans la chambre qu'il partageait avec Xhex, il ne trouva rien d'autre que du vide… et une fenêtre brisée.

— Putain de merde !

Pivotant sur ses talons, il regarda par la porte et aperçut la marque sur le mur du couloir. Il s'approcha pour presser son nez contre le mur et inhala. Le parfum de Xhex imprégnait encore la peinture écaillée.

Elle avait réussi à s'échapper, physiquement.

Pourtant, elle se trouvait encore dans la pièce après l'agression de M. D. Les frères étaient-ils revenus la chercher ?

Flhéau poursuivit son inspection de la maison et sa rage monta encore d'un cran. L'ordinateur portable avait disparu et les téléphones étaient introuvables.

Putain de merde !

Il poussa la porte du garde-manger pour récupérer le…

— Oh, les enfoirés !

À genoux, il examina le parquet défoncé. Son fric s'était lui aussi volatilisé. Comment avaient-ils fait pour le trouver, bordel ?

Sans compter M. D, encore plus écorché vif que ce dont était capable une classe de biologie. Peut-être avait-il tout balancé ? Ce qui signifiait alors que d'autres adresses avaient peut-être été visitées.

Dans un élan de fureur, il fendit l'air de son poing, percutant un gros bocal d'olives.

Le pot de verre se brisa, aspergeant le sol de jus et libérant les petites billes semblables à des yeux, qui roulèrent dans toutes les directions.

Regagnant la cuisine, Flhéau se dirigea vers M. D, qui fit un effort pathétique pour remuer ses lèvres ensanglantées.

Sur le comptoir, Flhéau s'empara d'un couteau de cuisine qu'il pointa vers son assistant.

— Tu leur as dit quelque chose ?

M. D secoua la tête. Flhéau plongea dans son regard. Le blanc de ses yeux avait pris une teinte grisâtre et ses pupilles étaient dilatées au point qu'on ne voyait presque plus ses iris. Bien qu'il semblât sur le point de mourir, M. D continuerait à agoniser et pourrir indéfiniment si on le laissait seul. Il n'y avait qu'un seul moyen de le « tuer ».

— T'es sûr ? insista Flhéau dans un murmure. Tu n'as rien dit, même quand ils t'ont déboîté les épaules ?

Les lèvres de M. D remuèrent, émettant un gargouillis immonde.

Avec un juron de dégoût, Flhéau transperça la poitrine vide de l'éradiqueur. L'explosion et l'éclair s'évanouirent rapidement. Quand ce fut terminé, Flhéau s'enferma à clé dans la maison avant de remonter à l'étage.

Il lui fallut une demi-heure pour rassembler ses affaires. En descendant ses six luxueux sacs de voyage, il songea que cela faisait bien longtemps qu'il n'avait pas porté lui-même ses bagages.

Après les avoir déposés sur les marches du perron, à l'arrière de la maison, il brancha le système d'alarme, ferma la porte à clé et chargea la Mercedes.

Puis il prit la route, détestant l'idée de devoir retourner dans ce ranch miteux. Mais il n'avait pas d'autre choix pour le moment… sans compter qu'il avait des choses bien plus importantes à régler que ses problèmes de logement.

Il devait absolument remettre la main sur Xhex. Si elle s'était enfuie seule, vu son état d'extrême fatigue, elle n'avait pas pu aller bien loin. À moins que la Confrérie ne soit venue la chercher.

Nom de Dieu… Son père l'attendait à 1 heure du matin pour l'initiation. Il avait plutôt intérêt à la retrouver fissa, sans quoi il n'aurait plus qu'à se dégotter quelqu'un d'autre.

Le coup frappé à la porte de John retentit comme un tir.

Il se redressa aussitôt, se frotta les yeux et émit un bref sifflement pour inviter son visiteur à entrer, priant qu'il s'agisse de Vhif venu lui apporter son Premier Repas.

La porte resta fermée.

Sourcils froncés, John se leva, attrapa un jean qu'il enfila rapidement et alla ouvrir. Kolher se tenait sur le seuil, escorté de George. Il n'était pas seul : ses amis et Vhengeance se tenaient à ses côtés, ainsi que tous les autres frères, Tohr y compris.

Oh, mon Dieu… non.

Ses mains bougèrent à toute allure alors même que son cœur venait de cesser de battre.

— *Où a-t-on retrouvé son corps ?*

— Elle est en vie, intervint Vhengeance en lui tendant un téléphone. Je viens juste d'avoir le message. Appuie sur la touche 4.

Il fallut quelques instants à John pour assimiler l'information. Puis il arracha l'appareil des mains de Vhen et enfonça la touche. Il y eut un signal sonore et…

Seigneur Dieu… la voix de Xhex. Sa voix.

« Vhen… je suis libre. Je me suis échappée. »

Il y eut un soupir, long et faible.

« Je vais bien. Je suis saine et sauve. Je suis libre. »

Un long silence. Si long que John s'apprêta à vérifier que la communication n'avait pas été…

« J'ai besoin de temps. Je suis en sécurité… mais je ne reviendrai pas avant un petit moment. J'ai besoin de temps. Dis-le à tout le monde… dis-le… à tout le monde. Je rappellerai. »

Il y eut une nouvelle pause. Quand Xhex reprit la parole, sa voix était dure et teintée de colère.

« Dès que je le pourrai… je m'occuperai de Flhéau. Tu entends ? Je tiens à lui régler son compte moi-même. »

Fin du message.

John appuya sur la touche 4 et écouta de nouveau.

Puis il rendit le téléphone à Vhen et rencontra son regard améthyste. Il avait tout à fait conscience que Vhen connaissait Xhex depuis des années, et que bien plus les unissait. Il savait qu'ensemble ils avaient traversé de nombreuses épreuves et qu'ils avaient en commun du sang *symphathe,* ce qui n'était pas rien. Il savait aussi que le mâle était plus âgé que lui, et donc plus sage et tout le toutim.

Mais les sentiments que John éprouvait pour Xhex lui donnèrent la force de le traiter en égal.

— *Où a-t-elle pu aller ?* demanda-t-il en langage des signes.

Vhif traduisit et Vhen hocha la tête.

— Elle possède une cabane de chasse à une vingtaine de kilomètres au nord, sur les rives de l'Hudson. Elle s'est probablement réfugiée là-bas. C'est un endroit sûr d'où elle peut téléphoner. J'ai l'intention de m'y rendre à la tombée de la nuit, seul. Sauf si tu veux venir avec moi.

Leur conversation ne parut surprendre personne… et John comprit alors que son secret était éventé. Après la manière dont il s'était comporté dans la chambre de la maison où elle avait été enfermée, sans parler du carnage auquel il s'était livré avec l'éradiqueur, tout le monde était au parfum de ce qu'il éprouvait pour Xhex.

Et c'est pourquoi tous les membres du groupe qui se tenaient devant lui s'étaient déplacés. Ils reconnaissaient son statut et l'acceptaient. Les droits et les devoirs des mâles investis dans une relation étaient toujours respectés quand il s'agissait de leur femelle.

John jeta un coup d'œil en direction de Vhif avant de signer :

— *Dis-lui que j'irai avec lui.*

Vhen hocha la tête puis se tourna vers Kolher.

— J'irai avec lui et lui seul. Vhif ne vient pas avec nous. On va déjà devoir essuyer la colère de Xhex en se pointant chez elle sans prévenir…

Kolher fronça les sourcils.

— Putain, Vhen…

— Elle pourrait s'enfuir de nouveau. J'ai déjà vécu ça avec elle. Si quelqu'un d'autre vient avec nous, elle nous filera entre les pattes et ne nous donnera plus de nouvelles. De toute façon, John m'aurait suivi, pas vrai, fils ? Tu aurais faussé compagnie à Vhif pour venir avec moi, j'en suis sûr.

John hocha la tête sans hésiter.

Comme Vhif laissait échapper un chapelet de jurons orduriers, Kolher secoua la tête.

— Pourquoi diable te l'ai-je donné comme *ahstrux*…

Un silence tendu s'abattit sur eux, durant lequel le roi fit face à John et Vhen. Finalement, il déclara :

— Oh, bon Dieu, c'est d'accord : je t'autorise à sortir sans ta garde pour cette fois, à condition que tu ne provoques pas l'ennemi. Tu te rends directement à cette cabane, tu ne vas nulle part ailleurs et, quand tu rentres, tu préviens Vhif avant d'aller au combat. C'est clair ?

John hocha la tête et s'éloigna aussitôt en direction de la salle de bains.

— Dix minutes, annonça Vhen. Tu as dix minutes et, ensuite, nous partons.

John fut prêt en quatre minutes et, six minutes plus tard, il arpentait le vestibule. Conformément au protocole, il était armé et habillé de vêtements de protection en cuir. Il se sentait plein de vie et d'énergie, son sang bouillonnant et tourbillonnant dans son corps comme une tornade.

En faisant les cent pas dans le hall d'entrée, il sentait des yeux fixés sur lui. Depuis la salle de billard. La salle à manger. Le balcon du premier étage. Les langues se taisaient mais rien n'échappait aux regards.

La révélation de ses sentiments pour Xhex avait secoué la Confrérie et tous les occupants de la maison, mais il n'était guère étonné. Pour une surprise, c'en était une... Il était épris d'une *symphathe* !

Les sentiments ne se commandaient pas... tout comme l'on ne pouvait forcer quelqu'un à vous aimer en retour.

À la vérité, ce constat était le cadet de ses soucis. Xhex était vivante !

Vhengeance descendit enfin l'imposant escalier, sa canne rouge martelant les marches tapissées chaque fois qu'il avançait son pied droit. Il n'était pas habillé pour le combat mais contre le froid : son long manteau de vison effleurait le dessus de ses derbys et les revers de son élégant costume noir.

Arrivé à la hauteur de John, il hocha simplement la tête et ouvrit la voie en direction de la sortie. Ensemble, ils s'enfoncèrent dans la fraîcheur de la nuit.

Une odeur de terre propre, épargnée par le gel, emplissait l'air.

C'était un parfum de printemps. Le parfum de l'espoir et de la renaissance.

En se dirigeant vers la Bentley, John aspira une longue bouffée d'air qu'il retint dans ses poumons, songeant que Xhex faisait exactement la même chose, en même temps.

Et pas parce qu'elle était enterrée.

Des larmes embuèrent ses yeux tandis qu'une vague de gratitude déferlait dans chacune de ses veines, poussée par son cœur baigné d'allégresse.

Il n'arrivait pas à croire qu'il allait bientôt la revoir... Seigneur, enfin. Plonger dans ses yeux gris foncé. Et...

Bon sang, comme il serait difficile de ne pas la prendre dans ses bras pour l'étreindre jusqu'au lendemain matin. Ou jusqu'à la semaine suivante.

Lorsqu'ils furent installés dans la voiture, Vhen démarra le moteur mais ne partit pas tout de suite. Il fixa du regard d'un air absent l'allée pavée qui s'étendait devant eux.

D'une voix posée, il finit par demander :

— Depuis combien de temps ça dure ? Avec elle.

John sortit de sa poche un petit carnet sur lequel il écrivit :

« Depuis que je l'ai rencontrée. »

Vhen lut la phrase et fronça les sourcils.

— Elle ressent la même chose pour toi ?

Sans baisser les yeux, John secoua la tête. À quoi bon mentir ? Surtout à un *symphathe*.

Vhen hocha la tête.

— C'est elle tout craché. Merde alors... OK, allons-y.

Le moteur vrombit, et ils s'enfoncèrent au cœur de la nuit.

Chapitre 20

L'espoir est une émotion traîtresse.

Il fallut à Audazs patienter deux nuits avant de pénétrer enfin dans la maison de la jeune fille qu'on avait enlevée. Lorsque l'imposante porte de la demeure s'ouvrit sur lui et Tohrment, ils furent accueillis par un doggen *dont le regard débordait d'un espoir pathétique. L'expression du serviteur trahissait une profonde estime pour les visiteurs. Il introduisait dans la maison de son maître de véritables sauveteurs et non de simples mortels. Tel était en tout cas son sentiment.*

Seuls le temps et les revers de fortune diraient s'il avait eu raison de placer toute sa confiance en eux.

Audazs et Tohrment furent aussitôt conduits dans un bureau. L'homme qui les attendait eut du mal à s'extirper de son fauteuil tendu de soie.

—Bienvenue, messires, merci d'être là, déclara Sampsone en tendant ses deux mains vers Audazs. Je suis désolé de n'avoir pu vous recevoir plus tôt. Ma shellane *bien-aimée…*

Sa voix se brisa et, dans le silence pesant, Audazs s'écarta d'un pas.

—Puis-je vous présenter mon compagnon, Tohrment, fils de Nhuisance?

Tohrment s'inclina avec déférence, une main sur le cœur. Le fils possédait à l'évidence les bonnes manières qui faisaient défaut à son père.

Le maître de maison s'inclina à son tour.

—Désirez-vous boire ou manger quelque chose?

Audazs s'assit en secouant la tête. Tandis que Tohrment venait se poster derrière lui, il prit la parole.

—Merci. Je préférerais que nous parlions de ce qui s'est passé entre ces murs.

—Oui, oui, bien sûr. Que voulez-vous savoir ?

—Tout. Dites-nous… tout.

—Ma fille… ma lumière dans l'obscurité, commença le mâle en sortant un mouchoir. C'était une fille bonne et vertueuse. Plus attentionnée qu'aucune autre…

Conscient qu'ils avaient déjà perdu deux nuits, Audazs écouta le père évoquer le souvenir de sa fille avant d'intervenir pendant une pause.

—Et cette nuit-là, monsieur, cette terrible nuit, que s'est-il passé dans cette demeure ?

Le mâle hocha la tête en s'essuyant les yeux.

—Elle n'était pas très en forme en se réveillant, le soir. Nous lui avons conseillé de regagner ses appartements afin qu'elle se repose encore un peu. On lui a apporté un repas à minuit puis une autre collation avant l'aube. C'est la dernière fois qu'elle a été vue. Ses appartements de nuit se situent à l'étage mais elle dispose aussi, comme les autres membres de la famille, de plusieurs pièces au sous-sol. Elle ne descendait pas souvent avec nous pendant la journée, et comme sa chambre est accessible par des couloirs intérieurs, nous avons pensé qu'elle était en sécurité là-haut…

Un sanglot s'échappa de ses lèvres.

—Comme je regrette de ne pas avoir insisté pour qu'elle descende avec nous…

Audazs comprenait parfaitement les remords du père.

—Nous allons retrouver votre fille. D'une manière ou d'une autre, nous la retrouverons. Nous permettez-vous d'inspecter sa chambre ?

—Faites, je vous en prie, répondit le père en adressant un signe de tête à son doggen. *Silas vous y conduira avec plaisir. Pour ma part, je… je préfère rester ici.*

—Je comprends.

Lorsque Audazs se leva, le père se pencha en avant pour saisir sa main.

—Puis-je vous parler en privé un instant?

Audazs hocha la tête. Après le départ de Tohrment et du doggen, le maître de maison se laissa tomber dans son fauteuil.

—Vous devez me croire... ma fille était quelqu'un de respectable. De vertueux. Jamais touchée par...

Dans le silence qui se prolongeait, Audazs saisit les préoccupations du père: s'ils ne la ramenaient pas vierge, l'honneur de la jeune fille et de sa famille serait à jamais sali.

—Je ne peux pas dire ça devant ma shellane bien-aimée... mais si ma fille a été souillée... peut-être serait-il préférable de...

Les pupilles d'Audazs s'étrécirent.

—Vous préféreriez que nous ne la retrouvions pas.

Des larmes noyèrent les yeux clairs.

—Je...

Le mâle secoua la tête avec véhémence.

—Non... non. Je veux qu'elle revienne. Peu importent les conséquences, peu importe son état... Je veux récupérer ma fille, bien sûr.

Audazs n'eut pas envie de réconforter ce père qui, l'espace d'un instant, avait envisagé d'abandonner son enfant, sa chair et son sang.

—J'aimerais voir sa chambre, à présent.

Le maître de maison claqua des doigts et le doggen réapparut sur le seuil du bureau.

—Par ici, monsieur, murmura le serviteur.

Tandis qu'il traversait la maison en compagnie de son protégé, Audazs remarqua les portes et les fenêtres sécurisées. Il y avait de l'acier partout, entre les carreaux des fenêtres et sur les battants des portes en chêne massif. Il ne devait pas être aisé de pénétrer dans cette maison sans y être invité... et Audazs était prêt à parier *que chaque pièce des premier et deuxième étages bénéficiait des mêmes dispositifs de sécurité, tout comme les appartements des employés de maison.*

Il examina aussi les tableaux, tapis et objets précieux ornant la maison. La famille appartenait à la plus haute sphère de la glymera. *Sa fortune était immense, son statut et sa lignée enviables. Par voie de conséquence, la disparition de leur fille célibataire n'affectait pas uniquement leurs sentiments : leur progéniture représentait aussi une valeur marchande. Dans ce contexte social, une femelle en âge de s'unir était une merveilleuse bénédiction… impliquant de lourdes responsabilités sociales et financières.*

Et ce n'était pas tout. Chaque médaille a son revers : s'il arrivait qu'une telle jeune fille soit salie, soit dans les faits, soit par la rumeur, la souillure planerait sur toutes les générations à venir. Il ne faisait aucun doute que le maître de maison aimait sincèrement sa fille, mais le poids de ces considérations déformait leur relation.

Audazs pensait réellement que ce père aurait préféré voir sa fille rentrer à la maison dans un cercueil plutôt que vivante mais souillée. Si ce dernier cas de figure était une malédiction, le premier serait une tragédie qui lui vaudrait la compassion de ses pairs.

Audazs détestait la glymera. *Farouchement.*

— Voici ses appartements privés, annonça le doggen *en poussant une porte.*

Tandis que Tohrment entrait dans la pièce éclairée à la bougie, Audazs demanda :

— La chambre a-t-elle été rangée et nettoyée depuis l'enlèvement ?

— Bien sûr.

— Laissez-nous, je vous prie.

Le doggen *s'inclina avant de s'effacer.*

Tohrment déambula dans la pièce, examinant les tentures en soie et le salon luxueusement aménagé. Un luth trônait dans un coin, une pièce de broderie fine gisait dans un autre, inachevée. Plusieurs ouvrages d'auteurs humains s'alignaient soigneusement sur des étagères, aux côtés des manuscrits en langue ancienne.

Tout était rangé avec le plus grand soin. Mais il était difficile de savoir si c'était là l'œuvre des domestiques ou une conséquence de la disparition de l'occupante des lieux.

—Ne touche à rien, d'accord? ordonna Audazs à l'intention de son compagnon.

—Entendu.

Audazs se dirigea vers la chambre à coucher au décor somptueux. Les rideaux en toile épaisse bloquaient le moindre rayon de soleil et le lit à baldaquin était drapé des mêmes tentures richement brodées.

Il ouvrit les portes sculptées de l'armoire. De magnifiques robes ornées de saphirs, rubis, émeraudes et quartz chatoyaient sur des cintres. Seul un était vide, accroché à la porte de la penderie, comme si la tenue qu'elle avait choisi de porter la nuit des événements y avait été suspendue.

Sur la coiffeuse se côtoyaient dans un alignement parfait une brosse et plusieurs pots de crème, d'huile parfumée et de poudres teintées.

Audazs ouvrit un tiroir… et laissa échapper un juron à voix basse. Des écrins à bijoux tendus de cuir y étaient rangés. Il en prit un, ouvrit le crochet de fermeture doré et souleva le couvercle.

Une rivière de diamants scintilla à la lueur des bougies.

Tandis qu'Audazs replaçait l'écrin parmi ses pairs, Tohrment s'immobilisa sur le seuil de la pièce, le regard rivé sur le tapis finement tissé de tons pêche, jaunes et rouges.

Pour une raison qu'il ignorait, les pommettes légèrement empourprées du jeune mâle emplirent Audazs de tristesse.

— Tu n'es jamais entré dans le boudoir d'une femme, n'est-ce pas?

Tohrment rougit de plus belle.

—Eh bien… non, monsieur.

Audazs l'invita à entrer d'un geste de la main.

— Voilà, tu y es. Tu ferais bien d'oublier ta timidité.

Tohrment s'éclaircit la voix.

— Oui. Bien sûr.

Audazs se dirigea vers les portes-fenêtres. Toutes deux ouvraient sur un balcon. Lorsqu'il sortit, Tohrment lui emboîta le pas.

— On peut voir à travers les arbres, au loin, murmura le garçon.

C'était exact. Une autre demeure se dressait derrière les branches nues et décharnées. Semblable à celle dans laquelle ils se trouvaient de par sa taille et son style, elle s'ornait de tourelles finement ouvragées. Le parc qui l'entourait était magnifique. D'après les sources d'Audazs, ses occupants n'étaient pas des vampires.

Pivotant sur ses talons, il longea le balcon, inspectant chaque porte, chaque poignée, chaque gond et chaque verrou.

Il n'y avait aucune trace d'effraction et, vu le froid glacial, la jeune fille n'avait certainement pas défié les éléments en se risquant à ouvrir les fenêtres.

Par conséquent, soit elle était partie de son plein gré… soit elle avait ouvert à celui qui l'avait enlevée. En supposant qu'il soit possible d'entrer par là.

Audazs jeta un coup d'œil dans la chambre à travers les vitres, s'efforçant d'imaginer ce qui avait bien pu se passer.

Comment étaient-ils parvenus à sortir de la maison sans être vus ? Là était la vraie question. Il y avait peu de chances que son ravisseur ait pris le risque de la traîner dans les couloirs de la demeure : elle avait forcément été enlevée avant le lever du soleil et il y avait toujours des allées et venues, la nuit.

Non. Ils ont quitté la maison de là, *songea Audazs.*

Tohrment prit la parole.

— Tout est à sa place, rien n'a été dérangé. Il n'y a pas de rayures sur le parquet, aucune marque sur les murs, ce qui veut dire que…

— Qu'elle a laissé entrer ses visiteurs sans leur opposer de résistance.

Audazs rentra à l'intérieur et se dirigea vers la coiffeuse pour examiner la brosse. De fins cheveux dorés étaient pris entre les poils. Ce qui n'était guère étonnant : ses parents étaient blonds tous les deux.

Qu'est-ce qui pouvait bien pousser une femelle de la haute société à quitter la demeure familiale juste avant l'aube, sans laisser de trace… et sans rien emporter ?

Une seule réponse lui vint à l'esprit : un mâle.

Les pères ne savent pas toujours tout de la vie de leurs filles, n'est-ce pas ?

Le regard d'Audazs sonda la nuit, observant les pelouses, les arbres… et la propriété voisine. Une piste… une piste se trouvait là-bas.

La clé du mystère résidait forcément dans les alentours. Il lui fallait juste réussir à assembler les différentes pièces du puzzle.

— Où allons-nous, à présent ? demanda Tohrment.

— Nous devons nous entretenir avec les domestiques. En privé.

La plupart du temps, dans ce type de demeure, le personnel refusait catégoriquement de dévoiler quelque information que ce soit. Mais il s'agissait de circonstances extraordinaires et il semblait tout à fait possible que le chagrin et la compassion parviennent à balayer leurs réticences.

Et l'on savait parfois des choses en coulisse que les maîtres eux-mêmes ignoraient.

Tournant les talons, Audazs se dirigea vers la porte.

— Allons nous perdre, à présent.

— Nous perdre ?

Ils quittèrent la pièce comme un seul homme. Dans le couloir, Audazs regarda à droite puis à gauche.

— Parfaitement. Suis-moi.

Il choisit de partir à gauche car de l'autre côté une porte à double battant donnait sur un deuxième balcon. L'escalier réservé au personnel ne se trouvait donc pas par là. Tandis qu'ils longeaient le couloir, passant devant une multitude de pièces somptueusement décorées, son cœur se serra et sa respiration devint difficile. Après deux décennies, la sensation de perte et de décadence se rappelait encore à lui, jusque dans ses os. Certes, c'était sa mère qui lui manquait le plus. Et, par-delà cette perte, la mort de l'existence privilégiée qu'il menait jadis.

Il accomplissait désormais ce pour quoi il était né et avait été formé, pour le bien de l'espèce ; il s'octroyait certains… plaisirs, et avait gagné le respect de ses camarades de combat. Mais il ne tirait aucune satisfaction de sa vie actuelle, aucun émerveillement ni aucune fascination.

Aimait-il à ce point la beauté et les choses matérielles ? Était-il si superficiel que ça ? S'il lui arrivait un jour de posséder une grande demeure, avec d'innombrables pièces recelant de beaux objets, cela suffirait-il à son bonheur ?

Non, *songea-t-il.* Pas s'il n'y a personne entre ces murs confortables.

Il se languissait de vivre parmi ses semblables en parfaite harmonie, une communauté qui évoluerait entre des murs solides, une grande famille unie à la fois par des liens de sang et des affinités. La Confrérie n'habitait pas sous le même toit car Kolher le Juste y voyait un péril pour l'espèce. Si l'ennemi venait à découvrir l'endroit où ils vivaient, tous seraient exposés au danger.

Audazs comprenait ce raisonnement mais n'était pas sûr de l'approuver. Les humains vivaient bien ensemble dans des châteaux fortifiés, au milieu des champs de bataille. Pourquoi les vampires n'en feraient-ils pas autant ?

À vrai dire, la Société des éradiqueurs était un ennemi bien plus dangereux.

Au bout d'un moment, ils trouvèrent enfin ce qu'Audazs cherchait : une cloison coulissante donnant sur une cage d'escalier austère.

Ils descendirent les marches en pin et débouchèrent dans une petite cuisine. Leur apparition interrompit le repas en cours. Posant leurs chopes de bière et leurs morceaux de pain, les doggen *réunis autour de la table en chêne se levèrent avec empressement.*

— Je vous en prie, continuez, déclara Audazs en les invitant à se rasseoir d'un signe de la main. Nous aimerions parler au domestique en charge du premier étage ainsi qu'à la servante de la jeune disparue.

Tous se rassirent autour de la table sauf deux d'entre eux : une femelle aux cheveux blancs et un jeune mâle au visage doux.

— Voudriez-vous nous indiquer un endroit où nous pourrions discuter tranquillement ? demanda Audazs à l'adresse de ce dernier.

— Il y a un salon par là, répondit-il en indiquant une porte près de la cheminée. Nous n'y serons pas dérangés.

Audazs hocha la tête puis se tourna vers la servante, pâle et tremblante, comme si on venait de la prendre en faute.

— Vous n'avez rien fait de mal, chère madame. Venez, nous n'en avons pas pour longtemps, je puis vous l'assurer.

Mieux valait commencer par elle. Elle n'aurait probablement pas le courage d'attendre qu'ils en aient fini avec le responsable d'étage.

Tohrment les précéda et tous trois pénétrèrent dans un petit salon dénué de charme.

Il en était toujours ainsi dans les belles demeures : les pièces réservées à la famille étaient richement aménagées tandis que celles du petit personnel contrastaient par leur extrême sobriété.

Chapitre 21

Lorsque la Bentley de Vhen quitta la route 149 en direction du nord pour s'engager sur un chemin de terre, John se pencha vers le pare-brise. La voiture roulait à proximité du fleuve, se frayant un passage au milieu d'un enchevêtrement de mauvaises herbes, les phares de la voiture balayant des troncs d'arbres nus. Les alentours n'étaient vraiment pas accueillants.

La petite cabane de chasse qui apparut enfin n'était en rien tape-à-l'œil. En bois sombre et de dimensions modestes, elle était rustique mais en parfait état. Un garage indépendant se dressait non loin de là.

John ouvrit la portière sans attendre l'arrêt de la voiture et se dirigea vers la porte d'entrée avant même que Vhen en soit sorti. Le sentiment d'appréhension qui le tenaillait était plutôt bon signe. Il avait éprouvé des sensations identiques là-bas, dans la colonie *symphathe,* et il semblait logique que Xhex protège son domicile avec le même type de champ magnétique.

Le bruit de ses bottes résonna furieusement à ses oreilles tandis qu'il remontait l'allée de terre battue, puis le silence retomba lorsqu'il traversa le parterre d'herbe brune et sèche. Sans chercher à frapper, il saisit la poignée de la porte et tenta de l'ouvrir mentalement.

Elle ne bougea pas d'un pouce.

— Ton esprit ne te servira à rien pour entrer ici, déclara Vhen en insérant une clé en cuivre dans la serrure.

La porte en bois massif s'ouvrit. Dans l'obscurité, John fronça les sourcils et inclina la tête, s'attendant qu'une alarme se déclenche.

— Elle n'a pas confiance dans ce genre de trucs, expliqua Vhen d'un ton posé.

Il retint John par le bras pour l'empêcher de se précipiter à l'intérieur.

D'une voix plus forte, il appela :

— Xhex ? Xhex ? Pose ton arme. C'est moi, je suis avec John.

Sa voix résonna étrangement aux oreilles de John.

Et il n'obtint pas de réponse.

Vhen alluma la lumière et relâcha le bras de John. Ils continuèrent leur progression. La petite cuisine était équipée du strict minimum : une gazinière, un vieux frigo, un évier en acier inoxydable, pas très beau mais fonctionnel. En revanche, tout était d'une propreté impeccable et parfaitement rangé. Pas de courrier, pas de magazines qui traînaient. Pas d'armes en vue.

Une odeur de moisi flottait dans l'air confiné.

De l'autre côté du couloir se trouvait une grande pièce avec une baie vitrée tournée vers le fleuve. Le mobilier était minimaliste : deux fauteuils, un canapé en rotin et une table basse.

Vhen traversa la pièce pour gagner l'unique porte close.

— Xhex ? appela-t-il, toujours avec cette voix bizarre.

Posant une main sur le chambranle de la porte, il se pencha en avant et ferma les yeux.

Puis, dans un frisson, les larges épaules de Vhen s'affaissèrent.

Elle n'était pas là.

En quelques enjambées, John le rejoignit et pénétra dans la chambre. Vide. Tout comme la salle de bains attenante.

— Merde.

Vhen tourna les talons et quitta les lieux. Lorsqu'une porte claqua côté fleuve, John songea que Vhen avait dû sortir sur la terrasse pour contempler l'eau.

Jurant *in petto*, il promena un regard circulaire sur la pièce. Là aussi, tout était propre et ordonné. Chaque chose à sa place. Les fenêtres et les portes étaient bien fermées, et personne n'avait aéré l'endroit récemment.

La fine pellicule de poussière sur les poignées et les loquets venait confirmer ce constat.

Peut-être était-elle venue là, mais elle n'y était plus. Et si elle était passée, elle n'était pas restée longtemps car il ne décelait pas la moindre trace de son odeur.

John eut l'impression de l'avoir perdue, une fois de plus.

Seigneur, il avait cru que le simple fait de la savoir en vie suffirait à lui donner un nouvel élan mais, en réalité, l'idée qu'elle était quelque part sur cette terre, et pas auprès de lui, le rendait fou. Il se sentait incapable de démêler la situation, d'autant qu'il ne connaissait toujours pas les tenants et aboutissants de l'affaire.

Pour être honnête, il avait l'impression d'être complètement à côté de la plaque.

Il se décida finalement à rejoindre Vhen sur la petite terrasse couverte. Saisissant son carnet, il écrivit rapidement en priant pour que le *symphathe* comprenne son désarroi.

Jetant un coup d'œil par-dessus son épaule, Vhen lut ce que John lui montrait.

— Ouais. Pas de souci. Je leur dirai qu'on ne l'a pas trouvée ici et que tu es venu manger un morceau avec moi chez iAm. Ça te laisse trois bonnes heures devant toi, quatre maxi.

Posant une main sur son torse, John s'inclina respectueusement.

— Promets-moi simplement de ne pas aller te battre. Je ne veux pas savoir où tu vas, ça ne me regarde pas. Mais si jamais tu te fais descendre, tu deviendras mon plus gros problème, et j'ai pas besoin de ça, crois-moi.

Vhen marqua une pause, reportant son attention sur le fleuve.

— Ne t'inquiète pas pour elle. Elle est déjà passée par là. C'est la deuxième fois qu'elle se… fait enlever comme ça.

John agrippa le bras de Vhen et le serra comme un étau. Vhen ne cilla même pas… probablement parce que, à en croire la rumeur, il n'éprouvait plus la moindre sensation à cause du traitement qu'il s'infligeait pour maîtriser sa nature *symphathe*.

— Ouais. C'est la deuxième fois. Quand elle sortait avec Mheurtre…

À ces mots, les crocs de John étincelèrent et Vhen esquissa un petit sourire.

— Ça fait longtemps que c'est fini, ne t'inquiète pas. Toujours est-il qu'à l'époque, elle avait dû se rendre à la colonie pour des raisons familiales. Mais c'était un piège, ils ne l'ont pas laissée repartir. Quand Mheurtre a voulu aller la récupérer, les *symphathes* l'ont fait prisonnier, lui aussi, et la situation est devenue plus que critique. J'ai dû négocier pour pouvoir les sortir de là mais sa famille l'a vendue au dernier moment, juste sous mon nez.

John déglutit avec peine et signa sans réfléchir :

— *À qui ?*

— À des humains. Elle a réussi à s'échapper, exactement comme cette fois. Ensuite, elle a disparu de la circulation pendant quelque temps.

Le regard améthyste de Vhen brilla dans la nuit.

— C'est une dure à cuire, crois-moi. Pourtant, je ne sais pas comment s'y sont pris ces humains, mais ils ont réussi à lui faire du mal.

— *Quand ?* articula John.

— Il y a vingt ans, à peu près.

Vhen se tourna de nouveau vers l'Hudson.

— Merde, elle ne plaisantait pas dans son message. Elle n'apprécierait pas du tout que quelqu'un règle son compte à Flhéau à sa place. Tu veux faire quelque chose pour elle ? Laisse-la venir à toi quand elle se sentira prête… et ne te mets pas en travers de son chemin.

Ouais, elle ne sera sûrement pas pressée de m'envoyer un texto, songea John. Et en ce qui concernait Flhéau, il n'était pas sûr de pouvoir renoncer. Même pour elle.

Préférant mettre un terme à ses réflexions, John tendit la main à Vhen. Les deux hommes s'étreignirent brièvement puis John se dématérialisa.

Il reprit forme à l'Xtreme Park, derrière le local, et observa un moment les rampes et les dalles de béton désertes. Le petit caïd de la came n'était toujours pas revenu. Les skateurs n'étaient pas là, eux non plus. Logique, après la descente de flics de la veille, sans parler de la fusillade.

L'endroit ressemblerait à une ville fantôme pendant quelque temps.

John s'appuya contre la cloison de bois brut, tous ses sens en alerte. Il prit conscience des minutes qui s'égrenaient grâce à la lune qui décrivait un arc parfait au-dessus de sa tête et à son esprit qui commençait à s'apaiser après une période de bouillonnement intense. La situation était loin d'être résolue, mais il la considérait avec davantage de détachement.

Xhex était libre, quelque part, et il ne savait même pas dans quel état elle se trouvait. Était-elle blessée ? Avait-elle besoin de se nourrir ? Devait-elle…

Stop. À quoi bon spéculer indéfiniment ?

Il ferait mieux de rentrer. Kolher avait été clair sur ce point : il n'avait pas le droit de se battre sans Vhif et il était en ce moment même dans un endroit très prisé de l'ennemi.

Soudain, il sut où il devait aller.

Il se redressa puis s'immobilisa pour scruter les alentours, les sourcils froncés. Cette sensation d'être épié, suivi, l'envahit de nouveau, exactement comme la veille, devant le studio de tatouage.

Cette nuit, cependant, il n'avait pas l'énergie pour supporter un accès de paranoïa et préféra se dématérialiser sans plus attendre. Si quelqu'un le suivait réellement, il finirait bien par savoir de qui il s'agissait, sauf s'il réussissait à le semer pour de bon en se volatilisant.

Il était au bout du rouleau, bordel.

Lorsqu'il reprit forme, il se trouvait à quelques rues de la maison où il avait massacré l'éradiqueur, la veille. Il sortit une clé en cuivre de la poche intérieure de son blouson, identique à celle que Vhen avait utilisée pour ouvrir la porte de la cabane de chasse.

Cela faisait un mois qu'il la gardait en permanence sur lui, comme les cilices d'ailleurs. Xhex lui avait donné la clé la nuit où elle lui avait déclaré qu'elle lui faisait confiance pour garder le secret sur sa nature *symphathe.*

Baissant la tête pour descendre l'escalier d'un immeuble de grès brun, il inséra dans la serrure le morceau de métal et ouvrit la porte. Dans l'entrée du sous-sol, les lumières étaient automatisées et la pièce blanchie à la chaux s'éclaira aussitôt.

Après avoir verrouillé derrière lui, il se dirigea vers l'unique porte.

Xhex l'avait laissé pénétrer dans son sanctuaire secret une seule fois. Elle lui avait autorisé l'accès à son appartement en sous-sol à un moment où il avait besoin d'être seul. Et lorsqu'il avait profité de l'hospitalité qui lui était offerte, il avait perdu du même coup sa virginité dans les bras de son hôtesse.

Mais elle avait refusé de l'embrasser.

La même clé ouvrait la porte de la chambre et le verrou céda en douceur. Lorsqu'il poussa en grand les battants métalliques, un flot de lumière inonda la pièce et il fit un pas en avant…

John eut l'impression de mourir un peu en apercevant la silhouette qui gisait sur le lit. Son cœur cessa de battre, sa respiration s'arrêta et son sang se figea dans ses veines.

Le corps dénudé de Xhex était recroquevillé sur les draps.

Lorsque la lumière s'était allumée, sa main s'était resserrée sur l'arme posée sur le matelas et pointée en direction de la porte.

Elle n'eut la force de soulever ni sa tête ni le revolver, mais elle trouverait le moyen d'appuyer sur la détente, John lui faisait confiance.

Levant les bras et montrant ses mains, il fit un pas sur le côté et referma la porte du bout du pied, soucieux de la protéger.

Sa voix n'était plus qu'un murmure à peine audible.

— John…

Une larme solitaire, mêlée de sang, jaillit de l'œil qu'il apercevait, et il la regarda couler lentement le long de son nez puis s'écraser sur l'oreiller.

Elle lâcha l'arme et porta la main à son visage, centimètre par centimètre, comme s'il lui fallait rassembler toutes ses forces pour la soulever. Puis elle chercha à dissimuler ses larmes de la seule manière possible, derrière l'éventail de ses doigts.

Tout son corps était marqué de contusions et d'hématomes, à divers stades de cicatrisation, et elle avait perdu tellement de poids que ses os affleuraient à la surface de sa peau, comme s'ils voulaient la transpercer. Son teint n'était plus rose mais gris, et elle n'exhalait presque plus d'odeur.

Elle était en train de mourir.

La réalité le frappa dans toute son horreur, le déstabilisant au point qu'il dut se retenir au chambranle de la porte pour éviter de tomber.

Alors même qu'il chancelait physiquement, son cerveau réfléchissait à toute vitesse. Il fallait que Doc Jane vienne l'examiner, et Xhex avait également besoin de se nourrir.

Il ne leur restait plus beaucoup de temps.

S'il voulait la sauver, il allait devoir agir immédiatement.

En se dirigeant vers elle, John se débarrassa de sa veste en cuir et remonta la manche de sa chemise. Avant toute chose, il recouvrit délicatement son corps nu avec le drap du dessus. Puis il lui présenta son poignet, l'approchant au maximum de sa bouche… et attendit que ses instincts prennent le dessus.

Son esprit ne voulait peut-être pas de lui mais son corps, lui, ne saurait résister à ce que John lui offrait.

L'instinct de survie prenait toujours le dessus dans les affaires de cœur. Il en était la preuve vivante.

Chapitre 22

Xhex sentit une douce caresse courir le long de son épaule et de sa hanche lorsque John remonta le drap sur elle. Toujours cachée derrière sa main, elle inspira profondément et perçut l'odeur agréablement virile d'un mâle en pleine possession de ses moyens… Ce parfum réveilla la faim tapie dans son estomac tandis que son appétit et ses instincts primaires émergeaient de leur torpeur en rugissant.

Et c'était avant même que John approche son poignet de ses lèvres, si près qu'elle aurait pu l'embrasser.

Ses instincts *symphathes* surgirent à leur tour pour décrypter ses émotions.

Il était calme et déterminé. Totalement résolu, dans sa tête comme dans son cœur. Et il était bien décidé à lui sauver la vie, même si ça devait être la dernière chose qu'il fît pour elle.

— John, murmura-t-elle.

Le problème, là… enfin, l'un des problèmes, c'est qu'il n'était pas le seul à savoir qu'elle était en train de mourir.

Sa rage contre Flhéau avait été son moteur pendant tout le temps où ce dernier l'avait retenue prisonnière et avait abusé d'elle, et Xhex avait cru que cette rage continuerait à la porter lorsqu'elle aurait retrouvé sa liberté. Mais dès l'instant où elle avait laissé le message à Vhen, toute son énergie l'avait désertée, lui laissant juste de quoi alimenter les battements de son cœur. Et encore, très faiblement.

John rapprocha encore son poignet, jusqu'à ce que sa peau effleure les lèvres de Xhex.

Ses crocs s'allongèrent paresseusement tandis que son cœur tressautait dans sa poitrine, comme s'il avait de plus en plus de mal à battre.

Elle devait faire un choix dans ce silence à la fois paisible et chargé d'électricité : prendre sa veine et rester en vie. Ou bien le repousser et mourir sous ses yeux dans l'heure qui suivrait. Quoi qu'elle choisisse, il ne bougerait pas de là.

Écartant la main de son visage, elle chercha le regard de John. Il était aussi beau que dans son souvenir, un visage à faire se damner les femmes.

Elle leva la main vers lui.

Un éclair de surprise traversa les yeux de John, puis il se pencha pour poser sa joue chaude dans le creux de la main offerte. Garder son bras en l'air demandait à Xhex un effort trop intense et, lorsque ses doigts se mirent à trembler, John recouvrit sa main de la sienne pour la maintenir en place.

Ses yeux d'un bleu profond, semblable à un ciel d'orage en été, étaient un véritable paradis.

Elle devait prendre une décision. Boire à sa veine ou bien…

N'ayant même plus la force d'aller jusqu'au bout de sa pensée, elle crut qu'elle avait déjà abandonné la partie. Elle avait pourtant l'impression d'être consciente, ce qui signifiait qu'elle était encore en vie. Toutefois, c'était comme si elle ne se trouvait plus dans son enveloppe corporelle. Elle avait perdu la bataille depuis longtemps déjà, lorsque s'était évaporé ce qui la définissait le mieux au monde. C'était somme toute très logique. Elle n'avait plus le goût de vivre, et il lui était impossible de faire semblant, que ce soit pour lui ou pour elle.

Deux séjours dans le camp des prisonniers l'avaient laminée.

Alors… que faire, que faire ?

Elle passa sa langue sur ses lèvres sèches. Elle n'avait pas choisi les circonstances de sa naissance, elle n'avait pas demandé à venir au monde, et tout le temps qu'elle avait passé à respirer, manger, combattre et baiser n'avait guère amélioré les choses. Elle pouvait, en revanche, choisir les conditions de son départ. Et ce dès qu'elle aurait réglé certaines choses.

Oui, c'était ça, la réponse à sa question. Grâce aux trois semaines et demie qu'elle venait de vivre, elle avait dressé une longue liste. Avec un seul nom dessus, certes, mais c'était parfois suffisant pour trouver la motivation nécessaire.

Dans un regain de détermination, sa carapace se reforma et l'étrange sensation de vertige qui l'habitait se dissipa d'un coup, cédant la place à une sensibilité exacerbée. D'un geste brusque, elle se libéra de l'étreinte de John et perçut une onde de peur franche émanant de sa grille émotionnelle. Saisissant le poignet du mâle pour le porter à sa bouche, elle dévoila ses crocs.

Le triomphe de John fut palpable.

Du moins jusqu'à ce qu'il s'aperçoive qu'elle n'avait pas la force de transpercer sa peau. Les incisives éraflèrent son poignet, rien de plus. John prit alors les choses en main. Avec des gestes rapides, il perça lui-même sa veine avant de la porter aux lèvres de Xhex.

La première goulée fut... une transformation. Le sang de John, si pur, jaillit dans sa bouche, coula le long de sa gorge... allumant dans son estomac un feu qui consuma tout son corps, la réchauffa, la ramena à la vie. La sauva.

Elle aspira avidement, buvant son sang pour renaître, chaque gorgée étant comme un canot de sauvetage, une corde tendue au-dessus de l'abîme ; chaque succion était la boussole dont elle avait besoin pour retrouver son chemin.

Il le lui donnait sans rien attendre en retour, sans le moindre espoir, sans la moindre émotion.

Même dans sa frénésie de récupérer des forces, ce constat lui fit mal. Elle lui avait bel et bien brisé le cœur : il ne nourrissait plus aucune illusion. Mais elle ne l'avait pas brisé, lui, et cela forçait son respect plus que tout.

Pendant qu'elle se nourrissait, le temps s'écoula comme le sang de John en elle, infini.

Lorsqu'elle se sentit enfin rassasiée, elle se détacha de son poignet et lécha la plaie jusqu'à complète cicatrisation.

Les tremblements commencèrent peu de temps après. D'abord dans ses mains et ses pieds, ils se concentrèrent rapidement dans sa poitrine ; les frissons incontrôlables la faisaient claquer des dents, secouaient son cerveau et brouillaient sa vision. Malgré les secousses qui l'agitaient, elle vit John sortir son portable de son blouson.

Elle essaya de le tirer par la manche.

— N-n-n-non. N-n-n-ne fais p-p-pas ça…

Feignant de l'ignorer, il rédigea un texto.

— P-p-p-utain, gémit-elle.

Lorsqu'il referma le clapet du téléphone, elle bredouilla :

— S-s-si t-t-u m'emmènes voir H-H-Havers, ç-ç-ça va m-m-mal se p-p-p-passer.

Sa peur des hôpitaux et des examens médicaux la rendait hystérique. Et grâce à John, elle avait désormais suffisamment d'énergie pour transformer sa panique en quelque chose de positif. Elle allait leur donner du fil à retordre, autant le prévenir tout de suite.

John griffonna quelque chose dans un carnet qu'il avait sorti de sa poche. Puis il posa le bloc-notes et quitta la pièce un moment plus tard. Xhex ne put que fermer les yeux en entendant la porte se clore.

Entrouvrant les lèvres, elle respira par la bouche et se demanda si elle aurait assez d'énergie pour se lever, s'habiller et se barrer de là avant que John et son idée de génie ne reviennent. Après une rapide vérification, elle fut forcée de renoncer. Elle était incapable de soulever la tête de l'oreiller pendant plus d'une seconde et demie, alors à quoi bon essayer de tenir debout ?

John ne fut pas long à réapparaître en compagnie de Doc Jane, le médecin personnel de la Confrérie de la dague noire. La femelle fantomatique tenait une sacoche noire à la main et exsudait une compétence professionnelle que Xhex appréciait, surtout pour les autres.

Après s'être approchée du lit, Doc Jane posa ses affaires par terre. Si sa blouse blanche et son pantalon étaient opaques, son visage et ses mains étaient translucides. Mais cela changea dès l'instant où elle s'assit au bord du lit. Elle se métamorphosa alors complètement et la main qu'elle posa sur le bras de Xhex était chaude et compacte.

Pourtant, même ce médecin attentionné lui donna la chair de poule. Elle ne voulait sutout pas qu'on la touche.

Lorsque le gentil médecin retira sa main, Xhex eut l'impression qu'elle avait deviné son état d'esprit.

— Avant que vous me demandiez de partir, j'ai plusieurs choses à vous dire. D'abord, je ne divulguerai à personne l'endroit où vous vous trouvez et je ne parlerai à personne de ce que vous voudrez bien me confier. Mes conclusions sur votre état de santé resteront également secrètes. Je serai obligée de dire à Kolher que je vous ai vue mais aucune information médicale ne filtrera d'ici.

Tout cela sonnait bien. En théorie. Pourtant, Xhex n'avait aucune envie que cette femelle s'approche d'elle avec sa sacoche noire.

Doc Jane reprit la parole.

— Ensuite, je ne connais absolument rien à tout ce qui touche aux *symphathes.* S'il y a quoi que ce soit de différent ou de remarquable dans cette moitié de votre biologie… je ne saurai pas forcément comment traiter le problème. Êtes-vous toujours d'accord pour que je vous examine ?

Xhex s'éclaircit la voix en s'efforçant de carrer ses épaules pour tenter de maîtriser ses tremblements.

— Je ne v-veux pas qu'on m'examine.

— C'est ce que John m'a dit. Mais vous sortez tout juste d'un grave traumatisme…

— Ce n-n-n'était pas si dramatique que ça.

Elle capta la réaction émotionnelle de John, debout dans un coin de la pièce, mais n'eut pas la force de s'appesantir sur ce qu'il ressentait.

— Et je v-v-vais bien.

— Dans ce cas, considérez ça comme une simple visite de contrôle.

— Ai-je l'air de qu-qu-quelqu'un qui aime se f-f-faire contrôler ?

Le regard vert sombre de Doc Jane s'étrécit.

— Vous avez l'air de quelqu'un qui a été battu, qui ne s'est pas nourri correctement et qui manque de sommeil. Mais peut-être allez-vous prétendre que cette marque violette sur votre épaule est du maquillage ? Ou que les cernes sous vos yeux sont un mirage ?

Xhex connaissait bien ce genre de personnes, qui n'acceptaient pas le moindre refus. Elle avait travaillé avec Vhen pendant des années, bon sang ! Et à entendre les intonations à la fois dures et déterminées de sa voix, le médecin avait bien l'intention d'accomplir sa mission. Elle ne bougerait pas de là tant que ce ne serait pas fait.

— M-m-merde à la fin.

— À la bonne heure. Plus vite nous commencerons, plus vite ce sera fini.

Xhex jeta un coup d'œil en direction de John. Elle n'avait pas franchement envie qu'il assiste à l'examen. Il n'avait pas besoin d'en savoir plus que ce qu'il avait sans doute déjà deviné en la voyant dans cet état.

Le médecin regarda par-dessus son épaule.

— John, allez attendre dans l'entrée, s'il vous plaît.

La tête basse, John quitta la pièce, son large dos disparaissant rapidement par la porte. Lorsque la clé tourna dans la serrure, le bon docteur ouvrit sa foutue sacoche et commença par sortir le stéthoscope et le tensiomètre.

— Je vais simplement écouter votre cœur, expliqua-t-elle en enfonçant les bouchons dans ses oreilles.

La vue des instruments médicaux accentua la violence de ses tremblements et, bien qu'elle se sentît exténuée, Xhex trouva la force de s'écarter.

Doc Jane suspendit son geste.

— Je ne vais pas vous faire de mal. Et je ne procéderai à aucun examen sans votre accord.

Fermant les yeux, Xhex roula sur le dos, ressentant soudain la douleur dans la moindre parcelle de son corps.

— Ce ne sera pas long.

Le drap se souleva et un souffle d'air frais glissa sur sa peau. L'instant d'après, le disque de métal se posa sur son sternum. Les flash-backs qui défilèrent sous ses paupières closes faillirent la faire hurler et elle ouvrit les yeux pour fixer le plafond et empêcher son corps de léviter au-dessus de ce fichu matelas.

— F-f-faites vite, d-d-docteur.

Elle ne parviendrait pas à maîtriser longtemps la peur qui lui nouait le ventre.

— Respirez profondément, d'accord ?

Xhex s'exécuta du mieux qu'elle put en grimaçant de douleur. Elle avait manifestement une ou plusieurs côtes cassées, sans doute dues au fait qu'elle avait percuté le mur en se propulsant hors de la chambre.

— Pouvez-vous vous asseoir ? demanda le docteur.

Marmonnant un juron, Xhex essaya de décoller son torse du matelas, sans succès. Doc Jane dut lui venir en aide et, lorsque cette dernière posa les yeux sur son dos, elle émit un léger sifflement.

— Ce n'est pas si douloureux que ça, lâcha Xhex.

— C'est drôle, j'ai du mal à vous croire.

Le disque métallique se promena de nouveau sur sa peau.

— Respirez aussi fort que vous le pouvez sans souffrir.

Xhex obéit. Une bouffée de soulagement l'envahit lorsque la main douce du médecin l'aida à se rallonger contre les oreillers et que le drap retrouva sa place.

— Puis-je examiner vos bras et vos jambes pour vérifier qu'il n'y a pas de blessures graves ?

Xhex haussa les épaules. Rangeant son stéthoscope, Doc Jane se positionna au pied du lit. Dans un nouveau souffle d'air, le drap glissa le long de son corps... La femme médecin hésita un moment avant de murmurer, comme pour elle-même :

— Profondes traces de ligatures autour des chevilles.

Ça, c'était quand Flhéau décidait de l'attacher avec des câbles métalliques.

— Nombreux hématomes...

Xhex l'interrompit en sentant le drap remonter sur ses hanches.

— Disons qu'il y en a jusqu'en haut, d'accord ?

Doc Jane remit le drap à sa place.

— Puis-je palper votre ventre ?

— Faites-vous plaisir.

Xhex se raidit à l'idée d'être de nouveau dénudée mais le médecin se contenta d'appuyer et palper par-dessus le drap qu'elle avait préalablement lissé. Elle ne put toutefois s'empêcher de grimacer, surtout quand les mains du docteur descendirent plus bas.

Se redressant, cette dernière plongea son regard dans celui de Xhex.

— M'autoriseriez-vous à procéder à un examen gynécologique ?

— Un examen gynéco...

Saisissant le sens de la question, Xhex secoua la tête.

— Non, pas question.

— Avez-vous subi des agressions sexuelles ?

— Non.

Le docteur hocha la tête.

— Y a-t-il quelque chose que je devrais savoir et que vous ne m'avez pas dit ? Une douleur à un endroit précis ?

— Je vais bien.

— Vous perdez du sang. Vous ne vous en rendez sans doute pas compte, mais vous saignez.

Sourcils froncés, Xhex baissa les yeux sur ses bras tremblants.

— Il y a du sang frais entre vos cuisses. C'est la raison pour laquelle je vous ai demandé la permission de procéder à un examen gynécologique.

Une vague d'effroi submergea Xhex.

— Je vous repose la question : avez-vous subi des agressions sexuelles ?

Il n'y avait aucune émotion derrière sa question d'ordre purement clinique et c'était mieux ainsi. Xhex n'aurait supporté ni inquiétude, ni surenchère de pitié.

Comme elle ne répondait pas, Doc Jane considéra son silence comme une confirmation et enchaîna :

— Serait-il possible que vous soyez enceinte ?

Oh… mon Dieu.

Les cycles des *symphathes* étaient irréguliers et imprévisibles et, happée par le traumatisme de son enlèvement et sa détention, elle n'avait pas une seule fois songé aux possibles conséquences.

À cet instant, elle regretta amèrement d'être une femme.

— Je ne sais pas.

Doc Jane hocha encore la tête.

— Seriez-vous capable de reconnaître les signes d'une grossesse ?

Xhex secoua la tête.

— Je ne suis pas enceinte, c'est impossible. Mon corps a subi trop de traumatismes.

— Laissez-moi vous examiner, d'accord ? Juste pour m'assurer qu'il n'y a rien de suspect, de prime abord. Ensuite, j'aimerais vous emmener à la Confrérie pour faire une échographie. Vous aviez l'air d'avoir mal quand j'ai palpé votre abdomen. J'ai demandé à V. de venir nous rejoindre en voiture. Il ne devrait plus tarder à arriver.

Xhex entendit à peine les paroles du médecin, trop occupée à se retracer les événements des dernières semaines. Elle était avec John la veille de son enlèvement. Cette dernière fois. Peut-être que…

Si elle était enceinte, elle refuserait catégoriquement d'envisager un lien quelconque avec Flhéau. Ce serait trop dur. Beaucoup trop cruel, putain.

Il y avait peut-être une autre explication à son hémorragie.

Une fausse couche, qui sait…

— Allez-y, lança-t-elle à l'adresse du médecin. Mais faites vite. Je gère assez mal ce genre de trucs et je risque de m'en prendre à vous si ça dure trop longtemps.

— Je vais me dépêcher.

Comme elle fermait les yeux pour se donner du courage, des images se mirent à défiler dans sa tête à la manière d'une projection de diapositives. Son corps allongé sur une table métallique dans une pièce carrelée. Ses poignets et ses chevilles solidement attachés. Des médecins humains s'approchant d'elle en clignant des yeux. L'objectif d'une caméra braquée sur son visage, en gros plan. La lame d'un scalpel brillant dans la lumière aveuglante.

« Clac-clac. »

Elle ouvrit brusquement les yeux. D'où venait ce bruit ? De ses souvenirs ou de la pièce où elle se trouvait en ce moment ? De la pièce, vraisemblablement. Doc Jane venait d'enfiler des gants en latex.

— Je vais y aller doucement, déclara-t-elle.

Un adverbe tout relatif, bien sûr.

Agrippant le rebord du drap, Xhex sentit les muscles de ses cuisses se crisper tandis que son corps se raidissait de la tête aux pieds. Le point positif de cet examen froidement clinique, c'est qu'elle ne bégayait plus.

— Je préférerais que vous ne traîniez pas.

— Xhex… j'aimerais que vous me regardiez dans les yeux. Maintenant.

Le regard hagard de Xhex se posa sur le médecin.

— Quoi ?

— Continuez à fixer mes yeux. Là, ajouta-t-elle en montrant son visage. Continuez. Regardez-moi et sachez que moi aussi j'ai déjà subi ce genre d'examen, d'accord ? Je sais exactement ce que je fais et ce ne sont pas seulement des connaissances théoriques.

Xhex se força à regarder son visage et… Seigneur, c'était plus facile ainsi, elle avait raison. Plonger dans les profondeurs vert foncé de son regard lui fut d'une aide précieuse.

— Vous le sentirez.

— Pardon ?

Xhex s'éclaircit la voix.

— Si je… suis enceinte, vous le sentirez.

— Comment ça ?

— Quand vous… il y aura un motif. À l'intérieur. Ce ne sera pas…

Elle inspira profondément, se remémorant les légendes qu'elle tenait du peuple de son père.

— Les parois ne seront pas lisses.

Doc Jane ne cilla pas.

— Entendu. Vous êtes prête ?

Non.

— Oui.

Xhex était en sueur lorsque l'examen prit fin et sa côte cassée lui faisait souffrir le martyre tant sa respiration était saccadée.

— Dites-moi, supplia-t-elle d'une voix rauque.

Chapitre 23

— Je t'assure… Eliahu est vivant. Eliahu Rathboone… il est *vivant.*

Dans sa chambre de la maison Rathboone, Gregg Winn contemplait par la fenêtre les bouquets de tillandsia, cette plante typique de la Caroline du Sud qui avait la particularité de pousser sur les branches d'arbres d'où elle dégoulinait sans retenue. Au clair de lune, ce truc était assez effrayant, un peu comme une ombre projetée par un objet invisible… ou un corps.

— Gregg, tu m'entends ?

Il frotta ses yeux ensommeillés puis jeta un coup d'œil par-dessus son épaule, en direction de sa jeune visiteuse. Holly Fleet se tenait dans l'embrasure de la porte, ses longs cheveux blonds encadrant son visage dépourvu de maquillage. Sans faux cils ni fard à paupière *flashy*, ses yeux étaient beaucoup moins grands, beaucoup moins hypnotiques qu'à la télé. En revanche, son déshabillé en soie rose ne dissimulait rien de ses courbes hyper sexy.

— Tu es au courant, j'imagine, que ce fils de pute est mort il y a plus de cent cinquante ans, railla Gregg.

— Dans ce cas, son fantôme habite vraiment les lieux.

— Les fantômes n'existent pas, répliqua Gregg en reportant son attention sur le jardin. Tu es quand même bien placée pour le savoir.

— Celui-ci existe bel et bien.

— Et tu me réveilles à 1 heure du mat' pour m'annoncer ça ?

Mauvaise idée de sa part. Ils avaient à peine fermé l'œil, la nuit précédente, et Gregg avait passé la journée de la veille à négocier au téléphone avec les bureaux de L.A. Il avait réussi à aller se coucher une heure plus tôt, persuadé qu'il ne trouverait pas le sommeil. Par chance, son corps ne l'entendait pas de cette oreille.

À moins que ce ne soit son cerveau qui ait lâché l'affaire parce que les choses n'allaient pas comme il le désirait. Le majordome refusait obstinément de leur accorder l'autorisation de filmer. Les offres de Gregg pour tenter de le faire changer d'avis étaient tombées à l'eau : sa tentative du petit déjeuner poliment refusée et celle du dîner carrément ignorée.

Entre-temps, ils avaient déjà envoyé des séquences géniales au studio. Grâce aux prises de vue tournées en douce, les dirigeants de la chaîne avaient donné leur accord pour tourner la prochaine émission spéciale là. Mais ils mettaient la pression sur Gregg pour obtenir le droit de diffuser la bande-annonce le plus rapidement possible.

Aussi leur fallait-il encore convaincre le bonhomme.

— Coucou, lança Holly. Il y a quelqu'un ?

— Quoi encore ?

— Je veux m'en aller.

Gregg fronça les sourcils. Dans son esprit, Holly n'était pas assez intelligente pour avoir peur de quoi que ce soit.

— Pour aller où ?

— À L.A.

Il eut presque un mouvement de recul.

— L.A. ? C'est une blague, j'espère… sauf si tu tiens à rentrer là-bas dans une soute à bagages. On a du boulot ici, au cas où tu l'aurais oublié.

Et il comptait sur elle pour minauder, câliner et implorer cet abruti de majordome. À bien y réfléchir, ce n'était pas plus mal qu'elle commence à flipper. Ça pourrait être une arme très utile avec ce type. Oui, en général, les hommes réagissaient bien à ce genre de trucs, surtout les parfaits gentlemen sur le retour, impatients de faire preuve d'esprit chevaleresque une dernière fois.

— Je suis vraiment…

Holly s'interrompit, resserrant autour de son cou les pans de son déshabillé… La soie moula aussitôt ses tétons turgescents.

— Je flippe.

Mmm. Si c'était une sorte de mise en scène pour finir la nuit avec lui… il n'était pas si fatigué que ça, tout compte fait.

— Approche.

Il tendit les bras et elle s'avança vers lui, collant son corps contre le sien. Par-dessus son épaule, Gregg esquissa un sourire. Seigneur, elle sentait divinement bon. Ce n'était pas l'espèce de parfum fleuri qu'elle portait d'habitude mais une fragrance plus capiteuse. Très agréable.

— Tu dois absolument rester avec nous, trésor, tu le sais bien. J'ai besoin de tes talents magiques.

Dehors, les touffes de tillandsia se balançaient dans le vent. Nimbées par la clarté opalescente de la lune, elles ressemblaient à de la mousseline, habillant les arbres de drapés fantomatiques.

— Il y a quelque chose qui cloche, ici, murmura Holly contre son torse.

En bas, une silhouette solitaire se détachait de la pelouse. Stan s'aérait un peu après avoir fumé.

Gregg secoua la tête.

— La seule chose qui cloche ici, c'est ce crétin de majordome. Tu ne veux pas devenir célèbre ? Une tournée spéciale ici t'ouvrira les portes de toutes les émissions de télé. Imagine un peu ce qui t'attend…

Il sut qu'il avait réussi à capter son attention en sentant son corps se détendre entre ses bras.

— Voilà, ça va aller, ajouta-t-il en lui massant le dos.

Il regarda Stan déambuler dans le parc, les mains dans les poches, tournant le dos à la grande maison, ses longs cheveux balayés par le vent. Encore quelques pas et il serait éclairé par la lune, au sortir du bosquet.

— Je veux que tu restes ici avec moi… Comme je te l'ai dit tout à l'heure, tu es bien placée pour savoir que toutes ces histoires de fantômes ne sont jamais rien d'autre que quelques craquements de parquet. Si on a du boulot, c'est juste parce que les gens aiment bien croire aux trucs qui foutent la trouille.

Au même moment, on entendit des pas feutrés dans l'escalier, accompagnés des gémissements et des grincements du parquet ciré.

— C'est ça qui te fait peur ? Les bruits de la nuit ? insista Gregg en la repoussant légèrement pour la regarder.

Ses lèvres charnues éveillèrent en lui d'exquis souvenirs et il les effleura du bout des doigts en songeant qu'elle avait dû augmenter la dose de silicone. Elles étaient super pulpeuses, à croquer.

— Non, murmura Holly. Ce n'est pas ça.

— Qu'est-ce qui te fait croire qu'il y a un fantôme sous ce toit, alors ?

Un coup fut frappé à la porte et la voix de Stan leur parvint, étouffée.

— Vous êtes en train de baiser ou bien je peux aller me coucher ?

Sourcils froncés, Gregg tourna la tête vers la fenêtre. La silhouette solitaire avança dans le halo de lumière… et se volatilisa dans l'air.

— J'ai fait l'amour avec lui, répondit enfin Holly. J'ai couché avec Eliahu Rathboone.

Chapitre 24

Dans le couloir de l'appartement de Xhex, John était en train de creuser un sillon dans le sol à force d'aller et venir. Pendant tout ce temps, aucun bruit ne filtra par la porte de la chambre.

Ce qui était plutôt bon signe, au fond. S'il n'entendait ni cris ni jurons, cela signifiait que l'examen de Doc Jane était indolore, tout au moins l'espérait-il.

Il avait envoyé un texto à Vhengeance pour lui annoncer qu'il avait retrouvé Xhex et qu'il allait essayer de la ramener à la maison de la Confrérie. Il s'était cependant gardé de mentionner l'existence de la cachette. À l'évidence, Xhex tenait à garder l'adresse secrète. Si Vhen avait été au courant, il y aurait entraîné John après leur passage à la cabane de chasse.

John consulta sa montre puis passa nerveusement la main dans ses cheveux. Comment faisaient tous ces mâles unis à une femelle – Kolher, Rhage, Z. –, comment faisaient-ils pour supporter ce genre de pression ? Seigneur, Z. avait même assisté à l'accouchement de Bella. Comment s'y prenaient-ils pour…

Derrière lui, la porte s'ouvrit et il fit volte-face dans un grincement de semelles.

Le visage de Doc Jane était empreint de gravité.

— Elle est d'accord pour venir à la Confrérie. V. doit être en train de nous attendre dehors avec l'Escalade. Pouvez-vous vérifier qu'il est bien là ?

John signa :

— *Comment va-t-elle ?*

— Elle a traversé une épreuve difficile. Allez voir si la voiture est là, d'accord ? Ensuite, vous devrez la porter. Je ne veux pas qu'elle marche et je ne veux pas non plus attirer l'attention avec un brancard.

Sans perdre un instant, John se rua hors de l'immeuble. Garé le long du trottoir, le 4 × 4 attendait, ses phares éteints mais le moteur ronronnant. Un rond de lumière rougeoya derrière le volant lorsque V. tira sur sa cigarette.

Le frère baissa sa vitre.

— On l'emmène ?

John acquiesça d'un signe de tête avant de retourner précipitamment à l'intérieur.

La porte de la chambre était fermée et il frappa doucement.

— Un instant, répondit la voix sourde de Doc Jane. C'est bon.

Il poussa la porte et découvrit Xhex allongée sur le flanc. Une serviette de bain était enroulée autour d'elle et un drap propre la recouvrait entièrement. Seigneur… il aurait aimé que sa peau contraste davantage sur cette marée blanche.

En avançant vers le lit, John se fit la réflexion qu'il n'avait encore jamais eu l'impression d'être plus grand qu'elle. À présent, il la dominait de toute sa taille et cela n'avait rien à voir avec le fait qu'elle était allongée.

— *Je vais te porter dans mes bras,* signa-t-il en articulant les mots avec sa bouche.

Leurs regards se nouèrent et elle hocha la tête en essayant de se redresser. Comme c'était au-dessus de ses forces, il se pencha et la souleva dans ses bras.

Elle était beaucoup trop légère.

Lorsqu'il fut prêt, Doc Jane rabattit vivement les draps sur le lit avant de se diriger vers la porte.

La tension émanant du corps de Xhex puisait dans ses réserves d'énergie. John eut envie de l'encourager à se détendre mais, même s'il avait pu parler, cela n'aurait servi à rien. Elle n'était pas du genre à se laisser porter, quelles que soient les circonstances et par personne.

En temps normal, en tout cas.

Le couloir lui parut interminable et, dehors, les quelques mètres qu'il lui fallut parcourir pour atteindre le 4 × 4 s'étirèrent à n'en plus finir.

V. s'extirpa du véhicule et alla ouvrir la portière arrière.

— Elle peut s'allonger là. J'ai installé des couvertures avant de partir.

Avec un hochement de tête, John allongea Xhex dans le cocon douillet qu'on lui avait préparé.

Elle leva la main et la posa sur son épaule.

— Reste avec moi. S'il te plaît.

Il se figea un bref instant… puis, d'un mouvement fluide et puissant, se hissa à son tour sur la banquette arrière en prenant soin de ne pas relâcher son étreinte. L'installation ne fut pas aisée, mais il réussit finalement à s'asseoir contre la portière, Xhex allongée sur ses genoux et blottie contre son torse.

La portière se referma. Il y eut deux autres claquements puis le moteur vrombit.

À travers les vitres teintées, les lumières défilèrent tandis qu'ils quittaient la ville à vive allure.

Lorsque Xhex se mit à trembler, il l'enlaça plus étroitement pour lui communiquer la chaleur de son corps. Sa technique sembla fonctionner car, au bout d'un moment, elle se laissa aller contre son torse et les secousses s'apaisèrent.

Mon Dieu, depuis combien de temps rêvait-il de la tenir ainsi dans ses bras ? Combien de fois avait-il imaginé ce moment, inventant de multiples scénarios ?

Mais jamais celui-ci.

Il prit une longue inspiration et, sur le point d'expirer, perçut sa propre odeur. Une odeur épicée, capiteuse. Le parfum qu'exhalaient les frères quand leurs *shellane* étaient avec eux.

Le genre d'odeur signifiant que ses émotions avaient imprégné son corps et qu'il n'y aurait pas de retour en arrière possible.

Qu'il le veuille ou non, il ne pourrait plus cacher ses sentiments et ne pourrait plus les refouler. Depuis qu'il avait rencontré Xhex, il s'était rapproché petit à petit du bord de la falaise et, selon toute vraisemblance, avait basculé dans le vide lorsqu'elle s'était nourrie à sa veine.

— John ? murmura-t-elle.

Il tapota doucement son épaule pour lui signaler qu'il l'avait entendue.

— Merci.

Posant la joue sur ses cheveux, il hocha la tête.

Il ne fut pas surpris lorsqu'elle se dégagea, sauf quand il comprit que c'était pour le regarder.

Doux Jésus, comme il détestait l'expression de son visage émacié… La peur se lisait encore sur ses traits, une peur panique, et ses yeux gris foncé avaient pris la couleur de l'asphalte.

— *Ça va aller,* articula-t-il. *Tout va rentrer dans l'ordre.*

— Vraiment ? chuchota-t-elle en fermant les yeux. Tu le crois vraiment ?

Si cela ne tenait qu'à lui, alors la réponse était un « oui » ferme et catégorique.

Ses paupières se soulevèrent de nouveau.

— Je suis tellement désolée, confessa-t-elle d'une voix rauque.

— *De quoi ?*

— De tout. De t'avoir traité comme je l'ai fait. D'être ce que je suis. Tu mérites tellement mieux. Je… je suis sincèrement désolée.

Sa voix se brisa et, lorsque ses paupières se mirent à cligner, elle baissa la tête et posa une main sur le cœur de John.

C'était dans des moments pareils qu'il regrettait profondément de ne pas pouvoir parler. Il n'allait tout de même pas la déranger pour sortir son fichu calepin…

Il se contenta donc de la serrer contre lui avec une infinie douceur. C'était tout ce qu'il pouvait lui offrir.

Oh, il ne se méprenait pas sur la signification de leur courte conversation. Il ne fallait pas confondre des excuses avec une déclaration d'amour. De toute façon, il lui avait déjà pardonné. Les paroles de Xhex lui avaient toutefois apporté un certain réconfort. C'était loin de ce qu'il s'était plu à imaginer, mais c'était mille fois mieux que rien du tout.

John remonta le drap sur l'épaule de Xhex avant de renverser sa tête en arrière. Tourné vers la vitre opaque, il scruta le ciel de velours noir, piqueté d'étoiles.

Quelle drôle d'idée ! À cet instant précis, il eut l'impression que le paradis était blotti contre lui plutôt que tout là-haut, au-dessus de cette terre.

Xhex était vivante, dans ses bras, et il la ramenait à la maison.

Ouais. L'un dans l'autre, les choses auraient pu tourner beaucoup plus mal. Beaucoup plus mal.

Chapitre 25

Plus tard, Flhéau se ferait la réflexion qu'on ne savait jamais sur qui on allait tomber. On ne savait jamais combien la simple décision de tourner à gauche ou à droite à un carrefour pouvait influencer le cours des choses. Si certains choix n'avaient aucune importance, d'autres, en revanche… vous conduisaient dans des endroits totalement inattendus.

Mais pour le moment, ses pensées n'avaient pas encore fait ce cheminement. Au volant de sa Mercedes, il se dirigeait vers la ferme en songeant à l'heure qui tournait.

Une heure tout juste passée.

— C'est encore loin ?

Flhéau jeta un coup d'œil en direction de sa passagère. La prostituée qu'il avait ramassée dans une allée du centre-ville était assez jolie et suffisamment gonflée au silicone pour pouvoir tourner dans des films pornos. Malheureusement, la drogue avait transformé Miss Plastic en un sac d'os fébrile.

Et désespéré. Tellement au pied du mur que Flhéau n'avait dû débourser qu'un simple billet de 100 dollars pour la faire monter dans sa voiture et l'emmener à la « fête » qu'il lui avait fait miroiter.

— Pas très, non, répondit-il en reportant son attention sur la route.

Il était hyper déçu. Quand il avait imaginé ce scénario, c'était Xhex qu'il voyait sur la banquette arrière, ligotée et bâillonnée… vachement plus romantique, en somme. Au lieu de quoi il se retrouvait coincé avec cette sale pute. Il ne pouvait toutefois pas nier la réalité : il avait besoin de se nourrir, son père l'attendait pour conclure l'affaire et il lui faudrait plus de temps qu'il n'en avait maintenant pour retrouver Xhex.

Concession ultime à ses yeux : la salope qui se trouvait sur le siège passager était une humaine. Beaucoup moins utile, donc, qu'une femelle vampire, encore qu'il espérait que ses ovaires travailleraient en sa faveur quand il s'agirait de lui sucer le sang.

De toute manière, il n'avait pas réussi à trouver un seul individu de son espèce portant un jupon…

— Tu vois, reprit la fille d'une voix pâteuse, j'étais mannequin, avant.

— Vraiment ?

— À Manhattan. Mais tu vois, tous ces enfoirés… ils se foutent bien de ta gueule. Tout ce qu'ils veulent, c'est se servir de toi, tu vois.

Bien sûr. Elle devrait commencer par oublier ces deux petits mots qu'elle sortait à tout bout de champ, *tu vois*. Et puis, à qui allait-elle faire croire qu'elle se débrouillait vachement mieux toute seule, à Caldwell ?

— J'aime bien ta bagnole.

— Merci, marmonna Flhéau.

Lorsqu'elle se pencha en avant, ses seins jaillirent presque de sa guêpière rose. Le tissu était taché de gras au niveau de la taille, là où s'étaient posées des mains sales, à croire que ça faisait un certain temps qu'elle n'avait pas songé à la laver. Elle sentait la cerise chimique, la transpiration et le crack.

— Tu me plais bien, tu vois…

Elle posa d'abord sa main sur la cuisse de Flhéau puis baissa la tête vers son pantalon. Lorsqu'elle voulut ouvrir sa braguette, il attrapa une mèche de cheveux décolorés et la tira en arrière.

Elle se redressa sans broncher.

— Pas tout de suite, d'accord ? On est presque arrivés.

La fille s'humecta les lèvres.

— OK. D'accord.

De chaque côté de la route, les champs fauchés miroitaient au clair de lune, et les maisons en bois qui se dressaient sur les misérables parcelles éclataient de blancheur. Une simple lumière éclairait le porche des habitations, rien d'autre. Pour les gens du coin, se coucher après minuit était une hérésie.

C'était en partie pour cette raison qu'ils avaient acheté un avant-poste là, au pays de la tarte aux pommes et des drapeaux américains.

Cinq minutes plus tard, ils se garèrent devant la ferme, juste devant la porte d'entrée.

— Il y a personne, ici, fit remarquer la fille. On est les premiers ?

— Ouais, répondit Flhéau en coupant le contact. Allons…

Il se figea en entendant un cliquètement près de son oreille.

Lorsque la prostituée reprit la parole, sa voix était tout à fait claire.

— Sors de la bagnole, enfoiré.

Flhéau tourna la tête… et se retrouva nez à nez avec le canon d'un 9 mm. Les mains de la pute tenaient fermement la crosse et ses yeux brillaient d'un éclat intelligent qui força le respect de Flhéau.

Surprise, surprise, songea-t-il.

— Sors de là, répéta-t-elle d'un ton sec.

Il esquissa un sourire.

— Tu t'es déjà servi d'un engin pareil ?

— Plein de fois, répondit-elle sans ciller. Le sang ne me fait pas peur.

— Ah. Tant mieux pour toi.

— Sors…

— C'est quoi ton plan ? Tu me vires de la bagnole, tu me tires une balle dans la tête et tu me laisses crever sur place. Tu prends la Mercedes, ma montre et mon fric, c'est ça ?

— Plus ce qu'il y a dans ton coffre.

— T'as besoin d'une roue de secours ? Pour ton information, t'en trouveras dans n'importe quel magasin d'accessoires pour automobiles.

— Tu crois que je sais pas qui tu es ?

Ça, il en était même sûr, pas de doute là-dessus.

— Tu vas me le dire, hein ?

— J'ai déjà vu cette bagnole. Je t'ai déjà vu. Je t'ai acheté de la came.

— Une cliente. C'est trop mignon.

— Dégage de là.

Comme il ne bougeait pas, elle écarta légèrement le canon du revolver et appuya sur la détente. En entendant la balle exploser la vitre derrière lui, Flhéau commença à s'énerver. C'était une chose de rigoler un peu, mais c'en était une autre de détériorer le matériel.

Lorsqu'elle pointa le canon du 9 mm entre ses yeux, il se dématérialisa pour reprendre forme de l'autre côté de la voiture.

À l'intérieur, la fille s'agita sur son siège, tournant la tête dans tous les sens pour tenter de l'apercevoir. Ses cheveux permanentés volaient frénétiquement autour de son visage.

Tout à fait disposé à lui inculquer une ou deux bricoles sur la mise au point d'un plan réussi, il ouvrit brusquement la portière et la saisit par le bras pour l'extraire du véhicule. En un clin d'œil, il la débarrassa de son arme et la neutralisa. Glissant le flingue sous sa ceinture, dans le creux de son dos, il lui passa ensuite un bras autour du cou et la plaqua contre son torse.

— Que… que…

— Tu m'as dit de sortir de la voiture, murmura-t-il à son oreille. Je t'ai obéi.

Le corps mince de la fille était aussi faible qu'une feuille chahutée par le vent. Elle tremblait dans son accoutrement vulgaire de pute de bas étage. Comparé aux combats auxquels il se livrait avec Xhex, celui-ci ressemblait à un souffle d'air affrontant un cyclone. D'un ennui mortel.

— Entrons, murmura-t-il en approchant sa bouche de la gorge de la fille, effleurant sa jugulaire de la pointe d'une incisive. Le troisième fêtard doit nous attendre à l'intérieur.

Elle se recroquevilla sur elle-même et tourna la tête vers lui. Il lui sourit, dévoilant ses crocs. Le hurlement qui s'échappa des lèvres de la pute chassa une chouette perchée dans un arbre. Pour la faire taire, Flhéau lui plaqua sa main libre sur la bouche avant de la traîner vers la porte.

Du fait de l'initiation qui avait eu lieu la veille et de tout le sang stocké dans les seaux, l'odeur de la mort flottait à l'intérieur de la maison. Ces reliefs eurent un effet positif : lorsque Flhéau alluma la lumière et que la nana découvrit le spectacle, elle se raidit d'effroi avant de tomber dans les pommes.

Excellente idée de sa part. Ce fut alors un jeu d'enfant de l'allonger sur la table puis de la ligoter.

Reprenant son souffle, il transporta les seaux dans la cuisine, les vida dans l'évier et lava les couteaux, regrettant amèrement que M. D ne soit plus là pour accomplir ces besognes merdiques.

Il était en train de remettre la douchette sur son socle lorsqu'il prit conscience que l'éradiqueur qu'ils avaient initié la nuit passée n'était pas là.

Il rapporta les seaux dans la salle à manger, les plaça sous les poignets et les chevilles de la prostituée puis alla inspecter le rez-de-chaussée. Personne. Il se précipita alors au premier étage.

Dans la chambre, la porte du dressing était ouverte et un cintre gisait sur le lit, comme si quelqu'un avait pris une chemise propre. Dans la salle de bains, des gouttes d'eau dégoulinaient encore sur les parois de la douche.

C'était quoi, ce bordel ?

Comment diable ce type avait-il réussi à se faire la malle ? N'ayant pas de voiture à sa disposition, il était forcément parti à pied avant de faire du stop. À moins qu'il ait trafiqué les fils d'une de ces camionnettes de fermier...

Flhéau regagna le rez-de-chaussée. La prostituée avait repris connaissance et elle luttait pour se débarrasser du chiffon enfoncé dans sa bouche, gigotant sur la table, les yeux révulsés.

— Ce ne sera pas long, déclara-t-il en baissant les yeux sur ses jambes grêles, ornées de tatouages informes.

Si l'on devinait ce que représentaient certains, la plupart, en revanche, avaient été sabotés par une encre de mauvaise qualité ou des cicatrices.

Pas mal de papillons réalisés dans la lumière crue des néons, songea Flhéau. Peut-être était-ce ça, l'idée première ?

Il arpenta le rez-de-chaussée, s'éloignant vers la cuisine puis repassant par la salle à manger pour se rendre dans le vestibule. Le claquement sec des talons aiguilles sur la table et le frottement de la peau nue contre le bois s'évanouirent dans le lointain tandis qu'il se demandait où était passée la nouvelle recrue et pourquoi diable son père était en retard.

Une demi-heure plus tard, comme il brassait toujours de l'air, il envoya un signal mental de l'autre côté.

Son père ne répondit pas.

Flhéau monta à l'étage et ferma la porte. Peut-être ne parvenait-il pas à se concentrer suffisamment parce qu'il était énervé et frustré. Assis sur le lit, il posa les mains sur ses genoux, prit une longue inspiration et envoya un autre message.

Toujours pas de réponse.

Et s'il était arrivé quelque chose à l'Oméga ?

En proie à une vive émotion, il décida de se rendre en personne dans l'*Abhîme*.

Ses molécules se dispersèrent facilement mais, lorsqu'il voulut reprendre forme de l'autre côté, il s'en trouva empêché, bloqué. Accès refusé.

Cela lui fit le même effet que se heurter à un mur de pierre et, tandis qu'il atterrissait de nouveau dans la chambre minable de la ferme, son corps amortit le choc, au bord de la nausée.

C'était quoi ce bordel… ?

La sonnerie de son portable retentit. Il attrapa le téléphone dans la poche de sa veste et fronça les sourcils en lisant le numéro.

— Allô ?

Un rire juvénile lui répondit.

— Salut, trou du cul. C'est ton nouveau patron à l'appareil. Devine qui a décroché une promotion ? Au fait, ton papa te demande de ne plus le déranger. C'était une mauvaise idée de lui parler de femmes, tu aurais dû le connaître mieux que ça. Oh, je suis censé te tuer, aussi. À bientôt !

La nouvelle recrue partit d'un rire strident, vrillant les tympans de Flhéau jusqu'à ce que la communication soit coupée.

Par son interlocuteur.

Elle n'était pas enceinte. Du moins, pas à la connaissance de Doc Jane.

Encore sous le coup de la panique, Xhex ne garda aucun souvenir du trajet qui la ramena à la demeure de la Confrérie. La simple idée qu'elle ait pu tomber enceinte…

Parce que oui, le risque existait : après tout, elle ne portait pas ses cilices, dont l'objectif principal était de tuer ses tendances *symphathes,* y compris ses cycles d'ovulation.

Qu'aurait-elle fait si elle avait débuté une grossesse ?

Oh, à quoi bon se torturer l'esprit ? Il fallait qu'elle arrête ça tout de suite. Elle avait assez de préoccupations « réelles » comme ça.

Inspirant profondément, elle sentit l'odeur de John et se concentra sur le battement régulier et puissant de son cœur sous son oreille. Allongée à l'arrière du 4 × 4, elle plongea bientôt dans un sommeil profond et sans rêve. En plus d'être épuisée, elle avait été envahie d'une douce torpeur après avoir bu à la veine de John, sans compter ce besoin de se déconnecter provisoirement du monde extérieur.

Elle se réveilla avec la sensation d'être soulevée. Ouvrant les yeux, elle comprit que John l'avait prise dans ses bras pour l'emmener dans une espèce de grand parking souterrain, protégé par des parois et un plafond en pierre rocailleuse. Viszs, d'une humeur étonnamment attentionnée, ouvrit une lourde porte d'acier et de l'autre côté l'attendait… un cauchemar.

Un long couloir nu, dallé de blanc, filait entre des murs en parpaings. Fixés au plafond très bas, des néons projetaient une lumière crue.

Le passé resurgit et l'écran de ses souvenirs superposa ce qui était en train de se dérouler à l'enfer qu'elle avait vécu. Dans les bras de John, son corps pourtant affaibli se raidit brusquement et elle se débattit de toutes ses forces pour échapper à son étreinte. Une soudaine agitation régna autour d'elle, on se précipita pour essayer de la maîtriser tandis qu'un son perçant, semblable à celui d'une sirène, transperçait ses oreilles…

Lorsque sa mâchoire devint douloureuse, elle comprit que c'était elle qui était en train de hurler.

Brusquement, elle n'eut plus que le visage de John en ligne de mire.

Sans qu'elle sache comment, il s'était débrouillé pour la faire pivoter dans ses bras, de sorte qu'ils étaient à présent nez à nez, les yeux dans les yeux, les grandes mains du guerrier agrippées à ses hanches. Dès que ce couloir glacial disparut de son champ de vision pour céder la place au regard bleu de John, le spectre du passé s'envola et elle se laissa happer par son visage.

Il ne chercha pas à lui parler. Il la tint simplement dans ses bras, immobile, ses yeux rivés aux siens.

C'était exactement ce dont elle avait besoin. Immergée dans son regard, elle parvint à reprendre le contrôle de son esprit.

Lorsqu'il hocha la tête, elle hocha la tête en retour et il se remit à avancer. De temps en temps, son regard l'abandonnait brièvement pour voir où ils allaient, mais il revenait toujours sur elle.

Toujours.

Des voix résonnaient autour d'eux, des portes s'ouvrirent et se refermèrent, puis elle aperçut en arrière-plan des murs recouverts de carreaux vert pâle. Elle se trouvait dans une salle d'examen, avec un scialytique au-dessus de sa tête et toutes sortes d'instruments médicaux rangés dans des armoires vitrées.

Quand John la déposa sur la table, elle perdit de nouveau son sang-froid. Ses poumons refusèrent de fonctionner, comme si l'air était vicié, et son regard paniqué ne se heurta qu'à des visions anxiogènes : du matériel médical, des instruments chirurgicaux, et la table… la table.

— OK, on est en train de la perdre encore une fois, déclara la voix posée de Doc Jane. John, venez par ici.

Le visage de John réapparut dans son champ de vision et Xhex s'accrocha à son regard.

— Xhex ?

La voix de Doc Jane s'éleva sur sa gauche.

— Je vais vous administrer un sédatif.

— Non !

La réponse avait jailli de sa bouche.

— Je préfère être terrifiée… qu'impuissante…

Sa respiration était saccadée et chaque inspiration venait la persuader que la vie générait davantage de souffrance que de bonheur. Elle avait connu trop de moments comme celui-ci, trop d'instants où la douleur et la peur prenaient le dessus, trop d'ombres qui ne se contentaient pas de rester tapies dans un coin mais aspiraient toute la lumière des nuits qu'elle vivait.

— Laissez-moi… laissez-moi partir…

En voyant les yeux de John s'écarquiller, elle se rendit compte qu'elle avait trouvé un de ses couteaux, l'avait dégainé et essayait à présent de le glisser dans sa grande main.

— Je vous en prie, laissez-moi m'en aller… Je ne veux plus vivre ici… Libérez-moi pour toujours, *je vous en supplie.*

La parfaite immobilité des silhouettes qui l'encerclaient l'aida à reprendre un peu pied. Rhage et Mary se tenaient dans un coin de la pièce. Vhen était là aussi, avec Viszs et Zadiste. Personne ne bougeait ni ne pipait mot.

John lui prit le couteau des mains et ce fut ce geste qui la fit pleurer. Car il ne s'en servirait pas pour la tuer. Ni maintenant, ni jamais.

Et elle n'avait pas la force de s'en charger elle-même.

Soudain, une terrible émotion se répandit dans ses entrailles et, alors qu'elle grossissait et gagnait en puissance, son regard glissa frénétiquement sur les étagères, qui se mirent à vibrer, et sur l'ordinateur, qui tressauta sur le bureau, dans l'angle de la pièce.

John fut prompt à réagir, heureusement. Avec frénésie, il esquissa une série de gestes rapides et, en un rien de temps, tous avaient quitté la salle.

Sauf lui.

S'efforçant désespérément de ne pas exploser, Xhex baissa les yeux sur ses mains. Elles tremblaient si fort qu'on aurait dit les ailes d'une mouche en plein vol… et ce fut en les contemplant qu'elle toucha le fond.

Un hurlement jaillit de son être, un son qu'elle ne put identifier, suraigu et horrifié.

John ne cilla pas. Pas même lorsqu'elle cria de nouveau.

Il n'avait pas l'intention de partir. Il n'avait pas peur. Il resterait près d'elle, c'était ainsi.

Agrippant le drap qui la recouvrait, elle le serra fort autour d'elle, consciente d'être en pleine crise de nerfs. La fissure provoquée par la vue de ce couloir avait brusquement cédé. À la vérité, elle avait l'impression de s'être dédoublée en deux êtres diamétralement opposés : il y avait la folle qui hurlait sur la table d'examen, versant des larmes de sang… et l'autre, debout dans un coin de la pièce, calme et en pleine possession de ses moyens, qui les observait, John et elle.

Ces deux facettes de sa personne allaient-elles réussir à se ressouder ? Ou bien resterait-elle ainsi, à jamais morcelée ?

Son esprit choisit de se glisser dans celle qui observait la scène, délaissant l'hystérique pour se réfugier dans cet endroit silencieux où elle se regarda sangloter jusqu'à l'étouffement. Les coulées de sang qui zébraient ses joues crayeuses ne la dégoûtaient pas ; ses yeux fous, écarquillés, les soubresauts épileptiques de ses bras et de ses jambes ne l'effrayaient pas non plus.

En fait, elle avait de la peine pour cette femelle qu'on avait poussée dans de tels retranchements, qui s'était protégée jusqu'alors de toutes les émotions.

Cette femelle était née maudite. Elle avait fait le mal et l'avait attiré à elle. Elle s'était endurcie jusqu'à ce que son esprit et ses émotions se transforment en acier trempé.

Cette femelle avait eu tort de se réfugier derrière cette muraille infranchissable, tort de vouloir tout maîtriser.

Contrairement à ce qu'elle avait toujours cru, il ne s'agissait pas là d'une force.

C'était une simple question de survie… mais elle ne pouvait le supporter plus longtemps.

Chapitre 26

— Tu as… fait l'amour avec Eliahu Rathboone.

Tenant Holly à bout de bras, Gregg la dévisagea avec attention. Était-il possible qu'elle ait perdu l'esprit… si ténu soit-il ? Et si, au fond, il ne valait pas mieux qu'elle… car ne venait-il pas purement et simplement d'imaginer ce qu'il avait « vu » dehors ?

Mais le regard de Holly était vif et sincère.

— Il est venu me voir pendant que je dormais…

De nouveaux coups frappés à la porte l'interrompirent.

— Coucou là-dedans ! appela Stan. Dans quelle chambre dois-je…

— Plus tard, Stan, coupa Gregg.

Le cameraman s'éloigna en maugréant. Peu de temps après, la porte de Holly fut refermée dans un claquement.

— Assieds-toi, suggéra Gregg en l'entraînant vers le lit. Assieds-toi et raconte-moi… ce qui s'est passé, selon toi.

Il se concentra sur ses lèvres pulpeuses tandis qu'elle prenait la parole.

— Eh bien, j'ai commencé par prendre une douche. J'étais tellement vannée que je me suis allongée sur le lit pour me reposer un peu avant d'enfiler ma chemise de nuit. J'ai dû m'endormir… parce que je ne me souviens plus de rien, sauf de ce rêve…

Oh, pour l'amour du ciel !

— Holly, ce n'est pas parce que tu as fait un cauchemar que…

— Je n'ai pas terminé, coupa-t-elle sèchement. Et d'abord, ce n'était pas un cauchemar.

— Je croyais que t'avais eu la peur de ta vie ?

— C'est après que j'ai eu peur.

Elle marqua une pause, arquant un sourcil.

— Est-ce que tu vas me laisser parler ?

— Bien sûr.

Mais seulement dans l'espoir que cette bouche terriblement sexy s'active d'une autre façon, plus tard…

— Vas-y, je t'écoute.

— Dans mon rêve, un homme est entré dans ma chambre. Il était très grand, très musclé… le type le plus balaise que j'aie jamais rencontré. Il portait des vêtements noirs et il s'est approché du lit. Il sentait super bon… et il me dévorait des yeux. Je…

Sa main se posa sur sa gorge puis glissa lentement entre ses seins.

— J'ai dénoué ma serviette et je l'ai attiré sur moi. C'était… indescriptible…

Excellente nouvelle. Gregg ne tenait pas franchement à entendre la suite.

— Il m'a pénétrée.

Sa main effleura encore sa poitrine.

— Comme jamais je n'avais été pénétrée avant. Il était si…

— … dur, comme une lance à incendie, et il t'a prise dans toutes les positions possibles et imaginables. Félicitations. Ton inconscient devrait réaliser des films pornos. En attendant, je ne vois pas ce qu'Eliahu Rathboone vient faire là-dedans.

Holly le foudroya du regard… avant d'écarter d'un geste brusque un pan de son déshabillé.

— Voilà ce que j'ai trouvé en me réveillant, lança-t-elle en montrant du doigt un suçon dans son cou. Et j'ai vraiment eu des rapports sexuels.

Gregg fronça les sourcils.

— Tu… Comment le sais-tu ?

— À ton avis ?

Gregg s'éclaircit la voix.

— Est-ce que tu te sens bien ? demanda-t-il en posant une main sur son bras. Je veux dire… est-ce que tu veux qu'on appelle la police ?

Holly partit d'un rire rauque, terriblement sexy.

— Oh, c'était entre adultes consentants… quoi qu'il se soit passé.

Son visage s'assombrit.

— C'est bien ça le problème. Je ne sais pas trop ce qui s'est passé. J'ai cru que j'avais rêvé. Je ne pensais pas que c'était arrivé en vrai, jusqu'à ce que…

Jusqu'à ce qu'elle découvre les preuves indéniables du contraire.

Gregg repoussa les extensions blondes derrière l'épaule de Holly.

— T'es sûre que ça va aller ?

— Je pense, oui.

Il prit sa décision en moins d'une seconde.

— D'accord. On part demain.

— Quoi ? Oh, mon Dieu, Gregg… je ne voudrais pas causer de problèmes, bredouilla-t-elle avant de froncer les sourcils. Peut-être que… peut-être que j'ai rêvé mon réveil, aussi. Je suis retournée prendre une douche, après… Peut-être que rien de tout cela n'est arrivé.

— Je m'en fous. J'appellerai Atlanta demain matin pour leur dire que c'est bon, finalement. Je ne te forcerai pas à rester ici si tu ne te sens pas en sécurité.

— Oh, Gregg, c'est hyper gentil de ta part, mais… je ne sais pas trop. Tout est encore très confus, je me sentirai peut-être mieux demain matin. Je ne sais plus trop quoi penser… C'était vraiment bizarre.

Du bout des doigts, elle se massa les tempes, comme si elle avait mal à la tête.

— C'est comme si j'avais voulu que ça se passe... depuis le début...

— Est-ce que ta porte était fermée à clé ?

S'il désirait une réponse, il n'avait pas envie qu'elle lui rebatte les oreilles avec cette histoire de fantôme. Il en avait suffisamment entendu comme ça.

— Je ferme toujours la porte de ma chambre à clé avant de prendre une douche, quand je suis à l'hôtel.

— Et les fenêtres ?

— Elles étaient fermées. Verrouillées de l'intérieur, je crois. Je n'en suis pas sûre.

— Bon, tu vas passer la nuit avec moi. Tu seras en sécurité ici.

Et pas seulement parce qu'il n'avait plus l'intention de lui sauter dessus maintenant. Il était armé. Toujours. Il avait un permis en règle et savait comment se servir de son arme. Il avait décidé de s'acheter un flingue à l'époque où les gens avaient commencé à se faire racketter dans leurs voitures, à Los Angeles.

Ils allèrent se coucher.

— Je vais laisser la lumière allumée.

— C'est bon, Gregg. Ferme juste la porte à clé.

Hochant la tête, il se leva pour tirer le verrou et accrocher la chaîne de sécurité. Puis il passa devant les fenêtres pour inspecter rapidement le jardin. Lorsqu'il revint se coucher, Holly se blottit contre son épaule en soupirant.

D'un geste fluide, Gregg tira la couette pour la rabattre sur eux, éteignit la lumière et se laissa aller contre les oreillers.

Il songea au type qu'il avait aperçu dans le parc et retint de justesse un grognement. Putain de merde. Soit c'était un gars du coin muni d'un passe, soit un membre du personnel qui pouvait facilement crocheter la serrure.

À supposer qu'il se soit réellement passé quelque chose. Holly semblait en douter de plus en plus…

Qu'importe. Ils quitteraient cet endroit dans la matinée. Point barre.

Il fronça les sourcils dans la nuit.

— Holly ?

— Oui ?

— Qu'est-ce qui te fait dire que c'était Rathboone ?

Elle émit un bâillement sonore.

— Il ressemblait comme deux gouttes d'eau au type du portrait, dans le salon.

Chapitre 27

Dans la salle d'examen du cabinet médical souterrain, John observait Xhex, en proie à un terrible sentiment d'impuissance. Elle était assise sur la table métallique, les mains crispées sur le drap qui la recouvrait, le visage déformé par la terreur, la bouche grande ouverte. Des larmes rouges jaillissaient de ses yeux, roulant sur ses joues pâles… Il n'y avait vraiment rien qu'il puisse faire pour lui venir en aide.

Il connaissait bien les profondeurs du désespoir où elle se trouvait en ce moment précis. Et savait qu'il ne parviendrait pas à la sortir du fond de ce puits. Il était passé par là. Même si le corps ne bougeait pas, c'était comme une descente aux enfers, un douloureux voyage de souffrance et d'agonie.

La seule différence, c'est qu'elle avait une voix pour crier sa douleur au ciel.

Les tympans bourdonnants et le cœur brisé, John s'obligea à rester fort dans la tourmente, se cantonnant à son rôle d'observateur, parce que c'était tout ce qu'il y avait à faire quand quelqu'un s'effondrait sous vos yeux.

Mais Seigneur, cela lui faisait un mal de chien de la voir souffrir ainsi. En même temps, le chagrin renforçait sa détermination : le visage de Flhéau s'afficha dans son esprit tel un fantôme en voie de matérialisation. Tandis que Xhex hurlait sans discontinuer, il fit le serment de la venger, coûte que coûte, dût-il y laisser sa peau. Plus rien ne comptait excepté ce désir de vengeance qui grondait en lui.

Soudain, Xhex se mit à aspirer de grandes bouffées d'air, plusieurs d'affilée.

— Je crois que c'est fini, déclara-t-elle finalement d'un ton bourru.

Il attendit quelques instants pour s'en assurer. Lorsqu'elle hocha la tête, il prit son calepin et écrivit rapidement avant de lui présenter la feuille. Elle s'y reprit à deux fois avant de capter le message.

— Est-ce que je peux me rafraîchir le visage, d'abord ?

Hochant la tête, John se dirigea vers le lavabo, fit couler de l'eau froide et en humecta une serviette propre qu'il apporta à Xhex. Avec des gestes lents, elle se passa le linge humide sur le visage. John ne la quitta des yeux à aucun moment. Le spectacle de son corps si frêle le mettait à la torture ; il l'avait toujours connue forte, robuste, pleine de vitalité.

Ses cheveux avaient poussé et commençaient à onduler. Si elle ne les coupait pas, elle aurait bientôt une épaisse chevelure bouclée. L'envie de plonger les doigts dans ses mèches soyeuses lui démangea.

Le regard de John glissa sur la table et ses yeux s'agrandirent de stupeur. Le drap avait bougé… et il y avait une tache sombre sur la serviette qui lui ceignait les hanches.

Inhalant profondément, il sentit l'odeur du sang frais et s'étonna de ne pas l'avoir perçue plus tôt. À sa décharge, il avait eu d'autres chats à fouetter.

Mon Dieu… elle perdait du sang…

Il lui donna une légère tape sur le bras et articula :

— *Doc Jane.*

Xhex hocha la tête.

— Tu as raison, finissons-en une fois pour toutes.

En proie à une sourde appréhension, John quitta la salle d'examen. Devant la porte se massait une foule de visages inquiets, Doc Jane en tête.

— Ça y est, elle se sent prête ?

S'écartant d'un pas, John l'invita à entrer d'un geste fébrile mais, avant qu'elle pénètre dans la pièce, il l'arrêta. Tournant le dos à Xhex, il expliqua en langage des signes :

— *Elle est blessée, je ne sais pas où. Elle saigne.*

Posant une main sur son épaule, Doc Jane le fit pivoter sur ses pieds pour qu'ils échangent leurs places.

— Je sais. Je préférerais que vous patientiez dehors. Je vais prendre soin d'elle, ne vous inquiétez pas. Ehlena ? Venez avec moi, d'accord ? Je vais avoir besoin d'une seconde paire de mains.

La *shellane* de Vhengeance pénétra dans la salle d'examen. Par-dessus l'épaule du médecin, John la regarda se laver les mains.

— *Pourquoi Viszs ne vous assiste-t-il pas ?* demanda-t-il.

— Je vais juste faire une échographie pour m'assurer que tout va bien. Il n'est pas question d'opérer, expliqua Doc Jane en le gratifiant d'un sourire professionnel, guère rassurant aux yeux de John.

Sur ce, la porte se referma.

John regarda autour de lui. Les mâles attendaient dans le couloir ; seules les femelles étaient admises dans la salle d'examen.

Son esprit commença à travailler et il ne tarda pas à arriver à une conclusion qui lui semblait incroyable.

Une main s'abattit lourdement sur son épaule et la voix sourde de V. s'éleva derrière lui.

— Non, John, tu n'es pas autorisé à entrer. Laisse tomber.

À cet instant seulement, il se rendit compte que sa main s'était refermée sur la poignée de la porte. Baissant les yeux, il s'exhorta à la lâcher… et dut s'y reprendre à deux fois avant que ses doigts acceptent d'abandonner la poignée métallique.

Aucun bruit, aucun son ne leur parvenait.

Il attendit. Et attendit. Fit les cent pas dans le couloir, patientant toujours. Viszs alluma une cigarette roulée à la main. Blay l'imita, tirant quant à lui une cigarette d'un paquet. Vhif tambourinait sur sa cuisse avec ses doigts. Kolher caressait la tête de George tandis que l'animal observait John de son doux regard noisette.

Au bout d'un moment, Doc Jane passa la tête dans l'entrebâillement de la porte et chercha son compagnon du regard.

— J'ai besoin de toi.

Viszs écrasa sa cigarette sous le talon de sa botte et enfouit le mégot dans la poche arrière de son pantalon.

— Pour une intervention ?

— Oui.

— Laisse-moi le temps de me changer.

Tandis qu'il gagnait rapidement le vestiaire, Doc Jane s'adressa à John.

— Je m'occupe d'elle, n'ayez crainte...

— *Que se passe-t-il ? Pourquoi saigne-t-elle ?*

— Je m'occupe d'elle.

Et la porte se referma.

Lorsque V. reparut, il avait toujours l'air d'un guerrier, bien qu'il ait ôté son pantalon en cuir, et John ne put qu'espérer que ses compétences dans le domaine médical soient à la hauteur de ses qualités de combattant.

Les yeux étincelant comme des diamants, Viszs gratifia John d'une tape sur l'épaule avant de disparaître dans la salle d'examen, transformée pour l'occasion en bloc opératoire.

Lorsque la porte se ferma de nouveau, John fut saisi par l'envie de hurler, comme Xhex un moment plus tôt.

Au lieu de quoi il se mit à arpenter le couloir dans un sens, puis dans l'autre. Encore. Et encore. Les autres finirent par se disperser pour aller patienter dans une salle de cours toute proche. Mais John n'eut pas le cœur de se joindre à eux.

Chaque passage devant la porte close l'emmenait plus loin, jusqu'au parking extérieur, puis il revenait sur ses pas en longeant le vestiaire. Ses grandes jambes dévoraient la distance, réduisant les cinquante mètres qu'il parcourait chaque fois à quelques centimètres.

C'était en tout cas l'impression qu'il avait.

Lors de son cinquième passage devant les vestiaires, John pivota sur ses talons et se retrouva face à la porte vitrée du bureau. La table de travail, les armoires et l'ordinateur étaient à leur place, rien n'avait bougé, et il éprouva un curieux soulagement en observant ces objets coutumiers.

Mais cette sensation fut de courte durée. Lorsqu'il se remit à marcher, il vit du coin de l'œil les fissures sur le mur d'en face, formant comme une toile d'araignée autour d'un point d'impact.

Le souvenir de cette nuit horrible jaillit alors dans son esprit.

Assis dans le bureau en compagnie de Tohr, John faisait ses devoirs tandis que le frère tentait de joindre Wellsie à la maison, faisant un effort visible pour garder son calme. Chaque fois qu'il tombait sur le répondeur, la tension qui l'habitait montait d'un cran. Puis Kolher avait fait son apparition, escorté des membres de la Confrérie.

La disparition de Wellsie était en soi une nouvelle tragique... mais, cette nuit-là, Tohr avait appris les circonstances de sa mort : Wellsie n'était pas partie parce qu'elle était enceinte de leur premier enfant, non. Un éradiqueur l'avait tuée de sang-froid. Assassinée. Massacrés, elle et leur bébé.

Les fissures sur le mur étaient le témoin de cette nuit.

John effleura les fines zébrures du bout des doigts. La rage qui avait assailli Tohr à l'annonce de cette nouvelle était si intense qu'il avait littéralement implosé, à la manière d'une supernova. Dématérialisé par la surcharge émotionnelle, il avait disparu. Purement et simplement.

John n'avait jamais su où il était allé.

La sensation qu'on l'observait lui fit lever la tête et il jeta un coup d'œil par-dessus son épaule. De l'autre côté de la porte vitrée, Tohr le regardait.

Les deux mâles se toisèrent, cette fois-ci d'égal à égal. La différence d'âge ne comptait plus, désormais.

John avait grandi. Et, comme pour beaucoup de choses dans ce genre de situations, il n'y avait pas de retour en arrière possible.

— John ?

La voix de Doc Jane lui parvint de l'autre bout du couloir et il fit volte-face avant de la rejoindre en courant.

— *Comment va-t-elle ? Que s'est-il passé ? Est-ce qu'elle…*

— Elle va vite se rétablir. Elle est encore en phase de réveil. Je veux qu'elle reste couchée pendant six heures environ. J'ai cru comprendre que vous l'aviez nourrie ?

Il exhiba son poignet et le médecin hocha la tête.

— Parfait. Ce serait bien que vous restiez auprès d'elle au cas où elle aurait de nouveau besoin de s'alimenter.

Comme s'il avait prévu autre chose !

John entra dans la salle d'examen sur la pointe des pieds, mais Xhex n'était pas là.

— On l'a installée à côté, déclara V., penché sur l'autoclave.

Avant de se diriger vers l'autre porte, John contempla la table d'examen vide, encore maculée de sang. La serviette et le drap qui la recouvraient gisaient sur le côté tandis qu'une inquiétante pile de compresses ensanglantées jonchait le sol.

Tout ce sang. Frais, de surcroît.

John émit un sifflement pour attirer l'attention de V.

— *On peut me dire ce qui s'est passé ici, bordel ?*

— Tu en parleras avec elle.

Le frère sortit un sac-poubelle jaune et entreprit de ramasser les compresses usagées. Marquant une pause, il ajouta, sans toutefois croiser le regard de John :

— Elle va s'en remettre.

Ce fut à ce moment précis qu'une certitude s'imposa à John.

Ce que Xhex avait subi était pire que tout ce qu'il avait imaginé durant sa détention. Mille fois pire…

D'ordinaire, quand des blessés rentraient du combat ou du champ de bataille, les informations s'échangeaient librement : fracture du fémur, côtes cassées, coup de poignard. Mais là, on avait examiné une femelle en tenant soigneusement les mâles à l'écart, et personne ne pipait mot sur ce qui s'était passé dans cette salle ?

Ce n'était pas parce que les éradiqueurs étaient impuissants qu'ils ne pouvaient pas causer d'autres dégâts avec…

L'onde de froid glacial qui traversa la salle d'examen força V. à relever la tête.

— Juste un petit conseil, John. À ta place, je garderais mes intentions pour moi. À supposer que tu tiennes toujours à être celui qui butera Flhéau. Ce ne serait pas juste que Vhen ou les Ombres, avec tout le respect que je leur dois, fassent le boulot qui te revient de droit.

Ma parole, le frère est vraiment sympa, songea John.

Sur un hochement de tête, il se dirigea vers la pièce où Xhex se reposait. Ce n'était pas uniquement à cause des mâles que venait d'évoquer V. qu'il veillerait à contrôler ses émotions. Xhex n'avait pas non plus besoin d'être au courant de ses plans.

Xhex avait l'impression qu'un minivan s'était garé dans son utérus.

La sensation de pression était si forte qu'elle redressa la nuque pour voir si son ventre n'avait pas gonflé de façon disproportionnée.

Non. Aussi plat qu'avant.

Sa tête retomba sur l'oreiller.

D'une certaine manière, elle n'arrivait pas à croire qu'elle se trouvait là : l'intervention était terminée, elle était allongée sur un lit, vivante… et la déchirure de sa paroi utérine avait été réparée.

Lorsqu'elle avait perdu le contrôle de ses nerfs, elle avait été incapable de passer outre au signal que lui envoyait son cerveau, un signal mortel. En pleine crise d'angoisse, elle ne percevait pas son environnement sûr et occupé par des personnes qu'elle connaissait et en qui elle avait confiance.

À présent qu'elle avait passé l'épreuve du feu, le fait de se savoir sortie d'affaire et en bonne voie de rétablissement provoquait en elle une agréable montée d'endorphines.

Un coup léger fut frappé à la porte et elle sut qui se trouvait derrière grâce à l'odeur qui filtra jusqu'à elle.

Portant la main à ses cheveux, elle se demanda à quoi elle pouvait bien ressembler et préféra finalement ne pas s'appesantir sur la question.

— Entre.

Le visage de John Matthew apparut dans l'entrebâillement de la porte. Il haussa les sourcils d'un air interrogateur.

— Je vais bien. Mieux, en tout cas. Un peu fatiguée à cause des médicaments.

Il se glissa dans la pièce et s'appuya contre le mur, jambes croisées, mains enfoncées dans les poches de son pantalon. Il portait un simple tee-shirt de coton blanc, ce qui n'était pas plus mal vu que le précédent était maculé de sang d'éradiqueur.

Il dégageait une odeur typiquement masculine, un mélange de savon et de transpiration.

Et il avait tout de l'image qu'on se fait d'un vrai mâle : grand, large d'épaules, impitoyable.

Seigneur, avait-elle réellement perdu les pédales devant lui ?

— Tu as les cheveux plus courts, fit-elle remarquer sans raison.

Il sortit une main de sa poche et la passa dans ses cheveux coupés ras. Comme il avait baissé la tête, elle vit les muscles puissants de ses épaules jouer sous sa peau dorée.

Et se demanda si elle pourrait refaire l'amour, un jour.

C'était une pensée parfaitement saugrenue, bien sûr, après ce qu'elle venait de…

Elle fronça les sourcils.

— Combien de semaines suis-je restée prisonnière ?

Il montra quatre doigts et plia le dernier.

— Presque quatre ?

Comme il acquiesçait d'un signe de tête, elle fit mine de lisser le drap qui la recouvrait.

— Presque… quatre.

Les humains l'avaient gardée pendant plusieurs mois avant qu'elle réussisse à leur échapper. Logiquement, surmonter cette épreuve allait être un jeu d'enfant.

Il ne fallait toutefois pas qu'elle s'attarde entre ces murs, car elle avait du pain sur la planche si elle voulait tourner la page, justement.

— Tu veux t'asseoir un peu ? proposa-t-elle en indiquant la chaise près du lit.

Le mobilier austère et fonctionnel ne semblait guère confortable, mais elle n'avait pas envie qu'il parte.

John haussa de nouveau les sourcils avant d'approcher en hochant la tête. Il fit une tentative pour caser son grand corps sur la chaise étroite, d'abord en croisant les jambes, puis seulement les pieds. Pour finir, il s'allongea à moitié, les boots sous le lit, un bras glissé sur le dossier.

Xhex continuait à tripoter nerveusement ce fichu drap.

— Je peux te poser une question ?

Elle le vit hocher la tête puis s'agiter sur sa chaise pour prendre son carnet et son stylo dans sa poche arrière.

Xhex s'éclaircit la voix, hésitant sur le choix des mots. Finalement, elle opta pour un autre sujet, plus impersonnel.

— Où Flhéau a-t-il été vu pour la dernière fois ?

John hocha de nouveau la tête avant de se pencher sur son calepin. Xhex le regarda tandis que les mots prenaient forme sur la page blanche… et se rendit compte qu'elle ne voulait plus qu'il parte. Elle le voulait près d'elle pour toujours.

Elle se sentait en sécurité quand il était à son côté.

Il se redressa et lui montra le calepin. Les mots dansaient sur la page et elle se figea.

Pour une raison qu'elle ne s'expliquait pas, elle n'arrivait pas à se concentrer sur ce qu'il avait écrit, malgré tous ses efforts…

John abaissa lentement son bras.

— Attends, je n'ai pas eu le temps de lire. Pourrais-tu… quoi ? Qu'est-ce qu'il y a ?

Merde alors, à présent, c'étaient ses yeux qui refusaient de le voir correctement.

John se pencha sur le côté et elle entendit un petit bruissement. Un Kleenex apparut alors sous son nez.

— Oh, merde, marmonna-t-elle en acceptant le mouchoir, qu'elle porta à ses yeux. Je déteste être une fille. Je déteste ça, vraiment.

Tandis qu'elle se lançait dans une diatribe sur les œstrogènes, les jupes, le vernis à ongles rose et les talons aiguilles, il continua à l'alimenter en mouchoirs en papier, ramassant ceux, tachés de rouge, qu'elle avait utilisés.

— Je ne pleure jamais, tu sais, conclut-elle en le gratifiant d'une œillade noire. Jamais.

John hocha la tête… et lui tendit un autre carré blanc.

— Seigneur Dieu. D'abord, je pète un câble et je hurle comme une sirène, et voilà que maintenant je me mets à chialer. Je descendrais volontiers Flhéau rien que pour ça.

À ces mots, une bourrasque glacée envahit soudain la pièce. Xhex regarda John et ne put s'empêcher d'avoir un mouvement de recul. Son expression de profonde compassion avait cédé la place à une espèce de folie incontrôlable. Elle était même prête à parier qu'il avait dévoilé ses crocs sans s'en rendre compte.

Dans un murmure, elle posa enfin la question qui lui brûlait les lèvres :

— Pourquoi es-tu resté, dans la salle d'examen, tout à l'heure ?

Détachant ses yeux de ceux de John, elle contempla les taches rouges sur le mouchoir usagé.

— Tu es resté et tu… tu as eu l'air de comprendre.

Dans le silence qui suivit, elle prit conscience qu'elle connaissait parfaitement son cadre de vie et son emploi du temps – avec qui il vivait, ce qu'il faisait sur le champ de bataille, ses techniques de combat, à quoi il occupait son temps libre –, mais qu'en revanche elle ne savait rien de ses origines. Son passé ressemblait à un trou noir, pour elle.

Et, pour une raison qui lui échappait, elle éprouvait le besoin d'être éclairée.

Conneries, tout ça : elle savait exactement pourquoi. Dans les minutes de désespoir intense qu'elle avait traversées, John avait été le seul lien entre le monde et elle, et Xhex se sentait curieusement en communion avec lui, du plus profond de son être. Il l'avait vue sous son pire jour, au comble de la démence et de la faiblesse, et il n'avait pas détourné les yeux. Il n'était pas parti, ne l'avait pas jugée et ne s'était pas brûlé.

Comme si, au cœur du brasier qu'elle avait allumé, leurs deux êtres avaient fusionné.

C'était bien au-delà de l'émotion. C'était de l'âme dont il était question.

— Que t'est-il arrivé, John ? Dans ton passé.

Il fronça les sourcils et croisa les bras. C'était lui, à présent, qui semblait avoir du mal à exprimer ses pensées. Sans parler de sa grille émotionnelle, brusquement chargée de toutes sortes de choses sombres, au point que Xhex le crut sur le point de déguerpir.

— Écoute, je ne veux surtout pas te mettre la pression.

Putain. Merde.

— Et s'il te plaît de me raconter que la vie a toujours été rose et tendre avec toi, je respecterai ton choix et je n'aborderai plus le sujet. Simplement… la plupart des gens auraient au moins fait quelques pas en arrière. Même Doc Jane est entrée dans la pièce d'un air méfiant, après ma crise. Et toi, dans tout ça ? Tu es resté sans bouger d'un pouce.

Elle fixa du regard avec attention son visage dur, fermé.

— J'ai vu tes yeux, John, et il n'y avait pas seulement une hypothétique compréhension dedans.

Après un long silence, il tourna la page de son calepin et écrivit rapidement. Lorsqu'il lui montra le feuillet, elle comprit sa position mais retint un juron.

« Raconte-moi ce qu'ils t'ont fait dans la salle d'opération. Dis-moi d'abord ce qui n'allait pas. »

Mmm, l'échange d'informations classique.

Il ne fallut qu'une heure à Flhéau pour rapatrier la Mercedes, la pute et sa propre personne jusqu'à son pied-à-terre en ville. Il était en mode survie, se déplaçant rapidement, et ne s'arrêta qu'une seule fois sur le trajet depuis la ferme.

Il fit en effet une courte halte dans un cabanon perdu en pleine forêt pour récupérer du matériel dédié aux missions délicates.

Après avoir garé la voiture dans le box, il attendit que la porte se referme derrière lui avant de sortir, traînant la prostituée qui continuait de gigoter. Il traversa la cuisine, attrapant au passage quelques objets lui ayant servi à enfermer Xhex.

Inutile, toutefois, d'installer la barrière magique pour Miss Plastic.

L'Oméga savait où localiser ses éradiqueurs de ce côté-ci. Il les sentait, comme des échos de sa propre existence. Et grâce à ces liens, les tueurs pouvaient communiquer entre eux.

S'il voulait se cacher, Flhéau n'avait donc qu'une solution : s'emprisonner lui-même. M. D n'avait jamais su que

Xhex se trouvait dans cette chambre, là-haut. Sa… comment dire ? Sa confusion était manifeste chaque fois que Flhéau lui demandait de monter un plateau-repas à l'étage.

Réussirait-il à se dérober aux yeux de l'Oméga ? Si oui, combien de temps ?

Flhéau jeta la pute dans la salle de bains avec tout le respect et la considération qu'il montrerait à un sac de linge sale. Elle atterrit violemment dans la baignoire, gémissant sous le ruban adhésif qui lui maintenait la bouche fermée. Sans un regard, Flhéau regagna la voiture.

Il mit une vingtaine de minutes à déballer ses affaires, étalant son arsenal sur le sol bétonné de la cave : sept fusils de chasse, un sac en plastique rempli de billets, plus d'un kilo d'explosifs, deux détonateurs à distance, une grenade à main, quatre armes semi-automatiques, des munitions, des munitions et encore des munitions.

Il monta l'escalier, éteignit la lumière du sous-sol puis se dirigea vers la porte de derrière, l'ouvrit et passa la main dehors. L'air frais de la nuit pénétrait le bouclier mais il sentait la compression sur sa paume. Puissante… mais à renforcer.

À toi de jouer, salope…

Flhéau ferma la porte à clé et gagna la salle de bains d'un pas résolu.

Avec les gestes d'un professionnel, il sortit son couteau et trancha les liens qui entravaient les poignets de la prostituée, attachés dans son dos.

Elle chancela lorsqu'il lui décocha un coup de poing en pleine tête, la mettant KO. Coupe. Coupe. Coupe. Il pratiqua trois entailles profondes, sur ses poignets et sur sa gorge, puis s'assit pour regarder le sang couler dans un glougloutement visqueux.

— Allez… saigne, salope, *saigne.*

En jetant un coup d'œil à sa montre, il regretta de ne pas l'avoir laissée consciente pour conserver un pouls plus rapide et une meilleure tension artérielle. D'autant plus que cela lui aurait évité de devoir attendre là, sans rien faire, pendant qu'elle se vidait.

Il ignorait combien de temps devait durer l'opération mais la flaque rouge s'élargissait à mesure que sa guêpière rose s'assombrissait.

Flhéau tapotait nerveusement le sol du pied tandis que les minutes s'égrenaient… Soudain, il remarqua qu'elle n'avait plus le teint pâle mais gris, et que le niveau du sang stagnait dans la baignoire. Jugeant que l'affaire devait être terminée, il taillada sa guêpière, exposant une horrible paire de prothèses mammaires, puis enfonça la lame du couteau dans sa poitrine et la fit glisser jusqu'au sternum.

Ce fut ensuite sa propre chair qu'il incisa.

Positionnant son poignet au-dessus du trou béant qu'il venait d'ouvrir, il regarda les gouttes noires tomber mollement sur le cœur inerte de la fille. Là encore, il ne savait pas précisément quelle était la quantité nécessaire et préféra pécher par excès. Il lui fallut ensuite rassembler l'énergie dans le creux de sa main, obligeant les molécules d'air à tourbillonner en une spirale cyclonique grâce à la force de sa volonté, jusqu'à ce qu'elles s'agglutinent pour former une entité de puissance cinétique qu'il serait en mesure de contrôler.

Flhéau contempla la pute, son corps souillé, le maquillage dégoulinant sur ses joues, ses cheveux collés… un tableau hideux.

Il fallait absolument que ça marche. Déjà, simplement avec la barrière invisible en place et cette petite boule de feu dans sa paume, il sentait ses forces décliner.

Il fallait que ça marche, bordel !

Il finit par déposer la boule de feu à l'intérieur du thorax de la prostituée. Ses membres morts ondulèrent contre les parois de la baignoire comme des queues de poisson. L'éclair de lumière s'éteignit en se dispersant… et Flhéau attendit, priant pour que…

Le soupir qu'elle exhala fut odieux. Un cadeau de Dieu, aussi, sans mauvais jeu de mots…

Captivé, il regarda son cœur se mettre à pomper goulûment le sang noir qu'il avait versé dans sa cage thoracique. Le spectacle de cette réanimation le fit bander. C'était ça qu'on appelait le pouvoir. Au diable l'argent et tout ce qu'on peut acheter avec.

Il était un dieu, lui aussi, exactement comme son père.

Assis sur ses talons, il regarda la pute reprendre des couleurs. Tandis que la vie s'insinuait de nouveau en elle, ses mains agrippèrent le rebord de la baignoire et les muscles de ses cuisses flétries se contractèrent.

Si Flhéau ne maîtrisait pas complètement l'étape suivante, il agit toutefois sans se poser de question. Lorsqu'elle parut de retour dans le monde des vivants, il tendit la main et lui arracha le cœur.

Tout y passa : soupirs, gémissements, respiration saccadée.

Fasciné, il posa ensuite sa main sur le sternum de la prostituée et ordonna à son épiderme de se reformer : et là, si incroyable que cela puisse paraître, les os et la peau lui obéirent et elle retrouva bientôt son apparence initiale.

En mieux, même. Parce qu'à présent elle lui était utile.

Flhéau ouvrit le robinet de la douche. Lorsque le jet d'eau froide aspergea le corps et le visage de la fille, elle cligna des yeux et agita les mains dans un geste pathétique.

Combien de temps devait-il patienter, à présent ? Quand verrait-il qu'il avait presque atteint son but, se garantir une source d'alimentation ?

Sentant une vague de fatigue remonter le long de son dos puis embrumer son cerveau, il s'affala contre les placards sous le lavabo. Puis il ferma la porte du bout du pied, posa sa tête sur ses genoux et attendit que la pute arrête de gigoter.

Il se sentait faible.

Tellement faible, bordel.

C'était avec Xhex qu'il aurait dû faire ça. Certainement pas avec une pouilleuse d'humaine.

Enfouissant son visage entre ses mains, il baissa la tête. L'euphorie du moment s'était volatilisée. Rien n'aurait dû se passer ainsi. Ce n'était pas du tout ce qu'il avait prévu.

Maintenant il se retrouvait en cavale, pourchassé, effondré.

Qu'allait-il devenir sans son père ?

Chapitre 28

En attendant que Xhex réponde à sa question, John garda les yeux rivés sur les mots qu'il avait écrits, passant et repassant sur les lettres avec la pointe de son stylo.

Sans doute n'aurait-il pas dû l'interroger de la sorte, vu sa santé précaire, mais c'était plus fort que lui : il avait besoin de savoir. S'il acceptait de lui dévoiler quelques événements marquants – et guère réjouissants – de son passé, il ne voulait pas être le seul à se mettre à nu.

Oui, John avait vraiment besoin de savoir à quoi s'en tenir avec Xhex, et elle seule pouvait lui répondre.

Comme le silence se prolongeait, il eut peur qu'elle le repousse, une fois de plus. D'un autre côté, ce n'aurait pas été surprenant et il aurait dû prendre les choses avec détachement. Depuis le temps qu'il essuyait des rebuffades…

Mais, en réalité, c'était un peu comme mourir une nouvelle fois.

— Je t'ai vu, hier.

Au son de sa voix, il releva brusquement la tête.

— *Quoi ?* articula-t-il.

— Il me gardait prisonnière dans cette chambre, à l'étage. Je t'ai vu. Tu es entré et tu t'es approché du lit. Tu as pris l'oreiller en partant. Je… j'étais à côté de toi pendant tout ce temps.

Instinctivement, John effleura sa joue du bout des doigts et Xhex esquissa un pâle sourire.

— Oui, je t'ai caressé là.

Seigneur Jésus…

— Comment ?

— Je ne sais pas trop ce que c'est, mais c'est comme ça qu'il s'y est pris pour m'enlever, en tout cas. On était tous dans cette grotte où Vhen était retenu prisonnier, dans la colonie. Les *symphathes* venaient d'arriver quand Flhéau m'a capturée. Ça s'est passé très vite. D'un seul coup, je me suis sentie soulevée de terre et entraînée, mais je ne pouvais pas me débattre et personne ne m'entendait crier. Ça ressemble à une espèce de champ magnétique. Quand tu te trouves à l'intérieur et que tu essaies de le briser, le choc est bref et douloureux. Mais ça ne se résume pas à un simple phénomène de répulsion. La barrière a une véritable existence physique.

Levant la main, elle fit mine de repousser l'air.

— Comme un treillis métallique. Ce qui est étrange, en revanche, c'est que d'autres personnes peuvent pénétrer dans le même espace. C'est ce qui s'est passé quand tu es entré dans la pièce.

À demi conscient que ses mains lui faisaient mal, John baissa les yeux et avisa ses poings serrés sur le carnet et le stylo-bille qui s'enfonçaient dans ses paumes.

Tournant la page, il écrivit :

« Si seulement j'avais su que tu étais là. J'aurais tenté quelque chose. Mais je n'ai rien vu, je t'assure. »

Après avoir lu ces quelques phrases, Xhex posa une main sur son bras.

— Je sais. Ce n'est pas ta faute.

Pour autant, John se sentait terriblement coupable. Dire qu'il s'était retrouvé dans la même pièce qu'elle sans s'en rendre compte…

Oh, merde.

Il griffonna rapidement avant de lui montrer la page.

« Est-ce qu'il est revenu ? Après notre passage ? »

Lorsque Xhex secoua la tête, John sentit son cœur se remettre à battre.

— Il est passé devant la maison en voiture mais il ne s'est pas arrêté.

— *Comment as-tu fait pour t'échapper ?* signa-t-il sans réfléchir.

Tandis qu'il tournait un autre feuillet du calepin, Xhex reprit :

— Comment ai-je fait pour m'enfuir ? Tu vas être obligé de m'apprendre le langage des signes, tu sais, ajouta-t-elle en riant lorsque John hocha la tête.

Il cligna des yeux avant d'articuler :

— *D'accord.*

— Ne t'inquiète pas, j'apprends vite.

Elle marqua une pause et prit une longue inspiration avant de continuer :

— Le blindage était suffisamment fort pour m'empêcher de franchir la barrière jusqu'à votre visite. Après ça…

Elle s'interrompit, sourcils froncés.

— C'est toi qui as massacré l'éradiqueur, en bas ?

Dévoilant ses crocs, il articula :

— *C'est bien moi, ouais.*

Elle esquissa un sourire acéré.

— Beau boulot. J'ai tout entendu. Bref, quand le silence est retombé, j'ai su qu'il fallait absolument que je me tire de là ou bien je…

Mourrais, compléta John en son for intérieur. À cause de ce qui s'était passé dans la cuisine.

— Alors j'ai…

Il l'interrompit d'un geste de la main et écrivit quelques mots qu'il lui montra. Xhex fronça les sourcils en secouant la tête.

— Oh, je sais que tu n'aurais pas fait ça si tu avais su que j'étais dans la maison. Mais ce n'était pas le cas. Et, à en juger par le boucan, j'ai l'impression que c'était plus fort que toi. Crois-moi, John, tu n'as pas à me présenter des excuses pour avoir buté un de ces enfoirés.

Peut-être, mais il avait encore des sueurs froides à l'idée de l'avoir mise en danger, même inconsciemment.

Elle inspira de nouveau.

— Quoi qu'il en soit, après votre départ, la barrière a commencé à montrer des signes de faiblesse, et quand j'ai pu rassembler suffisamment de forces pour balancer un coup de poing dans une vitre, j'ai su que j'étais sur la bonne voie.

Elle leva une main pour examiner ses phalanges.

— J'ai réussi à me tirer par la porte. Je me suis dit que j'aurais besoin de toutes mes forces pour y arriver et j'ai eu raison de me concentrer là-dessus.

Xhex changea de position en grimaçant.

— Je suppose que c'est comme ça que je me suis fait une déchirure. Interne. J'ai eu un mal de chien à sortir de cette baraque… C'était un peu comme essayer de s'extirper d'une plaque de béton en train de prendre. Le choc a été d'une violence terrible quand j'ai percuté le mur du couloir.

John aurait bien voulu croire que les nombreux hématomes sur son corps étaient le résultat de son évasion. Hélas, il connaissait bien Flhéau. Pour avoir souvent eu l'occasion de lire une cruauté profonde inscrite sur le visage de ce dernier, John savait que Xhex avait souffert entre les mains de l'ennemi.

— D'où l'opération, conclut-elle d'une voix claire et posée.

Elle évita pourtant de croiser son regard.

Sur une page vierge, John écrivit huit lettres en capitales, suivies d'un point d'interrogation surdimensionné. Lorsqu'il lui présenta le carnet, elle jeta à peine un coup d'œil au « VRAIMENT ? ».

Les yeux gris anthracite se détournèrent pour fixer un point invisible, dans l'angle de la pièce.

— Il se peut aussi que je me sois blessée en me battant avec lui. Mais l'hémorragie a commencé après mon évasion… alors voilà.

John poussa un soupir, songeant à toutes ces griffures et ces taches de sang sur les murs de la chambre. Ce qu'il écrivit alors lui déchira le cœur.

Le visage de Xhex se ferma à l'instant où elle posa les yeux sur le carnet, au point de devenir méconnaissable.

Il baissa les yeux sur la feuille noircie de quelques mots :

« As-tu beaucoup souffert ? »

Pourquoi diable avait-il posé cette question ridicule ? Il avait vu de ses propres yeux son corps meurtri. Il l'avait entendue hurler à la mort dans la pièce d'à côté et était resté auprès d'elle tout au long de sa descente aux enfers. Que voulait-il savoir de plus ?

Il était en train d'écrire un mot d'excuse lorsqu'elle prit la parole d'une voix à peine audible.

— Ça… va. Je veux dire…

Les yeux rivés sur son profil, John la pressa mentalement de continuer. Elle se racla la gorge.

— Je n'ai jamais aimé me raconter d'histoires. Ça ne sert à rien. J'étais parfaitement consciente que je ne tarderais pas à mourir si je ne sortais pas de là rapidement.

Elle secoua lentement sa tête sur l'oreiller.

— Mes forces s'amenuisaient à vue d'œil à cause de ces combats incessants, et puis j'avais besoin de sang pour me nourrir. En fait, ce n'était pas l'idée de la mort qui me dérangeait le plus. Ça ne m'a jamais effrayée. La mort n'est rien d'autre qu'une ultime étape, certes douloureuse, mais une fois que c'est passé tout va bien. On n'existe plus et c'en est terminé de toutes ces conneries.

Pour une raison obscure, le cynisme de Xhex le mit mal à l'aise et il changea de position sur la petite chaise pour se retenir de faire les cent pas.

—Alors, est-ce que j'ai beaucoup souffert ? reprit-elle dans un murmure. Je suis une battante, par nature. Donc il n'y avait là rien d'extraordinaire. Rien que je ne puisse surmonter, en tout cas. Je veux dire, je suis blindée. Si j'ai perdu les pédales tout à l'heure, c'est parce que je déteste l'univers médical. Ce n'était pas à cause de Flhéau.

Encore ce passé dont j'ignore tout, songea John.

—Laisse-moi te dire un truc.

Lorsque Xhex darda son regard sur lui, il eut un mouvement de recul, comme sous l'effet d'une brûlure.

—Ce qui me ferait le plus souffrir, dans tout ça, ce qui rendrait parfaitement insupportables les trois semaines qui viennent de s'écouler, ce serait que je n'arrive pas à le buter. Ça, ce serait douloureux.

Le mâle lié qui sommeillait en lui se redressa en rugissant. Avait-elle deviné qu'il ne pourrait pas lui laisser le privilège de descendre cet enfoiré de Flhéau ? Les mâles se devaient de protéger leurs femelles. C'était la loi universelle pour qui avait des couilles.

Sans compter que la simple idée de l'imaginer près de Flhéau le rendait fou. Le fils de pute l'avait déjà enlevée une fois. Qui pourrait l'empêcher de sortir une de ses bottes secrètes pour renouveler l'expérience ?

Il était hors de question de la laisser prendre de tels risques. Hors de question.

—Bon, je crois t'avoir répondu, reprit Xhex. À ton tour.

Très bien, parfait.

À présent, c'était lui qui fixait d'un regard absent l'angle de la pièce. Seigneur Dieu, par où commencer ?

Il tourna la page de son carnet, posa la pointe de son stylo sur le papier et…

Rien. Il y avait tant à dire, et tout ça était tellement déprimant.

Un coup sec fut frappé à la porte et ils tournèrent la tête de concert.

— Merde, marmonna Xhex. Une minute !

L'idée que quelqu'un patientait de l'autre côté de la porte n'aida guère John à se livrer. Sans compter son handicap qui limitait la communication et son côté taciturne… Sa tête se mit à bourdonner.

— Ils peuvent bien attendre toute la nuit et tout le jour, je m'en fous, décréta Xhex en lissant le drap sur son ventre. Je veux entendre ce que tu as à me dire.

Bizarrement, ces paroles agirent comme un déclic pour John, qui griffonna à toute vitesse :

« Ce serait plus facile si je te montre. »

Elle fronça les sourcils en lisant la courte phrase, et hocha finalement la tête.

— D'accord. Quand ça ?

« Demain soir. Si tu as la permission de sortir. »

— Le rendez-vous est pris.

Elle leva la main et la posa doucement sur le bras de John.

— Je veux que tu saches…

Un nouveau coup à la porte les fit jurer en chœur.

— Laissez-nous encore une minute ! lança Xhex avant de reporter son attention sur John. Je veux que tu saches… que tu peux me faire confiance.

Accrochant le regard de Xhex, John se sentit aussitôt transporté dans une autre dimension. Qui sait, le paradis, peut-être ? Peu importe. En cet instant précis, plus rien ne comptait qu'elle et lui, réunis, tandis que le reste du monde basculait dans un épais brouillard.

Est-il possible de tomber deux fois amoureux de la même personne ? songea confusément John.

— Qu'est-ce que vous foutez, à la fin ?

La voix de Vhen, de l'autre côté de la porte, rompit le charme sans l'occulter tout à fait.

Rien n'effacera jamais cet instant, pensa John en se levant tandis que Xhex se rallongeait contre les oreillers.

— Entre, connard, ordonna-t-elle d'un ton sec.

Dès l'instant où le type à l'iroquois pénétra dans la pièce, l'atmosphère changea et, à la façon dont Xhex et lui se dévisagèrent sans mot dire, John comprit qu'ils avaient établi une communication *symphathe.*

Il se dirigea vers la porte pour les laisser seuls et s'apprêtait à sortir lorsque Xhex demanda :

— Tu vas revenir ?

John crut qu'elle s'adressait à Vhen, mais ce dernier le retint par le bras.

— Eh, mec, tu vas revenir ?

Jetant un coup d'œil en direction du lit, John s'aperçut qu'il avait laissé son calepin et son stylo sur la table de chevet. Aussi se contenta-t-il de hocher la tête.

— Bientôt ? insista Xhex. Parce que je ne me sens pas fatiguée et je veux apprendre le langage des signes.

John hocha de nouveau la tête. Après avoir frappé son poing contre celui de Vhen, il quitta la pièce et traversa la salle d'examen, soulagé de voir que V. avait terminé le ménage et était parti. Car tous ses efforts n'auraient pas réussi à réprimer le sourire qui éclairait son visage.

En silence, Blay marchait à côté de Vhif, longeant le tunnel souterrain qui reliait le centre d'entraînement au vestibule de la maison.

Leurs boots martelaient le sol à l'unisson, mais c'était là tout ce qu'ils partageaient. Ni lui ni Vhif ne pipait mot, pas plus qu'ils n'avaient de contact physique.

Absolument aucun.

Fut un temps où Blay aurait sans détour demandé à Vhif ce qui le tracassait, parce que ce dernier était clairement préoccupé. Mais c'était avant qu'il lui avoue son attirance, avant que tout s'effondre entre eux. Désormais, ce genre de question passerait pour une indiscrétion malvenue.

En émergeant par la porte dérobée sous le grand escalier de la demeure, Blay en vint à redouter la fin de la nuit.

Certes, ils n'avaient plus que deux heures devant eux, mais ce court laps de temps pouvait sembler interminable dans certaines circonstances.

— Layla nous attend, déclara Vhif lorsqu'ils arrivèrent au bas des marches.

Oh… super. C'est exactement le genre de distraction qu'il lui faut, songea Blay avec ironie.

La façon dont l'Élue couvait Vhif du regard ne lui avait pas échappé et il n'était pas d'humeur à supporter ses minauderies cette nuit. Vraiment pas d'humeur. L'épisode qu'ils venaient de vivre avec Xhex lui avait mis les nerfs à vif.

— Tu viens ? demanda Vhif en fronçant ses sourcils ornés de piercings.

Blay baissa les yeux sur l'anneau qui soulignait le renflement de sa lèvre inférieure.

— Blay ? Tout va bien ? Écoute, mon pote, je crois que tu as besoin de te nourrir. Il s'est passé pas mal de choses, en peu de temps.

Mon pote… Seigneur, il détestait ce mot.

Il fallait absolument qu'il se ressaisisse.

— Ouais, t'as raison.

Vhif le regarda bizarrement.

— Ma chambre ou la tienne ?

Blay émit un rire rauque en montant les premières marches.

— Est-ce que c'est vraiment important ?

— Non.

— Tu vois.

Au premier étage, ils passèrent devant les portes closes du bureau de Kolher puis s'engagèrent dans le couloir aux statues.

La chambre de Vhif était la première sur leur chemin mais Blay accéléra le pas. Pour une fois, ce serait lui qui prendrait les choses en main.

Arrivé devant sa propre chambre, il ouvrit la porte en grand et feignit d'ignorer le cliquètement lorsque Vhif la referma derrière eux.

Dans la salle de bains, Blay se dirigea vers le lavabo, ouvrit le robinet et s'aspergea le visage. Il était en train de se sécher quand des effluves de cannelle assaillirent ses narines. Layla était arrivée.

Agrippant le marbre du plan de toilette, il prit appui sur ses bras et se pencha en avant. Dans la pièce voisine, il entendait leurs voix se mêler, l'une grave, l'autre mélodieuse.

Abandonnant la serviette, il pivota sur ses talons, prêt à jouer le jeu. Vhif était assis sur le lit, adossé au montant, les jambes croisées et les mains nouées sur son torse musclé. Il souriait à l'Élue. Le rouge aux joues et les yeux rivés sur le tapis, celle-ci se tenait à son côté, tordant nerveusement ses petites mains devant elle.

À l'arrivée de Blay, tous deux se tournèrent vers lui. L'expression de Layla ne changea pas. Le visage de Vhif, en revanche, se ferma légèrement.

— Qui passe en premier ? demanda Blay en avançant dans leur direction.

— Toi, murmura Vhif. Vas-y.

Dédaignant le lit, Blay préféra s'asseoir sur la méridienne. Layla le rejoignit d'un pas léger puis s'agenouilla à ses pieds.

— Monsieur, dit-elle en lui offrant son poignet.

Vhif alluma la télé et, braquant la télécommande vers l'écran, fit défiler les chaînes. Il s'arrêta finalement sur une rediffusion du célèbre combat entre Hughes et Penn.

— Monsieur ?

Layla considérait Blay d'un air interrogateur.

— Pardonne-moi.

Il se pencha en avant et prit le bras frêle entre ses mains puissantes, l'étreignant fermement sans le serrer.

— Je te remercie de ton cadeau.

Il perça sa peau aussi délicatement que possible et grimaça lorsqu'elle sursauta très légèrement. Il aurait volontiers retiré ses crocs pour lui présenter des excuses, mais il aurait été obligé de recommencer pour prendre sa veine.

Tandis qu'il se nourrissait, son regard se posa sur Vhif. Absorbé par les scènes de combat, ce dernier brandissait un poing serré.

— Putain de merde, marmonna-t-il. Massacre-le !

Blay se concentra sur ce qu'il faisait et termina rapidement. Relâchant son étreinte, il leva les yeux sur le joli visage de Layla.

— Tu as été adorable, comme toujours.

Elle le gratifia d'un sourire radieux.

— Monsieur… c'est un plaisir de vous servir, comme d'habitude.

Il tendit la main pour l'aider à se relever, admirant sa grâce innée. Et Seigneur, la force qu'elle lui donnait tenait du miracle. Il se sentait revigoré. Son corps et son esprit profitaient pleinement de ce qu'il leur avait procuré.

Ou, plutôt, de ce que Layla leur avait donné.

Toujours captivé par le combat, Vhif avait sorti ses crocs ; pas pour Layla mais pour le perdant. Ou le gagnant. Peu importe.

Une expression résignée que Blay connaissait très bien – trop bien, même – se peignit sur le visage de Layla.

Blay fronça les sourcils.

— Vhif, tu comptes te nourrir ?

Le regard vairon de Vhif resta fixé sur l'écran jusqu'à ce que l'arbitre déclare le combat terminé. Puis les yeux vert et bleu se posèrent sur l'Élue. Dans un mouvement sensuel, il roula sur le côté pour lui faire de la place.

— Viens.

Accompagné d'une œillade et d'un battement de cils, ce petit mot éveilla aussitôt le désir de Blay. Vhif ne cherchait pas à séduire Layla. C'était juste sa façon d'être.

Il exhalait le sexe à chaque respiration, chaque battement de cœur, chaque mouvement.

Layla aussi semblait sensible à son hyper sensualité, vu la façon dont elle agita les mains au-dessus de sa tunique, s'attardant d'abord sur la large ceinture puis sur les revers.

Sans s'expliquer pourquoi, Blay prit conscience pour la première fois qu'elle était nue sous les replis de sa longue robe blanche.

Vhif tendit la main et les doigts de Layla tremblèrent lorsque leurs paumes se touchèrent.

— Tu as froid ? demanda-t-il.

Il se redressa et son tee-shirt moulant épousa le contour de ses abdominaux parfaitement dessinés.

Layla secoua la tête. De son côté, Blay battit en retraite dans la salle de bains, ferma la porte et ouvrit les robinets de la douche. Après s'être déshabillé, il se glissa sous le jet en s'efforçant de ne pas penser à ce qui se passait dans la pièce voisine, sur son lit.

Il ne réussit toutefois qu'à effacer l'image de Layla.

Et se vit allongé près de Vhif, leurs bouches soudées aux cous, leurs crocs perçant les peaux satinées, leurs corps...

Il n'était pas rare que les mâles aient une érection après s'être nourris, surtout s'ils laissaient libre cours à leurs fantasmes érotiques. Et le savon n'était pas là pour calmer les choses.

Pas plus que les images qui surgirent dans l'esprit de Blay.

Prenant appui sur la paroi en marbre de la douche, il prit son sexe dressé dans sa main libre.

Ce qui suivit fut bref et aussi plaisant qu'une part de pizza froide. Pas mauvais, mais rien à voir avec un vrai repas.

Sa deuxième tentative ne fut guère meilleure, et il en refusa une troisième à son corps frustré. C'était franchement ridicule. De l'autre côté de la porte, Vhif et Layla étaient occupés à Dieu sait quoi pendant qu'il se masturbait sous la douche… Franchement grotesque.

Il se sécha rapidement, enfila son peignoir et s'aperçut qu'il n'avait pas pris de vêtements propres.

Priant pour que les choses soient telles qu'il les avait laissées, Blay tourna la poignée de la porte.

Et son vœu fut exaucé, merci, Vierge scribe : la bouche collée au poignet de Layla, Vhif buvait le sang de l'Élue, agenouillée près de lui.

Rien de sexuel.

Le soulagement lui fit prendre conscience de la colère qui l'animait, une colère dirigée contre Vhif et tout ce qui le concernait.

Cette situation n'était vraiment pas saine. Pour aucun d'eux.

Objectivement, qu'y avait-il de mal dans l'attitude de Vhif ? On ne peut pas contrôler les pulsions qui nous poussent vers une personne ou une autre… ou qui nous en écartent.

Blay sortit de son armoire une chemise et un pantalon de treillis noir. Au moment où il pivotait sur ses talons pour regagner la salle de bains, Vhif détacha ses lèvres du poignet de Layla.

Avec un grognement rassasié, il lécha soigneusement les marques qu'il avait faites en plantant ses crocs dans la chair tendre de l'Élue. Blay haussa les sourcils en apercevant un éclat argenté. Le piercing au bout de la langue était tout récent. Qui le lui avait fait ?

Viszs, probablement. Les deux mâles passaient beaucoup de temps ensemble et c'était d'ailleurs ainsi qu'ils avaient obtenu l'encre pour le tatouage de John, Vhif ayant purement et simplement subtilisé le flacon.

Vhif continua à lécher la peau de l'Élue, le piercing scintillant à chaque coup de langue.

— Merci, Layla. Tu es bonne avec nous.

La gratifiant d'un bref sourire, il roula sur le côté du lit pour se mettre debout. Layla ne bougea pas. Au lieu de se lever pour partir, elle baissa la tête, les yeux fixés sur ses genoux.

Ou plus exactement sur ses poignets qui dépassaient des manches amples de sa tunique. Blay fronça les sourcils en la voyant vaciller.

— Layla ? Tu ne te sens pas bien ? demanda-t-il en se dirigeant vers elle.

Vhif contourna le lit.

— Layla ? Que se passe-t-il ?

Maintenant c'étaient eux qui étaient à genoux devant elle.

— Avons-nous trop bu ? s'enquit Blay.

Sans hésiter, Vhif lui tendit son poignet.

— Sers-toi.

Merde, elle avait nourri John la nuit précédente. Peut-être auraient-ils dû attendre un peu avant de boire de nouveau à sa veine ?

Les yeux vert pâle de l'Élue se posèrent sur le visage de Vhif. Il n'y avait aucune confusion dans son regard, seulement une immense tristesse.

Vhif esquissa un mouvement de recul.

— Qu'est-ce que j'ai fait ?

— Rien, répondit Layla d'une voix trop basse. Si vous voulez bien m'excuser, je dois regagner le sanctuaire.

Comme Layla s'apprêtait à se lever, Vhif la retint par la main.

— Layla, dis-nous ce qui ne va pas.

Seigneur, cette voix… si douce, si tendre. Comme sa main lorsqu'il saisit le menton de l'Élue pour l'obliger à le regarder.

— Je ne peux pas en parler.

— Bien sûr que si, insista Vhif en désignant Blay d'un signe de la tête. Nous saurons garder le secret, tous les deux.

Prenant une profonde inspiration, l'Élue poussa un soupir résigné, comme si elle se trouvait au pied du mur.

— C'est vrai ? Vous ne direz rien ?

— Promis. Blay ?

— Nous ne dirons rien, renchérit ce dernier en posant une main sur son cœur. Je le jure. Et nous ferons tout notre possible pour te venir en aide.

Elle reporta son attention sur Vhif, plongeant son regard dans le sien.

— Ne suis-je pas assez jolie à vos yeux, monsieur ?

Comme il fronçait les sourcils, elle releva la tête, exposant son front et ses pommettes.

— Ai-je un défaut quelconque, quelque chose qui me rend…

— Grands dieux, non. Que racontes-tu là ? Tu es très belle.

— Dans ce cas… pourquoi ne m'appelle-t-on jamais ?

— Je ne comprends pas… Nous t'appelons régulièrement, Blay, John et moi. Rhage et V. aussi. Nous te réclamons particulièrement parce que tu…

— Vous ne m'utilisez que pour vous nourrir.

Blay se redressa et recula de quelques pas jusqu'à ce que ses jambes heurtent la méridienne, où il se laissa tomber. En s'enfonçant dans les coussins, il faillit éclater de rire devant l'expression de Vhif. Ce dernier n'avait pas pour habitude d'être pris de court, notamment parce qu'il avait traversé pas mal d'épreuves au cours de son existence relativement brève, à la fois par choix et car tel était son destin. Cela tenait aussi à sa personnalité : il savait se contrôler dans toutes les situations. Point barre.

Sauf dans celle-ci, à l'évidence. On aurait dit qu'il venait de recevoir un coup de massue sur la tête.

— Je…

Il s'éclaircit la voix.

— Je… je…

Ah, le bégaiement, encore une grande première !

Layla prit la parole.

— C'est avec une grande fierté que je sers les mâles et les frères de cette maison. Je donne sans rien recevoir en échange parce que telle est ma vocation et que c'est un plaisir. Si je vous raconte tout ça, c'est parce que vous m'avez demandé ce qui n'allait pas… et que j'en ressens le besoin. Chaque fois que je rentre au sanctuaire ou chez le Primâle, j'éprouve une sensation de vide grandissante. Au point que je songe à tout abandonner.

Elle secoua la tête.

— Je ne peux pas continuer ainsi, même si c'était là l'unique raison de tous mes efforts. C'est juste que… mon cœur ne peut plus le supporter.

Vhif frotta ses mains sur ses cuisses.

— Veux-tu… aurais-tu envie de continuer si tu le pouvais ?

— Bien sûr, répondit Layla d'une voix claire et déterminée. Je suis fière d'être à votre service.

Vhif passa une main dans son épaisse tignasse brune.

— Que faudrait-il pour… te satisfaire ?

Blay avait l'impression d'assister au déraillement d'un train en *live*. Il aurait dû s'éclipser mais il était comme cloué sur place. Il fallait qu'il assiste à l'accident.

Et bien sûr, les joues empourprées de Layla accentuaient encore sa beauté. Ses lèvres pleines s'entrouvrirent, puis se refermèrent. Pour s'entrouvrir encore… puis se refermer.

— Ne t'inquiète pas, murmura Vhif. Tu n'es pas obligée de le dire tout haut. Je sais ce que tu veux.

Blay sentit son torse se couvrir de sueur tandis que ses mains se crispaient sur les vêtements qu'il avait sortis de son armoire.

— Qui ? reprit Vhif d'une voix rauque. Qui veux-tu ?

Il y eut un long silence, puis Layla répondit :

— Vous.

Blay se leva.

— Je vais vous laisser.

Comme dans un épais brouillard, il se dirigea vers la porte, emportant par réflexe son blouson en cuir.

Refermant la porte, il entendit encore Vhif murmurer :

— On va y aller tout doucement. Si tu veux vraiment faire ça, on ira tout doucement.

Blay remonta le couloir à grandes enjambées, pressé de s'éloigner de sa chambre. Ce ne fut qu'en arrivant devant la porte à double battant réservée au personnel qu'il prit conscience de sa tenue : il se baladait en peignoir. Il se glissa rapidement dans la cage d'escalier menant à la salle de cinéma, au deuxième étage, et enfila ses vêtements devant le distributeur de pop-corn.

La fureur qui bouillonnait au creux de son ventre était une sorte de cancer, prêt à le dévorer. C'était pourtant sans fondement, et complètement inutile.

Blay alla se poster devant les étagères remplies de DVD, les titres des jaquettes s'étirant en une guirlande floue sous ses yeux.

Il ne prit pas de film.

Sa main s'enfonça plutôt dans la poche de sa veste pour en extirper une carte de visite.

Chapitre 29

Lorsque la porte de la salle de réveil se referma, Xhex éprouva le besoin de dire quelque chose à voix haute à l'intention de Vhengeance.

— Bon, alors, commença-t-elle en repoussant une mèche de cheveux. Comment vas-tu…

Il interrompit son bavardage hésitant en se dirigeant vers elle d'un pas décidé, frappant le sol carrelé de sa canne rouge. Chaussés de mocassins, ses pieds se déroulaient souplement du talon aux orteils. Son visage était un masque de détermination et ses yeux violets semblaient incandescents.

Xhex se sentit très faible, tout à coup.

Remontant le drap sur sa gorge, elle murmura :

— Qu'est-ce qui ne va pas, bon s…

Vhen se pencha, la souleva dans ses grands bras et la serra étroitement contre lui.

— J'ai bien cru que je ne te reverrais pas, dit-il d'une voix grave et profonde en inclinant la tête vers elle.

Comme il frissonnait, Xhex posa les mains sur son torse. Après avoir observé un petit moment de retenue, elle l'enlaça avec la même fougue.

— Tu sens toujours pareil, murmura-t-elle d'un ton bourru en enfouissant le nez dans le col de sa chemise en soie. Oh… c'est fou, tu sens toujours pareil.

Le parfum épicé de sa luxueuse eau de toilette la ramena à l'époque où ils travaillaient tous les quatre au *Zero Sum* : lui à la barre, iAm à la comptabilité, Trez sur le terrain et elle à la sécurité.

Cette odeur fut le crochet qui la prit et l'éloigna de l'épisode traumatisant qu'elle venait de vivre depuis son enlèvement et sa période de captivité, pour la ramener vers son passé, effaçant provisoirement l'horreur de ces trois dernières semaines.

Mais elle ne voulait pas s'attacher. Il lui serait encore plus difficile de partir si elle se laissait attendrir. Mieux valait se concentrer sur l'instant présent, sur les objectifs immédiats.

Avant de tirer sa révérence.

Vhen s'écarta.

— Je ne veux surtout pas te fatiguer, je ne resterai pas longtemps. Mais j'avais besoin de… enfin, tu vois.

— Je vois.

Ils s'étreignirent encore un long moment et, comme toujours, Xhex ressentit leur profonde similitude, leur spécificité de sang-mêlé, toutes ces facettes qui reliaient les *symphathes* entre eux.

— Tu as besoin de quelque chose ? demanda Vhen. Tu veux manger ?

— Doc Jane m'a interdit d'avaler quoi que ce soit avant deux heures.

— OK. Écoute, on parlera de ce qui nous attend…

— Plus tard.

En prononçant ces deux mots, Xhex les imagina en pleine discussion, histoire d'amadouer Vhen pour le cas où il aurait décidé de lire dans ses pensées.

Cela dit, elle ne fut pas sûre de l'avoir convaincu.

— Au fait, j'habite ici, maintenant, déclara-t-il.

— Où sommes-nous, au juste ?

— Au centre d'entraînement de la Confrérie, répondit-il en fronçant les sourcils. Je croyais que tu étais déjà venue.

— Pas de ce côté-là. Mais je me doutais bien qu'ils m'avaient amenée ici. Ehlena s'est montrée très gentille avec moi. Là-dedans, ajouta-t-elle en hochant la tête en direction du bloc opératoire. Et, avant que tu me poses la question, je vais m'en remettre. C'est Doc Jane qui l'a dit.

— Tant mieux.

Vhen lui serra la main.

— Je vais chercher John.

— Merci.

S'immobilisant devant la porte, Vhen lui lança un regard par-dessus son épaule. Un regard intense.

— Écoute-moi bien, Xhex. Je ne suis pas le seul à tenir à toi, tu sais. De nombreuses personnes éprouvent la même chose que moi. Alors fais ce que tu as à faire et garde la tête haute. Mais ne va surtout pas t'imaginer que je n'ai pas deviné tes intentions.

Elle le foudroya des yeux.

— Sale mangeur de péchés.

— Tu le sais bien, répliqua Vhen en arquant un sourcil. Et je te connais par cœur. Ne va pas tout foutre en l'air, Xhex. On est tous avec toi, tu peux t'en sortir en comptant sur nous.

Tandis qu'il quittait la pièce, elle ne put s'empêcher d'admirer la confiance qu'il lui portait, mais elle ne se laisserait pas attendrir.

À la vérité, imaginer une vie après les funérailles de Flhéau suffisait à la terrasser. Elle ferma les yeux avec un grognement las, priant de toutes ses forces que Vhen ne se mêle pas de ses affaires…

Xhex se réveilla en sursautant. Combien de temps avait-elle dormi ? Où était passé John… ?

La réponse fut immédiate : John était allongé par terre à côté du lit. Couché sur le flanc, il dormait, la tête appuyée sur son bras replié. Même dans son sommeil, il paraissait fatigué : ses sourcils étaient froncés et sa bouche crispée.

La sensation de sérénité qui l'envahit en le contemplant l'emplit de stupeur. Mais elle ne chercha pas à lutter. Pas la force… d'autant plus qu'il n'y avait aucun témoin.

— John ?

À peine eut-elle prononcé son nom qu'il bondit sur ses pieds, en position de combat, plaçant son grand corps de guerrier entre la porte et le lit. Et visiblement prêt à réduire en bouillie tout ce qui représentait une menace pour elle.

Xhex trouva ça… adorable.

Tellement plus touchant qu'un bouquet de fleurs qui lui aurait donné le rhume des foins.

— John, viens là.

Il attendit encore quelques instants, la tête inclinée sur le côté, aux aguets. Finalement, il baissa sa garde et s'approcha du lit. Dès qu'il posa les yeux sur Xhex, la brutalité de son expression et ses crocs menaçants disparurent pour laisser place à un flot de sollicitude touchante.

Se saisissant de son carnet, il écrivit quelques mots qu'il s'empressa de lui montrer.

— Non, merci. Je n'ai pas faim.

C'était toujours comme ça. Il lui arrivait de rester plusieurs heures sans manger, parfois même une journée entière, après s'être nourrie à la veine de quelqu'un.

— Ce que j'aimerais, en revanche…

Elle regarda en direction de la salle de bains, dans l'angle de la pièce.

« Une douche », griffonna-t-il avant de le lui montrer.

— Oh oui. Seigneur, une bonne douche chaude.

John entra aussitôt en action, ouvrant le robinet, disposant des serviettes propres, du savon et une brosse à dents sur le plan de toilette.

En proie à un sentiment de frustration, Xhex entreprit de se redresser. Ce ne fut pas une mince affaire : elle avait l'impression de devoir soulever un immeuble de plusieurs étages sur ses épaules. Au prix de maints efforts, elle balança ses jambes sur le côté du lit, convaincue que si elle ne réussissait pas à se lever toute seule, John appellerait Doc Jane. Et la perspective d'une bonne douche chaude lui passerait alors sous le nez !

John arriva à point nommé pour l'aider, pile au moment où elle posait ses pieds nus sur le sol. Lorsque le drap glissa, dévoilant son corps dénudé, ils se figèrent, tous les deux pris de court. Mais l'heure n'était pas à la pudeur.

— Qu'est-ce que je fais avec le pansement ? murmura-t-elle en observant les bandes blanches qui ceignaient son bassin.

Alors que John cherchait son carnet du regard, se demandant manifestement s'il pourrait l'attraper sans relâcher son étreinte, Xhex reprit la parole :

— Non, n'appelle pas Doc Jane. Je vais le retirer, ce sera plus simple.

Vacillant légèrement sur ses jambes, elle tira sur l'extrémité du bandage. Évidemment, il aurait été plus prudent de faire ça allongée, qui plus est en présence du médecin. Et puis merde, tant pis !

— Oh, souffla-t-elle en dévoilant une rangée de points de suture. Ça alors… La copine de V. maîtrise pas mal les travaux d'aiguille, tu ne trouves pas ?

John récupéra la bande de gaze souillée et la lança dans la poubelle, à l'angle de la pièce. Puis il attendit, comme s'il pressentait qu'elle hésitait à se recoucher.

Pour une raison qui lui échappait, l'idée qu'on lui avait ouvert le ventre lui donnait le tournis, mais elle parvint à se ressaisir.

— OK, allons-y, marmonna-t-elle.

Il la laissa avancer à son rythme, aussi lent que celui d'une petite vieille.

— Est-ce que tu peux éteindre les lumières de la salle de bains ? demanda-t-elle comme ils traversaient la pièce à tout petits pas. Je ne veux pas me voir dans le miroir.

John appuya sur l'interrupteur dès qu'il fut à portée de sa main.

— Merci.

L'humidité de l'air et le ruissellement de l'eau apaisa son esprit et détendit les muscles de son dos. Mais c'était justement cette tension qui l'avait aidée à avancer et, du coup, elle se sentit chanceler.

— John…

Était-ce vraiment sa voix, si ténue qu'elle en était à peine audible ?

— John, peux-tu venir avec moi dans la douche ? S'il te plaît.

Un long, très long silence accueillit sa question. Finalement, dans le rai de lumière qui filtrait par l'entrebâillement de la porte, elle le vit hocher la tête.

— Ferme la porte pendant que tu te déshabilles à côté, ajouta-t-elle. J'ai besoin d'aller aux toilettes.

Sur ce, elle agrippa la rambarde fixée au mur et poursuivit son chemin en silence. Puis John quitta la pièce et l'obscurité s'installa.

Lorsqu'elle eut terminé, elle se releva et entrouvrit la porte.

Et se retrouva face au petit carnet de John :

« J'aurais bien aimé garder mon caleçon mais je n'en porte jamais sous mon cuir. »

— Pas de problème. Je ne suis pas du genre pudique.

Ce n'est pas la pure vérité, songea-t-elle un moment plus tard, quand il leur fallut se caser à deux dans la cabine de douche. Après tout ce qu'elle avait subi, on aurait pu croire qu'une certaine promiscuité dans une pièce sombre, avec un homme qu'elle connaissait bien et en qui elle avait une confiance aveugle, ne serait qu'une simple formalité. Eh bien, il n'en était rien.

Surtout quand le corps de John effleura son dos lorsqu'il referma la paroi vitrée.

Concentre-toi sur le jet d'eau, s'exhorta-t-elle en se demandant si elle avait perdu l'esprit.

Lorsqu'elle voulut lever la tête, elle vacilla légèrement et la grande main de John se glissa sous son bras pour la stabiliser.

— Merci, dit-elle d'un ton bourru.

Si embarrassante que fût la situation, l'eau chaude lui fit un bien fou et elle apprécia de la sentir pénétrer ses cheveux pour mouiller la surface de son crâne. Elle n'avait plus qu'une envie : se laver à grande eau, avec ou sans John Matthew dans le plus simple appareil à son côté.

— Merde, j'ai oublié le savon.

John ouvrit la porte vitrée et se pencha en avant, collant ses hanches aux siennes. Xhex se raidit, se préparant à affronter un flot de tension sexuelle… mais John ne bandait pas.

Ce qui fut un immense soulagement. Après tout ce que Flhéau lui avait fait subir…

En sentant le savon dans le creux de sa main, elle se força à refouler tous les souvenirs de ce qui s'était passé dans cette chambre et entreprit d'humidifier le pain parfumé. Se laver soigneusement. Se sécher. Puis retourner au lit. Voilà ce à quoi elle devait penser, rien d'autre.

L'odeur du savon, forte et familière, assaillit ses narines et elle cligna plusieurs fois des yeux. Elle reconnut la marque…

C'était exactement ce qu'elle aurait choisi.

Stupéfiant, songea John, debout derrière Xhex.

Ainsi, il suffisait de regarder fixement sa queue et ses couilles en les menaçant de les couper et de les enterrer au fond du jardin si elles avaient le malheur de mal se conduire… pour qu'elles vous écoutent.

Il s'en souviendrait.

Si la cabine de douche était de belles dimensions pour une personne, pour deux, elle s'avérait un peu étroite, et John veilla à rester collé contre la paroi vitrée pour éviter toute tentation à M. Toujours-Prêt et ses deux crétines d'acolytes.

Le sermon s'était certes avéré efficace, mais il y avait tout de même des limites à ne pas dépasser.

Au-delà de ça, l'état de faiblesse de Xhex le bouleversait. Il était obligé de la soutenir pour éviter qu'elle tombe, alors même qu'elle s'était nourrie à sa veine. Mais on ne se remettait pas de quatre semaines passées en enfer en seulement deux heures de sommeil. Car c'était tout ce qu'elle avait dormi, à en croire sa montre.

Lorsqu'elle se shampouina, elle arqua le dos et ses cheveux mouillés balayèrent le torse de John, puis elle pivota sur ses talons pour se rincer. Il tint à tour de rôle son bras droit, puis le gauche, puis de nouveau le droit afin de lui faciliter les choses.

Les problèmes s'annoncèrent quand elle voulut se savonner les jambes.

— Merde…

Elle perdit l'équilibre tellement vite que les doigts de John dérapèrent sur son bras savonneux et elle bascula contre lui.

Dans un flash, une sensation de glissant, de chaud et de mouillé le percuta avant qu'il ne s'écarte pour prendre appui contre le mur carrelé, mettant de la distance entre eux tout en la maintenant fermement par les épaules.

— Dommage qu'il n'y ait pas de siège, murmura-t-elle. Je n'arrive pas à garder l'équilibre, c'est fou.

Un ange passa… puis John lui prit le savon des mains et, avec une lenteur délibérée, échangea sa place avec celle de Xhex, la poussant doucement dans l'angle où il s'était calé avant de l'inviter à poser les mains sur ses épaules.

Il se mit à genoux, frotta le savon entre ses mains jusqu'à ce qu'il mousse abondamment tandis que l'eau ruisselait sur sa nuque, dégoulinant le long de son dos. Le carrelage était dur sous ses genoux et les orteils de son pied gauche se trouvaient douloureusement coincés dans la grille de la bonde, mais il s'en fichait.

Il s'apprêtait à la toucher, et c'était tout ce qui lui importait.

Enroulant sa main autour de la cheville de Xhex, il tira légèrement et, au bout de quelques instants, elle bascula son poids sur son autre jambe et lui tendit son pied. Posant le savon près de la porte, John commença par la plante et se dirigea lentement vers le talon, nettoyant, massant…

Cajolant sans rien attendre en retour.

Il poursuivit avec la même lenteur, remontant doucement le long de sa jambe, s'interrompant de temps en temps pour s'assurer qu'il n'appuyait pas sur les hématomes qui meurtrissaient sa peau. Le muscle de son mollet était dur comme la pierre et les os au niveau de son genou semblaient aussi forts que ceux d'un mâle. En même temps, il la sentait fragile et délicate sous ses doigts.

Continuant son ascension, il prit soin de laisser ses doigts à l'extérieur de sa cuisse. Il n'avait surtout pas envie qu'elle lui prête des intentions déplacées. Lorsqu'il atteignit la hanche, il suspendit son geste et reprit du savon.

Après avoir rincé son pied, il tapota son autre cheville et sentit une bouffée de soulagement quand elle lui accorda le privilège de renouveler l'opération.

Des massages lents, des mains traînantes, une progression paresseuse… et juste l'extérieur de la jambe en remontant.

Lorsqu'il eut terminé, il se redressa et ses genoux craquèrent quand il déplia son grand corps et la plaça sous le jet d'eau. Attrapant son bras, il lui tendit le savon pour qu'elle finisse de se laver.

—John ?

Comme ils étaient dans le noir, il siffla un « Quoi ? ».

— Tu es quelqu'un de bien, tu sais. Tu es vraiment quelqu'un de bien.

Levant les mains, elle prit son visage en coupe.

Tout se passa si vite qu'il eut du mal à croire ce qui s'était passé. Plus tard, il jouerait et rejouerait la scène en boucle dans son esprit, étirant le moment à n'en plus finir, en revivant chaque instant, se nourrissant sans fin de ce souvenir.

Tout se déroula pourtant en une poignée de secondes. Sur une impulsion de Xhex. Un chaste présent pour le remercier du cadeau tout aussi chaste qu'il venait de lui faire.

Se hissant sur la pointe des pieds, Xhex pressa sa bouche contre la sienne.

Quelle tendresse… Ses lèvres étaient incroyablement douces. Tendres. Et tellement chaudes, aussi.

Le contact fut bref mais, là encore, cela lui suffisait.

— Viens t'allonger près de moi, dit-elle en sortant de la douche. Je ne veux pas te voir dormir par terre. Tu mérites beaucoup mieux que ça.

L'esprit confus, il coupa l'eau et lui emboîta le pas, acceptant la serviette qu'elle lui tendait. Ils se séchèrent ensemble puis Xhex s'enveloppa dans le drap de bain tandis que John ceignait la serviette autour de ses hanches.

De retour dans la chambre, il s'allongea sur le lit en premier et ouvrit les bras le plus naturellement du monde. S'il y avait réfléchi un tant soit peu, jamais il n'aurait osé un tel geste, mais le moment n'était plus à la réflexion.

Et c'était mieux ainsi.

Car elle vint se blottir contre lui, l'aspirant dans un tourbillon de chaleur qui courut sur son épiderme puis le pénétra jusqu'à la moelle.

Bien sûr, Xhex l'habitait encore plus profondément que ça. Depuis toujours.

Il était tombé sous son charme dès le premier regard.

Il éteignit la lumière et elle se serra contre lui, comme pour se réfugier jusque dans son cœur, allumant un brasier qui réchauffa son âme. Ce fut seulement alors que John eut l'impression de respirer normalement après des mois de confinement.

Il ferma les yeux, persuadé qu'il ne trouverait pas le repos.

Il sombra pourtant dans un sommeil profond. Et dormit du sommeil du juste.

Chapitre 30

Dans la salle réservée aux domestiques de la maison Sampsone, Audazs mit un terme à son entretien avec la servante de la jeune fille disparue.

—Merci, conclut-il en se levant sur un dernier hochement de tête. J'apprécie votre franchise.

La doggen *s'inclina respectueusement.*

—Retrouvez-la, monsieur, je vous en prie. Et ramenez-la à la maison.

—Nous ferons tout notre possible, répondit Audazs en jetant un coup d'œil à Tohrment. Pourrais-tu m'amener le garçon d'étage, à présent?

Tohrment ouvrit la porte et quitta la pièce en compagnie de la frêle servante.

Une fois seul, Audazs fit les cent pas autour du bureau trônant au centre de la pièce. La servante ne lui avait fourni aucune information intéressante. Ouverte et simple, elle avait parlé sans retenue… mais ne lui avait rien apporté de plus.

Tohrment revint accompagné du domestique et reprit sa place près de la porte, toujours sans mot dire. C'était aussi bien. Lorsqu'on conduisait un interrogatoire de ce genre, il était préférable qu'il n'y ait qu'une personne qui pose les questions. Le garçon avait toutefois un rôle à tenir, et rien n'échappait à son regard perspicace. Peut-être remarquerait-il quelque chose qu'Audazs ne saisirait pas, absorbé par la conversation?

—Merci d'avoir accepté de nous parler, commença Audazs.

Le doggen *s'inclina.*

— Je serais ravi de pouvoir vous aider, monsieur.

— Tant mieux, murmura Audazs en s'asseyant sur le tabouret qu'il avait déjà utilisé lors de l'interrogatoire de la servante.

Par nature, les doggen *se plaisaient à respecter les règles du protocole et préféraient par conséquent rester debout quand leurs supérieurs étaient assis.*

— Comment vous appelez-vous, serviteur ?

Une autre révérence.

— Je m'appelle Fritzgelder Perlmutter.

— Et depuis combien de temps travaillez-vous pour cette famille ?

— Je suis né dans cette maison il y a soixante-dix-sept ans.

Croisant les mains derrière son dos, le domestique se redressa.

— Je suis fier de servir les membres de cette famille depuis mon cinquième anniversaire.

— Voilà une grande fidélité. Vous connaissez bien la jeune fille, par conséquent.

— Oui. C'est une jeune fille très respectable, une joie pour ses parents et sa lignée.

Audazs scruta avec attention le visage du domestique.

— Et vous n'avez rien remarqué… qui aurait éventuellement pu conduire à sa disparition.

Le sourcil gauche du doggen *s'arqua imperceptiblement dans le silence pesant qui suivit.*

Audazs reprit dans un murmure :

— Si cela peut soulager votre conscience, vous avez ma parole de frère que ni moi ni mon collègue ne révélerons à quiconque ce que vous voudrez bien nous dire. Pas même au roi.

Fritzgelder ouvrit la bouche et laissa échapper un soupir.

Audazs resta silencieux : pousser le pauvre mâle dans ses retranchements ne servirait à rien. Soit il parlerait, soit il se tairait, et l'encourager ne ferait que ralentir sa décision.

Plongeant la main dans la poche intérieure de son uniforme, le domestique en sortit un mouchoir d'une blancheur immaculée, impeccablement plié, avec lequel il tapota sa lèvre supérieure avant de le ranger avec des gestes nerveux.

— Rien ne sortira d'entre ces murs, insista Audazs, toujours à voix basse. Absolument rien.

Le mâle dut se racler la gorge à deux reprises avant de déclarer dans un filet de voix :

— À vrai dire… elle avait une conduite irréprochable. Je peux le garantir. Elle n'entretenait aucun… rapport avec un mâle à l'insu de ses parents.

— Mais…, murmura Audazs.

À cet instant, la porte s'ouvrit en grand et le majordome qui les avait accueillis un moment plus tôt fit son apparition. Il ne parut pas surpris de les trouver là. Toutefois, son expression désapprobatrice en disait long sur ce qu'il pensait de cette entrevue. Selon toute vraisemblance, l'un de ses subalternes l'avait alerté de ce qui se passait là.

— Vous gérez une équipe extrêmement compétente, lança Audazs à l'intention du majordome. Mon compagnon et moi-même sommes très impressionnés.

Le mâle s'inclina, sans pour autant se départir de son expression méfiante.

— Vos compliments m'honorent, monsieur.

— Nous étions sur le point de prendre congé. Votre maître est-il dans les parages ?

Le majordome se redressa, en proie à un soulagement manifeste.

— Je venais justement vous informer qu'il s'était retiré en me demandant de vous saluer. Il est allé s'occuper de sa shellane *bien-aimée.*

Audazs se leva.

— Le doggen *ici présent s'apprêtait à nous montrer le parc avant que nous partions. Comme il pleut, je suppose que vous préférez laisser à votre personnel le soin de nous guider sur les*

pelouses humides. Nous serons de retour au lever du soleil. Merci d'avoir accédé à nos demandes.

— C'est bien naturel, répondit simplement le mâle.

Après s'être incliné devant son supérieur, Fritzgelder tendit le bras vers une porte, à l'autre bout de la pièce.

— Par ici.

Dehors, l'air ne charriait pas encore la chaleur promise par l'arrivée imminente du printemps. Il faisait même un froid glacial lorsqu'ils sortirent dans la brume.

Fritzgelder savait exactement où les conduire. D'un pas décidé, il contourna la maison en direction des jardins situés sous les appartements de la jeune fille.

Jusque-là, tout se déroule au mieux, songea Audazs.

Le domestique s'immobilisa juste sous la fenêtre de la chambre. Cependant, au lieu de faire face aux imposants murs de pierre, il se tourna vers les massifs de fleurs et le labyrinthe végétal puis leva les yeux en direction de la demeure voisine, pour finalement reporter son attention sur Audazs et Tohrment.

— Levez les yeux vers la cime des arbres, suggéra-t-il en désignant la maison d'un geste de la main, comme s'il était en train de leur expliquer quelque chose d'important – il était plus que probable qu'on les observait depuis les fenêtres de la demeure. Et regardez bien la trouée entre les branchages.

Il y avait en effet une percée dans le bosquet d'arbres décharnés. C'était par là qu'ils avaient aperçu la propriété voisine depuis le premier étage.

— Cette vue n'a pas été aménagée par notre famille, monsieur, déclara le doggen à voix basse. Je l'ai remarquée une semaine environ avant que… avant la disparition. J'étais en train de faire le ménage dans les chambres, à l'étage. C'était en plein jour et les membres de la famille s'étaient retirés au sous-sol. En entendant le bois craquer, j'ai regardé par la fenêtre et c'est là que j'ai vu les branches tomber au sol.

Les pupilles d'Audazs s'étrécirent.

—La trouée a été réalisée à dessein, n'est-ce pas?

—Absolument. Sur le coup, je n'ai pas pensé à mal car les occupants de la maison sont des humains. Mais à présent…

—À présent, vous vous demandez s'ils n'avaient pas une motivation cachée. Dites-moi, à qui en avez-vous parlé?

—Au majordome. Mais il m'a ordonné de ne rien dire. C'est un homme respectable et loyal envers la famille qu'il sert. Il souhaite par-dessus tout qu'on retrouve la jeune fille…

—Mais il préfère bannir l'idée qu'elle puisse être tombée entre les mains d'humains.

Aux yeux de la glymera*, ces derniers étaient à peine mieux considérés que des rats dressés sur leurs pattes arrière.*

—Merci d'avoir accepté de nous parler, reprit Audazs. Vous avez fait votre devoir.

—Trouvez-la vite. Je vous en supplie. Je me moque de savoir qui l'a enlevée. Je veux juste que vous la rameniez à la maison.

Audazs concentra son attention sur ce qu'il apercevait de la demeure voisine.

—Nous en avons bien l'intention. D'une manière… ou d'une autre.

Pour le bien de ces humains, Audazs espérait qu'ils n'avaient pas pris le risque d'enlever l'une des leurs. Sur ordre du roi, l'autre espèce devait être évitée, mais que se passerait-il s'ils avaient eu l'audace de s'en prendre à un vampire? Une femelle issue de l'aristocratie, qui plus est?

Audazs les massacrerait l'un après l'autre dans leur sommeil avant de laisser leurs cadavres pourrir sur place.

Chapitre 31

Lorsque Gregg Winn se réveilla, Holly était blottie contre lui, ses généreux seins siliconés pressés sur son flanc, tels deux oreillers joufflus.

Un rapide coup d'œil au réveil lui indiqua qu'il était 7 heures du matin. Il était temps de se lever pour partir à Atlanta.

— Holly, murmura-t-il en la secouant légèrement. Réveille-toi.

Elle laissa échapper une espèce de ronronnement et s'étira, arquant son corps contre celui de Gregg, transformant son érection matinale en pulsion difficile à contrôler. Mais le souvenir des événements de la nuit éteignit bien vite ses ardeurs.

Et démontra du même coup ses qualités de gentleman…

— Holly, allez, on se réveille, reprit-il en repoussant ses cheveux sur son épaule. Si on se met en route tout de suite, on arrivera à Atlanta en fin d'après-midi.

Ce qui serait plutôt bien, étant donné qu'il avait déjà gâché toute une journée avec cette histoire de Rathboone.

— D'accord. Je me lève, je me lève.

Mais Gregg fut le seul à quitter le lit. Derrière lui, Holly se lova à sa place encore chaude et se rendormit aussitôt.

Après avoir pris une douche, Gregg entreprit de ranger sa valise en faisant un maximum de raffut, mais rien ne fit émerger Holly. Son sommeil tenait carrément du coma.

Il s'apprêtait à aller réveiller Stan, qui était encore pire qu'elle, lorsqu'on frappa à la porte.

Était-il possible que le fumeur d'herbe soit déjà debout ?

Gregg ouvrit la porte en s'adressant à son cameraman :

— Écoute, chargeons la camionnette tout de…

Devant lui se tenait le majordome cul-serré. On aurait dit que quelqu'un venait de renverser un verre de vin rouge sur son canapé.

Gregg leva la main.

— On part, d'accord ? On met les voiles. Accordez-nous juste…

— Le propriétaire des lieux a décidé de vous autoriser à tourner votre émission ici.

Gregg cligna des yeux, décontenancé.

— Pardon ?

Le ton du majordome se fit encore plus écœuré – si c'était possible.

— Le propriétaire m'a contacté ce matin. Il vous donne l'autorisation d'animer votre émission en direct d'ici.

Un jour trop tard, songea Gregg en jurant *in petto.*

— Désolé. Mon équipe et moi-même sommes…

— Ravis, compléta Holly à sa place.

Jetant un coup d'œil par-dessus son épaule, il vit la jeune femme rajuster son déshabillé avant de se lever.

— Quelle merveilleuse nouvelle, ajouta-t-elle en gratifiant le majordome d'un large sourire.

Ce dernier semblait hésiter entre la désapprobation et l'enchantement à la vue de Holly au saut du lit, encore toute chaude, échevelée et dépouvue de tout artifice.

— Parfait, dit-il finalement après s'être raclé la gorge. Prévenez-moi si vous avez besoin de quoi que ce soit.

Sur une légère courbette, il tourna les talons et s'éloigna.

Gregg referma la porte.

— Je croyais que tu voulais partir d'ici ?

— Eh bien… j'étais en sécurité auprès de toi cette nuit, non ? minauda-t-elle en s'approchant de lui pour effleurer son torse du bout des doigts. Je n'aurai qu'à rester avec toi.

La satisfaction qui perçait dans sa voix éveilla les soupçons de Gregg.

— C'était une blague, c'est ça ? Ce type qui t'a soi-disant fait l'amour…

Holly secoua la tête avec véhémence.

— Non… mais je crois sincèrement que ce n'était qu'un rêve.

— Tu m'as pourtant affirmé que tu avais réellement eu un rapport sexuel.

Ses sourcils épilés se froncèrent comme si elle s'efforçait de voir à travers du verre dépoli.

— Ça reste trop flou pour être vrai. J'étais profondément troublée, la nuit dernière, mais à la lumière du jour… tout ça paraît ridicule.

— Tu avais pourtant l'air très sûre de ce que tu avançais.

Elle secoua lentement la tête.

— Ce n'était rien d'autre qu'un rêve d'un réalisme incroyable… mais ça ne peut pas être vrai.

Scrutant son visage, il ne put y lire qu'une certitude inébranlable.

Elle porta soudain la main à sa tempe.

— Est-ce que tu as de l'aspirine ?

— Tu as mal à la tête ?

— Oui. Ça vient juste de se déclencher.

Il se dirigea vers sa valise pour prendre sa trousse de médicaments.

— Écoute, Holly, je veux bien tourner ici mais, si nous décidons de rester, il n'y aura pas de marche arrière possible. On sera obligés de tenir nos engagements vis-à-vis de la chaîne. Par conséquent, il serait hors de question de rentrer à Atlanta dans un jour ou deux.

Objectivement, ils travaillaient déjà dans l'urgence.

— Je sais, dit-elle en s'asseyant au bord du lit. Je comprends parfaitement la situation.

Gregg lui tendit le flacon d'aspirine puis alla chercher un verre d'eau dans la salle de bains.

— Recouche-toi un peu, d'accord ? Il est encore tôt et Stan est probablement toujours dans les bras de Morphée.

— Et toi, qu'est-ce que tu vas faire ?

Elle bâilla en lui redonnant les médicaments et le verre vide.

Gregg pointa le menton en direction de son ordinateur portable.

— Je vais emporter ça au salon et commencer à faire le tri dans les prises de vue qu'on a faites la nuit dernière. Tout a dû se charger automatiquement depuis les caméras à distance.

— Reste ici, tu veux ? suggéra Holly en remuant ses doigts de pied vernis sous les draps.

— Tu es sûre ?

Elle posa sa tête sur l'oreiller et son sourire dévoila des dents parfaitement alignées… et une des adorables facettes de sa personnalité.

— Oui, je dormirai mieux si tu es là. En plus, tu sens super bon après la douche.

On pouvait dire sans se tromper qu'elle savait s'y prendre avec la gent masculine : quand elle le regardait de la sorte, abandonnée sur le lit, une armée entière n'aurait pas suffi à le traîner hors de la pièce.

— D'accord. Rendors-toi, Lolli.

Elle sourit en entendant le surnom qu'il lui avait donné la première fois qu'ils avaient couché ensemble.

— C'est ce que je vais faire. Merci de rester avec moi.

Elle ferma les yeux et Gregg alla s'installer dans le fauteuil, près de la fenêtre. Une fois assis, il alluma son ordinateur.

Les séquences filmées par les microcaméras qu'ils avaient cachées dans l'entrée et le salon, au rez-de-chaussée de la maison, et dans le gros chêne près du porche, dehors, avaient en effet été téléchargées.

Compte tenu de ce qui s'était passé, il regretta vivement de ne pas avoir placé une caméra supplémentaire dans la chambre de Holly. Mais bon, étant donné que les fantômes n'existaient pas, pourquoi s'embêter ? Ces prises de vue avaient été réalisées uniquement dans le but de vendre l'atmosphère de l'endroit… et pour trafiquer les images quand il s'agirait de « s'adresser aux esprits de la maison ».

En commençant à visionner les séquences, Gregg songea qu'il faisait ce boulot depuis… combien de temps, déjà ? Deux ans ? Et que jamais jusqu'à présent il n'avait vu ni entendu de phénomène inexpliqué ou inexplicable.

Ce qui lui convenait parfaitement. Il n'était pas là pour tenter de prouver l'existence des esprits. Il était là pour vendre du divertissement.

La seule chose qu'il avait apprise au cours des vingt-quatre mois écoulés, c'est que le mensonge ne lui posait aucun problème. En fait, l'aisance dont il faisait preuve pour masquer et falsifier lui permettait d'être un producteur de télé idéal. La fin justifiant les moyens, il n'avait jamais hésité à raconter des bobards à propos de tout et n'importe quoi, que ce soient les lieux de tournage, les compétences des uns et des autres, les agents, les propriétaires des maisons, les séquences de tournage ; tout n'était à ses yeux que des boîtes de conserve qu'il manipulait à son gré pour les agencer correctement sur les étagères. Pour parvenir à ses fins, il avait menti sur les contrats, les dates, les horaires, les images, les bruitages… Il avait maquillé, induit en erreur, proféré de fausses menaces, fabriqué des preuves et…

Sourcils froncés, Gregg se pencha vers l'écran de l'ordinateur.

Revenant en arrière avec le curseur, il visionna de nouveau la séquence enregistrée dans le couloir.

On voyait une forme sombre glisser dans le couloir donnant sur les chambres et… disparaître dans celle de Holly. Au bas de l'image, l'heure indiquait minuit onze.

Soit trois quarts d'heure environ avant qu'elle vienne le trouver dans sa chambre.

Gregg repassa une nouvelle fois la séquence, fixant du regard avec attention l'ombre imposante qui remontait le couloir plongé dans la pénombre, occultant la clarté de la lune qui filtrait par la fenêtre, à l'autre extrémité.

La voix de Holly résonna dans sa tête : « *J'ai fait l'amour avec lui.* »

Submergé par un mélange de colère et d'angoisse, il fit défiler la bande, laissant les minutes s'égrener en bas de l'image. Une demi-heure plus tard, une silhouette émergea de la chambre de Holly, cachant de nouveau la seule source de lumière.

Au lieu de revenir sur ses pas, l'individu poursuivit son chemin, comme s'il savait où se trouvait la caméra cachée et ne voulait pas montrer son visage.

Au moment où Gregg s'apprêtait à alerter la police… le truc étrange se volatilisa dans l'air.

Putain de merde !

Chapitre 32

John Matthew se réveilla, sentit Xhex à côté de lui, et paniqua. Un rêve… N'était-ce qu'un rêve ?

Il se redressa lentement, et lorsque le bras de Xhex glissa de son torse à son ventre, il l'attrapa avant qu'il descende sur ses hanches. Seigneur, ce qu'il tenait délicatement dans sa main était chaud, compact et…

— John ? murmura-t-elle dans l'oreiller.

Sans réfléchir, il s'enroula autour d'elle et caressa ses cheveux courts. L'instant d'après, elle s'était rendormie.

Un rapide coup d'œil à sa montre lui indiqua qu'il était 16 heures. Ils avaient dormi pendant plusieurs heures et, à en juger par les grognements de son estomac, Xhex devait également avoir une faim de loup.

Dès qu'il fut certain qu'elle dormait de nouveau profondément, il se libéra de son étreinte et, s'affairant sans bruit autour du lit, écrivit un petit mot à l'intention de Xhex avant d'enfiler son pantalon en cuir et son tee-shirt.

Pieds nus, il sortit dans le couloir. Le calme régnait car il n'y avait plus d'entraînements, ce qui était bien regrettable. On aurait dû entendre des cris dans le gymnase où s'affrontaient les apprentis combattants, la voix monocorde d'un professeur dispensant des leçons dans la salle de cours et le claquement des portes des vestiaires dans les douches.

Au lieu de quoi régnait un profond silence.

Il s'avéra toutefois que John et Xhex n'étaient pas les seuls occupants des lieux.

Arrivé devant la porte vitrée du bureau, il se figea, la main sur la poignée.

Tohr dormait derrière le bureau… ou plutôt sur le bureau. Sa tête reposait sur son bras et ses épaules étaient complètement relâchées.

John avait tellement l'habitude d'éprouver de la colère à son égard qu'il fut étonné de ne rien ressentir de la sorte. En fait… il se sentait même immensément triste.

Il s'était réveillé près de Xhex, ce matin-là.

Tohr, lui, n'aurait plus jamais cette chance. Jamais plus il ne se tournerait vers Wellsie pour lui caresser les cheveux. Jamais plus il n'irait lui chercher à manger à la cuisine, ni ne l'enlacerait ou l'embrasserait.

Qui plus est, il avait aussi perdu son bébé.

En ouvrant la porte, John s'attendit que le mâle se réveille en sursaut, mais il n'en fut rien. Il dormait comme une masse, ce qui n'était guère étonnant, au fond. Dans l'objectif de retrouver sa forme, il mangeait et s'entraînait 24 heures sur 24, 7 jours sur 7, et ses efforts avaient déjà payé. Il ne nageait plus dans ses pantalons, ses tee-shirts ne pendouillaient plus autour de son torse. Mais, à l'évidence, le processus l'épuisait.

Où est Lassiter ? se demanda John en contournant le bureau pour atteindre l'armoire. D'ordinaire, l'ange déchu ne s'éloignait pas du frère.

John courba la tête pour franchir la porte dissimulée derrière les étagères et longea le tunnel en direction de la maison. Les tubes de néon fixés au plafond s'étiraient tout du long, lui donnant l'impression de suivre une espèce de chemin prédestiné, ce qui, compte tenu de la façon dont se déroulaient les choses, était réconfortant. Il gravit une volée de marches, s'arrêta pour composer un code, puis monta un deuxième escalier. Une fois dans le vestibule, il entendit la télé allumée dans la salle de billard. C'était donc là que se trouvait l'ange…

Personne d'autre sous ce toit n'aurait regardé l'émission d'Oprah Winfrey. Pas même sous la menace d'un revolver.

La cuisine était déserte, les *doggen* étant probablement en train de manger dans leurs appartements avant de se mettre à la préparation du Premier Repas puis de vaquer à leurs occupations domestiques. C'était très bien comme ça. Il n'avait pas besoin d'aide.

Avec des gestes rapides, il prit un panier dans le garde-manger et se mit à le remplir : des bagels, un Thermos de café, une bouteille de jus d'orange, des fruits frais coupés en morceaux, des brioches, des brioches et encore des brioches. Deux mugs, des verres.

Il concoctait un petit déjeuner riche en calories, en espérant qu'elle aime le sucré.

À cette pensée, il prépara un sandwich à la dinde, juste au cas où.

Et aussi un jambon-fromage, mais pour une tout autre raison.

Puis il traversa la salle à manger, en direction de la porte sous le grand escalier…

— Ça fait beaucoup, pour deux, déclara Lassiter d'un ton qui pour une fois était dénué d'ironie.

John fit volte-face. L'ange se tenait sur le seuil de la salle de billard, nonchalamment appuyé contre l'arcade sculptée, les bras croisés. Ses piercings en or brillaient, donnant l'impression d'une myriade d'yeux qui voyaient tout, absolument tout.

Lassiter esquissa un petit sourire.

— Tu vois les choses sous un autre angle, maintenant, n'est-ce pas ?

La veille, John l'aurait encore envoyé se faire foutre mais, dans l'immédiat, il ne put que hocher la tête. Surtout lorsqu'il songeait au chagrin de Tohr, dont l'intensité était inscrite dans les fissures du mur du couloir.

— Tant mieux, reprit Lassiter. Il était temps. Au fait, je ne suis pas avec lui parce qu'on a tous besoin de moments de solitude. Et puis, c'est l'heure de ma dose d'Oprah.

L'ange tourna les talons dans un tourbillon de cheveux blonds et noirs.

— Ferme-la, tu veux ? Oprah est sublime, conclut-il.

John secoua la tête, un sourire aux lèvres. Lassiter était peut-être un emmerdeur de métrosexuel, toujours est-il qu'on lui devait d'avoir ramené Tohr dans la Confrérie.

Traverser le tunnel. Franchir la porte du placard. Pénétrer dans le bureau où Tohr dormait toujours.

Lorsque John arriva à sa hauteur, le frère se réveilla dans un violent sursaut, décollant la tête du bureau, le visage à moitié fripé.

— John… murmura-t-il d'un ton bourru. Salut. Tu as besoin de quelque chose ?

John sortit du panier le sandwich jambon-fromage, qu'il posa sur le bureau avant de le pousser en direction du mâle.

Tohr cligna des yeux, comme si c'était la première fois qu'il voyait deux tranches de pain de seigle autour d'une tranche de viande.

John hocha la tête en direction du sandwich.

— *Mange,* articula-t-il.

Tohr tendit la main.

— Merci.

John hocha de nouveau la tête. Ses doigts s'attardèrent sur le bureau, qu'il frappa légèrement du poing en guise d'au revoir. Il y avait trop de choses à dire et trop peu de temps pour le faire. Dans l'immédiat, il tenait surtout à ce que Xhex ne soit pas seule quand elle se réveillerait.

Il était arrivé à la porte lorsque la voix de Tohr s'éleva dans son dos :

— Je suis très heureux que tu l'aies retrouvée. Vraiment très heureux.

Tandis que les mots pénétraient dans son esprit, John fixa du regard les fissures dans le mur du couloir. *J'aurais fait la même chose*, songea-t-il soudain. Si Kolher et les frères étaient venus lui annoncer de mauvaises nouvelles au sujet de sa femelle, il aurait eu la même réaction que Tohr. Exactement la même.

Il aurait défoncé le mur de béton, en proie à une douleur indicible.

Par-dessus son épaule, John considéra le visage pâle de ce mâle qui avait été son sauveur, son mentor… le seul père qu'il ait jamais connu, en quelque sorte. Si Tohr s'était étoffé, ses traits restaient creusés, et les quantités de nourriture qu'il ingurgitait n'y changeraient peut-être rien.

Lorsque leurs regards se nouèrent, John eut l'impression qu'ils avaient partagé beaucoup plus que la simple addition de leurs années de vie commune.

John posa le panier à ses pieds.

—*Je vais faire un tour avec Xhex, ce soir.*

—Ah oui ?

—*J'aimerais lui montrer l'endroit où j'ai grandi.*

Tohr déglutit avec peine.

—Tu veux les clés de ma maison ?

John eut un mouvement de recul. Il avait juste souhaité le tenir au courant de ses projets dans une tentative de rapprochement, rien de plus.

—*Je n'avais pas l'intention de l'emmener là-bas…*

—Vas-y. Ce serait bien que tu jettes un coup d'œil. Le *doggen* n'y va qu'une ou deux fois par mois, pas plus.

En parlant, Tohr ouvrit l'un des tiroirs du bureau et sortit un trousseau de clés. Il s'éclaircit la voix.

—Tiens.

John attrapa les clés et referma le poing dessus, la honte lui broyant le cœur. Il n'avait pas arrêté de dénigrer Tohr ces derniers temps et, malgré ça, le frère faisait un geste en sa direction en lui offrant ce qui devait être une des choses les plus douloureuses pour lui…

— Je suis heureux que vous vous soyez trouvés, Xhex et toi. C'était écrit dans les astres, vraiment.

John enfouit les clés dans sa poche pour libérer sa main.

— *Nous ne sommes pas ensemble.*

Le sourire qui éclaira brièvement le visage de son compagnon était empreint de sagesse.

— Bien sûr que si. Vous êtes *faits* l'un pour l'autre, tous les deux.

Seigneur, à croire que l'odeur d'union embaume l'atmosphère, songea John. Inutile de s'appesantir sur le sujet, pour le moment en tout cas. Trop de non-dits planaient encore dans l'air.

— Alors comme ça, tu vas aller à Notre-Dame.

Lorsque John acquiesça d'un signe de tête, Tohr se pencha pour ramasser un sac-poubelle posé par terre.

— Tiens, prends ça avec toi. C'est l'argent de la drogue qu'on a trouvé dans cette maison en ville. Blay l'a rapporté en pensant que ça pourrait être utile.

Tohr se leva, prit le sandwich, ôta la feuille de papier sulfurisé et mordit dedans.

— Bien joué avec la mayo, murmura-t-il. Ni trop ni trop peu. Merci.

Il se dirigea vers la porte secrète.

John émit un petit sifflement et le frère s'immobilisa, sans toutefois se retourner.

— C'est bon, John. Tu n'es pas obligé de dire quoi que ce soit. Sois simplement prudent quand tu sortiras cette nuit, OK ?

Sur ce, Tohr se courba légèrement pour quitter le bureau, laissant John seul dans son sillage de gentillesse et de dignité. Ce dernier ne put alors qu'espérer être un jour à la hauteur de ce mâle valeureux.

Oui, tandis que la porte se refermait sans bruit, John songea… qu'il aimerait être comme Tohr.

Dans le couloir, il s'attarda sur cette étrange pensée, comme si elle était là dans le seul but de rétablir un certain équilibre. John n'avait cessé d'admirer les qualités de Tohr depuis leur première rencontre : sa corpulence, son intelligence, la façon dont il traitait sa femelle, ses techniques de combat et même les intonations profondes de sa voix. Tohr avait toujours été un modèle pour lui.

C'était bien.

C'était... logique.

En se dirigeant vers la salle de réveil, il se fit la réflexion qu'il n'était pas vraiment pressé de sortir, cette nuit. Mieux valait parfois éviter de remuer le passé... surtout quand il s'agissait du sien, qui n'avait absolument rien de réjouissant.

En réalité, c'était le seul moyen qu'il avait trouvé pour garder un œil sur Xhex, l'empêcher en tout cas de partir sans prévenir à la recherche de Flhéau. Il lui faudrait encore une ou deux nuits de repos avant de recouvrer ses forces. Et elle devrait encore se nourrir au moins une fois.

En lui proposant de sortir avec lui, il pourrait veiller sur elle.

Car quel que soit l'avis de Tohr, John n'était pas dupe. Tôt ou tard, Xhex s'en irait, et il ne serait pas capable de la retenir.

De l'autre côté, Souffhrance déambulait dans le sanctuaire ; l'herbe tendre chatouillait ses pieds nus tandis que les effluves de chèvrefeuille et de jacinthe emplissaient ses narines.

Elle n'avait pas dormi, pas même une petite heure, depuis que sa mère l'avait ramenée à la vie et, bien qu'elle s'en étonnât au début, elle n'y prenait plus garde désormais. C'était comme ça, voilà tout.

Il fallait croire que son corps s'était reposé suffisamment pour rester éveillé en permanence.

Elle longea le temple du Primâle sans toutefois y entrer puis passa devant le patio de sa mère. Ce n'était pas encore l'heure de son entraînement avec Kolher, elle n'avait donc aucune raison d'y aller.

Mais, en arrivant devant le temple des recluses, elle poussa la porte sous le coup d'une impulsion.

Les bols d'eau dont les Élues se servaient pour assister aux événements se déroulant de l'autre côté étaient rangés dans un alignement parfait sur les nombreux bureaux, à côté des rouleaux de parchemin et des plumes, prêts à l'usage.

Un éclat de lumière attira son attention et elle approcha de sa source. Dans l'un des bols en cristal, l'eau ondulait lentement en cercles concentriques, comme si quelqu'un venait de s'en servir.

Souffhrance regarda autour d'elle.

— Il y a quelqu'un ?

Pas de réponse. Seule flottait dans l'air l'odeur suave du citron, signe que PersOnne était passée là récemment avec sa serpillière. Quelle perte de temps, franchement… Il n'y avait ni poussière, ni saleté, ni tache à frotter. Mais PersOnne faisait partie intégrante de la grande tradition des Élues, alors à quoi bon s'étonner…

Son rôle était d'accomplir de fausses corvées parfaitement inutiles.

Comme Souffhrance tournait les talons pour partir, longeant les chaises vides, l'échec de sa mère lui sembla aussi palpable que le silence régnant sur les lieux.

Elle n'aimait pas cette femelle, c'était un fait. Mais elle ne pouvait s'empêcher d'éprouver une pointe de tristesse en songeant à tous les plans ébauchés à cet endroit, des plans qui n'avaient servi à rien, comme mettre au point un système de reproduction censé éliminer tous les défauts afin de rendre l'espèce plus forte, affronter l'ennemi sur le champ de bataille terrestre et remporter la victoire, ou s'entourer de ses nombreux enfants qui la serviraient avec amour, obéissance et joie.

Qu'était devenue la Vierge scribe, au bout du compte ? Elle était seule. Ni vénérée ni même appréciée de quiconque.

Et les générations futures suivraient de moins en moins ses recommandations, à en juger par la manière dont tant de parents s'éloignaient de la tradition.

Quittant la salle déserte, Souffhrance émergea dans la clarté laiteuse et…

Un peu plus loin, près du bassin des reflets, une forme d'un jaune lumineux bougeait et dansait comme une tulipe secouée par la brise.

Souffhrance se dirigea vers la silhouette et, en approchant, songea que Layla devait avoir perdu l'esprit.

L'Élue chantonnait une mélodie sans paroles, son corps ondulant sur un rythme qu'elle seule percevait, ses cheveux flottant autour d'elle comme une bannière.

Pour la première fois, elle ne portait pas le chignon qu'arboraient d'ordinaire les Élues, du moins à la connaissance de Souffhrance.

— Ma sœur ! s'écria Layla en s'immobilisant. Pardonne-moi.

Son sourire était plus éclatant que le jaune de sa tunique et son parfum plus prégnant que jamais, les effluves de cannelle transperçant l'air comme l'avait fait sa voix mélodieuse, quelques instants plus tôt.

Souffhrance haussa les épaules.

— Tu n'as pas à t'excuser. À la vérité, ta chanson était très agréable à entendre.

Layla agita gracieusement les bras.

— N'est-ce pas une belle journée ?

— En effet.

Surgie de nulle part, une bouffée d'angoisse submergea Souffhrance.

— Tu sembles d'humeur beaucoup plus gaie.

— C'est vrai, murmura l'Élue en virevoltant, pointant au sol un pied gracieux avant de bondir en l'air. C'est une journée magnifique.

— Puis-je savoir ce qui te rend si heureuse ? s'enquit Souffhrance, même si elle connaissait déjà la réponse.

De tels changements d'humeur étaient rarement spontanés, à moins d'un déclic.

Layla ralentit la cadence, ses bras et ses cheveux retombant souplement avant de s'immobiliser. Elle porta ses doigts fins à ses lèvres, comme pour chercher ses mots.

Elle a été utilisée dans tous les sens du terme, songea Souffhrance. Son expérience de *courthisane* n'était plus seulement théorique.

— Je…

Une rougeur envahit le visage de Layla.

— N'en dis pas plus. Sache seulement que je me réjouis pour toi, murmura Souffhrance.

Si ses paroles étaient sincères, une part d'elle se sentait étrangement rejetée.

N'y avait-il plus que PersOnne et elle, désormais, qui ne servaient à rien ? Apparemment.

— Il m'a embrassée, déclara Layla en jetant un coup d'œil vers le bassin. Il… a posé sa bouche sur la mienne.

Gracieusement, l'Élue s'assit sur la margelle de marbre et plongea la main dans l'eau stagnante. Au bout d'un moment, Souffhrance l'imita avec le sentiment qu'il était préférable de sentir quelque chose, n'importe quoi. Même si c'était douloureux.

— Et tu as aimé ?

Layla contempla son reflet. Ses cheveux blonds coulèrent par-dessus son épaule jusqu'à ce que ses mèches soyeuses transpercent la surface argentée de l'eau.

— Il a été comme… un feu en moi. Une merveilleuse onde de chaleur qui… m'a consumée.

— Donc, tu n'es plus vierge.

— Il m'a embrassée et s'en est tenu là. Il a dit qu'il voulait que je sois sûre de moi.

Le sourire sensuel qui éclaira son visage reflétait l'intensité de sa passion.

— J'étais déjà sûre de moi, et je le suis toujours. Lui aussi. Son corps de guerrier était prêt pour moi. Il avait envie de moi. C'est un cadeau inestimable de se sentir désirée de la sorte. J'ai toujours cru que… mon éducation ici m'apporterait entière satisfaction en même temps qu'elle donnerait un sens à mon existence, mais je sais à présent que d'autres choses plus importantes m'attendent de l'autre côté.

— Avec lui ? demanda Souffhrance à mi-voix. Ou bien dans l'accomplissement de ton devoir ?

Layla fronça les sourcils et Souffhrance hocha la tête.

— Il m'est avis que tu songes davantage à lui qu'à ton statut.

Après un long silence, Layla prit la parole :

— L'intensité de notre passion ne peut être qu'un signe du destin, ne crois-tu pas ?

— Je n'ai pas d'opinion à ce sujet.

L'expérience de Souffhrance avec le destin se résumait à un seul et unique moment d'activité, aussi sanglant que brillant… suivi d'une longue période d'inaction. Elle était donc bien mal placée pour émettre un jugement sur cette passion qu'évoquait Layla… complètement subjuguée.

— Me condamnes-tu ? murmura cette dernière.

Levant les yeux sur l'Élue, Souffhrance songea à la grande salle déserte, avec ses bureaux vides et ses bols délaissés par les mains expertes. La seule source de joie de Layla résidait à présent dans ses escapades hors de son existence d'Élue, qui s'achèveraient par son inévitable défection. Ce qui n'était pas une mauvaise chose.

Elle posa la main sur l'épaule de sa compagne.

— Pas du tout. En fait, je suis heureuse pour toi.

Le plaisir timide de Layla, tellement plaisant à regarder, lui coupa presque le souffle.

— Et moi, je suis heureuse de pouvoir partager ça avec toi. Je me sens sur le point d'exploser et il n'y a ici personne à qui… à qui je puisse vraiment parler.

— Sens-toi libre de venir te confier à moi aussi souvent que tu le souhaites.

Après tout, Layla ne l'avait jamais jugée, ni elle ni ses manières de garçon manqué, et Souffhrance se réjouissait de pouvoir l'écouter avec le même esprit de tolérance.

— Tu y retournes bientôt ?

Layla hocha la tête.

— Il m'a dit que je pourrais venir le retrouver lors de son… comment a-t-il appelé ça ? Sa prochaine nuit de repos. Alors c'est ce que je ferai.

— Tiens-moi au courant, d'accord ? Je serais ravie de savoir comment ça s'est passé.

— Merci, ma sœur.

Les yeux soudain embués de larmes, Layla posa sa main sur celle de Souffhrance.

— Cela fait tellement longtemps que je ne sers à personne et c'est… c'est ce que j'ai toujours souhaité. Je me sens… *vivante.*

— Tant mieux pour toi, ma sœur. C'est une… excellente nouvelle.

Sur un dernier sourire d'encouragement, Souffhrance se leva pour prendre congé. Alors qu'elle regagnait la résidence, elle se surprit à masser la douleur qui s'était formée dans sa poitrine.

Elle avait hâte que Kolher arrive.

Chapitre 33

Ce fut l'odeur de John Matthew qui réveilla Xhex.

Et celle du café fraîchement passé.

Soulevant les paupières, elle l'aperçut dans la pénombre de la salle de réveil. Assis sur la chaise qu'il avait occupée quelques heures plus tôt, il tenait à la main un Thermos vert foncé et versait du café dans une tasse. Il avait remis son pantalon en cuir et son tee-shirt mais était toujours pieds nus.

En se tournant vers elle, il se figea et haussa les sourcils. Il s'apprêtait à porter le mug à ses lèvres mais, la voyant réveillée, le lui tendit aussitôt.

Un geste qui résumait parfaitement sa personnalité…

— Non, je t'en prie, bois, murmura Xhex.

Il hésita un instant puis avala une gorgée de café.

Xhex se sentait plus forte et, rabattant les draps, elle se redressa pour se lever. Dans l'action, la serviette glissa par terre et elle entendit John retenir son souffle.

— Oh, désolée, marmonna-t-elle en se penchant pour la ramasser.

Le spectacle de la cicatrice sur son bas-ventre n'était guère appétissant pour quelqu'un qui prenait son petit déjeuner, Xhex ne pouvait pas lui en vouloir…

Nouant la serviette sous ses aisselles, elle se dirigea vers la salle de bains, utilisa les toilettes et s'aspergea le visage d'eau fraîche. Son corps se remettait rapidement, ses multiples contusions s'estompaient et ses jambes la supportaient plus fermement. Grâce au repos et au sang dont elle s'était nourrie à la veine de John, ses douleurs n'étaient plus qu'une série de vagues inconforts.

— Est-ce que tu crois que je pourrais emprunter des vêtements à quelqu'un ? demanda-t-elle en sortant de la salle de bains.

John hocha la tête et fit un signe en direction du lit. À l'évidence, il désirait d'abord qu'elle mange, et Xhex approuvait entièrement l'idée.

— Merci, dit-elle en resserrant le nœud de la serviette au-dessus de sa poitrine. Que caches-tu là-dedans ?

Lorsqu'elle eut regagné le lit, il lui proposa le large éventail de mets et elle opta pour le sandwich à la dinde pour pallier ses besoins en protéines animales. Assis sur la chaise, John la regarda manger en buvant son café et, dès la dernière bouchée avalée, il lui tendit une brioche qu'elle accepta avec gourmandise.

Le mélange de la cerise et du sucre glace attisa son envie de café et dans la seconde qui suivit, comme par enchantement, John lui mit une tasse dans la main.

Elle engloutit une autre brioche et un bagel. Plus un verre de jus d'orange et deux tasses de café.

C'était étrange. Le mutisme de John produisait un drôle d'effet sur elle. En temps normal, elle était celle qui parlait peu, quelle que fût la situation, préférant réfléchir en silence et garder ses pensées secrètes. Mais, avec John, elle ressentait un curieux besoin de s'exprimer.

— Je suis repue, déclara-t-elle en s'adossant aux oreillers.

Elle secoua la tête en le voyant brandir la dernière brioche.

— Seigneur… non. Je ne pourrais plus rien avaler.

Il se mit alors à la manger.

— Tu as attendu que j'aie terminé ? dit-elle en fronçant les sourcils.

Lorsqu'il baissa les yeux en haussant les épaules, elle jura à voix basse.

— Il ne fallait pas.

Nouveau haussement d'épaules.

— Tes manières sont admirables, murmura-t-elle en l'observant.

Une rougeur envahit les pommettes de John et Xhex, touchée, intima à son cœur, cet abruti, de se calmer un peu. À moins que ses palpitations ne soient dues aux deux mille calories qu'elle venait d'ingurgiter en une seule fois...

Hum... Quand John entreprit de lécher les restes du glaçage sur le bout de ses doigts, elle aperçut sa langue et sentit une onde de chaleur la traverser...

Le souvenir de ce qu'elle avait vécu avec Flhéau anéantit le désir fragile qui sourdait entre ses jambes tandis qu'une série de flash-backs la ramenait dans cette chambre. Elle le revit la chevaucher, lui écarter les jambes avec des gestes brusques...

— Oh, merde...

Sautant du lit, elle se précipita vers les toilettes et arriva juste à temps.

Tout remonta. Les deux brioches. Le café. Le sandwich à la dinde. Évacuation totale de tout ce qu'elle avait ingéré.

Secouée de hoquets, elle n'avait pourtant pas l'impression de vomir, tenaillée par d'autres sensations... Les mains répugnantes de Flhéau sur sa peau... son sexe en elle, la martelant sans relâche...

Et le jus d'orange.

Oh, mon Dieu... comment avait-elle fait pour endurer tant et plus le supplice que lui infligeait cet enfoiré ? Les coups de poing, les combats, les morsures... puis le sexe dans toute sa brutalité. Encore et toujours. Puis les moments d'accalmie. Ses lavages à grande eau, comme si elle espérait ainsi l'évacuer. Hors d'elle.

Putain de merde...

Un nouveau haut-le-cœur mit un terme à ses pensées et, bien qu'elle détestât vomir, la brume qui envahit alors son cerveau fut un soulagement. C'était presque comme si son corps essayait d'exorciser physiquement le traumatisme, de l'expulser pour qu'elle puisse repartir de zéro.

Une sorte de redémarrage après le grand nettoyage, en somme.

Lorsque les nausées cessèrent, elle bascula sur ses talons et posa son front moite sur son avant-bras. Son souffle monta et descendit dans sa gorge, quelques hoquets isolés lui laissant craindre le pire.

Il n'y a plus rien là-dedans, songea-t-elle, agacée. *Inutile d'insister.*

Merde, elle détestait cette période. Quand vous reveniez de l'enfer, votre esprit et votre environnement regorgeaient de mines prêtes à exploser et vous ne saviez jamais ce qui allait les déclencher. Bien sûr, au fil du temps, les choses finissaient par se calmer, mais les débuts de ce retour à la « vie normale » étaient carrément cauchemardesques.

Levant la tête, elle actionna la chasse d'eau.

Lorsqu'un gant de toilette humide effleura sa main, elle sursauta. Ce n'était que John. Elle n'avait rien à craindre.

Il lui apportait en plus la seule chose dont elle avait envie en ce moment précis : le gant de toilette propre et imbibé d'eau fraîche était un cadeau tombé du ciel.

Enfouissant son visage dans le tissu éponge, elle frissonna de soulagement.

— Je suis désolée. J'ai pourtant pris beaucoup de plaisir à manger.

Il était temps d'appeler Doc Jane.

Tandis que Xhex était à moitié affalée sur les toilettes, nue, John garda un œil sur elle tout en tapant un message sur son téléphone.

À peine l'eut-il envoyé qu'il jeta l'appareil sur le plan de toilette pour prendre une serviette propre dans la pile, près du lavabo.

Xhex n'avait certainement pas envie de rester nue dans une telle situation et, de son côté, il avait beaucoup de mal à supporter la vue de ses os saillant, à fleur de peau, dans son dos. Il l'enveloppa dans un drap de bain et laissa les mains sur ses épaules.

Il avait très envie de l'attirer contre lui, mais accepterait-elle une telle proximi…

Xhex s'appuya contre lui et entreprit de nouer les deux pans de la serviette sur sa poitrine.

— Laisse-moi deviner. Tu as appelé le bon docteur.

Prenant appui sur ses mains, John se souleva et releva ses genoux pour former comme un rempart autour d'elle. *Pas mal*, songea-t-il. La cuvette des toilettes n'était pas juste en face de son visage mais elle n'aurait qu'à se redresser légèrement en cas de besoin.

— Je ne suis pas malade, reprit-elle d'une voix rauque. Je veux dire, ce n'est pas à cause de l'opération ou quoi que ce soit. J'ai juste mangé trop vite.

Peut-être. Mais ce ne serait pas plus mal que Doc Jane vienne l'examiner. Sans compter qu'ils avaient besoin d'une autorisation s'ils voulaient sortir cette nuit, à condition que ce soit encore possible.

— Xhex ? John ?

John siffla en entendant la voix du médecin et, la minute d'après, le visage de la compagne de Viszs apparut dans l'entrebâillement de la porte.

— Une fête ? Et je n'ai pas été invitée, plaisanta-t-elle en entrant dans la pièce.

— Je crois que si, techniquement parlant, marmonna Xhex. Je vais bien.

Jane s'agenouilla près d'elle. Un sourire chaleureux étirait ses lèvres mais ce fut d'un regard pénétrant qu'elle dévisagea Xhex.

— Que s'est-il passé ?

— J'ai été prise de nausées après avoir mangé.

— Puis-je prendre votre température ?

— Je ne courrai pas le risque d'enfoncer quoi que ce soit dans ma bouche pour le moment.

Jane sortit de sa sacoche un instrument blanc.

— J'ai un thermomètre auriculaire, si vous préférez.

À la grande surprise de John, Xhex saisit sa main et la serra fort, comme si elle avait besoin de soutien. Pour qu'elle sache qu'il serait toujours là pour elle, il serra sa main en retour, et les épaules de Xhex se décontractèrent aussitôt.

— Allez-y, docteur, faites-vous plaisir.

Xhex inclina la tête de côté et se laissa aller contre l'épaule de John… qui ne put s'empêcher de poser sa joue sur les boucles douces et duveteuses avant d'inspirer profondément.

Le bon docteur travailla beaucoup trop vite au goût de John. À peine inséra-t-elle l'appareil dans l'oreille de Xhex qu'un signal sonore retentit et que, la mesure dans la boîte, Xhex relevait la tête.

— Pas de fièvre. Puis-je jeter un coup d'œil à votre cicatrice ?

Xhex écarta légèrement les pans du drap de bain.

— Ça m'a l'air bien, tout ça. Qu'avez-vous mangé ?

— Trop de choses.

— Je vois. Ressentez-vous des douleurs quelque part ?

Xhex secoua la tête.

— Je me sens mieux, vraiment. Il me faut simplement des vêtements et des chaussures. J'essaierai ensuite de remanger quelque chose.

— Je peux vous prêter une tenue de bloc. On s'occupera de vous préparer à manger à la maison.

— Super. Merci.

Xhex se leva et John l'aida, retenant la serviette qui menaçait de glisser.

— Parce qu'on a l'intention de sortir.

— Pas pour combattre, je vous préviens.

John hocha la tête avant de signer à l'intention du médecin :

— *On va juste se dégourdir les jambes, promis.*

Les yeux de Doc Jane s'étrécirent.

— Je ne peux qu'émettre un avis médical. Selon moi, poursuivit-elle en se tournant vers Xhex, vous devriez manger quelque chose et passer le restant de la nuit ici. Mais vous êtes une adulte, vous prenez vos propres décisions. Un dernier mot, toutefois : vous vous exposez à de sérieux problèmes avec Kolher si vous prévoyez de sortir sans Vhif.

— *C'est bon,* signa John.

L'idée de se faire chaperonner comme des gamins ne l'emballait pas, mais il ne prendrait pas de risques avec Xhex.

Car il ne se faisait pas d'illusions sur la femme qu'il aimait. Elle serait capable de lui filer entre les doigts à n'importe quel moment et, en cas de cafouillage, il serait bien content d'avoir du renfort.

Chapitre 34

Flhéau se réveilla en prenant conscience qu'il n'avait pas bougé d'un pouce : il était assis dans la salle de bains du ranch, les bras noués autour des genoux, la tête penchée en avant.

Ouvrant les yeux, il se retrouva nez à nez avec son érection.

Il avait rêvé de Xhex et les images étaient si nettes, les sensations si vivaces que c'était un miracle qu'il n'ait pas éjaculé dans son pantalon. Ils étaient dans la chambre où il la gardait prisonnière, et les coups de poing, de pied et même de dents pleuvaient ; il avait finalement réussi à l'allonger sur le lit et l'avait prise, la forçant à l'accepter en elle alors même qu'elle détestait ça.

Il l'aimait tellement.

Un gargouillis lui fit lever la tête. Miss Plastic était en train de revenir à elle ; ses doigts s'agitaient nerveusement et ses paupières battaient comme les lames d'un store cassé.

Lorsque le regard de Flhéau glissa sur ses cheveux collés et sa guêpière tachée de sang, il sentit une douleur fulgurante traverser ses tempes, comme une gueule de bois, à la différence qu'il n'y avait pas eu de réjouissances. Avachie dans sa propre merde, cette garce le dégoûtait.

De toute évidence, elle avait été malade… Encore heureux qu'il ait dormi pendant ce temps.

Repoussant la mèche de cheveux qui barrait ses yeux, il sentit ses crocs s'allonger et sut qu'il était temps d'en faire bon usage, mais putain… elle était aussi appétissante qu'un morceau de viande faisandé.

De l'eau. Cette vision de cauchemar avait encore besoin d'eau. De l'eau et…

Lorsqu'il se pencha en avant pour ouvrir le robinet, le regard de la pute se posa sur lui.

Un hurlement s'échappa de sa bouche barbouillée de sang, ricochant sur les murs carrelés jusqu'à ce que les oreilles de Flhéau carillonnent comme les cloches d'une église.

Ses fichus crocs lui flanquaient la trouille, évidemment. Il repoussa de nouveau ses cheveux qui retombaient sur ses yeux, hésitant à lui trancher la gorge pour la faire taire. Il était toutefois hors de question qu'il s'attaque à elle avant de l'avoir lavée…

Mais ce n'était pas sa bouche qu'elle regardait fixement. Ses yeux écarquillés, brillant d'un éclat fou, étaient fixés sur son front.

Sa mèche de cheveux retomba une fois de plus et, lorsqu'il voulut se dégager le visage, quelque chose glissa dans sa main.

Avec une lenteur délibérée, il baissa les yeux.

Non, ce n'étaient pas ses cheveux blonds.

Mais sa peau.

Flhéau fit face au miroir et s'entendit pousser un cri. Son reflet était méconnaissable et le lambeau de peau avait révélé un liquide noir et visqueux recouvrant son crâne blanc. Du bout de l'ongle, il tâta l'extrémité de ce qui était encore attaché et découvrit une substance molle ; son visage entier n'était plus qu'un linceul drapé sur son squelette.

— Non ! hurla-t-il en s'efforçant de remettre les chairs décomposées en place…

Ses mains… oh, Seigneur, pas elles. Des lambeaux d'épiderme pendaient de ses deux mains et il s'empressa de remonter les manches de sa chemise, arrachant au passage d'autres morceaux de chair.

Que lui arrivait-il ?

Dans le miroir derrière lui, il vit la pute prendre ses jambes à son cou, un peu comme la Carrie du film d'horreur, mais sans la robe de bal.

Dans un regain d'énergie, il s'élança à sa poursuite. Son corps semblait désormais privé de la puissance et de la grâce qui l'avaient toujours caractérisé. En poursuivant sa proie, il sentait la friction de ses vêtements sur son corps et ne put qu'imaginer la façon dont chaque centimètre carré de sa peau se craquelait, se déchirait.

Il rattrapa la prostituée au moment où elle atteignait la porte de derrière et commençait à tripoter nerveusement les serrures. La plaquant de toutes ses forces, il la saisit par les cheveux, lui tira la tête en arrière et la mordit brusquement, aspirant son sang noir avec avidité.

Il la vida jusqu'à la dernière goutte et, lorsqu'il eut terminé, la lâcha sans ménagement pour la regarder s'affaler sur le tapis.

D'une démarche d'ivrogne, il regagna la salle de bains et alluma les spots encadrant les deux côtés du miroir.

Chaque vêtement qu'il ôta dévoila un peu plus du spectacle terrifiant, déjà visible sur son visage. Ses os et ses muscles brillaient d'un éclat gras et noir à la lumière des ampoules.

Il n'était plus qu'un cadavre. Un cadavre sur pied, un cadavre ambulant qui respirait encore, un cadavre dont les yeux continuaient de rouler dans des orbites dépourvus de paupières et de cils et dont la bouche ne se résumait plus qu'à une rangée de dents où trônaient ses crocs.

Un dernier lambeau de cuir chevelu retenait encore ses beaux cheveux blonds, mais lui aussi glissait lentement vers l'arrière, à la manière d'une perruque mal fixée.

Il arracha ce dernier morceau de peau et, de ses mains squelettiques, caressa ce dont il avait été si fier. Ce faisant, il ruina définitivement sa belle chevelure, la substance noire se répandant sur les boucles, les tachant, les agglutinant…

de sorte qu'au final elles ne valaient pas mieux que ce qui recouvrait la tête de la pute, affalée près de la porte.

Lâchant son scalp, il leva les yeux sur son reflet.

À travers sa cage thoracique, il regarda battre son cœur et ne put s'empêcher de se demander, saisi d'effroi, ce qui l'attendait encore… Que resterait-il de lui à la fin de cette métamorphose ?

— Oh, Seigneur…

Même sa voix était différente, résonnant comme un écho lointain, articulant des mots d'une manière horriblement familière.

Blay se tenait devant sa penderie remplie de vêtements. C'était ridicule, mais il avait très envie d'appeler sa mère pour qu'elle l'aide à choisir. C'était toujours vers elle qu'il se tournait pour des conseils en la matière.

En même temps, il n'avait pas vraiment envie d'aborder ce délicat sujet avec elle. Elle aurait aussitôt conclu qu'il se préparait pour un rendez-vous galant avec une femelle, aurait exprimé sa joie, et il se serait alors retrouvé acculé, obligé de mentir… ou de faire son *coming out*.

Ses parents avaient plutôt l'esprit ouvert… mais il était leur fils unique et son homosexualité ne signifiait pas seulement qu'ils n'auraient pas de petits-enfants : elle les mettrait aussi au ban de l'aristocratie. Sans surprise, la *glymera* tolérait les pratiques homosexuelles à condition de vivre en couple avec une femelle. Il était également de mise de ne jamais évoquer le sujet et de ne rien faire qui puisse confirmer publiquement ses préférences. Les apparences, voilà tout ce qui comptait. Et si vous décidiez d'afficher ouvertement votre homosexualité, on vous rejetait.

Vous, et votre famille.

En un sens, Blay avait du mal à prendre conscience qu'il avait rendez-vous avec un mâle. Au restaurant. Puis ils iraient prendre un verre.

Son partenaire arriverait tiré à quatre épingles. Comme d'habitude.

Blay opta finalement pour un costume d'un créateur italien, gris à fines rayures rose pâle. Une chemise en coton, rose pâle également, ornée d'un col blanc et de manchettes. Bon, les chaussures à présent. Les chaussures, les chaussures...

« Bam, bam, bam. » Trois coups sourds frappés à la porte résonnèrent.

— Hé, Blay.

Merde. Le costume était déjà étalé sur son lit, et il sortait de sa douche, en peignoir de bain et les cheveux lissés au gel.

Le gel était un indice qui ne trompait pas.

Il se dirigea vers la porte, qu'il entrebâilla de quelques centimètres. Dans le couloir, Vhif était paré pour le combat, ses armes à la main, vêtu de son pantalon en cuir, avec des rangers neuves aux pieds.

Son look de guerrier n'impressionna pas Blay. Ce dernier gardait encore à l'esprit l'image de Vhif allongé sur le lit, la veille, les yeux rivés sur la bouche de Layla.

Il regrettait d'avoir choisi sa chambre car il en était désormais réduit à imaginer ce qui s'était réellement passé entre Vhif et l'Élue dans son propre lit.

Connaissant Vhif, il n'y avait certainement pas eu de demi-mesure. Il était plutôt du genre à profiter sans en laisser une miette.

— John m'a envoyé un texto, déclara ce dernier. Xhex et lui vont prendre l'air à Caldwell et, pour une fois, ce salaud nous...

Le regard vairon de Vhif glissa sur Blay avant de passer par-dessus son épaule.

— Qu'est-ce qui se passe ?

Blay resserra les revers de son peignoir.

— Rien.

— T'as changé d'eau de toilette... et qu'est-ce que t'as fait à tes cheveux ?

— Rien du tout. Que disais-tu au sujet de John ?

Il y eut un silence.

— Ouais… bon. Eh bien, il sort et on l'accompagne. Mais on devra se la jouer discrets. Ils auront besoin d'un peu d'intimité. On pourra quand même…

— Je suis de repos, cette nuit.

Le sourcil piercé se fronça.

— Et alors ?

— Alors… je suis de repos.

— Ça n'a jamais été un problème pour toi, jusqu'à présent.

— C'en est un aujourd'hui.

Se penchant sur le côté, Vhif jeta un coup d'œil à l'intérieur de la chambre.

— Tu mets ce costume pour impressionner les domestiques ?

— Non.

Il y eut un autre silence, plus long, puis Vhif lâcha un mot, un seul :

— Qui ?

Blay ouvrit la porte en grand et s'écarta d'un pas. S'ils étaient partis pour s'engueuler, autant le faire à l'abri des regards et des oreilles indiscrets.

— Est-ce vraiment important ? lança-t-il, en proie à une bouffée de colère.

La porte se referma avec un claquement sourd.

— Ouais. Ouais, c'est important.

Par pur esprit de provocation, Blay dénoua la ceinture de son peignoir, qu'il fit glisser sur son corps nu pour enfiler directement son pantalon.

— Juste une connaissance.

— Mâle ou femelle ?

— Qu'est-ce que ça peut bien faire, franchement ?

Un ange passa. Blay entreprit de mettre sa chemise, qu'il boutonna avec soin.

— Mon cousin, grogna Vhif. T'as rendez-vous avec Saxton.

— Possible.

Il se dirigea vers la commode et ouvrit son coffret à bijoux. À l'intérieur, les boutons de manchette de styles variés, révélés à la lumière, se mirent à scintiller. Blay en choisit une paire ornée de rubis.

— C'est pour te venger de ce qui s'est passé avec Layla hier, c'est ça ?

Blay se figea, les doigts crispés sur le poignet de sa chemise.

— Seigneur.

— C'est ça, hein ? C'est ce qui…

Blay pivota sur ses talons.

— Tu ne peux pas accepter que ça n'ait absolument rien à voir avec toi ? Qu'un type m'ait invité à sortir avec lui et que j'aie accepté parce que j'en ai envie ? Que tout ça n'a rien d'extraordinaire ? Le monde ne tourne pas autour de ton nombril, Vhif, les gens n'agissent pas en fonction de toi, comme si tu étais le centre de toutes les attentions !

Vhif se renfrogna.

— Saxton est une salope.

— J'imagine que tu es bien placé pour émettre ce genre de jugement.

— C'est une salope, je te dis. Très classe, très élégant… mais une salope quand même.

— Il n'y a peut-être que le cul qui m'intéresse, dans cette histoire, répliqua Blay en arquant un sourcil. Ça fait un moment que je n'ai pas pris mon pied, figure-toi, et ces femelles que j'ai baisées dans les clubs pour faire bonne figure devant toi ne m'ont apporté aucun plaisir. Il est grand temps que je pense à moi.

Ce salaud de Vhif eut l'audace de pâlir. Vraiment. Tout juste s'il ne chancela pas contre la porte.

— Vous allez où ? demanda-t-il sèchement.

— Il m'emmène dîner au *Sal's*. Ensuite, on ira prendre un verre dans un bar à cigares.

Blay attacha son second bouton de manchette puis alla chercher une paire de chaussettes en soie.

— Après… on verra bien.

Une bouffée de parfum épicé envahit la pièce, plongeant Blay dans un silence stupéfait. Jamais il n'aurait imaginé que cette conversation attiserait l'odeur d'union de Vhif.

Il fit volte-face.

Mettant fin au long silence tendu, il se dirigea vers son meilleur ami, attiré par son odeur. Tandis qu'il approchait, le regard brûlant de Vhif le transperça et le lien qui les unissait, ce lien qu'ils s'étaient efforcés d'enterrer tous les deux, surgit brusquement dans la pièce, aussi éclatant qu'un feu d'artifice.

Lorsqu'ils furent nez à nez, Blay s'immobilisa, collant son torse à celui de Vhif.

— Dis le mot, murmura-t-il d'une voix enrouée. Dis-le et je n'irai pas.

Les mains puissantes de Vhif se refermèrent autour du cou de Blay qui, sous la pression, bascula la tête en arrière, entrouvrant les lèvres pour pouvoir respirer. Vhif enfonça ses pouces de chaque côté de sa mâchoire.

Le moment fut électrique.

Au bord de l'explosion.

Ça va se terminer au lit, songea Blay en saisissant les poignets vigoureux de Vhif.

— Dis le mot, Vhif. Dis-le et je passerai la nuit avec toi. On sortira avec Xhex et John et on viendra ici en rentrant. *Dis-le.*

Les yeux vert et bleu que Blay aimait tant se posèrent sur sa bouche tandis que la poitrine de Vhif se soulevait rapidement, comme s'il courait à vive allure.

— Mieux encore, susurra Blay. Pourquoi ne m'embrasses-tu pas… ?

Blay se retrouva soudain plaqué contre la commode qui heurta violemment le mur, faisant s'entrechoquer les flacons d'eau de toilette et valser la brosse. Ignorant le désordre, Vhif captura les lèvres de Blay dans un baiser dur, enfonçant ses doigts dans son cou.

Ça n'avait pas d'importance. De la fermeté et du désespoir, c'était tout ce qu'il attendait de son compagnon. Et Vhif était clairement au diapason, sa langue dardée pour réclamer… son dû.

Avec des gestes fébriles, Blay sortit sa chemise de son pantalon et entreprit d'ouvrir sa braguette. Depuis combien de temps attendait-il ce moment…

Mais tout prit fin plus vite encore.

Vhif tourna les talons au moment où le pantalon de Blay touchait le sol et se précipita vers la porte. La main sur la poignée, il martela le battant avec son front. Deux fois.

Puis, d'une voix éteinte, il lança :

— Vas-y. Amuse-toi bien. Prends juste tes précautions et, s'il te plaît, essaie de ne pas tomber amoureux. Il te brisera le cœur.

L'instant d'après, Vhif disparaissait, la porte se refermant sur lui sans un bruit.

Blay resta un long moment immobile, son pantalon autour des chevilles. Son érection n'était plus qu'un souvenir, une source d'embarras même s'il était seul. Les contours de sa chambre devinrent flous, sa poitrine se contracta douloureusement, et il cligna plusieurs fois des yeux pour tenter de ravaler ses larmes.

Tel un vieillard, il se pencha lentement pour remonter son pantalon, fermant la braguette d'une main tremblante. Sans prendre le soin de glisser les pans de sa chemise dans sa ceinture, il se dirigea vers le lit et se laissa tomber sur le matelas.

Lorsque son portable sonna sur la table de chevet, il jeta un coup d'œil à l'appareil. Peut-être était-ce Vhif mais, en même temps, c'était la dernière personne à qui il souhaitait parler en ce moment précis. Qui que ce fût, il ou elle n'aurait qu'à laisser un message.

Pour une raison étrange, il songea à l'heure qu'il venait de passer dans la salle de bains, peaufinant son rasage, coupant ses ongles et disciplinant ses cheveux avec ce fichu gel. Puis devant la penderie. Tout ça pour rien.

Il se sentait souillé. Cruellement souillé.

Il ne sortirait ni avec Saxton ni avec personne d'autre ce soir. Il n'était pas d'humeur. À quoi bon imposer son amertume à un type qui n'avait rien à voir là-dedans ?

Seigneur Dieu…

Merde.

Lorsqu'il se sentit de nouveau en mesure de parler, il s'étira pour attraper son téléphone sur la table de chevet. Consultant l'écran, il vit que Saxton avait laissé un message.

Pour annuler, peut-être ? Ce qui tomberait à pic. Il n'était pas très valorisant d'essuyer deux rebuffades en une seule soirée mais, au moins, ça lui éviterait de devoir annuler de son côté.

Après avoir composé le numéro de sa messagerie, Blay appuya son front sur sa main et contempla ses pieds nus.

« Bonsoir, Blaylock. Je t'imagine en ce moment même, planté devant ta penderie, hésitant sur la tenue que tu porteras ce soir. »

La voix douce et profonde de Saxton lui fit l'effet d'un baume apaisant.

« C'est ce que je suis en train de faire, de mon côté… Je crois que je vais choisir un costume trois pièces, avec un gilet pied-de-poule. Ce serait bien que tu optes pour de fines rayures, qu'en penses-tu ? »

Il y eut une pause, puis un rire amusé.

« Ne crois surtout pas que je cherche à t'imposer un style vestimentaire. Simplement, n'hésite pas à m'appeler si tu as un doute. En ce qui concerne ta tenue, évidemment. »

Un autre silence, puis il reprit d'un ton plus sérieux : « Je suis impatient de te voir. Salut. »

Écartant le téléphone de son oreille, Blay faillit appuyer sur la touche « Effacer » mais, sous le coup d'une impulsion, décida de sauvegarder le message.

Après avoir inspiré profondément, il se força à se lever. Ignorant le tremblement de ses mains, il rentra les pans de sa chemise dans son pantalon et se dirigea vers la commode sur laquelle régnait à présent un désordre indescriptible.

Il redressa les flacons d'eau de toilette et les réaligna, avant de ramasser la brosse à cheveux. Il ouvrit ensuite le tiroir à chaussettes et prit ce dont il avait besoin.

Puis termina de se préparer.

Chapitre 35

Audazs était censé retrouver son jeune protégé après le coucher du soleil, mais avant de se rendre sur la propriété des humains qu'ils avaient observée de loin, à travers les arbres, il se matérialisa dans le bois, devant la grotte de la Confrérie.

Avec les frères éparpillés un peu partout, les échanges d'informations n'étaient guère aisés, et un système avait été mis au point pour faciliter la communication. Toutes les nuits, chacun d'entre eux venait là pour consulter les messages qu'avaient laissés les autres et en déposer de nouveaux si nécessaire.

Après s'être assuré que personne ne l'épiait, Audazs se baissa pour pénétrer dans la cavité sombre, alla jusqu'à la paroi qui dissimulait l'entrée secrète et franchit les différentes portes jusqu'au sanctum sanctorum. *Le « réseau de communication » n'était rien d'autre qu'une alcôve percée dans la roche où les frères déposaient leurs missives. En raison de son extrême simplicité, elle se trouvait tout au fond de la grotte.*

Audazs s'arrêta toutefois avant d'avoir atteint l'alcôve.

Arrivé à la dernière porte, il aperçut sur le sol de pierre ce qui lui sembla être une pile de vêtements posée à côté d'un sac en toile de jute.

Au moment où il dégainait son épée, une tête brune surgit du tas informe.

— Tohr ?

Audazs abaissa son arme.

— Oh.

Le garçon s'agita sur son matelas de fortune.

— Bonsoir, monsieur.

— Que fais-tu ici ?

— Je dormais.

— C'est ce que je vois, en effet.

Audazs approcha et s'agenouilla près du jeune mâle.

— Pourquoi n'es-tu pas rentré chez toi ?

Certes, le garçon avait été renié par son père, mais ce dernier rentrait rarement dans son foyer. Pourquoi donc Tohr ne vivait-il pas avec sa mahmen *?*

Le garçon se leva en prenant appui contre la paroi rocheuse.

— Quelle heure est-il ? Ai-je loupé…

Audazs le saisit par le bras.

— As-tu mangé ?

— Suis-je en retard ?

Audazs ne se donna pas la peine de poursuivre son interrogatoire. Tohr évitait de croiser son regard et le comportement du garçon était en soi une réponse à toutes ses questions. À l'évidence, on l'avait enjoint de quitter la maison de son père.

— Tohrment, combien de nuits as-tu passées ici, sur ce sol glacé ?

— Je trouverai un autre abri. Je ne viendrai plus ici.

Louée soit la Vierge scribe, ça, c'était sûr.

— Attends-moi là, s'il te plaît.

Audazs franchit la porte pour aller prendre connaissance des nouvelles missives. Il trouva deux lettres, l'une à l'attention de Mheurtre, l'autre adressée à Ahgonie, et songea un instant à écrire un mot à Nhuisance. Du style : « Comment peux-tu rejeter ton fils, le fruit de ta chair et de ton sang, au point de le laisser dormir à même la pierre, avec ses vêtements pour seule couverture ? Espèce de salaud. » Lorsque Audazs rejoignit Tohr, le garçon avait empaqueté ses affaires dans son sac en toile de jute et portait ses armes sur lui.

Audazs étouffa un juron.

—Nous nous arrêterons d'abord chez la jeune fille. J'aimerais avoir une petite conversation avec… le domestique. Prends tes affaires, fils.

Tohrment lui emboîta le pas, étonnamment vif pour quelqu'un qui ne se nourrissait ni ne se reposait correctement depuis des jours.

Ils se matérialisèrent devant la demeure de Sampsone et Audazs pointa son menton vers la droite, indiquant qu'ils entreraient par la porte de derrière, celle-là même par laquelle ils étaient sortis la nuit précédente. Une fois sur place, il fit tinter la cloche.

Le majordome vint leur ouvrir et s'inclina respectueusement.

—Messieurs, que pouvons-nous faire pour faciliter vos recherches ?

Audazs entra.

—J'aimerais m'entretenir de nouveau avec le domestique en charge du premier étage.

—Mais bien sûr, dit le doggen *en s'inclinant encore. Voulez-vous bien me suivre dans le salon de réception ?*

—Nous allons attendre ici, déclara Audazs en prenant place à la table patinée du personnel.

Le majordome devint blême.

—Monsieur… c'est…

—Ici que j'aimerais m'entretenir avec le domestique Fritzgelder, coupa Audazs. Je ne vois pas l'intérêt de contrarier votre maître et votre maîtresse en arrivant chez eux à l'improviste. Nous ne sommes pas des invités. Notre mission est de les aider à surmonter cette épreuve.

Le majordome se pencha si bas que ce fut un miracle qu'il ne tombe pas la tête la première.

—Vous avez raison. Je vais chercher Fritzgelder de ce pas. Désirez-vous autre chose ?

—Oui. Nous apprécierions quelques victuailles et de la bière.

—Oh, monsieur, bien sûr ! s'exclama le doggen *en se dirigeant vers la porte avec une autre courbette. J'aurais dû vous le proposer, pardonnez-moi.*

Lorsqu'ils furent seuls, Tohrment prit la parole.

— Vous n'étiez pas obligé de faire ça.

— Quoi donc ? marmonna Audazs en promenant ses doigts sur la surface grêlée de la table.

— Demander à manger pour moi.

Audazs jeta un coup d'œil par-dessus son épaule.

— Mon garçon, j'essayais juste de mettre le majordome à l'aise. Notre présence dans cette pièce est une grande source d'inconfort pour lui, de même que notre désir d'interroger de nouveau le doggen. *Cette histoire de repas le détendra un peu. À présent, je t'en prie, viens t'asseoir et, quand les mets et les boissons nous seront servis, sers-toi généreusement. J'ai mangé à ma faim avant de me mettre en route.*

Les pieds d'une chaise raclèrent le sol puis un grincement se fit entendre lorsque Tohr s'assit.

Le domestique fit son apparition. Il y eut un petit moment de flottement car Audazs n'avait en réalité aucune nouvelle question à lui poser. Où était donc la nourriture qu'on leur avait promise… ?

— Messieurs, lança fièrement le majordome en ouvrant la porte d'un geste théâtral.

Les servantes arrivèrent alors, chargées de plateaux généreusement garnis et, tandis qu'elles disposaient les plats sur la table, Audazs haussa un sourcil à l'adresse de Tohrment avant de contempler fixement les nombreux mets qui s'étalaient devant eux.

En jeune mâle bien élevé, Tohrment se servit.

Audazs fit signe au majordome.

— Voici un festin digne de la maisonnée. Votre maître peut être fier.

Après le départ du majordome et des autres employés, Fritzgelder attendit patiemment, imité par Audazs. Ce dernier se leva lorsque Tohrment, rassasié, repoussa son assiette.

— Puis-je vous demander un service, doggen *Fritzgelder ?*

— Bien sûr, monsieur.

— Voulez-vous bien garder le sac de mon compagnon pour la soirée ? Nous passerons le reprendre lorsque nous aurons terminé nos recherches.

— Oh, oui, monsieur, répondit Fritzgelder en s'inclinant. Je prendrai grand soin de ses affaires.

— Merci. Viens, Tohrment, allons-y.

La colère du garçon était presque palpable et Audazs ne fut pas surpris lorsque, une fois dehors, ce dernier le saisit par le bras.

— Je peux très bien me débrouiller seul.

Audazs regarda par-dessus son épaule.

— Je n'en doute pas un instant. Toutefois, je n'ai pas besoin d'un partenaire affaibli par la faim et…

— Mais…

— Si tu crois que cette famille fortunée refuserait un repas à ceux qui font tout pour retrouver leur fille, tu te trompes complètement.

Tohrment laissa retomber sa main.

— Je trouverai un logement. Et de quoi me nourrir.

— Certainement.

Audazs pointa le menton en direction du bosquet cernant la demeure voisine.

— À présent, allons-y.

Tohrment hocha la tête et ils se dématérialisèrent ensemble pour reprendre forme sur l'autre domaine.

À chaque enjambée, Audazs sentait l'angoisse monter en lui, une peur grandissante qui l'empêchait de respirer correctement : le temps jouait en leur défaveur.

Chaque nuit écoulée rapprochait la jeune fille de sa propre mort.

Et ils avaient si peu d'indices.

Chapitre 36

Le terminal de la gare routière de Caldwell était situé à la périphérie du centre-ville, à proximité de la zone industrielle s'étendant au sud de la ville. Le vieux bâtiment surmonté d'un toit plat était entouré d'une clôture, comme pour empêcher les bus de s'enfuir, et l'arche de sa porte cochère ployait légèrement.

John reprit forme à l'abri d'un bus en stationnement et attendit que Xhex et Vhif le rejoignent. Xhex arriva la première et, bon sang, elle avait l'air beaucoup plus en forme ; elle avait réussi à garder son dernier repas et son visage avait retrouvé des couleurs. Elle portait encore le pantalon que lui avait donné Doc Jane, assorti à un sweat noir à capuche et un coupe-vent, gracieusement prêtés par John.

Il adorait sa tenue. Adorait la voir porter ses fringues, et le fait qu'elle nage dedans.

Adorait qu'elle ressemble à une vraie fille.

Non qu'il n'appréciât pas ses pantalons en cuir, ses débardeurs et ses airs de dure à cuire, au contraire. Il trouvait ça carrément excitant. Simplement… son look, ce soir, dégageait une sensation d'intimité. Sans doute parce qu'elle ne se montrait pas souvent ainsi – il en aurait mis sa main à couper.

— Qu'est-ce qu'on fait là ? demanda-t-elle en promenant un regard alentour.

Il n'y avait ni agacement ni déception dans sa voix, Dieu merci. Elle était juste intriguée.

Vhif fit son apparition à une dizaine de mètres d'eux et croisa les bras, comme pour se retenir de ne pas casser tout ce qui pourrait lui tomber sous la main. Il était clairement d'une humeur massacrante. Odieux. Dans l'entrée de la maison de la Confrérie, il n'avait quasiment pas décroché un mot quand John avait énuméré les endroits qu'il comptait visiter cette nuit en compagnie de Xhex. Et les raisons de son humeur de chien n'étaient pas claires.

Jusqu'à ce que Blay passe à côté d'eux, hyper élégant dans un costume gris à fines rayures. Ce dernier s'était arrêté pour saluer John et Xhex puis, sans le moindre regard pour Vhif, avait poursuivi son chemin avant de disparaître dans la nuit, ne laissant derrière lui que les effluves de son eau de toilette planant dans l'air.

De toute évidence, il avait un rendez-vous galant. Avec qui était la question.

Dans un chuintement suivi d'un vrombissement, un bus sortit du parking, et John faillit éternuer en inhalant les gaz d'échappement.

—*Suis-moi,* articula-t-il à l'adresse de Xhex, changeant son sac à dos d'épaule pour la prendre par la main.

Ils longèrent le trottoir humide en direction de l'enseigne fluorescente du terminal. Malgré le froid, John gardait sa veste ouverte pour dégainer rapidement ses couteaux ou son revolver en cas de besoin. Et Xhex était armée, elle aussi.

Les éradiqueurs étaient partout, et les humains se comportaient parfois stupidement.

Il lui tint la porte ouverte, soulagé de constater que le hall était presque désert, excepté le guichetier assis derrière sa vitre blindée, un vieil homme endormi sur un banc et une femme avec une valise.

Xhex parla à voix basse.

—Cet endroit... il te rend triste.

Merde, elle avait certainement raison. Mais pas à cause de ce qu'il y avait vécu, lui… Plus pour ce que sa mère avait dû ressentir, seule, en proie aux douleurs de l'accouchement.

Il émit un long sifflement. Lorsque les trois humains se tournèrent vers lui, il leva la paume pour les plonger dans un état de transe légère. Il se dirigea ensuite vers la porte métallique des toilettes pour femmes.

Poussant le battant froid, il entra et tendit l'oreille. Aucun bruit. L'endroit était désert.

Xhex passa devant lui, inspectant les murs en parpaings, les lavabos en acier inoxydable et les trois cabines. Ça sentait l'eau de Javel, l'humidité et la pierre poreuse. Les miroirs n'étaient pas en verre mais en métal brossé. Tout semblait fixé avec des boulons : les distributeurs de savon liquide, la pancarte « Interdiction de fumer », de même que la poubelle.

Xhex s'arrêta devant les toilettes pour personnes handicapées, les yeux plissés. Lorsqu'elle poussa la porte, elle eut un léger mouvement de recul et parut troublée.

— Ici…, murmura-t-elle en pointant le doigt vers le sol, à l'angle de la cabine. C'est ici que tu as été… que tu as atterri.

Elle croisa le regard de John et ce dernier haussa les épaules. Il ne savait pas derrière quelle porte précisément mais, selon toute logique, sa mère avait dû s'installer dans l'espace le plus grand pour donner naissance à son enfant.

Le regard de Xhex sembla le transpercer et John pivota légèrement sur lui-même pour voir si quelqu'un les avait rejoints. Non. Il n'y avait qu'eux dans les toilettes pour dames.

— *Quoi ?* articula-t-il comme elle laissait la porte se refermer.

— Qui t'a trouvé ?

Il fit semblant de balayer le sol et elle murmura :

— Une femme de ménage.

Hochant la tête, il eut soudain honte de cet endroit, honte de son passé.

— Il ne faut pas, dit Xhex en s'approchant de lui. Crois-moi, je suis mal placée pour te juger. Mon histoire n'est pas plus reluisante. Putain, elle est même carrément pire.

Son statut de sang-mêlé, à moitié *symphathe,* laissait entrevoir le pire, en effet. Après tout, les deux espèces s'unissaient rarement de plein gré.

— Après ça, où t'a-t-on emmené ?

Il l'entraîna hors des toilettes et balaya le hall du regard. Vhif se tenait à l'autre bout, fixant les vitres d'un air mauvais, comme s'il espérait presque voir débarquer des individus qui sentiraient le talc pour bébé. Lorsqu'il croisa le regard de John, ce dernier hocha la tête. Il mit alors un terme à la transe, effaça la mémoire des humains, et tous trois se dématérialisèrent.

Ils reprirent forme dans la cour de l'orphelinat de Notre-Dame, entre le toboggan et le bac à sable. Le vent mordant de mars balayait les pelouses du refuge que l'église dédiait aux enfants abandonnés, les branches dénudées des arbres n'offrant aucun rempart. Les chaînes des balançoires grinçaient. Au-dessus de leurs têtes, les quatre fenêtres des dortoirs étaient plongées dans l'obscurité… à l'instar de celles du réfectoire et de la chapelle.

— Des humains ? chuchota Xhex tandis que Vhif allait s'asseoir sur une des balançoires. Tu as été élevé par des humains ? Merde alors.

John se dirigea vers le bâtiment, songeant que ce n'était peut-être pas une bonne idée, finalement. Elle avait l'air horrifiée…

— Nous avons encore plus de points communs que je ne pensais, toi et moi.

Il s'arrêta net et Xhex lut sur son visage… ou dans ses émotions.

— Moi aussi, j'ai été élevée par des gens étrangers à mon espèce. Cela dit, quand on connaît l'origine de mon autre moitié, c'était peut-être une bénédiction.

Elle le rejoignit et leva les yeux sur lui.

— Tu as été plus courageux que tu ne le crois, dit-elle en esquissant un signe en direction de l'orphelinat. Quand tu étais là-dedans…

John ne partageait pas son avis, mais il se garda bien de remettre en question la confiance qu'elle plaçait en lui. Au bout d'un moment, il lui tendit la main et, lorsqu'elle la prit, ils se dirigèrent vers l'entrée, à l'arrière du bâtiment. En un éclair, ils se retrouvèrent à l'intérieur.

Oh, merde, ils utilisaient toujours le même produit pour nettoyer les sols, à base d'acide citrique.

Et la configuration des pièces n'avait pas changé non plus, ce qui signifiait que le bureau du directeur se trouvait toujours au bout du couloir, sur le devant de la bâtisse.

Ouvrant la voie, il se dirigea vers la vieille porte en bois et se débarrassa de son sac à dos, qu'il suspendit à la poignée en laiton.

— Qu'est-ce qu'il y a là-dedans ?

John leva la main et frotta ses doigts contre son pouce.

— De l'argent. Récupéré lors de votre visite chez…

Il hocha la tête.

— Excellent placement.

John pivota sur ses talons et regarda en direction du dortoir. Submergé par les souvenirs, il suivit ses pieds qui le guidèrent là-bas sans même qu'il s'en rende compte. C'était tellement bizarre de se retrouver là, à se remémorer le sentiment de solitude, la peur et l'impression permanente d'être différent, surtout en présence des autres garçons de son âge.

Car c'était ça le pire. Se sentir profondément différent de ceux à qui il aurait pourtant dû ressembler ; oui, c'était précisément ce sentiment qui l'avait tenu à l'écart.

Xhex suivit John en prenant soin de rester un peu en retrait.

Il marchait en silence, posant sans bruit les semelles de ses chaussures. Elle veilla à l'imiter, de sorte qu'ils avançaient comme deux fantômes dans le couloir désert. Au passage, Xhex remarqua que, malgré l'ancienneté du bâtiment, tout était d'une propreté impeccable, du linoléum ciré aux murs recouverts de peinture beige, en passant par les fenêtres grillagées. Il n'y avait pas un grain de poussière, pas une toile d'araignée, pas de fissure ni de peinture écaillée sur les murs.

Ce qui laissait à espérer que les bonnes sœurs et la direction de l'institution veillaient sur les enfants avec la même attention.

Lorsqu'ils arrivèrent devant une porte à double battant, elle sentit les rêves des enfants de l'autre côté, les émotions ponctuant leur sommeil paradoxal venant chatouiller ses récepteurs *symphathes*.

John passa la tête dans l'entrebâillement et, tandis qu'il contemplait les enfants qui se trouvaient désormais à sa place, Xhex ne put s'empêcher de froncer les sourcils.

Sa grille émotionnelle comportait comme… une ombre. Une construction parallèle et indépendante qu'elle avait cru percevoir auparavant mais qui lui semblait à présent évidente.

Jamais encore elle n'avait décelé ce genre de chose chez quelqu'un et elle ne parvenait pas à expliquer cette singularité. En fait, elle avait l'impression que John n'était pas conscient de ce qu'il faisait en ce moment précis. Pour une raison qui lui échappait, ce voyage dans le passé révélait une faille dans son psychisme.

Mais ce n'était pas tout. Il avait connu le même parcours qu'elle, abandonné, mis à l'écart, élevé par des gens qui s'occupaient de lui par obligation, pas par amour filial.

Elle aurait voulu l'empêcher d'aller plus loin car elle sentait à quel point le processus le bouleversait… et que le chemin à parcourir était encore long. Mais, en même temps, elle était fascinée par ce qu'il lui révélait.

Et pas seulement parce que sa nature *symphathe* se nourrissait des émotions des autres.

Non, elle désirait en savoir plus sur lui.

Pendant qu'il continuait à observer les garçons endormis, immergé dans son passé, elle se concentra sur son profil volontaire, éclairé par la petite lumière de l'issue de secours.

Lorsqu'elle posa la main sur son épaule, il sursauta légèrement.

Elle aurait aimé prononcer des paroles douces et rassurantes, une phrase qui l'aurait touché comme lui l'avait émue en l'amenant là. Mais, en réalité, il y avait un courage incommensurable dans les révélations qu'il venait de lui faire. Xhex n'avait jamais eu le cran d'en faire autant et, dans ce monde cruel et cupide, John lui brisait le cœur en lui offrant tout ça.

Il s'était senti si seul dans son enfance que les échos de son chagrin le torturaient encore, après toutes ces années. Et pourtant il était bravement revenu entre ces murs chargés de tristesse parce qu'il avait promis de les lui montrer.

Les beaux yeux bleus de John plongèrent dans les siens et, comme il inclinait la tête d'un air interrogateur, Xhex prit conscience que les mots étaient vains dans un tel moment.

Elle se blottit contre son corps musclé, l'enlaça et posa une main au centre de son dos. De l'autre, elle emprisonna sa nuque pour l'attirer vers elle.

Après une courte hésitation, John se laissa aller, entourant Xhex de ses bras et enfouissant son visage dans le creux de son cou.

Elle le serra contre elle, lui transmettant sa force et lui offrant le seul refuge qu'elle possédât. Tandis qu'ils se tenaient là, serrés l'un contre l'autre, Xhex jeta un coup d'œil par-dessus son épaule, contemplant les petites têtes posées sur les oreillers.

Dans le silence, elle sentit se mêler le passé et le présent, mais ce n'était qu'une illusion. Elle n'avait aucun moyen de consoler le petit garçon solitaire qu'il avait été autrefois.

En revanche, elle tenait dans ses bras le mâle adulte qu'il était devenu.

Oui, elle le tenait dans ses bras et, pendant un bref moment d'égarement, elle se surprit à penser qu'elle ne le laisserait plus jamais partir. Jamais.

Chapitre 37

Assis dans sa chambre de la maison Rathboone, Gregg Winn était loin d'éprouver l'excitation qu'il aurait dû ressentir. Grâce à quelques prises de vue évocatrices de ce portrait auréolé de mystère accroché dans le salon de la demeure et plusieurs photos du parc capturées au crépuscule, les dirigeants de la chaîne, enchantés par la bande-annonce, étaient impatients de la diffuser. Pour couronner le tout, le majordome s'était radouci et avait accepté de signer tous les documents légaux nécessaires au tournage.

Stan le cameraman était autorisé à coller son objectif dans les moindres recoins de cette fichue baraque.

Malgré tout, Gregg ne savourait pas sa victoire. Absolument pas. Il traînait plutôt derrière lui une sensation de malaise diffus, en plus d'un mal de tête qui remontait de la nuque au front.

Son problème restait la caméra cachée qu'ils avaient placée dans le couloir, la veille. Gregg n'avait toujours pas trouvé d'explication logique aux images qu'ils avaient filmées.

N'était-ce pas le comble de l'ironie qu'un « chasseur de fantômes » confronté à une silhouette s'évaporant dans l'air soit obligé de se jeter sur les anti-inflammatoires et les antiacides pour calmer ses angoisses ? Il aurait dû être ravi, au contraire, à l'idée que son cameraman ne soit pas obligé de bidouiller ses prises de vue… pour une fois.

De son côté, Stan s'en foutait complètement. Selon lui, ils avaient bel et bien affaire à un fantôme... mais il n'était pas impressionné le moins du monde.

Une fois de plus, il aurait pu se retrouver ligoté en travers d'une ligne de chemin de fer, façon western, et se réjouir d'avoir juste le temps de piquer un petit roupillon avant de partir pour le grand voyage.

Être accro à la marijuana présentait certains avantages.

Comme l'horloge du rez-de-chaussée sonnait 22 heures, Gregg délaissa son ordinateur pour se poster à la fenêtre. Merde, il se sentirait vachement mieux s'il n'avait pas aperçu cette silhouette aux cheveux longs errer dans le parc la nuit passée.

Sans parler du passage fugace de ce salopard dans le couloir...

La voix de Holly retentit dans son dos :

— Tu espères apercevoir le lapin de Pâques, c'est ça ?

Il jeta un coup d'œil dans sa direction. Elle était superbe, adossée aux oreillers et plongée dans un bouquin. Lorsqu'elle l'avait sorti de son sac, Gregg avait eu la surprise de voir qu'il s'agissait de la biographie des Fitzgerald et des Kennedy signée Doris Kearns Goodwin. C'est drôle, il l'aurait plutôt vue en train de lire la bio d'une starlette de série.

— Eh ouais, j'aime trop sa petite queue cotonneuse, murmura-t-il. Je crois que je vais essayer de mettre la main sur son foutu panier.

— Ne me rapporte surtout pas de ces petites bestioles en marshmallow. Des œufs enveloppés dans du papier alu, des lapins en chocolat, des brins d'herbe en sucre... tout ça, je prends. Mais les petites bêtes en marshmallow me foutent la trouille.

— Je vais demander à Stan de venir te tenir compagnie, d'accord ?

Les yeux de Holly se levèrent du bouquin.

— Je n'ai pas besoin de baby-sitter. Surtout que ce serait plutôt le genre à aller s'allumer un joint dans la salle de bains.

— Je ne veux pas te laisser seule.

— Je ne suis pas seule, répliqua-t-elle en hochant la tête en direction de la caméra installée à l'autre bout de la pièce. Tu n'as qu'à la mettre en marche.

Gregg s'appuya contre le rebord de la fenêtre. La lumière accrochait de jolis reflets dans ses cheveux. Bien sûr, ce n'était pas sa couleur naturelle… mais cette nuance de blond se mariait parfaitement à sa carnation.

— Tu n'as pas peur, n'est-ce pas ? s'enquit-il en cherchant à se rappeler à quel moment la roue avait tourné.

— Tu veux dire, par rapport à ce qui s'est passé hier soir ?

Holly marqua une pause et esquissa un sourire.

— Non. Tu veux savoir ce que je crois ? Je crois que cette fameuse ombre, c'est Stan qui nous joue un tour pour se venger de l'avoir baladé entre deux chambres. Tu sais à quel point il déteste transbahuter ses bagages. En plus, je me suis retrouvée dans ton lit, c'est plutôt sympa, non ? Cela dit, tu n'as rien tenté pour profiter de la situation.

Gregg prit son coupe-vent avant de la rejoindre. Saisissant son menton entre le pouce et l'index, il plongea dans son regard.

— Parce que tu as encore envie de moi ?

— Je n'ai jamais cessé. (La voix de Holly n'était plus qu'un murmure.) Je suis maudite.

— Maudite ?

— C'est bon, Gregg.

Comme il la dévisageait, elle balaya l'air de ses mains.

— T'es pas le bon numéro. Tu es marié à ton boulot et tu vendrais ton âme pour réussir. Tu réduis tout et tout le monde au plus petit dénominateur commun, celui qui te permet de manipuler et d'utiliser les gens à ton gré. Et que se passe-t-il quand ils ne te servent plus à rien ? Tu oublies leur nom, tout simplement.

Seigneur… elle était plus fine qu'il le croyait.

— Dans ce cas, pourquoi as-tu encore envie de moi ?

— Parfois, je me le demande.

Elle fixa les pages de son livre d'un regard absent.

— Je crois que j'étais vraiment naïve quand je t'ai rencontré ; tu m'as donné ma chance à un moment où je n'y croyais plus et tu m'as appris plein de choses. Je n'arrive pas à me débarrasser de l'attirance que j'éprouve pour toi depuis le début.

— À t'entendre, on dirait une vraie malédiction.

— C'est un peu ça. J'espérais que ça passerait… et voilà que tu te mets à veiller sur moi et que je craque de nouveau.

Il la dévisagea, admirant ses traits parfaits, sa peau satinée et son corps de rêve.

En proie à un trouble inexplicable, tiraillé par le besoin de lui présenter des excuses, il se dirigea vers la caméra fixée sur un trépied pour l'allumer.

— Tu as ton portable avec toi ?

Plongeant la main dans la poche de son déshabillé, elle brandit son Smartphone.

— Ici même.

— Appelle-moi s'il se passe quelque chose de bizarre, d'accord ?

Holly fronça les sourcils.

— Ça va ?

— Pourquoi ?

Elle haussa les épaules.

— Je ne t'ai encore jamais vu aussi…

— Nerveux ? Ouais, il y a un truc dans cette baraque…

— En fait, j'allais dire… attentionné. Comme si c'était la première fois que tu me regardais vraiment.

— Je t'ai toujours regardée.

— Pas de cette manière.

Gregg s'immobilisa devant la porte.

— Est-ce que je peux te poser une question bizarre ? Est-ce que… tu te teins les cheveux ?

Holly effleura ses boucles blondes.

— Non. Jamais de la vie.

— C'est un blond naturel ?

— Tu devrais le savoir.

Comme elle haussait un sourcil taquin, Gregg se sentit rougir.

— Certaines femmes se font… teindre partout, si tu vois ce que je veux dire.

— Pas moi.

Sourcils froncés, Gregg renonça à contrôler les pensées ridicules qui dansaient la sarabande dans son cerveau confus. C'était du grand n'importe quoi. Sur un petit signe de la main, il quitta la chambre et sortit. Après avoir scruté les deux côtés du couloir, il tendit l'oreille. Pas de bruit de pas. Pas de craquement. Pas de silhouette drapée de blanc, façon Casper.

Enfilant son coupe-vent, il se dirigea vers l'escalier avec l'impression terrifiante d'être suivi, même si ce n'était que l'écho de ses propres pas qui résonnait.

Il jeta un coup d'œil derrière lui. Le couloir était désert.

Au rez-de-chaussée, il passa en revue les lumières restées allumées. Une dans la bibliothèque. Une dans le vestibule. Une au salon.

À l'angle du couloir, il marqua une pause pour étudier le portrait de Rathboone. Curieusement, le tableau ne lui paraissait plus aussi romantique qu'avant. Même plus vendable.

Ça n'avait rien de curieux, en fait. Il regrettait d'avoir montré le portrait à Holly. Était-il possible que le type ait marqué son subconscient au point qu'elle ait imaginé qu'il soit entré dans sa chambre pour lui faire l'amour ? Merde alors… Cette expression sur son visage quand elle lui avait raconté son rêve… Ce n'était en aucun cas de la peur, mais la plénitude procurée par l'acte sexuel en lui-même, un acte vibrant et fougueux. Avait-elle déjà eu cette expression après avoir fait l'amour avec lui ?

S'était-il même déjà demandé s'il lui avait donné du plaisir ?

Il ouvrit la porte d'entrée et sortit d'un pas décidé, comme s'il partait en mission, sauf qu'en réalité il n'avait aucun but précis. Son seul objectif était de fuir l'écran de son ordinateur, d'oublier ces images… et de prendre de la distance avec cette femme qui s'avérait beaucoup plus consistante que ce qu'il avait toujours cru.

Comme un fantôme qui prendrait forme.

Bon sang, comme l'air était pur, dehors.

Il s'éloigna de la maison et, lorsqu'il eut parcouru une centaine de mètres sur la pelouse ondoyante, il se retourna pour contempler la demeure. Au premier étage, la lumière dans sa chambre était allumée et il imagina Holly abandonnée contre les oreillers, tenant son livre entre ses longs doigts fins.

Il poursuivit son chemin, se dirigeant vers l'orée du bois et le ruisseau.

Les fantômes ont-ils une âme ? Ou ne sont-ils que des âmes ?

Les dirigeants des chaînes télévisées ont-ils une âme ?

En voilà une excellente question existentielle…

Il fit une grande balade autour de la propriété, s'arrêtant pour tirer sur les branches tombantes des tillandsias, toucher l'écorce des chênes, sentir l'odeur de la terre et de la brume.

Il avait repris le chemin de la maison lorsqu'une lumière s'alluma au deuxième étage… laissant entrevoir une ombre imposante glisser devant l'une des fenêtres.

Gregg pressa le pas, puis se mit carrément à courir.

Arrivé sous le porche, il se rua sur la porte et grimpa l'escalier quatre à quatre. L'avertissement bidon du majordome de ne pas monter au deuxième n'était maintenant plus qu'un lointain souvenir. Et s'il dérangeait quelqu'un, alors tant mieux.

Au premier étage, il se rendit compte qu'il ne savait pas où se trouvait l'accès au grenier. Remontant le couloir à grandes enjambées, il dépassa les chambres numérotées puis arriva devant une porte ornée d'une pancarte indiquant une remise. Puis une autre : « Ménage ».

Et enfin, grâce à Dieu, « Sortie ».

Il poussa la porte et monta l'escalier de service à la vitesse de l'éclair. Arrivé tout en haut, il se heurta à une porte fermée à clé sous laquelle filtrait un rai de lumière.

Il frappa. Seul le silence lui répondit.

— Qui est là ? demanda-t-il d'une voix forte en tournant la poignée. Il y a quelqu'un ?

— Monsieur ! Que faites-vous là ?

Pivotant sur ses talons, Gregg baissa les yeux sur le majordome, posté en bas de l'escalier. Malgré l'heure tardive, l'homme était toujours vêtu de son uniforme.

Peut-être ne dormait-il pas dans un lit, préférant se suspendre à un cintre pour éviter de le froisser pendant son sommeil…

— Qui se cache là-dedans ? demanda Gregg en pointant son doigt vers la porte, derrière lui.

— Je suis navré, monsieur, mais le deuxième étage est privé.

— Pourquoi ?

— Cela ne vous regarde pas, monsieur. À présent, si cela ne vous ennuie pas, je vais devoir vous demander de regagner votre chambre.

Ouvrant la bouche pour protester, Gregg se ravisa. Il y avait un moyen bien plus intelligent de gérer la situation.

— D'accord. Pas de problème.

Il descendit l'escalier en martelant délibérément les marches, passa devant le majordome et regagna sa chambre comme un bon petit client docile.

— Alors, cette balade ? demanda Holly en bâillant.

— Il s'est passé quelque chose pendant mon absence ?

Est-ce qu'un macchabée est venu te baiser, par exemple ? compléta-t-il en son for intérieur.

— Non. J'ai juste entendu quelqu'un courir dans le couloir. Tu sais qui c'était ?

— Aucune idée, marmonna Gregg en se dirigeant vers la caméra pour l'éteindre. Absolument aucune.

Chapitre 38

John reprit forme près d'un réverbère qui devait s'ennuyer à mourir dans cet endroit. Le halo de lumière éclairait la façade d'un immeuble qu'on aurait préféré laisser dans l'obscurité. Les briques et le mortier n'étaient pas rouges et blanc mais marronnasses. Les vitres cassées avaient été rafistolées avec du ruban adhésif noir, parfois même protégées par des couvertures élimées. Quant aux marches étroites du perron, elles affichaient elles aussi un état de délabrement avancé, un peu comme si on avait voulu les casser à l'aide d'un marteau-piqueur.

Les lieux n'avaient pas changé depuis la dernière nuit qu'il avait passée entre ces murs, à l'exception d'une chose : l'affichette jaune signalant la condamnation du bâtiment placardée sur la porte d'entrée.

Pour une surprise, c'était une surprise…

Lorsque Xhex sortit de l'ombre pour le rejoindre, il se força à afficher un détachement inébranlable… sans grand succès, hélas. La visite guidée de tous les endroits sinistres ayant bercé son existence s'avérait plus éprouvante que ce qu'il avait imaginé. En fait, c'était un peu comme une attraction de fête foraine : une fois qu'on était dedans et que le wagonnet commençait à avancer, il n'était plus possible de faire marche arrière.

Le parcours de sa vie était fortement déconseillé aux femmes enceintes et aux épileptiques, il fallait le savoir.

Impossible de stopper le train en marche, donc, et Xhex n'avait pas non plus ce pouvoir. Elle percevait tout ce qu'il ressentait en ces instants et semblait très consciente du sentiment d'échec qui le tenaillerait s'il abandonnait maintenant.

— C'est ici que tu as vécu ? demanda-t-elle dans un murmure.

Sur un hochement de tête, il l'entraîna jusqu'à l'allée qui contournait la bâtisse et se dirigea vers l'issue de secours. Le loquet serait-il toujours cassé ?

Il lui suffit d'appuyer fortement sur la barre métallique pour qu'elle cède et que la porte s'ouvre.

Dans le couloir, la moquette semblait presque incrustée au sol cimenté, usée jusqu'à la corde et maculée de taches imprégnées dans ses fibres. Des cadavres de bouteilles, des papiers de barres chocolatées froissés et des mégots de cigarettes écrasés jonchaient le sol. Une odeur de transpiration rancie flottait dans l'air.

Bordel… un conteneur de désodorisant n'aurait pas suffi à venir à bout de cette puanteur…

Au moment où Vhif apparaissait dans l'embrasure de la porte de secours, John piqua à gauche dans l'escalier et sa lente ascension lui donna envie de hurler. Sur leur passage, les rats détalaient en couinant et l'eau de toilette *Taudis insalubre* imprégnait de plus en plus l'atmosphère, comme si elle avait fermenté avec l'altitude.

Au premier étage, John longea le couloir, se figeant brièvement devant une forme étoilée sur le mur. Seigneur Dieu… la tache de vin était toujours là. En même temps, pourquoi diable en aurait-il été autrement ? Qu'avait-il cru ? Que les petites fées du logis viendraient la frotter jusqu'à la faire disparaître ?

Il avança jusqu'à la porte suivante et entra dans ce qui avait jadis été son studio.

Nom de Dieu, l'endroit était exactement comme il l'avait laissé.

Personne n'y avait vécu depuis son départ, ce qui n'avait rien d'étonnant. À l'époque où il était locataire, les occupants de l'immeuble – tout au moins ceux qui pouvaient se le permettre – commençaient déjà à partir pour s'installer dans des quartiers plus agréables. Seuls les camés étaient restés. Les SDF avaient alors squatté les logements déserts, tels des cafards s'infiltrant à travers les vitres cassées et les portes défoncées. Cet exode avait connu son apogée lorsque le bâtiment avait officiellement été déclaré insalubre, comme en témoignait l'affichette jaune sur la porte principale. Le cancer avait fini de ronger ses entrailles, laissant derrière lui une carcasse vide.

Lorsque John posa les yeux sur le magazine de musculation qu'il avait abandonné sur le lit, près de la fenêtre, la réalité de sa vie passée l'enveloppa et le tira en arrière alors même que ses pieds étaient fermement plantés ici et maintenant.

Il entrouvrit la porte du frigo débranché et aperçut les canettes de boisson protéinée qu'il avait laissées. Même les vandales affamés et sans le sou n'en avaient pas voulu.

Xhex esquissa quelques pas dans la pièce avant de se poster devant la fenêtre, à l'endroit où il avait passé tant de nuits, le regard perdu dans le vide.

— Tu voulais être un autre.

Il acquiesça d'un signe de tête.

— Quel âge avais-tu quand on t'a trouvé ?

Il brandit deux doigts à deux reprises et elle écarquilla les yeux.

— Vingt-deux ans ? Et tu ne savais absolument pas que tu étais…

Secouant la tête, John alla ramasser le magazine. Le feuilletant, il prit conscience qu'il était devenu ce qu'il avait toujours voulu être : un dur à cuire hyper baraqué. Qui l'eût cru, vraiment ? Prétrans, il était maigre et chétif, à la merci de tout…

Il jeta la revue sur le lit, coupant court à ses pensées. Il était prêt à lui révéler presque tout. Mais pas ça. Jamais… ce pan de sa vie.

Ils n'iraient pas visiter son tout premier logement et elle ne saurait jamais pourquoi il l'avait quitté pour venir vivre dans ce taudis.

— Qui t'a introduit dans notre monde ?

— *Tohrment,* articula-t-il.

— Quel âge avais-tu quand tu as quitté l'orphelinat ?

Il lui montra un puis six doigts.

— Seize ans ? Et tu es venu directement ici ? En sortant de Notre-Dame ?

En hochant la tête, John se dirigea vers les placards au-dessus de l'évier. Il ouvrit une porte et trouva la seule chose qu'il pensait avoir laissée derrière lui. Son nom et une date.

Il fit un pas de côté pour que Xhex puisse lire ce qui était écrit. Il se souvenait d'avoir griffonné ça à la va-vite. Garé le long du trottoir, Tohr l'attendait pendant qu'il récupérait son vélo. Il avait laissé ces inscriptions comme une sorte de testament pour… il ne savait pas trop pour quoi, en fait.

— Il n'y avait personne pour toi, murmura-t-elle en lisant les inscriptions. C'était la même chose pour moi. Ma mère est morte en me mettant au monde et j'ai été recueillie par une famille adorable… avec qui je n'avais absolument rien en commun. Je suis partie très jeune de chez eux et je ne suis jamais retournée les voir parce que je savais que ce n'était pas ma place. Une voix intérieure ne cessait de crier qu'il valait mieux pour eux que je m'en aille. J'ignorais tout de ma moitié *symphathe* et je n'avais nulle part où aller… mais je sentais qu'il fallait que je parte. Par chance, j'ai rencontré Vhengeance et il m'a aidée à comprendre qui j'étais.

Elle jeta un coup d'œil par-dessus son épaule.

— La vie ne tient qu'à un fil, tu ne crois pas ? Imagine, si Tohr ne t'avait pas trouvé…

Il aurait entamé sa transition et n'y aurait pas survécu, car le sang dont il avait besoin pour survivre lui aurait fait défaut.

Pour une raison qu'il ne s'expliquait pas, il n'avait pas envie de penser à ça. Ni au fait que Xhex et lui avaient expérimenté le même sentiment de rejet et de solitude.

— *Viens,* articula-t-il. *Passons à l'étape suivante.*

La voiture filait sur le chemin de terre conduisant à la ferme, au milieu des champs de maïs. Flhéau était au volant. Vu la métamorphose de son aspect physique, l'Oméga et son nouveau gigolo seraient incapables de le reconnaître... Pour parfaire sa couverture, il avait enfilé un imperméable, le col remonté, une casquette de base-ball et une paire de gants.

Exactement comme l'Homme invisible.

Putain, il aurait tout donné pour l'être vraiment, invisible. Il détestait sa nouvelle apparence. Après avoir attendu deux bonnes heures pour voir si son enveloppe corporelle continuerait à se déliter, même si c'était la mode chez les morts-vivants, il n'était pas sûr d'être soulagé par l'apparente stabilisation de son état.

Il n'avait fondu qu'à moitié, à ce stade : ses muscles recouvraient encore ses os.

À environ cinq cents mètres de sa destination, il gara sa Mercedes dans un bosquet de pins et sortit. Comme il utilisait tous ses pouvoirs pour se dissimuler, il n'avait plus assez d'énergie pour se dématérialiser.

Il dut donc se résoudre à marcher jusqu'à ce foutu trou à rats, bien que ce fût un véritable calvaire pour lui de bouger son corps.

Mais, en arrivant devant la baraque, un regain d'énergie le submergea. Trois voitures de dealers étaient garées dans l'allée et il les reconnut aussitôt : ces bagnoles étaient la propriété de la Société des éradiqueurs.

Tiens, tiens, il y avait de l'animation, semblait-il : une bonne vingtaine de types faisaient la fête à l'intérieur. Par les fenêtres, il aperçut les tonnelets et les bouteilles d'alcool et, partout, des enfoirés allumaient des bongs et sniffaient Dieu sait quoi.

Et le petit bâtard, il était où, dans tout ça ?

Ah, super timing. Une quatrième voiture, différente des trois autres, se gara dans l'allée. Sa peinture hyper *flashy* avait dû coûter aussi cher que le moteur débridé qui vrombissait sous le capot, et la barre de phares fixée au pare-chocs lui donnait des allures de vaisseau spatial. Le gamin émergea du véhicule, pomponné et tiré à quatre épingles. Le changement était à peine croyable : il arborait un jean tout neuf et un blouson en cuir branché, et il alluma une clope avec un briquet qui brilla d'un éclat doré.

Quelle belle soirée en perspective…

Si le gamin se contentait de venir faire la fête, Flhéau serait bien obligé de reconnaître son erreur : il aurait surestimé l'intelligence du petit enfoiré… et l'Oméga se retrouvait juste avec un bon coup à tirer, rien de plus. Mais si Flhéau avait vu juste, alors la soirée s'annonçait pour le moins intéressante.

Il rabattit les revers de son imper sur la chair à vif de son cou, s'efforçant d'ignorer la bouffée de jalousie qui l'assaillait. Il avait connu ces doux moments de gloire, lui aussi. Profité de toute l'attention qu'on lui accordait alors, persuadé que cette période faste durerait toujours. Si l'Oméga était capable de jeter au caniveau sa propre chair, son propre sang, cette petite merde d'ex-humain ne ferait pas long feu.

Lorsqu'un des alcoolos de service regarda par la fenêtre dans sa direction, Flhéau se rendit compte qu'il prenait des risques à s'approcher autant. Mais il n'en avait rien à foutre. Il n'avait plus rien à perdre, de toute façon, n'ayant pas pour ambition de passer le restant de ses jours dans la peau sanguinolente d'une côte de bœuf ambulante.

Moche, faible et gluant… tout cela n'était franchement pas avenant.

Le vent froid lui fit claquer des dents et il pensa à Xhex en espérant que ses souvenirs le réchaufferaient. Il avait du mal à croire que, quelques jours plus tôt, ils étaient encore ensemble. Il avait l'impression que ça faisait une éternité qu'il ne l'avait pas chevauchée. Putain de Dieu, l'apparition de la première lésion sur son avant-bras avait marqué le début de la fin… ce dont il était alors loin de se douter.

Juste une égratignure.

Ouais, bien sûr.

Levant la main pour la passer dans ses cheveux, il se heurta à la visière de sa casquette et se rappela brusquement qu'il n'avait plus de cheveux sur son crâne décharné.

S'il avait eu plus d'énergie, il aurait crié et tapé des pieds pour dénoncer l'injustice et la cruauté de son destin en ruine. La vie n'était pas censée ressembler à ça. Il n'aurait pas dû se trouver là, dehors, du mauvais côté de la barrière. Il avait toujours été le centre de l'attention, le chef de file, l'être hors du commun.

Pour une raison idiote, il songea à John Matthew. À l'époque où ce fils de pute avait intégré le programme de formation des soldats, il était un prétrans particulièrement frêle ; seuls son nom et la cicatrice en forme d'étoile sur son torse jouaient en sa faveur. Il était alors la cible parfaite et Flhéau avait pris un malin plaisir à s'acharner sur lui.

Merde, à l'époque, il ignorait ce qu'on pouvait bien ressentir à être mis sur la touche. On avait juste l'impression d'être une merde, un bon à rien. On regardait ceux à qui tout souriait et on aurait payé cher pour être comme eux.

Ce n'était peut-être pas plus mal que Flhéau n'ait rien su de tout ça, à l'époque. Parce que sinon, il aurait clairement hésité à s'en prendre à cet enfoiré.

À présent, adossé à l'écorce froide et râpeuse d'un chêne, le regard braqué sur les fenêtres de la ferme où un autre petit veinard avait pris sa place, il fit évoluer son plan.

Ce serait peut-être son dernier coup d'éclat, mais il ne reculerait devant rien pour détruire ce jeune con.

Même Xhex était reléguée au second plan.

Que le petit enfoiré ait osé proférer des menaces de mort à son égard ne constituait pas la motivation principale de Flhéau. Non, ce qu'il voulait avant tout, c'était adresser un message à son père. Après tout, il n'était qu'une pomme pourrie tombée au pied de l'arbre… et la vengeance était un plat tellement savoureux.

Chapitre 39

— C'est l'ancienne maison de Bella, fit observer Xhex en se matérialisant dans un pré au côté de John.

Il hocha la tête et elle promena son regard sur le cadre bucolique. Encerclée d'une terrasse couverte, coiffée de cheminées rouges, la ferme blanche ressemblait à un paysage de carte postale dans la clarté de la lune. Quelle tristesse que cette demeure soit vide. Seules les lumières du système d'alarme brillaient encore.

La présence d'une voiture dans l'allée et la propreté des vitres accentuaient encore le sentiment d'abandon qui planait sur les lieux.

— C'est Bella qui t'a trouvé ?

Esquissant un geste vague, John pointa ensuite l'index sur une autre maisonnette, au bord de l'allée. Il commença à signer avant de s'interrompre, en proie à une frustration manifeste.

— Quelqu'un dans cette maison… Tu les connaissais et ils t'ont présenté Bella ?

Il acquiesça d'un signe de tête puis plongea la main dans la poche de son blouson pour en retirer un bracelet. En le prenant, Xhex aperçut des symboles de la langue ancienne, gravés à l'intérieur.

— Therreur.

John se frappa la poitrine.

— C'est ton nom ? Mais comment le savais-tu ?

Il se toucha la tête en haussant les épaules.

— Ça t'est venu comme ça.

Elle reporta son attention sur la petite maison, sur la piscine dans le jardin. Elle sentait que les souvenirs de John étaient plus vifs à cet endroit, car chaque fois qu'il regardait en direction de la terrasse sa grille émotionnelle s'enflammait, comme un tableau de bord dont les lumières clignoteraient toutes en même temps.

Il était venu là pour protéger quelqu'un. Bella n'avait pas été sa motivation principale.

Mary, songea Xhex. La *shellane* de Rhage, Mary. Mais comment s'étaient-ils rencontrés ?

Étrange… c'était le vide total. John refusait d'aborder le sujet.

— Bella a pris contact avec la Confrérie et Tohrment est venu te chercher.

Il hocha de nouveau la tête et elle lui rendit le bracelet. Comme il effleurait les symboles du bout des doigts, Xhex s'émerveilla de la relativité du temps. Il ne s'était écoulé qu'une heure depuis qu'ils avaient quitté la maison des frères et, pourtant, elle avait l'impression d'avoir passé une année aux côtés de John.

Seigneur, il lui avait donné bien plus que ce qu'elle n'aurait imaginé… et elle savait désormais pourquoi il était resté près d'elle quand elle avait craqué, au bloc opératoire.

Il avait enduré un paquet d'épreuves, de son côté, un peu comme s'il avait été traîné de force dans une vie qui n'était pas la sienne.

Des questions demeuraient toutefois sans réponse : pourquoi avait-il échoué parmi les humains à sa naissance ? Où étaient ses parents ? Le roi avait été son *gharrant* quand il était encore prétrans – c'était en tout cas ce que mentionnaient ses papiers quand elle avait fait sa connaissance au *Zero Sum*. À l'époque, elle en avait déduit que sa mère était morte, et leur visite à la gare routière tendait à confirmer cette hypothèse… mais il y avait encore des trous dans son histoire. Certains qu'il entretenait délibérément, d'autres qu'il ne semblait pas capable de combler.

Xhex fronça les sourcils. Elle sentait que son père était encore très présent en lui et, pourtant, il ne l'avait vraisemblablement pas connu.

— Tu m'emmènes autre part ? demanda-t-elle dans un murmure.

Accrochant son regard, il se volatilisa et elle l'imita, grâce au sang revigorant dont elle s'était nourrie à la veine de John.

Quand ils se matérialisèrent devant une magnifique maison contemporaine, la tristesse de John devint telle que sa superstructure émotionnelle commença à se replier sur elle-même. Par la force de sa volonté, cependant, il parvint à stopper le processus de désintégration… avant qu'il ne soit trop tard.

Si sa grille émotionnelle venait à s'effondrer, c'était foutu. On tombait alors entre les griffes de ses démons intérieurs.

Xhex songea à Mheurtre. Le jour où ce dernier avait appris la vérité à son sujet, l'état de sa construction émotionnelle était apparu clairement à Xhex : les poutrelles métalliques soutenant les fondations de sa santé mentale n'étaient plus qu'un affreux chaos.

C'est pourquoi elle avait été la seule à ne pas s'étonner lorsque, basculant dans la folie, il avait purement et simplement disparu.

Sur un hochement de tête, John se dirigea vers la porte d'entrée, inséra une clé dans la serrure et ouvrit la voie. Une odeur de poussière et de moisissure flottait dans l'air, signe qu'il s'agissait, là encore, d'une habitation vide. Mais contrairement à l'immeuble où John avait vécu avant sa transition, on ne notait aucune trace de saleté ni de pourriture.

Lorsqu'il alluma la lumière dans l'entrée, elle retint son souffle. À gauche de la porte, un parchemin fixé au mur et rédigé en langue ancienne proclamait que la demeure appartenait au frère Tohrment et à sa bien-aimée *shellane*, Wellesandra.

Ce qui expliquait la profonde tristesse de John. Le *hellren* de Wellesandra n'avait pas été le seul à sauver le prétrans qu'il était alors.

La femelle occupait également une place importante dans le cœur de John. Une place très importante.

Il avança dans l'entrée, allumant d'autres lumières sur son passage. Ses émotions étaient un mélange d'affection douce-amère et de chagrin dévorant. Ils pénétrèrent dans une superbe cuisine et Xhex se dirigea vers la table, trônant dans une alcôve.

Il avait pris place là, pensa-t-elle en posant les mains sur le dossier d'une chaise. Lors de sa première nuit dans cette maison, il s'était assis là.

— Un plat mexicain, murmura-t-elle. Tu avais tellement peur de les vexer. Mais… Wellesandra…

Comme un limier flairant une piste, Xhex suivit le fil des souvenirs de John.

— Wellesandra t'a proposé une assiette de riz au gingembre. Et… une part de pudding. Pour la première fois, tu te sentais rassasié, tu n'avais pas mal au ventre et tu… tu étais si reconnaissant que tu ne savais pas comment gérer ce sentiment de gratitude.

Elle regarda John. Son visage était pâle, ses yeux un peu trop brillants. Elle devina qu'il était de retour dans ce corps frêle, assis à cette même table, recroquevillé sur lui-même… bouleversé par la première marque de gentillesse qu'on lui témoignait depuis longtemps.

Un bruit de pas dans l'entrée lui fit tourner la tête et elle se rendit compte que Vhif était toujours avec eux, rôdant dans les parages, sa mauvaise humeur planant sur eux comme une ombre palpable.

Il n'aurait plus à ruminer bien longtemps. C'était la fin du voyage, le dernier chapitre manquant de la vie de John.

Le reste, elle connaissait à peu près. Ce qui signifiait, hélas, qu'il était temps pour eux de rentrer… et, arrivés à la maison des frères, John voudrait sans nul doute la faire manger et insisterait pour qu'elle se nourrisse de nouveau.

Xhex n'avait pas envie de rentrer, pas encore. Dans son esprit, la nuit leur appartenait et elle comptait bien profiter de ces quelques heures avant de se lancer sur le sentier de la vengeance… perdant du même coup ce lien ténu qui l'unissait à John, cette compréhension profonde et mutuelle qu'ils partageaient désormais.

Car Xhex n'était pas dupe : la triste réalité induisait que ce lien à la fois puissant et fragile se briserait dès que le présent prendrait le pas sur le passé.

— Vhif, peux-tu nous laisser seuls, s'il te plaît ?

Les yeux vairons se posèrent sur John et tous deux échangèrent une série de gestes rapides.

— Bordel de merde, marmonna Vhif avant de tourner les talons pour se diriger vers l'entrée de la maison.

Lorsque l'écho de la porte claquée s'estompa enfin, Xhex darda sur John un regard interrogateur.

— Où dormais-tu ?

D'un geste, il indiqua un couloir, et elle le suivit le long des nombreuses pièces. Le mélange du confort moderne et des objets d'art ancien conférait à l'endroit des airs de musée où il ferait bon vivre, et Xhex ne put s'empêcher de jeter un coup d'œil dans les salons et les chambres à coucher dont les portes étaient grandes ouvertes.

La chambre de John se trouvait tout au bout du couloir, de l'autre côté de la maison. En entrant dans la pièce, Xhex imagina le choc qui avait dû être le sien. Sur un simple changement de code postal, John était passé du délabrement à l'élégance luxueuse. À des années-lumière de son studio miteux, la chambre était un confortable refuge bleu marine. Moquette épaisse, salle de bains en marbre, mobilier contemporain.

Avec, en prime, une baie vitrée ouvrant sur une terrasse privative.

John se dirigea vers la penderie dont il ouvrit la porte. Xhex le regarda effleurer de ses doigts puissants les vêtements de petite taille suspendus sur des cintres de bois.

Les épaules contractées, le poing serré contre sa cuisse, il contempla longuement les chemises, les vestes et les pantalons. Il regrettait un acte qu'il avait commis, ou la manière dont il s'était comporté, et cela n'avait rien à voir avec elle…

Tohr. Il s'agissait de Tohr.

Il regrettait que leur relation se soit détériorée depuis quelque temps.

— Parle-lui, dit-elle d'une voix douce. Dis-lui ce que tu as sur le cœur. Ça vous fera du bien à tous les deux.

John hocha la tête et elle sentit sa détermination s'aiguiser.

Seigneur, elle ne sut pas vraiment comment tout s'enchaîna… Dans l'absolu, le schéma était assez classique mais ce qui la surprit une fois encore, ce fut cette pulsion qui la poussa vers John. S'immobilisant derrière lui, elle glissa les bras autour de sa taille et posa la joue dans son dos, heureuse de sentir les grandes mains de John recouvrir les siennes.

Il communiquait de tant de manières différentes… d'autant que le contact physique valait parfois mieux que des mots pour exprimer ce qu'on ressentait.

Dans le silence ouaté, elle l'entraîna vers le lit, où ils s'assirent. Comme elle le dévisageait, il articula :

— *Quoi ?*

— Tu veux vraiment savoir ?

Il hocha la tête et Xhex chercha son regard.

— Je sais que tu ne m'as pas tout dit. Je le sens. Il manque une pièce entre l'orphelinat et le studio.

John resta de marbre, sans même ciller. Il excellait dans l'art de masquer ses émotions mais Xhex s'en fichait, forte de ses certitudes.

— Ne t'inquiète pas, je ne te poserai pas de questions. Je n'ai pas l'intention de te mettre la pression.

Il s'empourpra légèrement et Xhex sut qu'elle se souviendrait longtemps de ce moment, même lorsqu'elle ne serait plus là… et la perspective de devoir le quitter la poussa à effleurer ses lèvres du bout des doigts. Il sursauta.

— Je veux te donner quelque chose, dit-elle d'une voix rauque, les yeux rivés sur sa bouche. Ce n'est pas pour te rendre la pareille, ne crois pas ça. C'est juste parce que j'en ai envie.

Elle aurait aimé, à son tour, l'emmener sur les lieux qui avaient compté dans sa vie, mais elle savait aussi qu'il supporterait encore plus difficilement la mission suicidaire à laquelle elle se préparait si elle lui dévoilait son passé. Malgré ses sentiments pour John, elle avait la ferme intention de retrouver son ravisseur et elle ne se voilait pas la face quant à ses chances de survie dans un tel affrontement.

Flhéau possédait plus d'un tour dans son sac.

Des tours vicieux qu'il n'hésitait pas à utiliser pour faire mal.

Les souvenirs de certaines scènes vécues avec cet enfoiré affluèrent dans son esprit. Des souvenirs horribles qui firent trembler ses cuisses. Des souvenirs douloureux qui la poussèrent toutefois à continuer, même si elle n'était pas encore tout à fait prête. Une chose était sûre, en tout cas : elle ne quitterait pas ce monde en laissant à Flhéau le privilège d'avoir été le dernier.

Pas quand elle avait sous les yeux le seul homme qu'elle avait jamais aimé.

— Je veux être avec toi, murmura-t-elle d'une voix rauque.

Empreint de stupéfaction, le regard bleu de John scruta son visage comme pour s'assurer qu'il avait bien entendu. Puis un flot de désir brut, incandescent, balaya ses émotions, ne laissant rien derrière lui sinon le besoin pressant d'un mâle en rut.

À sa décharge, il fit de son mieux pour réprimer ses instincts et se raccrocher à un semblant de rationalité. Ce fut

Xhex qui mit un terme à cette bataille de la raison et de la sensualité… en capturant ses lèvres.

Dieu qu'elles étaient douces…

John parvint à se maîtriser tant bien que mal, le sang bouillonnant dans ses veines. Même lorsqu'elle glissa la langue entre ses lèvres. La retenue dont il faisait preuve la soulagea, tandis que son esprit continuait à naviguer entre ce qu'elle faisait en ce moment même…

… et ce qu'elle avait subi quelques jours plus tôt.

Pour tenter de forcer sa concentration, elle caressa son torse puissamment musclé puis, le poussant sur le lit, elle inhala son parfum, savourant l'odeur de son désir d'union. Ces effluves épicés étaient uniques, et tellement éloignés de la puanteur d'un éradiqueur.

Cela l'aida à cloisonner les instants qu'elle était en train de vivre.

D'abord lent, presque timide, leur baiser s'enflamma rapidement. John pressa son corps massif contre le sien, et sa jambe musclée s'enroula autour d'elle tandis qu'il l'attirait dans ses bras.

Ils bougeaient avec une lenteur délibérée.

Tout allait pour le mieux, jusqu'au moment où la main de John s'aventura sur sa poitrine.

Ce simple contact la terrassa, la jetant hors de ce lit, de cette chambre, de l'étreinte de John, détruisant la magie du moment pour la propulser en enfer. Une fois de plus.

Luttant contre la défection de son esprit, elle s'efforça de rester connectée avec le présent, avec John. Mais lorsqu'il effleura son téton, elle dut ordonner à son corps de rester calme. Flhéau avait pris un malin plaisir à la tenir prisonnière, à repousser l'inévitable dénouement en la griffant et la caressant. Car, s'il aimait jouir en elle, il prenait encore plus de plaisir à la torturer mentalement en insistant sur les préliminaires.

N'était-il pas fin psychologue… ? Xhex aurait tellement préféré qu'il aille droit au but…

Elle sentit le sexe dressé de John contre sa hanche.

« Clac. »

Son self-control lui sauta à la figure, tel un élastique tendu à bloc qui finit par céder. Comme mû par une volonté propre, son corps s'écarta brusquement, rompant ce moment de fusion et d'intimité.

Xhex perçut la stupeur de John tandis qu'elle bondissait hors du lit, mais elle était trop occupée à dominer sa propre peur pour lui fournir des explications. Elle arpenta la pièce d'un pas fébrile, s'efforçant de se raccrocher à la réalité, et inspira profondément, oppressée par un sentiment de panique.

Génial… c'était génial.

Enfoiré de Flhéau… Elle allait le buter rien que pour ça. Pas pour se venger de ce qu'elle avait enduré, non, mais pour avoir impliqué John dans ce merdier.

— Je suis désolée, dit-elle d'une voix sourde. Je n'aurais pas dû commencer. Je suis vraiment désolée.

Lorsqu'elle s'en sentit capable, elle s'arrêta devant la commode et leva les yeux sur le miroir fixé au mur. John s'était levé et se tenait devant la baie vitrée, les bras croisés, la mâchoire contractée, fixant la nuit d'un regard absent.

— John… ce n'est pas ta faute. Je t'assure.

Il secoua la tête sans la regarder.

Elle se frotta le visage. Le silence et la tension qui s'étaient abattus sur eux accentuaient son envie de prendre la fuite. Elle se sentait incapable de gérer tout ça, ses émotions, ce qu'elle avait fait à John, tout ce bordel avec Flhéau.

Son regard se posa sur la porte tandis que ses muscles se tendaient, prêts à passer à l'action. Pour se sauver. C'était son truc, ça, la fuite. Toute sa vie, elle avait compté sur sa capacité à mettre les bouts quand les choses devenaient trop compliquées, ne laissant derrière elle aucune trace, aucune explication. Juste un grand vide.

Une qualité bien utile, quand on était un assassin.

— John…

Il tourna la tête et leurs yeux se croisèrent dans le miroir. Son regard était empreint de regret.

Il attendit qu'elle parle ; elle était censée lui dire qu'il valait mieux qu'elle parte. Elle inventerait une excuse bidon puis se dématérialiserait, sortant de cette pièce… et de sa vie.

Mais tout ce qu'elle put dire fut son prénom.

John se tourna vers elle et articula :

— *Je suis désolé. Pars. Ne t'inquiète pas. Pars.*

Elle fut incapable de bouger. Puis ses lèvres s'entrouvrirent. Lorsqu'elle prit conscience des mots qui se formaient au fond de son esprit, elle n'arriva pas à croire qu'elle s'apprêtait à les formuler. Ça ne lui ressemblait tellement pas…

Pour l'amour de Dieu, allait-elle vraiment passer à l'acte ?

— John… je… j'ai été…

Son regard se posa de nouveau sur son reflet, dans le miroir. Elle contempla ses joues creusées, sa pâleur maladive, dont le manque de sommeil et de nourriture n'étaient pas les seuls responsables.

Dans un élan de colère inattendu, elle lâcha :

— Flhéau n'était pas impuissant, tu comprends ? Il n'était pas… impuissant…

La température de la pièce chuta si vite que son souffle forma un petit nuage devant sa bouche.

L'image que lui renvoya le miroir l'obligea à pivoter sur ses talons et reculer d'un pas : les yeux bleus de John brillèrent d'un éclat menaçant, et sa lèvre supérieure se retroussa, dévoilant des crocs longs et acérés comme des couteaux.

Tous les objets de la pièce se mirent à vibrer : les lampes sur les tables de chevet, les vêtements sur leurs cintres, le miroir au mur. Les vibrations se transformèrent vite en un grondement sourd et Xhex dut s'agripper à la commode pour garder l'équilibre.

L'atmosphère était vivante. Saturée de tension. Électrique.

Dangereuse.

Et John était au centre de ce maelström d'énergie. Les muscles de ses jambes bandés, il se mit en position de combat, les poings serrés si fort sur ses cuisses que ses avant-bras en tremblaient.

Il rejeta la tête en arrière, sa bouche s'ouvrit en grand... et il laissa échapper un cri de guerre.

Le son explosa tout autour d'elle, si fort qu'elle dut se couvrir les oreilles, si puissant qu'elle sentit le souffle d'air sur son visage.

L'espace d'un instant, elle crut qu'il avait retrouvé sa voix... sauf que ce n'étaient pas ses cordes vocales qui produisaient cette plainte assourdissante.

Les vitres de la chambre se brisèrent, les carreaux explosant en milliers d'éclats projetés dans la nuit, s'écrasant sur les dalles d'ardoise et capturant la lumière comme des gouttes de pluie...

Ou comme des larmes.

Chapitre 40

Blay n'avait pas la moindre idée de ce que Saxton venait de lui donner.

Bon, d'accord, c'était un cigare, un cigare de luxe, OK, mais la marque lui était déjà sortie de la tête.

— Je crois que tu vas apprécier, déclara Saxton en s'adossant au fauteuil en cuir pour allumer le sien. Ils sont doux. Parfumés, mais doux.

Blay sortit son briquet Montblanc pour allumer son cigare et tira une première taffe en se penchant légèrement en avant. Tandis qu'il en appréciait la saveur corsée, il sentit le regard de Saxton posé sur lui.

De nouveau.

Il n'était pas habitué à toutes ces marques d'attention, aussi promena-t-il son regard autour de lui pour se donner une contenance : plafond voûté vert sapin, laque noire sur les murs, fauteuils et banquettes en cuir fauve. Beaucoup de mâles humains, boîtes de cigares à portée de main, fréquentaient l'établissement.

Bref, rien qui lui permette d'échapper au regard intense de Saxton, ni à sa voix, ni à son eau de toilette…

— Alors, dis-moi, commença ce dernier en exhalant un élégant nuage de fumée bleue qui masqua provisoirement son visage, as-tu mis ton costume à rayures avant ou après mon coup de téléphone ?

— Avant.

— Je savais que tu avais du style.

— Ah bon ?

— Bien sûr.

Saxton regarda par-dessus la petite table en acajou qui les séparait.

— Je ne t'aurais pas invité à dîner, sinon.

Le repas qu'ils avaient partagé au *Sal's* avait été… tout à fait charmant, à vrai dire. Ils avaient mangé dans la cuisine, à une table isolée, et iAm leur avait préparé un menu spécial composé d'*antipasti* et de pâtes, suivis d'un tiramisu et d'un café *con leche* en guise de dessert. Ils avaient bu du vin blanc avec l'entrée et du vin rouge avec le plat principal.

La conversation avait roulé sur des sujets à la fois neutres et intéressants, toujours teintée de cette ambiguïté en toile de fond… Chaque parole, chaque regard, chaque geste était analysé et interprété dans ce jeu de la séduction.

C'est donc ça, un rendez-vous galant, songea Blay. De subtiles négociations dissimulées sous des conversations anodines autour des goûts littéraires et musicaux des deux parties.

Pas étonnant, au fond, que Vhif préfère aller droit au but. Il n'aurait jamais eu la patience de se plier à ce petit jeu subtil. Sans compter qu'il n'aimait pas lire et que la seule musique qu'il écoutait, à plein volume un casque sur les oreilles, était du metalcore, un genre que seuls les déséquilibrés et les sourds arrivaient à supporter.

Un serveur vêtu de noir fit son apparition.

— Désirez-vous boire quelque chose ?

Saxton fit rouler son cigare entre le pouce et l'index.

— Deux portos. Croft Vintage 1945, s'il vous plaît.

— Excellent choix.

Les yeux de Saxton cherchèrent ceux de Blay.

— Je sais.

Regardant par la fenêtre qui leur faisait face, Blay se demanda s'il cesserait un jour de rougir en présence de ce type.

— Il pleut.

— Vraiment ?

Cette voix, mon Dieu. Les mots de Saxton étaient aussi doux et savoureux que le cigare.

Blay croisa ses jambes, cherchant désespérément un sujet de conversation plus intéressant que la météo. Mais l'inspiration lui manquait cruellement. Leur soirée allait bientôt s'achever et, bien qu'il se réjouisse de savoir que Saxton et lui regrettaient la disparition de l'écrivain Dominick Dunne et qu'ils étaient tous deux fans de Miles Davis, il ignorait tout de la manière dont il convenait de prendre congé en pareilles circonstances.

« On se rappelle et on dîne ensemble un de ces soirs ? » Ou bien la formule plus compliquée, plus maladroite, mais aussi infiniment plus savoureuse : *« Oui, ça me dit bien de jeter un coup d'œil à tes estampes japonaises… avec plaisir. »*

Ce à quoi sa conscience lui enjoignait d'ajouter : *« Même si je n'ai encore jamais fait ça avec un homme et que tu ne seras jamais rien d'autre qu'un pauvre substitut à Vhif. »*

— À quand remonte ton dernier rendez-vous, Blaylock ?

— Je…

Blay tira longuement sur son cigare.

— Ça fait un petit bout de temps.

— Serais-tu du genre à travailler comme un forçat sans jamais t'accorder de moments de détente ?

— On peut dire ça.

Oh, et il passait aussi une bonne partie de son temps à se languir pour un homme qui se foutait complètement de lui.

Saxton esquissa un petit sourire.

— J'étais content que tu m'appelles. Un peu surpris, aussi.

— Pourquoi ?

— Mon cousin semble quelque peu… possessif en ce qui te concerne.

Blay s'absorba dans la contemplation de son cigare rougeoyant.

— Si tu veux mon avis, tu es complètement à côté de la plaque.

— Et si tu veux le mien, tu es en train de me demander poliment de me mêler de mes affaires. Je me trompe ?

— Parce qu'il n'y a rien à dire à ce sujet, répliqua Blay en souriant au serveur, qui posa les deux portos sur la table ronde avant de s'éclipser. Tu peux me croire.

— Tu sais, Vhif est un personnage intéressant.

Saxton tendit une main raffinée pour s'emparer de son verre.

— C'est l'un de mes cousins préférés, tu sais. J'admire son non-conformisme, et puis, il a survécu à des choses qui auraient anéanti plus faible que lui. En revanche, j'imagine qu'il ne doit pas être facile d'aimer un type comme lui.

Blay éluda rapidement la question.

— Tu viens ici souvent ?

Saxton partit d'un éclat de rire, ses yeux clairs brillant d'amusement.

— Tu n'as pas envie de parler de ça, message reçu.

Il s'interrompit pour regarder autour de lui.

— À dire vrai, je ne suis pas beaucoup sorti, ces temps-ci. Trop de boulot.

— Tu es avocat, spécialiste en droit ancien, c'est ça ? Ça doit être intéressant.

— Je suis spécialisé dans la gestion du patrimoine et le droit immobilier ; je ne puis donc que déplorer le boom du business. Depuis l'été dernier, l'Estompe a accueilli beaucoup trop d'innocents…

À la table voisine, des types alcoolisés en costumes de soie et montres en or éclatèrent de rires goguenards et, dans l'hilarité générale, le plus bruyant se renversa dans son siège, bousculant Saxton.

Sous ses allures de gentleman, ce dernier s'avéra ferme et cassant.

— Excusez-moi, cela vous dérangerait de baisser d'un ton ?

Avachi dans son fauteuil, le type se retourna à moitié, son ventre bedonnant débordant sur la ceinture de son pantalon.

— Ouais, ça me dérange, marmonna-t-il en fixant Saxton de son regard embrumé. Les types comme vous n'ont rien à faire ici, de toute façon.

Et il ne parlait pas du fait qu'ils soient vampires.

Blay prit une gorgée de porto, mais l'alcool millésimé eut un goût de vinaigre sur sa langue… et ce n'était pas dû au fait qu'il avait mal vieilli.

Un peu plus tard, le type bouscula de nouveau Saxton, au point que ce dernier faillit renverser le contenu de son verre.

— Putain de merde, maugréa-t-il en prenant une serviette en papier.

L'abruti d'humain se tourna de nouveau vers eux. Son ventre était tellement énorme qu'on se demandait comment sa ceinture pouvait le contenir. Une vraie bombe à retardement, un bide de cette importance.

— On vous dérange, les mignons ? Alors, c'est bon ces gros trucs que vous êtes en train de téter ?

Saxton esquissa un sourire tendu.

— Vous nous dérangez, en effet.

— Oh, désoléééé, railla l'homme en glissant le bout de sa langue sur l'extrémité de son cigare. Je ne voulais surtout pas vous offenser.

— Allons-y, dit Blay en écrasant son cigare dans le cendrier.

— Je peux demander une autre table.

— Vous partez, les garçons ? lança la grande gueule. Vous allez faire la fête avec d'autres genres de bâtons, c'est ça ? On va peut-être vous suivre, histoire de s'assurer que vous arrivez à bon port.

Blay garda les yeux fixés sur Saxton.

— Il se fait tard, de toute façon.

— Ce n'est que le milieu de notre journée.

Blay se leva et plongea la main dans la poche intérieure de sa veste mais Saxton l'arrêta d'un geste.

— Non, c'est pour moi.

D'autres commentaires salaces fusèrent du groupe de lourdauds, viciant l'atmosphère déjà plombée. Blay serra les dents. Par chance, Saxton régla rapidement la note et ils se dirigèrent ensemble vers la sortie.

Dehors, l'air frais agit comme un baume apaisant, et Blay prit une longue inspiration.

— Ce n'est pas toujours comme ça, ici, murmura Saxton. Sinon je ne t'y aurais pas emmené.

— Laisse tomber, ce n'est pas grave.

Blay avança et Saxton lui emboîta le pas. Au bout de la rue, ils s'immobilisèrent pour laisser passer une voiture qui tournait à gauche.

— Alors, comment te sens-tu ?

Blay se tourna vers son compagnon et décida que la vie était trop courte pour feindre de ne pas savoir à quoi il faisait allusion.

— Pour être franc, je me sens bizarre.

— Et ce n'est pas à cause de ces charmants garçons, n'est-ce pas ?

— J'ai menti. C'est la première fois que je sors avec un homme.

Son aveu lui valut un haussement de sourcil moqueur et il ne put s'empêcher de rire.

— Et ouais, je suis un sacré farceur.

L'expression suave de Saxton céda la place à une expression sincèrement chaleureuse.

— Eh bien, je suis ravi d'avoir été ton premier rendez-vous.

Blay rencontra son regard.

— Comment savais-tu que j'étais gay ?

— Je l'ignorais. Je l'espérais simplement.

Blay rit de nouveau.

— Alors, dans le mille.

Après une courte pause, il tendit la main.

— Merci pour cette soirée.

Lorsque Saxton glissa sa main dans la sienne, un pur frisson de désir les traversa.

— Tu es conscient que ce genre de soirée ne se termine pas comme ça, en temps normal. À supposer que les deux parties soient intéressées.

Blay n'avait pas envie de lâcher la main de Saxton.

— Oh… vraiment ?

Saxton hocha la tête.

— On a plutôt coutume de s'embrasser.

Blay baissa les yeux sur les lèvres de Saxton, se demandant quel goût elles pouvaient bien avoir.

— Viens par ici, murmura Saxton, lui prenant la main pour l'entraîner une contre-allée sombre.

Blay le suivit docilement, grisé par une tension érotique qu'il n'avait nullement l'intention de briser. Dès qu'ils furent à l'abri des immeubles, il sentit le torse de son compagnon contre le sien, puis leurs hanches qui se soudaient.

Il prit alors conscience de l'intensité du désir de Saxton. Et vice versa.

— Dis-moi, murmura Saxton. As-tu déjà embrassé un mâle avant moi ?

Songer à Vhif en cet instant précis n'était pas vraiment sa priorité, aussi secoua-t-il la tête pour effacer cette image de son esprit. Comme son stratagème tombait à l'eau et que les yeux bleu et vert du mâle refusaient de disparaître, il mit à exécution la seule solution qui l'empêcherait de penser à son *pyrocante.*

Il approcha son visage de celui de Saxton et captura ses lèvres.

Vhif savait qu'il aurait dû rentrer directement. Après avoir été foutu à la porte de chez Tohr par John et Xhex qui, à l'heure qu'il était, avaient sûrement une longue conversation à l'horizontale, il aurait dû rentrer à la maison, siroter quelques verres de tequila et se mêler de ses fichues affaires.

Mais noooon. Il s'était matérialisé devant le seul bar à cigares de Caldwell, sur le trottoir d'en face, et avait regardé Blay et Saxton s'asseoir à une table, juste devant la fenêtre. Il les observait, sous la pluie, comme un *loser*. Il vit le désir briller dans le regard de son cousin tandis que ce dernier couvait des yeux son meilleur ami. Au bout d'un moment, une bande d'abrutis commença à leur chercher des noises et ils quittèrent le bar, laissant derrière eux leurs cigares à moitié fumés et leurs verres de porto à peine entamés.

Peu désireux de se faire prendre en flagrant délit d'espionnite, Vhif s'était déporté dans une contre-allée, à quelques mètres du bar… une très mauvaise initiative qui le mit rapidement dans une position fâcheuse.

Le vent froid colporta la voix de Saxton.

— Tu es conscient que ce genre de rendez-vous ne se termine pas comme ça, en temps normal. À supposer que les deux parties soient intéressées.

— Oh… vraiment ?

— On a plutôt coutume de s'embrasser.

Vhif serra les poings et, pendant une fraction de seconde, songea à débouler de la benne à ordures derrière laquelle il s'était réfugié. Et après, que ferait-il ? Il leur casserait leur plan en débarquant comme ça, de nulle part… ?

Eh bien ouais. Exactement.

— Viens par ici, murmura Saxton.

L'enfoiré parlait comme un opérateur de téléphone rose, d'une voix rauque, hyper lascive. Et… oh merde, Blay le suivait sans se faire prier dans la pénombre.

Dans certaines circonstances, l'ouïe super développée des vampires était une vraie plaie. Alors quand en plus on se tordait le cou pour assister à la scène…

Lorsque Saxton et Blay s'enlacèrent, Vhif resta bouche bée. Non qu'il soit choqué ou qu'il ait envie de prendre part à l'action.

Non, il n'arrivait simplement plus à respirer. Un peu comme si ses côtes avaient gelé en même temps que son cœur.

Non… non, putain, *non…*

— Dis-moi, murmura Saxton. As-tu déjà embrassé un mâle avant moi ?

Oui… oui ! Vhif se retint de justesse de crier.

Blay secoua la tête. En signe de dénégation…

Fermant les yeux, Vhif s'exhorta au calme pour pouvoir se dématérialiser. Lorsqu'il reprit forme devant la maison des frères, il tremblait comme une putain de feuille… et se sentait sur le point de fertiliser les massifs en restituant le repas qu'il avait pris avant de partir avec Xhex et John.

Au bout de quelques inspirations, il opta plutôt pour le plan A : une bonne cuite lui ferait le plus grand bien. Fort de sa résolution, il entra dans le vestibule, attendit que Fritz lui ouvre la porte et prit la direction de la cuisine.

Il avait tout le temps de se bourrer la gueule. À l'évidence, Saxton ne s'en tiendrait pas à quelques baisers volés dans une contre-allée froide et humide. Quant à Blay, il avait eu l'air tout disposé à vivre enfin ce dont il rêvait depuis un bon bout de temps.

Vhif pouvait donc à loisir descendre quelques bouteilles avant de sombrer.

Seigneur… Dieu. Il se frotta le torse tandis que la voix de son cousin passait en boucle dans sa tête : « *Dis-moi. As-tu déjà embrassé un mâle avant moi ?* »

L'image de Blay secouant la tête était comme une vilaine cicatrice dans son cerveau. Comme dans un brouillard, il traversa la cuisine et entra dans la remise où étaient entreposées les bouteilles d'alcool.

Quel triste cliché… Se bourrer la gueule juste parce qu'on n'était pas capable d'assumer.

Mais c'était bien la seule tradition qu'il respectait.

En regagnant la cuisine, il s'efforça de voir le bon côté des choses : leur petite partie de jambes en l'air se déroulerait forcément chez Saxton, puisque aucun visiteur n'était admis dans la demeure du roi.

De retour dans l'entrée, il se figea.

Blay venait de franchir la porte.

— Tu rentres bien tôt, lança-t-il d'un ton bourru. Ne me dis pas que mon cousin est si rapide que ça.

Sans prendre la peine de s'arrêter, Blay commença à monter l'escalier.

— Ton cousin est un gentleman.

Vhif lui emboîta le pas.

— Tu crois ? À ma connaissance, il n'en a que l'apparence.

À ces mots, Blay fit volte-face.

— Tu l'aimais bien, avant. C'était même ton cousin préféré. Tu en parlais comme d'un dieu vivant.

— Ça m'a passé.

— Eh bien moi, en tout cas, je l'apprécie. Beaucoup.

Retenant de justesse un grognement, Vhif détourna son attention sur la bouteille de tequila qu'il avait prise sur l'étagère et en but une gorgée.

— Tant mieux. Je suis *ravi* pour vous.

— Vraiment ? Dans ce cas, pourquoi ne bois-tu pas dans un verre ?

Vhif contourna son ami pour poursuivre son ascension.

— Où sont John et Xhex ?

— Dehors. Seuls.

— Je croyais que tu étais censé rester avec eux.

— Ils m'ont donné mon congé.

S'arrêtant en haut des marches, Vhif tapota la larme tatouée sur sa joue.

— C'est un assassin, bordel. Elle n'a besoin de personne pour veiller sur lui. En plus, je les ai laissés dans l'ancienne maison de Tohr.

Dans sa chambre, Vhif referma la porte d'un coup de pied et entreprit de se déshabiller. Après avoir avalé une autre rasade d'alcool, il ferma les yeux et envoya mentalement un message.

Layla serait d'excellente compagnie, finalement.

C'était tout à fait ce qu'il lui fallait.

Après tout, elle était rompue aux arts de l'amour et n'avait qu'une envie : se servir de lui comme d'un terrain de jeux érotiques. Il n'aurait pas à se soucier de ne pas heurter ses sentiments et n'aurait pas à craindre qu'elle s'attache à lui. C'était, en quelque sorte, une professionnelle.

Tout au moins le deviendrait-elle pleinement lorsqu'il en aurait terminé avec elle.

Et Blay, dans tout ça ? Il ne savait absolument pas pourquoi il était rentré au lieu de terminer dans le lit de Saxton. Une chose était claire, en tout cas : ces deux-là se désiraient et Saxton n'était pas du genre à poireauter bien longtemps quand il voulait quelqu'un.

Vhif et lui étaient de la même famille, après tout.

Mais ce détail ne jouerait certainement pas en sa faveur si le salopard venait à briser le cœur de Blay.

Chapitre 41

La fête battait son plein à la ferme ; les invités continuaient d'arriver, garant leurs voitures sur la pelouse, et les nouveaux venus s'entassaient dans les pièces du rez-de-chaussée. Flhéau connaissait de vue la plupart d'entre eux, pour les avoir croisés à l'Xtreme Park, mais il y avait aussi quelques visages inconnus. Tous apportaient des munitions alcoolisées : packs de bière, bouteilles, tonnelets.

Dieu seul savait ce qu'ils cachaient comme substances illégales dans leurs poches.

Flhéau commença à se poser des questions. Et s'il s'était gouré, bordel ? Si l'Oméga s'était laissé embobiner par ses propres perversions… ?

Lorsqu'un vent du nord commença à souffler par bourrasques, Flhéau se figea, invisible et concentré.

L'ombre… Il projeta l'ombre en lui, à travers lui et autour de lui.

L'arrivée de l'Oméga fut précédée d'une éclipse de lune et, à l'intérieur, les abrutis ne se doutèrent pas un instant de ce qui était en train de se tramer… sauf le Petit Merdeux, qui émergea de la maison dans un halo de lumière.

L'Oméga apparut sur la pelouse pelée, les pans de sa tunique blanche tourbillonnant autour de lui, son arrivée provoquant une baisse significative de la température. Dès qu'il fut visible, le Merdeux s'approcha de lui et ils s'enlacèrent.

L'espace d'un instant, Flhéau eut très envie de les rejoindre. Il traiterait son père de sale enculé lunatique et avertirait l'autre petite ordure que ses jours et ses nuits étaient comptés…

Dissimulé par sa capuche, le visage de l'Oméga se tourna dans la direction de Flhéau.

Parfaitement immobile, ce dernier effaça toutes ses pensées afin de rendre invisibles aussi bien son enveloppe corporelle que son esprit. L'ombre… l'ombre… l'ombre…

Le mode pause parut durer une éternité. Si l'Oméga venait à sentir la présence de Flhéau, le jeu prendrait fin avant même d'avoir commencé.

L'Oméga reporta son attention sur son gigolo. Au même moment, un type complètement bourré sortit de la maison et tituba sur l'herbe, s'efforçant de garder l'équilibre alors que ses jambes chancelaient et ses bras dessinaient des moulinets dans l'air. Arrivé près du potager, il tomba à genoux et s'effondra contre le mur de la maison. Tandis qu'à l'intérieur les autres l'observaient, hilares, les bruits de la fête inondant la nuit, l'Oméga glissa vers la porte.

La nouba se poursuivit comme si de rien n'était : complètement défoncés, les abrutis étaient loin de se douter que, sous cette tunique blanche, le Mal venait de s'immiscer parmi eux.

Ils ne tardèrent cependant pas à le découvrir.

Une bombe explosa à l'intérieur de la maison, et l'onde de choc se propagea dans toutes les pièces, inondant le jardin d'une clarté aveuglante. Lorsque l'illumination rugissante ne fut plus qu'une douce lueur, on ne comptait pas un seul survivant : tous ces connards étaient tombés comme des mouches, dans un bel ensemble. La fête était terminée.

Putain de merde. Si ce qu'il pressentait se confirmait…

Flhéau monta vers la maison, veillant à ne laisser aucune empreinte derrière lui, au sens propre comme au figuré. Il entendit soudain un bruit étrange, une sorte de raclement.

S'approchant d'une des fenêtres du salon, il jeta un coup d'œil à l'intérieur.

Le Merdeux était en train de trimballer les corps pour les aligner côte à côte, à environ trente centimètres d'intervalle, têtes vers le nord. Seigneur… il y avait tellement de cadavres que la rangée s'étirait de l'entrée jusque dans la salle à manger.

L'Oméga se tenait en retrait, comme pour mieux savourer le spectacle de son jeune amant, tous muscles dehors, en train de déplacer les macchabées.

C'était… adorable.

Il lui fallut presque une demi-heure pour rassembler tout le monde. Les types du premier étage furent traînés dans l'escalier. Leur crâne rebondissait sur chaque marche, laissant derrière eux une coulée de sang rouge vif.

En même temps, il était tellement plus facile de tirer un poids mort par les pieds !

Lorsque tous furent en place, le Merdeux sortit un couteau et entreprit de préparer des initiations à la chaîne. Commençant sa besogne dans la salle à manger, il entailla gorges, poignets, chevilles et poitrines. L'Oméga passa derrière lui, versant un peu de sang noir dans les torses béants avant de leur envoyer une décharge électrique pour pratiquer l'extraction des cœurs.

Pas de jarres pour ce lot-là. Une fois retirés, les organes étaient jetés dans un coin de la pièce.

Une véritable routine d'abattoir.

Quand cette étape fut bouclée, le sang faisait comme une mare au milieu du salon, à l'endroit où le parquet s'affaissait légèrement, et une autre au pied de l'escalier, dans l'entrée. Flhéau ne pouvait pas voir jusque dans la salle à manger, mais il y avait fort à parier qu'elle n'était pas non plus épargnée.

Les gémissements des initiés s'élevèrent peu de temps après. Leurs plaintes de désespoir allaient s'amplifier jusqu'au chaos tout au long de la transition, jusqu'à ce que le dernier gramme d'humanité leur soit arraché.

Au milieu de ce chœur d'agonie et de confusion, l'Oméga virevoltait, enjambant les corps tremblants, sautillant ici et là, les longs pans de sa tunique blanche baignant dans le sang refroidi sans se tacher.

Dans le coin de la pièce, le Merdeux alluma un joint et tira dessus. Après l'effort, le réconfort…

S'écartant de la fenêtre, Flhéau battit en retraite près du bosquet, sans quitter la maison des yeux.

Merde, c'est lui qui aurait dû organiser ce genre de truc, mais il n'avait pas suffisamment de contacts parmi les humains. Contrairement au Merdeux.

Nul doute que cette opération changerait complètement la donne pour les vampires. Ces fils de pute allaient de nouveau devoir faire face à une légion d'ennemis.

De retour dans sa Mercedes, Flhéau démarra et quitta la ferme en faisant un grand détour pour éviter de s'en approcher. Par la vitre brisée, l'air froid cinglait son visage sombre. Au diable les bonnes femmes et tout le bordel ! Désormais, son seul but dans la vie serait de buter le Merdeux. Priver l'Oméga de son joujou. Détruire la Société des éradiqueurs.

En ce qui concernait les femelles, il ne pourrait pas complètement s'en passer. Il avait besoin de se nourrir, et son épuisement venait de là. Quoi qu'il soit advenu de son enveloppe corporelle, son organisme avait encore besoin de sang et il devrait résoudre ce problème avant d'affronter son cher papa.

S'il ne voulait pas se faire descendre.

Tandis qu'il se dirigeait vers le centre-ville, il sortit son portable et s'étonna de ce qu'il s'apprêtait à faire. Mais un ennemi commun créait souvent de bien curieuses alliances…

Dans sa salle de bains, Blay se déshabilla et entra dans la douche. En prenant le savon entre ses mains pour le faire mousser, il songea à ce baiser, dans la contre-allée.

À ce mâle.

À… ce baiser, de nouveau.

Il passa les mains sur ses pectoraux puis pencha la tête en avant pour laisser l'eau couler dans ses cheveux, sur son dos et ses fesses. Son corps s'arqua, s'étira comme pour mieux savourer le jet chaud. Il prit tout son temps pour se shampouiner et laissa sa main savonneuse se promener librement.

Tout en repensant à ce baiser.

Seigneur, le souvenir de leurs lèvres scellées était comme un aimant qui le ramenait à bon port, là où il se sentait bien. L'attirance était trop forte pour qu'il tente d'y résister, le sentiment d'intimité bien trop séduisant.

Ses mains glissèrent le long de son torse. Quand reverrait-il Saxton ?

Quand se retrouveraient-ils à nouveau seuls ?

L'une de ses mains continua à descendre, et…

— Monsieur ?

Blay fit volte-face, ses talons couinant sur le marbre. Couvrant son sexe dur et lourd de ses deux mains, il se pencha vers la paroi vitrée.

— Layla ?

L'Élue esquissa un sourire timide et contempla son corps nu.

— Vous m'avez appelée ? Pour vous servir ?

Elle devait faire erreur. À moins que…

— Non, je ne t'ai pas appelée.

— En fait, c'est Vhif qui m'a demandé de venir. Je croyais qu'il se trouvait ici, dans cette chambre…

Blay ferma brièvement les yeux tandis que son érection retombait. S'efforçant de se ressaisir, il coupa l'eau et attrapa une serviette qu'il noua autour de ses hanches.

— Non, Élue, dit-il d'un ton posé. Vhif est dans sa chambre.

— Oh ! Pardonnez-moi, monsieur, murmura Layla en sortant de la pièce à reculons, les joues en feu.

— Ce n'est pas grave… Attention !

Blay se jeta en avant et parvint à la rattraper au moment où, heurtant la baignoire, elle perdait l'équilibre.

— Tout va bien ?

— Oui… Je ferais mieux de regarder où je mets les pieds.

Elle chercha Blay du regard tandis que les mains du guerrier se posaient sur ses bras nus.

— Merci.

Le mâle admira la beauté parfaite de ses traits. Pas étonnant que Vhif soit sous le charme. Elle avait un côté éthéré, mais il émanait d'elle autre chose… surtout quand elle battit des cils et que ses yeux verts étincelèrent.

À la fois innocente et sensuelle. C'était tout à fait ça. Elle incarnait ce fascinant mélange de pureté et de sexualité auquel aucun homme normal ne pouvait résister. Et Vhif n'était pas normal. Il baisait tout et n'importe quoi.

L'Élue le savait-elle ? Y verrait-elle un inconvénient ?

Sourcils froncés, Blay la repoussa.

— Layla ?

— Oui, monsieur ?

Bon… qu'allait-il bien pouvoir lui dire ? Il était évident que Vhif ne l'avait pas appelée pour se nourrir ; ils l'avaient fait la veille…

Oh, c'était sûrement ça, justement : ils avaient couché ensemble et ils allaient recommencer.

— Monsieur ?

— Rien. Tu ferais mieux d'y aller. Je suis sûr qu'il t'attend.

— En effet.

Les effluves de cannelle du parfum de Layla assaillirent les narines de Blay.

— Et cela me remplit de joie.

Comme elle se tournait pour partir, Blay admira l'ondulation de ses hanches et eut tout à coup envie de hurler. Il ne voulait surtout pas imaginer Vhif en train de faire l'amour dans la pièce voisine… Jusqu'à présent, la maison avait été le seul endroit où il ne se livrait pas à ce genre d'occupation, bordel !

Mais pour le moment, il ne songeait qu'à Layla qui s'apprêtait à entrer dans sa chambre. Sa longue robe blanche glisserait sur ses épaules, dévoilant au regard vairon ses épaules, sa poitrine, son ventre, ses cuisses. Elle serait dans son lit, sous son grand corps musclé, en un battement de cils.

Et Vhif la comblerait. Parce qu'il était comme ça, du moins dans le domaine du sexe : généreux, il prenait tout son temps et donnait de sa personne sans compter. Il lui ferait profiter de son savoir-faire, de ses mains, de sa bouche…

OK. Inutile d'en rajouter.

En terminant de se sécher, Blay songea que Layla serait peut-être la compagne idéale pour Vhif. Forte de son éducation, elle lui apporterait une entière satisfaction, n'exigerait pas de lui qu'il reste monogame, ne lui envierait pas ses autres exploits ni ne le forcerait à éprouver des sentiments plus profonds à son égard. Layla ne serait pas malheureuse ; à en juger par sa façon de marcher, elle était totalement à l'aise dans son corps.

Elle était vraiment parfaite pour lui. Bien mieux que Blay, en tout cas.

En outre, Vhif n'avait jamais caché son intention de se ranger un jour avec une femelle… une femelle traditionnelle, attachée aux valeurs traditionnelles, issue de préférence de l'aristocratie… en supposant qu'il en trouve une qui voudrait bien de lui, malgré ses yeux de deux couleurs différentes.

Layla remplissait tous ces critères, haut la main : le niveau d'éducation et le conservatisme d'une Élue ne pouvaient être égalés, et il était évident qu'elle le désirait.

En proie à un sentiment d'abattement, Blay alla chercher un short et un tee-shirt dans son armoire. Il était hors de question qu'il reste dans sa chambre avec un bouquin alors que dans la pièce voisine…

Stop. Inutile de conjurer ce genre d'images, même hypothétiques.

Émergeant dans le couloir aux statues, il longea les silhouettes de marbre, enviant leurs attitudes détendues et leurs visages sereins. Ce n'était pas si mal que ça, au fond, d'être un objet inanimé. Certes, la joie était un sentiment inconnu, mais on ne ressentait pas non plus de chagrin ravageur.

Au rez-de-chaussée, il sauta par-dessus la rampe d'escalier et franchit aussitôt la porte dérobée. Dans le tunnel menant au centre d'entraînement, il se mit à courir pour s'échauffer et ne ralentit même pas en émergeant dans le bureau par la porte du placard. La salle de musculation était le seul endroit où il se projetait sans mal, pour le moment. Une heure et des poussières d'exercice l'aideraient sans nul doute à panser ses plaies.

Dans le couloir, il s'arrêta net en apercevant une silhouette solitaire, appuyée contre le mur de béton.

— Xhex ? Qu'est-ce que tu fiches ici ?

À part fixer le sol du regard d'un air pénétré, évidemment…

La femelle se tourna vers lui. Ses yeux gris foncé ressemblaient à des puits vides.

— Salut.

Fronçant les sourcils, il s'approcha d'elle.

— Où est John ?

— Dedans, répondit-elle en désignant la salle de musculation d'un signe de la tête.

Ce qui expliquait le martèlement sourd en bruit de fond. Quelqu'un avait clairement l'intention d'user l'un des tapis de course jusqu'à la corde.

— Que s'est-il passé ? demanda Blay, intrigué par l'expression de Xhex et le soudain besoin de John de se dépenser.

Xhex laissa aller sa tête contre le mur qui la soutenait.

— C'est tout ce que j'ai pu faire pour le convaincre de rentrer ici.

— Pourquoi ?

Elle lui glissa un bref coup d'œil.

— Disons simplement qu'il veut descendre Flhéau.

— On peut le comprendre.

— Ouais.

Vu son intonation, Blay eut l'impression qu'elle lui cachait une bonne partie de l'histoire… mais, à l'évidence, elle n'avait aucune intention d'en dire plus.

Le regard de Xhex, couleur d'orage, se fixa soudain sur lui.

— Alors comme ça, c'est à cause de toi que Vhif était d'une humeur de chien toute la soirée ?

Blay secoua la tête.

— Ça n'a rien à voir avec moi. Vhif est souvent de mauvaise humeur.

— C'est généralement le cas des gens qui se trompent de direction, dans la vie. Après tout, les formes rondes ne s'emboîtent pas dans des trous carrés.

Blay se racla la gorge. Décidément, il ne faisait pas bon côtoyer les *symphathes,* même ceux qui vous voulaient du bien, quand on était sensible et vulnérable. Par exemple, quand le type qu'on désirait de toutes ses forces était en train de prendre du bon temps avec une Élue au visage d'ange et au corps de rêve.

Et Dieu seul savait ce que Xhex pouvait lire de ses pensées.

— Bon… je vais faire un peu de sport.

Comme si sa tenue ne parlait pas d'elle-même.

— OK. Peut-être arriveras-tu à parler avec lui.

— Je vais essayer, en tout cas.

Blay hésita. Tout bien considéré, Xhex semblait dans le même état d'esprit que lui.

— Écoute, je ne veux pas me mêler de ce qui ne me regarde pas, mais tu as l'air épuisée. Pourquoi ne vas-tu pas te reposer dans une des chambres d'invités ?

Elle secoua la tête.

— Pas question que je le laisse seul. Et je préfère l'attendre dehors parce que… il ne supporte pas de me voir, pour le moment. Ma simple présence met en danger sa santé mentale. J'espère que ça ira mieux quand il en aura fini avec ce deuxième tapis de course.

— Deuxième ?

— À en juger par le bruit étrange et l'odeur de fumée que j'ai perçus il y a un quart d'heure, le premier tapis n'a pas résisté à sa fureur.

— Merde.

— Ouais, tu peux le dire.

Se préparant au pire, Blay pénétra dans la salle de musculation.

— Seigneur… *John.*

Sa voix se perdit dans le vacarme : le grondement du tapis et le martèlement déterminé des pieds de John auraient couvert le bruit d'un moteur de voiture.

Il courait à fond, imposant à son corps solidement charpenté un rythme effréné. Son tee-shirt était trempé de sueur, des gouttes ruisselaient de ses poings fermés, formant deux rigoles symétriques sur le tapis au niveau de ses pieds. Ses chaussettes blanches arboraient des auréoles rouges au niveau des talons, comme s'il s'était écorché à force de courir, et son short synthétique noir battait ses cuisses à la manière d'une serviette détrempée.

— John ? appela Blay en considérant l'appareil voisin, hors service. John !

Comme il n'obtenait aucune réaction, Blay se dirigea vers le tapis et agita les mains dans le champ de vision de John. Pour regretter aussitôt son geste. Les yeux qui percutèrent les siens étincelaient d'une haine si brûlante que Blay recula d'un pas.

Tandis que le regard de John fixait de nouveau un point invisible, il apparut clairement qu'il n'avait pas l'intention de s'arrêter, dût-il perdre la moitié de la longueur de ses jambes.

— John, sors de là, OK ? Avant de t'écrouler.

Aucune réaction. Juste le douloureux grincement de l'appareil et le martèlement assourdissant de sa course sur le tapis.

— John ! C'est bon, maintenant ! Tu vas te tuer !

Bordel de merde.

Blay contourna l'appareil et tira d'un coup sec sur la prise électrique. L'arrêt brutal de la machine fit trébucher John, qui bascula en avant, se rattrapant de justesse aux barres d'appui. Son grand corps s'affaissa littéralement et sa tête roula sur son épaule tandis que sa respiration saccadée emplissait le silence retrouvé.

Approchant un banc de musculation, Blay s'assit et chercha le regard de John.

— Que se passe-t-il, bon Dieu ?

John lâcha les rambardes et tomba sur les fesses, comme si ses jambes s'étaient dérobées sous lui. Après une série de respirations hachées, il passa une main dans ses cheveux mouillés.

— Raconte, John. Ça restera entre nous, je le jure sur la vie de ma mère.

Il se passa un long moment avant que John ne se décide à lever la tête. Ses yeux brillaient étrangement. Ce n'était ni la sueur, ni l'épuisement.

— Dis-moi, je te promets de tout garder pour moi, insista Blay à mi-voix. Que s'est-il passé ? Raconte.

John commença à signer avec des gestes confus mais Blay n'eut aucun mal à suivre.

— *Il lui a fait du mal, Blay. Il… lui a fait du mal.*

— Oui, je sais. J'ai entendu dire qu'elle n'était pas en grande forme quand elle…

John ferma les yeux en secouant la tête.

Dans le silence tendu qui suivit, Blay sentit ses cheveux se hérisser sur sa nuque. Oh… *merde.*

Ce n'était pas tout, il y avait encore plus grave.

— Jusqu'où est-il allé ? grogna Blay.

— *Aussi loin qu'il pouvait,* articula John.

— Fils de pute. Sale enfoiré de fils de pute ! Putain de bâtard de merde !

Blay n'était pas du genre à jurer, en temps normal. Mais, dans certains cas, c'était la seule chose qu'il convenait de faire. Xhex n'était pas sa femelle mais il était inconcevable, pour Blay, de s'attaquer au sexe faible. Quelle que soit la motivation… et jamais, *jamais* de la sorte.

Seigneur, l'expression tourmentée qu'il avait vue sur le visage de Xhex n'était pas seulement due à son inquiétude pour John. Les souvenirs étaient là aussi. Des souvenirs effroyables, épouvantables…

— John… je suis sincèrement désolé.

Des gouttelettes glissèrent sur le menton de John, s'écrasant sur le tapis en caoutchouc. Il dut s'essuyer les yeux à plusieurs reprises avant de lever la tête. Sur son visage, le désespoir le disputait à une fureur indicible.

Quoi de plus normal ? Quand on connaissait son histoire, l'épisode était encore plus traumatisant.

— *Il faut que je le tue,* signa-t-il. *Je ne supporterai plus de vivre si je ne le descends pas.*

Blay hocha la tête. Les motivations de sa vengeance étaient évidentes. Un mâle amoureux avec un lourd passé à traîner…

Flhéau était condamné à mort. Officiellement.

Serrant le poing, Blay le tendit vers John.

— Pour tout ce que tu veux, tout ce que tu demandes, je suis avec toi. Et rien ne filtrera de cette pièce.

John hésita quelques instants, puis son poing heurta celui de Blay.

— *Je savais que je pouvais compter sur toi.*

— Toujours, promit Blay. Toujours.

Chapitre 42

Le silence retomba sur la demeure d'Eliahu Rathboone environ une heure après l'expédition avortée de Gregg au deuxième étage, mais ce dernier attendit encore un long moment avant d'effectuer une nouvelle tentative.

Contrairement à leurs habitudes passées, Holly et lui ne passèrent pas le temps à baiser, mais à discuter. Au fil de la conversation, Gregg se rendit compte qu'il savait très peu de choses sur elle. Par exemple, il n'aurait jamais imaginé que son loisir préféré était aussi reposant et gentiment désuet que le tricot. Ni qu'elle nourrissait secrètement l'ambition de percer un jour dans le journalisme télé. Ce qui, en soi, n'était pas complètement étonnant : elles étaient nombreuses, les jolies animatrices de la téléréalité, à caresser ce genre d'espoir. Avant de l'embaucher, d'après ce qu'il savait, elle avait brièvement présenté le journal télévisé régional sur une chaîne de Pittsburgh avant d'être virée.

Ce qu'il ignorait, en revanche, c'était la raison de son licenciement. Le directeur de la chaîne, un homme marié, lui avait fait des propositions plus que douteuses qu'elle avait bien évidemment repoussées. Il s'était alors arrangé pour la mettre dehors avec perte et fracas après lui avoir fait louper un direct.

Gregg avait visionné la bande où la pauvre s'emmêlait désespérément les pinceaux. Bien que son audition pour lui se soit déroulée à merveille, il vérifiait toujours les références des candidats.

Sans doute ce cafouillage avait-il influencé de manière inconsciente son opinion sur elle : joli minois, décolleté sublime, et pas grand-chose d'autre à offrir.

Son ignorance concernant Holly ne se cantonnait pas à ça, hélas. Il ne savait pas non plus qu'elle avait un frère, handicapé, qu'elle aidait financièrement.

Elle lui montra une photo d'eux.

Stupéfait, Gregg lui demanda pourquoi elle ne lui avait jamais parlé de son frère. Avec la spontanéité qui la caractérisait, Holly répondit : « Tu avais fixé des limites, et ce genre d'information en dépassait clairement le cadre. »

Naturellement, il avait eu le réflexe typiquement masculin d'essayer de se défendre mais, en vérité, elle avait raison. Il avait posé des limites très claires entre eux : pas de jalousie, pas d'explications, pas d'engagement à long terme, et chacun sa vie.

Franchement pas le genre de relation où l'on tenait à s'exposer.

Ce soir, il prenait conscience de tout. Il l'attira dans ses bras, posa le menton sur le sommet de sa tête et lui caressa le dos. Avant de sombrer dans les bras de Morphée, elle avait murmuré quelques mots d'une voix douce. Du style : « C'est la meilleure soirée que j'ai passée avec toi. »

Dire qu'il lui avait offert quantité d'orgasmes monumentaux...

Quand ça lui chantait, bien sûr. Il y avait aussi eu un paquet de rendez-vous annulés à la dernière minute, des messages restés sans réponse et des rebuffades à la fois verbales et physiques.

Merde alors... il s'était vraiment comporté comme un salaud avec elle.

Lorsqu'il se décida enfin à tenter une nouvelle incursion au deuxième étage, il borda Holly, alluma la caméra et sortit dans le couloir. Silence total.

Avançant sans bruit vers le panneau « Sortie », il prit l'escalier de service. Une première volée de marches, un palier, une seconde volée de marches puis la porte close.

Cette fois, bien sûr, il s'abstint de frapper ; en revanche, il sortit de sa poche un petit tournevis qu'on utilisait pour les caméras et entreprit de crocheter la serrure. À sa grande surprise, ce fut un jeu d'enfant : elle céda rapidement.

Et la porte s'ouvrit sans grincer, ce qui l'étonna également.

Le spectacle qui s'offrit à lui… le laissa bouche bée.

Le deuxième étage était un espace sombre et caverneux, doté d'un plancher en bois brut et d'un plafond mansardé. Tout au fond se trouvait une table. Dessus était posée une lampe à huile qui baignait les murs d'une clarté dorée… et éclairait les bottes noires d'un individu assis dans la pénombre.

De très grandes bottes.

Tout à coup, la question n'était plus de savoir qui était ce fils de pute ni ce qu'il avait fait au juste.

— Je vous ai filmé, déclara Gregg à l'adresse de la silhouette.

Le rire rauque qui résonna déclencha en lui une puissante décharge d'adrénaline : froid et rocailleux, c'était tout à fait le genre de rire qu'émettaient les tueurs avant de passer à l'acte avec leur couteau de boucher.

— Vraiment ?

Et cet accent. D'où venait-il, bordel ? Il n'était pas français… pas hongrois non plus…

Peu importe. La simple idée que Holly ait été abusée lui donna des ailes.

— Je sais ce que vous avez fait. Avant-hier soir.

— Je vous proposerais bien de vous asseoir, mais, comme vous le voyez, il n'y a pas d'autre fauteuil que le mien, ici.

— Je ne plaisante pas, riposta Gregg en avançant d'un pas. Je sais ce qui s'est passé avec elle. Elle n'en avait pas envie.

— Détrompez-vous : elle avait très envie de faire l'amour.

Enfoiré de salopard.

— Elle dormait.

— Vraiment ?

L'extrémité d'une botte se balança d'avant en arrière.

— Les apparences, comme les âmes, peuvent être trompeuses.

— Pour qui vous prenez-vous, bon sang ?

— Pour le propriétaire de cette belle demeure. Voilà qui je suis. C'est moi qui vous ai autorisé à filmer entre ces murs.

— Vous pouvez oublier ça. Il est hors de question que je fasse de la pub gratuite pour votre baraque.

— Vous le ferez, c'est plus fort que vous.

— Vous ne savez rien de moi.

— Je crois que c'est plutôt le contraire. C'est vous qui ne savez rien de vous-même. Au fait, elle a prononcé votre prénom… quand elle a joui.

Poussé par un nouvel élan de fureur, Gregg fit un autre pas en avant.

— À votre place, je n'irais pas plus loin, prévint la voix. Vous n'avez certainement pas envie d'être blessé. Et je suis censé être fou.

— Je vais appeler la police.

— Pour quelle raison ? C'était un rapport entre adultes consentants.

— Elle dormait !

La botte bougea pour venir se planter sur le sol.

— Baissez d'un ton, jeune homme.

Sans lui laisser le temps de répliquer, l'homme se pencha en avant… et Gregg resta sans voix.

Ce qu'il vit à la lueur de la lampe à huile n'avait aucun sens. Aucun.

C'était le type du portrait qui était accroché en bas, dans le salon. En chair et en os, vivant. Seule sa coiffure était un peu différente : au lieu d'être attachés, ses cheveux noirs, entremêlés de reflets rouges, flottaient sur des épaules deux fois plus larges que celles de Gregg.

Oh, mon Dieu… ses yeux avaient la couleur de l'aube, un orange pâle, brillant.

Un regard hypnotique.

Et teinté de folie, c'était indéniable.

— Je vous suggère, reprit-il avec ce drôle d'accent, de quitter ce grenier pour aller rejoindre cette jolie jeune femme qui vous attend.

— Êtes-vous un descendant de Rathboone ?

L'homme sourit. Oh, non… ses dents de devant étaient vraiment bizarres.

— Lui et moi partageons certaines choses, en effet.

— Seigneur…

— Il est temps pour vous d'aller terminer votre petit projet.

Le sourire avait disparu… au grand soulagement de Gregg.

— Je me retiendrai de vous botter les fesses et vous donnerai plutôt un petit conseil. Vous feriez bien de traiter votre compagne avec davantage de respect. Elle nourrit des sentiments sincères à votre égard ; elle n'y peut rien, mais il semblerait que vous ne le méritiez pas. Vous ne seriez pas en train de suinter la culpabilité par tous les pores, sinon. Vous avez beaucoup de chance d'avoir celle que vous désirez à vos côtés, alors arrêtez vos âneries et ouvrez les yeux.

Il était très rare que Gregg perde contenance. Mais cette fois, aucune réplique ne lui vint à l'esprit.

Comment diable cet inconnu savait-il tout ça ?

L'idée que Holly ait fait l'amour avec ce type lui était insupportable… En même temps, c'était son nom qu'elle avait…

— Allez, au revoir.

Rathboone leva la main pour esquisser un petit signe enfantin.

— Je promets de laisser votre femme tranquille, à condition que vous cessiez de l'ignorer. Laissez-moi, maintenant. Au revoir.

Comme un automate, Gregg agita la main à son tour avant de tourner les talons pour se diriger vers la porte.

Une douleur sourde lui martelait les tempes. Seigneur… Dieu… pourquoi était-il… où…

Son cerveau cessa soudain de fonctionner.

Machinalement, il reprit la direction du premier étage et de sa chambre.

Comme un pantin, il se déshabilla, se glissa dans le lit et, posant sa tête douloureuse sur l'oreiller, attira Holly dans ses bras en s'efforçant de se souvenir…

Il était censé faire… Qu'est-ce que…

Le deuxième étage. Il devait se rendre au deuxième. Il fallait absolument qu'il sache ce qui se cachait là-haut…

Une douleur fulgurante traversa à nouveau son cerveau, tuant non seulement toute velléité d'aller explorer l'étage supérieur, mais aussi toute curiosité à découvrir ce qui s'y trouvait.

Fermant les yeux, l'étrange vision d'un inconnu au visage familier s'imposa à lui… puis il sombra dans un sommeil profond en même temps que dans l'oubli.

CHAPITRE 43

L'infiltration de la maison voisine ne posa aucun problème. Après avoir observé la demeure avec la plus grande attention sans déceler le moindre mouvement ni la moindre activité derrière ses murs, Audazs décida de pénétrer à l'intérieur en compagnie de Tohrment. Ils se dématérialisèrent dans le bosquet et reprirent forme près de l'office, où ils entrèrent par une lourde porte en bois, tout simplement.

Audazs dut faire un effort pour surmonter l'oppressant sentiment de peur qui le tenaillait.

À chaque pas, chaque respiration, il s'obligea à poursuivre son chemin alors même que son instinct lui criait qu'il se trouvait au mauvais endroit. Il refusa pourtant de faire marche arrière. Il n'avait qu'une seule piste, celle-ci, et quelle que soit l'issue de cette expédition, il devait aller jusqu'au bout. Il basculerait dans la folie s'il restait sans rien faire.

— On dirait que cette maison est hantée, murmura Tohrment alors qu'ils inspectaient la pièce commune des domestiques.

Audazs approuva d'un signe de tête.

— Mais souviens-toi que les fantômes ne sont qu'un produit de ton esprit et n'habitent certainement pas sous ce toit. Viens, essayons de localiser une pièce souterraine. Si ces humains l'ont enlevée, ils doivent la garder prisonnière à l'abri de la lumière.

Ils longèrent en silence l'imposant poêle à bois et les quartiers de viande fumée accrochés au plafond. Il ne faisait aucun doute que la maison appartenait à des humains. Tout était calme, contrairement à une demeure de vampires où régnerait un regain d'activité à l'approche du Dernier Repas.

Mais hélas, ce n'était pas pour autant que la femelle n'était pas retenue prisonnière entre ces murs… bien au contraire. Bien que les vampires reconnaissent pleinement l'existence de l'espèce humaine, eux-mêmes semblaient condamnés à n'être que les avatars d'une mythologie entretenue par les humains, car c'était pour eux le seul moyen de vivre à peu près tranquillement. De temps à autre, toutefois, inéluctablement, des échanges s'établissaient entre ceux qui avaient choisi la clandestinité et ceux qui fouillaient partout, et ces rares contacts entre les deux espèces étaient à l'origine d'histoires effrayantes et de légendes fantastiques dans lesquelles les « banshees » côtoyaient les « sorcières », les « fantômes » et les « suceurs de sang ». En vérité, le cerveau humain semblait nourrir l'irrépressible besoin d'inventer quand les preuves concrètes lui faisaient défaut. Ce qui, somme toute, était assez logique, compte tenu de la grande compréhension du monde que possédait l'espèce et de son rôle sur cette terre : ainsi, tout ce qui n'entrait pas le cadre défini par ses soins se trouvait relégué dans une autre dimension, quitte à créer un univers parallèle baptisé « paranormal ».

Partant de là, quel coup d'éclat ce serait pour une riche famille d'humains d'avoir réussi à capturer une preuve physique de ces insaisissables superstitions !

Qui plus est une preuve aussi ravissante que vulnérable.

On ignorait tout de ce que les occupants de cette maison avaient pu observer au fil du temps. Quels phénomènes étranges avaient-ils constatés chez leurs voisins ? Quelles différences raciales avaient bien pu être repérées, compte tenu de la proximité des deux propriétés ?

Audazs étouffa un juron. C'était précisément pour cette raison que les vampires devaient éviter de vivre parmi les humains. La séparation des espèces était la meilleure solution. Se rassembler et vivre séparément.

Tohrment et lui inspectèrent le rez-de-chaussée en se dématérialisant d'une pièce à l'autre, glissant comme les ombres projetées par la lune, contournant sans heurt et sans bruit les meubles sculptés et les tapisseries.

Ils avaient décidé de procéder ainsi plutôt que de parcourir les pièces à pied car il était fréquent de rencontrer, dans ce genre de maison, des chiens de garde qu'il était plus sage de ne pas réveiller. S'il y en avait un entre ces murs, sans doute dormait-il au pied du lit de son maître.

Il fallait aussi se méfier de l'éventuelle présence d'un gardien de nuit.

Mais la chance était de leur côté. Pas de chien. Pas de gardien. En tout cas, ils n'en virent, n'en entendirent ni n'en sentirent aucun. Et ils réussirent à repérer rapidement le passage conduisant à la cave.

Tous deux sortirent des bougies qu'ils allumèrent pour éclairer les marches de pierre brute, érodée par le temps, et les murs grossièrement bâtis. Autant de signes indiquant que les membres de la famille ne s'aventuraient jamais dans cette partie souterraine de la maison, laissant ce soin aux domestiques.

C'était également une preuve supplémentaire qu'il ne s'agissait pas d'un foyer de vampires car, chez ces derniers, la cave était bien souvent l'endroit le plus confortable et le plus luxueux de la demeure.

Arrivés à destination, ils sentirent la terre battue sous leurs pieds et l'air se remplit d'humidité glaciale. Ils poursuivirent leur visite des lieux, traversant des garde-manger où les tonneaux de vin et d'hydromel côtoyaient des quartiers de viande salée et des paniers d'oignons et de pommes de terre.

Au fond de la pièce, Audazs s'attendait à trouver un autre escalier qui leur aurait permis de remonter. Au lieu de quoi ils se heurtèrent à un mur sans porte.

Balayant les lieux du regard, il chercha des traces de pas au sol ou des fissures entre les pierres qui auraient pu les conduire à une cloison secrète, une pièce cachée, mais ne trouva rien.

Afin d'en être tout à fait sûrs, Tohrment et lui effleurèrent le sol et les murs avec leurs mains.

— Il y a de nombreuses fenêtres aux étages supérieurs, murmura Tohrment, mais peut-être ont-ils tiré les rideaux s'ils la gardent prisonnière là-haut. Peut-être même existe-t-il des pièces aveugles à l'intérieur de la bâtisse…

Ils se tenaient toujours face au mur qui leur bloquait le passage lorsque ce même sentiment de peur, cette sensation de se trouver au mauvais endroit, assaillit de nouveau Audazs. Il eut soudain le souffle court, et un voile de sueur recouvrit ses aisselles et son dos. Il sentit confusément que Tohrment éprouvait le même trouble car ce dernier s'agita nerveusement sur ses jambes.

Audazs secoua la tête.

— Il semble qu'elle soit ailleurs…

— Exact, vampire.

Audazs et Tohrment firent volte-face comme un seul homme, dégainant leurs épées.

En apercevant l'individu qui les avait pris par surprise, tout devint clair dans l'esprit d'Audazs. L'appréhension, la sensation de malaise…

Drapée de blanc, la silhouette qui leur bloquait le passage n'était ni un humain ni un vampire.

C'était un symphathe.

Chapitre 44

En attendant devant la porte de la salle de musculation, Xhex s'efforça d'analyser objectivement ses émotions. Un peu comme quand on observe le visage d'un inconnu et qu'on en remarque les imperfections, le teint et les traits sans porter de jugement.

Son besoin de vengeance venait d'être éclipsé par une immense inquiétude.

Pour le moins curieux.

Jamais elle n'aurait imaginé être un jour le témoin d'une explosion de fureur comme celle-ci, surtout venant d'un individu de son espèce. Ç'avait été comme s'il avait libéré une bête féroce qui sommeillait en lui jusqu'alors.

Seigneur, on n'avait franchement pas envie de titiller un mâle lié après avoir assisté à ce genre de scène.

Elle n'exagérait pas. John avait réagi ainsi parce qu'il était amoureux… et cela expliquait aussi la forte odeur d'épices qui embaumait l'air chaque fois qu'elle se trouvait en sa présence, depuis qu'elle s'était échappée de la prison de Flhéau. Pendant son absence contrainte et forcée, l'attirance et le respect qu'éprouvait John à son égard s'étaient mués en un sentiment irrévocable.

Merde. Quelle galère.

Le grondement du tapis de course s'arrêta net et elle soupçonna Blaylock d'avoir débranché l'appareil. Bien joué. Elle avait bien essayé de raisonner John, de l'empêcher de se crever sur cette machine stupide, mais devant l'échec de ses tentatives elle s'était résignée à l'attendre dans le couloir.

Hors de question qu'elle le regarde s'écrouler, à bout de forces. Le vacarme était déjà suffisamment éprouvant en lui-même.

Au bout du couloir, la porte vitrée du bureau s'ouvrit et le frère Tohrment fit son apparition. À en juger par le halo de lumière qui l'entourait, Lassiter, l'ange déchu, l'accompagnait, se tenant légèrement en retrait.

— Comment va John ?

Le frère approcha, les traits tirés par l'inquiétude, les yeux emplis de fatigue. Sa grille émotionnelle trahissait un profond regret.

Normal.

Xhex jeta un coup d'œil en direction de la salle de musculation.

— On dirait qu'il vient de renoncer à sa nouvelle carrière de marathonien. À moins qu'il n'ait bousillé le deuxième tapis de course.

L'imposante stature de Tohr l'obligea à lever la tête, et ce qu'elle lut dans ses yeux bleus l'étonna au plus haut point : il savait certaines choses, à n'en pas douter, et ce constat attisa la méfiance de Xhex. D'après son expérience, les inconnus qui vous regardaient ainsi étaient potentiellement dangereux.

— Et toi, comment te sens-tu ? demanda-t-il d'une voix empreinte de douceur.

C'était étrange ; elle n'avait pas eu beaucoup de contacts avec le frère mais, chaque fois que leurs chemins s'étaient croisés, il s'était montré incroyablement… disons, gentil. Ce qui expliquait pourquoi elle préférait l'éviter. Elle gérait beaucoup mieux la dureté que la bienveillance.

Pour être franche, il avait le don de la mettre mal à l'aise.

Comme elle ne répondait pas, le visage de Tohrment s'assombrit. Elle l'avait déçu, c'était évident, mais il ne lui en tenait pas rigueur.

— OK, reprit-il. Je ne te poserai pas d'autre question.

Seigneur Dieu, quelle garce elle faisait…

— Non, non, ce n'est pas ça. Simplement, je ne crois pas que ce soit le bon moment pour te répondre.

— Je comprends.

Rivés sur la porte close, les yeux de Tohr s'étrécirent et Xhex eut la nette impression qu'il se sentait, comme elle, tenu à l'écart par l'homme qui souffrait de l'autre côté.

— Tu as demandé à me voir, n'est-ce pas ?

Elle sortit la clé que John avait utilisée pour entrer dans l'ancienne maison du frère.

— Je voulais juste te rendre ça, et aussi te dire qu'il y a eu un léger incident.

La grille émotionnelle de Tohrment se vida et s'assombrit simultanément, comme un black-out total.

— Quel genre d'incident ?

— L'une des baies vitrées est cassée. Il faudrait deux plaques de contreplaqué pour boucher l'ouverture. On a réussi à rallumer le système d'alarme, les détecteurs de mouvement fonctionnent mais il y a du boulot. Je me chargerai volontiers des réparations.

Dès que John aura fini de mettre hors service le reste des appareils de musculation, usé les semelles de ses baskets jusqu'à la corde… et à condition qu'il ne s'écroule pas après tout ça.

— Quelle…

Tohr s'éclaircit la voix.

— De quelle fenêtre s'agit-il ?

— Celle de la chambre de John.

Le frère fronça les sourcils.

— Elle était déjà cassée à votre arrivée ?

— Non… Elle a volé en éclats, comme ça.

— Le verre ne se brise pas sans raison.

Oh, elle en avait fourni une suffisamment valable, aux yeux de John en tout cas.

— C'est exact.

Comme Tohr la dévisageait fixement, elle soutint son regard dans un silence de plomb. Le frère avait beau être sympa, un soldat hors pair soit dit en passant, Xhex ne se sentait pas d'atomes crochus avec lui.

— À qui dois-je m'adresser pour commander du contreplaqué ? finit-elle par demander.

— Ne t'inquiète pas pour ça. Merci de m'avoir mis au courant, en tout cas.

Tandis que le frère tournait les talons pour regagner le bureau, un sentiment d'abattement submergea Xhex. Encore une chose qu'elle partageait avec John… sauf qu'au lieu de vouloir établir un nouveau record d'endurance sur tapis de course, elle avait plutôt envie de se taillader les bras avec une lame de couteau, histoire d'évacuer la pression.

Incroyable ce qu'elle pouvait pleurnicher et verser dans le mélo, parfois… Il faut dire que les cilices qu'elle portait d'habitude ne servaient pas seulement à contrôler sa moitié *symphathe* : ils l'aidaient aussi à refouler les émotions qu'elle jugeait indésirables.

Autant dire quatre-vingt-dix-neuf pour cent d'entre elles… au bas mot.

Dix minutes plus tard, Blaylock passa la tête dans l'entrebâillement de la porte. Il fixait le sol du regard et ses émotions n'étaient qu'un enchevêtrement confus, ce qui n'était guère étonnant. Personne n'aimait voir un ami s'autodétruire, et la perspective d'avoir à échanger quelques mots avec la personne responsable du chaos n'était pas franchement réjouissante.

— Écoute, John est allé prendre une douche dans les vestiaires. J'ai réussi à le dissuader de rejouer *Running Man* mais il… je crois qu'il va lui falloir encore un peu de temps.

— D'accord. Je vais l'attendre dans le couloir.

Blaylock hocha la tête et un silence gêné s'installa.

— Bon, eh bien, je vais faire un peu de sport, déclara-t-il finalement.

Lorsque la porte se referma, Xhex ramassa sa veste et ses armes avant de se diriger vers les vestiaires. Le bureau était désert. Sans doute Tohr était-il parti jouer à Bob le Bricoleur avec un *doggen*.

Le calme ambiant indiquait qu'il n'y avait personne dans les salles de cours, le gymnase et le cabinet médical.

Glissant le long du mur, elle s'assit par terre et remonta ses genoux contre sa poitrine.

Seigneur, elle était épuisée…

— John est encore là-dedans ?

Réveillée en sursaut, Xhex pointa son revolver sur Blaylock, qui recula vivement tandis qu'elle baissait le canon de son arme.

— Désolée. Les habitudes ont la peau dure.

— Je vois ça, murmura Blay en esquissant un geste en direction des vestiaires. John est toujours là ? Ça fait plus d'une heure.

Elle consulta sa montre.

— Nom de Dieu, marmonna-t-elle en se levant pour entrouvrir la porte.

Le ruissellement de l'eau ne la rassura pas plus que ça.

— Il y a une autre sortie ?

— Par la salle de musculation… mais elle donne aussi sur ce couloir.

— OK, je vais aller lui parler, dit-elle en espérant avoir pris la bonne décision.

— Super. Je retourne à mon banc de muscu. N'hésite pas à m'appeler au besoin.

Elle poussa la porte. L'intérieur des vestiaires était sobre et fonctionnel : une rangée de casiers métalliques beiges séparés par des bancs en bois. Guidée par le bruit de l'eau, elle prit à droite et longea des urinoirs, des toilettes et des lavabos. L'endroit semblait terriblement désert sans une bande de mâles nus, en sueur, serviettes sous le bras.

Elle trouva John dans les douches communes, carrelées du sol au plafond. En short et tee-shirt, il était assis contre le mur, les bras pendant sur ses genoux remontés contre sa poitrine, tête baissée. Le jet d'eau ruisselait sur ses épaules et son torse puissamment musclés.

À cet instant, elle pensa qu'elle s'était endormie exactement dans la même position, en l'attendant.

Elle était saisie par son immobilité parfaite. Sa grille émotionnelle n'était pas la seule chose allumée ; une ombre se détachait derrière elle, une souffrance terrible. Comme si les deux moitiés de sa personnalité pleuraient ensemble, probablement parce qu'il avait subi trop d'épreuves cruelles dans sa vie… peut-être une de trop. Et l'état émotionnel dans lequel ces traumatismes l'avaient plongé la terrifiait. Le vide dense et sinistre qui l'habitait était si puissant qu'il pervertissait la superstructure de son psychisme… l'entraînant là où elle-même était allée dans ce putain de bloc opératoire.

Aux confins de la folie.

Avançant sur le sol carrelé, Xhex frissonna. Ses sentiments lui donnaient la chair de poule. Ça, et l'idée que le passé se répétait, par sa faute. Comme pour Mheurtre… en pire.

Dieu du ciel, elle ne valait pas mieux que des putains de veuves noires dans ses rapports avec les mâles.

— John ?

Il ne leva pas les yeux. Avait-il seulement conscience qu'elle se trouvait là, en face de lui ? Il était totalement happé par ses souvenirs, prisonnier de sa mémoire…

Sourcils froncés, elle suivit des yeux la rigole d'eau qui prenait sa source autour de John et coulait sur le carrelage jusqu'à… la bonde.

La bonde.

Il y avait un truc avec cette bonde. Un truc ayant un rapport avec… Flhéau ?

Dans ce carcan de solitude, avec le ruissellement de l'eau en fond sonore, elle donna libre cours à sa moitié négative pour la bonne cause : dans un élan irrésistible, ses instincts *symphathes* transpercèrent John, pénétrant son territoire physique pour s'enfoncer au plus profond de son esprit et de ses souvenirs.

Lorsqu'il leva sur elle un regard empreint de stupeur, tout devint rouge et bidimensionnel, le carrelage se teinta en rose vif, les cheveux noirs et humides de John prirent la couleur du sang, et l'eau se mit à pétiller comme du champagne rosé.

Les images qu'elle visualisa étaient entachées de terreur et de honte : une cage d'escalier sombre, dans un immeuble semblable à celui qu'il lui avait montré ; lui, prétrans chétif, violé par un humain répugnant…

Oh, mon Dieu.

Non.

Les genoux de Xhex se dérobèrent et elle chancela avant de s'effondrer sur le carrelage mouillé. Le choc fut si brutal que ses os craquèrent et ses dents s'entrechoquèrent.

Non… pas John. Pas lui ; il était alors si vulnérable et innocent, tellement seul. Perdu dans le monde des humains, luttant pour y survivre.

Pas lui. Pas ça.

Tandis que, sa nature *symphathe* libérée, ses yeux rouges étincelaient, ils restèrent un long moment à se regarder, assis à même le sol. John savait qu'elle avait découvert son secret et l'idée l'emplissait d'une telle colère qu'elle se garda bien de manifester de la tristesse ou de la compassion. Pourtant, il ne semblait pas lui tenir rigueur de cette intrusion au cœur de ses pensées. Il aurait juste tout donné pour ne pas avoir à partager ça avec quiconque.

— Qu'est-ce que Flhéau vient faire là-dedans ? demanda-t-elle d'un ton bourru. Je le vois partout dans tes pensées.

Le regard de John glissa vers la bonde et elle eut l'impression qu'il voyait du sang tournoyer autour de la grille métallique. Le sang de Flhéau.

Les pupilles de Xhex s'étrécirent à mesure que la trame de l'histoire se précisait dans son esprit : Flhéau avait découvert le secret de John. Peu importait comment. Et elle n'avait pas besoin de ses pouvoirs *symphathes* pour deviner ce que ce salopard avait fait de l'information.

Il s'était empressé de la crier sur tous les toits, bien sûr…

Lorsque le regard de John croisa de nouveau le sien, elle éprouva un bouleversant sentiment de communion. Il n'y avait plus de barrière entre eux, plus de crainte d'exposer sa vulnérabilité. Dépassant bien des obstacles, ils s'étaient mis à nu l'un l'autre.

Xhex savait pertinemment qu'elle ne vivrait ça avec personne d'autre, mâle ou femelle. Sans qu'elle ait besoin de parler, John savait tout ce qu'elle avait enduré. Il connaissait les conséquences de ces épreuves sur un individu. Et vice versa.

L'ombre qu'elle percevait sur sa grille émotionnelle était peut-être une déformation de son psychisme provoquée par le traumatisme qu'il avait vécu. Peut-être son esprit et son âme s'étaient-ils accordés pour refouler le passé et le reléguer tout au fond de son grenier mental et émotionnel. Et peut-être était-ce pour cela que les deux moitiés de sa personnalité semblaient aussi animées.

Oui, c'était assez logique. Tout comme l'était son désir de vengeance. Après tout, Flhéau se trouvait impliqué dans les deux cas de figure : le traumatisme de John et le sien.

Que le secret de John soit tombé dans les mauvaises mains s'avérait aussi effroyable que le drame en lui-même. Chaque fois que quelqu'un avait vent de l'histoire, il en revivait l'horreur. C'était la raison pour laquelle elle n'avait jamais parlé à personne de son séjour à la colonie avec son père, ni de ce truc merdique dans le cabinet médical tenu par des humains… ni de… ouais…

John tapota sa paupière du bout de l'index.

— J'ai les yeux rouges ? murmura-t-elle.

Lorsqu'il hocha la tête, elle se frotta le visage.

— Désolée. Je crois que je vais avoir besoin d'une nouvelle paire de cilices.

John coupa l'eau et elle laissa retomber ses mains.

— Qui d'autre est au courant ? Pour toi.

John fronça les sourcils puis articula :

— *Blay, Vhif, Zadiste, Havers. Un psy.*

Lorsqu'il secoua la tête, elle en conclut que la liste s'arrêtait là.

— Je ne dirai rien à personne.

Elle contempla son grand corps musclé, ses épaules, ses biceps puissants, ses cuisses massives… et se surprit à souhaiter qu'il ait eu ce physique-là dans cette cage d'escalier sordide. Depuis ce jour, il s'était totalement métamorphosé. Du moins en apparence. À l'intérieur, il était forgé de toutes ces époques de sa vie, du bébé abandonné par sa mère au mâle adulte qu'il était devenu, en passant par l'enfant dont personne ne voulait et le prétrans perdu dans un monde qui n'était pas le sien…

Implacable combattant sur le champ de bataille, ami fidèle et, à en juger par ce qu'il avait fait subir à l'éradiqueur dans la maison victorienne et par ce qu'il envisageait pour Flhéau, un ennemi extrêmement dangereux.

Encore un problème en perspective car, pour Xhex, les choses étaient claires et irrévocables : c'était elle qui descendrait le fils de l'Oméga. Ce privilège lui revenait de droit.

Mais ce n'était pas la peine d'aborder le sujet maintenant.

Tandis que l'humidité du carrelage traversait son pantalon et que les dernières gouttes d'eau glissaient sur le corps de John, elle fut surprise par le cours de ses pensées. Par les envies qui l'assaillaient.

À de nombreux égards, ça n'avait pas de sens et ce n'était probablement pas une très bonne idée. Mais la raison n'était pas de mise entre eux en cet instant.

Xhex se redressa et posa les paumes à plat sur le sol mouillé. Évoluant avec une lenteur délibérée, avançant tour à tour une main puis un genou, elle s'approcha de lui.

Elle sut l'instant précis où il inhala son parfum.

Parce que, sous son short en nylon détrempé, son sexe bougea et se dressa.

Lorsqu'elle fut en face de lui, elle baissa les yeux sur sa bouche.

— Nos esprits sont déjà unis. Je veux que nos corps le soient aussi.

Sur ces mots, elle se pencha, inclina son visage mais s'immobilisa juste avant de l'embrasser. Ce n'était pas la crainte d'être repoussée qui la motivait : elle savait, en respirant la capiteuse odeur d'union dégagée par John, que son désir était réciproque.

— Non, tu te trompes complètement, John.

Elle continua à déchiffrer ses émotions et secoua la tête.

— Tu n'es pas la moitié du mâle que tu pourrais être à cause de ce qu'on t'a fait. Ce à quoi tu as survécu t'a rendu deux fois plus fort.

Décidément, la vie réservait de drôles de surprises.

Pas une seule fois, pas même dans les pires cauchemars fomentés par son subconscient, John ne se serait cru capable de supporter que Xhex soit au courant de ce qu'il avait subi dans sa jeunesse.

Son corps s'était peut-être transformé, acquérant force et puissance, il n'avait cependant jamais réussi à oublier sa faiblesse d'antan. Et la crainte que ceux qu'il respectait finissent par découvrir son secret le maintenait en permanence dans cet état de faiblesse.

Et voilà qu'il avait été mis à nu.

Quant à sa douche de deux heures… L'idée que Xhex ait subi ça lui tordait le cœur. Il avait eu l'impression de mourir en apprenant la vérité. C'était trop douloureux d'y penser, et trop horrible pour l'ignorer. Et puis il y avait cette pulsion de protection propre au mâle lié… et le fait qu'il savait exactement ce que cela faisait d'être violenté de la sorte.

Si seulement il l'avait retrouvée plus tôt… s'il avait intensifié les recherches…

Oui, mais de toute façon c'était elle qui s'était évadée, seule. Lui n'avait pas réussi à la libérer. Bordel de merde, il était entré dans la pièce où elle s'était fait violer, y était resté un moment *avec elle,* sans même savoir qu'elle était *à côté de lui.*

Cette idée lui était insupportable. Envahi de pensées douloureusement confuses, son cerveau vrombissait comme un hélicoptère sur le point de décoller. Il voulait aller en haut, tout en haut, loin… pour ne jamais revenir.

Seule la perspective de tuer Flhéau l'empêchait de sombrer.

Tant que ce fils de pute serait en vie, quelque part sur cette terre, John saurait quel sens donner à son existence.

Éliminer Flhéau était son unique motivation pour rester sain d'esprit, déterminé. C'était comme le carburant pour un moteur.

Mais il suffirait d'un dernier signe de faiblesse, par exemple échouer à venger sa femelle, et il abandonnerait définitivement la partie.

—John, articula-t-elle d'une voix claire pour tenter de l'extirper de la spirale infernale dans laquelle il se débattait.

Reportant son attention sur Xhex, il plongea dans ses yeux d'un rouge étincelant. Ce qui lui rappela l'existence de sa moitié *symphathe.* Elle pouvait s'immiscer en lui et ouvrir toutes ses trappes secrètes, libérant ses démons juste pour les voir danser. Mais elle ne l'avait pas fait, n'est-ce pas? Elle était entrée en lui, d'accord, mais uniquement pour comprendre ce qu'il ressentait. Et après avoir découvert les recoins les plus sombres de son être, elle ne s'en était ni réjouie ni moquée. Pas plus qu'elle ne l'avait toisé d'un air dégoûté.

Au lieu de ça, elle s'était approchée de lui d'une démarche féline, avec l'envie manifeste de l'embrasser.

Le regard de John glissa sur ses lèvres.

Il ne dédaignerait pas un peu de réconfort. Les mains de Xhex sur sa peau, sa bouche sur la sienne, son corps contre le sien seraient certainement plus efficaces que les mots, impuissants à apaiser le dégoût qu'il avait de lui-même. Oui, c'était tout à fait ce dont il avait besoin.

— Exactement, dit-elle en l'enveloppant d'un regard brûlant – qui n'était pas uniquement dû à sa nature *symphathe*. Nous avons besoin de ça, tous les deux.

John posa ses mains froides et humides autour du visage de Xhex. Puis jeta un coup d'œil autour de lui. C'était peut-être le bon moment, mais ce n'était certainement pas le bon endroit.

Il ne lui ferait pas l'amour sur le carrelage froid.

— *Viens avec moi,* articula-t-il en se levant, sa main tendue vers elle.

Son érection soulevait l'étoffe de son short lorsqu'ils sortirent des vestiaires. Le désir dévorant qui coulait dans ses veines était toutefois contrebalancé par son envie de faire les choses en douceur avec Xhex, de lui donner de la tendresse après l'incroyable violence qu'elle venait de subir.

Au lieu de se diriger vers le tunnel conduisant à la maison principale, il prit à droite. Pas question de regagner sa chambre avec Xhex sous le bras et une érection monumentale sous son short. Sans compter qu'il était encore trempé.

Ça ferait beaucoup trop de choses à expliquer aux curieux en poste 24 heures sur 24 à la demeure de la Confrérie.

À côté des vestiaires se trouvait un salon de détente séparé du reste du complexe sportif. Équipé de tables de massage et d'un jacuzzi, il disposait aussi d'un espace tapissé de matelas de sport bleus que personne n'avait encore utilisés depuis son aménagement, les frères n'ayant guère le temps de jouer aux lutteurs… et encore moins de se prendre pour des danseuses étoiles.

Après avoir sécurisé la porte en plaçant une chaise sous la poignée, John se tourna vers Xhex. Elle faisait le tour de la pièce, son corps souple et élancé ondulant sensuellement. C'était un spectacle mille fois plus excitant qu'un striptease, aux yeux de John.

Il tendit la main pour éteindre la lumière.

Le voyant de l'issue de secours projetait un pâle halo de lumière, coupé en deux par l'ombre de John. Grande et imposante, elle s'étirait sur le sol tapissé de bleu, jusqu'aux pieds de Xhex.

— Seigneur, j'ai trop envie de toi, murmura-t-elle.

Il ne se le fit pas dire deux fois. Avec des gestes rapides, il retira ses baskets et se débarrassa de son tee-shirt, qu'il laissa tomber sur les matelas. Puis, glissant ses pouces sous la ceinture de son short, il le fit descendre le long de ses cuisses. Son sexe jaillit. Qu'il soit fermement dressé en direction de Xhex ne le surprit pas. Tout en lui – son cerveau, son sang, son cœur battant – se focalisait sur la femelle qui se tenait devant lui, à quelques mètres à peine.

Il n'avait toutefois pas l'intention de lui sauter dessus pour la prendre sur-le-champ. Non. Il saurait se montrer patient.

Toute pensée cohérente déserta son esprit lorsque, saisissant le bas de son sweat-shirt, Xhex le souleva d'un geste gracieux pour s'en débarrasser. Elle ne portait rien dessous et John contempla à loisir sa peau douce et lisse, ses seins hauts et fermes.

Son odeur se répandit dans la pièce et John se mit à haleter. Les doigts délicats de Xhex se posèrent ensuite sur le cordon de son pantalon, qu'elle dénoua habilement. L'instant d'après, la fine cotonnade verte glissait sur ses chevilles dans un léger bruissement.

Oh… doux Jésus : elle se tenait devant lui dans sa glorieuse nudité, les courbes de son corps absolument sublimes. Ils avaient déjà couché ensemble à deux reprises, des étreintes rapides et fougueuses chaque fois, de sorte qu'il n'avait jamais eu l'occasion de la regarder vraiment…

John cligna des yeux.

Pendant quelques instants, il fut incapable de voir autre chose que les hématomes qui meurtrissaient son corps lorsqu'il l'avait retrouvée, surtout ceux qui bleuissaient ses cuisses. Il savait à présent que ce n'était pas le résultat de simples combats à mains nues.

— Ne pense pas à ça, John, dit-elle d'une voix rauque. Je n'y pense pas et tu ne dois pas y penser non plus. Il nous a déjà trop fait souffrir.

Sa gorge se serra et il parvint à étouffer un grognement vengeur uniquement parce qu'il savait qu'elle avait raison. Par sa seule force de volonté, il décida que la porte qu'il avait bloquée avec cette chaise ne dissuaderait pas uniquement les curieux, mais aussi les démons en tous genres.

Il serait toujours temps de gérer ces choses-là en dehors de cet espace privé.

— *Tu es tellement belle,* articula-t-il.

Mais elle ne voyait pas ses lèvres, bien sûr.

Il ne lui restait plus qu'à le lui dire avec des gestes.

John fit un pas dans sa direction. Puis un autre, et un autre encore. Xhex avança également et ils se rejoignirent à mi-parcours, la silhouette de celle-ci venant s'encastrer dans l'ombre de John ; pourtant, il ne voyait qu'elle.

Lorsqu'ils furent l'un en face de l'autre, John sentit sa poitrine se soulever plus vite tandis que les battements de son cœur s'accéléraient.

— *Je t'aime,* articula-t-il dans le rectangle sombre qu'il avait formé.

Ils tendirent leurs mains au même moment : John posa la sienne sur le visage de Xhex tandis que celle-ci caressa son torse. Leurs bouches parcoururent la distance restante dans une atmosphère électrique, leurs lèvres se scellèrent, douces et chaudes. L'attirant contre son torse nu, John enroula ses bras puissants autour de ses épaules et la serra fort tandis que sa bouche se faisait plus exigeante. Elle suivit le mouvement, enveloppant les hanches de John avant de plaquer les mains dans le creux de son dos.

Son sexe se dressait entre eux et le frottement de leurs ventres fit courir une onde de feu le long de la colonne vertébrale de John. Mais il n'était pas pressé. Ses hanches se mirent à onduler langoureusement, d'avant en arrière, pressant contre Xhex son sexe turgescent. Il promena les mains le long de ses bras puis la saisit par la taille.

Plongeant sa langue dans la bouche de sa compagne, il enfouit les doigts dans ses cheveux courts, sur sa nuque, et laissa son autre main retomber sur sa cuisse. Lorsqu'il la tira doucement, Xhex leva la jambe dans un mouvement fluide…

D'un petit bond souple, elle s'accrocha à lui, enroulant les deux jambes autour de ses hanches. Quand son sexe heurta son intimité chaude et mouillée, il émit un grognement et bascula sur les matelas, l'étreignant fermement avant de l'allonger sous son grand corps tendu de désir.

S'arrachant à leur baiser, John s'écarta pour caresser son cou du bout de la langue. Il traça les contours de ses veines et descendit encore jusqu'à ce que ses crocs, vibrant en accord avec son désir brûlant, effleurent le contour de ses clavicules.

Il poursuivit son exploration. Les doigts de Xhex se perdirent dans l'épaisseur de ses cheveux et le dirigèrent vers ses seins.

S'écartant légèrement, il contempla son corps nimbé par la lueur de l'issue de secours. Ses tétons dardaient, sa poitrine se soulevait rapidement, son ventre musclé se contractait tandis que ses hanches ondulaient en cadence. Entre ses cuisses, son sexe soyeux… John ouvrit la bouche dans un murmure inaudible.

D'un geste vif, elle saisit son érection.

Électrisé par ce contact inattendu, il se jeta en arrière, prenant appui sur ses paumes.

— Bon sang, tu es magnifique, chuchota-t-elle.

Les intonations rauques de sa voix attisèrent encore le désir de John et, basculant en avant, il se libéra de son étreinte pour venir s'agenouiller entre ses cuisses. Inclinant la tête, il captura un téton entre ses lèvres et le titilla avec sa langue.

Le gémissement qui s'échappa de la gorge de Xhex faillit le faire jouir, et il dut suspendre son geste pour reprendre le contrôle de ses sens. Lorsque la vague de plaisir s'apaisa, il se remit à suçoter la pointe de ses seins tandis que, avec une lenteur délibérée, il faisait glisser les mains sur ses flancs, sa taille puis ses hanches.

Et parce que c'était Xhex, elle lui montra la première le chemin de son sexe en posant une main sur la sienne pour le guider là où ils désiraient tous les deux se trouver.

C'était chaud, doux, mouillé.

Incapable de se maîtriser plus longtemps, le plaisir à fleur de peau, il explosa de jouissance à l'instant même où il glissa les doigts sur son sexe moite et trouva l'entrée de sa féminité. Xhex laissa échapper un petit rire de gorge en sentant son sperme jaillir au creux de ses cuisses.

— Tu aimes me caresser, murmura-t-elle.

Il plongea dans son regard et, au lieu de hocher la tête, porta à ses lèvres la main qu'elle avait placée sur son sexe. Du bout de la langue, il lécha ses doigts. Parcourue de violents frissons, Xhex s'arqua vers lui, la poitrine gonflée par le désir, les cuisses largement écartées.

À travers ses paupières mi-closes, il continua à l'observer tandis qu'il prenait appui sur les mains, de part et d'autre de ses hanches. Puis il se pencha sur son sexe.

Sans doute aurait-il été plus subtil de déposer une pluie de baisers aériens. Plus délicat de la titiller du bout de la langue et des doigts.

Au diable ces conneries.

Mû par une pulsion brute, irrésistible, il aspira entre ses lèvres le bourgeon ultrasensible de sa féminité puis fit glisser sa langue au creux de son sexe humide et soyeux. Son orgasme avait laissé des traces qu'il goûta en même temps que les sécrétions sucrées de Xhex… et le mâle lié savoura avec gourmandise le mélange des deux.

Tandis qu'il lui prodiguait maintes caresses des plus intimes avec sa bouche, il sentit vaguement qu'elle passait une jambe par-dessus son épaule, s'arquant contre son menton, ses lèvres, sa langue, attisant la magie de leur étreinte, incitant John à redoubler d'ardeur.

Happée par l'orgasme, elle cria son nom. Deux fois.

Et John ne put que se réjouir, à défaut de pouvoir parler, d'avoir des oreilles en parfait état de marche.

Chapitre 45

Dieu tout-puissant, John connaissait bien son affaire… Telle fut la première pensée de Xhex quand elle revint de l'état de stupeur dans lequel l'avait plongée l'orgasme explosif qu'il venait de lui donner avec sa bouche et sa langue expertes. Très vite, une nouvelle vague de désir la submergea. L'odeur d'union de John assaillit ses narines, enivrante ; la caresse de ses lèvres au cœur de sa féminité était exquise et son sexe en érection, plaqué contre ses cuisses, attisait encore le feu de son excitation…

Lorsque sa langue s'enfonça plus profondément en elle, elle perdit de nouveau le contrôle. Cette flamme ardente qu'il allumait en elle, ces caresses tantôt douces quand il s'agissait de ses lèvres, tantôt rugueuses quand c'était son menton, la pression de son nez juste au-dessus de son sexe, toutes ces sensations la propulsaient dans un abîme de volupté où plus rien ne comptait – et qu'elle avait bien l'intention de savourer pleinement.

Dans l'œil de ce cyclone sensuel, il n'y avait plus que John… Oubliés, le passé, le futur… Il n'y avait plus que leurs deux corps consumés par le désir. Le temps avait suspendu son vol, l'endroit où ils se trouvaient importait peu, les autres ne comptaient plus.

Elle aurait aimé que cette parenthèse magique ne s'interrompe jamais.

— Prends-moi, murmura-t-elle en le tirant par les épaules.

Redressant la tête, John remonta le long de son corps frémissant jusqu'à ce que son érection vienne se loger au creux de ses cuisses.

Elle captura ses lèvres dans un baiser exigeant, plaquant sa bouche sur la sienne tandis que, d'une main, elle le guidait là où elle désirait tant qu'il soit…

Le corps massif de John tressaillit lorsqu'elle chuchota « Oh, mon Dieu… » dans un soupir.

Puis son sexe se glissa en elle, écartant lentement, délicieusement, l'étau moite de sa féminité. Elle se cambra afin qu'il puisse s'enfoncer profondément et promena les mains sur son dos jusqu'au creux de ses reins… et plus bas encore. Là, elle planta les ongles dans ses fesses.

Ses muscles se contractèrent puis se détendirent sous les doigts de Xhex tandis que ses va-et-vient s'intensifiaient. Xhex dodelina de la tête au rythme de ses coups de reins. Elle adorait qu'il la domine de sa stature imposante, les contours de son corps baraqué comme taillés à coups de serpe ; ses propres courbes s'emboîtaient merveilleusement bien avec les lignes saillantes de son amant. Elle se mit à haleter, au bord de l'extase.

D'un mouvement souple, elle noua ses chevilles autour des cuisses de John et ondula en rythme jusqu'à ce que leurs deux corps se percutent brutalement et que leurs souffles saccadés s'entremêlent. Plantant ses poings dans le matelas, de chaque côté de sa poitrine, John prit appui sur ses avant-bras pour la pénétrer plus pleinement encore.

Les traits de son visage, si familiers, exprimaient un érotisme exacerbé : ses lèvres retroussées dévoilaient ses longs crocs d'une blancheur éclatante, ses sourcils étaient froncés, ses yeux brillaient d'un éclat particulier et sa mâchoire était tellement contractée que ses joues se creusaient. À chaque coup de reins, ses pectoraux et ses abdominaux saillaient, et le voile de sueur recouvrant son corps scintillait dans la pénombre. Son visage et son corps reflétaient les sensations qu'il éprouvait à lui faire l'amour, et ce spectacle emplit Xhex d'un mélange de joie et d'excitation intense.

— Prends ma veine, ordonna-t-elle d'une voix enrouée. Prends-la… *maintenant.*

Quand l'orgasme la propulsa de nouveau dans l'extase des sens, il approcha ses crocs de son cou et transperça sa chair frémissante en même temps qu'il libérait en elle le flot de sa semence.

Il ne put se retenir et Xhex n'avait pas envie qu'il se contrôle. Parcouru de violents tremblements, il continua à aller et venir en elle en buvant son sang. Des sensations d'une intensité inouïe assaillirent Xhex tandis qu'il s'enfonçait dans son sexe repu de plaisir, la bouche collée à son cou.

C'était exactement ce qu'elle voulait.

Au bout d'un moment, les vagues de jouissance s'apaisèrent et il s'écroula sur elle. Xhex caressa ses épaules et le serra contre elle tandis qu'il léchait délicatement les marques de succion dans son cou.

On était parfois obligé de sortir la ponceuse pour nettoyer en profondeur. Quelques coups d'éponge ou de chiffon délicats ne suffisaient pas à faire partir la saleté et la crasse incrustées. C'était en quelque sorte ce qu'ils venaient de faire. Très efficacement. Et, à en juger par son sexe encore dur, le processus ne s'arrêterait pas là.

Redressant la tête, John chercha son regard. Elle y lut de l'inquiétude. Puis, avec un geste empreint d'une grande douceur, il caressa ses cheveux.

Xhex esquissa un sourire.

— Je vais bien, tu sais. Merveilleusement bien.

Un sourire insolent éclaira son beau visage tandis qu'il articulait :

— *Oui, ça se voit… et ça embaume l'air.*

— Hé, une minute, mon gaillard. Tu crois pouvoir me faire rougir comme une écolière avec ton baratin ?

Comme il hochait la tête, elle leva les yeux au ciel.

— Pour ta gouverne, sache que je ne suis pas une fille facile ; je ne suis pas le style de nana à me laisser impressionner par un mec qui embrasse bien.

John arqua un sourcil moqueur. Et, oui… à quoi bon le nier ? Elle sentit ses joues s'empourprer.

— Écoute-moi bien, John Matthew, reprit-elle en le saisissant par le menton. Tu ne réussiras pas à me changer en femelle énamourée, tu sais, le genre qui devient complètement gaga devant son amant. Ça n'arrivera pas. Je n'ai pas été programmée pour ça.

Elle s'était exprimée d'une voix ferme, avec sincérité. Mais à l'instant où il plaqua ses hanches contre les siennes, enfonçant son sexe dur et massif en elle, elle se mit à ronronner.

Oui, elle *ronronna*.

Jamais encore elle n'avait émis pareil son et elle se serait volontiers tue si seulement elle en avait été capable. Au lieu de quoi elle laissa échapper une autre série de ces drôles de petits bruits, pas virils pour deux sous.

John se pencha sur sa poitrine et aspira ses tétons en continuant à la pénétrer avec des mouvements lents et réguliers.

Étourdie par une nouvelle vague de volupté, elle enfouit les mains dans l'épaisseur soyeuse de ses cheveux.

— Oh, John…

Là, il s'arrêta net, libérant le téton qu'il titillait si délicatement, et esquissa un large sourire.

Une expression triomphante éclairait ses traits.

— Espèce de salaud, murmura-t-elle en riant.

Il hocha la tête. Avant de s'enfoncer de nouveau en elle.

Elle adora. Oui, elle adora qu'il la taquine un peu en lui montrant qui était le boss, là. C'était juste parfait.

D'une certaine manière, le respect qu'elle lui vouait déjà grandit encore. Après tout, elle avait toujours apprécié les démonstrations de puissance. Même quand c'était par jeu.

— Je n'ai pas dit mon dernier mot, tu sais.

Il retroussa ses lèvres en secouant la tête, comme pour lui signifier son accord.

Puis il se retira d'un coup. Avec un grognement de protestation, Xhex lui planta ses ongles dans les fesses.

— Tu vas où, comme ça ?

John rit en silence puis, écartant ses cuisses, se positionna là où il avait commencé, un moment plus tôt… happant son sexe avec sa bouche.

Son nom résonna bientôt dans la pièce, percutant les murs carrelés, tandis qu'il lui donnait exactement tout ce qu'elle voulait, et plus encore que ce dont elle avait besoin.

Feindre d'ignorer les cris d'extase était un art que Blay commençait à maîtriser parfaitement…

En sortant de la salle de musculation, il entendit le nom de John crié à pleins poumons dans le salon de détente. Compte tenu des intonations, ce cri n'était certainement pas le fruit d'une conversation un peu animée.

Sauf si Xhex se passionnait en secret pour la météorologie et que John venait de lui communiquer le bulletin météo de sa vie.

Quoi qu'il en soit, Blay se réjouissait pour eux. Vu l'état de John et des tapis de course, ce dénouement ne pouvait être qu'une bénédiction.

Blay hésitait à regagner sa chambre dans l'immédiat. Vhif était parfois très lent, et sans doute était-il encore trop tôt. Il prit donc une douche dans les vestiaires, enfila un pantalon prélevé dans la collection de Viszs puis gagna ensuite le bureau et referma soigneusement la porte derrière lui.

Il n'y avait aucun bruit alentour, et c'était très bien comme ça. Un rapide coup d'œil à sa montre lui indiqua qu'il ne s'était écoulé qu'une heure et demie depuis qu'il avait quitté sa chambre.

Réfléchissant aux options s'offrant à lui, il décida de passer un peu de temps là, assis derrière le bureau. Après tout, feindre de ne pas entendre Xhex et John était une simple formalité. Alors qu'ignorer Vhif et Layla relevait plutôt de l'instinct de survie.

Le choix fut donc vite fait.

Une fois installé dans le fauteuil à roulettes, il contempla le téléphone.

Saxton embrassait vraiment très bien.

Vraiment… très… bien.

Blay ferma brièvement les yeux tandis qu'une onde de chaleur le traversait – à croire que quelqu'un avait allumé un brasier au creux de son ventre.

Il tendit le bras vers le combiné… mais n'alla pas au bout de son geste. Sa main resta là, hésitante.

Puis il revit Layla, quittant sa salle de bains de sa démarche chaloupée, pressée d'aller retrouver Vhif.

S'emparant du combiné, il composa le numéro de Saxton. Bon sang, que lui arrivait-il ?

— Allô…

Fronçant les sourcils, Blay se redressa brusquement.

— Que se passe-t-il ?

Un long silence.

— Saxton ?

Un toussotement suivi d'un curieux sifflement lui répondit.

— Oui, c'est moi…

— Saxton, qu'est-ce qui ne va pas ?

Le silence qui suivit fut terrifiant.

— Tu sais quoi ? J'ai adoré t'embrasser.

La voix étranglée se teinta de mélancolie.

— Et j'ai adoré…

Nouvelle quinte de toux.

— … passer du temps avec toi. Je pourrais rester des heures à contempler ton visage.

— Où es-tu ?

— Chez moi.

Blay consulta de nouveau sa montre.

— C'est où, ça ?

— Tu as envie de jouer au héros, c'est ça ?

Cette fois, la quinte de toux parut ne pas vouloir s'arrêter.

— J'ai peur de… devoir te laisser.

Un cliquètement indiqua qu'il avait raccroché.

Tous ses sens en alerte, Blay quitta le bureau, remonta le tunnel souterrain et se dématérialisa au niveau des marches conduisant à la maison.

Il reprit forme devant une autre porte, à quelques centaines de mètres de là.

À l'entrée de la Fosse, il montra son visage à la caméra et appuya sur l'interphone.

— V. ? J'ai besoin de toi.

Il attendit, priant la Vierge scribe que Viszs soit…

La porte coulissa et V. fit son apparition, cheveux humides, une serviette noire nouée autour des hanches. L'*Empire State of Mind* du rappeur Jay-Z résonnait en fond sonore tandis qu'un délicat parfum de tabac turc flottait dans l'air.

— Qu'est-ce qui se passe ?

— Il me faut une adresse.

Les yeux argentés, froids comme la glace, se plissèrent en même temps que le tatouage ornant sa tempe gauche.

— Quel genre d'adresse ?

— Celle d'un civil. J'ai son numéro de portable, expliqua Blay avant de le réciter à voix haute.

V. leva les yeux au ciel en faisant un pas sur le côté.

— Un jeu d'enfant.

Effectivement, en quelques clics, V. trouva le renseignement et leva les yeux de ses ordinateurs.

— 2105 Sienna Court… On peut savoir où tu vas, putain ?

Se frayant un chemin entre les canapés en cuir et l'écran géant, Blay répondit par-dessus son épaule :

— Je ne suis plus là.

V. se dématérialisa pour lui bloquer le passage.

— Le soleil se lève dans vingt-cinq minutes, tu sais ça ?

— Alors ne me retarde pas, répliqua Blay en plongeant son regard dans celui de V. Laisse-moi partir.

Sa détermination inflexible dut se lire sur son visage parce que V. jura à voix basse.

— Alors magne-toi ou bien tu ne rentreras plus.

Dès que le frère ouvrit la porte, Blay se volatilisa… pour reprendre forme dans Sienna Court, une rue bordée d'arbres et de maisons de style victorien, aux façades colorées. Il courut jusqu'au numéro 2105 inscrit sur un panneau en bois parfaitement entretenu peint en vert foncé et orné de moulures grises et noires. Des lanternes éclairaient la porte d'entrée marron clair ainsi qu'une porte plus petite, sur le côté. Mais tout le reste était plongé dans l'obscurité.

Et ce n'était pas étonnant. À en juger par les reflets sur les vitres, des stores intérieurs étaient baissés.

Rien ne filtrait au travers.

Ce qui ne laissait guère d'options à Blay, d'autant que les stores devaient contenir du métal. Il alla donc sonner à la porte d'entrée.

En provenance de l'est, la faible lueur du soleil lui chauffa le dos. Les rayons n'étaient pourtant pas encore assez puissants pour projeter des ombres. Merde alors, où était cachée la caméra de surveillance ? Si V. avait vu juste – et c'était toujours le cas –, la maison était équipée d'un système de sécurité sophistiqué.

Ah, bien sûr, dans les yeux du lion, sur le heurtoir.

Il plaça son visage devant la statuette en laiton et martela la porte de ses poings.

— Ouvre-moi, Saxton.

La sensation de chaleur sur ses épaules et dans son dos s'intensifia et, d'un geste brusque, il tira sur la ceinture de son pantalon pour se rafraîchir un peu.

La serrure cliqueta et la poignée tourna. Blay passa une main dans ses cheveux humides.

La porte s'entrouvrit enfin. L'obscurité régnait à l'intérieur de la maison.

— Qu'est-ce que tu fabriques…

Toussotement.

— … ici ?

Blay se figea en percevant l'odeur du sang.

Repoussant le battant en bois massif d'un coup d'épaule, il força le passage.

— Qu'est-ce que…

Saxton l'interrompit.

— Rentre chez toi, Blaylock. Je t'aime beaucoup, tu sais, mais je ne suis pas en état de recevoir pour le moment.

Blay se fichait bien de ses excuses bidon. D'un mouvement rapide, il se glissa à l'intérieur et referma la porte sur les premiers rayons de soleil.

— Qu'est-ce qui s'est passé ?

C'était une question de pure forme, car d'instinct il connaissait déjà la réponse.

— Qui t'a passé à tabac ?

— J'étais sur le point d'aller prendre une douche. Ça te dit de venir avec moi ?

Blay avala sa salive et Saxton émit un petit rire.

— D'accord, je file sous la douche et, en m'attendant, tu bois un café. Parce qu'on dirait bien que tu es mon invité pour la journée.

Saxton verrouilla la porte et s'éloigna rapidement… peut-être pour lui cacher qu'il boitait.

Bien qu'il ne puisse le distinguer dans l'obscurité, Blay entendit le bruit de ses pas sur sa droite. Il hésita. Inutile de regarder sa montre. Il savait qu'il n'avait plus aucune chance de rentrer à temps.

Saxton avait raison. Il passerait la journée sous son toit.

Le maître des lieux ouvrit une porte, révélant une cage d'escalier faiblement éclairée qui plongeait sur la cave. Dans la maigre clarté, Blay aperçut les beaux cheveux blonds de Saxton… tachés de rouge.

D'un pas décidé, Blay marcha vers lui et le retint par le bras.

— Qui t'a fait ça ?

Saxton ne se retourna pas, mais le long frisson qui le parcourut vint confirmer ce que sa voix avait déjà révélé : il était épuisé et souffrait le martyre.

— Disons simplement que… je ne suis pas près de retourner dans un bar à cigares.

Cette allée, près du bar… Merde, Blay s'était dématérialisé en premier, persuadé que Saxton l'imiterait dans la foulée.

— Que s'est-il passé après mon départ ?

— Ça n'a pas d'importance.

— Bien sûr que si, putain.

— Je t'en prie, permets-moi d'aller…

Encore une fichue quinte de toux.

— … me recoucher. Surtout si tu es de mauvaise humeur. Je ne me sens pas très en forme.

Sur ce, il regarda par-dessus son épaule.

Blay retint son souffle, horrifié.

— Oh… mon Dieu, murmura-t-il.

Chapitre 46

Le soleil s'apprêtait à percer l'écran formé par les arbres lorsque Audazs et Tohrment reprirent forme devant une maisonnette au toit de chaume, loin, bien loin de la demeure où avait été enlevée la jeune femelle et de la propriété voisine… très loin aussi de cette chose reptilienne qui les avait surpris dans ce couloir souterrain.

— Vous êtes sûr de vous ? demanda Tohrment en passant son sac sur l'autre épaule.

Pour le moment, Audazs n'était sûr de rien. En fait, il était encore étonné qu'ils aient réussi à quitter la maison du symphathe *sans même être obligés de se battre. Ils avaient même été escortés jusqu'à la porte, comme des invités.*

Là encore, les mangeurs de péchés privilégiaient toujours leurs intérêts et, en l'occurrence, Audazs et Tohrment seraient beaucoup plus utiles vivants que morts au propriétaire des lieux.

— Êtes-vous sûr ? insista Tohrment. Vous semblez hésiter à entrer.

— Mes hésitations n'ont aucun rapport avec toi, hélas.

Audazs ouvrit la voie, s'engageant sur le chemin qui conduisait à la porte d'entrée. La terre était tassée par les fréquentes allées et venues de ses bottes.

— Il est hors de question que tu dormes sur le sol froid du Tombeau. Ma maison est rustique mais ses murs et son toit peuvent abriter deux personnes.

Pendant quelques instants, il se prit à imaginer qu'il vivait encore dans le faste qu'il avait connu autrefois, dans un vaste château luxueusement meublé et décoré, entouré d'une armée de doggen, *un endroit somptueux où il pourrait recevoir sa famille et ses amis, abriter et gâter ceux qu'il aimait.*

Peut-être retrouverait-il un jour le bonheur de jouir de ce confort ?

Toutefois, étant donné qu'il n'avait ni famille ni amis, la poursuite de cet objectif n'était pas sa priorité.

Après avoir tiré le loquet en fonte, il poussa la porte en chêne avec son épaule. Une porte qui, au vu de sa taille et de son poids, ressemblait davantage à un mur amovible. Lorsqu'ils furent tous deux à l'intérieur, Audazs alluma la lampe à huile suspendue dans l'entrée et referma la porte en plaçant en travers une poutre grosse comme un tronc.

Le confort était pour le moins spartiate. Il n'y avait qu'une chaise et une paillasse devant la cheminée. Et le même dénuement régnait au sous-sol, recelant toutefois une précieuse réserve de vivres et un tunnel secret conduisant au cœur de la forêt.

— Veux-tu te restaurer ? demanda Audazs en se débarrassant de ses armes.

— Avec plaisir, monsieur.

Le garçon déposa lui aussi ses armes avant d'aller s'accroupir devant l'âtre où il alluma la motte de tourbe qu'Audazs veillait toujours à préparer pour démarrer un feu de bois. Tandis qu'une odeur de mousse se répandait dans la pièce, ce dernier ouvrit la trappe donnant au sous-sol et descendit au milieu de ses provisions, sa bière et ses parchemins. Il remonta les bras chargés de fromage, de pain et de viande de chevreuil fumée.

Le feu de cheminée nimbait le visage de Tohr d'une lueur orangée. En avançant ses mains pour les réchauffer, le garçon demanda :

— Que pensez-vous de toute cette histoire ?

Audazs le rejoignit et partagea le peu qu'il avait à offrir avec le seul invité à avoir jamais franchi le seuil de sa maison.

—J'ai toujours pensé que le destin se plaisait à réunir les êtres pour former des couples improbables. Mais la simple idée que nos intérêts puissent s'aligner avec ceux de ces… choses-là… me semble un pur anathème. D'ailleurs, lui aussi paraissait partagé entre la stupeur et le mécontentement. À la vérité, ces mangeurs de péchés nous portent aussi peu de considération que celle que nous leur portons. Nous ne sommes que des rats grouillant à leurs pieds.

Tohrment s'empara de la flasque de bière.

—Jamais je ne pourrai mélanger mon sang avec le leur. Ils me révulsent. Tous autant qu'ils sont.

—Il ressent la même chose à notre égard. L'idée que son fils ait kidnappé la femelle et l'ait retenue entre les murs de sa maison ne serait-ce qu'une journée l'a rendu malade. Il désire autant que nous que les deux parties retrouvent leurs familles respectives.

—Mais pourquoi se sert-il de nous ?

Audazs esquissa un sourire froid.

—Pour punir son fils. C'est à ses yeux la meilleure punition. Que des membres de l'espèce femelle viennent lui arracher sa « bien-aimée » et le laissent avec le poids de cette absence et l'idée que des êtres inférieurs aient réussi à se jouer de lui. Que se passera-t-il si nous la ramenons saine et sauve chez elle ? Sa famille s'empressera de déménager, loin, très loin, et redoublera de vigilance à son égard. Elle aura une longue vie sur terre et le fils de ce mangeur de péchés y songera à chacune de ses respirations. C'est dans leur nature d'agir ainsi… et c'est exactement le genre de représailles cruelles que le père ne peut infliger sans notre aide. Ce qui explique pourquoi il nous a dit où aller et ce que nous trouverions là-bas.

Tohrment secoua la tête, dépassé par les raisonnements de l'autre espèce.

—Elle ne vaudra plus rien aux yeux de sa famille. La glymera *les rejettera tous…*

— Non, coupa Audazs en levant la main pour faire taire le garçon. Car ils n'en sauront jamais rien. Personne ne saura. Ce secret restera entre toi et moi. Crois-moi, le mangeur de péchés ne dira jamais rien non plus. Ses pairs le rejetteraient aussi, lui et sa famille… La femelle ne risque donc pas l'exclusion.

— Comment allons-nous nous y prendre avec Sampsone ?

Portant le pichet à ses lèvres, Audazs prit une gorgée de bière.

— Demain, à la tombée de la nuit, nous nous mettrons en route pour le nord, comme nous l'a suggéré le mangeur de péchés. Nous trouverons notre congénère, la ramènerons chez elle, auprès de sa famille, et nous leur dirons que c'était un humain.

— Et si elle parle ?

Audazs y avait déjà pensé.

— En tant que jeune fille issue de la glymera, *elle est forcément consciente des conséquences qu'induiraient ses aveux. Son silence la protégera non seulement elle, mais aussi sa famille.*

À supposer, évidemment, qu'elle soit en mesure de raisonner quand ils la retrouveraient. Ce qui ne serait pas forcément le cas… Puisse la Vierge scribe soulager l'âme tourmentée de la jeune femelle.

— Il n'est pas impossible que ce soit un piège, murmura Tohrment.

— En effet, bien que je ne le croie pas. Quoi qu'il en soit, je n'ai pas peur de me battre, ajouta Audazs en cherchant le regard de son protégé. Ce qui pourrait arriver de pire serait que je meure en portant secours à une âme innocente… mais ce serait aussi à mes yeux la plus belle façon de tirer ma révérence. Si c'est un piège, je peux te garantir que je ne partirai pas seul pour l'Estompe.

Le respect et l'admiration éclairèrent le visage de Tohrment, et ce témoignage de confiance ne put qu'attrister Audazs. Si le garçon avait eu la chance d'avoir un père digne de ce nom, au lieu d'une espèce d'ivrogne mal dégrossi, il n'aurait jamais nourri de tels sentiments pour un inconnu.

Il ne se trouverait pas non plus dans cette modeste chaumière. Mais Audazs n'eut pas le cœur de le faire remarquer à son invité.

— Encore un peu de fromage ?

— Je veux bien, merci.

Tandis qu'ils finissaient leur repas, le regard d'Audazs se posa sur ses dagues noires, rangées dans le harnais qu'il portait sur sa poitrine. Il eut alors l'étrange conviction que Tohrment ne tarderait pas à recevoir les siennes. Le garçon était intelligent, plein de ressources, et son instinct était fiable.

D'accord, Audazs ne l'avait pas encore vu au combat. Mais ça viendrait. Les combats étaient fréquents, dans cette guerre.

Éclairé par le feu de cheminée, Tohrment fronça les sourcils.

— Quel âge a-t-elle, au fait ?

Audazs s'essuya la bouche avec un torchon. De curieux frissons coururent sur sa nuque.

— Je ne sais pas.

Le silence les enveloppa et Audazs songea que les pensées qui le préoccupaient soudain tourbillonnaient aussi dans l'esprit de Tohrment.

Une complication supplémentaire était bien la dernière chose dont ils avaient besoin.

Hélas, embuscade ou pas, ils s'apprêtaient à partir pour la côte nord, sur les indications du symphathe. *Arrivés là-bas, ils quitteraient le petit village et, au bout d'un bon kilomètre, trouveraient sur la falaise le refuge qu'avait décrit le mangeur de péchés. Et là, ils découvriraient si ce dernier leur avait tendu un piège.*

Ou s'était servi d'eux.

Audazs n'était pas vraiment inquiet. Les mangeurs de péchés n'étaient peut-être pas dignes de confiance, mais ils savaient servir leurs propres intérêts… et ils pouvaient se montrer terriblement durs avec leur progéniture.

La nature l'emportait alors sur leur personnalité : on perdait forcément en leur faisant confiance, mais ils s'avéraient incroyablement prévisibles quand leurs intérêts et leur famille étaient en jeu.

Tohrment et lui trouveraient ce qu'ils étaient venus chercher sur cette falaise. Il en était persuadé.

Restait à savoir dans quel état serait la pauvre femelle…

Chapitre 47

Lorsque John et Xhex émergèrent enfin de leur bulle, ils firent une première halte dans les douches des vestiaires. Et comme après tous ces efforts la faim commençait à se faire sentir sérieusement, ils décidèrent de prendre leur douche séparément. Xhex ouvrit le feu.

En attendant dans le couloir, John s'étonna de ne pas être plus fatigué. En réalité, il se sentait revigoré, gonflé à bloc et plein d'énergie. Jamais encore il ne s'était senti aussi fort.

Xhex sortit des vestiaires.

—À ton tour.

Seigneur, elle était hyper sexy avec ses cheveux courts qui frisottaient en séchant. Elle s'était rhabillée et ses lèvres étaient rouges. Des images de leurs ébats surgirent dans son esprit et il s'éloigna à reculons pour la regarder le plus longtemps possible.

Quand elle lui sourit, son cœur se fendit, littéralement. Sa chaleur et sa douceur la rendaient encore plus belle.

Elle était à lui. Pour toujours.

Lorsque la porte se referma entre eux et que le loquet cliqueta, une bouffée de panique le submergea, comme si leur séparation était définitive… comme si elle était partie pour de bon. C'était complètement fou. Refoulant cet accès de paranoïa, il prit une douche rapide et enfila une tenue de chirurgien, feignant d'ignorer à quelle vitesse il s'affairait.

Elle était toujours là quand il émergea des vestiaires et, au lieu de la prendre par la main pour l'entraîner vers la maison comme il en avait eu l'intention, il la prit dans ses bras et la serra contre lui, de toutes ses forces.

Tous les mortels perdaient un jour des êtres chers. La vie était ainsi faite. Mais, la plupart du temps, cette réalité était tellement inconcevable qu'elle ne pesait pas plus lourd qu'une simple hypothèse. Il y avait toutefois des mises en garde, des alertes, des situations sur le fil du rasoir qui obligeaient à faire une pause et analyser ses sentiments. Comme quand des maux de tête inquiétants s'avéraient en fait de simples migraines ou qu'un monospace percutait une autre voiture mais que tous les passagers étaient sains et saufs grâce aux sièges bébé et aux airbags… ou quand un otage rentrait auprès des siens… Les répliques de tels drames vous bouleversaient et vous n'aviez plus qu'une envie : vous accrocher à votre propre personne.

Il n'avait encore jamais pensé à ça auparavant, mais dès le premier battement de cœur d'un être vivant, une cloche sonnait et les aiguilles de l'horloge commençaient à tourner. Les dés étaient lancés, qu'on le veuille ou non, et le destin tenait toutes les cartes en main. Au fil des minutes, des heures, des jours, des mois et des années, l'histoire se déroulait, le temps pressait puis, soudain, le dernier battement de cœur signalait la fin de la partie. L'heure était venue de comptabiliser ses gains et ses pertes.

N'était-il pas étonnant de constater à quel point le concept même de la mortalité rendait éternels des moments tels que celui-ci, auprès de Xhex ?

Tenant la femelle serrée contre lui, il sentait sa chaleur attiser la sienne, comme s'il se régénérait jusqu'à la moelle, ayant retrouvé son équilibre et toutes ses forces pour croquer la vie à pleines dents.

Les grognements de son estomac l'obligèrent à relâcher son étreinte.

— Viens, murmura Xhex, il faut trouver de quoi nourrir ta bête.

Hochant la tête, il lui prit la main et l'entraîna.

— Tu vas devoir m'apprendre le langage des signes, reprit-elle lorsqu'ils ouvrirent la porte du placard dans le bureau. Tout de suite.

Il hocha de nouveau la tête tandis qu'ils se faufilaient dans l'espace confiné. Xhex referma la porte derrière eux. Mmm… encore un instant d'intimité. Une porte close… des vêtements amples…

L'obsédé qui sommeillait en lui calcula rapidement l'espace dont ils disposaient. Son sexe se dressa sous le pantalon stérile. Si elle nouait ses jambes autour de ses hanches, ils auraient tout juste la place…

Xhex approcha et tendit la main vers son érection. Se hissant sur la pointe des pieds, elle effleura son cou et griffa sa jugulaire de la pointe d'un croc.

— Si on continue comme ça, on ne trouvera jamais de lit, plaisanta-t-elle, avant d'ajouter d'une voix rauque en le caressant : Seigneur, tu es immense… T'ai-je dit que tu me remplissais complètement ? Complètement et divinement.

John perdit l'équilibre, renversant au passage une pile de carnets posés sur une étagère. Comme il se penchait en avant pour tenter de les intercepter avant qu'ils ne tombent par terre, Xhex l'obligea à se redresser.

— Ne bouge pas, ordonna-t-elle en s'agenouillant devant lui. J'aime trop la vue.

Elle ramassa les carnets, les yeux rivés sur son membre dur qui semblait avoir très envie de s'échapper de la prison de tissu qui la dérobait à son regard, à sa bouche, à son sexe.

Les mains de John s'agrippèrent au rebord d'une étagère tandis qu'elle l'étudiait avec gourmandise. Sa respiration s'accéléra.

— Je crois que j'ai tout ramassé, annonça-t-elle au bout d'un moment. Il vaudrait mieux les ranger tout de suite.

Elle se pencha vers ses jambes en se redressant lentement. Son visage effleura ses genoux, ses cuisses…

… puis remonta en direction de son sexe, ses lèvres frôlant la peau brûlante sous la fine étoffe du pantalon. Ivre de désir, il se laissa aller contre les étagères tandis qu'elle continuait sa lente ascension, et ce fut bientôt sa poitrine qu'il sentit glisser sur cette zone ultrasensible de son anatomie.

Elle mit un terme à l'exquise torture en reposant les carnets à leur place… tout en plaquant ses hanches contre les siennes.

— Mangeons vite, chuchota-t-elle dans son oreille.

Ça, ça ne ferait aucun doute.

Elle lui mordilla le lobe de l'oreille avant de s'écarter, mais John resta immobile. Un seul frottement supplémentaire et il se jouirait dessus.

Ce qui, en soi, ne lui posait pas franchement de problème, en tout cas quand elle n'était pas là. En même temps, ce n'était pas vraiment l'endroit idéal. Un frère ou une *shellane* pouvait débarquer à tout moment et la situation embarrasserait tout le monde.

Étouffant un juron, John remit les choses à leur place sous son pantalon, puis tapa le code et ouvrit la porte donnant sur le tunnel.

— Alors, comment signe-t-on le A ? demanda Xhex en lui emboîtant le pas.

Au D, ils franchirent la porte cachée sous le grand escalier de la maison. Le I les conduisit dans la cuisine, jusqu'au réfrigérateur. Au M, ils confectionnèrent deux sandwichs, et parce que leurs mains étaient occupées avec la dinde rôtie, la mayo, la laitue et les tranches de pain, ils ne progressèrent pas beaucoup dans l'alphabet. Ce ne fut guère mieux pendant qu'ils mangeaient, juste le N, le O et le P, mais John devina qu'elle était en train de passer en revue tout ce qu'il lui avait montré, le regard perdu sur un point invisible, à mi-distance entre eux.

Elle apprenait vite, ce qui ne le surprit pas. Ils passèrent de la lettre Q à la lettre V en rangeant et nettoyant la cuisine, qu'ils quittèrent sur les lettres X, Y et Z.

— Parfait, je m'apprêtais à aller vous chercher, déclara Z. en les interceptant devant la salle à manger. Kolher organise une réunion maintenant. Tu es priée d'y assister aussi, Xhex.

Tournant les talons, le frère foula d'un pas rapide le pommier en mosaïque recouvrant le sol du hall d'entrée, en direction du grand escalier.

— Ton roi a l'habitude de lancer de genre de trucs en pleine journée ? demanda Xhex.

Secouant la tête, John articula et signa en même temps :

— *Il a dû se passer quelque chose.*

Ils se dirigèrent à leur tour vers l'escalier, dont ils gravirent les marches deux à deux.

Au premier étage, tous les membres de la Confrérie étaient entassés dans le bureau de Kolher, lui-même assis sur le trône de son père derrière sa table de travail. George était aux pieds de son maître. Le roi caressait d'une main sa tête carrée en brandissant de l'autre un coupe-papier en forme de dague.

John se tint en retrait, mais pas seulement parce qu'il n'y avait guère d'autre solution, compte tenu du nombre de mâles présents dans la pièce. Il tenait à rester près de la porte.

L'humeur de Xhex avait radicalement changé.

Si l'on avait comparé les émotions à des vêtements, John aurait dit qu'elle avait troqué sa chemise de nuit en flanelle contre une cotte de mailles. Il la sentait nerveuse à côté de lui. Elle dansait d'un pied sur l'autre, incapable de tenir en place.

Et il ne valait pas mieux.

John regarda autour de lui. De l'autre côté de la pièce, Rhage déballait une sucette au raisin tandis que V. allumait une cigarette roulée en parlant avec Fhurie au téléphone, branché sur haut-parleur. Vhen, Tohr et Z. faisaient les cent pas. Allongé sur son sofa, Butch ressemblait à Hugh Hefner dans son pyjama de soie. Quant à Vhif, debout près des rideaux bleu pâle, il paraissait avoir été dérangé en pleine action : il avait les lèvres rouges, ses cheveux étaient tout ébouriffés, et sa tenue était pour le moins débraillée.

Peut-être avait-il été interrompu à un moment crucial…

Et Blay, où est-il ? se demanda John. *Qui diable Vhif vient-il de baiser ?*

— Bon, V. a trouvé un message vocal dans notre boîte mail, déclara Kolher en promenant sur la pièce son regard aveugle, dissimulé par des lunettes bandeau. Au lieu de m'embêter à vous expliquer de quoi il s'agit, je vais vous le faire écouter.

Sa clope vissée entre les lèvres, Viszs tapota sur le clavier de l'ordinateur, entrant les numéros de connexion et le mot de passe de la messagerie.

Quelques instants plus tard, John entendit la voix. La voix de cet enfoiré, de ce sale fils de pute.

— Je parie que vous n'auriez jamais pensé avoir de mes nouvelles, commença Flhéau d'un ton satisfait. Surprise, bande de connards. Vous savez quoi ? J'ai très envie de vous faire une fleur. Vous serez sans doute intéressés d'apprendre qu'une initiation massive dans la Société des éradiqueurs a eu lieu cette nuit. À la ferme située derrière la route RR 149. Ça s'est passé aux alentours de 4 heures du mat'. Donc, si vous bougez vos culs et que vous vous radinez là-bas à la tombée de la nuit, il y a de fortes chances que vous les trouviez en train de dégueuler partout. Un petit conseil, prenez vos bottes en caoutchouc. C'est un vrai merdier. Oh, et dites à Xhex que j'ai encore son goût dans ma bouche…

V. coupa le haut-parleur.

Les lèvres de John se retroussèrent, dévoilant ses crocs, et il laissa échapper une plainte muette tandis que, derrière lui, le tableau accroché au mur se mettait à trembler.

Lorsque George se mit à gémir, Kolher rassura le chien d'une caresse et pointa le coupe-papier vers la porte du bureau.

— Tu auras l'occasion de lui régler son compte, John. Je le jure sur la tombe de mon père. Mais pour le moment j'ai besoin de toute ta concentration dans cette affaire, c'est clair ?

Plus facile à dire qu'à faire. Refouler l'envie de tuer qui le tenaillait revenait à tenter de retenir un pitbull d'une seule main.

Près de lui, Xhex fronça les sourcils et croisa les bras.

— C'est bon ? demanda Kolher.

Lorsque John émit un petit sifflement d'approbation, Viszs exhala un nuage de fumée avant de s'éclaircir la voix.

— Il n'a pas indiqué l'adresse exacte de ce soi-disant massacre. J'ai essayé de remonter le numéro d'appel mais je n'ai rien trouvé.

— La question que je me pose, reprit Kolher, c'est à quoi joue cet enfoiré. Il est à la tête de la Société des éradiqueurs. Alors qu'est-ce qu'il fout à nous balancer ce genre d'info, d'un ton vachement réjoui, en plus ? Comme si ce n'était pas lui qui avait manigancé l'initiation massive dont il parle.

— Il balance, intervint Viszs en tapotant le bout de sa cigarette sur le bord d'un cendrier. Pour moi, c'est ça… mais j'en mettrais quand même pas mes couilles à couper.

De nouveau en mesure de réfléchir de façon cohérente, John était tenté de penser comme le frère. Flhéau était un putain d'égocentrique, fiable comme un serpent à sonnettes. Quand on ne pouvait pas miser sur la moralité d'un individu, on se rabattait sur son narcissisme. Pour cette raison, ce fils de pute était terriblement prévisible.

John en était convaincu – au point qu'il avait franchement l'impression d'avoir déjà vécu ça.

— Serait-il possible qu'il ait été détrôné ? demanda Kolher dans un murmure. Son cher et tendre papa a peut-être décidé que son fils n'était tout compte fait pas si drôle que ça. À moins que le joli jouet flambant neuf de l'Oméga soit cassé… Peut-être y a-t-il une espèce de dégradation dans l'étrange biologie de Flhéau, un défaut qui vient tout juste d'apparaître ? Je veux en outre que nous partions de l'hypothèse qu'il s'agisse d'une embuscade…

Le plan fut approuvé par un large consensus. Fusèrent ensuite quelques blagues salaces au sujet de Flhéau, la question étant de savoir quel genre d'instrument on pourrait lui fourrer dans le cul. Des rangers pointure 48, par exemple, mais ce n'était pas là la proposition la plus originale.

Cela dit, John doutait sérieusement que Rhage puisse garer son 4 × 4 dans le trou du cul de Flhéau, ni même qu'il accepterait de le faire.

Seigneur… quel drôle de retournement de situation. Tout bien réfléchi, ce n'était pas si surprenant que ça… Le fait que ce qu'ils soupçonnaient ait réellement eu lieu. L'Oméga avait la réputation de changer de grand éradiqueur comme de chemise – pour ainsi dire. Et les liens du sang n'étaient pas forcément plus forts que le Mal. En imaginant que Flhéau ait été jeté comme un malpropre, son coup de téléphone à la Confrérie était une manœuvre brillante, un joli doigt d'honneur à son père. D'autant que les éradiqueurs étaient particulièrement faibles dans les heures qui suivaient leur initiation, et donc incapables de se défendre.

Les frères pourraient facilement faire le ménage.

Doux Jésus, songea John. Le destin réservait décidément bien des surprises.

Xhex bouillonnait intérieurement tandis qu'elle se tenait à côté de John dans un bureau qui, si l'on retirait la table de travail et le trône, ressemblait comme deux gouttes d'eau à un boudoir dans un château français.

La voix de Flhéau dans ce téléphone lui fit l'effet d'un lavage d'estomac à l'ammoniaque. Les brûlures et les tiraillements faillirent avoir raison du délicieux sandwich qu'elle venait d'avaler.

Et la certitude de Kolher que John irait venger son honneur ne fit rien pour l'apaiser.

— On va donc tenter une infiltration, déclara le Roi aveugle. Dès la tombée de la nuit, vous prendrez tous la route 149 et…

— J'y vais tout de suite, coupa-t-elle d'une voix forte et claire. Donnez-moi des armes et un couteau et j'irai jeter un coup d'œil sans tarder.

Hum… elle n'aurait pas reçu plus d'attention en jetant une grenade dégoupillée au milieu de la pièce.

Tandis que la grille émotionnelle de John s'assombrissait dangereusement, elle commença le compte à rebours jusqu'à l'explosion.

Trois… deux… un…

— C'est une proposition courageuse, déclara le roi en adoptant un ton mielleux, comme pour ménager sa susceptibilité de femme. Mais je crois qu'il serait préférable…

— Vous ne pourrez pas m'en empêcher, lança Xhex en décroisant les bras… avant de se persuader que non, vraiment, elle ne pourrait pas se battre contre le roi.

Ce dernier esquissa un sourire froid comme la banquise.

— Je suis le souverain de ces lieux. En clair, si je t'ordonne de rester ici, tu obéiras, c'est tout.

— Vous semblez oublier que je suis une *symphathe.* Je ne fais pas partie de vos sujets. En outre, vous êtes suffisamment intelligent pour ne pas prendre le risque d'envoyer vos meilleurs atouts…

Elle fit un geste en direction des frères réunis dans la pièce.

— … dans une embuscade potentielle. Contrairement à eux, je ne vous suis pas indispensable. Réfléchissez-y. Êtes-vous prêt à perdre l'un de vos frères, tout ça parce que vous m'aurez interdit d'aller prendre un peu le soleil aujourd'hui ?

Kolher émit un rire dur.

— Vhen ? J'aimerais entendre ton opinion, en tant que roi de son espèce.

De l'autre côté de la pièce, son ancien patron et ami, en bon salaud qu'il était, la fixa de son regard améthyste qui en savait beaucoup trop.

— *Tu vas te faire descendre,* la prévint-il en pensée.

— *Ne m'interdis pas d'y aller,* répondit-elle. *Je ne te le pardonnerai jamais.*

— *Arrête de prendre des risques comme ça. Je me moque bien de ton pardon. Mais certainement pas de ton bûcher funéraire.*

— *Je ne t'ai pas empêché de monter à la colonie quand tu as dû le faire. Merde, tu m'as lié les poignets pour que je n'y aille pas. Serais-tu en train d'insinuer que je ne mérite pas ma vengeance ? Va te faire foutre.*

La mâchoire de Vhengeance se contracta si fort qu'elle fut étonnée qu'il ne recrache pas des bouts de dents en ouvrant la bouche pour prendre la parole.

— Qu'elle fasse ce que bon lui semble. On ne peut pas sauver quelqu'un qui ne veut pas attraper la putain de bouée.

La colère du mâle aspira presque tout l'oxygène de la pièce, mais Xhex était tellement concentrée que c'était le cadet de ses soucis.

Son obsession valait tout l'oxygène du monde. Et tout ce qui touchait à Flhéau alimentait le feu qui couvait en elle.

— Il me faut des armes, lança-t-elle à la cantonade. Des vêtements en cuir. Et un téléphone.

Kolher émit un grognement sourd. Un peu comme s'il songeait à l'enfermer, malgré l'aval de Vhen.

Elle s'avança dans la pièce et, posant les mains sur le bureau du roi, se pencha vers lui.

— Perdez-moi ou prenez le risque de les perdre tous. Quelle est votre réponse à ça, Votre Altesse ?

Kolher se leva et, l'espace d'un instant, Xhex prit conscience de son incroyable puissance.

— Surveille ton putain de langage sous mon toit, martela-t-il en détachant chaque syllabe.

Xhex inspira profondément pour recouvrer son calme.

— Je vous présente mes excuses. Mais j'aimerais que vous teniez compte de mes arguments.

Dans le silence qui s'étirait, elle sentait l'humeur sinistre de John dans son dos. Même si elle parvenait à convaincre le roi du bien-fondé de sa proposition, elle devrait encore affronter le mâle posté près de la porte. Quoi qu'il en soit, rien ni personne ne l'arrêterait.

Kolher émit un chapelet de jurons.

— Très bien. Vas-y. En aucun cas je ne porterai la responsabilité de ta mort.

— Votre Altesse, vous n'avez jamais été responsable de moi. Ce rôle me revient. Et ce n'est pas une couronne, qu'elle soit sur votre tête ou sur une autre, qui changera les choses.

Kolher se tourna vers V.

— Je veux que cette femelle soit armée jusqu'aux dents, marmonna-t-il.

— Pas de problème. Je m'en occupe.

Emboîtant le pas à Viszs, elle s'immobilisa devant John, regrettant de ne pas avoir d'autre carte à abattre. Surtout lorsqu'il serra son biceps comme un étau. Mais c'était ainsi : une occasion se présentait à elle et elle comptait bien en profiter jusqu'au coucher du soleil. Et si, par chance, elle trouvait des indices lui permettant de localiser Flhéau, elle n'hésiterait pas à les exploiter pour buter ce sale bâtard. Lorsque la nuit tomberait, John et la Confrérie se rendraient sur les lieux pour vérifier l'information… et n'hésiteraient pas à massacrer leur cible.

Il était clair que Flhéau devait payer pour ce qu'il lui avait fait, mais elle tenait à s'en occuper personnellement. Elle avait toujours fonctionné comme ça avec ceux qui lui faisaient du mal : c'était elle et personne d'autre qui se chargeait de les éliminer, et tous les moyens étaient bons pour parvenir à ses fins.

À voix basse pour que personne d'autre que John ne puisse entendre, elle dit :

— Tu n'as pas besoin de me protéger et tu sais *exactement* pourquoi je dois me charger de cette affaire. Si tu m'aimes autant que tu le prétends, tu vas lâcher mon bras. Avant que je me libère moi-même.

En le voyant pâlir, elle espéra de toutes ses forces ne pas être obligée d'en arriver à cette extrémité.

Mais non, elle n'eut pas à le faire. John relâcha son étreinte.

Elle marcha jusqu'à la porte et passa devant V. en aboyant par-dessus son épaule :

— Le temps passe, Viszs. Il me faut de l'artillerie.

Chapitre 48

Lorsque Xhex partit avec V., la première idée de John fut d'aller se planter devant la porte d'entrée principale pour l'empêcher de sortir – physiquement.

La seconde fut de l'accompagner… au risque de se transformer en torche vivante.

Seigneur Dieu, chaque fois qu'il croyait avoir franchi un nouveau cap avec elle, on lui tirait le tapis sous les pieds et la chute était toujours plus dure, plus cruelle : elle venait de se porter volontaire pour se rendre dans un endroit inconnu qu'elle-même jugeait trop dangereux pour les frères ! Et elle partait seule, sans renfort, ne laissant à John aucun moyen de lui porter secours si les choses tournaient mal.

En voyant Kolher et Vhen apparaître dans son champ de vision, il reprit contact avec la réalité et s'aperçut que le bureau était désert. Il n'y avait plus que Vhif, toujours posté au même endroit, les yeux braqués sur son portable d'un air contrarié.

Vhengeance exhala un long soupir, partageant clairement les préoccupations de John.

— Écoute, je…

John signa à la vitesse de l'éclair :

— *Qu'est-ce qui te prend, putain, de la laisser partir comme ça ?*

Vhen passa une main dans son iroquois coupé en brosse.

— Je veillerai sur elle…

— *Tu peux pas sortir en plein jour. Comment comptes-tu t'y prendre, bordel ?*

Vhen émit un grognement.

— Je te conseille de te calmer, gamin.

Ah. Bien sûr. Ce n'était vraiment pas le genre de truc à dire à John dans un moment pareil. Ce dernier alla se poster dans la grille émotionnelle de Vhen et, dévoilant ses crocs, lui transmit un message fort et clair :

— *C'est ma femelle qui s'apprête à sortir. Seule. Alors, tes conseils, tu peux te les coller où je pense.*

Lâchant un juron, Vhen toisa John d'un regard dur.

— À ta place, je ne m'emballerais pas trop sur les formules possessives. Xhex roule pour elle et personne d'autre, tu piges ?

John eut très envie de lui balancer un bon coup de poing dans la gueule, histoire de lui faire comprendre sa façon de penser.

Vhen laissa échapper un rire rauque.

— Tu veux te battre ? Pas de souci.

Il se débarrassa de sa canne rouge et posa son manteau de zibeline sur le dossier d'une chaise sculptée.

— Mais ça ne changera rien. Tu crois que tu peux lire ses pensées mieux que moi, peut-être ? Tu n'étais même pas né que je la connaissais déjà.

— *Tu te trompes,* songea John, étonné par cette réflexion sortie de nulle part.

Kolher se posta entre eux.

— OK, OK, OK… Du calme, les gars. Vous avez sous vos pieds un magnifique tapis d'Aubusson. Si vous mettez du sang dessus, Fritz me fera passer un sale quart d'heure, je n'ose même pas imaginer.

— Écoute, John, je ne dis pas ça pour t'emmerder, marmonna Vhen. Simplement, je sais que l'aimer n'est pas une sinécure. Ce n'est pas sa faute si elle est comme ça, mais ça rend la vie des autres infernale, crois-moi.

John baissa les poings. Merde, malgré son envie de monter au créneau, il ne pouvait s'empêcher de penser que l'enfoiré aux yeux violets avait sans doute raison.

Pourquoi *sans doute* ? Il avait raison, point barre. John l'avait appris à ses dépens. Trop souvent.

— *Bordel de merde,* articula-t-il.

— Ouais, ça rejoint à peu près mes pensées.

Quittant le bureau, John descendit dans le hall d'entrée avec le vain espoir qu'il réussirait à la faire changer d'avis. Comme il faisait les cent pas sur le sol de mosaïque, traçant des chemins imaginaires entre les branches du pommier, il songea aux moments qu'ils venaient de partager. Comment était-il possible de se rapprocher et se déchirer aussi intensément, en un laps de temps aussi court ?

Et s'il avait simplement imaginé ce sentiment d'intimité qu'il avait cru réciproque ? S'il s'était mépris sur les réactions de Xhex… pauvre idiot romantique qu'il était…

Dix minutes plus tard, Xhex et V. émergèrent de la porte dérobée sous le grand escalier.

John la regarda traverser le vestibule à grandes enjambées. Elle avait retrouvé l'apparence de la Xhex qu'il avait connue avant son enlèvement : pantalon de cuir noir, bottes noires, débardeur noir. Elle tenait à la main une veste en cuir et était harnachée d'une quantité d'armes impressionnante.

Elle marqua une pause en arrivant à sa hauteur. Quand leurs regards se nouèrent, John lui fut presque reconnaissant qu'elle ne lui balance pas une réplique ridicule, du genre « Tout va bien se passer ». En même temps, il comprit que rien de ce qu'il pourrait dire ne l'empêcherait d'accomplir la mission qu'elle s'était donnée. Une détermination implacable assombrissait son regard.

À cet instant précis, il eut presque du mal à croire qu'elle l'avait pris dans ses bras.

Dès que V. ouvrit la porte du vestibule, elle pivota sur ses talons et disparut sans un mot, sans un regard en arrière.

Viszs referma derrière elle. Les yeux fixés sur les lourds battants, John eut soudain hâte de les ouvrir pour sortir à son tour. L'attente risquait d'être longue, putain.

Le crachotement d'un briquet suivi d'une lente inhalation l'arracha à ses pensées.

— Je lui ai donné le meilleur, toutes catégories confondues. Des 40 mm. Viseurs de haute précision. Trois chargeurs pour chaque flingue. Deux couteaux. Un portable neuf. Et elle sait parfaitement se servir de tout ça.

La lourde main de V. se referma sur son épaule, qu'il serra brièvement, puis le frère s'éloigna, martelant le sol d'un rythme sourd. L'instant d'après, la porte dérobée se referma derrière lui tandis qu'il descendait vers le tunnel pour regagner la Fosse.

Il n'y avait rien de plus détestable que ce sentiment d'impuissance qui le tenaillait. Son esprit se mit à bourdonner, exactement comme quand Xhex l'avait retrouvé assis par terre, dans les douches des vestiaires.

— Tu viens regarder la télé ?

John fronça les sourcils en entendant la voix posée. Il jeta un coup d'œil sur sa droite. Dans la salle de billard, Tohr était assis sur le sofa, face à l'écran plat géant suspendu au-dessus de la cheminée. Ses rangers reposaient sur la table basse, son bras gauche était glissé sur le dossier du canapé et il tenait la télécommande dans l'autre main.

Il ne regarda pas John, ne dit rien d'autre et continua simplement à zapper.

Faire des choix, toujours, tout le temps, songea John.

Il pouvait s'élancer à la poursuite de Xhex et griller sur place. Rester devant la porte d'entrée comme un bon toutou. S'écorcher vif à l'aide d'un couteau. Se bourrer la gueule jusqu'au coma éthylique.

Depuis la salle, il perçut un grondement étouffé puis les cris d'une foule terrifiée.

Piqué par la curiosité, il entra dans la pièce et vint se poster devant la table de billard. Par-dessus la tête de Tohr, il regarda Godzilla foutre une trouille bleue à un ravissant top-model dans les rues animées de Tokyo.

Tiens, ça lui donnait des idées.

Il se dirigea vers le bar, se servit un whisky puis alla s'asseoir sur le canapé, à côté de Tohr. Comme lui, il posa ses pieds sur la table.

Les yeux rivés sur l'écran de télé, il savoura le feu de l'alcool dans sa bouche puis le long de sa gorge, et cette sensation de chaleur intense ralentit la turbine de son cerveau. Légèrement d'abord, puis de plus en plus sensiblement.

La journée s'annonçait éprouvante mais il n'envisageait plus de se suicider à grands coups de soleil, c'était déjà ça.

Un moment plus tard, il prit conscience de la présence de Tohr à son côté. Ils étaient tous deux confortablement installés, comme ils le faisaient souvent chez eux, quand Wellsie était encore en vie.

Seigneur, il était tellement remonté contre lui depuis quelque temps qu'il avait oublié la sensation de bien-être qu'il éprouvait en présence du frère : c'était comme s'ils partageaient ce genre de moments depuis une éternité, tous les deux devant un feu de cheminée, un verre à la main, terrassés par la fatigue et le stress.

Tandis que Mothra le papillon géant débarquait pour affronter le monstre, John songea à son ancienne chambre.

Il se tourna alors vers Tohr.

—*Au fait, quand je suis passé à la maison, cette nuit…*

—Elle m'a expliqué, coupa Tohr en portant son verre à ses lèvres. Pour la baie vitrée.

—*Je suis désolé.*

—Pas de souci. Ça se répare facilement, ce genre de trucs.

Exact, pensa John en reportant son attention sur l'écran de télé. *Contrairement à tant d'autres choses.*

De l'autre côté de la pièce, Lassiter laissa échapper un soupir à fendre l'âme, un peu comme si quelqu'un venait de lui trancher la jambe et qu'il n'y avait aucun médecin en vue.

— Je n'aurais jamais dû te donner la télécommande. C'est juste un type ordinaire déguisé en monstre qui se bat contre une *piñata* géante. Allez, je suis en train de louper *Maury.*

— Quel dommage !

— Les tests de paternité, Tohr. Tu es en train de censurer l'émission sur les tests de paternité. Ça craint.

— Pour toi, sans doute.

Tohr ne changea pas de chaîne et John renversa la tête sur les coussins en cuir.

En songeant à Xhex, seule dehors, il eut l'impression qu'on l'avait empoisonné. Le stress agissait comme une toxine dans son sang, provoquant des vertiges et des nausées accompagnés d'une sensation de malaise globale.

Il repensa au baratin pathétique qu'il s'était fait avant de la retrouver. Comme quoi c'était à lui de gérer ses sentiments et que, même si elle ne l'aimait pas, il continuerait à l'aimer en la laissant vivre sa vie, patati patata.

Conneries, oui…

Parce qu'en réalité il ne supportait pas l'idée de la savoir seule, exposée au danger. Sans lui. Même s'il était clair qu'elle n'en faisait qu'à sa tête.

Le pire, c'est qu'il y avait fort à parier qu'elle réussirait à coincer Flhéau avant la tombée de la nuit, au moment où John serait enfin libre de se lancer à son tour dans la bataille. En un sens, peu importait qui des deux descendrait cette ordure le premier. Le problème, c'est que John ne raisonnait plus de manière cohérente quand il s'agissait de Flhéau. Son être profond ne tolérerait plus aucune faiblesse de sa part… et il était hors de question qu'il reste là, assis à rien faire, pendant que sa femelle tenterait de tuer le fils du Mal, au risque d'être mortellement blessée.

Sa femelle…

Ah, mais… ce n'était pas tout à fait ainsi que ça fonctionnait. Non, ce n'était pas parce qu'il avait son nom tatoué dans le dos qu'elle lui appartenait… C'était juste une série de lettres incrustées dans sa peau à l'encre noire. En réalité, c'était lui qui appartenait à Xhex, ce qui était différent. Carrément différent.

Ça voulait dire, par exemple, qu'elle pouvait partir quand bon lui semblait.

Ce que, d'ailleurs, elle ne s'était pas gênée pour faire.

Merde. Mieux que quiconque, Vhen avait parfaitement résumé la situation : elle roulait pour elle, et personne d'autre.

Et ce n'était pas une partie de jambes en l'air, si époustouflante soit-elle, qui allait changer la donne.

Ni le fait qu'elle ait emporté son cœur avec elle dans la lumière du jour. Que cela lui plaise ou non.

Une fois dans sa chambre, Vhif se dirigea directement vers la salle de bains d'un pas étonnamment sûr. Il était quelque peu éméché quand on l'avait convoqué à la réunion au pied levé, mais l'idée de savoir la femelle de John dehors, en plein jour, prête à se rendre seule sur les lieux du chaos, l'avait dessoûlé instantanément. Une bonne vieille gifle n'aurait pas fait mieux.

Deux soucis pour le prix d'un, sympa…

Parce que Blay était dehors, lui aussi.

Bon, il n'était pas seul. Mais il était sans protection.

Il avait reçu un texto d'un numéro inconnu : « Je passe la journée avec Saxton. Je rentrerai quand le soleil sera couché. »

C'était Blay tout craché, ce genre de texto sans aucune abréviation, avec des tournures grammaticales toujours correctes, comme si la simple idée d'écorcher la langue de Shakespeare lui donnait la nausée.

Blay était marrant, pour ça. Toujours propre sur lui et tout le bazar. Le genre de mec à se changer avant les repas, troquant son futal en cuir et son tee-shirt contre une chemise avec des boutons de manchette et un pantalon bien repassé. Il prenait au moins deux douches par jour, plus s'il se battait. Et Fritz pétait un câble quand il passait faire le ménage dans sa chambre parce que tout était hyper *clean*, hyper bien rangé.

Il avait des manières irréprochables à table, écrivait des petits mots de remerciement tellement courtois qu'on avait envie de les déchirer et il ne jurait jamais, au grand jamais, en présence de la gent féminine.

Seigneur… Saxton était fait pour lui.

À cette pensée, les épaules de Vhif s'affaissèrent. Il n'imaginait même pas le genre de conversation pleine de mots compliqués que devaient tenir ces deux-là en ce moment même.

Les auteurs du *Petit Larousse* devaient se réjouir…

En proie à une sensation de vertige, Vhif alla s'asperger le visage d'eau froide et resta sous le jet jusqu'à ce que ses joues lui picotent et que le bout de son nez s'engourdisse. En se séchant, il repensa au studio de tatouage et au petit coup vite fait avec l'assistante du tatoueur.

Le rideau séparant les deux pièces était assez fin pour qu'il puisse assister à leurs ébats. Ses yeux étaient peut-être de deux couleurs différentes, ils n'en demeuraient pas moins sacrément perçants. Il voyait tout, et tout le monde. Et quand la nana s'était agenouillée devant lui, il avait tourné la tête et croisé… le regard de Blay.

La bouche humide dans laquelle il enfonçait son pieu était alors brusquement devenue celle de son meilleur ami, et il était passé sans transition de la satisfaction de ses instincts primitifs à quelque chose d'incendiaire.

Quelque chose d'important.

Quelque chose de brut, d'érotique… à en perdre la tête.

Pour toutes ces raisons, Vhif l'avait obligée à se lever et se retourner pour la prendre en levrette. Et tandis qu'il basculait dans son fantasme, il avait soudain pris conscience que Blay l'observait… et la donne avait changé. Il s'était brusquement senti obligé de revenir à la réalité, de voir qui il était en train de baiser. C'est pourquoi il avait relevé le visage de la fille pour se forcer à la regarder dans les yeux.

Il n'avait pas joui.

Au moment où elle avait pris son pied, il avait feint l'orgasme. Mais, en réalité, son érection avait commencé à piquer du nez lorsqu'il l'avait dévisagée. Au soulagement de Vhif, elle n'avait pas senti la différence tant elle avait mouillé pour deux. Sans compter qu'il avait parfaitement joué la comédie : expression repue, sourire satisfait et tout le bordel.

Alors que ç'avait été une pure mascarade.

Combien de filles avait-il baisées de la même manière au cours de sa vie, à la va-vite et sans un regard en arrière ? Des centaines. Et des centaines. Alors même qu'il n'avait commencé à goûter aux joies du sexe qu'un an et demi plus tôt. Le truc, c'est que toutes ces nuits passées au *Zero Sum*, à choper trois ou quatre nanas d'un coup, faisaient vite grimper le compteur.

Il avait souvent partagé des filles avec Blay, d'ailleurs. S'ils n'avaient jamais eu de rapport entre eux au cours de ces orgies improvisées dans les toilettes privées du club, ils avaient eu tout le loisir de se mater en pleine action. Et de se poser des questions. Et de se masturber de temps à autre, lorsque certaines images torrides resurgissaient.

C'est ainsi que ça se passait pour Vhif, en tout cas.

Cet épisode de leur vie avait pris fin brutalement quand Blay avait pris conscience qu'il était homo et amoureux.

Vhif n'avait pas approuvé son choix. Mais pas du tout. Un type comme Blaylock méritait beaucoup mieux que ça. Beaucoup mieux.

Le destin avait abondé dans son sens, semblait-il. Saxton était un gars bien. De A à Z.

L'enfoiré.

Scrutant le miroir au-dessus du lavabo, Vhif ne put rien discerner parce qu'il faisait complètement noir dans la salle de bains et la chambre à coucher. Et c'était peut-être mieux ainsi.

Parce qu'il vivait dans un vaste mensonge et qu'il en prenait conscience dans des moments de tranquillité comme celui-ci... avec une telle force que cela lui donnait la nausée.

Il songea à son avenir, à ses plans à long terme... ah, ses plans tellement louables.

Tellement « normaux ».

Une union avec une femelle de bonne famille. En aucun cas une relation durable avec un mâle.

À sa décharge, les types comme lui, ceux qui avaient pour ainsi dire un défaut de fabrication, par exemple un iris bleu et l'autre vert... ces types-là étaient méprisés par l'aristocratie à cause de leur malformation génétique. Ils n'étaient que des sources d'embarras qu'il fallait cacher à tout prix, des secrets honteux qu'on devait enterrer. Il avait passé des années à regarder sa sœur et son frère, placés sur un piédestal par les membres de la famille, alors que tous ceux qui croisaient son chemin formulaient des prières rituelles pour chasser le mauvais œil.

Son propre père l'avait toujours détesté.

Inutile d'être diplômé en psychologie pour comprendre d'où venait son besoin de « normalité ». S'unir avec une femelle respectable, si tant est qu'il en trouve une prête à se mettre en couple avec un mâle frappé d'une déficience génétique, était la seule voie d'accès à cette étiquette tant convoitée.

Vhif savait que ses projets tomberaient à l'eau s'il s'approchait trop de Blay.

Il savait aussi qu'une seule fois suffirait pour qu'il n'ait plus du tout envie de quitter son meilleur ami.

Les frères avaient des idées très ouvertes au sujet de l'homosexualité. Ils la toléraient sans problème. Viszs avait entretenu plusieurs relations de ce type et personne n'avait jamais froncé les sourcils, personne ne l'avait jugé. À croire que tout le monde s'en foutait. Il restait avant tout V., leur frère. Vhif avait lui aussi franchi la ligne plusieurs fois, juste pour le *fun*, c'était de notoriété publique et personne ne s'en était soucié.

Mais il en allait tout autrement avec la *glymera*.

Et ça le foutait hors de lui de se préoccuper encore de l'opinion de tous ces enfoirés. Sa famille avait disparu et le noyau dur de l'aristocratie s'était dispersé le long de la côte Est ; il n'avait donc aucun contact quotidien avec cette bande de coincés du cul. Pourtant, c'était plus fort que lui : il se faisait l'effet d'un chien trop bien éduqué pour pouvoir oublier leur existence, tout simplement.

Impossible de faire son *coming out*.

Quelle ironie ! Sous ses allures de gros dur que rien n'effraie, il n'était qu'un sale dégonflé.

Il eut soudain très envie de balancer son poing dans le miroir, même s'il ne voyait rien d'autre qu'un grand trou noir.

— Monsieur ?

Il ferma les yeux dans l'obscurité.

Merde. Il avait oublié que Layla était encore dans son lit.

Chapitre 49

Xhex ne connaissait pas l'adresse exacte de la ferme, aussi se dématérialisa-t-elle dans un bosquet, le long de la route 149. Puis elle prit le temps de humer l'air pour décider de la direction à suivre : le vent venait du nord et, lorsqu'elle saisit l'odeur à peine perceptible du talc pour bébé, elle remonta la piste, se projetant tous les cent mètres à travers les champs de maïs coupés, fatigués par les rafales de vent et de neige.

L'air printanier lui chatouillait les narines et les rayons du soleil réchauffaient son visage lorsque la brise retombait. Tout autour, les silhouettes squelettiques des arbres s'auréolaient de vert tendre tandis qu'apparaissaient les premiers bourgeons, attirés par la promesse d'heures plus douces.

C'était une belle journée.

Pour une expédition meurtrière.

Lorsque la puanteur dégagée par les éradiqueurs envahit ses narines au point qu'aucune autre odeur n'était décelable, elle dégaina l'un des couteaux que lui avait remis Viszs, consciente de toucher au but…

Reprenant forme près d'une rangée d'érables, Xhex se figea.

— Oh… merde.

La ferme n'avait rien d'un paysage de carte postale : c'était une bâtisse délabrée en bordure d'un champ de maïs, encerclée de pins et de broussailles. C'était une bonne chose qu'il y ait une pelouse, cela dit.

Autrement, les cinq voitures de police garées en épi devant la porte d'entrée n'auraient pas eu la place d'ouvrir leurs portières.

Usant du pouvoir des *symphathes* pour se dissimuler, elle se dirigea vers une fenêtre et jeta un coup d'œil à l'intérieur.

Super timing : elle arriva pile au moment où l'un des gradés de la police de Caldwell vomissait dans un seau.

À sa décharge, il y avait de quoi se sentir mal. La maison semblait avoir été inondée de sang humain. Pas « semblait », d'ailleurs. Avait été inondée de sang, au point qu'elle en perçut le goût cuivré sur sa langue alors même qu'elle était toujours à l'extérieur.

On se serait cru dans la pataugeoire de Michael Myers, le tueur psychopathe de *Halloween*.

Les flics arpentaient le salon et la salle à manger, se déplaçant avec précaution non seulement parce qu'ils évoluaient sur les lieux du crime, mais aussi pour éviter d'éclabousser leurs pantalons.

Il n'y avait pas de cadavre, cela dit. Pas le moindre corps en vue.

Autrement dit rien de décelable.

Des éradiqueurs en devenir se trouvaient toutefois dans la maison. Elle en dénombrait seize. Mais Xhex ne pouvait pas les voir et les flics non plus. Pourtant, d'après ce qu'elle percevait de la scène, les hommes étaient carrément en train de les piétiner.

Encore une manœuvre de Flhéau ?

Qu'est-ce qu'il foutait, bordel ? Il avait appelé les frères pour les informer de la tuerie… et avait prévenu les flics ensuite ? À moins que quelqu'un d'autre ne les ait alertés.

Elle avait besoin de réponses…

Une espèce de résidu noir comme de l'encre était mélangé au sang. Sourcils froncés, l'un des enquêteurs était en train d'en étudier un échantillon. Le dégoût se lisait sur ses traits.

Ouais… cette quantité de merde visqueuse ne suffisait pas à expliquer la puissance de l'odeur douceâtre qui l'avait menée là. Il fallait donc en conclure que les initiations avaient réussi et que les types qui se cachaient étaient tout sauf humains.

Elle jeta un coup d'œil autour d'elle, scrutant la forêt qui entourait la ferme. Où était passé le gigolo de l'Oméga, dans tout ça ?

Glissant le long de la bâtisse, elle aperçut un facteur qui répondait aux questions d'un flic. Le pauvre semblait à deux doigts de la crise de nerfs.

Le service postal au service de l'ordre… C'était donc lui, très probablement, qui avait donné l'alerte.

Toujours invisible, Xhex se contenta d'observer la scène. Elle regarda les flics faire leur boulot, luttant en permanence contre de violentes nausées. Et elle attendit que Flhéau fasse son apparition – lui, ou n'importe quel autre éradiqueur, d'ailleurs. Lorsque les équipes de télé débarquèrent une minute et demie plus tard, elle regarda une femme blonde, presque belle, faire un résumé de la situation à grand renfort de mimiques et de gestes gracieux. La caméra était installée sur la pelouse. Dès que l'enregistrement fut terminé, la blonde entreprit de harceler les flics pour tenter de glaner des informations supplémentaires. De guerre lasse, ces derniers l'autorisèrent à aller jeter un coup d'œil à l'intérieur.

Et là, la journaliste hyper pro s'effondra littéralement.

En la voyant s'évanouir dans les bras d'un type en uniforme, Xhex leva les yeux au ciel avant de regagner l'arrière de la bâtisse.

Merde. Autant se mettre à l'aise tout de suite. Elle avait débarqué là la fleur au fusil mais, comme c'était souvent le cas en temps de guerre, elle se trouvait condamnée à attendre que l'ennemi se dévoile.

— Surprise !

Elle fit volte-face tellement vite qu'elle faillit perdre l'équilibre. La seule chose qui l'empêcha de tomber fut la dague qu'elle brandit haut devant elle, prête à frapper.

— J'aurais bien aimé prendre ma douche avec toi.

Blay manqua de s'étrangler avec le café qu'il venait de préparer. Saxton, lui, continua à boire le sien posément. À croire qu'il prenait un malin plaisir à mettre Blay dans ce genre de situation embarrassante.

— J'adore te surprendre.

C'était peu dire. Pour couronner le tout, handicapé comme il l'était avec ses fichus gènes de rouquin, il ne put dissimuler le rouge qui lui montait aux joues. Autant essayer de cacher une voiture dans sa poche.

— Tu sais, la protection de l'environnement est une question importante. Réduire sa consommation d'eau, et tout ça. Soyons verts… et nus.

En peignoir de soie, Saxton était adossé contre les oreillers de satin tandis que Blay était allongé sur le flanc au bout du lit, sur la couette moelleuse impeccablement tirée. La lueur des bougies conférait à l'ambiance un côté magique, les flammes vacillantes effaçant tous les contours, toutes les limites.

Saxton était magnifique dans ses draps chocolat. Ses cheveux épais et blonds ondulaient naturellement ; on les aurait crus sculptés alors même qu'il n'avait mis ni gel ni laque. Avec ses paupières mi-closes et son torse lisse, il était prêt et tout disposé à satisfaire les envies de Blay. Son odeur était un signe qui ne trompait pas.

Voilà en tout cas ce qu'il ressentait. Physiquement, c'était une autre affaire : son visage était encore tuméfié, ses lèvres gonflées – certainement pas du fait de baisers – et il bougeait avec précaution, comme si son corps était couvert d'hématomes.

Ce qui n'était pas cool du tout. Il s'était écoulé presque douze heures depuis l'agression, et ses blessures auraient déjà dû cicatriser. C'était un aristocrate, après tout, d'une lignée pure.

— Oh, Blaylock, que fais-tu ici, vraiment ? reprit Saxton en secouant la tête. Je ne sais toujours pas pourquoi tu es venu.

— Il était hors de question que je te laisse seul.

— Tu aimes jouer au héros, n'est-ce pas ?

— Il n'y a rien d'héroïque à veiller sur quelqu'un.

— Ne te sous-estime pas, veux-tu ? répliqua Saxton d'un ton bourru.

Blay ne put s'empêcher de se poser des questions. Il avait été égal à lui-même tout au long de la matinée et de l'après-midi : calme, posé, un brin sarcastique. Pourtant, il avait subi une agression. Violente.

— Tu te sens bien ? demanda Blay avec douceur. Vraiment bien ?

Saxton baissa les yeux sur son café.

— J'ai parfois du mal à comprendre l'humanité, tu sais. Pas seulement l'espèce des hommes, la nôtre aussi.

— Je suis désolé. Pour la nuit passée.

— Le point positif, c'est que cet épisode t'aura conduit dans mon lit, répondit Saxton en esquissant un semblant de sourire avec ses lèvres déformées. Ce n'était pas exactement le chemin auquel j'avais pensé pour t'y attirer… mais je te trouve très beau dans la clarté des bougies. Tu as le corps d'un soldat et le visage d'un universitaire. Et le mélange est tout à fait… étourdissant.

Blay vida sa tasse d'un trait, manquant une fois de plus de s'étrangler. Les paroles de Saxton le troublaient infiniment.

— Veux-tu un autre café ?

— Pas pour le moment, merci. Il était excellent, parfaitement dosé, fit observer Saxton en reposant sa tasse et sa soucoupe sur sa table de chevet.

Il se redressa contre ses oreillers en gémissant. Se forçant à détacher le regard de son hôte, Blay posa sa soucoupe sur le coffre de lit et examina la pièce. D'après ce qu'il avait vu lors de ses expéditions dans la cuisine, le rez-de-chaussée était de style victorien, avec du mobilier en acajou massif, des tapis orientaux et des couleurs riches, magnifiques. Le sobre et le classique n'étaient plus de mise à la cave, en revanche. Dans le sous-sol, en effet, l'ambiance était très « boudoir à la française », avec des coiffeuses en bois et marbre, des commodes, des tapis au point de croix. Beaucoup de tentures en satin… et des dessins au fusain de mâles superbes à demi allongés… un peu comme Saxton en ce moment.

Moins le peignoir.

— Tu aimes mes estampes ? demanda Saxton d'un ton suave.

Blay ne put s'empêcher de rire.

— Quelle réplique !

— Il m'arrive de l'utiliser, je ne te le cacherai pas.

Tout à coup, l'image de Saxton en train de faire l'amour sur ce lit, son corps nu enchevêtré avec celui d'un autre mâle, surgit dans son esprit.

Consultant discrètement sa montre, il vit qu'il lui restait encore sept heures à passer à cet endroit. Désirait-il que le temps s'écoule lentement ou à la vitesse de l'éclair ? Pour être franc, il ne le savait pas.

Fermant les yeux, Saxton soupira et frissonna simultanément.

— Quand t'es-tu nourri pour la dernière fois ? demanda Blay.

Les paupières lourdes s'entrouvrirent, dévoilant des yeux gris étincelants.

— Tu te portes volontaire, c'est ça ?

— Je voulais dire à la veine d'une femelle.

Saxton grimaça en se carrant contre les oreillers.

— Ça fait un petit moment. Mais je vais bien.

— Ta figure ressemble à un échiquier.

— Tu sais tourner les compliments, dis-moi.

— Je ne plaisante pas, Saxton. Tu ne veux pas me montrer ce qu'il y a sous ce peignoir mais si je prends ton visage comme témoin, ça ne doit pas être beau à voir.

En guise de réponse, il n'obtint qu'un vague murmure d'assentiment.

— Qui se dérobe, maintenant ?

Il y eut un long silence.

— Saxton, je vais trouver quelqu'un qui pourra te nourrir.

— Tu gardes des femelles dans la poche arrière de ton pantalon ?

— Puis-je utiliser ton téléphone, de nouveau ?

— Je t'en prie.

Blay se leva et alla dans la salle de bains, préférant avoir un peu d'intimité car il ne savait pas quel chemin prendrait sa conversation.

— Tu aurais pu utiliser ce téléphone-là, lança Saxton au moment où il refermait la porte.

Blay revint dix minutes plus tard.

— Je ne savais pas que ça allait aussi vite avec Meetic, murmura Saxton en gardant les paupières closes.

— J'ai des relations.

— On dirait, oui.

— Quelqu'un passera te prendre à la tombée de la nuit.

Cette fois, Saxton ouvrit les yeux.

— Qui ça ? Pour aller où ?

— On s'occupe de tout, ne t'inquiète pas.

Saxton inspira profondément avant d'exhaler dans un sifflement.

— Serais-tu en train de voler à mon secours pour la deuxième fois, Blaylock ?

— C'est compulsif, chez moi.

Sur ce, il alla s'allonger sur une méridienne. Tirant sur ses jambes une couverture en fourrure, il souffla la bougie et se mit à l'aise.

— Blaylock ?

Seigneur, cette voix. Si basse et si posée dans la pénombre.

— Oui.

— Tu me fais passer pour un hôte exécrable.

Il marqua une pause avant d'ajouter :

— Tu ne peux pas dormir sur cette méridienne.

— Ça va aller, ne t'inquiète pas.

Le silence les enveloppa de nouveau.

— Tu ne le tromperais pas en venant t'allonger à côté de moi. Je ne suis pas en état de m'attaquer à ta vertu, et même si je l'étais, je te respecte trop pour te mettre dans une situation délicate. Sans compter que ta chaleur me ferait bien. J'ai froid et je n'arrive pas à me réchauffer.

Blay aurait tout donné pour une cigarette.

— Je ne le tromperais pas même si… je veux dire, si nous allions plus loin, toi et moi. Parce qu'il n'y a jamais rien eu avec lui. Rien d'autre que de l'amitié, en tout cas.

C'était précisément pour cette raison que la situation avec Saxton était vachement bizarre. Blay avait l'habitude de se trouver devant une porte close qui l'empêchait d'obtenir ce qu'il désirait sans doute le plus au monde. Saxton lui proposait une ouverture, un passage qu'il pourrait aisément franchir… et la pièce qui l'attendait de l'autre côté semblait extraordinaire.

Blay hésita, l'espace d'une minute. Puis, comme dans un film au ralenti, il repoussa la fourrure blanche et se leva.

Alors qu'il traversait la chambre, Saxton bougea légèrement pour lui faire de la place puis souleva les draps et l'édredon. Blay hésita de nouveau.

— Je ne mords pas, murmura Saxton d'un ton suave. Sauf quand on me le demande.

Blay se glissa entre les draps de satin… et comprit aussitôt pourquoi les peignoirs en soie étaient le nec plus ultra. C'était doux, tellement doux.

Ils donnaient une sensation de nudité plus intense encore que la nudité elle-même.

Saxton se tourna sur le côté pour faire face à Blay… et gémit de douleur.

— Merde.

Lorsqu'il se remit sur le dos, Blay glissa un bras sous sa nuque et Saxton se blottit aussitôt dans le creux de son biceps.

Les bougies s'éteignirent une à une. Seule la votive dans la salle de bains resta allumée.

Saxton frissonna et Blay se rapprocha.

— Bon sang, tu es gelé.

Attirant le mâle dans ses bras, il le tint serré contre lui pour lui communiquer sa chaleur.

Ils restèrent ainsi, immobiles, pendant ce qui sembla durer une éternité… et Blay se surprit à caresser l'épaisse tignasse blonde et soyeuse. C'était exquis… doux et souple aux pointes.

Et ça sentait les épices.

— C'est divin, murmura Saxton.

Blay ferma les yeux et inspira profondément.

— Je suis d'accord.

Chapitre 50

— Qu'est-ce que vous foutez ici, tous les deux ? murmura Xhex en abaissant sa dague.

L'expression de Trez mêlait l'amusement et la résignation, comme s'il avait anticipé sa réaction.

— Vhen nous a appelés.

Comme d'habitude, iAm, à côté de son frère, ne pipa mot, se contentant de hocher la tête en croisant les bras, tel un chêne planté là pour l'éternité. Tandis que les Ombres jumelles la dévisageaient en silence, personne d'autre qu'elle ne les voyait ni ne les entendait.

L'espace d'un instant, Xhex déplora leur discrétion. Pas facile de balancer un coup de genou dans les couilles de ces deux fouineurs tant qu'ils conservaient leur apparence spectrale.

— On ne s'embrasse pas ? lança Trez à mi-voix sans la quitter des yeux. Ça fait un bout de temps qu'on ne t'a pas vue.

Choisissant une fréquence que ni les humains ni les éradiqueurs ne risquaient de percevoir, elle marmonna :

— J'aime pas les embrassades.

L'instant d'après, elle lâchait un juron en enlaçant les deux abrutis de service. Les Ombres étaient d'ordinaire particulièrement pudiques en ce qui concernait leurs émotions ; elles étaient beaucoup plus difficiles à percer à jour que les humains et les vampires, mais, cette fois, Xhex percevait clairement leur peine quant à l'épreuve qu'elle avait traversée.

Comme elle s'apprêtait à s'écarter, Trez resserra son étreinte en frissonnant.

— Je suis… Doux Jésus, Xhex… On a bien cru ne jamais te revoir…

Elle secoua la tête.

— Arrête. Je t'en prie. Le moment est mal choisi pour ce genre d'effusions et on ne pourrait songer à pire endroit que celui-ci. Je vous aime tous les deux, vous le savez bien, et je suis en pleine forme. Alors, c'est bon, on arrête là.

En pleine forme… c'était peut-être un peu exagéré. Tant qu'elle ne pensait pas à John, coincé à la Confrérie, probablement en train de devenir fou. Grâce à elle.

L'histoire n'était donc qu'un éternel recommencement.

— T'as raison, on risque de broyer du noir si on continue comme ça.

Trez esquissa un sourire, dévoilant des crocs d'une blancheur éclatante sur son visage d'ébène.

— On est juste contents que tu ailles bien.

— C'est clair. Je ne serais pas ici, sinon.

— Ça, j'en suis pas si sûr, souffla Trez en jetant un coup d'œil par la fenêtre en même temps que son frère. Waouh. Quelqu'un s'est éclaté, là-dedans.

Une rafale de vent apporta de nouveaux effluves de talc pour bébé, en provenance d'une autre direction. Leurs trois têtes pivotèrent dans un même élan.

Une voiture filait entre les champs de maïs, sur le chemin de terre menant à la ferme. Le véhicule contrastait terriblement avec le cadre rural : style *Fast and Furious,* la Honda Civic avait visiblement subi d'importantes opérations de chirurgie esthétique pour ressembler à une pin-up de *Playboy :* la carrosserie avait été entièrement revue, le radiateur élargi et une peinture rose et gris, ponctuée de touches jaune fluo, lui donnait des airs de fille de la campagne devenue actrice de porno.

Et curieusement, au volant de son engin, l'éradiqueur n'arborait pas l'expression satisfaite à laquelle on aurait pu s'attendre… Peut-être venait-il de découvrir que quelqu'un avait pissé dans son réservoir.

— Je suis prête à parier tous mes flingues que c'est lui, le nouveau grand éradiqueur, déclara Xhex. Flhéau ne tolérerait jamais qu'un simple bras droit s'offre ce genre de bagnole. J'ai passé quatre semaines avec lui et l'enfoiré ne pense qu'à lui, à rien d'autre.

— Changement de capitaine, murmura Trez en hochant la tête. C'est fréquent, chez eux.

— Suivez la voiture, ordonna Xhex. Vite, rattrapez-le.

— On peut pas te laisser seule. Ordres du patron.

— Vous vous foutez de ma gueule ?

Le regard de Xhex navigua entre la Civic et les lieux du crime pour finalement se poser sur la bagnole en train de s'éloigner.

— Allez-y ! Il faut absolument le suivre…

— Non. À moins que tu aies envie d'y aller toi-même… auquel cas on t'accompagnera, hein, iAm ?

Comme l'autre Ombre acquiesçait d'un signe de tête, Xhex dut se retenir de défoncer le chambranle en aluminium de la fenêtre.

— C'est ridicule, putain.

— Je ne trouve pas. Tu es en train d'attendre Flhéau et j'imagine que tu n'as pas envie de lui faire la conversation quand il se pointera. Il est donc hors de question qu'on te laisse toute seule… Oh, et tu peux m'épargner ton sermon « depuis-quand-tu-me-donnes-des-ordres-t'es-pas-mon-patron-que-je-sache ». Je suis atteint de surdité sélective.

Pour la première fois depuis leur arrivée, iAm prit la parole :

— Ça c'est vrai.

Xhex reporta son attention sur la plaque d'immatriculation de la Honda grotesque. Putain de merde... D'un autre côté, si les deux Ombres n'avaient pas débarqué, elle serait restée sur place ; elle aurait juste mémorisé le numéro mais n'aurait pas bougé. Elle pourrait toujours retrouver la trace du véhicule plus tard.

— Rendez-vous utile, au moins, lança-t-elle d'un ton sec. Passez-moi votre portable.

— Tu commandes une pizza ? J'ai faim, ironisa Trez en lui tendant son Smartphone. Je veux un max de viande sur la mienne. Mon frère préfère le fromage.

Xhex composa le numéro de Vhen parce que c'était le moyen le plus rapide d'entrer en contact avec les frères. Quand la messagerie se déclencha, elle énuméra les chiffres de la plaque d'immatriculation puis demanda à Viszs de mener l'enquête.

Après avoir raccroché, elle lança l'appareil à Trez.

— Pas de pizza, alors ? Ils livrent à domicile, tu sais.

Ravalant un juron, elle fronça les sourcils en se rappelant que V. lui avait donné un téléphone. Merde... elle n'était pas aussi concentrée qu'elle aurait dû l'être...

— Tiens, voilà du renfort..., murmura iAm.

Xhex scruta la route. Une voiture banalisée s'arrêtait devant la maison. L'inspecteur de la brigade criminelle qui en sortit n'était pas un inconnu pour elle : il s'agissait de José De La Cruz.

Les humains avaient envoyé un type bien, c'était déjà ça. En même temps, il n'y avait peut-être pas de quoi se réjouir, vu que, dans l'absolu, il était préférable que l'autre espèce reste en dehors de ce genre de situation, d'autant que De La Cruz possédait l'instinct et la ténacité d'un fin limier.

Seigneur... Cette journée allait être longue et éprouvante. Oh oui ! Très longue et très éprouvante.

Les yeux rivés sur les humains qui continuaient à s'activer sur la scène du crime, Xhex percevait le poids de la présence de ses deux gardes du corps qui veillaient sur elle. Soudain, elle se surprit la main droite en train de bouger, ses doigts formant les courbes et les angles que John lui avait enseignés.

A…

B…

C…

Flhéau se réveilla en gémissant. Et ce n'était pas un gémissement de plaisir.

Il était allongé sur le ventre sur un matelas nu dans cette baraque qu'il ne pouvait plus encaisser. Et pour couronner le tout, son corps laissa derrière lui une grosse tache noire lorsqu'il se leva.

On aurait dit une ombre projetée au sol, le reflet de ce qu'il était vraiment.

Putain de Dieu. Il ressemblait à ce nazi, à la fin des *Aventuriers de l'arche perdue,* celui dont le visage fondait… Dans les bonus du DVD, le réalisateur expliquait qu'il avait obtenu cet effet en projetant de la gelée alimentaire à l'aide d'un ventilateur.

Ce n'était pas franchement le genre de rôle qu'il avait envie de jouer dans la vraie vie…

En se dirigeant vers la cuisine, il eut l'impression de traîner derrière lui un réfrigérateur. Sans surprise, Miss Plastic, allongée par terre près de la porte de derrière, n'avait pas l'air plus en forme que lui. Il lui avait pompé le sang au point de la mettre KO, mais pas suffisamment pour la renvoyer à l'Oméga.

Dommage pour elle. Rester à jamais à la lisière de la mort, en proie à toute cette douleur, cette suffocation, et conscient malgré tout que la paix, de l'autre côté, ne serait jamais pour vous ? Il y avait de quoi vous donner des envies de suicide.

Quelle farce !

Le pire, c'est qu'elle ignorait tout de ce qui l'attendait vraiment, du fait qu'elle n'irait nulle part. Qu'elle resterait toujours entre deux eaux, coincée pour l'éternité. Sans doute était-il préférable de ne pas lui révéler cette triste nouvelle. Disons que ce serait sa bonne action du jour.

Comme elle laissait échapper un grognement pathétique pour attirer son attention, il l'enjamba et se dirigea vers ses maigres provisions. Désireux d'économiser son argent, il s'était arrêté dans un fast-food en rentrant. Le menu merdique qu'il avait commandé était à peine plus mangeable que de la bouffe pour chien… mais au moins c'était chaud quand il l'avait réceptionné. Tout juste sorti du bain de friture.

Les heures qui s'étaient écoulées depuis lors n'avaient rien fait pour arranger la moitié qu'il n'avait pas réussi à ingurgiter, qu'il mangea pourtant. Froide. Debout devant le sac en papier froissé posé sur le comptoir.

— T'en veux ? lança-t-il à l'adresse de la prostituée. Oui ? Non ?

Elle ne put que lui répondre d'un regard suppliant, les yeux injectés de sang, la bouche grande ouverte, dégoulinante de liquide visqueux. À moins que… Non, son regard n'était pas implorant. Plutôt rempli d'effroi. Flhéau en conclut que sa propre apparence devait être suffisamment effrayante pour la tirer momentanément de sa souffrance.

— Comme tu veux, salope. Ta vue ne fait rien pour aiguiser mon appétit, de toute façon.

Pivotant sur ses talons, il regarda par la fenêtre. C'était une belle journée ensoleillée. Un sentiment d'abattement le terrassa.

Merde, il avait quitté la ferme à contrecœur, mort de fatigue, à bout de forces… préférant ne pas prendre le risque de piquer un petit roupillon en terrain ennemi. Mieux valait se retirer à temps pour revenir se battre plus tard, ragaillardi, que sombrer dans un sommeil sans rêve et se réveiller avec un canon de fusil dans la bouche. Voire pire.

Le soleil encore haut dans le ciel limpide jouait en sa faveur : il avait du temps devant lui pour faire ce qu'il avait à faire. La Confrérie ne s'aventurait jamais dehors avant la tombée de la nuit… En hôte digne de ce nom, il serait sur place pour l'accueillir.

La petite pute de l'Oméga avait peut-être organisé la fête… mais ce serait lui, Flhéau, qui veillerait à ce qu'elle se termine en beauté.

Mais pour ça il lui fallait des munitions. Et pas pour ses flingues.

Saisissant son imper et enfonçant son chapeau sur ce qui lui restait de tête, il enfila ses gants et marcha vers la prostituée. Il était en train de tirer les verrous quand la main flétrie de la fille glissa sur sa chaussure, griffant le cuir de ses ongles ensanglantés.

Il baissa les yeux. Elle avait perdu l'usage de la parole mais ses yeux exorbités, ourlés de rouge, étaient plus éloquents que des mots :

— *Aide-moi. Je suis en train de mourir. Je ne peux pas mettre fin à mes jours… Fais-le pour moi.*

Elle avait apparemment réussi à surmonter le sentiment de répulsion qu'elle éprouvait à son égard. Mais peut-être était-ce dû au fait qu'il se soit habillé.

En temps normal, il l'aurait laissée pourrir sur place, mais il ne parvenait pas à effacer de sa mémoire les images de ces lambeaux de peau se détachant de son propre visage. Il préférait croire qu'il ne terminerait pas comme ça, dans le cauchemar d'une agonie sans fin. Mais si telle était sa destinée, au fond ? Que se passerait-il s'il continuait à fondre ainsi jusqu'à ce que, incapable de supporter le poids de son squelette, il termine comme elle… dans la souffrance pour l'éternité ?

Saisissant le couteau qu'il gardait dans le creux de son dos, il se pencha vers elle. Au lieu de se recroqueviller sur elle-même, elle roula sur le dos, offrant la chair fraîche de sa poitrine.

Un seul coup suffit à mettre fin à ses souffrances : dans un éclair de lumière, elle se volatilisa, ne laissant derrière elle rien d'autre qu'une auréole roussie sur le tapis taché de sang.

Flhéau tourna les talons...

Avant qu'il n'atteigne la porte, propulsé en arrière, son corps alla percuter le mur opposé ; il vit trente-six chandelles tandis qu'un regain de force inouï explosait en lui.

Il lui fallut un moment pour comprendre de quoi il retournait... et puis tout devint clair dans son esprit : ce qu'il avait donné à la pute venait de lui être restitué.

Alors c'est comme ça que ça marche, songea-t-il en inspirant profondément, heureux de ressembler un peu moins à la grande Faucheuse en rollers.

Tout ce qu'on poignardait avec une lame était pour ainsi dire retourné à l'envoyeur.

À condition, bien sûr, que l'arme secrète de la Confrérie ne passe pas par là avant. Butch O'Neal était le talon d'Achille de l'Oméga, capable de faire échouer la fusion en absorbant lui-même l'essence maléfique des éradiqueurs.

À présent qu'il avait expérimenté le processus, Flhéau prenait la pleine mesure de la menace représentée par O'Neal. Quand on ne récupérait pas ses pièces de Lego, on ne pouvait plus rien construire – pire encore : la caisse de jouets était vide... Et que se passait-il, après ? On disparaissait ?

Ouais, il était essentiel d'éviter cet enfoiré de Butch. Merci du conseil.

Dans le garage, Flhéau se glissa au volant de la Mercedes et prit la direction des gratte-ciel du centre-ville.

Comme il était à peine 11 h 30 passées, les rues grouillaient de costumes-cravates. Les chaussures cirées s'arrêtaient aux feux, sur les trottoirs, attendant le signal pour poursuivre leur chemin, traversant les rues devant les capots des voitures et les bouches d'égout. Ils étaient tellement satisfaits d'eux, tous ces humains avec leurs mentons levés et leurs regards rivés au loin, comme si rien n'existait autour d'eux que les occupations merdiques auxquelles ils se livraient – une réunion d'affaires, un repas, une course quelconque…

Flhéau avait envie d'appuyer sur l'accélérateur et de leur foncer dedans comme dans un jeu de quilles, mais il avait clairement d'autres chats à fouetter, d'autres préoccupations. Sa destination ? Trade Street et le quartier des bars et des boîtes de nuit qui, contrairement au quartier des affaires, serait mort à cette heure de la journée.

Flhéau se dirigea vers le fleuve. Les deux parties de la ville fonctionnaient comme le yin et le yang, en termes d'architecture et de population. Baignés de soleil, les immenses gratte-ciel des instituts financiers, habillés de vitres opaques et d'armatures en acier, brillaient de mille feux. À l'opposé, dans le monde des ruelles sombres et des néons fluorescents, les bâtisses ressemblaient à de vieilles putes fatiguées : sales, miteuses et tristes.

Et les gens, dans tout ça ? Les occupants des quartiers de la finance étaient hyperactifs, productifs et déterminés. De l'autre côté de la ville, on ne trouvait guère à cette heure de la journée que deux ou trois clodos à la ramasse.

Ce qui était parfait pour ce que Flhéau avait à y faire.

Prenant la direction des ponts jumeaux de Caldwell, il ralentit un peu en longeant un espace vide clôturé d'une chaîne métallique. C'est là que se trouvait autrefois le *Zero Sum*, avant d'être transformé en un tas de gravats. Une pancarte d'agence immobilière plantée devant le terrain signalait la vente de la parcelle.

C'était donc ainsi que les choses avançaient. Le mal, comme la nature, ne souffrait pas le vide. En conséquence, si le nouvel établissement, qui ne tarderait pas à ouvrir ses portes en cet endroit, connaissait la même fin à la MacGyver que le club de Vhen, un autre prendrait la relève tout aussi rapidement.

Un peu comme le turnover imposé par son père. En un clin d'œil, Flhéau avait été remplacé par un pion qu'il croyait dans son camp, pour ainsi dire.

Lui donnant une putain de désagréable impression de n'être qu'une ordure qu'on balance à la poubelle. Ouais, c'était tout à fait ça.

Sous les ponts, il ne mit pas longtemps à trouver ce qu'il cherchait, tout en regrettant d'être obligé d'en arriver là. Une petite balade sous les piliers de béton le conduisit rapidement jusqu'aux loques vivant dans des cartons ou des bagnoles incendiées. Tous ressemblaient tellement à des chiens errants : attirés par l'espoir d'une pitance, méfiants par expérience, affaiblis par la maladie.

La gale frappait également les deux espèces, d'ailleurs.

Flhéau ne joua pas au difficile, et eux non plus. Il ne lui fallut que quelques minutes pour embarquer une femme. Installée sur le siège passager, elle ne s'extasia pas devant l'intérieur cuir de la Mercedes, mais sur le petit sachet de coke qu'il prit le soin de lui remettre. Pendant qu'elle jouait à l'aspirateur, il la conduisit jusqu'à une cavité sombre formée par les fondations en béton massives du pont voisin.

Elle n'eut le droit de sniffer qu'une seule fois.

En un éclair, il fut sur elle. Il avait besoin de se régénérer au plus vite, et elle était dans un état de faiblesse extrême pour une raison ou une autre. Il réussit à la neutraliser sans problème pendant qu'il se nourrissait à sa veine.

Son sang avait un goût d'eau de vaisselle sale.

Quand il eut terminé, il sortit de la voiture, fit le tour et la tira par le col. Elle avait le teint pâle lorsqu'il l'avait ramassée. À présent, il avait la couleur du béton.

Elle allait bientôt crever, si ce n'était pas déjà fait.

Il marqua une pause pour observer son visage, les rides profondes qui creusaient sa peau, les vaisseaux éclatés qui ressortaient sur son teint gris. Elle avait été bébé, autrefois.

Si fraîche et pure en arrivant au monde, bien des années auparavant.

Le temps et l'expérience ne l'avaient pas épargnée et elle s'apprêtait à crever comme un animal, seule, dans la boue.

Il la relâcha et se pencha vers elle pour lui fermer les yeux…

Seigneur… Dieu.

Levant sa main, il aperçut le fleuve à travers sa paume.

L'heure n'était plus à la chair en putréfaction, mais à une ombre noire… qui avait la forme de ce qu'il utilisait il y a encore peu de temps pour écrire, se battre ou conduire.

Remontant le col de son imper, il vit que son poignet conservait encore une consistance corporelle.

Un regain d'énergie le submergea. Il se fichait à présent de devoir dire adieu à son enveloppe charnelle. Mieux, il s'en réjouissait.

Tel père… tel fils.

Il ne terminerait pas comme la pute qu'il avait poignardée et qui lui avait été rendue aussitôt. Il prenait plutôt le chemin de l'Oméga, ne pourrissant pas… mais se transformant.

Flhéau éclata de rire. Ce fut un rire tonitruant qui lui secoua le ventre et la poitrine, jaillissant de sa bouche par vagues. Tombant à genoux à côté du cadavre de la fille, il laissa le soulagement le…

Coupé dans son élan, il se pencha brusquement sur le côté pour vomir tout le sang vicié qu'il venait de boire. Quand les nausées se calmèrent, il s'essuya le menton avec la main et contempla le sang brillant recouvrant les contours sombres de ce qui avait été de la chair.

Pas le temps d'admirer sa nouvelle apparence.

Une salve de hoquets le secoua de nouveau et il se remit à dégobiller si violemment qu'il en fut étourdi.

Chapitre 51

Assise dans ses appartements privés, Souffhrance contemplait en silence le paysage de l'autre côté. Les pelouses vertes et ondoyantes, parsemées de tulipes et de chèvrefeuille, se déroulaient jusqu'à une rangée d'arbres encerclant le parc. Au-dessus, tel un couvercle, l'arche laiteuse du ciel caressait la cime foisonnante des arbres.

Elle savait par expérience que si l'on marchait jusqu'à l'orée du bois pour pénétrer ses profondeurs, on se retrouvait… pile à l'endroit où l'on était entré.

Il n'y avait aucune issue, sauf si la Vierge scribe vous donnait la permission de sortir. Elle seule détenait la clé de la serrure invisible, et elle n'avait pas l'intention de laisser sortir Souffhrance. Pas même pour se rendre chez le Primâle, où les autres étaient autorisées à aller.

Ce qui tendait à prouver que la femelle était parfaitement consciente de ce qu'elle avait engendré. Oui, elle savait très bien que Souffhrance ne reviendrait pas si elle lui permettait de sortir. Cette dernière l'avait d'ailleurs clairement annoncé, dans un hurlement qui avait transpercé ses propres tympans.

Rétrospectivement, ce cri du cœur avait été la victoire de la franchise… mais aussi une grossière erreur de stratégie, car au final elle aurait mieux fait de se taire. Peut-être alors aurait-elle obtenu l'autorisation de visiter l'autre côté… et y serait restée. Après tout, sa mère n'aurait pas pu l'obliger à regagner le pays des statues vivantes.

En théorie, du moins.

Suivant le cours de ses pensées, elle songea à Layla qui rentrait tout juste d'une visite rendue à son mâle. La sœur rayonnait d'une aura de joie et de satisfaction que Souffhrance n'avait jamais éprouvées.

Ce constat n'avait fait qu'attiser son désir de partir. Même si ce qui l'attendait de l'autre côté ne ressemblait en rien aux souvenirs qu'elle gardait de cette petite parenthèse de liberté, au moins aurait-elle la possibilité de prendre ses propres décisions.

N'était-ce pas une bien curieuse malédiction que d'avoir vu le jour pour être empêchée de vivre sa vie ? À moins de tuer sa mère, elle était coincée là, et bien qu'elle détestât la femelle qui l'avait mise au monde, elle n'irait pas jusque-là. D'abord parce qu'elle n'était pas sûre de sortir victorieuse d'un tel affrontement. Ensuite… parce qu'elle s'était déjà débarrassée de son père. Le matricide n'était donc pas une expérience si inédite ni si fascinante que ça, à ses yeux.

Oh, le passé… si triste, si douloureux. C'était terrible de se retrouver bloquée là, face à un avenir aussi vide qu'infini, chargée en outre d'un passé bien trop affreux pour qu'elle ait envie de s'en souvenir. Le temps suspendu lui avait semblé une douce bénédiction, comparé à cette torture. À l'état congelé, son esprit n'avait pas eu le loisir de réfléchir à toutes ces choses qu'elle aurait aimé tenir secrètes, pas plus qu'à toutes celles qu'elle ne pourrait jamais faire…

— Désirez-vous vous restaurer ?

Souffhrance regarda par-dessus son épaule. PersOnne se tenait dans l'embrasure de la porte. Un plateau dans les mains, elle s'inclina respectueusement.

— Oh oui, avec plaisir, répondit Souffhrance en s'efforçant de chasser ses pensées délétères. Veux-tu te joindre à moi ?

— Merci infiniment, mais je partirai après vous avoir servie.

La servante disposa les plats sur le rebord de la fenêtre, à côté de Souffhrance.

— Je reviendrai débarrasser quand vous commencerez votre entraînement avec le roi…

— Puis-je te poser une question ?

PersOnne se courba de nouveau.

— Bien sûr. En quoi puis-je vous aider ?

— Pourquoi n'es-tu jamais allée de l'autre côté ? Comme toutes les sœurs ?

Un long silence accueillit sa question. La femelle finit par boitiller jusqu'à la paillasse où dormait Souffhrance. Avec des gestes tremblants, elle rajusta les draps avec soin.

— Je ne me sens pas attirée par ce monde-là, expliqua-t-elle, cachée par les voiles de sa robe. Je me sens en sécurité ici. Alors que là-bas… je ne le serais pas.

— Le Primâle est un frère valeureux, un fier combattant qui sait manier l'épée. Il ne te serait fait aucun mal sous sa protection.

Un murmure évasif s'échappa du capuchon.

— Les situations ont vite tendance à dégénérer en conflits et en chaos, là-bas. Les décisions les plus simples peuvent avoir des conséquences dramatiques. Ici, tout est en ordre.

C'étaient les paroles d'une rescapée de l'attaque qui avait eu lieu dans ce sanctuaire soixante-quinze ans plus tôt, songea Souffhrance. Ce terrible soir, des mâles venus de l'autre côté avaient infiltré la barrière, apportant avec eux la violence qui faisait souvent rage dans leur monde.

Il y avait eu de nombreux blessés et beaucoup étaient morts – dont le Primâle de l'époque.

Souffhrance reporta son attention sur la ligne d'horizon, si pure, si statique. Si elle comprenait le raisonnement de la servante, elle n'en demeurait pas moins sur ses positions.

— C'est précisément l'ordre qui règne ici qui me dérange. J'aimerais pouvoir échapper à cette mascarade.

— Ne pouvez-vous partir quand bon vous semble ?

— Non.

— Ce n'est pas juste.

Le regard de Souffhrance se posa sur la femelle, maintenant occupée à plier les tuniques qu'elle avait retouchées pour en faire des tenues de combat.

— Je n'aurais jamais cru t'entendre prononcer un jour une critique à l'encontre de la Vierge scribe.

— J'aime notre chère mère de l'espèce, ne vous méprenez pas. Mais être privé de liberté, même dans une prison dorée, n'est pas une bonne chose. Moi, j'ai choisi de passer le restant de ma vie ici, c'est différent. Alors que vous… vous devriez être libre d'aller et venir à votre guise.

— Je t'envie, tu sais.

PersOnne sembla se raidir sous sa longue robe.

— Il ne faut pas.

— C'est pourtant la vérité.

Dans le silence qui suivit, Souffhrance se rappela sa conversation avec Layla, près du bassin aux reflets. Leur échange avait été un peu similaire, dans le fond. Layla lui enviait son absence de désir et d'intérêt pour le sexe et les mâles. Dans le cas présent, c'était elle, Souffhrance, qui enviait à PersOnne sa faculté de se satisfaire de l'inertie ambiante.

On tourne en rond, comme un chien qui se mord la queue, songea la femelle.

Elle posa de nouveau son regard sur le « panorama », contemplant l'herbe verte d'un œil aigri. Chaque brin avait une forme parfaite, une hauteur standard, de sorte que la vaste étendue ressemblait davantage à un tapis qu'à une véritable pelouse. Et ce n'était pas parce que quelqu'un passait régulièrement la tondeuse, non, bien sûr que non. Dans le même style, les tulipes arboraient toujours des boutons fraîchement éclos au bout de leurs tiges gracieuses, les crocus ouvraient en permanence de nouvelles corolles, et les roses, garnies de pétales veloutés, conservaient toujours le même éclat. Naturellement, il n'y avait ni insectes, ni mauvaises herbes, ni maladies.

Ni réelle plantation.

Ironie du sort, ce paysage semblait cultivé et parfaitement entretenu alors que personne ne s'en occupait. Après tout, qu'aurait-on fait d'un jardinier quand on avait un dieu capable de créer et d'entretenir sans aide le plus beau des jardins ?

À cet égard, PersOnne faisait figure de miracle ambulant. Qu'on lui ait permis de vivre dans ce monde clos et de respirer cet air factice, alors qu'elle n'était pas parfaite, tenait en effet du miracle.

— Ce n'est pas ce que je veux, déclara Souffhrance. Vraiment pas.

Comme elle n'obtenait pas de réponse, elle se retourna… et fronça les sourcils. La femelle était partie comme elle était arrivée, sans bruit, laissant derrière elle une pièce impeccablement rangée.

Tandis qu'un cri enflait au plus profond de son être, Souffhrance sut qu'elle devait sortir de là. Sous peine de devenir folle.

Xhex eut enfin l'occasion de pénétrer à l'intérieur de la ferme après le départ de la police, sur le coup de 17 heures. Lorsqu'ils quittèrent les lieux, la troupe d'uniformes bleus semblait avoir grand besoin d'une semaine de congé, au lieu d'une simple nuit de repos. Il faut dire qu'après avoir passé des heures à patauger dans le sang coagulé… Ils bouclèrent tout, apposèrent des scellés sur les deux portes et déroulèrent autour de la cour des mètres de ruban jaune pour indiquer qu'un crime avait eu lieu à cet endroit. Ils regagnèrent enfin leurs voitures et s'en allèrent.

— Allons faire un tour à l'intérieur, suggéra Xhex à l'adresse des Ombres.

Elle se dématérialisa et reprit forme pile dans le salon. Trez et iAm la rejoignirent aussitôt. D'un accord tacite, ils se dispersèrent, avançant sur la pointe des pieds au milieu du carnage, à l'affût de détails qui auraient échappé aux humains.

Ils passèrent une bonne vingtaine de minutes à inspecter le rez-de-chaussée sans rien trouver et ne furent pas plus chanceux au premier étage. *Nada.*

C'était quoi, ce bordel ? Elle sentait pourtant les cadavres et leurs grilles émotionnelles frappées par la souffrance, mais ils restaient comme des reflets sur l'eau, et elle n'arrivait pas à remonter jusqu'aux formes projetant ces images troubles.

— Des nouvelles de Vhen ? demanda-t-elle en levant le pied pour voir jusqu'où le sang baignait ses semelles.

Jusqu'au cuir. Génial.

Trez secoua la tête.

— Non. Mais je peux essayer de le rappeler.

— Pas la peine. Il doit roupiller.

Merde, elle espérait seulement qu'il avait bien eu son message et qu'il avait déjà commencé à remonter la piste de la plaque d'immatriculation.

Debout dans l'entrée, elle examina la salle à manger puis se concentra sur la table qui avait manifestement servi de billot.

Le petit mec de l'Oméga dans sa bagnole customisée allait forcément revenir récupérer ses nouvelles recrues. Cachés, ils ne lui seraient d'aucune utilité. En supposant que leur confinement soit aussi efficace que celui dont elle avait fait l'expérience avec Flhéau, ils ne pourraient pas regagner l'autre dimension si personne ne venait les libérer.

À moins qu'il ne soit possible de lever ce sort à distance… ?

— Il faut qu'on reste encore, déclara-t-elle. Pour voir si quelqu'un d'autre s'aventure dans le coin.

Xhex et les Ombres allèrent s'installer dans la cuisine où ils firent les cent pas, laissant des empreintes ensanglantées sur le linoléum craquelé. Encore un truc qui ferait péter un câble à tous ces flics ultra professionnels !

Mais ce n'était pas son problème.

En aucun cas.

Elle jeta un coup d'œil à l'horloge fixée au mur. Compta les tonnelets, les bouteilles d'alcool et les canettes de bière vides. Observa les mégots de joints et les résidus poudreux des rails de coke.

Vérifia de nouveau l'heure.

Derrière la maison, le soleil semblait avoir interrompu son plongeon, comme si le disque cuivré avait peur de s'accrocher dans les branches d'arbres.

Coupée dans son élan, elle ne put s'empêcher de penser à John. À l'heure qu'il était, il devait être en train de grimper aux murs, dans un état d'esprit qui ne jouerait pas en sa faveur quand il lui faudrait affronter l'ennemi : furieux contre elle, pas concentré, remonté, mais pas dans le bon sens.

Impossible d'avoir une conversation téléphonique avec lui, évidemment.

Et ce qu'elle voulait lui dire n'était pas le genre de truc qu'on envoyait par texto.

— Qu'est-ce qu'il y a ? demanda Trez en la voyant s'agiter.

— Rien. Je suis juste prête à me battre contre une cible invisible.

— Foutaises.

— C'est bon, on arrête là tout de suite, j'ai pas envie de parler.

Dix minutes plus tard, elle se surprit encore une fois à regarder l'heure. Oh, merde, elle ne supporterait pas ça plus longtemps.

— Je retourne à la Confrérie, j'en ai pour une demi-heure, déclara-t-elle d'un trait. Vous ne bougez pas d'ici, OK ? Appelez-moi sur mon portable si quelqu'un se pointe.

Elle leur donna son numéro, reconnaissante qu'ils ne la bombardent pas de questions. En même temps, les

Ombres, comme les *symphathes,* avaient tendance à deviner les émotions et les intentions des autres.

— Entendu, dit Trez. On te fera signe, ne t'inquiète pas.

Elle se dématérialisa, reprit forme devant la maison de la Confrérie et remonta l'allée de gravier en direction des larges marches du perron. Dans le vestibule, elle montra son visage à la caméra de surveillance.

Fritz ne tarda pas à venir lui ouvrir.

— Bienvenue à la maison, madame, dit-il en s'inclinant.

« *À la maison* »… Pourtant anodine, cette expression la troubla.

— Ah… merci, murmura-t-elle en jetant un coup d'œil dans les salons vides, tout autour du hall d'entrée. Je vais monter.

— J'ai préparé votre ancienne chambre.

— Merci.

Bien évidemment, ce n'était pas là qu'elle comptait se rendre.

Attirée par l'odeur du sang de John, elle monta au pas de course le grand escalier et prit la direction de sa chambre.

Elle frappa, attendit un moment puis, n'obtenant pas de réponse, entrouvrit la porte. Dans l'obscurité, elle entendit le ruissellement d'une douche. De l'autre côté de la pièce, un rai de lumière à ras du sol indiquait qu'il avait fermé la porte de la salle de bains.

Foulant le tapis oriental, elle déposa sa veste en cuir sur le dossier d'une chaise et alla frapper à la porte de la salle de bains. Sans hésitation. Fort.

Le battant s'ouvrit tout seul sur la pièce saturée d'humidité, baignée de la pâle lueur des spots éclairant le jacuzzi.

Derrière la paroi vitrée, John lui faisait face. L'eau ruisselait sur sa poitrine, ses abdominaux et ses cuisses. Son sexe se dressa à l'instant où leurs regards se croisèrent. Une érection impressionnante… Il n'esquissa pourtant pas le moindre geste et ne parut pas particulièrement heureux de la voir.

En fait, sa lèvre supérieure se retroussa tandis qu'il laissait échapper un grondement menaçant. Mais ce n'était pas le pire. Sa grille émotionnelle lui était complètement fermée. Il lui en bloquait l'accès et elle n'était même pas sûre qu'il en soit conscient : plus rien de ce qu'elle avait ressenti si nettement jusqu'alors ne filtrait.

Levant sa main droite, Xhex signa maladroitement :

— *Je suis rentrée.*

Il fronça les sourcils avant de répondre avec des gestes fluides et rapides :

— *Après avoir fait un rapport à Kolher et aux frères, bien sûr. T'as l'impression d'être une héroïne ? Félicitations.*

Il coupa l'eau, sortit de la douche et attrapa une serviette. Tandis qu'il se séchait, son érection suivait chacun de ses mouvements.

Pour la première fois de sa vie, Xhex maudit sa vision surpuissante.

— Je n'ai parlé à personne, répliqua-t-elle.

Il suspendit son geste, la serviette tendue dans son dos, un bras en l'air, l'autre au niveau de sa taille. La posture faisait saillir ses pectoraux et les muscles de ses hanches.

Il finit par relâcher la serviette, qu'il drapa sur ses épaules, et signa :

— *Pourquoi es-tu venue ici ?*

— Je voulais te voir, répondit-elle d'une voix qui trahissait son tourment.

— *Pourquoi ?*

— Parce que je me faisais du souci.

— *Tu veux savoir si je vais bien ? Tu veux savoir ce que ça m'a fait de me demander sept heures durant si tu étais toujours en vie ou…*

— John…

Saisissant entre ses doigts l'extrémité de la serviette, il la fit claquer dans l'air pour la réduire au silence.

— Tu veux savoir comment j'ai géré l'idée que tu étais peut-être morte, en train de te battre seule ou, pire encore, de nouveau prisonnière ? Ta moitié symphathe *a besoin d'une petite distraction, juste pour le* fun *?*

— Mon Dieu, non…

— Tu en es sûre ? Tu ne portes pas tes cilices. Tu es peut-être revenue ici juste pour satisfaire tes besoins…

Tournant les talons, Xhex se dirigea vers la porte, incapable de contrôler ses émotions. La culpabilité et la tristesse formaient une boule dans sa gorge.

John la saisit par le bras et ils finirent contre le mur, son grand corps faisant barrage à celui de Xhex tandis qu'il signait entre leurs deux visages.

— Non, tu ne te déroberas pas. Après ce que tu m'as fait subir, il est hors de question que tu partes comme ça, simplement parce que tu n'es pas capable de gérer le bordel que tu as foutu. Je n'ai pas pu me barrer, moi, aujourd'hui. J'ai été obligé de rester ici, alors tu pourrais au moins me renvoyer l'ascenseur.

Elle aurait voulu regarder ailleurs mais elle n'aurait pas su, alors, ce qu'il disait avec ses mains.

— Tu veux savoir dans quel état je suis ? Déterminé, putain, voilà ce que je suis. On va franchir une étape, toi et moi, ce soir. Tu revendiques le droit de descendre Flhéau ? Eh bien moi aussi.

Xhex repensa à son désespoir dans les douches des vestiaires. Elle pressentait que cette trahison, dont elle ne connaissait pas tous les détails, avait un rapport étroit avec ce que John avait vécu dans sa jeunesse, à l'époque où il était seul et sans défense.

— Alors voilà le marché, et il n'est pas négociable. On travaille ensemble pour le retrouver, le coincer et le descendre. On bosse en tandem, ce qui veut dire qu'on bouge ensemble, toujours. Et, au final, celui qui le mettra à terre récoltera les honneurs. Voilà où on en est.

Xhex laissa échapper un soupir de soulagement. Elle sut instantanément qu'il s'agissait d'une excellente proposition. Elle s'était sentie hyper mal à l'aise à la ferme, sans lui. Comme si quelque chose ne tournait pas rond.

— Marché conclu, dit-elle.

Le visage de John ne trahit ni surprise ni satisfaction. Comme s'il avait été sûr de sa réaction, avant même de lui proposer le deal.

Puis elle comprit tout à coup les raisons de son calme.

— *Quand tout sera terminé, on partira chacun de son côté. Affaire classée.*

Xhex sentit le sang refluer de son visage tandis que ses pieds et ses mains devenaient brusquement insensibles. Quelle connerie ! La proposition de John était la meilleure qui soit, autant dans sa forme que dans son dénouement : ils travailleraient ensemble comme deux combattants et, une fois leur objectif atteint, ils n'auraient plus aucune raison de garder le contact.

À dire vrai, c'était exactement ainsi qu'elle avait projeté son avenir en sortant de ce cauchemar avec Flhéau. Le trouver et le buter pour de bon. Puis mettre un terme à ce fiasco qu'était sa vie.

Le problème étant que les plans qui lui semblaient si nets alors s'étaient entre-temps brouillés, que le parcours qu'elle avait imaginé dans son esprit dès l'instant où elle avait recouvré la liberté était à présent obscurci par des choses n'ayant absolument rien à voir avec ses pensées rationnelles, mais qui étaient étroitement liées au mâle qui se tenait tout contre elle, dans le plus simple appareil.

— D'accord, murmura-t-elle d'une voix rauque. Entendu.

Ces deux mots provoquèrent enfin une réaction chez John. Son corps se détendit contre le sien et il posa les mains sur le mur, de chaque côté de son visage. Lorsque leurs regards se soudèrent, Xhex se sentit parcourue d'une onde de chaleur.

Seigneur, le désespoir semblait fonctionner comme un puissant aphrodisiaque quand il s'agissait de faire l'amour avec John Matthew… et, à en juger par la manière dont ses hanches ondulaient contre les siennes, ce dernier partageait son avis.

Xhex leva la main et la referma sur son cou. Sans ménagement, elle l'attira vers elle et leurs bouches s'unirent dans un baiser brutal, leurs langues se livrant un véritable duel au lieu de se mêler en douceur. Un craquement résonna aux oreilles de Xhex et elle vit qu'il avait déchiré son débardeur en deux en tirant sur le tissu par le décolleté.

Ses seins jaillirent contre son torse nu, ses tétons frottant contre sa peau, et son sexe moite brûlait de l'accueillir. Au diable cette histoire de désespoir. Le désir de le sentir en elle était bien plus profond que ça. Privée de sa présence, elle se sentait douloureusement vide.

Son pantalon en cuir s'écrasa au sol une seconde plus tard.

D'un bond souple, elle s'accrocha à lui, enroulant ses jambes autour de sa taille. D'une main, elle chercha le sexe de John et le guida au cœur de son intimité, plantant les talons dans ses fesses pour exacerber la sensation de pénétration. La simple intrusion de ce membre s'enfonçant profondément, l'emplissant complètement, déclencha en elle un violent orgasme.

Parcourue de secousses exquises, elle dévoila ses crocs et John s'arracha à leur baiser, inclinant la tête de côté pour lui offrir sa veine.

La ponction fut d'une douceur infinie, et la force qu'elle puisa dans son sang, météorique.

Elle but à grands traits pendant que John allait et venait en elle, l'entraînant une fois encore au bord de cette falaise, la projetant dans le vide, une chute vertigineuse qui se termina en une explosion de délicieuses sensations. Il la suivit de près, précipité à son tour dans ce même abîme de volupté, et la violence de son orgasme la fit trembler d'un plaisir redoublé.

Après une courte pause, John la pénétra de nouveau…

Pour la porter jusqu'au lit dans l'obscurité de la chambre. La contraction de ses cuisses tandis qu'il avançait créait un mouvement de va-et-vient incroyablement sensuel.

Elle veilla à mémoriser chacune de ses sensations, gravant chacune dans son esprit, conférant à ce moment un caractère unique et intemporel par la simple puissance du souvenir. Et lorsqu'il s'allongea sur elle, elle lui offrit sa veine, comme lui-même l'avait fait quelques instants auparavant, pour sceller leur pacte tout neuf et faire d'eux l'équipe la plus puissante qui soit.

Deux partenaires.

Provisoires.

Chapitre 52

Lorsque John s'allongea sur Xhex, il repensa brièvement au moment qu'ils venaient de vivre dans la salle de bains, quand il attendait sa réponse après lui avoir mis le marché en main.

Son calme et sa désinvolture n'avaient été qu'une façade. En vérité, il ne disposait d'aucune marge de manœuvre : si elle refusait de jouer le jeu, il n'aurait aucun moyen de pression. Aucune menace, aucun argument valable. Rien.

Cette pensée avait surgi dans son esprit alors qu'il faisait mine de regarder la télé en compagnie de Tohr, dans la salle de billard. Toute la journée, les paroles de Vhen n'avaient cessé de résonner dans sa tête.

« *Xhex roule pour elle et personne d'autre.* »

John n'était pas idiot, pas plus qu'il n'était prêt à laisser ses sentiments régenter sa vie, l'empêcher d'agir. Cette époque-là était révolue. Tous deux avaient une mission à accomplir et ils auraient plus de chances d'atteindre leur objectif s'ils unissaient leurs forces. Après tout, leur cible n'était pas n'importe quel éradiqueur de base.

En outre, leur histoire était écrite depuis le début dans le registre de la collision : ils se retrouvaient pour se séparer… puis se réunissaient de nouveau après quelques ricochets. Xhex était son *pyrocante* ; ce n'était la faute de personne, c'était ainsi. Il ne pouvait que couper l'élastique qui le torturait.

Merde, il regrettait presque de s'être fait tatouer son prénom… Encore heureux que les inscriptions se trouvent dans son dos ; il ne les voyait pas, c'était déjà ça.

Bon, peu importe, après tout. Ils attraperaient Flhéau et poursuivraient leur route, chacun de son côté. D'ici là… eh bien…

John décrocha de ces pensées pour revenir à l'instant présent, savourant l'étreinte torride et le goût enivrant dans sa bouche tandis qu'il se nourrissait à la veine de Xhex. L'odeur d'union que dégageait sa peau l'assaillit brutalement mais, au prix d'un effort, il l'ignora. Hors de question qu'il perde la tête à cause de ce parfum d'épices capiteux. C'était terminé, tout ça.

Privés de leur femelle, les mâles liés ressemblaient à des invalides ; certes, une grande partie de son être appartiendrait pour toujours à Xhex, à quoi bon le nier ? Mais cela ne l'empêcherait pas de continuer à vivre, bordel ! Il se considérait déjà comme un survivant.

Tandis qu'il s'appropriait l'écrin étroit de sa féminité, il éprouva une vertigineuse sensation de puissance et, très vite, un nouvel orgasme l'emporta, entraînant Xhex dans son sillage. Décollant les lèvres de son cou, il donna de petits coups de langue sur les traces de ponction avant de capturer son téton turgescent. Puis, d'un mouvement souple, il lui écarta les jambes et roula sur le dos, de sorte qu'elle se retrouva sur lui.

Le saisissant par les épaules, Xhex fit onduler son bassin dans une danse érotique. Son ventre plat roulait en cadence tandis qu'elle le chevauchait. Avec un juron silencieux, John agrippa ses cuisses et les serra, savourant la contraction de ses muscles sous ses doigts. Puis il fit glisser ses mains jusqu'à la jonction de leurs deux corps, jusqu'à son sexe humide, offert sans retenue.

Glissant son pouce sur son sexe moite, il trouva le bouton de chair ultrasensible et l'excita délicatement, traçant de minuscules cercles…

Dans la faible clarté provenant de la salle de bains, il la regarda s'arc-bouter, les crocs plantés dans sa lèvre inférieure pour se retenir de crier. Il n'eut pas le temps de l'enjoindre de se laisser aller, la jouissance l'engloutissant violemment. Une série de tremblements parcourut son corps tandis qu'il s'abandonnait, les paupières fermées.

Le souffle court, il sentit qu'elle marquait une pause et l'entendit respirer profondément. Puis elle changea de position.

En rouvrant les yeux, il faillit basculer de nouveau dans la volupté. En appui sur ses coudes, elle s'était renversée en arrière et avait déplié les jambes le long de ses flancs. John jouissait d'un panorama à couper le souffle… avant même qu'elle se mette à bouger. La vue de son membre dur et luisant émergeant de son intimité jusqu'au gland le propulsa rapidement dans un nouvel orgasme.

Elle ne s'arrêta pas.

Il n'avait pas envie qu'elle arrête.

Il voulait contempler encore leurs sexes en fusion, ses tétons dardés, son menton pointé en avant et savourer la force paisible de son corps comme elle l'absorbait en elle profondément, entièrement. Il voulait rester son prisonnier… pour toujours.

C'était bien là son problème avec Xhex. Un problème qui ne tarderait pas à se résoudre.

C'est ensemble cette fois qu'ils atteignirent le paroxysme du plaisir. Les mains de John se crispèrent autour des chevilles délicates tandis qu'elle ouvrait la bouche pour crier son nom.

Seules leurs respirations saccadées troublaient le silence et l'air leur sembla plus froid, tout à coup.

D'un mouvement fluide, elle rompit leur étreinte et, balançant une jambe par-dessus la tête de John, sauta du lit sans bruit.

Lorsqu'elle lui jeta un regard par-dessus son épaule, son dos se plia en une courbe élégante.

— Je peux utiliser ta douche ?

John hocha la tête et la regarda s'éloigner d'un pas déterminé. Malgré tout le plaisir qu'il venait d'emmagasiner, il eut très envie de la prendre par-derrière.

Un moment plus tard, l'eau ruissela… et la voix de Xhex s'éleva jusqu'à lui.

— La police humaine a découvert le massacre.

John se leva aussitôt, avide d'informations. Quand il pénétra dans la salle de bains, Xhex s'arquait sous le jet d'eau chaude pour rincer le shampoing qu'elle venait d'utiliser.

— L'endroit grouillait de flics mais les nouveaux initiés étaient invisibles, de la même manière que je l'étais moi, dans cette maison. C'était un vrai bain de sang, de quoi repeindre entièrement une baraque, les humains n'en revenaient pas. Aucune trace de Flhéau mais on a repéré une bagnole customisée avec, au volant, un truc qui sentait la fraise artificielle. J'ai communiqué le numéro de la plaque à Vhen pour qu'il le transmette à Viszs. Et je vais de ce pas faire mon rapport à Kolher.

Lorsqu'elle lui fit face, il signa :

— *On y retourne dès qu'il fait nuit.*

— Ouais. Ça marche.

Vhif se réveilla seul, ayant renvoyé Layla de l'autre côté après quelques étreintes de plus. Il avait eu l'intention de lui demander de partir tout de suite, mais leur baiser d'au revoir s'était quelque peu prolongé…

Elle était cependant toujours vierge.

Un mâle l'avait touchée, certes, mais elle n'avait pas perdu sa virginité… À croire qu'il existait deux personnes sur cette terre avec lesquelles il ne pouvait pas faire l'amour. À ce train-là, il finirait dans l'abstinence totale.

Il se redressa. Un martèlement sourd au niveau de ses tempes lui rappela que la tequila était un adversaire qu'il ne fallait pas sous-estimer.

En se passant une main sur le visage, il songea aux baisers qu'il avait échangés avec l'Élue. Il lui avait appris à embrasser correctement, comment sucer et caresser, comment accueillir la langue de l'autre, comment pénétrer une bouche. La femelle apprenait vite.

Malgré tout, il n'avait éprouvé aucune difficulté à se contrôler.

En fait, la façon qu'elle avait de le regarder avait anéanti en lui tout désir d'aller jusqu'au bout. Quand elle lui avait avoué son désir de s'initier aux plaisirs de la chair, Vhif avait d'abord cru qu'elle désirait juste mettre en pratique ses connaissances théoriques. Il avait cependant vite compris qu'il s'agissait pour elle de quelque chose de beaucoup plus profond. Quand elle posait ses yeux sur lui, une myriade d'étoiles éclairait son regard, comme s'il était la clé qui lui permettrait d'ouvrir cette porte close la maintenant prisonnière. Comme s'il était le seul à détenir le pouvoir de la libérer.

Comme s'il était son unique promesse d'avenir.

Ironie du sort, Layla représentait, en théorie du moins, la femelle idéale. Celle qui aurait pu résoudre définitivement son problème d'union.

Sauf que son cœur n'y était pas.

Il était donc hors de question qu'il incarne les espoirs et les rêves de l'Élue. Pas question non plus d'aller jusqu'au bout avec elle. Elle était déjà sous le charme d'une fausse image de lui… S'il lui faisait l'amour, ce serait encore pire : quand on n'y connaissait rien, le plaisir physique pouvait facilement être confondu avec des sentiments plus profonds, plus importants.

Tout bien considéré, ce genre de désillusion pouvait même frapper deux êtres expérimentés.

Par exemple cette nana, au studio de tatouage, qui lui avait filé son numéro de téléphone. Il n'avait jamais eu l'intention de la rappeler. En fait, il ne se rappelait même pas son prénom. Et cet oubli ne le dérangeait pas le moins du monde. Une fille prête à se faire tringler par un inconnu dans un endroit public, avec trois mecs qui assistaient au spectacle, ne l'intéressait pas – à long terme en tout cas.

C'était dur ? Peut-être. Partial ? Pas le moins du monde. Il ne se respectait pas lui-même et jugeait ses écarts de comportement avec le même dégoût.

Bien sûr, Layla n'avait pas la moindre idée de tout ce qu'il avait fait avec les humains depuis sa transition… Toutes ces parties de jambes en l'air dans les toilettes publiques, les contre-allées et les recoins sombres des clubs. Mais, à cause de cette accumulation malsaine, il ne savait même plus quoi faire du corps de l'Élue.

De n'importe quel corps, en fait. Mâle ou femelle.

Merde. Ce triste constat le fit songer à Blay, qui avait passé la journée avec Saxton.

Vhif chercha son téléphone et ouvrit le clapet d'un geste sec. Il trouva le texto que Blay lui avait envoyé d'un numéro inconnu, le lut, le relut et le relut encore.

Ça venait sans doute de chez Saxton.

Rédigé sur le lit du type.

Vhif jeta le Smartphone sur la table de chevet et se leva. Dans la salle de bains, il n'alluma pas la lumière, n'ayant aucune envie de voir à quoi il ressemblait après avoir passé la nuit tout habillé.

Ça ne devait pas être beau. Aucun doute là-dessus.

Pendant qu'il se lavait le visage, un ronronnement s'éleva tout autour de lui. Les stores de la maison se levaient. Le menton dégoulinant d'eau, il jeta un coup d'œil par la fenêtre. Encore une nouvelle nuit. Éclairés par la lune, les bourgeons des bouleaux aux troncs argentés semblaient avoir poussé d'un coup, signe que la journée avait été chaude et ensoleillée.

Vhif feignit d'ignorer la métaphore évidente avec l'initiation de Blay aux plaisirs homosexuels.

Avec son cousin.

En proie à un profond dégoût de lui-même, il quitta sa chambre pour se rendre à la cuisine d'un pas rageur. Le battement tumultueux de ses tempes le poussa à s'interroger sur la bonne santé et la longévité de son nerf optique. Peut-être ferait-il mieux de ralentir un peu la cadence.

Dans le fief de Fritz, il fit couler du café pendant que les *doggen* s'affairaient aux préparatifs du Premier Repas. C'était bien qu'ils soient occupés. Quand on avait l'impression de n'être qu'une grosse merde, mieux valait ruminer seul dans son coin.

Question d'amour-propre.

Comme si ça ne suffisait pas, il oublia de mettre le café dans le filtre et se retrouva avec une belle verseuse d'eau chaude.

Comme si ça ne suffisait pas…

Au moment où il émergea enfin de la salle à manger avec – ô miracle – un Thermos de vrai café et un tube d'aspirine, Fritz ouvrit la porte du vestibule.

Le couple qui fit son apparition, passant devant le bon *doggen,* amplifia d'un coup le mal de tête de Vhif. Un tube d'aspirine ne suffirait sûrement pas à en venir à bout… Bras dessus, bras dessous, Blay et Saxton pénétrèrent dans le vaste hall.

Pendant une fraction de seconde, il eut envie de lâcher un long grognement de frustration… et aussi d'aller garer son Hummer entre les deux types, histoire de les séparer. Puis il se rendit compte que Saxton avait du mal à tenir debout, d'où le fait que Blay le soutenait, et que son visage avait clairement servi de punching-ball.

Vhif grogna pour de bon, cette fois, mais la raison était tout autre.

— Qui t'a fait ça, putain ?

Ça ne pouvait pas être quelqu'un de sa famille. Les parents de Saxton l'acceptaient et l'aimaient tel qu'il était.

— Réponds-moi.

Une fois cette question réglée, Vhif comptait bien demander à Blay de quel droit il se permettait d'introduire un étranger sous le toit de la Confrérie, dans le foyer de la Première famille.

La question numéro trois, en revanche – « Alors, c'était comment ? » – ne franchirait pas ses lèvres. Elle resterait là, bloquée au fond de sa gorge.

Saxton esquissa un semblant de sourire, mais sa lèvre supérieure ne suivit pas le mouvement.

— Des connards d'humains. Évitons d'en faire tout un plat, d'accord ?

— Je t'emmerde. Et qu'est-ce que tu crois que tu fous, à te pointer ici avec lui ? enchaîna Vhif en dévisageant Blay avec attention, s'efforçant de ne pas chercher une irritation significative sur ses joues. Il n'a pas le droit d'entrer ici. Tu ne peux pas l'amener…

Au-dessus de sa tête, la voix de baryton de Kolher l'interrompit, emplissant le hall de ses intonations profondes et graves.

— Blay n'a pas exagéré, on dirait. T'en a pris pour ton grade, on dirait, fiston.

Saxton s'inclina respectueusement. Sa respiration siffla lorsqu'il prit la parole.

— Pardonnez-moi, Votre Majesté, de me présenter à vous dans cet état. C'est très aimable à vous de bien vouloir me recevoir entre vos murs.

— Tu as été là quand j'ai eu besoin de tes services. Je rends la pareille. Toujours. Cela étant dit, si tu compromets le bonheur de mon foyer de quelque manière que ce soit, je te couperai les couilles et te les ferai manger.

Je t'adore, Kolher, songea Vhif.

Saxton s'inclina de nouveau.

— Compris.

Kolher ne regardait pas vers le bas et ses lunettes bandeau n'avaient pas bougé, comme s'il fixait du regard les fresques de l'immense plafond. Malgré sa cécité, rien ne lui échappait.

— Vhif a fait du café, d'après ce que je sens. Prends-en une tasse, ça te fera du bien. Et Fritz t'a préparé une chambre. Veux-tu te restaurer avant d'aller te nourrir ?

Se nourrir ? *Se nourrir ?*

Vhif n'aimait pas se sentir sur la touche, même quand il s'agissait de broutilles. Mais là… Saxton, la maison, Blay, et la veine d'une femelle ? La sensation d'être tenu à l'écart titilla la pointe de ses crocs.

Saxton se courba encore.

— Vous êtes un hôte attentionné.

— Fritz, apporte-lui de quoi manger. L'Élue ne devrait plus tarder à arriver.

La veine d'une Élue ?

Seigneur tout-puissant, quel genre de service Saxton avait-il rendu au roi ? À qui avait-il porté secours ?

— Notre médecin passera te voir. Non, enchaîna Kolher en levant la main. L'odeur de ta douleur monte jusqu'à mes narines… un mélange de kérosène et de piments dans mes sinus. Tu peux disposer. Prends soin de toi, nous parlerons plus tard.

Tandis que Kolher et George faisaient demi-tour sur le palier, Vhif emboîta le pas de Fritz et Saxton commença la pénible ascension du grand escalier. Arrivé en haut des marches, le vieux *doggen* s'arrêta pour attendre leur invité. Il en profita pour sortir un mouchoir de sa poche et lustrer la rampe en laiton sculpté.

Désœuvré, Vhif ouvrit le tube d'aspirine et avala une poignée de comprimés. Par les portes ouvertes du bureau du roi, il aperçut John et Xhex en pleine conversation avec V. et Kolher. Tous les quatre étaient penchés sur une carte dépliée sur le bureau.

— C'est une demeure… splendide, fit observer Saxton en marquant une pause pour reprendre son souffle.

Il s'appuya légèrement sur Blay, et Vhif ne put s'empêcher de remarquer que son bras s'accordait parfaitement à celui de l'autre mâle. Bordel de merde.

Le misérable enfoiré.

— C'est mon maître, Audazs, qui l'a bâtie.

Les yeux vitreux et fatigués de Fritz errèrent un moment avant de se poser sur le pommier en mosaïque recouvrant le sol du hall d'entrée.

— Il a construit cette maison spécialement pour la Confrérie, pour que tous ses membres puissent vivre confortablement sous le même toit. Il serait tellement heureux.

— Poursuivons notre chemin, proposa Saxton. Je suis impatient d'en voir davantage.

Le long du couloir aux statues. La chambre de Tohr. Celles de Vhif et John. Celle de Blay. Jusqu'à la porte voisine.

Pourquoi pas plus loin ? songea Vhif. *Pourquoi pas au sous-sol ?*

— Je vais vous apporter un plateau de mets variés, déclara Fritz en entrant dans la chambre pour vérifier que tout était en ordre. Appuyez sur la touche étoile suivie du 1 si vous avez besoin de quoi que ce soit avant mon retour.

Sur une brève révérence, le majordome se retira, les laissant dans une ambiance plus que gênée. Qui devint encore plus tendue lorsque Blay escorta Saxton jusqu'au lit et l'aida à s'allonger.

Le fils de pute portait un superbe costume gris. Avec un gilet. À côté de lui, Vhif eut soudain l'impression d'être vêtu d'un sac-poubelle froissé. Forcément, quand on a passé la nuit tout habillé…

Les dominant de sa haute stature – sur ce point, au moins, il battait Saxton –, il prit la parole.

— C'étaient les types du bar à cigares. Ces sales connards. C'est eux, n'est-ce pas ?

Blay se raidit tandis que Saxton laissait échapper un petit rire.

— Dois-je en conclure que notre ami commun ici présent t'a parlé de notre rendez-vous ? Je me demandais bien ce qu'il fabriquait au téléphone, dans ma salle de bains.

Pfff, qu'est-ce qu'il en avait à foutre, de tout ce blabla ? C'est son esprit de déduction qui l'avait conduit à une telle conclusion, rien d'autre. Et puis, de toute manière, il n'avait reçu qu'un texto de la part de Blay. Bref et plutôt vague.

Et toutes ces histoires au sujet d'un coup de téléphone passé dans une salle de bains… C'était dingue, quand même. Le type faisait vraiment trop de chichis… Une vraie gonzesse.

Coupant court à ses pensées, Vhif insista :

— C'est bien eux, n'est-ce pas ?

Devant le silence de Blay, Saxton soupira.

— Oui. J'ai bien peur qu'ils ne se soient sentis obligés d'exprimer leurs opinions. Le chef de leur bande de singes, en tout cas.

Il baissa les paupières avant de couler une œillade en direction de Blay.

— J'aime faire l'amour, pas me battre, tu me connais.

Blay s'empressa de prendre la parole après le largage de cette petite bombe.

— Séléna ne va pas tarder à arriver. Elle va te plaire.

Encore heureux que ce ne soit pas Layla, songea Vhif pour une raison qu'il ne s'expliquait pas.

Le silence qui suivit avait la consistance du goudron et l'odeur de la culpabilité.

— Est-ce que je peux te parler une minute ? demanda Vhif d'un ton sec en se tournant vers Blay. Dans le couloir.

C'était un ordre plus qu'une question.

Lorsque Fritz arriva avec le plateau, Vhif sortit de la chambre et attendit devant la porte, face à une statue puissamment musclée. L'image de Blay, nu, surgit dans sa tête.

Dévissant le couvercle du Thermos, il but une gorgée de café, se brûla la gorge, et recommença.

Après le départ de Fritz, Blay sortit à son tour et ferma la porte.

— Que se passe-t-il ?

— Je n'arrive pas à croire que tu l'aies amené ici.

Blay fronça les sourcils.

— Tu as vu l'état de son visage ? Comment aurais-je pu le laisser seul ? Il est blessé, il ne cicatrise pas bien, il a besoin de se nourrir. Fhurie n'aurait jamais permis à une de ses Élues d'aller en dehors de la maison. C'est le seul moyen sûr que j'aie trouvé.

— Pourquoi tu n'as pas cherché quelqu'un d'autre, tout simplement ? Ce n'est pas une obligation qu'il se nourrisse à la veine d'une Élue.

— Pardon ?

Les sourcils de Blay se froncèrent de plus belle.

— Je te rappelle qu'il s'agit de ton *cousin,* Vhif.

— J'en suis tout à fait conscient, répliqua ce dernier d'un ton un peu trop guindé à son goût. Simplement, je n'arrive pas à comprendre pourquoi tu remues ciel et terre pour lui.

Foutaises. Il savait parfaitement pourquoi.

Blay tourna les talons.

— J'y retourne…

— Est-ce que c'est ton amant ?

Blay s'arrêta net, pétrifié comme l'une de ces statues grecques, la main crispée sur la poignée de la porte.

Puis il jeta un coup d'œil par-dessus son épaule, le visage dur, fermé.

— Ça ne te regarde pas.

En voyant que Blay n'avait pas rougi, Vhif exhala un soupir de soulagement.

— Ce n'est pas ton amant, n'est-ce pas ? Tu n'as pas couché avec lui.

— Laisse-moi tranquille, Vhif. Laisse-moi juste… tranquille.

Tandis que la porte se refermait sur lui, Vhif étouffa un juron. Pourrait-il le laisser tranquille un jour ? C'était une bonne question.

Pas dans l'immédiat, en tout cas, souffla une voix intérieure. Et peut-être même jamais.

Chapitre 53

Flhéau se réveilla le nez dans la fange. On lui faisait les poches. Lorsqu'il voulut se retourner, quelque chose de dur lui enserra la nuque comme un étau, le forçant à rester immobile.

Une main. Une main humaine.

— Prends les clés de la bagnole ! souffla une voix sur sa gauche.

Ils étaient deux. Deux humains puant le crack et la sueur rancie.

Au moment où la main fouineuse passa de l'autre côté, Flhéau attrapa le poignet du type et, d'un geste sec, bondit sur ses pieds en envoyant l'autre au tapis.

Tandis que l'enfoiré, saisi de panique, ouvrait la bouche en grand, Flhéau montra ses crocs et fondit sur sa proie, lui arrachant au passage un morceau de joue rougeaude. Il l'avait mordu jusqu'à l'os. Après avoir craché le lambeau de chair, il égorgea le sale bâtard d'un geste rapide.

Des hurlements. L'autre mec poussait des hurlements hystériques.

Qui prirent brusquement fin quand Flhéau lança son couteau dans le dos du grand voleur de voiture qui tentait de s'enfuir. La lame se planta pile-poil entre ses omoplates. Alors qu'il s'écroulait dans la boue, Flhéau balança un coup de poing sur la tempe du type qui lui avait fait les poches.

Une fois le danger neutralisé, Flhéau sentit ses forces le lâcher. Il vacilla sur le côté, assailli par une nouvelle nausée.

Ce n'était pourtant pas le moment de faiblir : l'homme qu'il avait planté se mit à gémir et à labourer le sol de ses ongles, comme s'il avait l'ambition de se sortir de là.

Au prix d'un effort, Flhéau se leva et avança vers le sale camé. Arrivé à sa hauteur, il posa un pied sur son cul et arracha le couteau. Puis il le fit rouler sur le dos, leva le bras et...

Il s'apprêtait à lui enfoncer la lame en pleine poitrine quand il se rendit compte que l'enfoiré était un sacré gaillard, tout en muscles. Vu son regard halluciné, il devait être accro à la pipe, mais il était encore jeune et la came n'avait pas eu le temps de s'attaquer à sa masse musculaire.

Tiens, tiens, n'était-ce pas son jour de chance, à ce sale fils de pute ? Grâce à une lubie et à son corps solidement charpenté, il venait de passer du statut de cadavre à celui de rat de laboratoire.

Au lieu de le poignarder en plein cœur, Flhéau lui taillada les poignets et sectionna sa jugulaire. Un flot de sang rouge commença à se répandre sur le sol et le type se mit à gémir. Flhéau jeta un coup d'œil en direction de la voiture ; elle lui sembla à des kilomètres.

Il lui fallait de l'énergie. Il lui fallait...

Mais oui, c'était ce dont il avait besoin !

Pendant que l'enfoiré se vidait de son sang, Flhéau se traîna jusqu'à la Mercedes, ouvrit le coffre et souleva le tapis. Le panneau dissimulant la roue de secours céda sans problème.

Salut, la came.

Le kilo de cocaïne aurait dû être reconditionné en petits sachets pour être revendu dans les rues il y a déjà quelques jours de cela mais, entre-temps, le monde avait explosé et le paquet était resté là où l'avait planqué M. D.

Après avoir essuyé son couteau sur son pantalon, Flhéau fit une entaille dans l'emballage et y plongea le bout de sa lame. Il sniffa la coke à même l'acier, remplissant d'abord sa narine droite puis la gauche. Des narines qui n'existaient plus, au sens physique du terme, en tout cas.

Pour faire bonne mesure, il renouvela l'opération.

Et… encore une fois.

La montée d'adrénaline fut salvatrice, lui insufflant assez d'énergie pour lui permettre de vaquer à ses occupations et mettant un terme au gros passage à vide qu'il venait de traverser, entre vomissements et évanouissement. Les causes de ses problèmes de santé demeuraient un mystère. Peut-être le sang de cette pétasse était-il contaminé… ou peut-être n'était-ce pas seulement son enveloppe corporelle qui subissait des transformations, mais aussi sa biologie. Quoi qu'il en soit, il allait devoir garder sous le coude le sac de poudre jusqu'à ce que les choses prennent une nouvelle tournure.

Ça marchait bien, en tout cas. Il pétait la forme.

Après avoir remis la drogue à sa place, il retourna près du camé. Le froid n'accélérait pas le processus et ce n'était sans doute pas une idée géniale d'attendre que l'enfoiré se vide de son sang là, même s'ils étaient à l'abri des regards, planqués sous le pont. Profitant de son regain d'énergie, il s'accroupit au-dessus du cadavre, ouvrit sa veste crasseuse et déchira son tee-shirt en fines bandelettes.

Que son père aille se faire foutre.

Que le Merdeux aille se faire foutre.

Il formerait sa propre armée. Et ce colosse accro au crack serait sa première recrue.

Il ne lui fallut pas longtemps pour bander les blessures encore suintantes. Quand ce fut chose faite, Flhéau le souleva et alla le balancer dans le coffre de la Mercedes avec autant d'égards qu'un chauffeur de taxi manipulant une valise bon marché.

Il s'éloigna du pont au volant de sa voiture en scrutant l'obscurité. Merde alors… toutes les bagnoles, celles qu'il croisait comme celles qui circulaient sur l'autoroute, toutes sans exception étaient des voitures de police banalisées.

Il en était sûr et certain. La police était partout. Des humains avec des badges mataient sa voiture. La police, le commissariat de Caldwell, la police, le commissariat de Caldwell…

Sur le chemin du ranch, il se tapa tous les feux rouges. Forcé de s'arrêter, il regardait droit devant lui, priant pour que les flics qui le précédaient et le suivaient ne décèlent pas la présence d'un mourant et d'un gros paquet de coke dans le coffre de sa voiture.

Il n'était pas en état de supporter une interpellation, ça lui demanderait beaucoup trop d'efforts. Devoir discuter le bout de gras le tuerait. D'autant qu'il se sentait de nouveau lui-même, chaque battement de cœur se répercutant dans ses veines, les sabots ferrés de toute cette coke martelant son cerveau, créant une cacophonie plutôt créatrice, ma foi…

Un instant. À quoi pensait-il, au fait ?

Ah, tant pis, pas grave. Des idées inachevées tourbillonnaient dans sa tête, des plans se formaient pour se désintégrer aussitôt, tous plus géniaux les uns que les autres.

Benloise. Il fallait absolument qu'il prenne contact avec Benloise pour relancer le réseau. Créer de son côté d'autres éradiqueurs. Mettre la main sur le Merdeux et le renvoyer à l'Oméga en lui plantant une lame dans le cœur.

Baiser son père comme ce dernier l'avait baisé.

Baiser Xhex, encore.

Retourner à la ferme et affronter les frères.

Du fric, du fric… il avait besoin de fric.

En longeant le parc de Caldwell, il leva le pied de l'accélérateur. Au début, il n'en crut pas ses yeux. Était-ce la réalité qu'il voyait ou bien son cerveau noyé de poudre lui jouait-il des tours ?

Mais non…

Ce qui était en train de se dérouler à l'ombre de la fontaine lui offrait l'occasion unique d'ouvrir sa petite entreprise personnelle. En commençant par une infiltration.

Après avoir garé la Mercedes sur une place de parking, il coupa le moteur et sortit son couteau. En contournant le capot, il était vaguement conscient de ne plus avoir toute sa tête, mais, grisé par la cocaïne, il se sentait bien.

John Matthew se matérialisa au milieu des pins et des buissons en compagnie de Xhex, Vhif, Butch, V. et Rhage. Devant eux, la ferme délabrée encerclée d'un ruban jaune ressemblait à une scène de *New York, police judiciaire.*

Malgré les hectares d'air pur tout autour, l'odeur du sang prenait à la gorge tant elle était forte.

Afin de vérifier dans les meilleures conditions la véracité de l'information communiquée par Flhéau, la Confrérie avait formé deux équipes. À l'heure qu'il était, l'autre groupe se rendait à l'adresse correspondant à la plaque de la Civic customisée. Trez et iAm étaient partis travailler mais ils se tenaient prêts à revenir au moindre texto. Aux dires des Ombres, il ne s'était rien passé de particulier depuis le départ de Xhex. Seul l'inspecteur De La Cruz était revenu sur les lieux du crime, où il avait passé une heure avant de repartir.

John scruta le paysage, se concentrant davantage sur les recoins sombres que sur ceux éclairés par la lune montante. Puis il ferma les yeux et laissa son instinct glisser hors de lui, libérant ce capteur indéfinissable et invisible qu'il sentait dans sa poitrine.

Il n'aurait su dire pourquoi il agissait ainsi dans des moments pareils. C'était une pulsion irrésistible. La conviction d'avoir déjà fait ça par le passé, à des fins louables, était si forte qu'il ne cherchait pas à lutter.

Ouais… Il sentait bien que quelque chose ne tournait pas rond… Il y avait des fantômes derrière ces murs. Cette certitude lui rappela ce qu'il avait ressenti en pénétrant dans cette horrible chambre où Xhex avait été à la fois si proche et si loin de lui. Il avait perçu sa présence, alors, mais avait été incapable d'établir le contact.

— Les corps sont là-dedans, déclara Xhex. On ne peut ni les voir ni les toucher, c'est tout. Mais je peux vous assurer qu'ils sont à l'intérieur.

— Dans ce cas, ne perdons pas de temps ici, répliqua V. en se dématérialisant.

Rhage l'imita et reprit forme directement dans la maison tandis que Butch tentait une approche plus physique, traversant à pied la pelouse clairsemée, son fusil plaqué contre sa cuisse. Il regarda par les fenêtres jusqu'à ce que V. lui ouvre la porte de derrière.

— Tu vas à l'intérieur ?

John signa lentement pour qu'elle puisse décoder ses gestes.

— *Tu nous as déjà dit ce qu'il y avait là-dedans. Ce qui m'intéresse, personnellement, c'est de voir qui va se pointer à la porte d'entrée.*

— OK.

Les frères revinrent l'un après l'autre et V. prit la parole à mi-voix :

— En supposant que Flhéau n'ait pas exagéré l'ampleur de l'entreprise d'initiation et si Xhex a raison…

— Il n'y a aucun doute là-dessus, coupa-t-elle. J'ai raison.

— … dans ce cas, celui qui s'est occupé de ces pauvres abrutis va forcément revenir.

— Merci, Sherlock.

V. la foudroya du regard.

— Tu veux bien baisser d'un ton, chérie ?

John se redressa. S'il aimait beaucoup le frère, ce genre de réplique n'était toutefois pas fait pour lui plaire.

Et, manifestement, Xhex partageait son sentiment.

— Appelle-moi encore une fois « chérie » et je peux te garantir que ce sera ton dernier mot.

— Serait-ce une menace, ché…

Butch vint se planter derrière V. et plaqua une main sur sa grande bouche pendant que John attrapait le bras de Xhex pour l'obliger à se calmer. Puis il darda sur V. un regard noir. Il n'avait jamais compris d'où venait leur animosité mutuelle, à ces deux-là. Du plus loin qu'il se souvienne, elle avait toujours existé…

Il fronça les sourcils. Le moment de tension passé, Butch baissa les yeux. Xhex, quant à elle, fixait du regard un tronc d'arbre par-dessus l'épaule de V. tandis que ce dernier émettait de petits grognements en observant ses ongles.

Quelque chose ne tourne pas rond, songea John.

Oh… Seigneur…

V. n'avait aucune raison avouée de détester Xhex. En fait, elle incarnait même le genre de femelle qu'il respectait d'ordinaire. Sauf bien sûr si elle avait eu une liaison avec Butch…

V. vouait à son meilleur ami des sentiments possessifs, exclusifs. Seule la *shellane* de Butch ne subissait pas ses accès de jalousie.

John se força à mettre un terme à ses élucubrations. Il n'avait certainement pas besoin d'en savoir davantage. Butch était follement amoureux de Marissa. Donc, s'il avait eu une histoire avec Xhex… c'était forcément très longtemps auparavant. Avant même que John ne fasse sa connaissance, sans doute. Peut-être était-il encore un prétrans, à l'époque.

Le passé était le passé. Point barre.

De toute manière, il n'avait pas…

Le cours de ses pensées fut heureusement interrompu par l'arrivée d'une voiture. Aussitôt, tous les regards se braquèrent sur un engin ressemblant à la tenue dont aurait rêvé une gamine de douze ans… en 1985.

Du gris, du jaune fluo et du rose vif. Vraiment ? Qui pouvait encore trouver ça esthétique ? Seigneur… à supposer qu'un éradiqueur se trouve au volant du bolide, John prendrait un malin plaisir à dégommer ce fils de pute.

— C'est la Civic customisée, murmura Xhex. C'est elle.

Tout à coup, un subtil changement se produisit dans l'atmosphère, comme si un écran avait été posé au-dessus de leurs têtes. Heureusement, leur vision ne se brouilla que durant l'installation de la protection. Quand ce fut terminé, tout redevint clair.

— J'ai mis en place la *brhume*, déclara V. C'est qui, ce trou du cul ? Ce bolide est beaucoup trop voyant pour s'aventurer par ici.

— Ce bolide ? railla Rhage. Je t'en prie. Ce truc est une machine à coudre à roulettes collée sur un ventilateur géant. Ma bagnole l'enverrait dans les choux en un clin d'œil.

Lorsqu'un bruit étrange résonna derrière eux, John se retourna. Aussitôt imité par les trois frères.

— Quoi ? lança Xhex en croisant les bras. Il m'arrive de rire, de temps en temps. Et j'avoue que ça, c'est… plutôt drôle.

Le visage de Rhage s'éclaira.

— Je savais que tu m'étais sympathique.

La machine à coudre passa devant la maison, s'éloigna puis revint… avant de repartir pour procéder à un troisième tour de piste.

— Il commence à me fatiguer, avec son cirque.

Rhage s'agita, dansant d'un pied sur l'autre. Ses yeux se mirent à briller d'un éclat bleu fluorescent, ce qui voulait dire que sa bête menaçait de piquer du nez, agacée par le *statu quo*. Ce n'était jamais bon signe.

— J'ai très envie de peaufiner sa déco en éclatant sa petite gueule d'enfoiré sur le pare-brise.

— On ferait mieux d'attendre encore un peu pour lui tendre un piège, murmura Xhex à l'instant où la même pensée traversait l'esprit de John.

Le conducteur de la Civic n'avait peut-être aucun goût quand il s'agissait d'harmoniser les couleurs, mais il ne devait pas être complètement débile. Il poursuivit sa route et, cinq minutes plus tard, alors que Rhage était sur le point de péter un câble, il réapparut au milieu du champ de maïs, derrière la maison.

— Ce gosse est un vrai furet, ma parole, marmonna Rhage. Il ne tient pas en place.

Oui, mais le furet avait amené deux potes en renfort et, vu la stature des gaillards, ces derniers n'avaient certainement pas fait le voyage dans sa bagnole. Sans doute s'étaient-ils donné rendez-vous ailleurs et avaient-ils laissé leur voiture sur place.

Leur approche fut prudente et réfléchie. Ils prirent le temps d'inspecter les alentours, scrutant la pelouse, la maison et la forêt. Grâce à V., ils ne virent pas l'ennemi, posté au pied des arbres : la *brhume* de Viszs était une illusion d'optique qui opacifiait toutes les zones occupées par les frères.

Lorsque le trio d'éradiqueurs se dirigea vers l'arrière de la maison, leurs bottes écrasèrent bruyamment l'herbe froide et sèche. Un moment plus tard, un bruit de verre brisé déchira le silence.

John signa, comme pour lui-même :

— *Je vais voir ce qui se passe.*

— Attends…

L'injonction de V. ne freina pas John le moins du monde, qui se dématérialisa pour reprendre forme sur le côté de la bâtisse.

Il fut donc le premier à apercevoir les corps redevenus visibles.

À l'instant où le furet passa par la fenêtre de la cuisine, les murs tremblèrent et ce fut…

Massacre à la tronçonneuse, le retour…

Une vingtaine de types étaient allongés par terre, dans une rangée impeccable courant de la salle à manger jusqu'au salon en passant par l'entrée, la tête dirigée vers l'arrière de la maison, les pieds vers la façade à l'avant. Des poupées. Des poupées nues et grotesques, le visage barbouillé de vomissures noires, leurs bras et leurs jambes dessinant de pathétiques moulinets dans l'air.

John sentit Xhex et le reste de la bande se matérialiser derrière lui, près de la fenêtre, à l'instant où le furet débarquait dans la pièce.

— Bordel de merde ! s'exclama le gamin en regardant autour de lui. *Yes !*

Triomphant, son rire de crécelle était à la limite de l'hystérie ; ce détail aurait été inquiétant s'il n'était pas en train de patauger dans le sang et les entrailles… Au milieu de ce spectacle cauchemardesque, le caquètement suraigu passait presque pour un simple bourdonnement.

Un peu comme sa bagnole, en fait. Dans le plus pur style Vin Diesel ?

— Vous êtes mon armée ! hurla-t-il à l'adresse des types ensanglantés qui gisaient par terre. Nous allons prendre le pouvoir à Caldwell ! Allez, bougez-vous le cul, on a du pain sur la planche ! Ensemble, nous sommes…

— J'ai hâte de buter ce sale petit merdeux, murmura Rhage. Ne serait-ce que pour lui clouer le bec.

Clair.

L'enfoiré poursuivit son discours à la Mussolini, déblatérant et haranguant la foule de macchabées. C'était peut-être bon pour son ego mais, au bout du compte, ça n'allait pas loin. Restait à voir la réaction des malheureux écroulés sur le sol…

Tiens donc. L'Oméga avait peut-être fait le bon choix : on aurait dit que les pantins se nourrissaient des paroles enthousiastes de leur nouveau chef. Après avoir été rassemblés là, écharpés, vidés de leur sang puis réanimés, les ex-humains désormais privés de leur âme s'agitèrent lentement, décollant leurs torses du plancher pour se mettre tant bien que mal sur leurs pieds, sur ordre du furet.

Dommage pour eux : leurs efforts s'avéreraient vains, au final.

— À trois, murmura Viszs.

Xhex se chargea de donner le signal.

— Un… deux… *trois*…

Chapitre 54

Dès que la nuit tomba sur la campagne, enveloppant de son gracieux manteau noir la terre fertile, Audazs se dématérialisa devant son modeste logis pour reprendre forme sur la côte, au bord de l'océan, en compagnie de Tohrment. Le « cottage » décrit par le symphathe *était en réalité une demeure de charme en pierre de belles dimensions. Des bougies brillaient à l'intérieur mais Audazs et son protégé, marquant une pause derrière des buissons feuillus, ne virent pas d'autre signe de vie : aucune silhouette ne passa devant les fenêtres, aucun chien n'aboya, aucune odeur de cuisine ne s'échappa de l'office pour embaumer le petit vent frais.*

Seul un cheval paissait dans le champ, et un carrosse était stationné près de la grange.

L'atmosphère était cependant oppressante, comme si une menace planait dans l'air.

— Il y a un symphathe *entre ces murs, murmura Audazs tandis que son regard scrutait non seulement les zones éclairées, mais aussi celles plongées dans l'ombre.*

Aucun moyen de savoir s'il y avait plus d'un symphathe *à l'intérieur de cette maison : il suffisait d'une seule de ces créatures pour créer cette barricade de peur presque palpable. Pas moyen de savoir non plus si c'était bien le* symphathe *qu'ils recherchaient.*

Pas tant qu'ils resteraient en retrait, en tout cas.

Fermant les yeux, Audazs permit à tous ses sens de s'imprégner du cadre qui les entourait. Au-delà de la vue et de l'ouïe, son instinct percevait le danger.

Dans bien des cas, il lui faisait confiance, se fiant à ce qu'il ressentait plutôt qu'à ce qu'il voyait.

Là, il sentait une présence à l'intérieur. Il régnait même une certaine agitation derrière les murs de pierre.

Le symphathe avait compris qu'ils étaient là.

Audazs fit un petit signe de tête en direction de Tohrment et les deux compagnons tentèrent leur chance en essayant de se dématérialiser dans la pièce à vivre. Mais les barres métalliques incrustées dans la maçonnerie les empêchèrent de traverser les murs épais et ils furent obligés de reprendre forme près de la façade glaciale de la maison. Loin de se décourager, Audazs leva son coude recouvert de cuir et percuta le carreau de la fenêtre. Une fois la vitre brisée, il saisit les montants et tira sur le cadre, qu'il jeta sur le côté. Suivi de Tohrment, il pénétra à l'intérieur et tous deux se retrouvèrent dans la pièce à vivre…

… juste à temps pour apercevoir un éclair de lumière rouge se faufiler par une porte donnant sur l'arrière de la maison. D'un accord tacite, ils s'élancèrent dans cette direction, atteignant la poignée au moment où les loquets d'un verrou étaient actionnés.

Le mécanisme était en cuivre. Il n'y avait donc pas moyen de le bouger par la force du mental.

— Écartez-vous, ordonna Tohrment en levant le canon de son fusil.

Audazs fit un pas de côté. Le coup de feu partit, et d'un coup d'épaule il enfonça le battant en bois pour l'ouvrir à toute volée.

Les marches menant au sous-sol étaient plongées dans l'obscurité. Seule une lumière mouvante projetait une clarté fantomatique.

Ils descendirent l'escalier, martelant de leurs lourdes bottes les marches en pierre, puis coururent sur le sol de terre battue, guidés par la lanterne… et l'odeur du sang de vampire flottant dans l'air.

Un sentiment d'urgence grondait dans les veines d'Audazs, tiraillé entre la fureur et le désespoir. Il désirait tant récupérer *la jeune femelle… Très chère Vierge scribe, quel avait dû être son calvaire…*

Un claquement de porte résonna à leurs oreilles et le tunnel souterrain fut plongé dans l'obscurité totale.

Sans ralentir le pas, Audazs continua à avancer, la main posée sur le mur de pierre pour garder le cap. Sur ses talons, Tohrment progressait aussi vite que lui, et l'écho de leurs bottes aida Audazs à localiser le bout du tunnel. Il s'immobilisa juste à temps, tâtonnant dans le noir pour trouver le loquet.

Que le symphathe *n'avait pas pris le temps de tirer derrière lui.*

Poussant en grand les battants de bois massif, Audazs aspira une longue bouffée d'air frais avant d'apercevoir le balancement de la lanterne devant eux, au milieu du champ.

Après s'être dématérialisé pour reprendre forme plus loin, il rattrapa le symphathe *et la femelle vampire près de la grange, leur bloquant le passage de sorte que le ravisseur fut contraint de s'arrêter.*

Avec des mains tremblantes, le mangeur de péchés approcha une lame de couteau de la gorge de sa captive.

— Je vais la tuer ! s'écria-t-il. Je vais la tuer !

Serrée contre lui, la femelle ne chercha pas à se débattre, ne tenta pas de le repousser, pas plus qu'elle ne supplia d'être sauvée ou libérée. Son visage était morne, son regard vide fixait un point devant elle. Son teint était aussi pâle que celui d'un mort baigné par le clair de lune. Et bien que le cœur de la fille de Sampsone continuât à battre dans sa poitrine, son âme, elle, avait déjà quitté ce monde.

— Libère-la, ordonna Audazs. Libère-la et nous te laisserons la vie sauve.

— Jamais ! Elle m'appartient !

Les yeux du symphathe *brillèrent d'un éclat rouge, son héritage maléfique luisant dans les ténèbres. Mais sa jeunesse et la peur qui le tenaillait l'empêchaient manifestement d'utiliser l'arme la plus puissante de son espèce. Car, alors qu'Audazs se préparait à repousser une intrusion mentale, le mangeur de péchés ne fit aucune tentative de ce genre.*

— Laisse-la partir, répéta-t-il, et nous ne te tuerons pas.

— Je me suis accouplé avec elle ! Vous m'entendez ? Nous nous sommes accouplés !

Lorsque Tohrment leva son fusil pour le pointer sur le mâle, Audazs fut impressionné par son calme. C'était sa première fois sur le front, il s'agissait de libérer une femelle vampire, captive d'un symphathe… *et le garçon gérait la situation avec le plus grand détachement, sans se laisser consumer par le côté dramatique de la scène.*

Avec le même calme délibéré, Audazs redoubla de persuasion pour raisonner leur adversaire, en même temps qu'il remarquait les taches sur la chemise de nuit de la femelle. Il parvint néanmoins à dominer la bouffée de rage qui menaçait de le submerger.

— Si tu la relâches…

— Vous ne pourrez rien me donner de plus précieux qu'elle !

La voix basse de Tohrment fendit l'air chargé de tension.

— Si tu la laisses partir, je ne t'achèverai pas d'une balle dans la tête.

C'est une menace plutôt valable, *songea Audazs. Mais, bien sûr, Tohrment ne la mettrait pas à exécution : le risque était bien trop grand de toucher la femelle si sa cible bougeait ne serait-ce que d'un millimètre.*

Le symphathe *commença à marcher à reculons en direction de la grange, entraînant la femelle vampire avec lui.*

— Je vais lui ouvrir le cœur…

— Si elle est si précieuse à tes yeux, intervint Audazs, comment supporteras-tu une telle perte ?

— Je préfère qu'elle meure avec moi plutôt que…

Pan !

Lorsque le coup partit, Audazs bondit en avant en hurlant, comme pour intercepter la balle de Tohrment avec ses mains.

— Qu'as-tu fait ? s'écria-t-il tandis que le symphathe *et la femelle s'effondraient par terre.*

Il s'élança dans l'herbe et tomba à genoux, priant pour qu'elle ne soit pas morte. Le cœur au bord des lèvres, il tendit la main pour repousser le mâle…

Le jeune symphathe *roula sur le dos, ses yeux grands ouverts fixés sur la voûte céleste. Un trou noir, parfaitement rond, ornait son front. Pile au milieu.*

— Très chère Vierge scribe, souffla Audazs. Quel tir !

Tohrment s'agenouilla près de lui.

— Je n'aurais pas appuyé sur la détente si je n'avais pas été sûr de moi.

Tous deux se penchèrent vers la femelle. Elle aussi fixait le ciel étoilé au-dessus de leurs têtes, mais ses yeux clairs ne cillaient pas.

Avait-il eu le temps de lui trancher la gorge ?

Audazs palpa son corps par-dessus la chemise de nuit soyeuse, jadis d'un blanc immaculé. Il y avait du sang dessus. Du sang séché, et du sang frais.

La larme qui roula sur sa joue scintilla dans le clair de lune.

— Vous êtes sauvée, déclara Audazs. Vous êtes en sécurité. N'ayez pas peur. Ne soyez pas triste.

Son regard pâle bougea légèrement pour croiser le sien et le désespoir qu'il y lut était aussi glacial que le vent d'hiver, aussi implacable.

— Nous allons vous ramener chez vous, promit Audazs. Votre famille sera…

Elle l'interrompit d'une voix éraillée :

— Vous auriez dû me tuer à sa place.

Chapitre 55

Le top départ donné, Xhex se matérialisa dans le salon de la ferme. Ils avaient eu raison de songer à une embuscade… sauf que là, c'étaient les éradiqueurs qui seraient les victimes. Fondant sur l'ennemi le plus proche pour se battre avec lui, elle savait qu'il faudrait jouer la carte de la rapidité.

Dans n'importe quel combat, l'effet de surprise ne fonctionnait qu'une fois et l'adversaire avait l'avantage du nombre… dans un affrontement où les armes à feu étaient inutiles. Les balles étaient efficaces quand on pouvait tirer proprement sur des cibles fixes mais, en l'occurrence, ce n'était pas le cas. Bras, jambes et corps volaient dans tous les coins tandis que les frères, John et Vhif faisaient exactement comme elle : choisir un initié au hasard et se la jouer à la Bruce Lee avec lui.

Tenant sa dague dans la main gauche, elle décocha un crochet du droit à son adversaire. Mis KO par ce coup de poing fulgurant, le type s'effondra contre le mur et Xhex en profita pour pointer la lame de son couteau sur sa poitrine…

D'un geste sec, Butch lui retint le poignet.

— Laisse-moi finir ça.

S'interposant, il fixa l'ennemi du regard et approcha sa bouche tout près de lui. Puis, en une longue et régulière inspiration, il commença à aspirer l'essence de ce corps. Un nuage vicié se forma, comme si de la fumée transitait de l'éradiqueur vers Butch.

— Seigneur… Dieu, murmura Xhex lorsque le corps du type se désintégra en un tas de cendres aux pieds du frère.

Chancelant, Butch s'appuya contre le mur. Xhex le saisit par le bras.

— Ça va ?

Un sifflement aigu lui fit tourner la tête juste à temps : un autre éradiqueur fondait sur elle en brandissant un couteau. Grâce à John qui avait donné l'alerte, elle se baissa et plongea en avant, attrapant le poignet du type pour lui arracher le couteau, qu'elle lui planta aussitôt sous les côtes.

Une explosion et un éclair de lumière.

Au suivant.

Elle couvrait toute la zone de combat, alerte sur ses jambes, rapide avec ses mains. Et bien qu'elle soit obligée d'agir vite et qu'elle ait achevé elle-même ce dernier éradiqueur, elle avait la ferme intention de respecter le rôle de Butch dans cette démonstration de force. Elle ne comprenait pas complètement cette espèce de rituel des cendres mais elle ne doutait pas un instant qu'il y avait une bonne raison de tuer l'ennemi de cette façon si singulière.

Forte de sa résolution, elle entreprit de taillader l'arrière des genoux et les cuisses de tous les éradiqueurs qui croisaient son chemin. En tant qu'assassin, elle excellait dans cet art de mettre l'ennemi hors d'état de nuire, car elle avait souvent un message à transmettre avant de le frapper mortellement. Et tandis qu'elle laissait des corps gémissants dans son sillage, Butch passait derrière elle, terminant le travail en inhalant et réduisant en poudre fine ceux qu'ils étaient venus éliminer.

Tout en lacérant ses adversaires, Xhex gardait un œil discret sur John. Seigneur… c'était un combattant hors pair.

Apparemment spécialisé dans le broyage de nuques. Il s'approchait de l'ennemi par-derrière, l'attrapait par le cou puis, avec une force herculéenne…

Le coup arriva de nulle part, percutant son épaule et la propulsant contre le mur. La violence du choc lui fit lâcher son couteau et une ronde d'étoiles dansa sous ses yeux.

L'éradiqueur qui venait de la frapper se jeta en avant pour ramasser le poignard sur le sol ensanglanté. Couteau en main, il fonça sur elle.

In extremis, elle se pencha sur la gauche de sorte qu'il percuta le mur et que la lame alla se ficher dans la cloison en contreplaqué. Pendant qu'il essayait de la libérer, Xhex fit volte-face et lui planta son autre couteau dans le ventre, ouvrant un trou béant au niveau des intestins.

Elle croisa le regard empli de stupeur de l'éradiqueur.

— Parce que tu croyais peut-être que je n'avais pas de couteau de rechange ? Abruti.

Elle le frappa à la tête avec le manche de son arme et, lorsqu'il tomba à genoux, elle récupéra son autre poignard et retourna au combat. Les coups et les plaintes résonnaient dans toute la maison. À qui le tour… ?

À cet instant, elle vit un éradiqueur sortir en courant par la porte d'entrée, visiblement pressé de prendre l'air.

Elle se dématérialisa et reprit forme juste devant lui. Il s'arrêta net, frappé de stupéfaction. Xhex esquissa un sourire.

— Tu ne comptes tout de même pas nous faire faux bond… ?

Rebroussant chemin, il courut vers la maison. Une idée assez stupide, compte tenu que personne ne lui viendrait en aide, là-bas.

Xhex s'élança à sa poursuite à grandes enjambées souples et puissantes. Au moment où il atteignait la porte, elle bondit en avant et l'attrapa au vol, le saisissant par le cou et l'épaule pour le forcer à se plier en deux, tel un point d'interrogation.

Ils atterrirent violemment sur le sol. Le souffle coupé, Xhex ne put s'empêcher de sourire.

Seigneur, rien de tel qu'un bon combat pour se garder la forme.

Du coin de l'œil, John vit Xhex sortir de la maison mais il ne put la rejoindre, trop occupé à faire leur fête à deux initiés passablement décidés à en découdre. John comptait bien s'en débarrasser au plus vite.

Quand votre femelle disparaissait dans la nuit, lancée aux trousses de l'ennemi, vous bénéficiiez d'un surplus d'énergie non négligeable, c'était marrant…

Sauf qu'elle n'était pas sa femelle.

Marrant aussi, comme ce simple rappel vous donnait envie de fondre sur votre proie comme un serpent.

Tendant la main vers l'éradiqueur qui lui faisait face, John lui arracha la tête de la colonne vertébrale. Quel dommage qu'il n'ait pas le temps de faire la même chose avec les bras et les jambes… Il aurait pu s'en servir pour tabasser l'autre larron.

Ce dernier enroula ses bras autour du torse de John, tentant de lui comprimer la poitrine pour lui couper le souffle.

John le saisit par les poignets et, pivotant sur ses talons, sauta en l'air pour plaquer son adversaire. Ils s'écroulèrent ensemble, John à moitié allongé sur l'éradiqueur qui lui servait de matelas. Se redressant légèrement, il donna un violent coup de tête, transformant le nez du type en un véritable geyser.

D'un geste leste, John leva le poing et l'abattit de toutes ses forces. Des soubresauts agitèrent le corps de l'enfoiré, laissant à penser que le choc avait sérieusement endommagé son cerveau.

Aucun risque que celui-ci sorte des limbes avant l'arrivée de Butch.

John se rua vers la porte, glissant sur le sol où le sang répandu prenait à présent des teintes rouille et noir brillant.

Sur le seuil, il fut forcé de s'immobiliser, émerveillé par le spectacle s'offrant à lui.

L'éradiqueur que Xhex pourchassait regagnait la maison en courant, ayant visiblement renoncé à son plan d'évasion. Il détalait à toute vitesse, ses pieds nus crissant dans l'herbe gelée. Xhex gagnait cependant du terrain et ne tarderait pas à le rattraper, plus forte et plus concentrée que l'ex-humain.

John n'eut même pas le temps d'intervenir : se propulsant dans l'air, Xhex fondit littéralement sur sa proie. Elle l'attrapa par la taille et le jeta à terre avant de lui taillader l'arrière des cuisses si profondément qu'il se mit à pousser des cris perçants.

Elle le relâcha, déjà prête à retourner au combat…

— John ! Derrière toi !

Pivotant sur ses talons, ce dernier se retrouva nez à nez avec un éradiqueur qui le chargea comme un taureau pour le propulser à l'extérieur. John atterrit sur les fesses, les mains plantées sur la dalle cimentée du perron.

Comme quoi c'était bien utile, un pantalon en cuir anti-abrasion.

Fou de rage d'avoir été pris en défaut sous les yeux de Xhex, il attrapa le type par les cheveux et le balança en l'air dans un arc parfait. Sa colonne vertébrale craqua bruyamment lorsqu'il s'écrasa par terre.

Dans un grognement inaudible, John dévoila ses crocs et les planta dans le cou du fils de pute, libérant un monstrueux magma du corps de l'ex-humain. Il cracha puis traîna la chose pleine de gargouillis par les cheveux. Retour à la case départ.

En passant devant Xhex, il lui adressa un petit signe de tête.

— Tout le plaisir fut pour moi, dit-elle en s'inclinant gracieusement. J'ai bien aimé le coup de la morsure.

John lui lança un regard par-dessus son épaule. Le respect qu'il lut dans ses yeux l'affecta plus que tous les coups portés par l'adversaire. Son cœur se gonfla étrangement et il eut l'agréable sensation de s'épanouir dans son enveloppe corporelle.

Dommage qu'il ne…

Le claquement familier d'un coup de feu dans son dos le fit s'arrêter net.

Le sifflement passa si près de lui que ses oreilles bourdonnèrent douloureusement et, pendant une fraction de seconde, il se demanda qui avait tiré et qui, le cas échéant, avait été touché.

Cette dernière question trouva une réponse lorsque sa jambe gauche se déroba sous lui et qu'il s'écroula comme un arbre qu'on vient d'abattre.

Chapitre 56

Le couteau de Xhex vola à travers la pièce un quart de seconde après qu'elle eut repéré l'éradiqueur pointant le canon d'un revolver en direction de John. La lame passa si près de l'oreille de John qu'elle pria de toutes ses forces pour qu'il ne tourne pas la tête à cet instant précis.

Au moment où le tueur de vampires appuyait sur la détente, le couteau se planta dans son épaule. L'impact le fit vaciller et la douleur l'obligea à lâcher son arme.

En conséquence de quoi la balle termina sa course dans la jambe de John au lieu de lui transpercer le cœur.

Lorsque son mâle s'effondra, Xhex se précipita vers l'éradiqueur en poussant un cri de guerre.

Butch O'Neal n'aurait qu'à aller se faire foutre. C'est elle qui réglerait son compte à cet enfoiré.

Il se tortillait, tentant vainement de retirer le couteau toujours fiché dans son épaule… mais il se figea en entendant le hurlement. Lorsqu'il tourna la tête vers Xhex, il se ratatina sur lui-même, saisi d'effroi. Les yeux de la femelle brillaient d'un éclat rouge et ses crocs complètement sortis étincelaient dans la pénombre.

Elle atterrit devant lui et, tandis qu'il levait les mains devant son visage déformé par un rictus pour se protéger, elle demeura là, immobile : son couteau de rechange resta à sa place, et son revolver ne quitta pas l'étui fixé à sa cuisse.

Elle avait d'autres projets pour ce garçon.

Utilisant sa moitié *symphathe,* elle s'enfonça dans le cerveau de l'éradiqueur et ouvrit les couvercles de tous ses souvenirs, de sorte qu'il ressentit d'un coup l'impact de tous les actes horribles qu'il avait commis et de toutes les choses immondes qu'on lui avait fait subir.

Ce fut un vaste merdier. Très vaste. Apparemment, ce fils de pute aimait bien les petites filles.

Voilà qui s'annonce plaisant à bien des égards, songea Xhex.

S'écroulant sur le sol, il se mit à hurler en posant les mains sur ses tempes – ce qui n'aurait aucun pouvoir pour mettre un terme au déluge, soit dit en passant. Xhex le laissa souffrir, vautré dans ses péchés, et sa grille émotionnelle clignota dans les secteurs de la peur, du dégoût, du regret et de la haine.

Lorsqu'il commença à se taper la tête contre le papier peint défraîchi, laissant une tache noire au niveau de son oreille, elle implanta une pensée dans son esprit. Rien qu'une.

Comme une pousse de lierre toxique, cette pensée allait s'enraciner, s'infiltrer et prendre possession de tout son mental.

— Tu sais ce qu'il te reste à faire, déclara-t-elle alors d'une voix profonde, déformée. Tu connais la seule issue.

Abaissant ses mains, l'éradiqueur dévoila son regard torturé. Écrasé par le poids de ce qu'elle avait libéré en lui, esclave de l'ordre qu'elle venait de lui donner, il saisit le manche du couteau et l'extirpa de son épaule.

Retournant la lame contre lui, il empoigna le manche à deux mains et ses épaules se contractèrent comme il s'apprêtait à la faire plonger dans son torse.

Xhex interrompit son geste, le pétrifiant tandis qu'elle s'agenouillait auprès de lui. Inclinant son visage vers le sien, elle chercha son regard et murmura d'une voix sifflante :

— On ne s'en prend pas à ce qui m'appartient. Maintenant, sois un bon garçon et étripe-toi.

Un jet de sang noir éclaboussa son pantalon en cuir lorsque le type enfonça la lame du couteau dans son estomac et y traça une croix brouillonne, répugnante.

Puis, toujours sur un ordre qu'elle lui lança mentalement et alors que ses yeux roulaient en arrière, il retira l'arme et la tendit à Xhex, manche en avant.

— De rien, murmura-t-elle.

Elle le poignarda en plein cœur, le faisant disparaître dans un éclair de lumière.

Lorsqu'elle se retourna, le talon de sa botte grinça sur le sol détrempé.

John l'observait avec le même air ahuri que l'éradiqueur, quelques instants plus tôt. Ou presque.

Xhex essuya la lame de son couteau sur son pantalon.

— Comment te sens-tu ?

Tandis que John la rassurait en levant un pouce en l'air, Xhex se rendit compte que le calme régnait de nouveau dans la maison. Elle balaya la pièce du regard. Tout le monde était sur pied : après avoir décapité un dernier ennemi, Vhif se tourna vers John. Puis Rhage émergea de la cuisine en courant, Viszs sur ses talons.

— Qui est touché… ?

Rhage marqua un temps d'arrêt, les yeux fixés sur le trou qui ornait le pantalon de John.

— Merde alors… quelques centimètres plus haut, un peu plus à gauche, et tu aurais pu faire carrière comme soprano, mon pote.

V. aida John à se relever.

— Comme ça, il aurait pu se mettre au tricot avec toi, railla-t-il. Tu aurais pu lui apprendre à faire des chaussettes au crochet. Rien que d'y penser, ça me donne presque envie de pleurer.

— Si je me souviens bien, ce n'est pas moi qui fais une fixation sur la laine…

Une respiration sifflante s'éleva soudain dans le salon. Lâchant un juron, Viszs se précipita vers Butch, qui s'effondra dans l'entrée.

Oh… merde. Alors comme ça, tout le monde n'était pas « sur pied », contrairement à ce que Xhex avait cru. L'ex-flic ressemblait à un malade ayant contracté en même temps une intoxication alimentaire, la fièvre jaune et le virus H1N1.

Elle se tourna vers Vhif et Rhage.

— Il nous faut une voiture. On doit les ramener tous les deux à la maison…

— Je m'occupe de mon pote, répliqua Viszs d'un ton bourru en aidant Butch à se relever pour l'entraîner vers le canapé du salon.

— Je vais chercher le Hummer, déclara Vhif.

Au moment où il tournait les talons, John donna un coup de poing dans le mur pour attirer l'attention. Il signa :

— *Je peux très bien continuer à me battre.*

— Tu dois te faire examiner par un médecin.

Les mains de John se mirent à voler si vite qu'elle perdit le fil mais, en substance, les choses étaient claires : il n'avait aucune envie d'être mis sur la touche à cause d'un morceau de plomb dans sa jambe.

Leur discussion fut interrompue par un éclat de lumière aveuglant. Surprise, Xhex jeta un coup d'œil par-dessus son épaule. La scène à laquelle elle assista lui ouvrit les yeux, et pas uniquement sur ce qui s'était passé lors du combat auquel ils venaient tous de participer. Assis à côté de Butch sur le canapé miteux, V. l'avait pris dans ses bras. Leurs têtes reposaient l'une contre l'autre. Ils semblaient si proches, tous les deux, que rien ni personne n'aurait pu les séparer. Le corps entier de Viszs brillait, et Butch semblait puiser de la force et du réconfort dans leur étreinte.

L'affection et la bienveillance de V. à l'égard de l'ex-flic le rendirent moins antipathique aux yeux de Xhex. Et ce sentiment s'accentua encore lorsque, tournant la tête vers elle, Viszs croisa son regard. Pour une fois, le masque froid était tombé et la tristesse qui se lisait dans ses yeux prouvait qu'il n'était pas le connard fini qu'elle détestait tant. Au contraire, on eût dit qu'il ressentait dans sa chair toute la souffrance causée par le sacrifice de son frère pour sauver l'espèce. Oui, c'était comme si elle le dévorait vivant.

Oh, et puis… apparemment, Butch lui appartenait. *Ce qui explique pourquoi V. ne m'apprécie pas non plus*, songea Xhex. Le simple fait de savoir qu'elle avait eu un morceau de ce qu'il désirait le rendait fou de jalousie et, si rationnel soit-il, il ne pouvait s'empêcher de lui en vouloir.

Juste une fois, lui dit-elle en pensée. *Une seule fois.*

Au bout d'un moment, V. hocha la tête, visiblement reconnaissant et rassuré, et elle en fit de même. Puis elle reporta son attention sur les mâles qui se tenaient devant elle. À son tour, Rhage tentait de convaincre John qu'il n'était pas question qu'il se batte dans cet état.

— Je rentre avec toi, John, coupa-t-elle. Nous rentrons ensemble.

John leva les yeux sur elle. Sa grille émotionnelle brillait comme un sapin de Noël.

Elle secoua la tête.

— Je tiens à respecter les termes de notre accord. Et puis, il faut que tu te fasses soigner.

Sur ce, elle replaça ses couteaux dans leurs étuis, croisa les bras et s'appuya contre le mur, bien décidée à rester près de lui.

Elle lui avait sauvé la vie.

Sans l'ombre d'un doute, Xhex lui avait rendu son avenir alors même qu'il ignorait la menace planant sur lui : s'il était encore en vie à l'heure qu'il était, c'était uniquement parce qu'elle avait lancé son couteau dans l'épaule de cet éradiqueur.

Alors bon, d'accord, il lui était reconnaissant, mais il n'avait en revanche aucune envie de la voir jouer à l'infirmière.

Elle serait bien plus utile ailleurs, notamment au combat.

John jeta un coup d'œil en direction de l'empreinte roussie, sur le sol. Voilà donc tout ce qui restait du tueur de vampires qui lui avait tiré dessus. Et dire qu'elle avait massacré l'enfoiré sans presque le toucher… Une arme carrément fatale habitait son esprit. Merde, et cette expression terrifiée sur le visage de ce fils de pute… Il s'était ouvert le ventre lui-même. Qu'avait-il bien pu voir de si horrible ?

John savait à présent pourquoi les *symphathes* étaient craints et tenus à l'écart.

Entre cette petite démonstration et sa cascade sur la pelouse, devant la maison, il comprit qu'il ne s'était pas trompé sur son compte : Xhex était une vraie guerrière.

Elle était non seulement capable de se gérer toute seule sur le champ de bataille, mais elle représentait en outre un extraordinaire atout en temps de guerre. Pour toutes ces raisons, ils devaient poursuivre leur besogne ensemble, cette nuit, au lieu de perdre du temps à soigner son bobo.

Au prix d'un effort, John parvint à se lever mais, lorsqu'il appuya le poids de son corps sur sa jambe blessée, une douleur fulgurante lui coupa le souffle. Il ignora la souffrance… et tout ce qui l'entourait.

Les bavardages, les avis des uns et des autres sur la gravité de sa blessure. Rien de bien important.

La surdité sélective avait parfois du bon.

Ce qui l'intéressait, lui, c'était de savoir combien d'éradiqueurs ils avaient tués cette nuit. Et s'ils avaient eu le furet. Jetant un coup d'œil dans le salon, il…

Rhage se planta devant lui.

— Hé, salut ! Comment ça va ?

Hollywood lui tendit la main.

— J'aimerais me présenter. Je suis le gros con qui va t'obliger à monter dans la bagnole de ton pote Vhif dès qu'il reviendra. Je préférais me présenter avant de te saisir à bras-le-corps pour te jeter sur mon épaule comme un sac de patates.

John le foudroya du regard.

— Je ne bougerai pas d'ici.

Rhage esquissa un sourire. Son incroyable beauté était comme un cadeau du ciel. Mais ce n'était que l'emballage. L'intérieur, lui, venait directement de l'enfer… dans ce genre de situation, en tout cas.

— Mauvaise réponse, désolé.

— Je me sens bien…

Cet enfoiré de fils de pute de sale connard de trou du cul se pencha alors vers lui et, agrippant des deux mains sa jambe blessée, pressa l'endroit où la balle avait élu domicile.

John hurla sans bruit avant de tomber à la renverse sur le sol trempé de sang. Levant la jambe, il saisit sa cuisse et la massa doucement, comme pour lui montrer qu'il regrettait de ne pas s'être préoccupé d'elle plus tôt… Si seulement elle pouvait arrêter de lui faire mal…

Il avait l'impression d'avoir des éclats de verre plantés dans son muscle.

— Était-ce vraiment nécessaire ? demanda Xhex au-dessus de sa tête.

Lorsqu'il prit la parole, Rhage ne plaisantait plus.

— Tu veux essayer de lui faire entendre raison ? Bonne chance. Il ne peut pas se battre dans cet état. Il serait la proie idéale. Le trou dans son pantalon saute aux yeux, il boite. N'importe quel abruti devinera son point faible. Je ne parle même pas de l'odeur de sang frais qu'il répand autour de lui.

Le salopard avait sans doute raison. En même temps, il y aurait toujours moyen de…

John dut finir par s'évanouir de douleur car, lorsqu'il reprit conscience, le « gros con » autoproclamé était en train de le soulever dans ses bras pour le sortir de la maison.

Mais bien sûr… comme s'il allait se laisser faire. Se libérant de l'étreinte de Rhage, John essaya de retomber sur ses pieds sans jurer ni vomir. Puis, tandis que sa bouche articulait un chapelet de grossièretés, il passa en boitillant devant Butch, qui avait l'air d'aller beaucoup mieux, et V., occupé à s'allumer une cigarette roulée.

Il savait exactement où se trouvait Xhex : derrière lui, une main posée dans son dos, parce qu'elle savait qu'il se sentait faible et qu'il pourrait tomber d'une minute à l'autre.

Pas question d'en arriver là. Forçant son courage, il marcha jusqu'au Hummer et se glissa sur la banquette arrière sans l'aide de personne. Lorsque Vhif démarra, John était trempé de sueur et ne sentait plus ni ses mains ni ses pieds.

— On a compté les morts, déclara Xhex.

Il tourna la tête et rencontra son regard. Assise à côté de lui, elle était vachement belle dans la lumière du plafonnier. Une trace de sang noir, du sang d'éradiqueur, barrait son visage fin mais ses pommettes étaient toutes roses et ses yeux brillaient d'un éclat particulier. *Elle s'est éclatée, ce soir*, songea John. Elle avait pris un max de plaisir.

Maudit soit-il. Xhex était vraiment la femelle parfaite.

— *Combien on en a descendu ?* demanda-t-il avec les mains pour éviter de tomber dans le mélo.

— Douze des seize nouvelles recrues, plus les deux types qui sont arrivés avec le furet. Malheureusement, on n'a pas pu mettre la main sur le nouveau grand éradiqueur. Il faut croire que le petit enfoiré s'est fait la malle dès qu'on s'est pointés, emmenant avec lui une poignée d'initiés. Oh, et Butch les a tous inhalés, sauf deux.

— *À commencer par celui dont tu t'es occupée toi-même.*

— En fait, j'en ai tué deux.

Elle soutint son regard.

— Ça t'a dérangé ? Je veux dire… de me voir… à l'œuvre ?

Aux intonations de sa voix, elle semblait persuadée de la réponse et ne lui en voulait pas d'être dégoûté. Sauf qu'elle avait tout faux.

Refoulant la vague de douleur qui le submergeait, John secoua la tête et signa mollement :

— *Tu possèdes un pouvoir incroyable. Si j'ai eu l'air choqué, c'est parce que… je n'avais encore jamais vu quelqu'un de ton espèce à l'action.*

Le visage de Xhex se crispa légèrement et elle se tourna vers la vitre.

Tapotant son bras, il ajouta :

— *C'était un compliment.*

— Je sais, désolée… C'est juste que ces deux petits mots, « ton espèce », me surprennent toujours. Je suis une fifty-fifty, et par conséquent je ne suis ni l'une ni l'autre. Je n'appartiens à aucune espèce, conclut-elle en balayant l'air d'un geste de la main. Peu importe. Pendant que tu étais évanoui, V. s'est introduit dans le fichier informatique du commissariat de police de Caldwell avec son téléphone. Ils n'ont trouvé aucune pièce d'identité sur les lieux du crime. On n'a donc rien à se mettre sous la dent, à part l'adresse correspondant à la plaque d'immatriculation. Je mettrais ma main à couper que…

Elle continua à parler et ses paroles glissèrent sur John.

Il connaissait bien ce problème de « non-appartenance » à aucune espèce.

Encore un point commun.

Fermant les yeux, il adressa une prière à Celui qui l'écoutait, peu importait qui. *Je Vous en prie, arrêtez de m'envoyer tous ces signes qui me laissent croire qu'on est faits l'un pour l'autre.* John connaissait déjà tout ça par cœur, il savait exactement pourquoi ils étaient comme cul et chemise.

En même temps, il ne se faisait pas d'illusions, et l'idée qu'ils étaient condamnés à vivre chacun de leur côté était de plus en plus vivace dans son esprit.

— Ça va ?

La voix de Xhex était douce, toute proche, et quand il entrouvrit les yeux il la trouva presque assise sur ses genoux. Il suivit du regard les contours de son visage puis ceux de son corps gainé de cuir.

La douleur et la sensation que le temps leur était compté le poussa à dire ce qu'il avait sur le cœur.

— *Je veux être en toi quand on rentrera à la maison,* signa-t-il. *Dès que ma putain de jambe sera soignée, je veux être en toi.*

L'odeur de Xhex assaillit ses narines. Sur ce point-là, au moins, ils étaient complètement raccord.

C'était déjà ça… non ?

Chapitre 57

Au premier étage de la propriété d'Eliahu Rathboone, Gregg Winn tâcha d'ouvrir la porte de sa chambre avec deux doigts en priant pour ne pas renverser le café brûlant sur ses jambes. Il avait rempli les deux mugs lui-même, avec du café qu'il avait soigneusement préparé dans la cafetière réservée aux hôtes, dans la salle à manger.

Donc, Dieu seul savait quel goût il aurait…

— Tu as besoin d'aide ? demanda Holly en levant les yeux de l'écran de l'ordinateur.

— Non.

Il referma la porte du bout du pied et se dirigea vers le lit.

— Je gère.

— C'est vraiment gentil de ta part.

— Attends d'avoir goûté… J'ai légèrement trafiqué le tien, expliqua-t-il en lui tendant le breuvage le plus clair. J'ai remarqué hier matin que tu prenais le tien avec du lait entier et, comme il n'y en avait plus, je suis allé à la cuisine et j'ai mixé du lait demi-écrémé avec un peu de crème fraîche pour essayer d'obtenir le même effet.

Il hocha la tête en direction de l'écran.

— Alors, que penses-tu de ces prises de vue ?

Holly baissa les yeux sur sa tasse avant de la poser à côté du clavier. Allongée sur le lit, le dos calé contre des oreillers, elle scrutait les images qui étaient devenues l'obsession de Gregg. Elle était très classe… et sexy en diable.

Et fixait le café d'un air soupçonneux.

— Vas-y, goûte-le. S'il est vraiment dégueulasse, j'irai réveiller notre bon majordome.

— Oh, non, c'est pas ça.

Elle baissa sa jolie tête blonde et il l'entendit prendre une gorgée. Le soupir de satisfaction qui suivit le combla de joie.

— C'est parfait.

Contournant le lit, il s'assit à côté d'elle sur la couette et prit une gorgée de son café. Bon, s'il devait un jour mettre un terme à sa carrière à la télé, il pourrait toujours ouvrir un nouveau Starbucks.

— Et maintenant, dis-moi ce que tu penses de ces images, insista-t-il en désignant l'écran du menton.

La veille au soir, les caméras cachées avaient filmé une silhouette émergeant du salon qui était ensuite sortie par la porte. Ça aurait pu être un hôte, descendu se confectionner une collation nocturne, comme Gregg venait de le faire. Sauf qu'en l'occurrence, la « chose » s'était évaporée à travers les battants de bois. Elle avait purement et simplement disparu.

Un peu comme l'ombre devant la chambre de Holly, le soir de leur arrivée. Le souvenir de cette nuit-là le mettait mal à l'aise, et le rêve de Holly encore plus.

— Tu n'as rien retouché ? demanda celle-ci.

— Rien du tout.

— Seigneur Dieu…

— Ouais, je sais. La chaîne m'a envoyé un mail quand j'étais en bas. Ils sont super excités ; apparemment, notre site Internet est en train d'exploser grâce aux bandes-annonces. Il ne nous reste plus qu'à prier que ce truc fasse une apparition la semaine prochaine, le soir du direct. Tu es sûre que le café te va ?

— Oh, oui, il est… super bon, répondit Holly en le contemplant par-dessus le bord de la tasse. Je ne t'ai encore jamais vu comme ça, tu sais.

S'adossant aux oreillers, Gregg ne put qu'approuver. Il n'arrivait pas à savoir ce qui avait changé, au juste ; toujours est-il qu'il ressentait une sorte de bouleversement en lui.

Holly prit une autre gorgée.

— Tu as vraiment l'air différent.

Ne sachant trop quoi dire, il resta concentré sur le travail.

— Pour être franc, je n'ai jamais cru que les fantômes existaient réellement.

— C'est vrai ?

— Ouais. Tu connais aussi bien que moi toutes les ficelles que j'ai tirées dans les émissions précédentes. Alors qu'ici, dans cette maison… je t'assure, je sens qu'il y a quelque chose de spécial et j'ai hâte d'explorer le deuxième étage. J'ai fait un rêve complètement dingue, à ce sujet…

Un soudain mal de crâne lui brouilla les pensées ; il se massa les tempes, conscient d'avoir mis ses yeux à rude épreuve en restant soixante-douze heures d'affilée devant un écran d'ordinateur.

— Il se passe quelque chose dans ce grenier, j'en suis certain.

— Le majordome nous a interdit d'y aller.

— Je sais.

Et il n'avait pas l'intention de harceler l'employé à ce sujet. Ils avaient suffisamment de prises de vue, toutes excellentes, pour assurer le spectacle. Inutile de pousser le bouchon trop loin. Il ne voulait surtout pas risquer de se mettre à dos la direction si peu de temps avant l'émission.

De plus, M. Propre ne les portait pas dans son cœur, c'était évident.

— Attends, laisse-moi te montrer ça une dernière fois… Je trouve ça carrément bluffant.

Tendant la main vers le clavier, Gregg lança de nouveau la vidéo pour regarder une fois de plus la silhouette s'évanouissant à travers la porte en bois massif.

— C'est incroyable, non ? Je veux dire… Est-ce que tu aurais cru voir ce genre de truc un jour ?

— Non, c'est clair.

Intriguée par les intonations de sa voix, Gregg tourna la tête vers Holly. Elle le dévisageait fixement, sa tasse de café serrée contre son cœur.

— Qu'est-ce qu'il y a ? demanda-t-il en s'assurant qu'il n'avait pas taché sa chemise.

— En fait, c'est… c'est au sujet du café.

— Il a un arrière-goût, c'est ça ?

— Non, pas du tout, protesta Holly en buvant une autre gorgée. Simplement, je n'aurais jamais cru que tu te souviendrais de mes goûts et encore moins que tu te donnerais la peine de m'en préparer un. Et puis, tu ne m'as jamais demandé mon avis en ce qui concerne le boulot.

Grands dieux… Le pire, c'est qu'elle avait raison.

Holly haussa les épaules.

— Pour être franche, je ne suis pas surprise d'apprendre que tu n'as jamais cru en ce que tu faisais. Je suis juste heureuse que tu aies changé d'avis.

Incapable de soutenir son regard plus longtemps, Gregg posa les yeux sur leurs pieds puis sur les fenêtres, de l'autre côté de la chambre. La lune était à peine visible à travers la dentelle des rideaux, un simple point opalescent sur la ligne d'horizon plongée dans le noir.

Holly s'éclaircit la voix.

— Je suis désolée de t'avoir mis mal à l'aise.

— Oh… oui… non.

Il prit sa main libre et la serra dans la sienne.

— Écoute, il faut que je te dise quelque chose.

Il la sentit se raidir et lui-même éprouva une soudaine nervosité.

Il se racla la gorge dans le silence épais.

— Je me teins les cheveux.

Il y eut un silence tendu – ce fut ainsi qu'il le ressentit, en tout cas. Puis Holly éclata d'un rire clair et franc, le genre de rire joyeux qui accompagne souvent le soulagement.

Se penchant vers lui, elle enfouit les doigts dans l'épaisseur de ses cheveux noirs. Teints.

— C'est vrai ?

— Je grisonne sur les tempes. Vraiment beaucoup. J'ai commencé à me teindre un an à peu près avant de faire ta connaissance. Il faut savoir rester jeune, à Hollywood.

— Où est-ce que tu te fais faire ça ? On ne voit jamais tes racines.

Lâchant un juron, il se leva pour se diriger vers sa valise. Plongeant la main sous ses affaires, il sortit un emballage cartonné en marmonnant :

— Je m'en occupe moi-même. Je n'ai pas du tout envie d'être surpris dans un salon de coiffure.

Holly le gratifia d'un sourire si radieux que des rides se formèrent autour de ses yeux. Et Gregg trouva cela charmant. Ça donnait encore plus de caractère à son joli visage.

Il baissa les yeux sur la boîte. Alors qu'il contemplait le mannequin posant sur l'emballage, toutes sortes de vérités lui éclatèrent à la figure, indéniables, incontestables.

— Tu sais quoi ? Je déteste les tee-shirts Ed Hardy. Les couleurs de ces fichus trucs me brûlent la rétine. Les jeans délavés me grattent horriblement… et les chaussures à bout carré que je porte tout le temps me tuent les pieds. J'en ai marre de me méfier de tout le monde, de bosser pour engranger du fric et m'acheter des trucs branchés avant tout le monde, qui seront passés de mode l'année suivante.

Il jeta le flacon de teinture dans sa valise, heureux de ne plus être obligé de le cacher.

— Et ces fichiers, sur l'ordinateur ? Ce sont les premiers que ni Stan ni moi n'avons trafiqués. Ça fait trop longtemps que je ne suis qu'un imposteur bossant pour une industrie factice qui ne produit que de la merde. Le seul truc qui m'excitait, c'était le fric, et tu sais quoi ? J'ai l'impression que même ça c'est fini.

Il revint s'allonger sur le lit. Holly termina son café puis posa l'ordinateur et la tasse sur la table de chevet pour se blottir dans ses bras.

Bon sang, c'était la femme la plus douce qu'il ait jamais eue.

— Alors, qu'est-ce que tu comptes faire après ? demanda-t-elle.

— Je ne sais pas. En tout cas, la chasse aux fantômes, c'est terminé. J'en ai marre de ces histoires de surnaturel. De la production, peut-être… Faut voir.

Baissant les yeux, il ne put s'empêcher de sourire.

— Tu es la seule à connaître le secret de mes cheveux de vieil homme.

Et il avait l'étrange certitude que son secret ne s'éventerait pas.

— Personnellement, je m'en moque, murmura-t-elle en effleurant son torse. Et tu devrais en faire autant.

— Comment ai-je pu passer à côté de ton esprit brillant ?

Le rire de Holly résonna contre son cœur.

— Peut-être parce que tu étais stupide.

Renversant la tête en arrière, il fit mine de hurler à la mort.

— Ouais, c'est bien possible.

Il déposa un baiser sur sa tempe.

— C'est même sûr. Mais c'est bel et bien fini.

Seigneur, il n'arrivait toujours pas à comprendre ce qui avait changé. Enfin, si : tout… mais les raisons d'un tel changement demeuraient mystérieuses. Il avait l'impression que quelqu'un lui avait ouvert l'esprit, mais il ne se souvenait pas qui, quand ni où.

Son regard se posa sur l'ordinateur et il songea à cette ombre fantomatique. Pour une raison insaisissable, il eut la vision d'une pièce vide et sombre, située au deuxième étage de cette maison… et puis d'un homme solidement charpenté, assis sur une chaise, entouré d'un halo de lumière n'éclairant que le bas de ses jambes.

Soudain, l'homme se pencha en avant… dans la lumière…

La douleur qu'il ressentit lui donna l'impression qu'on lui enfonçait deux pics à glace dans les tempes. Façon *Basic Instinct.*

— Ça ne va pas ? demanda Holly en se redressant. Tu as encore mal au crâne ?

Il hocha la tête et ce simple mouvement lui brouilla la vue et lui retourna l'estomac.

— Oui. Je suppose que j'avais besoin de nouvelles lunettes. À double foyer, qui sait… Merde.

Holly lui caressa les cheveux et, lorsqu'il croisa son regard, la douleur s'évanouit d'un coup et une étrange émotion le submergea. Était-ce cela, le bonheur ?

Oui. Forcément. Au cours de sa vie d'adulte, il avait connu un sacré défilé d'émotions… mais celle-ci, jamais. Il se sentait entier. Épanoui. En paix.

— Holly, tu es tellement plus que tout ce que j'avais imaginé, murmura-t-il en caressant sa joue.

Les beaux yeux de Holly s'embuèrent.

— Et tu es tout ce dont j'ai toujours rêvé.

— On peut dire que c'est l'émission de notre vie, alors.

Il l'embrassa tendrement avant d'ajouter à mi-voix :

— Et je tiens la conclusion parfaite.

— Vraiment ?

Hochant la tête, Gregg se pencha pour lui murmurer à l'oreille :

— Je t'aime.

C'était la première fois que ces trois petits mots franchissaient ses lèvres. Et qu'il les pensait sincèrement.

— Je t'aime aussi, répondit Holly d'une voix tremblante.

Il captura ses lèvres et l'embrassa longuement… en ayant l'étrange impression de devoir ces instants de bonheur à un fantôme.

Comme si son Cupidon personnel était une ombre imposante au caractère impétueux. Qui n'existait pas dans le monde réel.

Une nouvelle fois… des circonstances plus qu'insolites avaient réuni deux êtres. Et tout ce qui comptait, au fond, c'était que deux personnes faites l'une pour l'autre se trouvent enfin. Les raisons de tels rapprochements importaient peu, au final.

Bon, et puis il allait peut-être pouvoir arrêter de se teindre les cheveux.

Ouais, la vie était belle, décidément. Surtout quand on mettait son ego dans sa poche… et que seules des raisons valables mettaient la femme de votre vie dans vos bras.

Il nc la laisserait pas partir, cette fois-ci.

Il allait prendre soin d'elle. Parce qu'elle le méritait. Il veillerait sur elle pour… oui, pour toujours. Ça sonnait bien, non ?

Chapitre 58

De retour au cabinet médical de la Confrérie, Xhex resta au côté de John pendant que Doc Jane faisait une radio de sa jambe. En étudiant les clichés quelques minutes plus tard, le bon médecin prit vite la décision d'opérer. Même Xhex, qui gérait au mieux son stress dans cet environnement hostile, sut repérer le problème : la balle se trouvait trop près de l'os.

Pendant que Jane partait se changer après avoir appelé Ehlena, Xhex croisa les bras et arpenta la salle d'un pas fébrile.

Elle avait du mal à respirer. Cette sensation d'oppression la tenaillait avant même que le diagnostic ne tombe.

Lorsque John attira son attention par un petit sifflement, elle secoua la tête et continua à mettre un pied devant l'autre, dessinant un grand cercle dans la pièce. Hélas, ses allées et venues devant les placards en verre et acier remplis d'instruments et de médicaments n'apaisèrent pas son malaise. Son cœur se mit à battre encore plus fort dans sa poitrine, comme dans un concert de Bon Jovi ; les martèlements étaient si puissants que ses tympans vibrèrent douloureusement.

Bon sang, elle menait une lutte intérieure depuis qu'elle était entrée là avec lui, et voilà qu'on s'apprêtait à lui ouvrir la jambe pour la recoudre ensuite ?

Elle allait péter un câble.

Pourtant, quand elle s'efforçait d'analyser objectivement la situation, sa réaction était ridicule. *Primo,* ce n'était pas elle qui passait sur le billard. *Secundo,* il n'était pas envisageable de laisser ce morceau de plomb à l'intérieur de sa cuisse. Et *tertio*... il était entre les mains de quelqu'un d'hyper compétent, qui maniait le scalpel avec brio.

Autant d'arguments d'une logique implacable. Que ses surrénales envoyèrent paître sur-le-champ avant de turbiner de plus belle.

C'était drôle, quand même, ces histoires de phobies.

Le deuxième sifflement sonna comme un ordre et elle s'immobilisa en face de John, levant les yeux sur lui. Il était calme et détendu. Pas de crise d'hystérie, pas d'accès de panique. Non, il attendait tranquillement qu'on l'opère.

— *Tout va bien se passer,* signa-t-il. *Jane a fait ça des milliers de fois avant moi.*

Doux Jésus, mais où était passé l'oxygène de cette pièce ?

Comme s'il avait senti que son esprit vagabondait de nouveau, il siffla encore et lui tendit la main, sourcils froncés.

— John...

Comme aucun mot cohérent ne voulait sortir de sa bouche, elle secoua la tête et se remit à faire les cent pas. Elle détestait cette situation. Elle détestait ça, vraiment.

La porte s'ouvrit en grand et Doc Jane fit son apparition escortée d'Ehlena. Les deux femelles étaient en train de parler de l'intervention et John siffla à leur intention. Lorsqu'il leva l'index pour indiquer qu'il lui fallait encore une minute, elles hochèrent la tête et quittèrent la pièce.

— Merde, s'écria Xhex. Fais-les revenir. Je vais gérer.

Elle se dirigeait vers la porte pour rappeler le médecin quand un vacarme du diable retentit dans la salle. Craignant que John ne soit tombé de la table d'examen, elle fit volte-face...

Non, il avait juste donné un coup de poing dedans, enfonçant légèrement le plateau métallique.

— *Parle-moi,* signa-t-il. *Et elles n'entreront pas dans cette pièce si tu refuses de me parler.*

Elle avait très envie de parler, les mots se bousculaient même sur ses lèvres… mais sa voix refusait de coopérer. Malgré tous ses efforts, elle ne réussit pas à prononcer le moindre son.

John lui tendit les bras.

Maudissant sa faiblesse, elle se jeta à l'eau :

— Je vais assurer, ne t'inquiète pas. Comme un mec. Je vais être hyper forte, tu n'en reviendras pas. Vraiment. Tu vas voir.

— *Viens là,* articula John.

— Oh… merde.

Vaincue, elle alla se blottir dans ses bras.

— Je n'aime pas trop le milieu médical, tu comprends, confessa-t-elle dans son cou. Au cas où tu ne l'aurais pas remarqué. Je suis désolée, John… mais merde, je te laisse toujours tomber, ça craint.

Il resserra son étreinte avant qu'elle puisse s'écarter. Puis, plongeant son regard dans le sien, il signa :

— *Tu m'as sauvé la vie, ce soir. Je ne serais pas là si tu n'avais pas lancé ton couteau. Alors non, c'est faux, tu ne me laisses pas tomber. En ce qui concerne l'opération, je ne suis pas inquiet et tu n'es pas obligée de regarder. Attends-moi à la maison. Ce sera vite fait. Inutile de te torturer.*

— Hors de question que je me débine.

Sans laisser le temps à ses pensées, ni aux siennes, de prendre le dessus, elle saisit son visage entre ses mains et l'embrassa avec ferveur.

— Mais ce n'est peut-être pas une mauvaise idée… que j'attende dehors.

Mieux valait éviter à Doc Jane de devoir s'interrompre au beau milieu de l'intervention parce qu'elle serait tombée dans les pommes, sous le coup de l'émotion. Sans compter qu'une mauvaise chute est vite arrivée. Ah, quelle idiote, mais quelle idiote…

— *C'est mieux comme ça, en effet,* approuva John.

Elle se redressa et se dirigea vers la porte pour laisser entrer Ehlena et le médecin. Xhex retint cette dernière par le bras.

— S'il vous plaît…

Seigneur, voilà que les mots lui échappaient de nouveau.

Doc Jane hocha la tête.

— Je vais bien m'occuper de lui. Ne vous inquiétez pas.

Xhex prit une respiration tremblante. Comment allait-elle supporter d'attendre tout ce temps dans le couloir ? Vu son état d'esprit, elle imaginerait forcément le pire : John hurlant de douleur, sans qu'elle puisse l'entendre évidemment, tandis que Doc Jane lui coupait la jambe…

— Xhex, puis-je vous faire une suggestion ? demanda le médecin.

— Frappez-moi. Vous avez bien entendu : frappez-moi. Un bon uppercut me remettrait les idées en place, j'en suis persuadée.

Doc Jane secoua la tête.

— Pourquoi n'assisteriez-vous pas à l'opération ?

— *Quoi ?*

— Restez là, regardez ce que je fais, comment je procède, et posez-moi des questions. De nombreuses personnes sont terrifiées par le milieu médical, vous savez. Et ça peut se comprendre. Mais qu'elles concernent l'avion, le dentiste ou le médecin, les phobies se traitent toujours de la même manière : par une immersion dans l'environnement redouté. C'est la seule thérapie. Quand on enlève la part de mystère et qu'on surmonte son sentiment d'impuissance, la peur ne nous attaque plus de la même manière.

— Jolie démonstration. Et si je fais un malaise ?

— Vous pourrez vous asseoir si vous ne vous sentez pas bien et sortir si vous le souhaitez. Posez-moi des questions et regardez par-dessus mon épaule si vous vous en sentez le courage.

Elle croisa le regard de John. Il hocha la tête avec gravité, scellant ainsi son destin. Elle restait.

— Est-ce que j'ai besoin de me changer ? demanda Xhex d'une voix qu'elle reconnut à peine.

Merde, elle en faisait des manières, depuis quelque temps. Si elle continuait comme ça, elle allait se mettre à pleurer devant les pubs télé et se vernirait bientôt les ongles. Oh, et puis elle irait s'acheter un sac à main.

— Oui. Vous allez revêtir une tenue stérile. Suivez-moi.

Lorsqu'elles revinrent cinq minutes plus tard, Doc Jane l'entraîna vers les lavabos et lui tendit un sachet contenant une éponge à la Bétadine. Puis elle lui montra comment se nettoyer les mains correctement.

— Beau travail.

Le médecin coupa l'eau en relâchant une pédale fixée au sol.

— Vous n'avez pas besoin de gants puisque vous ne toucherez à rien.

— C'est clair. Dites-moi, il y a un chariot, quelque part ? Au cas où j'aurais besoin de m'accrocher à quelque chose...

— Là-bas, dans le coin. J'en aurai besoin aussi, de toute manière.

Doc Jane enfila des gants bleus et s'approcha de John.

— Vous êtes prêt ? On va devoir vous endormir. Vu l'endroit où la balle s'est logée, je ne peux pas vous anesthésier localement.

— *Endormez-moi, Doc.*

Posant une main sur son épaule, la *shellane* de V. le regarda dans les yeux.

— Je vais arranger ça, ne vous en faites pas.

Sourcils froncés, Xhex observa la scène. Elle admirait cette femme. N'était-il pas étonnant qu'elle soit aussi sûre d'elle, compte tenu de l'importance de l'enjeu ? Si Doc Jane ne faisait pas correctement son boulot, John se retrouverait dans une situation plus douloureuse encore qu'avant l'intervention. Si elle réussissait en revanche à retirer la balle, il serait comme neuf.

C'est ça qu'on appelle le pouvoir, songea Xhex. À mille lieues de la profession qu'elle exerçait, elle : le maniement du couteau n'avait absolument rien à voir...

Pas de guérison possible, dans son domaine d'activité.

D'une voix sûre et posée, Doc Jane se lança dans un discours explicatif.

— Dans un hôpital humain, la présence d'un anesthésiste est indispensable mais vous, vampires, avez tendance à être stables même lorsque vous êtes sous sédatifs. Ces drogues vous plongent dans une espèce de sommeil profond, proche du coma. Je ne comprends pas le processus mais toujours est-il qu'il me facilite la tâche.

Tandis qu'elle parlait, Ehlena aida John à retirer son tee-shirt et le pantalon en cuir que Doc Jane avait préalablement découpé. Puis elle disposa des champs opératoires bleus sur son corps nu et prépara une perfusion.

Xhex s'efforça de rester concentrée mais son regard naviguait partout à la fois. Il y avait beaucoup trop d'objets menaçants, tous ces scalpels, ces aiguilles et...

— Pourquoi ? se força-t-elle à demander. Je veux dire, pourquoi cette différence entre les espèces ?

— Je n'en ai pas la moindre idée. Votre cœur possède six cavités, le nôtre quatre. Vous avez deux foies alors que nous n'en avons qu'un. Vous ne connaissez ni le cancer, ni le diabète.

— Je ne sais pas grand-chose au sujet du cancer.

Doc Jane secoua la tête.

— Ce serait une bonne chose qu'on trouve le moyen de guérir tous les cancers. C'est une saloperie, croyez-moi. La maladie commence par une mutation cellulaire qui...

Tout en poursuivant ses explications, le médecin s'affaira autour des tables métalliques qu'on avait disposées autour de la table d'opération, préparant les instruments dont elle aurait besoin pour l'intervention. Elle adressa un petit signe de tête à Ehlena, qui s'avança vers John et recouvrit son visage d'un masque en plastique transparent.

Elle s'approcha ensuite de la perfusion avec une seringue pleine d'un liquide laiteux.

— Prêt, John ?

Lorsqu'il leva le pouce, elle enfonça l'aiguille dans le cathéter.

John se tourna vers Xhex et lui fit un clin d'œil. L'instant d'après, il était endormi.

— La première étape importante consiste à désinfecter la zone, déclara le médecin en sortant une éponge marron de son emballage stérile. Pourquoi ne vous mettez-vous pas en face de moi ? C'est de la Bétadine, le produit que nous avons utilisé pour nous laver les mains.

Pendant qu'elle nettoyait soigneusement la plaie, teintant la peau de John d'une couleur marron-rouge, Xhex contourna la table d'un pas mécanique.

C'était la meilleure place. Juste à côté de la poubelle orange… toujours utile, s'il lui prenait l'envie de vomir.

— Il me semblait nécessaire de retirer la balle parce qu'elle risque de poser problème à long terme. Je l'aurais peut-être laissée si John était moins actif au combat. Mais je préfère prendre les devants avec les soldats. Sans compter que vous cicatrisez très vite.

Doc Jane jeta l'éponge à la poubelle à proximité de Xhex.

— D'après mon expérience sur des patients de votre espèce, ce genre de blessure à proximité de l'os aura cicatrisé avant demain soir.

Doc Jane et l'infirmière sentent-elles le sol flotter sous leurs pieds, elles aussi ? songea Xhex, qui avait la désagréable impression de se tenir sur le pont d'un bateau.

Elle jeta un rapide coup d'œil en direction des femelles. Toutes deux paraissaient solidement campées sur leurs jambes.

— Je vais inciser, reprit le médecin en se penchant vers la blessure, scalpel en main. Voilà. Ce que vous voyez directement sous la peau s'appelle le fascia ; c'est la membrane dure qui entoure nos muscles. Chez un humain du même âge, on trouverait des cellules graisseuses entre les deux, mais John est en excellente condition physique. Le muscle se trouve donc directement sous le fascia.

Xhex se pencha légèrement en avant dans l'intention de jeter un rapide coup d'œil… sauf qu'elle ne bougea pas d'un pouce.

Lorsque Doc Jane incisa de nouveau, l'enveloppe nerveuse céda, révélant de longs tendons musculeux, rose foncé. Avec un trou dedans. Le regard rivé sur les dégâts internes, Xhex eut soudain très envie de tuer cet éradiqueur… une nouvelle fois. Seigneur, Rhage avait vu juste : quelques centimètres plus haut, un peu plus à gauche, et John aurait été…

OK, n'y pensons plus, décida Xhex en changeant de position pour améliorer son angle de vue.

— Aspiration, ordonna Doc Jane.

Il y eut un léger sifflement puis Ehlena aspira le sang de John à l'aide d'un petit tuyau blanc.

— Maintenant, je vais essayer de localiser la balle avec mon doigt. Rien ne vaut la main de l'homme, dans certains cas.

Finalement, Xhex assista à l'intervention de bout en bout. Du début à la fin, de la première incision au dernier point de suture. Avec, entre-temps, l'extraction de la balle.

— Et voilà, déclara le médecin trois quarts d'heure plus tard.

Tandis qu'Ehlena s'occupait du pansement et que Doc Jane vérifiait la perfusion, Xhex prit la balle sur le plateau et l'examina avec attention. C'était tellement petit. Minuscule. Et pourtant capable de semer la mort.

— Beau boulot, docteur, dit-elle d'un ton bourru en empochant la balle.

— Je vais le réveiller. Comme ça, vous le verrez ouvrir les yeux et vous saurez qu'il va bien.

— Vous lisez dans les pensées ?

Le médecin posa sur elle un regard empli de sagesse.

— Non. Mais j'ai pas mal d'expérience avec les familles et les amis. Dès qu'il aura ouvert les yeux, vous pourrez respirer normalement. Et il éprouvera exactement la même chose quand il verra votre visage.

John reprit conscience environ huit minutes plus tard. Xhex avait chronométré grâce à l'horloge fixée au mur.

Quand il souleva les paupières, elle se tenait auprès de lui, sa main dans la sienne.

— Salut… te voilà de retour.

Il était encore groggy, et c'était tout à fait normal. Mais son regard bleu vif était exactement le même qu'avant et la façon dont il serra sa main ne laissait planer aucun doute sur son état. Il était bel et bien de retour, plus décidé que jamais à se venger.

Xhex expira lentement, prenant soudain conscience qu'elle avait retenu son souffle. Ce fut un soupir d'allégresse qui gonfla son cœur et la mit en joie. Doc Jane avait eu raison d'insister pour qu'elle reste. À partir du moment où elle s'était intéressée aux explications du médecin et où elle avait prêté attention à tout ce qui se passait autour d'elle, la panique avait cédé la place à un simple bourdonnement qu'elle avait été capable de contrôler. À vrai dire, c'était fascinant de découvrir comment le corps fonctionnait.

— *Tout va bien ?* articula John.

— Impec'. Doc Jane a réussi à extraire la balle…

John secoua la tête.

— *Toi ? Ça va ?*

Mon Dieu… John était tellement attentionné.

— Oui. Oui, ça va… Merci de t'en inquiéter.

Les yeux fixés sur le visage de John, elle se rendit compte qu'elle n'avait pas eu le temps de revenir sur la façon dont elle lui avait sauvé la vie.

Bon, elle avait toujours eu un bon feeling avec les armes blanches. Mais jamais elle n'aurait cru que sa maîtrise du couteau changerait le cours des choses, en une fraction de seconde, dans cette ferme sordide.

Un battement de cils plus tard et… adieu John. Pour tout le monde. Pour toujours.

Cette simple pensée l'emplit d'une panique incontrôlable ; ses paumes devinrent moites et son cœur se mit à battre frénétiquement, comme s'il voulait sortir de sa poitrine. Elle savait qu'ils poursuivraient leur chemin chacun de son côté après cette mission… mais cela n'était rien par rapport à l'idée d'un monde où il ne serait plus. Où il ne respirerait plus, ne rirait plus, ne combattrait plus, ne partagerait plus tous ces petits riens du quotidien avec ceux qui l'entouraient.

— *Quoi ?* demanda-t-il en silence.

Elle secoua la tête.

— Rien.

Quel mensonge éhonté !

C'était tout, au contraire.

Chapitre 59

Ils empruntèrent le carrosse stationné près de l'écurie pour ramener la femelle chez elle. Tohrment prit les rênes tandis qu'Audazs s'installait à l'intérieur avec elle. Il aurait aimé pouvoir la réconforter, mais les mots étaient tellement vains dans ce genre de circonstances. La route était longue ; le grondement des sabots, les brusques secousses des banquettes et les grincements de la sellerie empêchaient toute tentative de discussion.

Mais Audazs ne se leurrait pas : quand bien même leur mode de transport aurait été aussi silencieux qu'un chuchotement et paisible que de l'eau stagnante, leur précieuse passagère ne se serait pas davantage livrée. Elle avait refusé de boire et de manger et gardait le regard fixé sur le paysage alors qu'ils filaient à vive allure entre les champs, les villages et les forêts.

Tandis qu'ils se dirigeaient vers le sud, il lui vint à l'esprit que le symphathe *avait peut-être enchaîné son esprit d'une manière ou d'une autre après l'avoir capturée, en supposant que tous deux aient voyagé dans ce même carrosse jusqu'à la maison au bord de l'océan. Sinon, elle aurait essayé de se dématérialiser pour échapper à son ravisseur.*

Malheureusement, une telle éventualité n'était plus à redouter à présent : la pauvre était bien trop faible. Au vu de l'expression douloureuse qui figeait ses traits, Audazs eut la nette impression qu'elle se sentait toujours prisonnière, alors même qu'elle avait recouvré sa liberté.

D'abord tenté d'envoyer Tohrment annoncer la bonne nouvelle à ses parents, Audazs s'était ensuite ravisé. Il pouvait encore se passer bien des choses au cours du voyage, et il préférait que Tohrment conduise le carrosse pendant qu'il veillerait sur la femelle. Compte tenu des menaces que représentaient les humains, les éradiqueurs et les symphathes, *tous deux avaient pris soin de garder leurs armes à portée de main. Audazs regrettait toutefois qu'ils ne soient pas plus nombreux. Si seulement il avait eu la possibilité d'appeler les autres frères en renfort…*

L'aube était sur le point de se lever quand le cheval, épuisé, traversa le village de la jeune femelle.

Reconnaissant les lieux, elle releva la tête et bougea les lèvres. Ses yeux s'écarquillèrent, emplis de larmes.

Se penchant vers elle, Audazs lui tendit les deux mains.

—Ne soyez pas inquiète… Ce sera…

Lorsque son regard s'accrocha au sien, il vit le hurlement qu'elle retenait au plus profond de son être.

—Ce ne sera pas, articula-t-elle.

Et elle se dématérialisa.

Étouffant un juron, Audazs martela du poing la portière de bois. Tohrment arrêta le cheval. Ses sabots claquaient encore quand Audazs bondit du carrosse.

Elle n'était pas allée bien loin.

L'éclat de sa chemise de nuit blanche apparut dans le champ, à gauche du chemin, et il avança dans sa direction, accélérant le pas lorsqu'elle se mit à courir. Privée de sa vigueur, sa frêle silhouette se déplaçait avec l'énergie du désespoir et il la laissa prendre de l'avance tant qu'elle le put encore.

Plus tard, il se ferait la réflexion que c'était à ce moment précis, au cours de cette course folle et désespérée, qu'il avait compris ce qu'elle tentait de lui dire : elle ne pouvait pas rentrer chez elle. Pas tant à cause de ce qu'elle avait subi… que de ce qu'elle rapportait de son épreuve.

Elle trébucha et s'affala sur le sol, sans prendre la peine de protéger son ventre.

Lacérant la terre de ses ongles, elle se mit à ramper mais Audazs l'intercepta, incapable de supporter ce spectacle plus longtemps.

— Cessez de vous faire du mal, dit-il en l'arrachant à l'herbe gelée. Arrêtez…

Elle se débattit comme un fauve avant de s'immobiliser dans ses bras. Le temps se suspendit alors, sa respiration saccadée emplissant le silence, son cœur battant à coups redoublés. Dans la clarté de la lune, Audazs aperçut le tremblement de sa veine jugulaire et sentit des frissons la parcourir.

Elle prit la parole d'une voix faible mais déterminée :

— Ne me ramenez pas chez moi… pas même au bout de l'allée. Ne me ramenez pas vivante.

— Vous ne pensez pas ce que vous dites.

Avec des gestes d'une grande douceur, il repoussa les mèches qui lui barraient le visage et se remémora soudain les cheveux blonds emprisonnés dans les poils de sa brosse, là-bas, dans sa chambre. Il s'était passé tant de choses depuis qu'elle s'était assise devant sa coiffeuse pour se préparer à passer la nuit auprès des siens.

— Vous avez subi une terrible épreuve. Il est normal que vous n'ayez pas les idées claires. Vous allez vous reposer et…

— Si vous me ramenez là-bas, je m'enfuirai de nouveau. Je ne veux pas infliger ça à mon père.

— Vous devez rentrer chez vous, dans votre foyer…

— Je n'ai plus de foyer. Je n'en aurai plus jamais.

— Personne ne saura ce qui s'est passé. Le fait que votre ravisseur n'ait pas été un vampire joue en notre faveur, car on ne…

— Je porte l'enfant de ce symphathe, coupa-t-elle, le regard soudain dur et froid. J'ai eu mes chaleurs le soir même où il m'a prise de force et je n'ai pas saigné comme le font normalement les femelles depuis lors. Je porte son enfant.

Audazs expira bruyamment dans le silence, son souffle chaud formant un nuage de vapeur dans l'air glacial. Voilà qui changeait tout. Si elle menait sa grossesse à terme et mettait cet enfant au *monde, il pourrait sans doute passer pour un vampire. Mais les sang-mêlé de ce type étaient des êtres imprévisibles. Comme on ne connaissait jamais précisément le dosage de leurs gènes, on ne pouvait savoir de quelle espèce ils se sentiraient le plus proches.*

Mais peut-être y avait-il moyen d'implorer sa famille…

La femelle agrippa les revers de son manteau.

— Laissez-moi attendre le lever du soleil. Laissez-moi mourir si tel est mon souhait. Je m'étranglerais volontiers si seulement j'en avais la force.

Audazs jeta un coup d'œil en direction de Tohrment, qui attendait près du carrosse. Il l'appela d'un signe de la main puis dit à la jeune femelle :

— Laissez-moi parler à votre père. Laissez-moi préparer le terrain.

— Il ne me pardonnera jamais.

— Ce n'était pas votre faute.

— La faute importe peu, c'est le résultat qui compte, dit-elle d'un ton lugubre.

Tohrment se dématérialisa pour reprendre forme à leurs côtés, et Audazs se releva.

— Ramène-la jusqu'au carrosse et allez m'attendre tous les deux près du bosquet. Je vais parler à son père tout de suite.

Avec des gestes maladroits, Tohrment prit la femelle dans ses bras. Dans cette étreinte à la fois ferme et bienveillante, la fille de Sampsone bascula de nouveau dans l'apathie, les yeux ouverts mais vides, sa tête dodelinant sur le côté.

— Prends bien soin d'elle, ordonna Audazs en ramenant autour d'elle les pans de sa chemise de nuit. Je n'en ai pas pour longtemps.

— Partez tranquille, répondit Tohrment avant de s'éloigner à grandes enjambées en direction du carrosse.

Audazs les suivit du regard pendant un bref moment puis se projeta dans le vent pour se matérialiser sur le domaine de

Sampsone. Devant la porte d'entrée, il souleva la lourde tête de lion et la laissa retomber brutalement.

Lorsque le majordome ouvrit la porte en grand, Audazs comprit aussitôt qu'un terrible drame se jouait derrière ces murs. Le visage du doggen *était livide et ses mains tremblaient violemment.*

—Monsieur ! Oh, Dieu soit loué, entrez vite, je vous en prie.

Audazs franchit le seuil, sourcils froncés.

—Que diable se p…

Le maître des lieux émergea du salon réservé aux mâles… suivi de près par le symphathe *dont le fils était responsable de tous ces malheurs.*

—Puis-je savoir ce que vous faites ici ? demanda Audazs à l'adresse du mangeur de péchés.

—Mon fils est-il mort ? L'avez-vous tué ?

Audazs dégaina l'une des dagues noires accrochées à sa poitrine.

—Oui.

Le symphathe *hocha la tête, visiblement peu perturbé par la nouvelle. Fichus reptiles. Ne portaient-ils donc aucun sentiment à leur progéniture ?*

—Et la fille, reprit le symphathe. *Qu'est-il advenu d'elle ?*

Audazs imprima rapidement l'image d'un pommier en fleur sur le devant de son esprit. Les symphathes *étaient capables de lire bien plus que les émotions et Audazs détenait une information qu'il ne voulait absolument pas divulguer.*

Sans se donner la peine de répondre à la créature, il se tourna vers Sampsone, qui semblait avoir vieilli de cent mille ans.

—Elle est en vie. Votre fille est… saine et sauve.

Le symphathe *glissa vers la porte, les longs pans de sa robe effleurant le sol en marbre.*

—Dans ce cas, nous sommes quittes. Mon fils est mort et sa progéniture est souillée.

Alors que Sampsone enfouissait son visage entre ses mains, Audazs emboîta le pas du mangeur de péchés. L'attrapant par le bras, il le força à s'immobiliser sur le perron.

—Pourquoi êtes-vous venu ici ? Ce n'était pas nécessaire. Cette famille a déjà assez souffert.

—Oh, c'était pourtant mon devoir de me présenter à eux, répliqua le symphathe *en souriant. Les pertes doivent être équitables, dans les deux camps. Le cœur d'un guerrier ne peut que reconnaître cette vérité.*

—Espèce de salaud.

Le mangeur de péchés se pencha en avant.

—Auriez-vous préféré que je la pousse à mettre fin à ses jours ? C'est une solution que j'aurais pu envisager.

—Elle n'a rien fait pour mériter ça. Ni elle ni les membres de sa famille.

—Ah oui, vraiment ? Peut-être mon fils n'a-t-il fait que prendre ce qu'elle désirait lui offr…

Les mains d'Audazs s'abattirent sur les épaules du symphathe. *Avec une violence mal contenue, il le fit pivoter et le poussa contre l'une des colonnes de pierre qui soutenaient la maison.*

—Je pourrais très bien vous tuer. Tout de suite.

Le mangeur de péchés sourit de nouveau.

—Vraiment ? Je ne crois pas, non. Votre honneur ne vous autoriserait pas à prendre la vie d'un innocent. Après tout, je n'ai rien fait de mal.

Là-dessus, le symphathe *fila entre les doigts d'Audazs et reprit forme sur la pelouse.*

—Je souhaite à cette femelle une longue vie de souffrance. Qu'elle vive longtemps, oui, et qu'elle supporte son fardeau dans la douleur. À présent, je dois aller m'occuper du corps de mon fils.

Il disparut, se volatilisant comme s'il n'avait jamais existé… Les conséquences de ses actes étaient cependant bien palpables. Quand Audazs leva les yeux sur la porte d'entrée grande ouverte, il vit le propriétaire du domaine pleurer sur l'épaule de son domestique, les deux mâles cherchant à se réconforter mutuellement du chagrin qui les frappait.

Audazs franchit de nouveau le seuil de la maison. En entendant le martèlement de ses bottes, le patriarche releva la tête.

Après s'être écarté de son fidèle serviteur, il rejoignit Audazs sans prendre la peine d'essuyer ses larmes ou de dissimuler sa peine.

Avant que le frère ait le temps de parler, il déclara :

— Je vais vous donner de l'argent.

Audazs fronça les sourcils.

— Pour quelle raison ?

— Pour… que vous l'emmeniez avec vous et preniez soin d'elle.

Le maître se tourna vers son doggen.

— Va ouvrir les coffres et…

Audazs fit un pas en avant et saisit fermement Sampsone par l'épaule.

— Que dites-vous ? Elle est en vie. Votre fille est en vie, elle peut regagner son foyer, désormais. Vous êtes son père.

— Prenez-la avec vous. Je vous en supplie. Sa mère… ne supporterait pas cette nouvelle épreuve. Laissez-moi vous donner de l'argent pour…

— Vous êtes détestable, lâcha Audazs. Une disgrâce pour votre famille.

— Non, répondit le mâle. C'est elle, la disgrâce. Maintenant et pour toujours.

Audazs ne réagit pas tout de suite, frappé de stupeur. Il connaissait pourtant les valeurs critiquables de la glymera *: n'en avait-il pas été victime lui-même ? Malgré tout, il lui fallut un certain temps avant de se ressaisir.*

— Vous avez beaucoup de points communs, le symphathe *et vous, finit-il par déclarer.*

— Comment osez-vous…

— L'un comme l'autre n'avez pas assez de cœur pour pleurer la chair de votre chair.

Audazs se dirigea rapidement vers la sortie et ne ralentit pas le pas lorsque le mâle s'écria :

— L'argent ! Laissez-moi vous donner de l'argent !

Préférant s'éloigner au plus vite, Audazs se dématérialisa jusqu'au bosquet qu'il avait quitté quelques minutes auparavant. Reprenant forme près du carrosse, il sentit une onde de feu consumer son cœur. Ayant lui-même été abandonné, il connaissait bien ce sentiment d'être coupé de ses racines, de se retrouver seul au monde. La femelle, elle, portait en plus un autre fardeau, au sens littéral du terme, dans ses entrailles.

Bien que le soleil soit sur le point de darder ses premiers rayons sur la surface de la terre, il prit le temps de recouvrer son calme et de préparer ce qu'il allait dire…

La voix de la femelle s'éleva derrière les rideaux du carrosse.

— Il vous a demandé de m'emmener loin d'ici, n'est-ce pas ?

C'est en effet une bonne façon de résumer la situation, *songea Audazs. Posant la main sur le bois glacial du carrosse, il répondit :*

— Je vais prendre soin de vous. Je vous logerai, vous nourrirai et vous protégerai.

— Pourquoi… ?

— Parce que… c'est ce qu'il convient de faire.

— Vous êtes un héros. Mais celle que vous désirez protéger ne veut pas accepter le cadeau que vous lui offrez.

— Vous changerez d'avis. Vous finirez… par l'accepter.

Alors que le silence s'étirait, Audazs sauta sur le siège du cocher et s'empara des rênes.

— Rentrons chez moi.

Le bruit mat de la sellerie en cuir et le martèlement des sabots sur le chemin de terre battue les accompagnèrent jusqu'à l'orée du bois puis tout au long du trajet. Il prit un autre itinéraire, désireux de s'éloigner au plus vite de la maison et de cette famille pour qui le rang social prévalait sur les liens du sang.

Et l'argent, dans tout ça ? Audazs n'était pas fortuné, mais il aurait préféré se couper la main plutôt que d'accepter un seul penny de ce père méprisable.

Chapitre 60

Quand Xhex aida John à s'asseoir sur la table d'opération, il fut de nouveau surpris par sa force : dès l'instant où elle posa la main dans son dos, il eut l'impression d'être léger comme l'air.

Encore une fois, car elle le répétait assez souvent elle-même, Xhex n'était pas une femelle ordinaire.

Doc Jane vint lui expliquer ce qu'il y avait sous son pansement et ce qu'il devrait faire pour désinfecter la cicatrice… mais il perdit rapidement le fil de ses paroles.

Il avait envie de faire l'amour. Avec Xhex. Maintenant.

En cet instant précis, rien d'autre ne comptait… et, en même temps, cette pulsion charnelle dépassait le simple désir de satisfaire un besoin physique. Flirter avec la mort vous donnait envie de croquer la vie à pleines dents, bruyamment, et faire l'amour avec la personne qu'on désirait de toutes ses forces était la meilleure façon de se sentir vivant.

Le regard de Xhex s'enflamma lorsqu'elle perçut l'odeur qu'il exhalait.

— Je veux que vous restiez ici encore une dizaine de minutes, conclut Doc Jane en disposant les instruments chirurgicaux dans l'autoclave. Ensuite, vous irez vous allonger dans la salle de repos.

— *On y va,* signa-t-il à l'intention de Xhex.

Une douleur fulgurante le fit grimacer lorsqu'il balança ses jambes sur le côté, mais il lui en fallait plus pour renoncer aux projets qu'il avait en tête. Évidemment, sa réaction ne passa pas inaperçue. Tandis que Xhex posait une main sur son bras en marmonnant un juron, le bon docteur insista pour qu'il reste tranquille. Peine perdue : John ne prêta aucune attention à son sermon.

— *Pourriez-vous me prêter une blouse pour que je puisse sortir d'ici ?*

Son érection était impressionnante, et il n'avait pas grand-chose sur lui pour la dissimuler.

S'ensuivit une discussion animée au terme de laquelle Doc Jane leva les mains en signe d'impuissance. S'il voulait faire n'importe quoi, après tout, c'était son problème. Elle ne pourrait pas l'en empêcher, de toute manière. Lorsqu'elle hocha la tête à l'adresse d'Ehlena, celle-ci disparut pour revenir quelques instants plus tard avec un truc en flanelle juste assez long pour recouvrir le haut de ses cuisses. Dans un joli ton de rose, aussi.

C'était clairement le bonnet d'âne revisité par le milieu médical, une façon de lui rendre la monnaie de sa pièce après qu'il eut refusé de rester en salle de repos. On aurait pu croire que son érection soit mollement retombée après un tel affront… mais non, pas du tout. Vraiment pas du tout.

Son sexe résistait vaillamment à cette agression commise à l'encontre de sa virilité.

John fut même assez fier de ses attributs.

— *Merci,* signa-t-il en enfilant la blouse.

En tirant sur le tissu, il réussit à couvrir son torse et une partie de son anatomie. Tout juste.

Prenant appui contre le chariot, Doc Jane croisa les bras sur sa poitrine.

— Y a-t-il un moyen de vous convaincre de passer un peu plus de temps ici ? Ou de partir avec des béquilles ? Ou… de passer *un peu plus de temps ici* ?

— *Je me sens bien… mais merci quand même.*

Le médecin secoua la tête.

— Vous êtes tous pareils, les frères : des emmerdeurs.

Une douleur qui n'avait rien à voir avec sa jambe le traversa brusquement.

— Je ne suis pas un frère. Mais je ne contesterai pas la seconde partie de votre phrase.

— Enfin une parole sage. Et vous devriez l'être. Frère, je veux dire.

John souleva d'abord ses fesses puis propulsa son poids en avant, les yeux rivés sur sa blouse de Barbie. Dieu merci, tout resta en place, de même que quand Xhex se glissa sous son bras.

Seigneur… c'était la meilleure béquille dont il ait pu rêver, et elle supporta une bonne partie de son poids tandis qu'ils se dirigeaient vers la porte. Ensemble, ils entrèrent dans le bureau, passèrent par le placard et émergèrent dans le tunnel.

John marcha encore, disons… une dizaine de mètres avant de s'immobiliser. Puis il fit pivoter Xhex pour qu'elle se retrouve en face de lui. Et là…

Il éteignit les lumières. Toutes, sans exception.

Sur l'ordre de sa volonté, tous les néons du plafond s'éteignirent l'un après l'autre, à commencer par ceux se trouvant au-dessus de leurs têtes jusqu'aux plus éloignés. Dans l'obscurité, il s'affaira avec des gestes rapides et Xhex en fit autant. Occupées à ranger et nettoyer, Doc Jane et Ehlena ne sortiraient pas du bloc avant une bonne demi-heure. C'était l'heure du Dernier Repas à la maison. Personne n'aurait donc l'idée de s'aventurer dans la salle de sport. Les vestiaires et les douches étaient déserts, également.

Ils disposaient d'une petite fenêtre de tranquillité.

Et l'obscurité jouait en leur faveur.

Malgré leur différence de taille – Xhex avait beau mesurer près d'un mètre quatre-vingts, John en comptait tout de même dix de plus –, il trouva sa bouche sans l'ombre d'une hésitation, un peu comme si elle brillait dans le noir. Tandis qu'il l'embrassait fougueusement, glissant la langue entre ses lèvres, elle émit une plainte rauque et s'accrocha à ses épaules.

Dans cette parenthèse extratemporelle, sur ce chemin de traverse où les termes de leur accord n'étaient plus de mise, John laissa s'exprimer le mâle lié qui sommeillait en lui, lui permettant de surfer sur la vague de ce qui s'était passé là-bas, dans cette ferme…

Vers cet instant où le poignard avait quitté sa main pour voler à travers la pièce… lui offrant d'autres nuits à vivre pleinement.

Sa main se referma sur le sein droit de Xhex, et son pouce effleura son téton durci de plaisir jusqu'à ce qu'il brûle d'envie de le capturer entre ses lèvres. Par chance, elle avait déposé sa veste et ses armes dans le hall d'entrée de la maison. Il n'y avait donc plus que son débardeur entre eux.

Il l'aurait bien déchiré, celui-là aussi, mais il se souvint à temps que c'était juste un avant-goût de ce qui se passerait quand ils auraient regagné l'intimité de sa chambre. Il se contenta donc de glisser les mains sous le tissu pour remonter le tee-shirt jusqu'à ce que ses seins jaillissent. Merde alors… elle ne portait même pas de soutien-gorge au combat. Pour une raison inexplicable, il trouva ça hyper excitant.

Ça, plus le reste. Il n'avait aucun problème de ce côté-là, avec elle.

Les bruits de leur baiser fougueux résonnaient dans le tunnel et il titilla ses tétons en plaquant son sexe dressé contre son ventre. Comme si elle n'attendait que ce signal, Xhex fit glisser sa main vers le bas, jusqu'à…

Il renversa la tête en arrière, parcouru d'une décharge électrique si violente qu'il s'arqua en arrière, forcé de s'arracher à ses lèvres.

Vive comme l'éclair, Xhex le repoussa sans ménagement contre le mur et John sentit un souffle d'air frais comme elle écartait les pans de sa blouse. Il sentit sa bouche courir sur son torse, ses crocs tracer deux sillons parallèles qui excitèrent chaque terminaison nerveuse de son corps... surtout celles de son gland.

John laissa échapper un cri muet lorsque la bouche chaude et humide de Xhex trouva son sexe dur et brûlant et se referma sur lui pour le prendre entièrement, l'enveloppant dans un étau doux et élastique. Elle le libéra avec une lenteur intentionnelle, jusqu'à ce que son gland s'échappe de ses lèvres dans un petit bruit de succion, puis donna des coups de langue tout autour de son sexe. John garda les yeux ouverts pendant qu'elle faisait courir ses lèvres le long de son membre turgescent, mais l'obscurité qui les enveloppait lui donnait l'impression de les avoir fermés – la sensation créée par cette situation était divine : il avait une image très nette de Xhex, agenouillée devant ses jambes écartées, son débardeur roulé sur sa poitrine, ses tétons toujours dardés, sa tête allant et venant sans cesse d'avant en arrière.

De ses seins qui tressautaient à chacun de ses mouvements.

Tandis qu'il respirait bruyamment, il eut la vague impression de se tenir sur ses deux jambes sans se soucier de celle qui était blessée, mais seules importaient la bouche de Xhex et l'intense volupté qu'elle éveillait en lui. Il aurait pu être en train de brûler vif que cela n'aurait rien changé.

Il *était* en feu, d'ailleurs. Et les flammes redoublèrent d'intensité quand Xhex plaqua son sexe contre son bas-ventre et fit glisser sa langue jusqu'aux lourds testicules qui reposaient entre ses cuisses. Elle les accueillit dans sa bouche l'un après l'autre avant de reprendre ses caresses sur son pénis.

Sans relâche, à un rythme effréné, elle lui fit l'amour avec sa langue et ses lèves, l'amenant au paroxysme du plaisir.

John s'arc-bouta et ses mains s'écrasèrent violemment contre le mur lorsqu'un orgasme éblouissant l'emporta.

Haletant, il aida Xhex à se relever et l'embrassa longuement, passionnément... tenaillé par l'envie de lui rendre la pareille...

Xhex lui mordilla la lèvre inférieure et lécha la minuscule égratignure.

— Au lit. Tout de suite.

Compris.

Après avoir rallumé les néons, ils regagnèrent la maison, courant presque.

Bizarre, sa jambe ne le faisait plus souffrir du tout.

Blay quitta la chambre où l'on avait installé Saxton pendant que celui-ci se nourrissait. Il n'était cependant pas autorisé à sortir tant que le cousin de Vhif, considéré par le droit ancien comme son invité au sein de la maison de la Première famille, séjournait entre ces murs. C'était le protocole.

Toutefois, Blay aurait préféré rejoindre les autres au combat ; il se serait senti utile, au moins, et puis le temps aurait passé plus vite.

Lorsque Fhurie était arrivé avec Séléna, Blay s'était chargé des présentations avant de regagner sa chambre, qu'il avait entrepris de ranger, histoire de s'occuper. Malheureusement, l'opération « grand ménage » avait duré tout au plus deux minutes : il lui avait fallu repositionner le livre qu'il était en train de lire sur sa table de chevet… et replacer une paire de chaussettes noires égarée dans le tiroir des chaussettes de couleur.

C'était l'inconvénient d'être trop ordonné. On ne pouvait espérer tuer le temps en se jetant à corps perdu dans le rangement.

Il s'était fait couper les cheveux récemment. Ses ongles étaient courts et nets. Pas de rasage ni d'épilation en vue, et pour cause : les vampires étaient imberbes, à l'exception des cheveux.

Quand il lui arrivait d'avoir un peu de temps devant lui, il appelait ses parents pour prendre de leurs nouvelles, mais compte tenu de son état d'esprit actuel, il préférait s'abstenir. Pourquoi ? D'abord parce qu'il détestait mentir et qu'il n'avait pas l'intention de les prendre au dépourvu avec une conversation du genre : « Au fait, papa, maman, vous ne le savez pas encore mais je suis gay… et j'envisage de sortir avec le cousin de Vhif.

» Oh, et il est là, au fait.

» En train de se nourrir. »

Seigneur, le simple fait d'imaginer Saxton en train de boire à la veine de quelqu'un l'excitait terriblement. Même s'il s'agissait de Séléna.

En faisant aussi abstraction de la présence de Fhurie, qui était resté avec eux plus pour le décorum que dans un réel souci de protection.

Quoi qu'il en soit, il était hors de question qu'il s'approche de cette chambre. Il n'avait pas la moindre envie d'être surpris en train de bander en public.

Blay consulta sa montre. Fit les cent pas. Essaya de regarder la télé. Ouvrit le livre qu'il avait replacé correctement un moment plus tôt.

De temps en temps, il recevait des nouvelles du front sur son téléphone, ce qui n'améliorait guère son humeur. La Confrérie avait l'habitude de transmettre régulièrement des communiqués sur ses activités, et la situation n'était pas bien brillante pour le moment : John avait été blessé ; Xhex, Vhif et lui étaient au centre médical avec Doc Jane. L'infiltration de la ferme avait réussi – en partie tout au moins. Celui qu'on soupçonnait d'être le nouveau grand éradiqueur courait toujours et les frères avaient éliminé un grand nombre des nouvelles recrues, mais pas toutes. L'adresse correspondant à la plaque d'immatriculation du bolide restait introuvable. La tension était à son comble.

Il regarda sa montre. Puis l'horloge fixée au mur.

Et eut très envie de crier.

Ça faisait une éternité que Saxton et Séléna étaient ensemble. Ils devaient avoir fini, à présent. Pourquoi est-ce que personne n'était venu le chercher ?

S'était-il passé quelque chose ? Doc Jane avait déclaré que les blessures de Saxton ne mettaient pas sa vie en danger ; selon elle, il devrait se rétablir rapidement après s'être nourri correctement.

En même temps, si l'un des frères devait s'entendre avec Saxton, c'était forcément le Primâle. Fhurie était un passionné d'opéra, d'art et de littérature. Peut-être s'étaient-ils mis à discuter lorsque Saxton avait terminé de boire ?

Ne supportant plus cette solitude forcée, il descendit à la cuisine où les *doggen* étaient en train de préparer le Dernier Repas. Il leur proposa son aide pour mettre le couvert dans la salle à manger, émincer des légumes en cuisine ou arroser les dindes qui cuisaient au four. Mais ils parurent tellement troublés qu'il préféra ne pas insister.

En fait, Blay avait surtout trouvé le moyen de mettre le personnel dans tous ses états. Par nature, un *doggen* ne supportait pas que ceux qu'il servait se rendent utiles. En même temps, il détestait être obligé de refuser une demande émise par ces mêmes personnes.

Avant que l'agacement des uns et des autres ne débouche sur un repas calciné ou un suicide collectif, Blay abandonna la partie et quitta la salle à manger...

La porte du vestibule s'ouvrit et se referma sur Vhif, qui traversa le hall d'entrée à grandes enjambées.

Son visage, ses mains et son pantalon en cuir étaient maculés de sang. Du sang frais, luisant.

Du sang humain.

Sur le point d'interpeller son ami, Blay se ravisa. Inutile d'attirer l'attention sur le fait que Vhif avait visiblement délaissé John pour se rendre dans un endroit où ce dernier n'était pas.

Parce qu'il n'y avait certainement pas beaucoup d'*Homo sapiens* dans le cabinet médical du centre d'entraînement…

Et il était censé avoir combattu des initiés, qui avaient le sang noir.

Blay gravit l'escalier et rattrapa Vhif devant le bureau de Kolher, dont les portes étaient fort heureusement fermées.

— Qu'est-ce qui t'est arrivé ?

Vhif continua à avancer en direction de sa chambre. Il y entra rapidement et fit mine de vouloir lui refermer la porte au nez.

Mais Blay ne l'entendait pas de cette oreille. Se glissant à l'intérieur de la chambre, il insista :

— C'est quoi, ce sang ?

— Je suis pas d'humeur, marmonna Vhif en commençant à se déshabiller.

Il jeta son blouson sur la commode, posa ses armes sur le bureau et ôta ses rangers sur le chemin de la salle de bains. D'un geste désinvolte, il balança son tee-shirt par-dessus son épaule, et le vêtement atterrit sur l'abat-jour d'une lampe.

— D'où vient tout ce sang sur tes mains ? insista Blay.

— Ce ne sont pas tes affaires.

— Dis-moi ce que tu as fait. Dis-le-moi, merde à la fin !

Il commençait toutefois à avoir sa petite idée sur le sujet.

Lorsque Vhif se pencha dans la douche pour allumer le robinet, les muscles déliés de son dos bougèrent au-dessus de la ceinture de son pantalon en cuir.

Nom de Dieu, il avait du sang partout. De quoi se demander de quelle manière s'était terminé le passage à tabac.

— Comment va ton mec ?

Blay fronça les sourcils.

— Mon mec ? Oh, Saxton.

— Ouais. « Oh, Saxton. »

Un nuage de vapeur s'éleva de la cabine de douche et retomba, les enveloppant de buée.

— Comment va-t-il ?

— Je suppose qu'il a terminé de se nourrir.

Vhif avait les yeux fixés sur un point au-dessus de la tête de Blay.

— J'espère qu'il se sent mieux.

Face à Vhif, Blay ressentit une vive souffrance dans la poitrine, au point qu'il fut obligé de masser l'endroit douloureux.

— Tu l'as tué ?

— Qui ça ?

Vhif planta ses mains sur ses hanches. Ses pectoraux et ses tétons ornés de piercings saillirent, mis en valeur par les spots de lumière fixés au-dessus des vasques.

— Je ne vois pas de qui tu parles.

— Arrête tes conneries. Saxton voudra savoir, lui aussi.

— Tu te montres très protecteur envers lui.

Il n'y avait aucune hostilité dans ses paroles, juste une pointe de résignation, ce qui ne ressemblait guère à Vhif.

— OK, c'est bon. Je n'ai tué personne. J'avais juste envie de faire réfléchir ce salopard d'homophobe. Ça l'occupera quand il voudra penser à autre chose qu'au cancer de la gorge que lui provoqueront ces cigares. Je ne tolère pas qu'on manque de respect aux membres de ma famille.

Vhif se détourna.

— Et puis… merde, je n'aime pas te savoir contrarié, crois-le ou pas. Imagine un instant que Saxton ait été laissé pour mort et que le soleil se soit levé ? Ou que d'autres humains lui soient tombés dessus ? Tu ne t'en serais jamais remis. Je ne pouvais pas laisser passer ça.

C'était Vhif tout craché, ça. Le salaud faisait toujours du mal pour une bonne raison…

— Je t'aime, murmura Blay d'une voix si basse que le ruissellement de l'eau noya ses paroles.

— Écoute, il faut que je prenne une douche, déclara Vhif. J'ai besoin de me débarrasser de toute cette merde. Après ça, j'irai dormir.

— OK, je comprends. Tu veux que je t'apporte de quoi manger ?

— J'ai pas faim, merci.

Sur le point de quitter la pièce, Blay ne put s'empêcher de jeter un coup d'œil par-dessus son épaule. Vhif était en train d'enlever son pantalon, dévoilant son cul spectaculaire.

La tête toujours tournée, il sortit de la salle de bains et percuta le bureau, rattrapant la lampe de justesse. Il retira le tee-shirt recouvrant l'abat-jour et enfouit son nez dedans, comme une vraie gonzesse…

Fermant les yeux, il prit une longue inspiration puis serra le tee-shirt de Vhif contre sa poitrine, bercé par les clapotis de l'eau.

Il n'aurait su dire combien de temps il resta ainsi, torturé par la sensation d'être à la fois si proche et si loin de l'objet de son désir. La peur d'être pris en flagrant délit de sentimentalisme aigu l'incita à quitter la pièce. Après avoir soigneusement replacé le tee-shirt sur la lampe, il se dirigea vers la porte à contrecœur.

Il était à peu près à mi-chemin lorsqu'il l'aperçut.

Sur le lit.

La ceinture de tissu blanc gisait sur les draps en désordre.

Levant les yeux, il remarqua deux empreintes de têtes sur les oreillers posés l'un contre l'autre. Selon toute vraisemblance, l'Élue Layla avait oublié la ceinture de sa tunique en partant. Ce qui signifiait forcément qu'elle s'était déshabillée.

Une fois encore, Blay porta la main à son cœur qui s'était contracté douloureusement, lui donnant l'impression d'avoir été plongé dans l'eau… très, très profondément.

Dans la salle de bains, l'eau s'arrêta de couler et une serviette claqua.

Blay longea le lit défait et s'empressa de quitter la pièce.

Il n'avait pas conscience d'avoir pris une décision mais ses pieds, eux, savaient où ils allaient ; c'était évident. Remontant le couloir, ils s'arrêtèrent deux chambres plus loin et là, comme mue par une volonté propre, sa main se leva pour frapper à la porte. Il faisait sombre, à l'intérieur, et une odeur exquise flottait dans l'air. Debout dans la lumière du couloir, Blay vit son ombre s'allonger jusqu'au pied du lit.

— Tu arrives à point nommé, ils viennent de partir.

La voix rauque de Saxton portait la promesse des désirs de Blay.

— Tu es venu voir comment j'allais ?

— Oui.

Il y eut un long silence.

— Alors ferme la porte, je vais te montrer.

La main de Blay se crispa sur la poignée jusqu'à ce que ses phalanges blanchissent.

Puis il se décida à entrer et ferma la porte derrière lui. Ôtant ses chaussures, il tira le loquet.

Pour avoir un peu d'intimité.

Chapitre 61

De l'autre côté, assise sur la margelle du bassin aux reflets, Souffhrance contemplait le reflet de son visage à la surface de l'eau.

Elle reconnaissait parfaitement les cheveux noirs, les yeux de diamant et les traits fermes.

Ne savait que trop bien qui l'avait engendrée et l'avait mise au monde.

Pouvait énumérer tous les jours marquants de sa vie jusqu'à aujourd'hui.

Et pourtant, elle avait l'impression de ne pas avoir la moindre idée de qui elle était vraiment. À bien des égards, elle n'était rien de plus qu'une image sur l'eau miroitante, une simple image manquant de substance et de profondeur… qui ne laisserait aucune trace de son passage quand elle partirait.

Layla arriva derrière elle et leurs regards se rencontrèrent dans le miroir du bassin.

Plus tard, elle se ferait la réflexion que le sourire de Layla avait été le déclencheur. Même si, évidemment, il n'y avait pas eu que ça… Mais l'expression radieuse de sa sœur fut le détail qui la propulsa sur les ailes du changement, l'imperceptible bourrade qui la fit basculer dans le vide.

Son sourire était vrai.

— Salutations, ma sœur, murmura Layla. Je te cherchais.

— Et tu m'as trouvée, hélas !

Souffhrance se força à lever les yeux sur l'Élue.

— Assieds-toi, je t'en prie. À ta mine réjouie, j'en conclus que ton histoire avec ce mâle te remplit de bonheur.

Layla ne répondit pas tout de suite mais, très vite, l'allégresse qui l'animait s'exprima.

— Oh oui, en effet. En effet. Il doit me faire appeler aujourd'hui et j'irai le rejoindre. Oh, très chère sœur, tu ne peux pas imaginer… ce que c'est que de se tenir dans un cercle de feu et d'en sortir à la fois indemne et comblée. C'est un miracle. Une bénédiction.

Souffhrance reporta son attention sur l'eau du bassin, préoccupée.

— Puis-je te poser une question indiscrète ?

— Bien sûr, ma sœur, répondit Layla en s'asseyant sur la margelle en marbre. Tout ce que tu voudras.

— Songes-tu à t'unir à lui, je veux dire… pas simplement pour faire l'amour mais… Envisages-tu de devenir sa *shellane* ?

— Eh bien, oui. Bien sûr. Mais j'attends le moment opportun pour aborder la question.

— Que feras-tu… s'il refuse ?

Lorsque le visage de Layla se figea, comme si cette pensée n'avait pas effleuré son esprit un seul instant, Souffhrance eut l'impression d'avoir écrasé un bouton de rose entre ses doigts.

— Oh, excuse-moi… Je ne voulais pas te contrarier. Je voulais juste…

— Non, non, balbutia Layla avant d'inspirer profondément. Je connais le fond de ton cœur et je sais qu'il n'y a aucune once de cruauté dedans. À la vérité, c'est précisément pour cette raison que je me confie à toi aussi librement.

— Je t'en prie, oublie ma question.

Layla plongea son regard dans l'eau du bassin.

— Je… nous n'avons pas encore eu de vraies relations.

Les sourcils de Souffhrance s'arquèrent de surprise. Si les simples préliminaires étaient source d'une telle joie, que devait-il en être de l'acte en lui-même ?

En tout cas pour une femelle telle que Layla.

Cette dernière enroula ses bras autour d'elle, très certainement en souvenir d'une autre étreinte, plus puissante.

— J'en avais envie, mais il n'a pas voulu. J'espère que... Sans doute préfère-t-il que nous nous unissions officiellement d'abord.

Souffhrance sentit peser sur elle le poids d'une terrible prémonition.

— Prends garde, ma sœur. Tu es une âme bonne.

Layla se releva. Son sourire était à présent empreint de tristesse.

— Oui, c'est vrai. Mais je préfère avoir le cœur brisé plutôt qu'il reste fermé, et on doit toujours demander si l'on désire recevoir quelque chose en retour.

La femelle était si sûre d'elle, si déterminée, que dans l'ombre de son courage Souffhrance se sentit tout à coup très petite. Petite et faible.

Qui était-elle, au juste ? Un simple reflet ? Avait-elle une existence propre ?

Elle se leva brusquement.

— Puis-je prendre congé ?

Visiblement surprise, Layla s'inclina.

— Bien sûr. Je n'ai pas voulu t'ennuyer avec mes bavardages, tu sais...

Sur une impulsion, Souffhrance prit l'Élue dans ses bras.

— Tu ne m'as pas blessée. Ne t'inquiète pas. Bonne chance avec ton mâle. À vrai dire, tu serais une bénédiction pour lui.

Sans attendre de réponse, Souffhrance s'éloigna, longeant d'un pas rapide le dortoir avant de gravir plus vite encore la colline qui conduisait au temple du Primâle. Elle dépassa la chambre sacrée, que personne n'utilisait plus, pénétra dans le patio en marbre de sa mère et marcha le long des colonnes.

De taille modeste, la porte d'entrée de la résidence de la Vierge scribe ne ressemblait pas à ce qu'on aurait pu attendre d'un lieu abritant une divinité aussi puissante. Mais, au fond, qu'avait-on encore à prouver quand on avait le monde entier à ses pieds ?

Souffhrance entra sans frapper. Vu ce qu'elle s'apprêtait à faire, son arrivée impromptue serait le cadet de ses péchés.

— Mère ? appela-t-elle en pénétrant dans la pièce blanche et vide.

Au bout d'un long moment, la voix désincarnée de sa mère lui répondit.

— Oui, ma fille.

— Laissez-moi m'en aller. Tout de suite.

Peu importaient les conséquences d'une nouvelle confrontation. Tout valait mieux qu'une vie tronquée.

— Renvoyez-moi, répéta-t-elle en s'adressant aux murs, dans cette atmosphère factice. Laissez-moi partir. Je ne remettrai jamais les pieds ici, si tel est votre souhait. Mais je ne veux plus rester de ce côté-ci.

Dans un éclair de lumière, la Vierge scribe lui apparut, sans la grande robe noire qu'elle portait d'habitude. Souffhrance était certainement la seule à jamais avoir vu sa mère telle qu'elle était réellement : une source d'énergie informe.

Elle n'était cependant plus aussi lumineuse qu'avant. Falote. Un simple trait de clarté.

Ce constat étonnant atténua légèrement la fureur de Souffhrance.

— Mère… laissez-moi partir. Je vous en prie.

La Vierge scribe mit du temps avant de répondre.

— Je suis désolée. Il m'est impossible d'exaucer ton souhait.

Souffhrance dévoila ses crocs.

— Exaucez-le, bon sang. Laissez-moi partir ou je…

— Il n'y a pas d'autre option, très chère enfant.

La voix de la Vierge scribe s'éloigna avant de revenir.

— Tu dois rester ici. Tel est ton destin.

— De quel destin s'agit-il ? Du vôtre ou du mien ? répliqua Souffhrance en balayant l'air immobile d'un geste brusque. Je ne vis pas vraiment, ici. Quel genre de destin est-ce là ?

— Je suis désolée.

Ainsi s'acheva leur discussion, la Vierge scribe disparaissant dans une étincelle de feu.

Dans le vaste espace immaculé, Souffhrance se mit à crier :

— Libérez-moi ! Soyez maudite ! Libérez-moi !

Elle s'attendait à être sacrifiée sur-le-champ… mais alors quel plaisir prendrait sa mère, privée de l'objet de ses tortures ?

— Mère !

N'ayant que le silence en guise de réponse, Souffhrance tourna les talons. Comme elle aurait aimé pouvoir balancer quelque chose contre les murs ! Mais le néant régnait et la force de cette symbolique lui donna envie de hurler : il n'y avait rien sur quoi elle puisse se défouler, il n'y avait absolument *rien* pour elle, à cet endroit.

Arrivée devant la porte, elle donna libre cours à sa fureur et, ôtant le panneau de bois de ses gonds d'un geste rageur, le lança de toutes ses forces dans la pièce vide et froide. La porte blanche rebondit deux fois avant de glisser sur le sol nu, ricochant tel un galet à la surface d'une mare.

Comme elle marchait d'un pas furieux vers la fontaine, elle entendit une série de cliquètements et, jetant un coup d'œil par-dessus son épaule, vit que la porte avait retrouvé sa place initiale, comme par magie. Sans même une rayure pour attester de ce qui lui était arrivé.

Submergée par une bouffée de rage, Souffhrance sentit une boule lui obstruer la gorge, et ses mains se mirent à trembler.

Du coin de l'œil, elle aperçut une silhouette noire passer sous les colonnes, mais ce n'était pas sa mère. C'était PersOnne, qui apportait à la Vierge scribe un panier d'offrandes. Sa silhouette sombre tanguait au rythme de son pas claudicant.

La vue de la malheureuse Élue exclue attisa un peu plus sa colère…

— Souffhrance ?

Elle tourna subitement la tête au son de la voix grave et profonde : Kolher se tenait près du grand arbre blanc habité d'oiseaux gazouillants et colorés. Son imposante silhouette dominait le patio.

Souffhrance fondit sur lui, heureuse d'avoir trouvé une proie à se mettre sous la dent. Le Roi aveugle perçut aussitôt sa violence et son désir de faire mal, coûte que coûte : en un clin d'œil, il se mit en position de défense, prêt à l'affronter, tout en puissance.

Elle donna tout ce qu'elle avait en elle, et plus encore, bras et jambes volant dans tous les sens pour atteindre leur objectif. Son corps devint un tourbillon de coups de pied et de poing qu'il para de ses bras, esquivant les attaques en se baissant d'un côté puis de l'autre tour à tour.

Toujours plus rapide, plus brutale et plus menaçante, elle ne lâcha pas le roi d'une semelle, le forçant à rendre les coups qu'elle lui donnait pour éviter d'être sérieusement blessé. Le premier vrai coup qu'il lui porta la percuta à l'épaule, la force de son poing la déséquilibrant… mais elle se ressaisit vite et, pivotant sur une jambe, envoya l'autre dans le bas-ventre de son adversaire.

Le choc fut si violent qu'il ne put retenir un grognement… mais déjà elle virevoltait de l'autre côté pour lui décocher un coup de poing en plein visage. Un flot de sang jaillit et les lunettes noires du roi volèrent. Il jura.

— Bordel de merde, Souffh…

Il n'eut pas l'occasion de prononcer son nom en entier. Fonçant sur lui comme un taureau, elle l'agrippa par la taille et le fit reculer de quelques pas. La lutte était toutefois inégale. Deux fois plus grand qu'elle, il n'eut aucun mal à se libérer de son étreinte et l'obligea à lui tourner le dos.

— Quel est ton problème, merde à la fin ? maugréa-t-il dans son oreille.

Rejetant la nuque en arrière, elle lui assena un violent coup de tête. Il relâcha son étreinte un quart de seconde et Souffhrance en profita pour se libérer. Se servant de son corps massif comme d'un tremplin pour s'échapper, elle...

Surestima considérablement ses chances de remporter le combat. Au lieu d'atterrir perpendiculairement au sol, elle piqua du nez, se tordit la cheville et se renversa sur le dos.

La margelle en marbre de la fontaine l'empêcha de percuter le sol mais le choc fut plus violent que si elle était tombée à plat.

Son dos émit un craquement aussi sonore qu'un hurlement.

Et la douleur fut tout aussi déchirante.

Chapitre 62

Lorsque Flhéau se réveilla dans sa planque, son premier réflexe fut de regarder ses bras.

Comme ses mains et ses poignets, ses avant-bras n'étaient plus que des ombres, une espèce de forme brumeuse qui bougeait quand il lui en donnait l'ordre, tantôt légère et vide comme l'air, tantôt compacte et capable de tenir des choses quand il le désirait.

Il se redressa, rabattit la couverture et se leva. Tiens donc, ses pieds étaient en train de disparaître, eux aussi. C'était une bonne chose mais… enfin, merde, combien de temps devrait-il encore patienter avant l'aboutissement complet de sa transformation ? Tant que son corps possédait encore une forme physique, doté d'un cœur battant, qui avait besoin de se nourrir et se reposer, il n'était à l'abri ni des balles ni des coups de couteau.

Sans compter qu'il y aurait du boulot en termes de recyclage des déchets, avec tous les lambeaux de chair visqueux qu'il avait perdus.

Son matelas ressemblait d'ailleurs à une couche-culotte géante.

Un grincement lui parvint aux oreilles depuis l'extérieur. Il se dirigea vers les stores et écarta les lames avec ses doigts désincarnés. Par la fente, il observa les humains vaquer à leur triste routine quotidienne, se déplaçant en voiture ou à vélo. De pauvres abrutis coincés dans des vies merdiques. Se lever. Aller bosser. Rentrer chez soi. Se plaindre de sa journée.

Puis à nouveau se réveiller et recommencer exactement les mêmes choses.

Quand une voiture passa dans la rue, il implanta une pensée dans l'esprit du conducteur… et sourit quand la Pontiac fit une embardée, percuta le trottoir et poursuivit sa course droit sur une maison, de l'autre côté de la rue. Le pauvre con alla s'encastrer dans la baie vitrée, explosant le verre et les montants de bois. Les airbags se déployèrent dans l'habitacle.

Vachement mieux qu'une tasse de café pour démarrer la journée.

Se détournant du spectacle, il se dirigea vers le bureau minable pour allumer l'ordinateur portable qu'il avait trouvé à l'arrière de la Mercedes. Le deal de came qu'il avait interrompu au parc en rentrant s'était avéré plus que rentable. Il avait réussi à racketter 2 000 dollars, des pilules d'ecstasy et douze cailloux de crack. Qui plus est, il avait mis en transe les deux dealers et leurs clients, les avait chargés dans la bagnole puis ramenés là pour les initier.

Ils avaient ruiné la salle de bains en dégueulant toute la nuit mais, de toute manière, il en avait fini avec cette baraque et songeait sérieusement à y mettre le feu.

Il se retrouvait donc à la tête d'une équipe de quatre. Et bien qu'aucun d'entre eux n'ait été volontaire, il leur avait fait miroiter plein de trucs sympas après les avoir vidés de leur sang et ramenés à la « vie ». On pouvait faire gober n'importe quoi à des junkies obligés de dealer pour s'acheter leur propre came. Il suffisait juste de leur promettre leur dose quotidienne sur le long terme. Et de leur flanquer une bonne trouille.

Ce qui était un jeu d'enfant, pour lui. Les enfoirés s'étaient chié dessus quand il avait dévoilé son visage. En même temps, ils avaient eu tellement d'hallucinations sous acide que ça ne les surprenait pas tant que ça de parler à un cadavre ambulant. En outre, il savait se montrer convaincant quand il le voulait.

Quel dommage qu'il ne puisse pas leur laver le cerveau pour toujours ! Le petit tour de magie dont il s'était servi sur le conducteur de la Pontiac était le maximum qu'il puisse faire : une prise de contrôle brève qu'il ne pouvait maintenir plus de quelques secondes.

Putain de force de volonté.

Une fois l'ordinateur allumé, il consulta le site du *Caldwell Courier Journal*.

Oh, la une était géniale… De nombreux articles relataient « Le massacre à la ferme » et les descriptions du bain de sang, des morceaux de corps humains et de l'étrange résidu huileux étaient toutes dignes de remporter le prix Pulitzer. Les journalistes avaient également interrogé les officiers de police présents sur les lieux, le facteur qui avait donné l'alerte, une dizaine de voisins et le maire, qui s'en remettait naturellement « au grand professionnalisme des hommes et des femmes de la police de Caldwell pour résoudre ce terrible crime commis contre la communauté entière ».

Tous s'accordaient à dire qu'il s'agissait là de morts rituelles. Peut-être liées à une secte inconnue.

Enfin, tout cela n'était que du baratin sans intérêt, Flhéau cherchait autre chose.

Là. Dans le dernier article, il lut que les lieux du crime avaient été visités au cours de la nuit. Les officiers de police avaient constaté l'intrusion au cours d'une patrouille au petit matin. Aux dires du journaliste, des personnes non encore identifiées avaient dévasté l'intérieur de la maison. De précieux indices avaient toutefois été relevés et un policier en faction veillerait désormais sur les lieux en permanence.

La Confrérie était donc passée par là après avoir reçu son petit message.

Xhex avait-elle fait partie de l'expédition ? Avait-elle espéré le trouver là-bas ?

Merde. Il l'avait loupée. Elle, et les frères.

Mais il avait tout son temps. Son corps entier ne serait bientôt plus qu'une ombre. Oui, il avait l'éternité devant lui.

Après avoir consulté sa montre, il passa sa panoplie : un pantalon noir, un pull à col roulé et son imperméable à capuche. Puis il enfila ses gants en cuir, mit sa casquette et jeta un coup d'œil dans le miroir.

Ouais. Bof.

En fouillant dans les tiroirs, il trouva un tee-shirt noir et le déchira en fines bandelettes dont il s'enveloppa le visage, laissant juste assez de place pour ses yeux sans paupières, le cartilage de ce qui était autrefois son nez et le trou béant qui faisait office de bouche.

Voilà qui était déjà mieux. Pas terrible. Mais quand même mieux.

Il alla d'abord vérifier l'état de ses troupes dans la salle de bains. Ils gisaient tous sur le carrelage, inconscients, bras et jambes emmêlés, des têtes ici et là… mais les enfoirés étaient bien vivants.

Putain, c'est vraiment la lie de la société, de vrais déchets humains, songea Flhéau en observant le tas informe. Avec un peu de chance, ils obtiendraient à eux quatre un QI à trois chiffres. Et encore, pas sûr.

Mais qu'importe. Le principal était qu'ils lui soient utiles.

Barricadant la porte à l'aide d'une protection invisible, Flhéau se rendit au garage, ouvrit le coffre de la Mercedes, s'empara du sachet de coke dans la cache et se remplit les deux narines à ras bord.

Puis il se glissa au volant.

Saaluuut la cooompagniiiie ! Tandis qu'un concert assourdissant grondait en lui, il remonta l'allée en marche arrière et quitta le quartier, s'éloignant des flics et des ambulances qui venaient de débarquer devant la maison d'en face.

Dont le salon avait été transformé en tunnel.

En prenant l'autoroute, le trajet jusqu'au centre-ville durait normalement dix minutes, mais compte tenu de l'heure de pointe il lui fallut près de vingt-cinq minutes pour y parvenir. Avec le feu qui consumait à la fois son corps et son esprit, il eut cependant l'impression d'avancer au pas tout le temps.

Il était un peu plus de 9 heures lorsqu'il s'engagea dans une allée pour se garer près d'une camionnette gris argent. En sortant de voiture, il remercia Dieu de toute cette coke. Il débordait d'énergie… Enfin, toujours était-il que, si la Grande Métamorphose ne s'achevait pas rapidement, il aurait sniffé tout le paquet dans quelques jours à peine.

Raison pour laquelle il avait organisé ce rendez-vous aujourd'hui même au lieu de patienter quelque temps.

Ricardo Benloise était à l'heure et attendait déjà dans son bureau : sa Mercedes bordeaux était garée en face de la camionnette.

Arrivé au niveau de la porte de service de la galerie d'art, Flhéau attendit devant la caméra de sécurité. Certes, il aurait préféré reporter ce petit face-à-face, mais, en plus de ses propres besoins, il avait des revendeurs en convalescence dans sa salle de bains et il lui fallait de la came pour qu'ils puissent reprendre le business.

Sans compter qu'il lui faudrait intégrer des soldats.

Après tout, le Merdeux n'avait pas perdu de temps pour grossir les rangs de son armée, même s'il était impossible de savoir combien étaient encore en activité après l'attaque de la Confrérie à la ferme.

Il n'aurait jamais cru se réjouir un jour de l'efficacité létale de ces enfoirés. Mais là, il fallait reconnaître qu'ils avaient fait du beau boulot.

Le gigolo de l'Oméga ne tarderait pas à organiser une nouvelle séance de recrutement, c'était couru d'avance… Et comme le gamin était en outre un excellent dealer, il reprendrait vite ses activités parallèles pour engranger du fric. Cette combinaison gagnante lui donnerait les ressources nécessaires pour combattre les vampires, mais aussi pour s'en prendre à lui, Flhéau.

Le compte à rebours était lancé. Le Merdeux n'obtiendrait certainement pas de rendez-vous avec Benloise dans l'immédiat, il n'était pas encore assez connu dans le milieu… mais ce ne serait bientôt plus le cas. Seules les ventes et l'intelligence étaient importantes. Si Flhéau avait su ouvrir une brèche, d'autres suivraient forcément.

Surtout s'ils possédaient les talents particuliers d'un grand éradiqueur.

Les verrous de la porte émirent un cliquètement et l'un des vigiles de Benloise fit son apparition. Sourcils froncés, le type contempla l'accoutrement à la Lady Gaga du visiteur mais se reprit vite. Il en avait certainement vu des vertes et des pas mûres, dans son boulot, et pas seulement dans le business de la came : les artistes étaient tous pas mal déglingués, dans le genre.

— Il me faut une pièce d'identité.

Flhéau présenta son permis de conduire factice.

— Enfonce-toi ça dans le cul, connard.

La carte plastifiée et la voix familière de Flhéau suffirent manifestement à balayer la méfiance du vigile car on l'autorisa à entrer un instant plus tard.

Le bureau de Benloise se trouvait au deuxième étage, sur le devant du bâtiment. Ils montèrent l'escalier en silence. Immense, la pièce ressemblait à une piste de bowling : un parquet en bois ciré noir recouvrait entièrement le sol, jusqu'à une estrade sur laquelle trônait Benloise, assis derrière un bureau en teck surdimensionné.

Comme la plupart des hommes mesurant un mètre soixante-dix sur la pointe des pieds, les bras en l'air, le petit homme voyait les choses en grand. Très grand.

Lorsque Flhéau s'approcha, le Sud-Américain leva les yeux de ses mains croisées et prit la parole de sa voix douce et distinguée.

— J'étais heureux d'avoir de tes nouvelles après notre rendez-vous manqué. Où étais-tu passé, mon ami ?

— J'ai eu quelques problèmes familiaux.

Benloise fronça les sourcils.

— Ah oui. Les liens du sang posent parfois des problèmes.

— Tu ne crois pas si bien dire.

Flhéau promena un regard sur la pièce vide, repérant les portes et les caméras cachées – qui n'avaient pas changé de place depuis sa dernière visite.

— Avant toute chose, j'aimerais t'assurer que notre relation de travail demeure ma priorité principale.

— Je suis ravi de le savoir. Quand tu n'es pas venu acheter les œuvres que tu t'étais engagé à prendre, l'autre jour, je me suis posé des questions. En tant que marchand d'art, je suis dépendant de mes clients fidèles ; c'est grâce à eux que je donne du travail à mes artistes. En retour, j'attends d'eux qu'ils honorent leurs engagements.

— Je comprends. C'est d'ailleurs la véritable raison de ma présence ici. J'ai besoin d'une avance. Il y a dans ma maison un mur vide auquel je serais heureux d'accrocher l'un de tes tableaux, mais je ne suis pas en mesure de te régler en liquide aujourd'hui.

Le sourire de Benloise dévoila une rangée de petites dents bien alignées.

— Je crains de ne pouvoir accéder à ta demande. Tu dois payer pour les tableaux que tu emportes. Au fait, pourquoi caches-tu ton visage ?

Flhéau ignora sa question.

— Tu vas être obligé de faire une exception.

— Je ne fais jamais d'exception…

Flhéau se dématérialisa pour reprendre forme derrière Benloise et lui mit un couteau sous la gorge. Dans un cri, le vigile près de la porte sortit son arme mais n'alla pas plus loin : la jugulaire de son patron était sérieusement menacée…

Flhéau se pencha à l'oreille de Benloise.

— Je viens de passer une semaine pourrie et j'en ai marre de me plier aux exigences des humains. J'ai pleinement l'intention de poursuivre notre marché et tu vas faire en sorte que ça fonctionne, non seulement parce que c'est dans notre intérêt à tous les deux, mais aussi parce que, sinon, je risque de le prendre mal. Sache ceci : tu ne pourras pas m'échapper ; je te retrouverai, où que tu te caches. Aucune porte n'est assez blindée pour m'empêcher d'entrer, aucun homme n'est assez balaise pour me mettre à terre, aucune arme ne peut m'atteindre. Alors voilà ce que j'attends de toi : un beau tableau pour habiller mon mur. Et je l'embarque tout de suite.

Lorsqu'il aurait découvert qui étaient les contacts de Benloise à l'étranger, Flhéau se débarrasserait avec joie de ce salopard. Mais il était encore trop tôt. Pour l'heure, le Sud-Américain canalisait l'arrivée de la drogue à Caldwell, et ce serait bien qu'il puisse profiter de son déjeuner tout à l'heure.

Plutôt que de se retrouver aux pompes funèbres.

Benloise prit une inspiration.

— Enzo, les nouveaux pastels de Joshua Tree doivent arriver en fin d'après-midi. Tu en mettras un de côté et…

— Je le veux tout de suite.

— Tu devras attendre. Je ne peux pas te donner ce que je n'ai pas. Tue-moi tout de suite et tu n'auras rien.

Enfoiré. Putain d'enfoiré.

Flhéau songea à ce qu'il lui restait dans le coffre de la Mercedes. Déjà, l'effet de la coke commençait à s'estomper, laissant dans son sillage une sensation de torpeur.

— Quand ? Et où ?

— Même heure et même endroit que d'habitude.

— Parfait. Mais il me faut un petit à-valoir tout de suite, dit-il en enfonçant la lame dans le cou de Benloise. Et ne me dis pas que tu n'as rien. Ça risque de me mettre de mauvais poil… à cran. Et ce serait pas bon pour toi, crois-moi.

Au bout d'un moment, le type murmura :

— Enzo, va lui chercher un spécimen des nouvelles œuvres de l'artiste, s'il te plaît.

De l'autre côté de la pièce, le colosse semblait avoir un peu de mal à tout assimiler. Sans doute était-ce la première fois qu'il voyait quelqu'un se dématérialiser devant lui.

— Enzo. Vas-y.

Flhéau esquissa un sourire sous ses bandelettes de momie.

— Ouais, bouge-toi un peu, Enzo. Je prendrai soin de ton patron en ton absence, ne t'en fais pas.

Le garde du corps se retira et le martèlement de ses talons résonna dans l'escalier.

— Tu es le digne successeur du Révérend, murmura Benloise d'une voix tendue.

Ah, Benloise faisait référence au nom sous lequel Vhengeance était autrefois connu, dans le monde humain.

— Ouais, je marche dans ses pas.

— Il y avait quelque chose de différent, chez lui.

— Tu trouves que cet enfoiré était particulier ? chuchota Flhéau. Attends de voir ce dont je suis capable.

Dans la demeure de la Confrérie, Vhif était assis sur son lit, adossé aux oreillers. La télécommande posée sur sa cuisse gauche, un verre de tequila sur l'autre. Et qui se trouvait dans le lit, à son côté ?

Cette bonne vieille Insomnie.

En face, l'écran de télé répandait une lueur bleutée dans l'obscurité, les bulletins d'informations de la matinée passant en boucle. La police avait retrouvé l'homophobe qu'il avait passé à tabac dans la contre-allée, près du bar à cigares. Le type avait été transporté à l'hôpital St. Francis. Il refusait de donner des précisions sur l'identité de son agresseur et le déroulement des faits, mais c'était sans importance, de toute manière. Il y avait des centaines de types en cuir, piercés et tatoués dans les rues de la ville, et les flics ne pourraient jamais lui mettre la main dessus.

Quoi qu'il en soit, ce connard ne dirait rien à personne… et Vhif était prêt à parier sa couille gauche qu'il n'emmerderait plus jamais les homos.

Vint ensuite le dernier compte rendu de ce que les humains avaient baptisé « Le massacre à la ferme ». Rien de neuf. Mais beaucoup d'hyperboles anxiogènes. « Sectes ! Sacrifices rituels ! Ne sortez plus de chez vous la nuit ! »

Le tout fondé sur de bien maigres indices, compte tenu que les hommes en uniforme n'avaient retrouvé aucun cadavre. Même si la disparition d'une poignée de paumés finirait bien par être signalée, les flics continueraient à tourner en rond, et pour cause : les initiés ayant échappé à l'attaque de la Confrérie faisaient désormais partie de la Société des éradiqueurs. Leurs amis et leurs familles n'entendraient plus jamais parler d'eux.

En conclusion, les humains devraient juste entreprendre une vaste opération de nettoyage à la ferme, rien de plus. Les gars de la police scientifique n'auraient qu'à aller se faire voir. Un bon nettoyeur vapeur, un stock de serpillières et un tonneau de détergent javellisé, voilà tout ce dont ils avaient besoin à l'heure actuelle. Inutile de se masturber le cerveau en espérant résoudre l'affaire. C'était perdu d'avance.

C'était comme s'ils avaient senti la présence d'un fantôme sans réussir à le capturer.

Fort à propos, la bande-annonce du prochain direct de l'émission *Détectives du Paranormal* défila sur l'écran, avec un gros plan sur une belle demeure du Sud entourée d'arbres monumentaux qui auraient eu besoin d'un bon élagage.

Vhif mit les pieds par terre et se passa une main sur le visage. Layla avait souhaité venir le voir mais, quand elle avait essayé de le joindre, il lui avait envoyé un message télépathique disant qu'il était fatigué et qu'il avait besoin de dormir.

Ce n'était pas qu'il n'avait pas envie de passer un moment avec elle, simplement…

Merde, elle l'appréciait, elle avait envie de lui, elle le désirait. Alors pourquoi ne la faisait-il pas venir, pourquoi ne s'unissait-il pas à elle ? Il atteindrait ainsi le principal objectif de sa vie.

Il en était là de ses réflexions lorsque le visage de Blay s'incrusta dans son esprit, le forçant à passer en revue d'un œil froid et dur la trame élimée de sa vie : ce n'était franchement pas beau à voir, et tous ces fils qu'il avait commencé à tisser sans aller jusqu'au bout de son ouvrage le dégoûtèrent soudain.

Il se leva et parcourut le couloir aux statues. Son regard fut attiré à droite. Vers la chambre de Blay.

Étouffant un juron, il se dirigea vers cette porte qu'il avait franchie tant de fois comme si c'était celle de sa chambre. Il frappa doucement, contrairement à ses habitudes.

Pas de réponse. Il essaya encore.

Tournant la poignée, il entrouvrit à peine. Pour le cas où Saxton serait aussi dans la chambre.

— Blay ? T'es là ? murmura-t-il dans l'obscurité.

Toujours pas de réponse. L'eau ne ruisselait pas non plus dans la salle de bains, donc pas de douche sportive à deux… Vhif entra et alluma la lumière.

Le lit était fait, les draps impeccablement tirés. L'ensemble ressemblait à une pub de magazine avec tous les oreillers parfaitement disposés et l'édredon supplémentaire plié en éventail au pied du lit.

Dans la salle de bains, les serviettes étaient sèches, il n'y avait pas de condensation dans la cabine de douche ni une bulle dans le jacuzzi.

Le corps étrangement endolori, il regagna le couloir et continua son chemin.

Jusqu'à la porte de la chambre allouée à Saxton. Immobile, il contempla les panneaux de bois. Du beau boulot de menuiserie : les planches étaient hermétiquement collées l'une à l'autre, sans la moindre fente. Le travail de peinture était tout aussi soigné : aucune trace de pinceau sur la surface lisse. Jolie poignée en laiton, brillante comme une pièce de monnaie en or fraîchement frappée...

Le petit son que son ouïe exacerbée capta lui fit froncer les sourcils... jusqu'à ce qu'il prenne conscience de ce qu'il était en train d'écouter. C'était un rythme unique, reconnaissable entre mille...

Reculant d'un pas mal assuré, il se fit harponner par la statue grecque derrière lui.

Il avança à l'aveuglette, les jambes tremblantes. Il fallait qu'il quitte cet endroit, qu'il aille loin de là, n'importe où. Arrivé devant le bureau du roi, il regarda par-dessus son épaule et examina le tapis qu'il venait de fouler.

Aucune coulée de sang. Surprenant, vu la douleur qui lui transperçait la poitrine.

Exactement comme si on lui avait tiré une balle en plein cœur.

Chapitre 63

Xhex se réveilla en hurlant.

Heureusement que John avait laissé la lumière dans la salle de bains. Elle réussit donc à convaincre son cerveau qu'elle se trouvait en sécurité là où elle était : elle n'était pas dans ce cabinet médical humain où son corps avait été traité comme un rat de laboratoire. Elle était dans la maison de la Confrérie, avec John.

Qui avait bondi du lit et pointait un fusil sur la porte de la chambre, prêt à faire exploser ces fichues planches de bois.

Elle se plaqua une main sur la bouche. Pourvu qu'elle n'ait pas réveillé la maisonnée… Elle n'avait aucune envie de voir débarquer une troupe de frères, tous sur le qui-vive.

Sans faire de bruit, John braqua le canon du fusil sur les fenêtres avant de le diriger sur la porte du dressing. Il finit par abaisser son arme et siffla sur un air interrogateur.

— Je… ça va, murmura-t-elle en retrouvant sa voix. C'était juste un cauche…

Le coup frappé à la porte était aussi délicat qu'un juron lâché dans une pièce silencieuse. Ou que le cri qu'elle venait de pousser.

Elle remonta les draps sur ses épaules tandis que John entrebâillait la porte. La voix de Z. résonna dans la pièce.

— Tout va bien, ici ?

Non. Absolument pas.

Passant une main sur son visage, Xhex essaya de se reconnecter avec la réalité. Plus facile à dire qu'à faire. Son corps semblait inerte, comme aérien, en rupture totale avec l'instant présent.

Pas besoin d'être un génie pour comprendre pourquoi les souvenirs terribles de son premier enlèvement avaient resurgi dans son inconscient cette nuit. Son petit séjour au bloc opératoire pendant l'intervention de John avait été, semble-t-il, une espèce de plat super épicé pour son cerveau, et le cauchemar, la version intracérébrale du reflux gastrique.

Seigneur, elle était en sueur, des gouttes perlaient sur sa lèvre supérieure et ses paumes étaient moites.

En désespoir de cause, elle se concentra sur ce qu'elle voyait dans l'entrebâillement de la porte de la salle de bains.

Si bizarre que cela puisse paraître, les brosses à dents sur le plan de toilette en marbre lui sauvèrent la mise. À la verticale dans un gobelet d'argent posé entre les deux vasques, les deux brosses, tournées l'une vers l'autre, ressemblaient à des commères échangeant les derniers potins. Elles appartenaient forcément à John, puisque les invités n'étaient généralement pas les bienvenus sous ce toit.

L'une était bleue. L'autre, rouge. Au centre de chaque brosse se trouvait une rangée de poils verts qui devenaient blancs au fil du temps, indiquant le degré d'usure à leur utilisateur.

Sympa. Normal. Ennuyeux. Peut-être ne serait-elle pas sans cesse en train de chercher l'issue de secours de sa vie si elle s'intéressait un tant soit peu à ce genre de choses du quotidien. Peut-être ne se réveillerait-elle pas en poussant des cris hystériques à cause d'un cauchemar…

Après avoir pris congé de Z., John vint la rejoindre. Il posa son arme sur la table de chevet et se glissa sous les couvertures. Son corps chaud était ferme et lisse contre le sien et elle se blottit contre lui avec un naturel qui était sans doute le propre de tous les amants.

Mais, pour Xhex, c'était une grande première.

John la repoussa légèrement pour voir son visage.

— *Que se passe-t-il?* articula-t-il.

— J'ai fait un cauchemar. Horrible. Un souvenir de…

Elle prit une inspiration.

— De mon passage dans ce centre médical.

Il ne chercha pas à en savoir davantage, se contentant de lui caresser les cheveux.

Dans le silence qui suivit, elle n'eut pas l'intention d'évoquer le passé; elle n'avait aucune envie de revenir sur les réminiscences que ce cauchemar avait fait resurgir. Pourtant, les mots se formèrent d'eux-mêmes dans sa gorge et elle ne put les retenir.

— J'ai incendié les bâtiments.

Son cœur tressauta tandis qu'elle se souvenait, mais ce retour en arrière volontaire et maîtrisé n'était pas pire que de se retrouver dans ce cauchemar, impuissante.

— C'est étrange… Je ne crois pas que ces humains avaient conscience que ce qu'ils faisaient était mal. Ils me traitaient comme une espèce animale précieuse, me donnant tout ce dont j'avais besoin pour survivre pendant qu'ils m'examinaient, me palpaient, me faisaient subir des batteries d'examens. Enfin, la plupart d'entre eux me traitaient bien. Mais évidemment, il y avait un sadique dans le groupe.

Elle secoua la tête avant de reprendre.

— Ils m'ont gardée un ou deux mois et ont essayé de me donner du sang humain pour me nourrir, mais ils se sont vite rendu compte que je devenais de plus en plus faible. Et puis, un jour, l'un d'eux m'a aidée à m'enfuir.

Roulant sur le dos, John plaça ses mains dans le faisceau de lumière.

— *Merde, je suis désolé… vraiment. Mais je suis heureux de savoir que tu as détruit cet endroit.*

Elle revécut mentalement son expédition punitive sur les lieux de sa détention. Revit le tas de cendres.

— Ouais, j'ai incendié le bâtiment. Ça faisait un petit bout de temps que je m'étais échappée quand j'y suis retournée pour mettre le feu. Des cauchemars incessants m'empêchaient de dormir. J'ai attendu que tout le monde soit parti pour passer à l'action. Mais…

Elle leva son index.

— … il est très possible qu'il y ait eu un mort. Le fils de pute l'avait bien mérité. Je suis plutôt du genre à rendre la pareille, si tu vois ce que je veux dire.

John leva de nouveau les mains.

— *C'est ce que j'avais cru comprendre. Et c'est une bonne chose.*

Tant qu'il ne s'agit pas de Flhéau, ajouta Xhex en son for intérieur.

— Je peux te demander quelque chose ?

Comme il haussait les épaules, elle murmura :

— La nuit où tu m'as emmenée faire une balade en ville… est-ce que tu étais déjà retourné dans tous ces endroits auparavant ?

John secoua la tête.

— *Pas vraiment. Je n'aime pas ressasser le passé. Je préfère aller de l'avant.*

— Tu ne peux pas savoir à quel point je t'envie. Personnellement, j'ai un mal de chien à me débarrasser de mon passé.

Et il ne s'agissait pas uniquement de son séjour dans ce centre médical ou du cauchemar de sa détention dans le petit nid d'amour de Flhéau. Pour une raison obscure, le fait qu'elle ne se soit jamais sentie à sa place, que ce soit dans la famille où elle avait grandi, dans la communauté des vampires ou dans celle des *symphathes,* déterminait profondément son être et son comportement, sans qu'elle en soit forcément consciente. Ses périodes de captivité avaient été rares et espacées… et semblaient tragiquement liées à ses missions en tant qu'assassin.

À cet instant, elle songea aux moments passés avec John… Ce qu'elle vivait avec lui rééquilibrait un peu les choses.

Être avec lui en toute simplicité, sentir la proximité de son corps, tout ça lui procurait un sentiment de bien-être inédit. Hélas, il ne s'agissait que d'une douce parenthèse de sa vie mouvementée et cette situation, au fond, n'était saine pour personne. Bon sang, il suffisait de songer à ce qui venait de se produire : elle s'était réveillée en hurlant et John avait bondi, arme à la main, prêt au combat… pendant qu'elle jouait à la pauvre femelle apeurée, les draps remontés sur sa poitrine palpitante.

Ce n'était pas elle, ça. Pas elle du tout.

Seigneur, elle était tombée tellement facilement dans le rôle de celle qu'on doit protéger… Ce constat l'effrayait encore plus que ses mauvais rêves. Si la vie lui avait appris une chose, c'était bien qu'il était préférable de gérer seul ses propres affaires. Elle n'avait aucune envie de devenir peureuse, ni de dépendre de qui que ce soit… même d'un homme d'honneur aussi valeureux que John.

Cela dit… le sexe avec lui était génial, il fallait bien l'admettre. C'était peut-être un peu cru et basique de le formuler ainsi, mais c'était la pure vérité.

Quand ils étaient remontés de leur petit tête-à-tête dans le tunnel, ils n'avaient même pas pris la peine d'allumer la lumière. Ils étaient bien trop pressés. Ils s'étaient déshabillés, avaient sauté dans le lit et fait l'amour. Avec fougue. Par la suite, elle avait sombré dans un profond sommeil. John avait dû aller aux toilettes et laisser la lumière derrière lui. Sans doute pour qu'elle ne se sente pas perdue quand elle se réveillerait.

Parce qu'il était ainsi.

Il y eut un cliquètement suivi d'un ronronnement et les stores métalliques se soulevèrent pour la nuit, révélant le ciel obscurci et mettant un terme au tourbillon de ses pensées.

Elle détestait ruminer ainsi. Ça ne résolvait jamais rien. Au contraire, elle se sentait encore plus mal après ce genre de séance.

— L'eau chaude nous appelle, dit-elle en se forçant à s'asseoir.

Les délicieuses courbatures de son corps lui donnaient envie de dormir plusieurs jours d'affilée dans ce grand lit, auprès de John. Des semaines, même. Mais ce n'était pas là leur destin.

Se penchant vers lui, elle contempla son visage plongé dans l'ombre. Après avoir suivi le contour de ses traits fermes avec ses yeux, elle leva la main et lui caressa la joue.

— *Je t'aime,* articula-t-elle dans la pénombre.

» Allons-y, lança-t-elle d'un ton bourru.

Le baiser qu'elle lui donna était une sorte d'au revoir. Après tout, peut-être attraperaient-ils Flhéau ce soir, et ce dénouement mettrait un terme à des moments comme celui-ci.

John la saisit brusquement par les bras, sourcils froncés mais, comme s'il lisait dans ses pensées et devinait parfaitement ses intentions, il la relâcha aussitôt.

Lorsqu'elle se leva et s'éloigna du lit, elle sut qu'il la suivait des yeux.

Dans la salle de bains, elle fit couler l'eau et alla chercher des serviettes propres dans le placard.

Elle s'immobilisa en apercevant son reflet dans le miroir, au-dessus du plan de toilette.

Son corps n'avait pas changé mais elle songea aux sensations qui l'animaient quand elle était avec John. Elle avait été tellement habituée à considérer son enveloppe corporelle comme une arme et rien d'autre, un instrument utile et nécessaire dans l'accomplissement de certaines missions... Ainsi, elle le nourrissait et s'en occupait avec la même attention que celle qu'elle portait à ses revolvers et ses couteaux. Elle le maintenait en bon état de marche, c'est tout.

Dans les moments qu'ils avaient passés ensemble, John lui avait appris à penser différemment en lui montrant que sa chair était une source de plaisir intense. Même son histoire avec Mheurtre ne lui avait pas ouvert cette voie.

Comme attiré par ses pensées, John fit son apparition derrière elle, encadrant de sa hauteur et sa carrure son reflet dans le miroir.

Croisant son regard, Xhex posa une main sur sa poitrine et se caressa un téton. Elle se souvint de son excitation quand les doigts de John, sa langue et sa bouche la caressaient à cet endroit. Le corps de ce dernier réagit instantanément : son odeur d'union envahit la salle de bains tandis que son sexe se dressait sur son ventre.

Glissant ses bras vers l'arrière, elle l'attira contre elle et son pénis se nicha dans le creux formé par son sexe et l'intérieur de ses cuisses. Tandis que les hanches de John se plaquaient contre ses fesses, il l'encercla des bras et caressa son ventre. Puis, inclinant la tête vers son épaule, il sortit ses crocs et les fit glisser délicatement sur sa peau, jusqu'à son cou.

S'arquant contre lui, elle leva les bras pour enfouir les doigts dans l'épaisseur de ses cheveux noirs, qui avaient déjà bien poussé… Xhex les préférait ainsi parce qu'elle aimait fourrager dans les mèches si douces, si soyeuses.

— Prends-moi, supplia-t-elle d'une voix rauque.

La main de John vint capturer le sein qu'elle avait caressé pour lui puis glissa brusquement dans le creux de ses reins en même temps qu'il la pénétrait. Au même instant, il fit courir ses crocs le long de sa gorge, jusqu'à sa veine.

Il n'avait pas besoin de se nourrir. Elle le savait bien. Mais elle fut étrangement excitée lorsqu'il perfora sa chair, car il le faisait simplement parce qu'il en avait envie : il voulait la sentir en lui, de la même manière qu'elle le sentait en elle.

Sous la lumière des plafonniers, elle le regarda onduler dans son dos, les muscles saillants, le regard brûlant, dans un mouvement de va-et-vient incessant. Elle contempla également son propre reflet. Les pointes de ses seins étaient dures et roses, pas seulement parce que c'était leur couleur naturelle mais aussi parce que John les avait sucées et titillées à maintes reprises au cours des dernières heures. Sa peau brillait d'un éclat diaphane, ses joues semblaient en feu, ses lèvres étaient gonflées par les baisers, ses yeux mi-clos, érotiques.

John se détacha de sa veine et darda sa langue pour lécher les points de perforation, qui cicatrisèrent aussitôt. Tournant la tête, Xhex captura sa bouche, savourant le va-et-vient humide de leurs langues emmêlées tandis que leurs deux corps bougeaient en rythme.

Il ne fallut pas longtemps pour que leur étreinte devienne plus basique, plus pressante, peut-être moins sensuelle mais terriblement puissante. Tandis que les hanches de John continuaient leur mouvement de piston, leurs corps se percutaient sans ménagement et leurs respirations s'accéléraient. L'orgasme la happa si brutalement qu'elle se serait écroulée, les jambes vacillantes, si les mains de John n'enserraient pas fermement ses hanches. Au moment où elle jouissait, les frissons d'extase de John se déversèrent en elle en même temps que le flot de plaisir jaillissait de son sexe, se répandant dans son corps… et son âme.

C'est à cet instant qu'un déclic se produisit.

Au paroxysme du plaisir, le champ de vision de Xhex se teinta de rouge et perdit tout relief… et lorsque les frissons s'apaisèrent, l'apparition inopportune de son mauvais côté fut comme un signal d'alerte qu'elle aurait attendu inconsciemment.

Peu à peu, elle perçut l'humidité grandissante et la chaleur qui s'échappaient de la douche… le ruissellement de l'eau… les mille points de contact entre leurs deux corps… et toutes ces choses autour d'elle qui avaient pris la couleur du sang.

Levant les mains vers son visage, John effleura ses yeux rouges.

— Je sais, il faut que je récupère mes cilices…

Il plaça ses mains devant elle et signa :

— *Je les ai avec moi.*

— C'est vrai ?

— *Je les ai récupérés,* expliqua-t-il avant de froncer les sourcils. *Mais tu es sûre d'en avoir besoin… ?*

— Oui. Sûre et certaine.

L'expression dure qui voilait le visage de John rappela à Xhex la manière dont il avait bondi lorsqu'elle avait hurlé dans son cauchemar. Déterminé. Implacable. Viril. John était tout ça à la fois. Mais à présent, quoi qu'elle fasse, elle ne pourrait chasser la désapprobation qu'elle lisait sur ses traits. Elle devait s'occuper d'elle, et qu'il approuve ou non ses agissements pour tenter de rester dans la « normalité » ne changerait rien à sa réalité.

À croire qu'ils n'étaient vraiment pas faits pour vivre ensemble, malgré leurs nombreux points communs et cette complicité qui les unissait.

John se retira et recula d'un pas, promenant les doigts le long de sa colonne vertébrale, comme pour la remercier… Une caresse d'au revoir, aussi, à en juger par son regard étrangement assombri. Pivotant sur ses talons, il se dirigea vers la dou…

— Oh… mon… Dieu…

Le cœur de Xhex cessa de battre tandis qu'elle l'étudiait dans le miroir. Sur le haut de son dos s'étalaient de majestueuses volutes tatouées à l'encre noire… une déclaration qui n'avait rien d'un murmure, mais tout d'un cri… de grandes lettres enluminées d'arabesques…

Son prénom en langue ancienne.

Xhex fit volte-face tandis que John se raidissait.

— Quand as-tu fait ça ?

L'atmosphère était chargée d'électricité. Il haussa les épaules et Xhex contempla, fascinée, les grandes lettres qui ondoyaient au rythme de ses muscles. Secouant la tête, il tendit la main pour tester la température de l'eau puis entra dans la douche et s'empara du savon, qu'il fit mousser entre ses mains.

En refusant de croiser son regard, il lui adressait un message clair : ce prénom incrusté sous sa peau, ça n'était pas ses affaires. Elle lui avait tenu à peu près le même discours au sujet des cilices, n'est-ce pas ?

Xhex alla frapper un coup sec sur la paroi vitrée de la douche.

— *Quand ?* articula-t-elle.

Il ferma les yeux, comme assailli par un souvenir trop douloureux. Paupières closes, il signa avec des gestes lents… et ce qu'il lui révéla la brisa :

— *Quand je croyais que tu ne reviendrais pas.*

John se lava rapidement le corps et les cheveux, conscient que Xhex attendait de l'autre côté de la porte vitrée, les yeux rivés sur lui. Il aurait voulu la réconforter après le choc qu'elle avait eu en découvrant le tatouage mais, compte tenu de leur situation, il préférait ne pas s'étendre sur ses sentiments.

Ou les lettres qu'il arborait dans le dos.

Lorsqu'il l'avait questionnée au sujet de ses cilices, elle lui avait clairement fait comprendre que ça ne le regardait pas… et sa réaction lui avait remis les idées en place. Depuis qu'il était rentré blessé la nuit dernière, ils avaient retrouvé leur complicité sexuelle et ç'avait été une façon de brouiller la réalité. Mais c'était terminé.

Lorsqu'il eut fini, il sortit de la douche, passa devant Xhex et attrapa une serviette qu'il noua autour de ses hanches. Leurs yeux se rencontrèrent dans le miroir.

— *Je vais chercher tes cilices,* signa-t-il.

— John…

Comme elle se taisait, John fronça les sourcils, songeant que c'était bien là le résumé de leur couple : physiquement proches, mais séparés par des milliers de kilomètres.

Dans la chambre, il enfila un jean. Son blouson en cuir devait traîner quelque part au centre médical, en bas.

Pieds nus, il avança entre les statues de marbre, descendit le grand escalier et passa par la porte dérobée. Merde… Longer le tunnel lui broya le cœur… Il fut incapable de penser à autre chose que Xhex et lui, s'étreignant dans le noir.

Tel un incorrigible romantique, il aurait tout donné pour pouvoir remonter le temps et revivre ce moment suspendu où plus rien n'existait que leurs corps dévorés par le feu du désir. Là, leurs cœurs s'étaient sentis libres de battre… et de chanter.

Putain de réalité.

Quelle galère.

Il approchait du centre de formation lorsque la voix de Z. l'arrêta.

— Eh, John.

L'intéressé fit volte-face. Ses talons couinèrent sur le sol. Il salua le frère d'un signe de la main et ce dernier le rejoignit en quelques enjambées. Z. était en tenue de combat, pantalon de cuir et débardeur noir. Bientôt, tous seraient vêtus ainsi pour partir à la recherche de Flhéau. Avec son crâne rasé et la cicatrice zébrant son visage, éclairée par la lumière blafarde des néons, il était impressionnant. Les gens avaient peur de lui, ce qui, au fond, n'était pas étonnant.

Surtout quand son regard se rétrécissait ainsi et que sa mâchoire se contractait durement.

— *Quoi de neuf?* demanda John lorsque le frère s'immobilisa devant lui.

Comme la réponse tardait, John se prépara à une mauvaise nouvelle. *Oh… merde… Qu'est-ce qui se passe, encore?* songea-t-il avant de signer :

— *Quoi?*

Zadiste lâcha un juron et se mit à marcher en rond, les mains sur les hanches, les yeux rivés au sol.

— Je ne sais pas trop par où commencer, merde.

Sourcils froncés, John s'appuya contre le mur, s'attendant au pire. Bien qu'il n'ait pas la moindre idée de ce que cela puisse être, il savait que la vie pouvait se montrer assez imaginative quand il s'agissait de vous en faire baver.

Z. s'immobilisa enfin et, quand il croisa le regard de John, ses yeux avaient perdu leur couleur habituelle, jaune pâle tirant sur l'or. Ils étaient noirs comme l'encre. Un noir menaçant. Et son visage était d'un blanc laiteux.

John se redressa.

— *Qu'est-ce qui se passe, merde ?*

— Tu te souviens de nos grandes balades dans les bois… juste avant ta transition ? Après que tu t'es déchaîné sur Flhéau, la première fois…

Lorsque John hocha la tête, le frère continua :

— Tu ne t'es jamais demandé pourquoi Kolher nous avait réunis, tous les deux ?

John hocha de nouveau la tête, lentement.

— *Si…*

— Ce n'était pas un hasard.

Les yeux du frère étaient froids et sombres comme la cave d'une maison hantée ; les ombres avaient englouti ses iris mais aussi tout ce qui se trouvait en arrière-plan.

— Toi et moi, on a quelque chose en commun. Si tu vois ce que je veux dire. Toi et moi… on a quelque chose en commun.

John fronça de nouveau les sourcils, perplexe…

Et soudain, un long frisson glacé parcourut son corps, jusqu'à la moelle. Z. ? Était-il sûr d'avoir bien entendu ? Avait-il mal compris ?

Il se souvint alors, très clairement, de ce jour où ils s'étaient retrouvés tous les deux ; le frère venait de lire le rapport du psychothérapeute dans le dossier médical de John.

« *C'est à toi de trouver le moyen de gérer ça, parce que ça ne regarde personne d'autre,* lui avait déclaré Z. *Si tu décides de ne plus jamais en parler, je respecterai ton choix.* »

À ce moment-là, John avait été très surpris par la compréhension que lui avait témoignée le frère. Il ne s'attendait pas à ça. De plus, Z. ne l'avait ni jugé, ni considéré comme un être faible.

Il savait pourquoi, maintenant.

Nom de Dieu... *Z. ?*

Le frère leva la main.

— Je ne suis pas en train de te raconter ça pour te faire flipper. Crois-moi, j'aurais préféré ne jamais devoir te le dire... Tu es bien placé pour savoir pourquoi. Si j'aborde le sujet, c'est parce que j'ai entendu le hurlement de ta femelle tout à l'heure.

Un pli barra le front de John tandis que le frère se remettait à faire les cent pas.

— Écoute, John, je déteste qu'on se mêle de mes affaires et je n'aime pas remuer la merde. Mais ce hurlement...

Z. lui fit face.

— J'en ai poussé suffisamment de semblables pour savoir l'enfer qu'on traverse quand on en est réduit à hurler à la mort comme ça. Ta nana... elle s'est fixé une mission, pour le moment, mais que se passera-t-il après Flhéau ? Je suis pas devin, mais je la sens profondément perturbée. Tu sais, c'est presque... pire quand on ne se sent plus menacé.

John passa une main sur son visage. Une douleur sourde martelait ses tempes. Puis il leva ses deux mains pour signer... mais ne trouva rien à dire. La tristesse qui l'étreignait lui ôtait les mots, laissant un vide étrange dans son cerveau endolori.

Il ne put que hocher la tête.

Après lui avoir donné une petite tape sur l'épaule, Zadiste reprit ses allées et venues.

— Ma rencontre avec Bella, mon union avec elle, tout cela a été ma bouée de sauvetage. Mais j'avais besoin d'autre chose. Après notre union, Bella est partie. Elle m'a quitté sans aucune explication. Là, j'ai compris qu'il fallait que je règle mes problèmes si je voulais que nous soyons de nouveau ensemble un jour. Alors je suis allé voir quelqu'un… et j'ai tout déballé.

Z. lâcha un juron, tranchant l'air d'un geste sec.

— Non, c'était pas une blouse blanche de Havers. C'était juste quelqu'un en qui j'avais confiance. Quelqu'un qui faisait partie de la famille… qui ne me rabaisserait pas et ne me mépriserait pas non plus.

— *Qui?* articula John.

— Mary.

Z. poussa un soupir.

— La *shellane* de Rhage. On se retrouvait dans la chaufferie pour discuter. Tu sais, sous la cuisine. Deux chaises. À côté du fourneau. Ça m'a vachement aidé et je retourne la voir de temps à autre.

John comprit aussitôt ce qu'il voulait dire. Il émanait de Mary une espèce de calme, de sérénité inébranlables, qui expliquaient sans doute pourquoi elle avait réussi à mater à la fois le plus agité des frères mais aussi sa bête intérieure.

— Ce hurlement, tout à l'heure… John, si tu veux t'unir à cette femelle, tu dois l'aider à s'en sortir d'abord. Elle a besoin de se confier, je t'assure. Si elle ne le fait pas, toute cette merde au fond d'elle la fera pourrir de l'intérieur. Je viens d'aborder le sujet avec Mary. Je n'ai pas mentionné de nom, t'en fais pas. Elle a passé un diplôme de psy et elle m'a dit qu'elle était prête à recevoir quelqu'un. Si tu trouves le bon créneau pour en parler à Xhex… n'hésite pas une seconde. Dis-lui d'aller voir Mary.

Z. passa une main sur sa nuque rasée et ce geste fit ressortir les anneaux accrochés à ses tétons, sous son débardeur.

— S'il te faut une assurance quelconque, je peux te jurer sur la tête de ma fille que ta femelle sera entre de bonnes mains.

—*Merci,* signa John. *Je vais lui en parler, c'est clair. Bon Dieu… merci.*

—Pas de problème.

John chercha le regard de Zadiste.

Ils se dévisagèrent un moment sans mot dire, unis malgré eux par le sentiment d'appartenir à un club auquel personne n'avait envie d'adhérer. Personne ne jouait des coudes à l'entrée de ce putain de cercle fermé… et pourtant, il existait bel et bien, et les rescapés d'une virée entre ces murs décelaient vite les traces de ce cauchemar dans le regard des autres membres. C'était comme un triste signe de reconnaissance. Deux êtres avec le même tatouage invisible. Le traumatisme les avait coupés du reste du monde et ils se trouvaient réunis, contre toute attente, deux âmes fatiguées en quête de réconfort.

Ou trois, en l'occurrence.

Zadiste reprit d'une voix rauque.

—J'ai buté la salope qui m'a fait ça. J'ai pris sa tête sous mon bras en partant. Tu as eu cette satisfaction-là ?

John secoua lentement la tête.

—*J'aurais bien aimé.*

—Je vais pas te mentir ; ça aussi ça m'a aidé.

Un silence tendu, embarrassé, retomba entre eux, comme s'ils avaient du mal à tourner la page pour reprendre le cours normal de leurs vies. Finalement, Z. hocha la tête et tendit son poing serré.

John lui présenta le sien. *C'est fou, tout le monde traîne des casseroles, même les gens qu'on croit bien connaître*, songea-t-il en percutant le poing du frère.

Les yeux de Z. brillèrent de leur éclat mordoré et, tournant les talons, il se dirigea vers la porte qui le conduirait vers la maison et sa famille, vers ses frères. De la poche arrière de son pantalon dépassait un bavoir de bébé rose avec ses attaches en Velcro et ses motifs enfantins. Sans doute avait-il oublié qu'il l'avait mis là.

La vie continue, songea John. Quelles que soient les épreuves rencontrées sur cette terre, on continuait à avancer, coûte que coûte.

Et si Xhex acceptait d'aller se confier à Mary, peut-être pourrait-elle…

Il mit un terme à ses réflexions. C'était à elle de décider.

Il se hâta vers le centre médical où il récupéra sa veste, ses armes et ce que Xhex réclamait.

Tandis qu'il ramassait le tout, son esprit continua à ressasser un tas de pensées. Du passé, du présent. Ressasser, ressasser encore et toujours.

De retour dans la maison, il monta directement dans sa chambre. L'eau ruisselait toujours dans la salle de bains et, l'espace d'un instant, il imagina Xhex, dégoulinante de mousse sous la douche, si belle. Il n'alla cependant pas la rejoindre. Il refit plutôt le lit et déposa les cilices sur les draps. Puis il enfila sa tenue de combat et quitta la pièce.

Au lieu de se rendre à la salle à manger, il prit la direction d'une autre chambre. Il frappa à la porte et patienta, avec la sensation que la réponse tardait à venir.

Tohr ouvrit la porte, torse nu. La surprise se lisait sur son visage.

— Que se passe-t-il ?

— *Je peux entrer ?*

— Oui, bien sûr.

Dès qu'il fut dans la chambre, John se sentit habité d'une étrange prémonition. Mais il réagissait toujours ainsi en présence de Tohr. Il y avait ça, et un sentiment de profonde complicité.

Il fronça les sourcils en repensant aux heures qu'ils avaient tuées devant l'écran de télé, à regarder *Godzilla* pendant que Xhex était partie sur le terrain, seule. C'était bizarre, cette sensation de bien-être qu'il éprouvait auprès de Tohr. C'était un peu comme se sentir seul sans le sentiment de solitude parfois oppressant…

— *Tu m'as suivi, n'est-ce pas?* demanda John en langage des signes. *C'était toi… l'ombre que je sentais. Au studio de tatouage et à l'Xtreme Park.*

Les pupilles de Tohr s'étrécirent.

— Oui. C'était moi.

— *Pourquoi ?*

— Écoute, ce n'est pas du tout que je te crois incapable de te débrouiller seul…

— *Je sais que ce n'est pas ça. Ce que je ne comprends pas, c'est… Si tu es suffisamment en forme pour retourner au combat, qu'est-ce que tu attends pour aller les descendre ? Pour… elle. Pourquoi perds-tu ton temps avec moi ?*

Tohr étouffa un juron.

— Merde, John…

Après un long silence, il reprit la parole.

— Tu ne peux plus rien faire pour les morts. Ils sont partis. C'est fini. Mais les vivants… tu peux t'occuper d'eux. Je connais l'enfer que tu as traversé – et que tu traverses encore –, j'ai perdu ma Wellsie parce que je n'étais pas là quand elle a eu besoin de moi… et l'idée de te perdre pour les mêmes raisons m'est insupportable.

Les derniers mots de Tohr lui coupèrent le souffle. En même temps, John n'était pas surpris, parce que Tohr était ainsi : sincère et fidèle. Un homme de grande valeur.

Ce dernier laissa échapper un rire dur.

— Ne va pas te méprendre. Dès que tu auras réglé son compte à cet enfoiré de Flhéau, je retournerai combattre ces fils de pute. Je passerai le restant de ma vie à buter les tueurs de vampires, en mémoire de Wellsie. Mais, tu vois, je ne sais que trop bien ce que tu as ressenti quand tu pensais que ta femelle était partie. Même quand on se croit fort, on n'est jamais à l'abri de la folie. Tu as eu la grande chance de la récupérer, mais la vie ne reprend pas son cours normal comme ça, en un clin d'œil. Et puis, je sais aussi que tu serais prêt à tout pour la sauver, y compris prendre une balle à sa place. C'est naturel... mais j'aimerais éviter ça dans la mesure du possible.

John signa, comme par réflexe :

— *Xhex n'est pas ma femelle.*

— Bien sûr que si. Vous êtes faits l'un pour l'autre. Tu ne sais même pas à quel point c'est vrai.

John secoua la tête.

— *Je ne suis pas sûr qu'on parle de la même personne. Ne le prends pas mal.*

— On ne choisit pas toujours la facilité, tu sais.

— *Dans ce cas, tu as raison, on est faits l'un pour l'autre.*

Il y eut un long silence durant lequel John eut l'étrange sensation que la vie redémarrait comme avant, que les rouages et les essieux cassés avaient été réparés pour pouvoir repartir de plus belle.

Et voilà qu'on le retrouvait encore, le Club des rescapés des galères de la vie.

Seigneur, V. devrait songer à créer un logo que tous les membres du club présents sous ce toit se feraient tatouer sur le cul. Parce qu'ils étaient nombreux à avoir décroché le gros lot, à la tombola des épreuves de la vie.

Mais peut-être la vie était-elle ainsi, tout simplement. Pour tout le monde sur cette terre. Peut-être n'avait-on même pas besoin de pousser les portes de ce fichu Club des rescapés. Peut-être en faisait-on déjà partie avant d'être né. Le premier battement de cœur vous inscrivait sur la liste et le reste n'était plus qu'une question de vocabulaire : les noms et les verbes utilisés pour décrire les événements qui ébranlaient vos fondations pour vous envoyer au fond du trou n'étaient pas les mêmes pour tous, mais le large éventail de malheurs – les maladies, les accidents, les rencontres avec des personnes malintentionnées, les agressions, la perte d'un être cher –, tous ces coups de fouet cinglants, plus les lourdes chaînes qu'on traînait à ses pieds… tout ça, au fond, revenait au même.

Une fois qu'on avait pénétré dans l'antre du Club, impossible d'en sortir. Sauf si on choisissait de mettre soi-même fin à la douleur.

John commençait à se rendre compte que l'essence même de la vie n'avait rien de romantique et pouvait se résumer en quelques mots : le malheur frappait tout le monde, tôt ou tard.

Mais bon, on continuait à avancer. En veillant du mieux qu'on le pouvait sur ses amis, sa famille et son conjoint. On se relevait et on repartait au combat, même après un KO.

Nom de Dieu, on se remettait sur ses pieds tant bien que mal et on *repartait au combat.*

—*J'ai été odieux avec toi,* signa John. *Pardonne-moi.*

Tohr secoua la tête.

—Je n'ai pas fait mieux. Ne t'excuse pas. Comme disait mon meilleur ami, ton père, il ne faut jamais regarder en arrière. Toujours en avant.

C'est donc ça, songea John. Cette croyance profonde qui coulait dans ses veines.

—*Je te veux avec moi, à mes côtés,* signa-t-il. *Ce soir. Demain soir. Le temps qu'il nous faudra pour tuer Flhéau. Viens avec moi, et nous mettrons la main sur ce bâtard ensemble.*

Travailler avec Tohr, côte à côte, semblait une évidence. Après tout, chacun avait ses propres raisons de mener ce combat, dans ce jeu d'échecs fatal, mais ils partageaient le même objectif : John savait pourquoi il tenait à venger Xhex ; quant à Tohr… l'Oméga lui avait pris son fils lorsque l'éradiqueur avait tué Wellsie. Le frère saisirait donc sa chance de lui rendre la pareille.

— *Viens avec moi. Bats-toi… avec moi.*

Tohr dut s'éclaircir la voix.

—J'ai bien cru que tu ne me le demanderais jamais.

Pas de poings qui s'entrechoquent, cette fois-ci.

Les deux mâles s'étreignirent, torse contre torse. Et lorsqu'ils s'écartèrent, John attendit que Tohr enfile sa tenue de combat et prenne ses armes.

Ils descendirent l'escalier côte à côte.

Comme s'ils ne s'étaient jamais éloignés. Comme avant.

Chapitre 64

Les chambres situées à l'arrière de la maison de la Confrérie, au premier étage, donnaient sur un balcon commun avec vue sur le jardin.

Quand on se sentait un peu déprimé ou agité, on pouvait donc prendre un peu l'air avant d'aller affronter le reste de la maisonnée.

Dès que les stores furent levés, Vhif ouvrit la porte-fenêtre située à proximité de son bureau et sortit respirer l'air frais de la nuit. Agrippant la balustrade des deux mains, il se pencha en avant, faisant supporter à ses larges épaules le poids de son torse. Il avait enfilé sa tenue de combat et ses rangers mais ses armes étaient restées à l'intérieur.

Contemplant d'un air absent les massifs de fleurs rabougris et les arbres fruitiers décharnés dont les branches se couvriraient bientôt de fleurs, il sentit la pierre froide sous ses doigts, la brise légère dans ses cheveux encore humides et la contraction des muscles de son dos. Des effluves d'agneau rôti s'échappaient des bouches d'aération et des lumières brillaient dans toutes les pièces du rez-de-chaussée de la maison, projetant un halo doré sur la pelouse et le patio, en contrebas.

N'était-ce pas le comble de l'ironie de se sentir si vide alors que Blay, lui, devait être repu de plaisir et de satisfaction, à l'heure qu'il était ?

Le spectre de la nostalgie déploya ses ailes roses et Vhif songea à toutes les nuits passées chez Blay quand, assis par terre au pied du lit, ils jouaient à la console ou regardaient des films en buvant des bières. Leurs conversations étaient ultra sérieuses, à l'époque : ils échangeaient leurs impressions sur l'entraînement, parlaient du nouveau jeu vidéo que les humains commercialiseraient pour Noël, et se posaient nombre de questions tout aussi métaphysiques, à savoir quelle nana était plus sexy qu'Angelina Jolie ?

Cette dernière gagnait chaque fois. Flhéau détenait invariablement la palme du plus gros enfoiré de la terre. Et *Mortal Kombat* faisait la loi.

Il faut dire que *Guitar Hero World Tour* n'existait pas, à l'époque.

Ils avaient toujours été sur la même longueur d'ondes, Blay et lui. Et dans le petit monde de Vhif où son entourage et ses proches le fuyaient, Blay, lui, le comprenait et l'acceptait tel qu'il était. Un vrai rayon de soleil dans ce putain de pôle Nord.

Alors qu'à présent… on avait du mal à imaginer qu'ils aient été si proches, tous les deux. Ils avaient pris des chemins différents… Après avoir partagé tant de choses, ils n'avaient plus rien en commun, excepté un ennemi à abattre. Et même là, Vhif se retrouvait coincé avec John, ce qui impliquait que Blay et lui ne combattraient pas ensemble.

Vhif était un adulte : il savait que la vie était ainsi faite, que les chemins s'éloignaient parfois et qu'on n'y pouvait rien. Mais au fond de lui il regrettait cette séparation plus que…

Il y eut un cliquètement et une porte-fenêtre s'ouvrit.

Émergeant d'une chambre sombre qui n'était pas la sienne, Blay sortit sur le balcon. Il était pieds nus, vêtu d'un peignoir en soie noire, et ses cheveux étaient encore humides.

Des traces de morsure ornaient son cou.

Il s'arrêta net lorsque Vhif se redressa.

— Oh… salut, lança-t-il en jetant un coup d'œil derrière lui pour s'assurer que la porte était bien fermée.

Saxton est dans la chambre, songea Vhif. *Il dort dans les draps défaits.*

— J'allais rentrer, déclara-t-il en pointant son pouce par-dessus son épaule. Il fait frais.

Croisant les bras sur son torse, Blay regarda devant lui.

— En effet, il ne fait pas si chaud que ça.

Après une courte hésitation, il s'approcha de la balustrade, et l'odeur de son savon assaillit les narines de Vhif.

Tous deux restèrent parfaitement immobiles.

Avant de partir, Vhif s'éclaircit la voix et se jeta à l'eau :

— Ça a été ? Il s'est bien occupé de toi ?

Merde, sa voix était bizarre, un peu enrouée.

Blay prit une longue inspiration avant de hocher la tête.

— Ouais, c'était bon. C'était… ça a été.

Le regard de Vhif se détacha de son ami pour venir se fixer sur le patio recouvert d'ardoises, en contrebas. Mmm… peut-être parviendrait-il à chasser les images de leurs deux corps enchevêtrés s'il tentait le grand plongeon…

Évidemment, après ça, son cerveau ne serait plus qu'une bouillie immonde, mais ce ne serait peut-être pas plus mal, au fond…

Saxton et Blay… Blay et Saxton…

Merde, perdu dans ses pensées, il avait laissé leur maigre conversation se tarir.

— Je suis content pour vous. J'aimerais que vous soyez… heureux, tous les deux.

Blay se contenta de murmurer :

— Il te remercie, au fait. Pour ce que tu as fait. Il trouve que c'était peut-être un peu exagéré mais… il a dit que tu avais toujours eu l'esprit chevaleresque… même si c'est un secret.

Chevaleresque, lui ? Ouais, c'est ça. Bien sûr. C'était même son deuxième prénom…

Si seulement il savait… En cet instant précis, Vhif n'avait qu'une envie : attraper Saxton par sa belle tignasse blonde et le traîner dans toute la maison pour le jeter dehors. Peut-être même s'accorderait-il le plaisir de le retourner comme une crêpe sur le gravier de la cour, près de la fontaine, avant de lui rouler dessus avec son 4 × 4. Au moins deux fois.

Tout bien réfléchi, non, le gravier n'était pas le matériau idéal pour ce genre de traitement. Mieux valait une surface plate et vraiment dure, comme quand on aplatissait une escalope avec un rouleau en bois. Peut-être foncerait-il directement dans le hall d'entrée avec sa voiture.

C'est ton cousin, bordel de merde, fit remarquer une petite voix intérieure.

Et alors… ? répliqua une autre voix, beaucoup plus forte, celle-là.

Avant de devenir complètement schizophrène, il s'écarta de la balustrade, mettant un terme à ses fantasmes délirants d'homicide.

— Bon, j'y vais. Je dois aller rejoindre John et Xhex.

— J'arrive dans dix minutes. Il faut juste que je m'habille.

En contemplant le beau visage de son meilleur ami, Vhif eut l'impression de découvrir pour la première fois ses cheveux roux, ses yeux bleus, sa bouche, son menton. Submergé par les souvenirs de tout ce qu'ils avaient partagé, il chercha quelques mots à dire, des mots qui les réuniraient sur le chemin qu'ils parcouraient jadis côte à côte.

Tout ce qui lui vint à l'esprit fut : *Tu me manques. Tu me manques tellement que j'en crève, putain, mais je ne sais plus comment faire pour te retrouver, alors même que tu es là, juste devant moi.*

— OK, finit-il par lâcher. On se retrouve en bas pour le Premier Repas.

— D'accord.

Vhif se dirigea vers la porte-fenêtre de sa chambre. La main sur la poignée en laiton, il sentit les mots monter de sa gorge et sa voix retentit, claire et forte.

— Blay ?

— Ouais ?

— Prends soin de toi.

— Ouais. Toi aussi, répondit Blay, sa voix semblant sur le point de se briser.

Parce que la fameuse formule, « Prends soin de toi », était toujours ce que disait Vhif en guise d'adieu.

Il regagna sa chambre et ferma la porte-fenêtre derrière lui. Avec des gestes mécaniques, il ramassa les étuis pour ses couteaux et ses armes à feu puis s'empara de son blouson en cuir.

C'est drôle, il se rappelait à peine son dépucelage. Il se souvenait de la femelle, bien sûr, mais l'expérience ne lui avait pas laissé de souvenirs indélébiles. Pas plus que les orgasmes qu'il avait donnés et connus depuis. C'était juste du bon temps, des étreintes moites et haletantes, le plaisir de se fixer une cible et de l'atteindre.

Que des plans cul rapidement relégués aux oubliettes.

En descendant dans le hall d'entrée, il se rendit compte qu'il se souviendrait toute sa vie, en revanche, de la première fois de Blay. Ça faisait un bout de temps qu'ils avaient commencé à s'éloigner, tous les deux, mais à présent… ce qui restait du lien fragile qui les unissait était bel et bien rompu.

Et parfois, la liberté ressemblait plus à une prison qu'à l'horizon infini.

Lorsque ses rangers touchèrent le sol en mosaïque, au pied de l'escalier, une chanson de John Mellencamp résonna dans sa tête. S'il en avait toujours aimé la mélodie, il n'avait jamais vraiment compris le sens des paroles.

Et regrettait presque que ce ne soit plus le cas.

La vie continue… longtemps après que la joie de vivre a disparu…

Dans la salle de bains de John, Xhex se tenait dans la douche, bras croisés sur la poitrine, pieds fermement plantés de part et d'autre de la bonde. Le jet d'eau chaude percutait sa nuque avant de ruisseler sur ses épaules et le long de son dos.

Le tatouage de John…

Bordel de merde…

Il l'avait fait faire en son souvenir. Il avait fait tatouer sur sa peau les lettres de son prénom pour la garder toujours avec lui. Il n'y avait rien de plus permanent qu'un tatouage. Raison pour laquelle, lors des cérémonies d'union, les mâles se faisaient tatouer le dos. On pouvait perdre son alliance, les documents officiels pouvaient disparaître dans un incendie, se retrouver à la poubelle par mégarde ou même être égarés. Mais on ne se séparait jamais de son épiderme…

Merde, elle n'avait jamais accordé la moindre attention à ces femelles toutes pomponnées, avec leurs belles robes et leurs longs cheveux bien coiffés, leurs visages impeccablement maquillés, fines et délicates. À ses yeux, tous ces artifices de la féminité n'étaient que des déclarations de faiblesse. Mais là, dans ce moment de solitude, elle se surprit à envier la panoplie indispensable de soie et parfum. Comme elles devaient être fières, ces femelles, de savoir que leurs mâles portaient sur leurs corps la marque de leur engagement, et ce pour le restant de leurs nuits.

John ferait un magnifique *hellren*…

Seigneur, que ferait-il du tatouage quand il s'unirait vraiment à une femelle ? Il ferait tatouer le nom de sa bien-aimée par-dessus celui de Xhex ?

Xhex n'était pas franchement enchantée à l'idée qu'il garde son prénom sur ses épaules, de toute manière. Non, pas vraiment. Même pas du tout. L'inverse ne serait-il pas plutôt égoïste de sa part ?

En même temps, l'égoïsme, c'était son truc, non ?

S'obligeant à sortir de la douche, elle se sécha et quitta l'atmosphère tropicale de la salle de bains pour l'ambiance polaire de la chambre à coucher.

Elle s'arrêta sur le seuil de la pièce. Le lit avait été refait à la va-vite, les draps froissés tirés à peu près correctement.

Ses cilices se trouvaient dessus. Contrairement aux draps, ils avaient été disposés soigneusement, les deux chaînes alignées en parallèle.

Elle se dirigea vers le lit et toucha du bout des doigts les pointes métalliques. John les avait mises de côté. Et son instinct lui soufflait qu'il les aurait gardées même si elle n'était pas revenue.

Un curieux souvenir à laisser derrière elle…

Elle aurait porté ses chaînes si elle n'était pas sortie cette nuit-là. Mais, en l'occurrence, elle n'en avait pas besoin, décida-t-elle en enfilant directement son pantalon en cuir et son débardeur avant de ramasser ses armes et sa veste.

À cause de sa douche prolongée, elle avait loupé le Premier Repas, aussi gagna-t-elle le bureau de Kolher où devait avoir lieu le briefing avant leur expédition nocturne. Tous les frères, ainsi que John et ses compagnons, étaient entassés dans la pièce bleu layette. Et tous, y compris George, le chien du roi, tournaient en rond.

Seul Kolher manquait à l'appel. Ce qui n'était pas très pratique pour démarrer la réunion.

Elle chercha John du regard mais, hormis un bref hochement de tête à son intention, il continua à observer les gens qui entraient et sortaient de son champ de vision. À son côté se tenait la haute silhouette de Tohrment. En lisant leurs grilles émotionnelles, elle devina qu'ils avaient rétabli le lien qui importait tant à leurs yeux.

Ce constat la remplit de joie. L'idée que John se retrouve seul quand elle ne serait plus là lui répugnait, et puis Tohrment était le père qu'il n'avait jamais eu.

Avec un vilain juron, Viszs brandit devant lui une de ses cigarettes roulées.

— On doit y aller même s'il n'est pas là, merde. On est en train de perdre du temps.

Fhurie haussa les épaules.

— Il a pourtant ordonné cette réunion.

Xhex penchait plutôt du côté de V. et, à en juger par le mouvement de balancier que John imprimait à son grand corps, elle n'était pas la seule.

— Faites comme vous voulez, les mecs, lança-t-elle d'une voix forte. Moi, j'y vais.

Tandis que John et Tohr se tournaient vers elle, elle eut la curieuse sensation que les deux mâles qui lui faisaient face n'avaient pas uni leurs forces dans le seul but de traquer Flhéau, mais qu'elle aussi faisait partie de la tourmente. Pleinement.

Cela dit, chacun d'eux avait des comptes à régler avec la Société des éradiqueurs ou, plus spécifiquement, avec Flhéau. Oui, tous trois portaient en eux de profondes cicatrices qui donnaient envie de tuer.

Incarnant comme toujours la voix de la raison, Tohrment dissipa la tension ambiante.

— OK, d'accord, j'assume la responsabilité de vous laisser partir. Il semblerait que sa petite séance d'entraînement de l'autre côté se soit prolongée. Je ne crois pas qu'il aimerait nous voir perdre une nuit entière à cause de lui.

Tohr forma les équipes : John, Xhex, Z., Vhif, Blay et lui-même se rendraient à l'adresse correspondant à la plaque d'immatriculation du bolide customisé pendant que le reste de la Confrérie se répartirait entre la ferme et l'Xtreme Park. En un clin d'œil, le groupe se rassembla au pied de l'escalier, gagna le vestibule puis enfin la porte d'entrée. L'un après l'autre, les frères disparurent dans la nuit froide…

Xhex reprit forme devant un immeuble dans le vieux quartier des abattoirs… Le terme *immeuble* était toutefois un peu trop coquet pour désigner ce genre d'endroit. Les fenêtres du bâtiment de cinq étages étaient pour la plupart cassées et le toit pliait dangereusement. Quant à la guirlande de trous noirs ornant la façade, Xhex aurait parié qu'elle provenait d'une rafale de balles tirées par une mitraillette ou un semi-automatique actionné par un épileptique.

On se demandait comment les humains avaient accepté d'enregistrer l'adresse comme domicile principal au moment de délivrer les papiers de la voiture. À leur décharge, il était possible que personne ne soit allé vérifier l'état du soi-disant logement.

— Charmant, railla Vhif. Impeccable pour démarrer un élevage de rats et de cafards.

— *Allons jeter un coup d'œil derrière,* proposa John.

Deux allées couraient le long du bâtiment et ils empruntèrent celle de gauche, au hasard. Comme dans toutes les villes, des détritus parsemaient le chemin, mais rien qui ne puisse les renseigner : juste des canettes de bière, des emballages de bonbons et de vieux journaux. Par chance, il n'y avait pas de fenêtre sur les côtés du bâtiment. De toute façon, il n'y avait rien d'autre à voir que les abattoirs voisins et des entrepôts du même style. Cet empilement de briques dépourvu d'ouvertures expliquait sans doute pourquoi le toit ne s'était pas retrouvé par terre.

Xhex courait avec le reste de la troupe. Ils parvinrent rapidement et sans bruit au bout de l'allée. Les briques de la façade arrière étaient recouvertes de graffitis. Seule différence : la porte blindée donnait sur un petit parking au lieu d'une rue.

Pas d'éradiqueurs. Pas d'humains. Rien d'autre que des chats errants, de l'asphalte défoncé et le hurlement lointain des sirènes de police.

Un sentiment d'impuissance s'abattit sur Xhex. Où qu'elle aille – là, dans le parc merdique ou cette putain de ferme –, elle ne pourrait jamais attirer l'ennemi jusqu'à elle… Et leurs pistes étaient tellement maigres.

— Bordel de merde, marmonna Vhif. Elle est où, cette putain de fête ?

Évidemment, elle n'était pas la seule à vouloir en découdre.

Tout à coup, elle sentit un frisson la parcourir, comme une onde éloignée qu'elle ne capta pas tout de suite. Elle jeta un coup d'œil au reste de l'équipe. Blay et Vhif évitaient soigneusement de se regarder. Tohr et John faisaient les cent pas. Zadiste avait sorti son téléphone pour annoncer aux frères qu'ils n'avaient rien trouvé.

Ce bouillonnement soudain…

Elle comprit subitement : elle sentait son sang mêlé à celui d'un autre.

Flhéau.

Flhéau n'était pas loin.

Comme dans un brouillard, elle tourna les talons et s'éloigna… d'abord en marchant, puis en courant. Elle entendit son nom mais fut incapable de s'arrêter pour expliquer.

D'ailleurs, personne ne pourrait l'arrêter.

Chapitre 65

De l'autre côté, tandis que Souffhrance gisait sur le marbre dans une posture peu naturelle, son homonyme la submergea. La douleur était localisée au-dessus de la ceinture. Elle ne ressentait rien dans les jambes et les pieds, juste une espèce de fourmillement qui lui faisait penser à des étincelles sur un fagot de petit bois humide. Le Roi aveugle était penché au-dessus de son corps brisé, l'inquiétude crispant les traits de son visage. La Vierge scribe avait également fait son apparition, les voiles noirs de sa robe traçant des cercles nimbés d'une pâle lueur.

Elle n'était pas étonnée que sa mère soit venue la réparer d'un coup de baguette magique. Comme elle l'avait fait un peu plus tôt avec la porte de sa résidence, sa chère mère était là pour réparer les dégâts, tout remettre en ordre. Elle ne pouvait supporter que quoi que ce soit entache la perfection de son monde.

— Je… refuse, articula Souffhrance entre ses dents. Je ne suis pas d'accord.

Kolher leva la tête en direction de la Vierge scribe avant de reporter son attention sur elle.

— Ah… Écoute, Souffhrance, sois raisonnable. Tu ne sens plus tes jambes… Tu t'es probablement brisé la colonne vertébrale. Pourquoi ne Lui permets-tu pas de te venir en aide ?

— Je ne suis pas un… objet inanimé qu'Elle peut manipuler à sa guise… juste parce que ça Lui fait plaisir.

— Souffhrance, sois raisonnable…

— Je le suis.

— Tu vas mourir…

— Dans ce cas, ma mère n'a qu'à me regarder rendre l'âme ! souffla-t-elle avant de pousser un gémissement de douleur.

Après son accès de colère, elle sombra dans un état de semi-conscience, son regard se brouilla puis redevint net, et l'expression interdite de Kolher lui indiqua qu'elle n'avait pas encore perdu connaissance.

— Attends, elle est…

Accroupi près de Souffhrance, le roi posa une main au sol pour garder l'équilibre.

— … ta *mère* ?

Souffhrance se moquait bien qu'il soit au courant. Elle n'avait jamais conçu aucune fierté à être la fille biologique de la mère de l'espèce ; elle avait même passé sa vie à tenter d'oublier ce lien de parenté. Mais, à présent, tout cela n'avait plus d'importance. Si elle refusait l'intervention « divine », elle partirait bientôt vers l'Estompe, comme son corps meurtri le lui faisait clairement savoir.

Kolher se tourna vers la Vierge scribe.

— Est-ce la vérité ?

Il n'obtint aucune réponse : pas un mot d'approbation, pas plus que de déni. Il ne se fit pas non plus rabrouer pour avoir osé poser cette question.

Le roi dévisagea Souffhrance.

— Seigneur… Dieu.

Souffhrance prit une inspiration tremblante.

— Laissez-nous, cher roi. Retournez dans votre monde et occupez-vous de votre peuple. Vous n'avez pas besoin de Son aide. Vous êtes un mâle intelligent et un valeureux guerrier.

— Je ne te laisserai pas mourir, assura le roi.

— Vous n'avez pas le choix, il me semble.

— Ça, c'est ce que tu crois.

Il se releva, dardant en direction de Souffhrance un regard noir.

— Laisse-La te soigner ! Tu as perdu la tête ? Tu ne peux pas mourir comme ça…

— Bien sûr que si, je… le peux, murmura Souffhrance en fermant les yeux, terrassée par l'épuisement.

— Faites quelque chose !

De toute évidence, le roi s'adressait à présent à la Vierge scribe.

Dommage qu'elle se sente si mal. Sinon, Souffhrance aurait particulièrement savouré cette ultime déclaration d'indépendance. Certes, elle était arrivée sur les ailes de sa propre mort, mais elle s'était exprimée. Jusqu'au bout, elle se serait opposée à sa mère. Son refus était son passeport pour la liberté.

La voix de la Vierge scribe était à peine plus audible qu'un souffle.

— Elle a refusé mon aide. Elle me bloque.

C'était exactement ça. La fureur qu'elle ressentait à l'égard de sa mère était si intense qu'elle annihilait les pouvoirs magiques dont la Vierge scribe aurait pu se servir pour surmonter la « tragédie » qui venait de se produire.

Ce qui était au final une véritable bénédiction.

— Mais Vous êtes toute-puissante ! s'écria le roi d'une voix pressante.

Ses intonations fébriles étaient légèrement troublantes. Mais c'était un mâle d'honneur qui ne manquerait pas de se tenir pour responsable du dénouement tragique, s'il venait à se produire.

— Soignez-la !

Il y eut un silence, puis un chuchotement :

— Je ne peux plus atteindre son corps… pas plus que je ne peux toucher son cœur.

Si la Vierge scribe pouvait enfin savoir ce que cela faisait d'être impuissant… alors Souffhrance mourrait en paix.

—Souffhrance! Souffhrance, ouvre les yeux!

Quand ses paupières se soulevèrent, le visage de Kolher se trouvait à quelques centimètres du sien.

—Me permettras-tu de te sauver si je le peux?

Elle ne comprenait pas pourquoi elle comptait tant pour lui.

—Laissez-moi…

—Si je peux le faire, me le permettras-tu?

—Vous ne pourrez pas.

—Réponds à ma question, merde.

C'était un mâle de valeur, et l'idée que sa mort resterait à jamais comme un poids sur sa conscience lui tordait le cœur.

—Je suis désolée… pour tout ça, Kolher. Je suis désolée. Ce n'est pas votre faute.

Kolher se tourna vers la Vierge scribe.

—Laissez-moi la sauver. *Laissez-moi la sauver!*

Comme soufflé par l'ordre du roi, le capuchon de la Vierge scribe s'envola, révélant une ombre triste en lieu et place de la lumineuse silhouette d'autrefois.

Le visage et la voix qu'elle laissa paraître furent ceux d'une belle femelle tenaillée par une souffrance terrible:

—Je ne voulais pas de cette destinée.

—Votre baratin ne vous avancera à rien. *Me permettez-Vous de la sauver?*

La Vierge scribe leva son regard vers le ciel opaque au-dessus de sa tête. Une larme coula de son œil, s'écrasant sur le sol de marbre, comme un diamant rond et scintillant.

Cette jolie chose sera la dernière image que je garderai à l'esprit, songea Souffhrance tandis que ses paupières lourdes l'obligeaient à fermer les yeux.

—Pour l'amour du ciel, bordel de merde! tonna Kolher. Laissez-moi la…

La réponse de la Vierge scribe lui parvint dans le lointain.

— Je ne peux plus lutter. Fais ce que bon te semble, Kolher, fils de Kolher. Je préfère la savoir loin de moi vivante, plutôt que morte sous mon toit.

Le silence retomba.

Une porte se ferma.

Puis la voix de Kolher : « *J'ai besoin de toi de l'autre côté. Souffhrance, réveille-toi, j'ai besoin de toi de l'autre côté…* »

Étrange. C'était comme s'il parlait à l'intérieur de son crâne… Plus vraisemblablement, Kolher s'exprimait d'une voix forte, penché au-dessus d'elle.

— Souffhrance, réveille-toi. J'ai besoin que tu viennes avec moi, de mon côté.

Dans un brouillard, elle voulut secouer la tête… Mauvaise idée. Mieux valait ne pas bouger. Du tout.

— Je ne… peux pas aller là-bas…

Une terrible sensation de vertige l'assaillit brusquement, ses pieds s'enroulèrent et s'enroulèrent encore autour de son corps, son esprit fut englouti dans l'œil du cyclone. L'impression d'être aspirée vers le bas fut accompagnée d'une pression dans ses veines, comme si son sang voulait se répandre mais se heurtait aux parois de son corps.

Lorsqu'elle ouvrit les yeux, elle vit une lumière blanche au-dessus d'elle.

Ainsi, elle n'avait pas bougé. Elle gisait encore sous la voûte laiteuse de l'autre côté…

Souffhrance fronça les sourcils. Non, ce n'était pas le ciel artificiel du sanctuaire. C'était… un plafond ?

Oui… elle reconnaissait ce que c'était, à présent. Et, du coin de l'œil, elle aperçut des murs… quatre murs bleu pâle. Il y avait aussi des lumières ; pas le genre de lumières dont elle avait l'habitude, pas de torches ni de bougies, mais des choses qui brillaient sans flamme.

Une cheminée. Un… imposant bureau et un trône.

Elle n'était pas venue toute seule; elle n'en avait certainement pas eu la force. Et Kolher n'avait pas pu emmener son enveloppe corporelle avec lui. Il n'y avait donc qu'une seule explication possible: sa mère l'avait renvoyée.

Il n'y aurait pas de retour en arrière; le vœu de Souffhrance était exaucé. Elle était libre, pour toujours.

Un profond sentiment de paix l'envahit. Était-ce la douce approche de la mort… ou bien l'idée que son combat était terminé? Cette lutte pour la liberté l'avait habitée pendant des années; débarrassée de ce poids sur ses épaules, elle se sentait renaître. Morte ou vivante.

Le visage de Kolher entra dans son champ de vision. Les longs cheveux noirs du roi glissèrent sur le devant de ses épaules. Au même instant, un chien au pelage fauve apparut sous le bras musclé de Kolher, sa tête douce légèrement inclinée sur le côté, comme pour souhaiter la bienvenue à un invité de marque qu'on n'attendait pas.

—Je vais chercher Doc Jane, déclara Kolher en caressant le flanc de l'animal.

—Qui?

—Mon médecin particulier. Reste ici.

—Comme si… j'avais le choix…

Le tintement d'un grelot retentit et le roi quitta la pièce, une main agrippée au harnais le reliant au bel animal. Les pattes du chien cliquetèrent sur le parquet en bois massif.

Ainsi, il était vraiment aveugle. Et, de ce côté, il avait besoin des yeux d'un autre pour vivre normalement.

Une porte se ferma et Souffhrance ne pensa plus à rien d'autre que la douleur. Elle avait l'impression de flotter, comme si son corps à l'agonie était entré en lévitation. Et pourtant, malgré la souffrance physique, elle éprouvait un curieux sentiment de sérénité.

Il régnait une odeur agréable dans la pièce. Un mélange de citron et de cire d'abeille.

Ça sentait très bon.

Son passage de ce côté-ci remontait à très longtemps et, à en juger par l'étrangeté des choses qui l'entouraient, le monde avait beaucoup changé. Mais elle se souvenait de l'avoir beaucoup apprécié, à l'époque. Tout était alors tellement imprévisible et, de ce fait, captivant…

Un moment plus tard, la porte s'ouvrit, le grelot du chien tinta de nouveau et l'odeur puissante de Kolher assaillit les narines de Souffhrance. Kolher n'était pas seul. Elle n'arrivait pas à percevoir la nature de cette présence mais il y avait bel et bien une autre entité dans la pièce.

Au prix d'un immense effort, Souffhrance ouvrit les yeux… et réprima un mouvement de recul.

Ce n'était pas Kolher, penché au-dessus d'elle, mais une femelle… selon toute vraisemblance, en tout cas. Le visage avait des contours féminins… mais ses traits et ses cheveux étaient translucides, fantomatiques. Lorsque leurs regards se croisèrent, l'inquiétude qui se lisait sur le visage de la femelle se transforma en stupeur. D'un geste tremblant, elle agrippa le bras de Kolher.

— Oh… mon Dieu…, chuchota-t-elle d'une voix rauque.

— C'est si évident que ça, docteur ? demanda le roi.

La femelle ne répondit pas tout de suite, visiblement sous le choc. Et ce n'était pas le genre de réaction qu'on attendait de la part d'un médecin. Souffhrance avait pris conscience, du moins le pensait-elle, de la gravité de ses blessures. Mais se pouvait-il que son état soit encore plus inquiétant que ce qu'elle croyait ?

— En fait, je…

— *Viszs.*

Le nom glaça le cœur de Souffhrance.

Cela faisait plus de deux siècles qu'elle ne l'avait pas entendu.

— Pourquoi parlez-vous de mon disparu ? demanda-t-elle dans un murmure.

Le visage spectral du médecin prit une forme tangible, ses yeux vert foncé exprimant une profonde confusion tandis que son teint pâle révélait son trouble.

— Votre disparu ?

— Mon frère jumeau… parti dans l'Estompe il y a très longtemps.

Le médecin secoua la tête. Ses sourcils se froncèrent au-dessus de son regard intelligent.

— Viszs est vivant. Nous sommes unis, tous les deux. Il est en vie, et en pleine forme.

— Non… c'est impossible, murmura Souffhrance, regrettant de ne pas pouvoir saisir le bras du médecin. Vous mentez. Il est mort. Depuis fort long…

— Non. Il est en vie.

Souffhrance fut incapable d'assimiler la nouvelle. On lui avait dit qu'il était parti, qu'il avait retrouvé la douce clémence de l'Estompe…

C'était sa mère qui le lui avait annoncé. Bien sûr.

Était-il possible que la divinité lui ait délibérément menti au sujet de son frère ? Comment pouvait-on se montrer aussi cruel ?

Souffhrance montra ses crocs. Un grognement sourd monta dans sa gorge, le feu de la colère remplaçant rapidement la douleur.

— Je La tuerai pour ça. Je jure que je Lui infligerai le même traitement qu'à notre père biologique.

CHAPITRE 66

John s'élança à la poursuite de Xhex à l'instant où celle-ci se mit à courir après avoir lâché le groupe. Il n'aimait ni sa manière de procéder en solo, ni la direction qu'elle avait prise ; elle s'était engagée dans une allée dont on ne savait pas où elle débouchait, si tant est qu'elle ne fût pas obstruée par un mur de brique.

Lorsqu'il la rattrapa, il la saisit par le bras pour attirer son attention. Peine perdue : elle continua à courir.

— *Où vas-tu comme ça ?* essaya-t-il de signer.

Mais ce n'était pas chose facile que de poser une question en langage des signes à quelqu'un qui ne vous regardait pas, alors que vous couriez côte à côte…

Siffler ne serait pas plus efficace. Il tenta de nouveau de la retenir par le bras mais elle se libéra de son étreinte, entièrement concentrée sur une destination qu'il ne pouvait ni voir, ni deviner. Finalement, il se posta devant elle et lui bloqua le passage, l'obligeant à regarder ses mains.

— *Où vas-tu, nom de Dieu ?*

— Je le sens… Flhéau… Il est tout près d'ici.

John dégaina son couteau.

— *Où ça ?*

Elle le contourna et reprit sa course folle. John lui emboîta le pas, bientôt rejoint par Tohr. Lorsque les autres voulurent en faire autant, John secoua la tête et leur fit signe d'attendre en retrait. C'était toujours bon d'avoir du renfort sur le champ de bataille mais, dans cette situation précise, John n'avait pas envie d'avoir trop de frères armés autour de lui. Il n'avait besoin de personne pour descendre Flhéau.

Avec Tohr, c'était différent. Ce dernier comprenait pourquoi John tenait tant à venger sa femelle. C'était viscéral. Quant à Vhif, il était obligé de le suivre à la trace. Voilà, leurs effectifs étaient au complet. Il y avait suffisamment d'invités à leur petite fête.

John resta près de Xhex, qui semblait avoir fait le bon choix en empruntant cette allée. Au lieu de déboucher sur un cul-de-sac, la ruelle cahoteuse tournait à droite pour filer entre d'autres hangars, jusqu'au fleuve. Il sut qu'ils étaient proches de l'eau lorsque l'odeur du poisson mort et des algues assaillit ses narines et que l'atmosphère se refroidit.

Ils tombèrent sur la Mercedes noire garée devant une bouche d'incendie. La voiture empestait l'éradiqueur et, tandis que Xhex scrutait les alentours pour découvrir une autre piste, John n'eut pas la patience d'attendre.

Serrant le poing, il assena un coup violent dans le pare-brise.

L'alarme se mit à pousser son hurlement strident tandis que John examinait l'habitacle du véhicule. Une espèce de résidu huileux recouvrait le volant et le cuir crème des sièges était maculé de taches horribles. Celles qui ressemblaient à des coulées d'encre étaient très certainement du sang d'éradiqueur… et les traces rouille, du sang humain. Seigneur, la banquette arrière était complètement lacérée, les entailles si profondes que le rembourrage ressortait par endroits.

John fronça les sourcils en se remémorant son passage au centre d'entraînement. Flhéau était alors extrêmement méticuleux avec ses affaires. Il prenait grand soin de ses vêtements et son casier était toujours impeccablement rangé.

Et si ce n'était pas sa voiture ?

— C'est la sienne, assura Xhex en posant les mains sur le capot. Je sens son odeur partout. Le moteur est encore chaud. Mais je n'arrive pas à le localiser.

John grogna à l'idée que Xhex puisse reconnaître le fils de pute à son odeur. Il avait osé toucher sa femelle, l'espèce de sale enfoiré de…

Au moment où sa colère menaçait de déborder, Tohr le saisit par la nuque et le secoua sans ménagement.

— Respire profondément.

— Il doit être dans les parages…, murmura Xhex en levant les yeux sur le bâtiment d'en face avant de scruter l'allée où ils se trouvaient.

John sentit une brûlure dans le creux de sa main gauche et leva le bras. Il serrait son couteau tellement fort que le manche émit un couinement de protestation.

Son regard chercha celui de Tohr.

— Tu vas l'avoir, chuchota le frère. Ne t'inquiète pas.

Flhéau aperçut les deux colosses de Benloise, s'attendant à moitié que les types dégainent leurs flingues. Une dizaine de mètres le séparaient d'eux, et tout le monde était armé.

En les observant, il espérait presque les voir jouer aux cow-boys, façon John Wayne. Les deux costauds auraient été deux excellentes recrues pour son écurie florissante : ils connaissaient bien le business et avaient manifestement pris du galon sous le commandement de Benloise : les valises métalliques qu'ils tenaient à la main contenaient pas mal de kilos et, malgré tout, ces hommes géraient la situation avec un sang-froid plutôt impressionnant.

Bon, d'accord, ils étaient armés jusqu'aux dents.

Comme lui, soit dit en passant. Putain, il y avait de quoi organiser une vraie Rave du Plomb avec tous les flingues et les munitions réunis dans ce périmètre. N'empêche qu'il se sentirait vachement plus à l'aise quand son corps aurait achevé sa transformation et qu'il ne craindrait plus les balles. L'ombre valait mieux que la chair, c'était évident.

— Voici les tableaux, déclara le type de gauche en soulevant les mallettes. Monsieur.

Ah, bien sûr, c'était le vigile qui avait assisté à sa petite démonstration de force chez Benloise. Ce qui expliquait l'extrême courtoisie des deux molosses.

— Voyons voir ce que nous avons là, murmura Flhéau en gardant le canon de son flingue braqué sur eux. Je veux voir vos mains, OK ?

Satisfait de la marchandise, Flhéau hocha la tête.

— C'est bon, laissez tout sur place. Et dégagez.

Après avoir déposé les autres mallettes, les humains tournèrent les talons et s'éloignèrent en gardant les mains le long du corps.

Dès qu'ils eurent tourné à l'angle de l'allée et que l'on n'entendit plus que le martèlement de leurs pas, Flhéau s'approcha des valises en tendant ses mains ténébreuses. Les crans de sécurité se débloquèrent et les deux paquets de coke lévitèrent jusqu'à lui…

Déchirant le silence, le vacarme suraigu d'une alarme de voiture le fit pivoter sur lui-même. Le hurlement provenait de l'endroit où il avait laissé sa voiture.

Encore des sales enfoirés d'humains qui ne trouvaient rien de mieux à faire que…

Fronçant les sourcils, Flhéau sentit son instinct s'emballer : ce qui lui avait été arraché se trouvait à proximité, il percevait sa présence.

Elle est là.

Xhex… sa Xhex était là.

Les vestiges de sa nature vampire grondèrent sourdement tandis que l'instinct de possession se réveillait en lui. Son corps se mit à vibrer entièrement, ses pieds décollèrent du bitume et il se laissa emporter par la force de son esprit. Le mouvement était rapide, qui plus est amplifié par le vent.

Arrivé à l'angle de l'allée, il la vit. Debout près de sa voiture, elle était hyper attirante en pantalon et blouson de cuir. Dès l'instant où il fit son apparition, elle se tourna vers lui, comme s'il l'avait appelée.

Même dans la pénombre, Xhex était resplendissante ; les lumières diffuses de la ville nimbaient son corps parfait, mettant en valeur son charisme naturel. Putain de merde. La garce était sublime, plus sexy que jamais en tenue de combat, et lorsque des picotements traversèrent l'espace vide de son bas-ventre, il plaqua sa main à cet endroit.

Il sentait quelque chose de dur. Ouais, sous sa braguette, il y avait un truc qui n'attendait que son retour.

En proie à une décharge d'adrénaline surpassant tous les traits de coke du monde, il se prit à penser que ce serait le super pied de la prendre là, sous les yeux d'un public attentif. D'une manière ou d'une autre, sa bite avait retrouvé une consistance, et il était donc de nouveau opérationnel… juste à temps.

Lorsqu'elle rencontra son regard, il ralentit sa progression pour observer la scène. Car elle n'était pas seule. Il y avait aussi le frère Tohrment. Vhif, avec ses yeux de deux couleurs différentes… putain de tare génétique. Et John Matthew.

Le public idéal pour un remake d'*Orange Mécanique*.

Carrément. Extraordinairement. Grandiose.

Flhéau atterrit en douceur et posa les mallettes sur l'asphalte. Les abrutis de mâles qui escortaient Xhex étaient tous occupés à défourailler. Mais pas elle. Non, elle était plus forte que ça, elle.

— Salut, chérie. Je t'ai manqué ?

Quelqu'un laissa échapper un grognement qui lui rappela son rottweiler. Parfait, à présent qu'il avait l'attention de tout le monde, le show pouvait commencer. Rabattant la capuche de son imper, il leva les mains pour retirer les bandelettes qui masquaient son visage. Il avait hâte de leur montrer son nouveau look.

— Nom de Dieu, marmonna Vhif. T'es pas beau à voir.

Flhéau ne se donna pas la peine de rétorquer. Seule comptait à ses yeux la femelle en cuir. De toute évidence, elle ne s'attendait pas à ce genre de transformation, et le mouvement de recul qu'elle ne put s'empêcher d'esquisser l'emplit d'allégresse. C'était encore mieux qu'un baiser. Provoquer son dégoût s'avérait aussi jouissif qu'essayer de l'exciter... et ce serait encore plus drôle quand il leur réserverait une suite nuptiale, rien que pour eux.

Un sourire aux lèvres, Flhéau parla avec sa nouvelle voix améliorée :

— J'ai plein de projets pour nous, salope. Bien sûr, tu devras te mettre à genoux pour me supplier...

La garce disparut.

Volatilisée.

Elle se tenait près de sa voiture et l'instant d'après elle n'était plus là, laissant derrière elle un espace vide. Mais elle n'avait pas quitté l'allée. Il la sentait, même s'il ne pouvait pas la voir...

Le premier coup de feu fut tiré dans son dos et l'atteignit à l'épaule. Ou plutôt, traversa ce qui avait été autrefois son épaule. L'imper se déchira sous l'impact et la balle transperça la forme désincarnée qui se trouvait dessous, mais Flhéau ne sentit absolument rien excepté le sifflement de la balle, qui se répercuta étrangement dans son corps.

Super. Ça aurait pu faire mal, sinon.

Il tourna la tête, peu impressionné par la démonstration ratée de Xhex. Elle avait complètement loupé sa cible.

Sauf qu'il ne s'agissait pas de Xhex. Les hommes de Benloise étaient de retour, avec du renfort. Heureusement que ces enfoirés ne savaient pas viser. La dernière fois qu'il avait vérifié, son torse était encore consistant. Il aurait suffi de quelques centimètres pour que la balle lui explose le cœur.

Submergé par la rage, Flhéau concentra toute son énergie pour préparer une boule de feu dans le creux de sa paume. Ces sales connards de dealers ne s'en tireraient pas comme ça.

Après s'être dématérialisé pour reprendre forme sous une porte cochère, il jeta de toutes ses forces la boule d'énergie en direction des humains. Une vraie partie de bowling, putain ! Parcourus de violentes ondes électriques, les enfoirés valsèrent dans tous les sens, secoués de plus belle par une explosion de lumière incandescente.

D'autres frères étaient arrivés entre-temps et tout le monde s'était mis à tirer. Un véritable déballage d'armes à feu en tous genres. Flhéau ne s'en soucia pas, jusqu'au moment où une balle vint se loger dans sa hanche. La douleur fulgurante remonta jusqu'à sa poitrine et fit chavirer son cœur. Lâchant un juron, il s'écroula sur le flanc et regarda en direction de l'allée.

John Matthew était le seul à ne pas s'être planqué : les frères avaient trouvé refuge derrière la Mercedes tandis que les types de Benloise s'étaient abrités près de la carcasse rouillée d'une Jeep.

Et au milieu des rafales se tenait John Matthew, les pieds fermement plantés sur le goudron, les bras ballants.

L'enfoiré faisait une cible parfaite. Presque trop facile, en fait.

Flhéau prépara une autre boule d'énergie dans le creux de sa paume.

— Autant te mettre une balle dans la tête tout de suite, sale enfoiré de fils de pute ! cria-t-il à l'adresse de John.

Ce dernier avança vers lui, tous crocs dehors, devancé par un vent glacial.

L'espace d'un instant, Flhéau sentit une onde de tension lui crisper la nuque. Ce n'était pas possible. Aucun être normalement constitué ne s'approcherait de lui comme ça.

C'était un pur suicide.

Chapitre 67

Des plans, des plans, des plans…

Ou, en d'autres termes, de la connerie, de la connerie, de la connerie…

Xhex avait trouvé son plan parfait quand elle s'était dissimulée à la manière des *symphathes* pour se volatiliser dans la nuit. En tant qu'assassin, elle avait tiré une certaine fierté de son taux de réussite et se réjouissait aussi de son flair, qui la guidait bien souvent sur la bonne piste. Et ce règlement de comptes commençait à sentir bon. En l'occurrence, son « plan » consistait à approcher Flhéau, toujours protégée par son invisibilité, et à lui trancher la gorge avant de le faire payer… tout en le regardant droit dans les yeux, un grand sourire aux lèvres. Comme une vraie détraquée…

Premier accroc ? Putain de merde, qu'était-il arrivé à cet enfoiré depuis qu'elle avait réussi à lui échapper ? Le visage qu'il avait dévoilé en retirant les bandelettes de tissu l'avait carrément fait flipper. Il n'avait plus de peau, plus de chair sur la figure ; seuls les fibres noirâtres de ses muscles et ses os saillants étaient visibles. D'une blancheur éclatante, ses dents semblaient fluorescentes, par contraste. Il y avait aussi un problème avec ses mains. Elles avaient une forme, mais aucune substance. Dans la nuit, elles n'étaient que des ombres plus foncées.

C'était une chance qu'elle ait réussi à s'enfuir avant cette effroyable métamorphose. En même temps, cet état de déliquescence dont il était l'objet était peut-être la raison pour laquelle elle avait réussi à forcer les barreaux invisibles de sa prison : en toute logique, ses pouvoirs avaient également dû s'amenuiser.

Bon, peu importe. Deuxième accroc dans son joli plan ? John. Qui se tenait en ce moment même debout, au beau milieu de l'allée. Il aurait tout aussi bien pu arborer une pancarte autour du cou disant : « Tirez ici »… et le tour était joué.

Le pire, c'est qu'il était inutile d'essayer de le raisonner. Même si elle se matérialisait à côté de lui et hurlait dans son cerveau, il ne rebrousserait pas chemin. Il ressemblait à un animal face à l'ennemi, les crocs dehors comme un félin, le corps penché en avant, prêt à bondir sur l'adversaire.

Il y avait fort à parier qu'il mourrait s'il ne se protégeait pas, mais il s'en foutait et les raisons de son comportement étaient évidentes : son odeur d'union était plus puissante que tous les sons qu'il aurait pu émettre avec sa gorge. Les capiteux effluves d'épices noyaient toutes les autres odeurs : celles caractéristiques de la ville, les relents saumâtres du fleuve et l'horrible puanteur qui se dégageait du corps en décomposition de Flhéau.

Debout dans cette allée sordide, John était l'incarnation du mâle protégeant sa femelle… et c'était aussi tout ce que Xhex avait redouté de cette situation, précisément pour les mêmes raisons : de toute évidence, sa sécurité personnelle était le cadet de ses soucis, son objectif occultant ses facultés intellectuelles et sa précieuse expérience de combattant.

Résultat des courses ? Il ne survivrait pas à la boule d'énergie que Flhéau était en train de lui concocter dans le creux de sa main. À cette idée, Xhex sentit le monde s'effondrer autour d'elle.

Plan B. Plus de dissimulation. Plus de torture, d'écartèlement, de dislocation. Plus de remake à la Jack l'Éventreur. Plus question de le faire souffrir pour se venger de tout ce que ce salaud lui avait fait subir.

Lorsqu'elle reprit forme pour se jeter sur Flhéau, elle n'avait qu'un seul but : protéger John. Au diable sa vengeance personnelle. Parce qu'à bien y réfléchir… John était tout ce qui comptait dans sa vie.

Elle encercla Flhéau par la taille à l'instant où il s'apprêtait à lancer sa boule mortelle. Elle parvint à le plaquer au sol mais, de son côté, il réussit à corriger sa trajectoire… et atteignit John en pleine poitrine.

L'impact projeta son mâle en l'air, le secouant dans tous les sens.

— Espèce d'enculé ! hurla-t-elle en direction du visage écorché de Flhéau.

Avec une force stupéfiante, il enroula ses bras autour d'elle, la fit basculer sur le dos et la maintint ainsi, serrée contre lui. Son haleine chaude et fétide lui balaya le visage.

— Je t'ai eue, ricana-t-il en plaquant ses hanches contre les siennes.

Son érection lui donna la nausée.

— Va te faire foutre !

D'un mouvement rapide, elle lui donna un violent coup de tête dans… ce qui avait été son nez, lui arrachant un hurlement de douleur.

Malheureusement, elle ne réussit pas à renouveler l'opération et ils luttèrent pour reprendre le contrôle, roulant sur le trottoir, jambes emmêlées… La sensation horrible du sexe dur de Flhéau plaqué contre son ventre ne la quittait pas. Il réussit à lui capturer un poignet mais elle lutta pour ne pas lui laisser l'autre.

Par conséquent, dès que l'occasion se présenta, elle glissa sa main entre eux et lui attrapa les couilles, les tordant si violemment qu'elle les aurait volontiers arrachées s'il n'avait pas eu de pantalon.

Étouffant un juron, Flhéau se raidit de douleur. Il était peut-être un demi-dieu dans le côté obscur, mais il n'en restait pas moins un enfoiré de mortel quand il s'agissait d'encaisser un coup dans ses bijoux de famille.

Xhex en profita pour reprendre le contrôle, l'obligeant à rouler sur le dos pour pouvoir s'asseoir à califourchon sur lui.

— C'est moi qui t'ai eu, dit-elle d'un ton tranchant.

Aveuglée par la fureur, elle perdit de vue son objectif principal et, au lieu de lui planter directement un couteau dans le cœur, mit les mains autour de son cou et serra jusqu'à le faire suffoquer.

— On ne baise pas ce qui m'appartient, gronda-t-elle.

Une expression de pur vice se peignit sur l'horrible tronche de Flhéau, qui parvint à répliquer malgré la pression exercée sur son larynx :

— Il s'est déjà fait baiser, tu sais. Mais peut-être ne t'a-t-il pas parlé de cet humain qui…

Xhex le gifla si fort qu'une de ses dents fut catapultée de l'espèce de trou béant qui lui servait de bouche.

— Ne t'aventure pas sur ce terrain-là…

— Je vais où je veux, chérie.

Sur ce, il disparut, se dissolvant sous les yeux de Xhex… mais pas pour longtemps. L'instant d'après, il l'attrapa par-derrière et la maintint fermement contre lui. Dans les quelques minutes qui suivirent, Xhex prit vaguement conscience des humains gémissant sur le bitume. Puis Flhéau la fit pivoter sur ses talons, se servant d'elle comme d'un bouclier tandis qu'ils faisaient face aux frères.

Elle ne perdit pas son temps à tenter de repérer leurs positions derrière la Mercedes ou à passer en revue les armes pointées dans leur direction.

John était tout ce qui comptait à ses yeux.

Et merci mon Dieu, merci la Vierge scribe… quel que soit le responsable de ce petit miracle… il était en train de se redresser, se remettant doucement du choc électrique qui l'avait propulsé dans les airs, à deux doigts de le transformer en torche humaine.

Au moins, il était vivant.

Elle-même ne survivrait probablement pas mais John, lui… continuerait à vivre. À condition qu'elle réussisse à attirer Flhéau loin de là.

— Emmène-moi, souffla-t-elle à l'intention de l'enfoiré. Emmène-moi et fous-leur la paix.

Il y eut un cliquètement métallique puis un couteau à cran d'arrêt apparut devant son visage, la pointe de la lame se dépliant à quelques centimètres de ses yeux. Si près qu'elle pouvait déchiffrer la marque de fabrique.

— Tu aimes vraiment te charger personnellement de tes proies, hein ?

La voix de Flhéau était étrangement déformée et ses mots ricochèrent dans le creux de son oreille.

— Je le sais parce que j'ai vu ce que t'avais fait à cet abruti de Grady. Tu l'as gâté, pour son dernier repas, putain. Lui qui aimait tellement bouffer de la charcuterie… Je me demande s'il l'a autant appréciée en crevant.

La lame sortit de son champ de vision… et, l'instant d'après, elle sentit le métal s'enfoncer dans sa pommette puis glisser lentement le long de sa joue.

La brise était fraîche. Son sang était chaud.

Elle ferma les yeux et répéta :

— Emmène-moi.

— C'est bien mon intention. T'en fais pas.

Quelque chose d'humide glissa sur sa blessure. C'était la langue de Flhéau qui léchait les gouttes de sang.

— C'est fou ce qu'elle a toujours aussi bon goût ! hurla-t-il à la cantonade. Pas un geste. Que l'un d'entre vous s'amuse à avancer d'un pas et je lui transperce le cœur.

Pressant la lame du couteau contre sa gorge, Flhéau commença à reculer. Instinctivement, Xhex essaya de pénétrer son esprit, pour le cas où son côté *symphathe* aurait encore une influence sur lui. Mais elle se heurta à un mur de pierre. Rien de bien étonnant, cela dit.

Soudain, elle se demanda pourquoi il ne les faisait pas disparaître tous les deux…

Il boitait. Donc il avait été touché. Et à présent qu'elle avait retrouvé toute sa concentration, elle perçut l'odeur de son sang et le vit briller sur le trottoir.

Tandis que Flhéau continuait à la tirer en arrière, les pauvres humains apparurent dans le champ de vision de Xhex. Ils ressemblaient à des cadavres, raides et blafards, mais ils émettaient encore des plaintes douloureuses. *Leur voiture*, songea-t-elle. Flhéau avait l'intention de prendre la fuite avec elle dans leur bagnole. Il avait beau être blessé, son étreinte était ferme et puissante, et la lame qu'il tenait sous sa gorge ne tremblait pas, prête à trancher.

Xhex reporta son attention sur John. Elle garderait gravée dans son esprit la splendide image de ce valeureux guerrier, prêt à tout pour obtenir vengeance…

Elle fronça les sourcils en percevant ses émotions. C'était… étrange. L'ombre qu'elle avait toujours décelée dans le fond de sa grille n'était plus reléguée au second plan ; elle était désormais aussi vivace et tangible que les autres éléments de son psychisme.

Et lorsqu'il leva les yeux sur elle, les deux parties de son être… s'assemblèrent pour ne faire qu'une.

Après avoir été percuté par cette bombe d'énergie, John resta un moment désorienté, comme vidé de ses forces. Très vite, cependant, il s'obligea à se reconcentrer sur son objectif et, dans un regain de détermination, parvint à se redresser. Il ne sentait plus rien dans toute une partie de son corps. Quant à l'autre moitié, elle hurlait de douleur, mais tout cela n'avait pas d'importance. Le désir de tuer animait tout son être, le poussant à retourner au combat.

Alors qu'il reportait son attention sur ce qui se jouait dans l'allée, ses mains se crispèrent et ses épaules se contractèrent. Flhéau se servait de Xhex comme d'un bouclier vivant, dissimulant derrière elle tous les points vitaux de son anatomie tandis qu'il l'entraînait avec lui.

Dans son cou, la lame était tout contre sa veine. Pressée contre elle…

Brusquement, la réalité se brouilla dans l'esprit de John, sa vision devint floue et l'allée où ils se trouvaient tous s'estompa lentement. Clignant des yeux, il maudit Flhéau et tous ses tours de magie tordus…

Sauf qu'il ne s'agissait pas de ça. La sensation venait du plus profond de lui-même. Une vision. C'était une vision surgie du tréfonds de son esprit, balayant tout ce qui se trouvait réellement sous ses yeux…

Une grange près d'un champ. Dans la nuit noire.

Il secoua la tête, soulagé de voir réapparaître l'allée glauque de Caldwell…

Une grange près d'un champ. Dans la nuit noire. Une femelle qui comptait pour lui, prisonnière d'une étreinte maléfique, un couteau sous la gorge.

Il reprit soudain contact avec la réalité, dans le quartier des entrepôts… là où une femelle qui comptait pour lui était prisonnière d'une étreinte maléfique, un couteau sous la gorge.

Oh, Seigneur… il avait l'impression d'avoir déjà vécu cette scène.

Et ce n'était pas une impression… bordel de merde.

La crise d'épilepsie le terrassa de la même manière que d'habitude, secouant ses neurones, faisant trembler tout son corps.

Sauf que d'ordinaire il se retrouvait les quatre fers en l'air, alors que le mâle lié qu'il était parvint à rester debout, distillant en lui une force puisée dans son âme, et non dans son corps. Sa femelle était dans les bras d'un tueur, et John avait bien l'intention de résoudre le problème de la manière la plus rapide et la plus brutale qui soit, coûte que coûte.

Ce serait peut-être même sanglant, voire violent.

Il glissa une main dans la poche de son blouson pour prendre son arme… mais merde, que pouvait-il bien viser, au juste ? Flhéau prenait grand soin de se camoufler derrière Xhex et sa gueule d'écorché vif était bien trop près de son visage à elle, ne laissant aucune marge de manœuvre à celui qui oserait tenter le coup…

La fureur de John se mit à hurler dans sa tête…

Du coin de l'œil, il vit pointer le canon d'un fusil…

La scène fut brutalement interrompue par un flash.

Une grange près d'un champ. Dans la nuit noire. Une femelle qui comptait pour lui, prisonnière d'une étreinte maléfique, un couteau sous la gorge. Un fusil mis en joue…

Deuxième flash.

De retour ici, à Caldwell. L'amour de sa vie entre les mains de l'ennemi.

Troisième flash.

Un coup de fusil retentissant…

L'explosion qui éclata à proximité de son oreille le ramena brutalement à la réalité et, laissant échapper un long cri muet, il plongea en avant, comme pour tenter d'intercepter la balle en plein vol.

Non ! hurla-t-il en silence. *Nooooooon…*

Ce fut un tir parfait. La balle percuta la tempe de Flhéau, à cinq centimètres à peine du visage de Xhex.

Comme dans un film au ralenti, John jeta un coup d'œil par-dessus son épaule. Le fusil de Tohrment dardait encore dans la fraîcheur de la nuit, parfaitement immobile.

Pour une raison étrange, l'identité du tireur et l'extrême précision de son geste ne surprirent pas John. Mais il s'en était fallu de peu…

Oh, mon Dieu. Ils avaient déjà vécu ça ensemble, par le passé, n'est-ce pas ? Exactement la même scène.

De retour dans le présent, John tourna de nouveau la tête. Vive comme l'éclair, Xhex s'accroupit tandis que Flhéau chancelait derrière elle, offrant à Tohr la possibilité de tirer avec davantage d'aisance. Elle s'était presque complètement écartée de la cible quand la deuxième balle siffla.

Et toucha les petits mocassins ridicules de Flhéau, qui bascula en arrière.

Chassant les derniers vestiges de son malaise, John courut rejoindre sa femelle, martelant le sol de ses rangers. Les muscles de ses cuisses s'échauffèrent rapidement et il prit de la vitesse, propulsé par la seule pensée qui comptait à ses yeux : sauver Xhex.

Tout en courant, il s'empara de la seule arme nécessaire, à présent : la dague noire et sa lame de quinze centimètres, accrochée sur son torse. Arrivé à leur hauteur, il leva le couteau au-dessus de sa tête, prêt à fondre sur l'ennemi, à le poignarder en plein cœur pour le renvoyer à…

L'odeur du sang de Xhex l'arrêta net. La lame retomba mollement dans l'air.

Nom de Dieu… Cette espèce d'enfoiré avait deux couteaux sur lui. L'un qu'il avait placé sous la gorge de Xhex et un autre qu'il avait enfoncé dans son ventre.

Xhex roula sur le dos, se tenant le flanc avec une grimace de douleur.

Pendant que Flhéau s'agitait sur le bitume, une main contre sa tempe, l'autre sur sa poitrine, Tohr les rejoignit en compagnie de Vhif, Blay et des autres frères. Tous pointèrent leurs armes sur l'ennemi pour que John puisse s'occuper de Xhex.

— Ça va, bredouilla-t-elle. Je vais bien… je vais bien…

Foutaises. Elle pouvait à peine respirer et la main qu'elle avait posée sur sa blessure était recouverte de sang frais.

John esquissa fébrilement une série de gestes.

— *Il faut appeler Doc Jane…*

— Non ! s'écria-t-elle en saisissant le bras de John avec sa main ensanglantée. Il n'y a qu'une chose importante pour l'instant.

Lorsque son regard se posa sur Flhéau, le cœur de John battit à coups redoublés dans sa cage thoracique.

Derrière eux, Z. déclara :

— Butch et V. se ramènent avec l'Escalade, ils rentrent de l'Xtreme Park… Putain de sa mère… On a de la compagnie, on dirait.

John jeta un coup d'œil au bout de l'allée. Quatre éradiqueurs venaient de faire leur apparition. L'adresse correspondant à la plaque d'immatriculation de la Civic était donc exacte mais le timing s'avérait on ne peut plus mauvais.

— On s'en occupe, lâcha Z. avant d'aller accueillir les nouveaux arrivants avec le reste de la troupe.

Un rire étouffé attira l'attention de John. Flhéau arborait un sourire de dément qui étirait les muscles à vif de son visage repoussant.

— John, mon pote… Je l'ai baisée, John… Je l'ai baisée bien profond et elle a adoré.

Une colère noire s'empara de John. Il leva de nouveau sa dague.

— Elle m'a supplié, John…

Il ponctua sa phrase d'un soupir satisfait.

— La prochaine fois que tu feras ça avec elle… souviens-toi que je suis passé par…

— Je n'ai jamais voulu de toi ! hurla Xhex. Jamais !

— Sale pute, persifla Flhéau. C'est ce que tu étais et c'est ce que tu resteras. Une sale pute qui m'appartient…

C'était comme si les minutes s'égrenaient au ralenti. Ils étaient là, tous les trois, le vent soufflait dans l'allée et une bagarre avait éclaté à une centaine de mètres, près de la Mercedes.

Il songea à son propre viol, bien des années plus tôt, dans cette cage d'escalier. Imagina Xhex en train de subir la même humiliation, la même souffrance physique et morale. Se souvint de ce que Z. lui avait confié. Repensa aux épreuves de Tohr.

Au milieu de tous ces souvenirs, il perçut l'écho d'un événement vraiment ancien, un autre enlèvement, une autre femelle violée, une autre vie gâchée.

L'effroyable visage de Flhéau et son corps déliquescent devinrent alors l'incarnation de tout ce gâchis : une représentation palpable et putride de tout le mal qui sévissait dans ce monde, de toutes les souffrances infligées délibérément, la cruauté, la perversité et la jubilation malsaine.

Tous ces actes accomplis sur un coup de tête qui avaient des répercussions sur une vie entière.

— Je l'ai baisée, John, mon pote…

La lame de John décrivit un arc parfait.

Au dernier moment, il bougea légèrement son poignet, modifiant la trajectoire de sorte que le manche vint s'abattre sur le visage de Flhéau. Le mâle lié tapi en lui crevait de lui infliger le même sort que celui qu'il avait réservé à l'autre éradiqueur, l'autre nuit, dans cette maison où Xhex avait été retenue prisonnière. Une éviscération en bonne et due forme.

Mais, en cédant à cette envie dévorante, il empêcherait la justice divine d'exercer ses droits, cette justice que si peu de personnes obtenaient. Le préjudice qu'il avait subi n'avait jamais trouvé réparation. Cette ordure d'humain qui lui avait fait du mal avait été lavé de tout soupçon. De la même façon, le préjudice subi par Tohr ne trouverait jamais réparation car Wellsie ne reviendrait jamais.

Mais Z., par exemple, avait réussi à se venger de son agresseur.

Et il en serait de même pour sa Xhex adorée… même si c'était la dernière chose qu'elle puisse accomplir sur cette terre.

Les yeux embués de larmes, John prit une de ses mains ensanglantées et l'ouvrit en grand.

Puis il plaça le manche de sa dague dans le creux de la paume de sa compagne. Tandis que le regard de Xhex s'écarquillait, il referma ses doigts autour de l'arme puis l'aida à se redresser pour trouver le bon angle d'attaque.

Le torse de Flhéau se soulevait par à-coups, sa gorge pelée à vif s'étirant au rythme de sa respiration saccadée. Lorsqu'il comprit ce qui l'attendait, ses yeux sortirent presque de leurs orbites et sa bouche dépourvue de lèvres esquissa un sourire, dévoilant des dents d'une blancheur obscène. Une vraie séquence de film d'horreur.

Il essaya de parler mais aucun son ne sortit.

C'était mieux ainsi. Outre le fait qu'il avait fait beaucoup trop de mal, il en avait aussi trop dit.

L'heure du Jugement dernier avait sonné pour lui.

Dans ses bras, John sentit que Xhex puisait dans ses forces. Elle ôta son autre main de sa blessure pour saisir plus fermement le manche de la dague. La haine enflamma son regard et, dans un soudain regain d'énergie, elle parvint à lever ses bras pour décrire un arc au-dessus du sternum de Flhéau.

Le salopard avait vu le coup venir. Il posa les mains sur son torse pour se protéger.

Oh, non. Certainement pas. Rapide comme l'éclair, John saisit le fils de pute par les avant-bras et le plaqua au sol, libérant la voie pour Xhex.

Lorsque son regard croisa celui de John, il décela un éclat rosé au fond de ses yeux ; baignés de larmes, ses iris brillaient d'un éclat révélateur. Toute la souffrance qu'elle avait endurée était soudain révélée au monde, à l'instar de la laideur de

Flhéau, et le fardeau qui l'oppressait assombrissait son beau regard.

John lui adressa un petit signe de tête. Entre les mains de Xhex, sa dague s'abattit d'un trait ferme, percutant Flhéau en plein cœur…

Le hurlement du Malin résonna entre les bâtiments, passant d'un mur à l'autre, de plus en plus fort jusqu'à ce que – « pop ! » – l'explosion retentisse, accompagnée d'un éclair foudroyant.

Ramenant Flhéau à son père maléfique.

Lorsque le bruit et la lumière s'éteignirent, il ne resta plus qu'un cercle noirci sur le bitume, et une forte odeur de sucre brûlé.

Les épaules de Xhex s'affaissèrent, la dague tomba au sol avec un claquement métallique et elle se renversa en arrière, à bout de forces. John la rattrapa avant qu'elle ne touche terre et elle leva les yeux sur lui. Des larmes mêlées de sang baignaient son visage et roulaient dans son cou jusqu'à sa jugulaire qui battait, symbole de la vie qui l'animait.

John la serra dans ses bras, et la tête de Xhex vint se loger sous son menton, comme si c'était sa place naturelle.

— Il est mort, sanglota-t-elle. Oh, mon Dieu, John… il est mort.

Avec ses mains prises, John ne put que hocher la tête.

Fin d'une époque, songea-t-il en regardant Blay et Vhif combattre les éradiqueurs côte à côte, avec Zadiste et Tohrment.

L'histoire n'était pourtant pas terminée. Xhex et lui profitaient peut-être d'un bref moment de répit, à l'écart du champ de bataille, mais dans les contre-allées sombres de Caldwell les combats se poursuivraient sans…

Elle.

Fermant les yeux, John enfouit son visage dans les boucles de la femelle.

C'est la fin qu'elle avait désirée, n'est-ce pas? songea-t-il. Buter Flhéau… et tirer sa révérence.

Elle avait eu ce qu'elle voulait.

— Merci, murmura-t-elle d'une voix enrouée. Merci…

Luttant contre la vague de tristesse qui menaçait de le submerger, John prit conscience que ce petit mot était encore plus précieux qu'un *je t'aime.* Il valait plus à ses yeux que tout ce qu'elle aurait pu dire.

Il lui avait donné ce qu'elle voulait. Quand le moment était arrivé, il avait su s'effacer pour lui offrir ce qu'elle désirait le plus au monde.

À présent, il allait la serrer dans ses bras jusqu'à ce que son corps refroidisse et qu'elle s'éloigne de lui, inexorablement.

Leur séparation durerait plus longtemps que le nombre de jours qu'ils avaient passés ensemble.

Il prit sa main baignée de sang et la posa à plat sur ses genoux. Puis, de sa main libre, il signa contre sa peau, avec des gestes lents et précis :

« *Je t'aimerai toujours.* »

Chapitre 68

La mort était une chose brouillonne, douloureuse et tellement prévisible… sauf quand elle n'avait pas envie de se comporter correctement, préférant jouer un tour au principal intéressé.

Une heure plus tard, quand Xhex entrouvrit les yeux, elle s'aperçut qu'elle ne se trouvait pas dans les replis brumeux de l'Estompe… mais dans le cabinet médical de la Confrérie.

Quelqu'un sortait un tube de sa gorge. La douleur dans sa hanche lui donnait l'impression d'avoir été transpercée par une lance rouillée. Quelqu'un se tenait à sa gauche, et des gants en latex claquèrent.

La voix de Doc Jane s'éleva doucement.

— Elle a fait deux arrêts cardiaques, John. J'ai pu stopper l'hémorragie digestive mais… je ne sais pas…

— Je crois qu'elle est en train de se réveiller, intervint Ehlena. Xhex, est-ce que vous nous entendez ?

Apparemment, oui. Elle ne se sentait pas hyper en forme et, après avoir transpercé un nombre impressionnant de ventres au fil des ans, elle avait peine à croire que son cœur battait encore… Pourtant, si, elle était encore vivante.

Ça ne tenait qu'à un fil, mais elle était bel et bien là.

Le visage blême de John apparut dans son champ de vision. Contrastant avec son teint crayeux, ses yeux bleus brillaient d'un éclat aveuglant.

Elle ouvrit la bouche… mais ne réussit qu'à exhaler l'air coincé dans ses poumons. Elle n'avait pas la force de parler.

— *Désolée,* articula-t-elle.

Il fronça les sourcils. Puis, secouant la tête, il lui prit la main et la caressa.

Sans doute avait-elle perdu connaissance car, lorsqu'elle se réveilla de nouveau, John faisait les cent pas à côté de son lit. Que se passait-il ? Oh, on la transférait dans la chambre voisine… pour laisser la place à un nouveau patient, sanglé sur un brancard. Une femelle, à en juger par la longue tresse brune pendant sur le côté.

Le mot *souffrance* lui vint à l'esprit.

— Souffrance est là, murmura Xhex.

John tourna brusquement la tête.

— *Quoi ?* articula-t-il.

— Je ne sais pas qui c'est. Mais elle est en souffrance.

Elle s'évanouit de nouveau… se réveilla pour boire au poignet de John… avant de perdre une nouvelle fois connaissance.

Dans ses rêves, elle vit défiler des bribes de sa vie, de lointains souvenirs dont elle n'avait même pas conscience. Le film continua à se dérouler, plutôt déprimant. Il y avait d'innombrables carrefours où les choses auraient pu être différentes, où le destin avait été davantage une plaie qu'un cadeau. Mais, à l'instar du temps qui passe, la destinée s'avérait inexorable, implacable, et totalement hermétique à l'opinion des vivants.

Et pourtant… tandis que son esprit luttait sous le poids mort de son corps inconscient, Xhex eut la sensation que toutes les séquences de sa vie s'étaient imbriquées dans un ordre logique, que le chemin qu'elle avait choisi l'avait finalement conduite là où elle était censée se rendre.

Auprès de John. Comme un retour à la case départ.

Même si, au fond, cela n'avait aucun sens.

Après tout, cela faisait tout juste un an qu'elle le connaissait. Alors d'où venait cette impression qu'une longue histoire commune les unissait ?

Toutes ces réflexions n'étaient peut-être pas aussi insensées qu'elles le paraissaient. Quand on était inconscient, sous morphine, hésitant aux portes de l'Estompe… les choses semblaient forcément différentes. Et le temps, comme les priorités, se déplaçait.

À côté de la salle de réveil où Xhex se reposait, Souffhrance clignait des yeux, s'efforçant de deviner où elle était. Hélas, elle ne trouva aucun indice pour l'aider à résoudre cette énigme. Les murs de la pièce étaient recouverts de carreaux vert pâle. Il y avait des placards métalliques partout. Mais elle n'avait aucune idée de ce que cela pouvait bien être.

Le trajet jusque-là avait été relativement indolore. On l'avait transportée avec précaution, lentement. Ensuite, on lui avait fait une injection dans les veines pour la calmer, dans tous les sens du terme, et en réalité… ce mystérieux produit avait fait des miracles.

Le spectre de son jumeau mort la tourmentait beaucoup plus que la douleur ou la perspective d'une possible existence là. Le bon docteur avait-elle vraiment prononcé le nom de son frère ? Ou bien n'était-ce qu'un moment d'égarement de son esprit éparpillé et confus ?

Elle n'en savait rien. Mais cela la préoccupait grandement.

Du coin de l'œil, elle aperçut quelques silhouettes autour d'elle. Celles du médecin et du Roi aveugle. Il y avait aussi une femelle blonde au visage avenant… et un guerrier brun répondant au nom de Tohrment.

Épuisée, Souffhrance ferma les yeux et se laissa bercer par le murmure des voix. Elle n'aurait su dire combien de temps elle dormit… mais ce fut la sensation d'une présence supplémentaire dans la pièce qui la tira de son sommeil.

Elle connaissait bien la personne qui venait d'arriver, et son apparition la bouleversa bien plus que l'idée de ne plus être auprès de sa mère.

Lorsque Souffhrance ouvrit les yeux, PersOnne s'approcha d'elle de son pas claudicant, le visage protégé par le capuchon de sa longue robe. Le Roi aveugle se dressa derrière la femelle, les bras croisés sur son torse, flanqué de son beau chien au pelage fauve et de sa ravissante reine brune.

—Que… fais-tu ici ? demanda Souffhrance d'une voix enrouée.

Percevant la nervosité de l'Élue déchue, elle reprit doucement :

—Prends ma main. J'aimerais te réconforter.

PersOnne secoua la tête sous sa capuche.

—C'est moi qui suis venue vous réconforter.

Comme Souffhrance fronçait les sourcils, l'Élue jeta un coup d'œil en direction de Kolher.

—Le roi a proposé de m'héberger au sein de son foyer pour que je puisse continuer à vous servir.

Souffhrance essaya d'avaler sa salive, mais sa bouche était tellement sèche qu'elle ne put soulager sa gorge parcheminée.

—Je ne veux pas que tu sois ma servante. Reste ici… et prends soin de toi.

—À la vérité… je suis là pour ça aussi.

La voix douce de PersOnne se raffermit.

—Après votre départ du sanctuaire, je suis allée voir la Vierge scribe pour lui demander de venir vous rejoindre, et mon vœu a été exaucé. Vous m'avez poussée à réagir. J'étais lâche… mais cette époque est terminée… grâce à vous.

—J'en… suis… heureuse, balbutia Souffhrance, même si elle ne comprenait pas en quoi elle avait poussé la servante à surmonter sa peur. Et je suis contente que tu sois là…

De l'autre côté de la pièce, la porte s'ouvrit à toute volée et un mâle vêtu de cuir noir fit irruption. Il dégageait une écœurante odeur de mort. Le médecin personnel du roi le talonnait. Lorsque le nouveau venu s'immobilisa, la femelle fantomatique posa une main sur son épaule, dans un geste d'apaisement.

Les yeux de diamant du mâle se posèrent sur Souffhrance et, bien que celle-ci ne l'ait pas vu depuis une éternité, elle *sut* qui il était. Car c'était comme contempler son reflet dans un miroir.

Pour la première fois de sa vie, des larmes jaillirent de ses yeux tandis que le mâle retenait son souffle.

— Viszs, murmura-t-elle d'une voix brisée. Oh, mon frère.

En un éclair, il se matérialisa à côté d'elle. Son regard incroyablement intelligent glissa sur le visage de Souffhrance et elle eut la sensation que leurs expressions étaient aussi similaires que leur carnation : la surprise et l'incrédulité qu'elle éprouvait se lisaient aussi sur les beaux traits durs de son frère.

Ses yeux… oh, ses yeux de la couleur du diamant. Comme les siens. Combien de fois l'avaient-ils contemplée, ces yeux-là, dans d'innombrables miroirs ?

— Qui es-tu ? demanda-t-il d'un ton bourru.

Elle ressentit soudain une souffrance au plus profond de son corps endolori, un poids oppressant qui n'était pas simplement dû à des blessures physiques, mais à un terrible malheur. Le fait qu'il ne sache pas qui elle était, qu'ils aient été séparés par un mensonge, était une tragédie qu'elle supportait à grand-peine.

Elle prit la parole d'une voix affermie :

— Je suis… ton sang.

— Seigneur Jésus, murmura-t-il en levant une main gantée de noir. Ma sœur… ?

— Je dois y aller, intervint le docteur d'un ton pressant. La fracture de sa colonne vertébrale dépasse le cadre de mes compétences. Il faut que j'aille chercher…

— Va chercher ce foutu chirurgien, gronda Viszs, les yeux rivés sur Souffhrance. Et ramène-le ici. Coûte que coûte.

— Je ne reviendrai pas sans lui. Tu as ma parole.

Viszs se tourna vers la femelle et captura sa bouche dans un baiser rapide et passionné.

— Nom de Dieu… je t'aime tellement.

Le visage spectral du médecin prit une forme solide tandis qu'ils se contemplaient.

— Nous allons la sauver, fais-moi confiance. Je reviens dès que possible. Kolher a donné son aval pour que Fritz vienne avec moi. Il va m'aider à convaincre Manny de venir jusqu'ici.

— Putain de soleil… il se lève bien trop tôt.

— Je préfère que tu restes ici avec elle, de toute manière. Je compte sur toi et Ehlena pour surveiller ses fonctions vitales. L'état de Xhex est critique lui aussi. Prenez bien soin d'elles deux.

Il hocha la tête et le médecin se dématérialisa dans l'instant qui suivit. Un peu plus tard, Souffhrance sentit une paume chaude envelopper la sienne. Le contact de la main nue de Viszs lui apporta un réconfort indicible.

Elle avait peut-être perdu sa mère… mais, si elle survivait à ses blessures, elle aurait encore de la famille. De ce côté-ci.

— Ma sœur, murmura-t-il d'une voix vibrante d'émotion.

— Mon frère, gémit Souffhrance, avant de perdre connaissance.

Mais elle reviendrait vers lui. D'une manière ou d'une autre, elle resterait pour toujours auprès de son jumeau.

Chapitre 69

Lorsque Xhex ouvrit les yeux, elle était seule dans la salle de réveil mais savait que John n'était pas loin. L'envie d'aller le retrouver lui donna la force de se redresser et de faire glisser ses jambes sur le côté du lit. Comme elle attendait que son cœur recouvre un rythme normal après l'effort fourni, elle remarqua que sa blouse d'hôpital était parsemée de petits cœurs. Roses et bleus.

Elle n'eut même pas la force de s'en offusquer. Sa hanche lui faisait un mal de chien et mille frissons couraient sur sa peau. Il fallait absolument qu'elle retrouve John.

Jetant un coup d'œil par-dessus son épaule, elle s'aperçut que la perfusion fixée à son poignet était reliée à une poche accrochée à la tête du lit. Flûte. Un de ces pieds à roulettes qu'on pouvait déplacer aurait été plus pratique. Sans compter que ça l'aurait aidée à se tenir debout.

Lorsqu'elle parvint enfin à se lever, elle fut soulagée de ne pas s'affaler tout de suite face contre terre. Elle attendit quelques instants avant de décrocher la poche de médicaments pour la glisser sous son bras. *Quelle petite patiente raisonnable je fais*, songea-t-elle avec ironie.

Bon, ça ressemblait un peu à un sac à main. Elle pourrait peut-être lancer une nouvelle mode.

Elle sortit par la porte donnant directement sur le couloir au lieu de passer par le bloc opératoire. Elle avait peut-être réussi à surmonter sa phobie en assistant à l'intervention de John, mais elle n'était pas encore très à l'aise dans cet univers…

et Dieu seul savait ce qu'ils étaient en train de faire à la pauvre femelle qu'elle avait vu passer sur un brancard tout à l'heure.

Xhex mit un pied dans le couloir.

John se tenait à l'autre bout, près du bureau. Posté face au mur, il fixait du regard les fissures zébrant le béton et sa grille émotionnelle était terriblement sombre.

Comme s'il était en deuil.

Il ignorait si elle avait survécu à ses blessures… mais la sensation de l'avoir perdue le taraudait.

— Oh… John.

Il tourna brusquement la tête vers elle.

— *Merde,* signa-t-il en se précipitant dans sa direction. *Qu'est-ce que tu fabriques debout ?*

Xhex commença à avancer pour le rejoindre mais il pressa le pas, déjà prêt à la soulever dans ses bras.

Elle secoua la tête.

— Non, je me sens bien…

Au même instant, ses jambes se dérobèrent et elle se serait effondrée par terre si John n'avait pas été là pour la rattraper… ce qui lui rappela le moment où Flhéau l'avait poignardée, dans cette allée.

Là encore, John avait été là pour l'empêcher de tomber.

D'un mouvement fluide, il la souleva dans ses bras et la porta en salle de réveil où il la déposa délicatement sur le lit avant de remettre la perfusion en place.

— *Comment te sens-tu ?*

Elle leva les yeux sur lui, admirant tout ce qu'il était : le combattant et l'amant, l'âme perdue et le leader… le mâle lié prêt à la laisser s'en aller si tel était son souhait.

— Pourquoi as-tu fait ça ? demanda-t-elle, ignorant sa gorge douloureuse. Tout à l'heure, dans l'allée. Pourquoi m'as-tu permis de le tuer ?

Le regard bleu vif de John s'accrocha au sien et il haussa les épaules.

—Je voulais que tu le fasses. C'était plus qu'important pour toi, afin que tu puisses… tourner la page, j'imagine qu'on peut dire ça comme ça. Il y a tellement de trucs sur cette terre qui ne vont pas dans le sens qu'on souhaite. Tu méritais d'avoir cette satisfaction.

Elle émit un petit rire.

—Ça peut paraître bizarre… mais c'est l'attention la plus délicate qu'on ait jamais eue pour moi.

Une légère rougeur envahit les pommettes de John, contrastant avec sa mâchoire carrée et volontaire, et Xhex trouva ce détail absolument charmant. En même temps, que n'aimait-elle pas chez John ?

—Alors… merci, murmura-t-elle.

— Tu sais… tu n'es pas vraiment le genre de femelle à qui on offre des fleurs. Ça limite un peu mes possibilités.

Le sourire de Xhex s'effaça.

—Je n'aurais pas pu le faire sans toi. Tu en es conscient, n'est-ce pas ? J'y suis arrivée grâce à ton aide.

John secoua la tête.

—La mécanique importe peu. Le boulot a été fait comme il devait l'être, par la bonne personne. C'est tout ce qui compte.

Elle le revit en train de plaquer Flhéau au sol pour qu'elle puisse lui planter facilement le couteau dans le cœur. John avait agi en véritable seigneur.

Il lui avait présenté son ennemi sur un plateau. Avait fait passer ses désirs avant les siens.

Lorsqu'elle songeait à tout ce qu'ils avaient traversé ensemble, les hauts et les bas, le constat qu'il l'avait toujours fait passer avant ses propres intérêts revenait invariablement.

C'était au tour de Xhex de secouer la tête.

—Je ne suis pas d'accord. La mécanique était essentielle… *est* essentielle.

John haussa de nouveau les épaules avant de jeter un coup d'œil en direction de la porte.

— Tu veux que j'aille chercher Doc Jane ou Ehlena ? Tu as faim ? Tu veux que je t'aide à aller aux toilettes ?

Et voilà, c'était reparti…

Xhex se mit à rire… sans que rien ni personne ne puisse l'arrêter. Elle rit encore et encore, alors même que sa hanche hurlait de douleur et que des larmes rouges jaillissaient de ses yeux. John la regardait comme si elle avait perdu la tête et elle ne lui en voulait pas. Elle aussi avait conscience de la note d'hystérie dans son fou rire et, quelques minutes plus tard, elle ne riait plus. Elle pleurait.

Enfouissant son visage dans ses mains, elle sanglota jusqu'à suffoquer, submergée par un tourbillon d'émotions qu'elle n'avait ni la force ni l'envie de réprimer. C'était bon, pour une fois, de donner libre cours à ses émotions.

Lorsqu'elle se ressaisit enfin, elle ne fut pas surprise de trouver une boîte de Kleenex devant elle. John pensait décidément à tout.

Elle prit un mouchoir. Puis un deuxième, un troisième. Au final, utiliser les draps aurait été plus judicieux.

— John…

Elle renifla en s'essuyant les yeux. Ce moment d'égarement et les petits cœurs de sa blouse la faisaient définitivement passer pour une godiche romantique.

— J'ai quelque chose à te dire. Depuis un petit bout de temps, déjà. Non, depuis trop longtemps.

Il se figea et l'écouta sans ciller.

— Bon sang, ce que c'est dur.

Encore quelques reniflements ridicules.

— Je n'aurais jamais cru que ce soit si difficile de prononcer trois petits mots.

John expira bruyamment, un peu comme s'il avait reçu un coup dans le plexus solaire. Ce qui était drôle, c'est qu'elle éprouvait exactement la même chose. Mais parfois, malgré la sensation de nausée et le souffle court, il était nécessaire de dire ce qu'on avait sur le cœur.

— John…

Elle s'éclaircit la voix.

— Je…

— *Quoi ?* articula-t-il. *Dis-le-moi. S'il te plaît, dis…*

Elle carra ses épaules.

— John Matthew… je ne suis qu'une idiote.

Comme il clignait des yeux, visiblement dépité, elle soupira.

— Je sais… ça fait un peu plus de trois mots.

Effectivement, ça faisait un peu plus de trois mots.

Seigneur, pendant une fraction de seconde…

John s'efforça de redescendre sur terre. Il fallait qu'il se mette dans le crâne que Xhex ne l'aimerait jamais pour de vrai.

— *Tu n'as rien d'une idiote,* signa-t-il.

Elle renifla encore une ou deux fois, et ce simple son lui parut tout simplement adorable. Merde, tout en elle était adorable.

Adossée contre les minces oreillers, des mouchoirs en papier froissés éparpillés tout autour d'elle, le visage rosi par les émotions, elle semblait si fragile et si jolie, presque douce. Il avait envie de la prendre dans ses bras mais savait qu'elle tenait à son espace vital.

Ç'avait toujours été ainsi.

— Si, j'en suis une belle, déclara-t-elle en prenant un autre mouchoir.

Au lieu de se moucher, elle le plia soigneusement, à maintes reprises, jusqu'à ce que le carré de papier ne forme plus qu'une minuscule bande entre ses doigts.

— Est-ce que je peux te demander quelque chose ?

— *Tout ce que tu veux.*

— Me pardonneras-tu un jour ?

John eut un mouvement de recul.

— *De quoi ?*

— D'être un monstre têtu, narcissique, égoïste et sans cœur. Et ne me dis pas que ce n'est pas vrai.

Elle renifla encore.

— Je suis une *symphathe.* Je lis facilement dans les pensées. Est-ce que tu pourras me pardonner ?

— *Tu n'as rien à te faire pardonner.*

— Tu te trompes.

— *Il faut croire que je suis habitué. Tu as vu les abrutis que je supporte au quotidien ?*

Elle rit et John adora ce son mélodieux.

— Comment arrives-tu à me supporter moi et supporter ce que je fais ? Oh, attends, je crois que j'ai la réponse. Tu ne choisis pas la personne avec qui tu t'unis, c'est ça ?

Empreinte de tristesse, sa voix se brisa.

Puis, les yeux rivés sur le Kleenex qu'elle tenait encore entre ses doigts, elle entreprit de le déplier tout aussi soigneusement qu'elle l'avait plié.

John leva les mains, prêt à signer…

— Je t'aime.

Son regard gris acier chercha le sien.

— Je t'aime, je suis désolée, et merci.

Elle émit un petit rire nerveux.

— Regarde-moi ça… une vraie fille.

Le cœur de John battait si fort dans sa poitrine qu'il faillit aller jeter un coup d'œil dans le couloir pour vérifier qu'une fanfare ne jouait pas derrière la porte.

Xhex reposa sa tête sur les oreillers.

— Tu as toujours été là pour moi. Simplement, j'étais tellement absorbée par mes problèmes que je n'arrivais pas à apprécier ce que j'avais sous les yeux pendant tout ce temps. Ou peut-être que j'étais trop lâche.

John n'en croyait pas ses oreilles. Quand on désirait désespérément quelqu'un comme il désirait Xhex, on craignait toujours de mal interpréter les choses, même quand elles étaient clairement exprimées.

— *Et la fin de la partie?* signa-t-il.

Elle inspira profondément.

— J'ai très envie de changer mes plans.

— *C'est-à-dire?*

Oh, mon Dieu, songea John, *je T'en prie, dis-moi que...*

— J'aimerais que ce soit nous, la fin de la partie, commença-t-elle avant de s'éclaircir la voix. Oh, c'est facile de décider de partir. Allez, tiens, j'en ai marre de cette vie, alors salut. Je passe de l'autre côté. Mais je suis une battante, John. Je l'ai toujours été. Et si tu veux de moi... je serais heureuse de me battre à tes côtés.

Elle tendit la main vers lui, paume tournée vers le ciel.

— Alors, qu'en dis-tu? Tu es prêt à signer avec une *symphathe*?

Putain. Bingo!

John prit sa main et la porta à ses lèvres pour l'embrasser avec ferveur. Puis il la posa sur son cœur et, comme elle ne fit pas mine de la retirer, il signa:

— *J'ai bien cru que tu ne me le demanderais jamais, andouille.*

Xhex rit de nouveau et John esquissa un sourire si large qu'il en eut mal aux joues. Puis il la prit dans ses bras et la serra doucement contre lui.

— Nom de Dieu, John... je n'ai vraiment pas envie de tout foutre en l'air, tu sais. Je traîne de sacrées casseroles.

S'écartant légèrement, il repoussa les boucles soyeuses qui lui barraient le visage. Elle avait l'air sincèrement angoissée... et il n'avait pas du tout envie de la voir dans cet état, surtout dans un moment pareil.

— *On va s'en sortir, tu verras. Maintenant, et plus tard.*

— C'est tout ce que je souhaite. Merde, je ne te l'ai encore jamais dit mais j'ai eu un amant autrefois... Les sentiments n'étaient pas aussi forts qu'entre nous, mais ça dépassait la simple attirance physique. C'était un frère, un mâle de valeur. Je ne lui avais pas avoué ce que j'étais vraiment, c'était malhonnête de ma part, je le reconnais volontiers. Mais je ne pensais pas qu'il l'apprendrait un jour… et je me suis trompée du tout au tout.

Elle secoua la tête.

— Il a essayé de me sauver ; il a fait tout ce qu'il a pu. Il est allé jusqu'à la colonie pour tenter de me récupérer et, quand il a découvert la vérité, il a… complètement disjoncté. Il a quitté la Confrérie. Disparu de la circulation. Je ne sais même pas s'il est encore en vie. C'est pour ça que j'ai essayé de lutter contre… cette chose, entre toi et moi. J'ai perdu Mheurtre et ça a bien failli me tuer. Et je n'éprouvais pas pour lui la moitié de ce que je ressens pour toi.

C'est une bonne chose, songea John. Non pas qu'elle ait subi tout ça… grands dieux, non. Mais, à présent qu'elle lui avait confié cette histoire, il comprenait mieux ce qu'ils avaient vécu ensemble. Et sa confiance n'en était que plus forte.

— *Je suis vraiment désolé, mais je suis heureux que tu m'en aies parlé. Je ne suis pas comme ce type. Nous allons vivre nuit après nuit, sans regarder en arrière. Nous irons de l'avant, toi et moi. Toujours de l'avant.*

Elle laissa échapper un rire rauque.

— Au fait, je crois que je n'ai plus aucun secret à te révéler. Tu me connais autant que je me connais moi-même.

Très bien… c'était sans doute le moment ou jamais, dans ce cas.

Levant les mains, il commença à signer lentement :

— *Écoute, je ne sais pas si tu seras d'accord mais il y a une femelle dans cette maison, la* shellane *de Rhage, tu vois ? Elle est psychothérapeute et je sais que certains frères sont allés la voir pour parler de leurs problèmes. Je pourrais te la présenter, si tu veux. Tu pourrais peut-être te confier à elle ? Elle est très douce et très discrète… Ça pourrait peut-être t'aider à gérer le passé, et aussi le futur.*

Xhex prit une grande inspiration.

— Tu sais… ça fait longtemps que je vis avec tout un tas de trucs pas terribles enfouis en moi… et regarde où ça m'a menée. Je suis peut-être une andouille, mais je ne suis pas complètement idiote. Oui… j'aimerais beaucoup la rencontrer.

John se pencha pour l'embrasser. Puis il s'allongea près d'elle. Son corps était épuisé mais son cœur, lui, vibrait d'une joie si pure que cela lui rappelait le soleil qu'il ne pouvait plus voir. Il n'était qu'un enfoiré de muet encombré d'un passé peu reluisant, dont le boulot consistait à combattre le mal et massacrer les morts-vivants. Et malgré tout ça… il avait réussi à séduire une nana.

Et pas n'importe laquelle : *sa* nana, son seul amour, son *pyrocante.*

Oh, il ne se faisait pas d'illusions. La vie avec Xhex n'aurait rien d'ordinaire ni de reposant… mais, pour sa part, ça lui convenait plutôt bien.

— John ?

Il émit un sifflement interrogateur.

— Je veux que nous nous unissions. Officiellement. Devant le roi et tout le monde. Je veux une vraie cérémonie.

À ces mots, John crut bien que son cœur allait cesser de battre. Il se redressa pour la dévisager.

— Oh, mon Dieu, si tu voyais ta tête ! Quoi ? Tu croyais que je n'avais pas envie de devenir ta *shellane* ?

— *Ouais. Tu as deviné.*

Elle se raidit, visiblement surprise.

— Et ça ne te dérangeait pas ?

C'était difficile à expliquer… mais ce qui se passait entre eux était bien au-delà d'une cérémonie d'union, d'un tatouage dans le dos ou d'un échange de vœux devant témoins. Il n'aurait su dire précisément pourquoi, mais il avait la certitude que Xhex était la pièce manquante de son puzzle, la note ultime de sa partition, les premières et les dernières pages du livre de sa vie. Et en un sens, c'était ce dont il avait besoin.

— *Je te veux toi, et rien d'autre. Je me moque de l'emballage.*

Elle hocha la tête.

— Eh bien moi, je veux la totale.

Il l'embrassa encore, doucement, de peur de lui faire mal. Puis il s'écarta pour murmurer sans bruit :

— *Je t'aime. Et j'adorerais être ton* hellren.

Elle rougit. Si, si, elle rougit. Une bouffée d'allégresse gonfla le cœur de John.

— Super, alors c'est réglé, dit-elle en posant une main sur son visage. Nous allons nous unir maintenant.

— *Maintenant ? Comme dans... tout de suite ? Xhex, tu tiens à peine debout.*

Elle plongea dans son regard et, lorsqu'elle prit la parole, sa voix était teintée d'une profonde mélancolie.

— Tu me soutiendras, n'est-ce pas ?

Il suivit du bout des doigts les traits de son visage puis, de façon totalement inattendue et inexplicable, sentit les bras de l'éternité se refermer sur eux pour les enlacer étroitement... les unissant l'un à l'autre pour toujours.

— *Oui,* articula-t-il. *Je te soutiendrai. Je te soutiendrai toujours et je te serrerai à jamais dans mes bras, ma femme chérie, mon adorée.*

Lorsque leurs lèvres se scellèrent, il songea qu'il venait de prononcer son serment. Cérémonie d'union ou pas... tel était le serment qu'il faisait à sa femelle.

Chapitre 70

Le malheur frappa au cours d'un violent orage d'hiver. Et contrairement au travail long et laborieux de la femelle qui venait de donner la vie, le drame se déroula à la vitesse de l'éclair… modifiant à jamais les ramifications de chacune de leurs existences.

— Non !

En entendant le hurlement de Tohrment, Audazs leva les yeux du nouveau-né encore chaud et visqueux qu'il tenait entre ses mains. Il n'identifia pas immédiatement la raison du cri d'angoisse. La femelle avait beaucoup saigné pendant l'accouchement, mais elle avait survécu. En fait, Audazs s'apprêtait à couper le cordon et envelopper le nourrisson dans un linge avant de le lui donner…

— Non ! Oh, non !

Le visage de Tohrment était livide lorsqu'il tendit les mains vers la jeune mère.

— Très chère Vierge scribe, non !

— Que se passe…

Audazs ne comprit pas tout de suite la scène qui se déroulait sous ses yeux. Le manche de la dague de Tohrment émergeait des draps recouvrant le ventre encore arrondi de la femelle.

Et ses mains blanches, à présent couvertes de sang, glissèrent de l'arme pour retomber mollement à ses côtés.

— Elle a pris mon couteau ! balbutia Tohrment. Elle l'a arraché de ma ceinture… Tout s'est passé si vite… Je me suis penché pour la couvrir et… elle l'a sorti de son étui…

Audazs leva les yeux sur le visage de la femelle. Son regard absent était fixé sur le foyer et une larme solitaire glissait sur sa joue tandis que la vie quittait doucement son corps.

Trébuchant sur la bassine d'eau posée près du lit, Audazs se précipita vers elle… Il arrêterait l'hémorragie… Il allait la sauver…

Mais la blessure qu'elle s'était infligée était mortelle, d'autant plus que la pauvre était dans un état de grande faiblesse après son long et douloureux accouchement. Malgré cela, Audazs fit tout ce qui était en son pouvoir pour essayer de la sauver.

— Vous n'avez pas le droit de laisser votre fille toute seule ! s'exclama-t-il en lui montrant le nourrisson qui se tortillait dans ses bras. Vous avez mis au monde un bébé en pleine santé ! Regardez-la, regardez-la !

Tandis que le ruissellement de l'eau coulant de la bassine devenait aussi assourdissant qu'un coup de fusil, Audazs attendit désespérément une réaction.

Il sentait sa bouche s'ouvrir et se refermer, avait l'impression de parler… mais, pour une raison inexplicable, il n'entendait plus que le martèlement de l'eau tandis qu'il implorait la femelle de rester avec eux… pour sa fille, dans l'espoir d'un avenir meilleur, pour les liens que Tohrment et lui étaient prêts à tisser afin qu'elle n'élève pas seule l'enfant qu'elle venait de mettre au monde.

Il sentit quelque chose d'humide sur le bas de son pantalon et baissa les yeux, sourcils froncés.

Ce n'était pas de l'eau qui coulait sur le sol. C'était du sang. Le sang de la jeune femelle.

— Oh, très chère Vierge scribe…, murmura-t-il.

Car, à vrai dire, elle avait choisi son chemin et décidé de son destin.

Elle rendit l'âme dans un soupir à peine audible puis sa tête dodelina sur le côté, ses yeux vides continuant à fixer les flammes rougeoyantes dans l'âtre… alors même qu'elle ne voyait plus rien. C'était terminé.

Les pleurs du nouveau-né et le terrible clapotement étaient les seuls bruits qu'Audazs percevait entre les murs de sa chaumière. Le nourrisson réclamait des soins ; il n'y avait plus rien à faire pour sa mère. Avec d'infinies précautions, Audazs enveloppa le petit être innocent dans le lange qui avait été confectionné à son attention puis le serra contre son cœur.

Oh, quel destin cruel avait engendré ce miracle…

Qu'allaient-ils faire, à présent ?

Tohrment leva les yeux de la couche ensanglantée et du corps sans vie, déjà refroidi. L'horreur assombrissait son regard.

— Je ne me suis retourné qu'une fraction de seconde… Puisse la Vierge scribe me pardonner un jour… L'espace d'un instant, j'ai…

Audazs secoua la tête. Lorsqu'il voulut parler, aucun son ne sortit de sa gorge, aussi posa-t-il sa main sur l'épaule du garçon dans un geste apaisant. Tohrment baissa la tête, écrasé par le poids de la tragédie. C'est alors que les pleurs du bébé redoublèrent de force.

La mère était partie. La fille restait.

Se penchant vers le lit avec le bébé dans les bras, Audazs retira la dague de Tohrment du ventre de la femelle. Puis il ferma ses paupières et rabattit un drap propre sur son visage.

— Elle ne franchira pas les portes de l'Estompe, gémit Tohrment en enfouissant sa tête dans ses mains. Elle s'est condamnée toute seule…

— Ce sont les actes des autres qui l'ont condamnée.

Et, de tous ces péchés, celui commis par son père était le plus méprisable.

— Elle était condamnée depuis bien longtemps… Oh, destin cruel, elle était condamnée depuis bien longtemps… La Vierge scribe acceptera sûrement de lui accorder dans la mort la chance que la vie ne lui a pas laissée.

Oh, quelle cruelle destinée… cruelle et maudite…

Malgré le flot de pensées tourbillonnant dans sa tête, Audazs approcha le nouveau-né du feu de peur qu'il n'attrape froid. Lorsqu'ils furent tous deux installés dans le halo de chaleur, le bébé ouvrit la bouche pour téter. Faute de mieux, Audazs lui offrit le bout de son index.

Avec le spectre de la tragédie planant sur eux, il observa les traits du visage minuscule et regarda les petits poings fendre l'air dans des gestes désordonnés.

Elle n'avait pas les yeux rouges. Ses mains comptaient cinq doigts, et non six. Les phalanges semblaient bien formées. Écartant rapidement les pans de la couverture, il examina ses pieds, son ventre et sa petite tête. Aucun signe de l'allongement anormal des membres caractéristique des mangeurs de péchés.

Le cœur d'Audazs se serra douloureusement en songeant à la femelle qui avait porté cette vie dans ses entrailles. Au fil des mois, elle s'était intégrée à leur existence et en faisait pleinement partie. Et même si elle parlait peu et ne souriait jamais, il savait qu'elle tenait aussi à eux.

Tous trois avaient formé une famille, en quelque sorte.

Et voilà qu'elle laissait ce petit être derrière elle.

Audazs serra les pans du lange autour du corps minuscule. La femelle avait confectionné elle-même cette couverture en attendant son enfant. Ç'avait été la seule marque d'intérêt qu'elle lui avait témoignée tout au long de sa grossesse… probablement parce qu'elle avait déjà planifié l'issue de l'accouchement.

Oui, elle avait su depuis le début qu'elle mettrait fin à ses jours lorsque son bébé viendrait au monde.

Ce dernier darda ses grands yeux sur lui, ses sourcils se haussant légèrement dans un effort de concentration. Prenant conscience de la lourde responsabilité pesant sur ses épaules, Audazs contempla ce petit être incroyablement vulnérable. Livrée à elle-même dans le froid, la fillette périrait en l'espace de quelques heures.

Il devait prendre la bonne décision pour elle. C'était tout ce qui comptait.

Oui, il devait veiller à ce qu'elle ait une vie heureuse. Jusqu'à présent, la chance ne lui avait pas souri, et elle était désormais orpheline.

Très chère Vierge scribe… Il ferait de son mieux pour la protéger, même si c'était là sa dernière action dans ce monde.

Alerté par un léger bruit, Audazs jeta un coup d'œil par-dessus son épaule. Tohrment avait enveloppé le corps de la défunte dans les draps et l'avait pris dans ses bras.

—Je vais m'occuper d'elle, déclara le garçon.

Sauf que sa voix n'était plus celle d'un jeune garçon. C'était celle d'un mâle adulte et responsable.

—Je vais… m'occuper d'elle.

Pour une raison étrange, Audazs fixa son attention sur la manière dont il tenait la tête de la morte : la grande main puissante de Tohrment enveloppait son crâne comme si elle vivait encore, comme s'il la serrait dans ses bras pour la consoler.

Audazs s'éclaircit la voix. Aurait-il les épaules assez solides pour supporter ce fardeau ? Comment allait-il s'y prendre pour continuer à respirer… écouter les battements de son cœur… avancer là où ses pas le guideraient… ?

Car il avait échoué dans sa mission. Certes, il avait réussi à délivrer la femelle mais, en fin de compte, il n'était pas parvenu à la sauver vraiment…

Au prix d'un effort, il se ressaisit et se tourna vers son protégé.

—Le pommier…

Tohrment hocha la tête.

—Oui. C'était aussi mon idée. Sous le pommier. Je vais l'y emmener tout de suite. Au diable la pluie et l'orage.

Ce n'était pas une surprise que le garçon soit prêt à défier les éléments pour enterrer la défunte. L'effort soulagerait sans doute son chagrin.

—Elle profitera du parfum des fleurs au printemps et des chants des oiseaux perchés sur ses branches.

—Et le bébé ?

— Nous allons prendre soin d'elle, répondit-il en observant le petit visage. En la confiant à des personnes qui veilleront sur elle comme elle le mérite.

En effet, ils ne pouvaient envisager de la garder là, près d'eux. Ils passaient toutes leurs nuits au combat, et la guerre ne s'interrompait pas à cause d'un deuil. En fait, elle ne s'arrêtait jamais, pour personne. En outre, la fillette aurait besoin d'attentions que deux mâles, si prévenants fussent-ils, seraient incapables de lui donner.

Avant toute chose, elle avait besoin d'une nourrice.

— La nuit est déjà tombée ? demanda Audazs lorsque Tohrment se dirigea vers la porte.

— Oui, répondit ce dernier en soulevant le loquet. Et je crains qu'il en soit ainsi pour toujours.

La porte s'ouvrit en grand, poussée par une bourrasque de vent, et Audazs se recroquevilla autour du nourrisson. Lorsque le calme revint à l'intérieur de la chaumière, il baissa les yeux sur cette petite vie toute neuve.

Effleurant du bout des doigts les traits minuscules, il songea, inquiet, à ce que lui réserveraient les années à venir. Seraient-elles plus douces que les circonstances tragiques de sa naissance ?

Il pria pour que ce soit le cas. Il pria pour qu'elle trouve, le moment venu, un mâle respectable qui veillerait sur elle. À son tour, elle deviendrait mère et mènerait une vie aussi normale que possible au sein de leur famille.

Quant à lui, Audazs, il ferait tout son possible pour lui donner cette chance.

Il irait jusqu'à… se séparer d'elle.

Chapitre 71

Lorsque, le lendemain, la nuit tomba sur la maison de la Confrérie, Tohrment, fils de Nhuisance, prit ses armes et son blouson dans la penderie de sa chambre.

Il ne partait pas au combat même si, vu ce qu'il s'apprêtait à faire, il avait l'impression d'aller affronter l'ennemi. Seul. Il avait dissuadé Lassiter de l'accompagner – en attendant, l'ange déchu n'avait qu'à aller se faire faire une manucure, par exemple – car il y avait certaines choses qu'on se devait de gérer seul.

Lassiter s'était contenté de hocher la tête en lui souhaitant bonne chance, comme s'il savait exactement quel défi Tohr s'était lancé.

Seigneur, rien ne le surprenait, celui-là ; ça finissait par devenir lassant, à la longue.

Une demi-heure plus tôt, John était venu lui annoncer la bonne nouvelle. En personne. Le gamin arborait un sourire si large qu'il allait finir par rester bloqué comme ça, s'il continuait. Et c'était carrément fabuleux.

Merde, la vie était parfois fort étrange. Dans bien des cas, les malheurs venaient à bout des personnes les plus valeureuses. Dieu merci, pas cette fois.

Xhex et John méritaient plus que n'importe qui le bonheur qu'ils partageaient.

Tohr quitta sa chambre et longea le couloir aux statues.

L'heureuse nouvelle de la cérémonie d'union entre John et Xhex s'était déjà répandue dans la maisonnée, distillant à tous ses occupants une dose de bonheur amplement méritée. Fritz et ses *doggen* se réjouissaient encore plus que les autres tant ils adoraient préparer de grandes fêtes.

Et à en croire le raffut qui régnait au rez-de-chaussée, les préparatifs allaient bon train. À moins que les *bikers* de la côte Ouest ne soient venus exhiber leurs Harley dans le hall d'entrée…

Eh bien non. Le bourdonnement ne provenait pas d'une kyrielle de moteurs déchaînés, mais d'un escadron de cireuses glissant sur le sol de mosaïque.

Tohr s'immobilisa et, agrippant la balustrade de la mezzanine, baissa les yeux sur le pommier en fleur qui s'étalait sur toute la surface de l'entrée. En observant les *doggen* passer leurs machines vrombissantes sur les branches et le tronc, il songea que la vie était parfois bonne et juste. Vraiment.

C'était d'ailleurs pour cette raison qu'il avait trouvé la force d'accomplir ce qu'il avait à faire.

Il descendit rapidement les marches du grand escalier, slaloma entre les *doggen* en les saluant de petits signes de la main et sortit par le vestibule. Dans le patio, il prit une longue inspiration et rassembla tout son courage. Il disposait de deux heures avant la cérémonie mais ignorait combien de temps il lui faudrait pour accomplir sa mission.

Fermant les paupières, il dispersa ses molécules et reprit forme… sur la terrasse de son domicile conjugal. Là où sa bien-aimée et lui avaient vécu une bonne cinquantaine d'années.

Il ouvrit les yeux en évitant de regarder la maison. À la place, il rejeta la tête en arrière et scruta le ciel, au-dessus du toit. Les étoiles brillaient déjà et leur éclat vacillant n'était pas encore voilé par la lune qui venait à peine de commencer sa lente ascension.

Où étaient les êtres chers qu'il avait perdus ? Parmi toutes ces lumières minuscules, où se trouvaient les âmes de ceux qu'il avait aimés ?

Où étaient sa *shellane* et leur enfant ? Où était Audazs ? Où se trouvaient tous les autres ayant quitté le chemin que lui-même parcourait encore pour élire domicile dans l'au-delà velouté de l'Estompe ?

Observaient-ils ce qui se passait ici-bas ? Voyaient-ils le bien et le mal dans les actes commis sur cette terre ?

Se languissaient-ils de ceux qu'ils avaient quittés ?

Savaient-ils à quel point ils leur manquaient ?

Tohr baissa lentement la tête et carra ses épaules.

Ouais, ça n'avait pas changé… Le seul fait de poser les yeux sur cet endroit lui déchirait le cœur.

Et la vue qui s'offrait à lui était plus parlante que tous les discours : il se tenait devant un trou énorme. La baie vitrée de l'ancienne chambre de John avait explosé, créant un vide immense là où chaque chose avait son importance.

Une légère brise souffla et les rideaux voletèrent doucement autour du châssis.

La métaphore était évidente : la maison le représentait. Et le trou symbolisait ce qui restait de lui après… la disparition de Wellsie.

Il lui était encore difficile de penser son prénom. Et presque impossible de le prononcer à voix haute.

Sur le côté de la maison, il repéra les cinq panneaux de contreplaqué, la boîte de clous et le marteau que Fritz avait apportés dès que Tohr avait eu connaissance des dégâts. Le *doggen* avait reçu l'ordre de ne toucher à rien.

Tohr s'était toujours chargé des réparations dans sa maison.

Il avança. Les semelles de ses boots écrasèrent les éclats de verre avec des craquements et des bruissements qui le suivirent jusqu'au seuil de la chambre. À l'aide d'une télécommande miniature qu'il braqua en direction de la maison, il désactiva le système d'alarme. Un bip lointain lui signala que la commande avait été exécutée.

Il pouvait maintenant se déplacer à son gré. Les détecteurs de mouvements étant hors service, il lui était possible d'ouvrir n'importe quelle porte, n'importe quelle fenêtre.

Il était libre d'entrer à l'intérieur.

Ouais.

Au lieu de quoi il se dirigea d'abord vers le matériel, souleva une grande planche de contreplaqué et la transporta près de la baie vitrée. Après l'avoir appuyée contre le mur, il retourna chercher les clous et le marteau.

Il lui fallut à peu près une demi-heure pour obstruer l'ouverture et, lorsqu'il recula de quelques pas pour examiner le résultat, il trouva ça nul. Tout le reste était impeccable, en dépit du fait que la maison soit restée inoccupée depuis... l'assassinat de Wellsie. Les portes et les fenêtres avaient été soigneusement fermées et ses anciens employés de maison continuaient à entretenir le jardin et l'intérieur une fois par mois, bien qu'ils aient quitté la ville pour entrer au service d'une autre famille.

Si bizarre que cela puisse paraître, ils n'avaient jamais voulu être payés pour leurs visites mensuelles. Chaque fois que Tohr, depuis son retour dans le monde des vivants, envoyait de l'argent à ses anciens domestiques en échange de leurs services, ces derniers lui retournaient le courrier, accompagné d'un petit mot gentil.

À croire que chacun faisait son deuil à sa manière.

Après avoir rangé les clous et le marteau contre le panneau de contreplaqué qu'il n'avait pas utilisé, Tohr se força à faire le tour de la maison, jetant de temps à autre un coup d'œil par les fenêtres. Malgré les rideaux tirés, ses yeux transcendaient les plis du tissu pour apercevoir tous les fantômes vivant entre ces murs.

À l'arrière de la maison, il se revit assis dans la cuisine, Wellsie aux fourneaux. Ils se disputaient parce qu'il avait oublié de ranger ses armes en rentrant avant l'aube. Une fois de plus.

Seigneur, il adorait quand elle le sermonnait…

En gagnant le salon, il se souvint de l'avoir prise un soir dans ses bras pour la faire danser en lui fredonnant une valse à l'oreille. Dieu qu'il chantait faux.

Elle était tellement souple contre lui… Son corps avait été moulé pour se fondre avec le sien, et réciproquement.

Et devant la porte d'entrée… il se revit franchir le seuil avec un gros bouquet de fleurs. À chaque anniversaire de leur union.

Elle adorait les roses blanches.

Il remonta l'allée et se retrouva face au garage double et regarda celui de gauche, qui jouxtait la maison.

Wellsie avait sorti le Range Rover de ce garage-là pour la dernière fois.

Après la fusillade, les frères avaient récupéré le véhicule et Tohr ne voulait pas savoir ce qu'il en était advenu. Il ne l'avait jamais demandé. Et ne demanderait jamais.

Il n'aurait pas supporté de sentir l'odeur de son parfum et de son sang mélangés, même si cette odeur n'était que le fruit de son imagination.

Il secoua la tête, les yeux rivés sur la porte close. On ne savait jamais avec certitude si on reverrait la personne qu'on pensait quitter pour quelques heures seulement. Ni quelle serait la dernière dispute, la dernière fois qu'on aurait fait l'amour, la dernière fois que, plongeant dans son regard, on aurait remercié le Seigneur de l'avoir placée sur notre route.

Et quand cette personne n'était plus là ? Alors on y songeait sans cesse.

Jour et nuit.

Contournant le garage, il trouva la petite porte qu'il cherchait et l'enfonça d'un coup d'épaule.

Merde… l'odeur n'avait pas changé : un mélange de béton, d'huile de moteur et de gasoil. Il appuya sur l'interrupteur. Nom de Dieu, l'endroit ressemblait au musée d'une époque reculée ; Tohr reconnaissait tous ces objets qui avaient appartenu à sa vie d'avant et savait même encore à quoi ils servaient… mais aucun d'eux n'avait de place dans son existence, désormais.

Bon, il s'agissait de rester concentré.

Il se dirigea vers la maison et gravit l'escalier. Situé au-dessus du garage, le grenier avait été entièrement aménagé. Il y avait même le chauffage. De vieilles malles des années 1800 côtoyaient des coffres en bois du XXe siècle et des boîtes de rangement en plastique dernière génération.

Il ne vérifia pas l'état de ce qu'il était venu chercher, se contentant de prendre la malle siglée d'une marque de luxe pour la descendre au rez-de-chaussée.

Impossible de se dématérialiser avec ça sous le bras, en revanche. Merde.

Il allait avoir besoin d'une voiture. Pourquoi n'y avait-il pas réfléchi plus tôt ?

Il jeta un coup d'œil à la Corvette Sting Ray 1964 qu'il avait restaurée lui-même, passant des heures, et parfois des journées entières, à remettre en état le moteur et la carrosserie. Ce qui avait le don de mettre Wellsie hors d'elle.

« Allez, chérie, il faut bien que je m'occupe, de toute façon…

— Tu veux que je te dise, Tohr ? Tu pousses le bouchon un peu loin.

— Mmm… il y a bien autre chose que j'aimerais pousser chez toi… »

Il ferma les yeux pour chasser ce souvenir.

Puis il se dirigea vers la voiture. Les clés étaient peut-être encore dessus… ? Bingo !

Il ouvrit la portière du conducteur et se glissa au volant. Comme d'habitude, la capote était rabattue parce qu'il avait du mal à loger son grand corps dans l'habitacle quand le toit était fermé. Il enfonça la pédale d'embrayage, tourna la clé et…

Le moteur vrombit aussitôt, comme s'il attendait cet instant depuis des lustres.

Le réservoir d'essence était à moitié plein. Le niveau d'huile était parfait. Le moteur tournait comme une horloge.

Dix minutes plus tard, il réactiva le système d'alarme et sortit du garage avec la malle attachée à l'arrière de la décapotable. Avant de fixer le bagage, ce qu'il avait d'ailleurs fait très facilement, il avait pensé à protéger la peinture avec une couverture.

Mais il roulerait lentement. C'était plus prudent.

La nuit était fraîche. À peine avait-il parcouru un kilomètre que la pointe de ses oreilles était déjà engourdie. Mais le chauffage répandait une chaleur digne d'un feu de joie et le volant était ferme et solide entre ses doigts.

En regagnant la maison de la Confrérie, il eut l'impression d'avoir survécu à une épreuve mortelle. Sans toutefois le sentiment de victoire qu'on peut éprouver dans ces cas-là.

Il était cependant habité par une détermination inébranlable. Et comme Audazs disait toujours, il était prêt à « aller de l'avant ».

Du moins le disait-il quand il s'agissait de combattre l'ennemi.

Ouais, il avait hâte d'aller de l'avant dans ses projets. À compter de ce soir, il ne vivrait plus que pour ça, résolu à tenir ses engagements.

Chapitre 72

Ils emmenèrent le bébé dans son nouveau foyer à dos de cheval. Il leur fallut traverser nombre de villages pour gagner celui où vivait sa famille adoptive, et Audazs et Tohrment voyagèrent la nuit qui suivit sa naissance, armés jusqu'aux dents, conscients des dangers qu'ils rencontreraient peut-être en chemin. La maison qu'ils trouvèrent ressemblait un peu à celle d'Audazs, avec son toit de chaume et ses murs en pierre. Une barrière d'arbres la protégeait des éléments et autour de la grange, dans un enclos, picoraient et paissaient des oies, des moutons et des vaches laitières.

Le ménage employait même un doggen. *Audazs l'avait appris la veille au soir, quand il était entré en contact avec cette famille d'origine modeste mais prospère. Bien sûr, il n'avait pas encore rencontré la maîtresse des lieux. Elle ne s'était pas montrée lorsque Audazs et son mâle avaient discuté de l'affaire qui leur importait, sous le porche de la maison.*

Quand Audazs et Tohrment tirèrent les rênes de leurs montures, les chevaux s'immobilisèrent dans un claquement de sabots mais refusèrent de rester tranquilles. Les imposants étalons avaient été élevés pour combattre, et la patience n'était pas leur fort. Audazs descendit de sa monture. Par la simple force de ses épaules, Tohrment parvint à maîtriser les deux bêtes.

Tout au long de leur voyage, Audazs n'avait cessé de remettre en cause sa décision mais, à présent qu'ils étaient arrivés, il sut avec certitude qu'il avait fait le bon choix. C'était là que l'enfant devait grandir.

Il se dirigea vers la porte, tenant dans ses bras son précieux chargement, et le maître de maison lui ouvrit aussitôt. Les yeux du mâle brillaient au clair de lune, mais ce n'était pas une lueur de joie qui embuait son regard. En effet, une perte par trop familière avait frappé ce respectable foyer… C'était pour cette raison qu'Audazs avait eu vent de leur existence.

Les vampires gardaient le contact par-delà les collines et les vallées en utilisant les mêmes moyens que les humains : en partageant les histoires des uns et des autres et en compatissant.

Malgré son statut, Audazs s'inclina respectueusement devant le mâle.

—Salutations, par cette nuit glaciale.

—Salutations, monsieur.

Le mâle se pencha à son tour et, lorsqu'il se redressa, son regard se posa sur le petit paquet emmailloté.

—Il fait meilleur à l'intérieur.

—En effet.

Audazs écarta la couverture et contempla une fois encore la minuscule frimousse. Ces yeux, ces incroyables yeux gris acier, le regardèrent en retour.

—Désirez-vous… l'examiner d'abord ?

Sa voix se brisa. Il voulait éviter tout jugement préconçu sur la fillette, maintenant ou plus tard, et il avait fait de son mieux pour lui épargner ça. Dans cette perspective, il avait préféré taire les circonstances de sa conception. Comment aurait-il pu confier une chose pareille ? Qui aurait voulu d'elle, sachant cela ? Et comme elle ne possédait aucune des caractéristiques visibles de l'autre espèce, personne n'en saurait jamais rien.

—Je n'ai pas besoin de l'examiner, répondit le mâle en secouant la tête. Cette fillette est un cadeau du ciel pour les bras vides de ma shellane. *Vous m'avez dit qu'elle était en bonne santé. C'est tout ce qui compte à nos yeux.*

Audazs ne put s'empêcher de soupirer en contemplant le bébé.

— Êtes-vous sûr de vouloir l'abandonner ? reprit le mâle d'une voix douce.

Audazs jeta un coup d'œil en direction de Tohrment. Le regard de ce dernier brillait d'un éclat brûlant alors qu'il observait la scène, posté près de son étalon nerveux, son grand corps de guerrier entièrement vêtu de cuir, ses armes accrochées à son torse et à sa selle, incarnant à lui seul le présage de la guerre, de la mort et du sang versé.

Conscient d'offrir une image similaire, il se tourna de nouveau vers le mâle et s'éclaircit la voix.

— Accepteriez-vous de me faire une faveur ?

— Oui, monsieur. Tout ce que vous voudrez.

— Je… j'aimerais choisir son prénom.

Le maître des lieux se courba de nouveau.

— C'est une attention louable et un grand honneur.

Par-dessus l'épaule du civil, Audazs lança un bref regard en direction de la porte de la chaumière, fermée pour conserver la chaleur. Quelque part à l'intérieur, une femelle pleurait l'enfant qu'elle avait perdu en couches.

Il perçut l'ombre terrible de ce vide sinistre tandis qu'il s'apprêtait à déposer dans les bras d'un autre son précieux chargement. Il laisserait derrière lui un morceau de son cœur lorsqu'il quitterait le vallon boisé et cette famille brisée, de nouveau recomposée… mais la fillette méritait l'amour qui l'attendait là.

La voix d'Audazs retentit haut et fort :

— Elle s'appellera Xhexania.

Le mâle se pencha encore.

— C'est très joli. Et ça lui va à merveille.

Durant le long silence qui suivit, Audazs reporta son regard sur le visage angélique. La reverrait-il un jour ? Il l'ignorait. Elle avait une famille, à présent. Elle n'avait pas besoin que deux guerriers viennent lui rendre visite régulièrement. Mieux valait garder ses distances. Leur présence dans cette contrée paisible attirerait forcément l'attention et mettrait peut-être en péril le secret entourant sa conception et sa naissance.

S'il désirait la protéger, il fallait qu'il sorte de sa vie, tout en ayant l'assurance qu'elle serait élevée normalement.

—Monsieur ? murmura le mâle d'une voix à peine audible. Êtes-vous sûr de vouloir nous la confier ?

—Je suis désolé. Oui, naturellement... j'en suis certain.

Une douleur sourde envahit sa poitrine lorsqu'il déposa le nourrisson dans les bras de l'inconnu.

Son père.

—Merci.

La voix du mâle se brisa quand il prit l'enfant dans ses bras.

—Merci de nous avoir tendu une lumière dans la nuit. Y a-t-il quelque chose que nous puissions faire pour vous ?

—Soyez... soyez bons avec elle.

—Nous le serons.

Sur le point de tourner les talons, le mâle s'immobilisa.

—Vous ne reviendrez pas, n'est-ce pas ?

Tandis qu'il secouait la tête, Audazs ne parvint pas à détacher ses yeux du lange que la jeune mère avait tricoté pour son enfant.

—C'est votre fille, désormais, aussi légitime que si vous l'aviez engendrée. Nous vous la confions et nous espérons que vous la traiterez bien.

Le mâle tendit la main vers Audazs et, dans un geste à la fois rassurant et compatissant, lui serra doucement le bras.

—Vous avez fait le bon choix. Sachez que vous serez toujours les bienvenus si vous désirez venir la voir.

Audazs inclina la tête.

—Merci. Que la Vierge scribe prenne soin de vous et de votre famille.

—Pareillement.

Sur ces derniers mots, le mâle franchit le seuil de son foyer. Il agita encore la main en guise d'adieu puis referma la porte sur eux.

Tandis que les étalons s'impatientaient, renâclant et martelant le sol de leurs sabots, Audazs fit le tour de la maison et jeta un coup d'œil à travers les épais carreaux, espérant apercevoir…

Près de la cheminée, couchée dans un lit propre, une femelle contemplait les flammes d'un air absent. Elle était aussi pâle que ses draps et son regard vide lui rappela la malheureuse partie vers l'Estompe sous son propre toit.

La shellane *du maître de maison n'eut aucune réaction quand son* hellren *pénétra dans la pièce et, l'espace d'un instant, Audazs redouta d'avoir commis une erreur.*

Mais tout à coup la femelle releva la tête, sans doute parce que le bébé avait poussé un vagissement.

Bouche bée, elle contempla un moment le bébé emmailloté que son hellren *lui présentait. Puis la confusion et l'émerveillement se peignirent sur les traits de son joli visage. Rabattant brusquement ses couvertures, elle ouvrit les bras. Ses mains tremblaient tellement que son* hellren *dut placer lui-même le bébé contre son sein… mais très vite elle se ressaisit et serra sa fille dans ses bras.*

Les yeux d'Audazs larmoyaient. Oh, bien sûr, c'était à cause du vent.

Il s'essuya le visage d'un revers de main. C'était ainsi que les choses devaient être. Pourtant, il ne pouvait s'empêcher d'éprouver une profonde tristesse, au fond de son cœur.

Derrière lui, sa monture laissa échapper un hennissement assourdissant en se cabrant de toute sa hauteur, labourant l'air de ses lourds sabots. Dans la chambre, la femelle darda sur la fenêtre un regard alarmé, serrant contre elle son précieux cadeau, comme pour protéger le bébé.

Pivotant sur ses talons, Audazs courut vers son cheval, le regard encore embué. D'un bond, il sauta sur le dos du bel animal, tirant sur les rênes pour reprendre le contrôle de la puissance et de la rage qui couraient dans chacun de ses muscles, chacun de ses os.

—Nous devons nous rendre dans le Devon, déclara-t-il, car il était vital pour lui de se fixer un objectif au plus vite. Des éradiqueurs ont été repérés là-bas.

—D'accord.

Tohrment jeta un coup d'œil en direction de la maison.

—Mais êtes-vous… en état de combattre tout de suite ?

—La guerre n'attend pas que les hommes aient recouvré leurs esprits.

En effet, il était parfois préférable de ne pas avoir tous ses esprits pour se jeter dans la bataille.

Tohrment hocha la tête.

—En route pour le Devon, donc.

Audazs relâcha la bride, laissant à son cheval tout loisir de s'élancer dans les bois après cette halte forcée. Le vent chassa les larmes de son visage, mais rien ne put soulager la douleur dans sa poitrine.

Reverrai-je l'enfant un jour ? *se demanda-t-il en allant au combat. Hélas, il connaissait déjà la réponse. Il n'y avait aucune chance que leurs chemins se croisent de nouveau. Comment cela serait-il possible ? De quelle manière les méandres de la vie parviendraient-ils à les réunir un jour ?*

Ce serait un défi lancé au destin.

Oh, ce petit être né sous de bien mauvais auspices. Jamais il ne l'oublierait.

Elle garderait à jamais un morceau de son cœur.

Chapitre 73

Plus tard, Xhex conviendrait que les bonnes nouvelles, comme les mauvaises, arrivaient toujours par trois. Simplement, elle n'avait encore jamais eu l'occasion de vérifier la véracité de l'adage. En ce qui concernait les « bonnes » choses, en tout cas.

Grâce au sang de John et aux bons soins de Doc Jane, elle était de nouveau sur pied le lendemain de son affrontement avec Flhéau, et elle sut avec certitude qu'elle avait recouvré toutes ses facultés en enfilant ses cilices. Elle se coiffa. Et alla chercher ses vêtements et ses armes dans sa maison, au bord de l'Hudson.

Oh, et elle passa aussi… quatre bonnes heures à faire l'amour avec John.

Elle eut également un entretien avec Kolher, qui souhaitait l'embaucher : le grand Roi aveugle lui proposa de venir combattre au sein de la Confrérie. Sous le coup de la surprise, elle l'écouta déclarer que ses valeurs et ses qualités seraient grandement appréciées sur le champ de bataille. Ah, oui… Descendre des éradiqueurs ?

Génial. Excellente idée. Elle était plus que partante.

Elle emménagea officiellement dans la chambre de John. Dans son dressing, ses pantalons en cuir et ses débardeurs étaient empilés à côté de ceux de John, leurs rangers étaient alignées côte à côte, les couteaux de Xhex, ses armes à feu et ses autres joujoux avaient trouvé leur place dans le coffre blindé.

Même leurs munitions étaient rangées ensemble.

C'était d'un romantisme…

Enfin, voilà, la routine reprenait ses droits.

Sauf que… sauf que ça faisait, quoi… une bonne demi-heure qu'elle en était réduite à attendre sur ce grand lit, essuyant ses paumes moites sur son pantalon. John était descendu faire du sport au centre d'entraînement avant leur cérémonie d'union et, en fait, elle était assez contente qu'il soit occupé ailleurs.

Elle n'avait pas du tout envie qu'il la voie dans cet état.

Parce qu'en plus de sa phobie du monde médical, Xhex subissait aussi les affres d'une tout autre angoisse : la simple idée de se retrouver devant une foule de gens, d'être le centre de l'attention pendant leur cérémonie d'union, lui donnait la nausée. Au fond, ce n'était pas si surprenant que ça. Son boulot d'assassin consistait principalement à rester invisible. Par nature et compte tenu de son mode de vie, Xhex s'était toujours considérée comme une introvertie.

S'adossant aux oreillers, elle croisa les jambes et attrapa la télécommande. Le petit boîtier accomplit sa mission avec une efficacité redoutable, allumant l'écran plat en un clin d'œil avant de faire défiler les chaînes à la vitesse de l'éclair.

Ce n'était pas seulement la présence de tous ces témoins qui la tracassait. En fait, cette cérémonie lui rappelait tout ce qui aurait dû être si elle avait mené une existence normale. En de telles occasions, la plupart des femelles se paraient, revêtant de belles robes confectionnées spécialement pour elles et arborant les bijoux de leur famille. Elles avaient hâte que leur père, empli de fierté, les conduise jusqu'à leur futur *hellren* tandis que leur mère essuyait des larmes émues pendant l'échange des vœux.

Xhex, elle, s'avancerait seule. En pantalon en cuir et débardeur noir, parce qu'elle n'avait jamais rien porté d'autre.

Tandis que les chaînes de télé défilaient sous ses yeux, le gouffre séparant son mode de vie d'une existence « normale » lui sembla immense, comme celui qui séparait son passé de sa vie d'aujourd'hui. Elle ne reviendrait pas sur son histoire compliquée. Tout ce qu'elle avait vécu, depuis son arrivée chez l'adorable couple qui avait dû élever un cauchemar ambulant jusqu'à son départ de la chaumière… tout resterait à jamais écrit dans la pierre froide du passé.

Rien ne changerait.

Au moins avait-elle eu connaissance que le mâle et la femelle, tous deux merveilleux, qui avaient essayé de l'élever comme leur propre fille avaient enfin engendré un enfant à eux, un fils robuste qui s'était uni à son tour et leur avait donné une nouvelle génération.

Tout cela avait rendu son départ plus facile.

Dans sa vie – à part John, bien sûr –, elle n'avait jamais connu de dénouement heureux. Peut-être était-ce là la raison de son angoisse. Cette cérémonie d'union avec John l'avait frappée comme une révélation, c'était presque trop beau pour être vrai…

Fronçant les sourcils, elle se redressa brusquement. Avant de se frotter les yeux.

C'était impossible. Elle était en train de rêver.

Ou bien ?

Cherchant à tâtons le bon bouton sur la télécommande, elle augmenta le volume. « … le fantôme de Rathboone continue de hanter les couloirs de la demeure érigée durant la guerre de Sécession. Quels secrets attendent notre équipe de *Détectives du Paranormal*, dépêchés sur place pour tenter de dévoiler… »

La voix du commentateur s'estompa tandis que la caméra faisait un gros plan sur le portrait d'un mâle aux cheveux bruns et au regard tourmenté.

Mheurtre.

Elle aurait reconnu ce visage entre mille.

Bondissant du lit, elle se précipita vers la télé… mais à quoi bon ?

D'autres images remplacèrent le portrait : un salon somptueusement décoré, puis un parc magnifique au centre duquel trônait une belle maison de planteur. Il était question d'une émission spéciale diffusée en direct, au cours de laquelle ils tenteraient de débusquer le fantôme d'un abolitionniste de la guerre de Sécession soupçonné de hanter la maison et les jardins où il avait jadis vécu.

Prêtant l'oreille, Xhex s'efforça de savoir où se trouvait au juste la demeure. Peut-être pourrait-elle…

Juste à la périphérie de Charleston, en Caroline du Sud.

Reculant de quelques pas, elle heurta le lit et se laissa tomber sur le matelas. Sa première idée fut de se dématérialiser là-bas pour voir s'il s'agissait vraiment de son ancien amant, d'un authentique fantôme ou d'une supercherie montée en épingle par d'astucieux producteurs de télé.

Mais la raison l'emporta sur son impulsion. La dernière fois qu'elle avait posé les yeux sur Mheurtre, il lui avait clairement fait comprendre qu'il ne voulait plus jamais entendre parler d'elle. En outre, ce vieux portrait à l'huile ne signifiait pas forcément que Mheurtre avait élu domicile là-bas pour jouer au fantôme façon Casper.

Cela dit, la ressemblance entre Mheurtre et le type du tableau était saisissante. Sans compter que c'était tout à fait son style, de terroriser les humains.

Merde alors… elle lui souhaitait plein de bonnes choses. Sincèrement. Et si elle n'était pas convaincue du mauvais accueil qu'elle recevrait en débarquant là-bas, tout comme elle avait su qu'il ne prendrait pas bien le secret qu'elle portait en elle quand ils s'étaient rencontrés, elle aurait volontiers fait le voyage.

Mais il fallait parfois se rendre à l'évidence : certaines personnes se portaient mieux si on les laissait tranquilles. De toute manière, il connaissait son adresse, au bord de l'Hudson. Il savait où la trouver s'il avait envie de la voir.

Elle espérait sincèrement que tout allait bien pour lui.

Un coup frappé à la porte lui fit tourner la tête.

— Oui ?

— Je peux entrer ? demanda une voix grave et profonde.

Elle se leva en fronçant les sourcils. Ce n'était pas un *doggen,* elle en aurait mis sa main à couper.

— Oui. C'est ouvert.

La porte s'ouvrit en grand, dévoilant… une malle à vêtements. Une luxueuse malle qui portait les stigmates du temps passé. Le type qui la portait devait être un frère, à en juger par les rangers et le pantalon en cuir émergeant sous le bagage.

À moins que Fritz ait troqué son costume de majordome contre une tenue plus « décontractée » et pris cinquante kilos.

La malle se baissa légèrement, révélant le visage de Tohrment. Son expression était empreinte de gravité mais le type n'était pas du genre boute-en-train. Ce n'était pas dans sa nature… et, compte tenu des épreuves qui avaient jalonné sa vie, il y avait peu de chances qu'il le devienne jamais.

Il s'éclaircit la voix avant de baisser la tête vers le volumineux bagage qu'il tenait contre sa poitrine.

— Je t'ai apporté quelque chose… pour la cérémonie.

— Hum… je ne crois pas qu'on ait déposé de liste quelque part, John et moi, plaisanta-t-elle en lui faisant signe d'entrer. Pas même dans une armurerie. Mais merci quand même.

Le frère franchit le seuil de la chambre et posa la malle. Haute d'un bon mètre cinquante sur une largeur d'un mètre, elle s'ouvrait par le milieu.

Dans le silence qui suivit, Tohrment la dévisagea fixement et Xhex eut le curieux sentiment qu'il en savait beaucoup à son sujet.

Il s'éclaircit de nouveau la voix.

— La coutume veut que la famille apporte des vêtements à la femelle pour la cérémonie d'union.

Xhex fronça les sourcils. Avant de secouer lentement la tête.

— Je n'ai pas de famille. Enfin, pas vraiment.

Seigneur, ce regard grave et pénétré l'effrayait presque… Sur une impulsion, son côté *symphathe* se réveilla pour sonder la grille émotionnelle de Tohrment.

C'était étonnant, vraiment. Ce chagrin, cette fierté, ce mélange de tristesse et de joie… tout cela prenait un sens uniquement s'il la connaissait. Mais, pour Xhex, tous deux étaient de parfaits inconnus.

Pour tenter de trouver une réponse, elle s'efforça de pénétrer son esprit et ses souvenirs… mais il la bloquait fermement. Au lieu de percer ses pensées… elle se heurta à une scène de *Godzilla*.

— Qui es-tu pour moi ? murmura-t-elle.

Le frère désigna la malle du menton.

— Je t'ai apporté… de quoi t'habiller.

— Oui, d'accord, mais je veux savoir pourquoi.

Bon, OK, sa réaction pouvait paraître ingrate, mais les bonnes manières n'avaient jamais été son fort.

— Pourquoi te donnes-tu tout ce mal ?

— Les raisons précises n'ont pas d'importance. Ce qui compte, c'est qu'elles existent, répondit-il pour lui signifier clairement qu'il n'avait pas l'intention d'en dire plus. Veux-tu que je te montre ?

D'habitude, elle aurait refusé tout net, mais ce n'était pas un jour comme les autres et son humeur n'avait rien d'ordinaire non plus. Sans compter qu'elle avait l'étrange impression… qu'il tentait de la protéger en lui interdisant l'accès à son esprit.

Comme s'il tenait à lui cacher certains événements dont il savait qu'ils la détruiraient.

— Ouais. D'accord, répondit-elle en croisant les bras sur sa poitrine, mal à l'aise. Ouvre-la.

Les genoux du frère craquèrent lorsqu'il s'accroupit devant la malle et sortit une petite clé en laiton de la poche arrière de son pantalon. Les verrous cédèrent tour à tour dans une série de cliquetis. Puis Tohr passa derrière la malle.

Il ne l'ouvrit pas tout de suite. Ses doigts coururent d'abord sur le cuir dans une caresse respectueuse… et sa grille émotionnelle faillit s'effondrer tant sa peine était immense.

Inquiète pour sa santé mentale et bouleversée par son chagrin, Xhex leva une main vers lui.

— Attends. Es-tu sûr de vouloir…

Il ouvrit les deux pans de la malle en grand…

Un flot de satin rouge sang se déversa alors sur le tapis dans un bruissement soyeux.

C'était une vraie robe d'union. Le genre de vêtement qu'on se passait de génération en génération. Une robe d'une beauté à couper le souffle, même quand on n'était pas branchée chiffons.

Le regard de Xhex se posa sur le frère. Ses yeux étaient rivés sur un point invisible, de l'autre côté de la pièce, mais son expression impassible ne parvenait pas à dissimuler son profond désespoir.

— Pourquoi m'as-tu apporté ça ? demanda Xhex dans un murmure, consciente de ce que cela signifiait pour lui.

Elle savait peu de chose sur lui, si ce n'est que sa *shellane* avait été tuée par l'ennemi. Et c'était sans nul doute la robe d'union de Wellesandra.

— C'est une grande souffrance pour toi.

— Une femelle doit porter une robe digne de ce nom pour remonter l'…

Il dut s'éclaircir la voix encore une fois.

— C'est la sœur de John qui l'a portée pour la dernière fois, le jour de son union avec le roi.

Les pupilles de Xhex s'étrécirent.

— Alors, c'est un cadeau de John ?

— Oui, répondit-il d'une voix enrouée.

— Tu mens. Sans vouloir t'offenser, tu ne dis pas la vérité.

Elle s'interrompit pour contempler les vagues de satin rouge.

— C'est magnifique. Mais je ne comprends pas pourquoi tu viens m'apporter ça ce soir, ni pourquoi tu tiens tant à me faire ce cadeau. Ce geste te bouleverse tellement que tu ne peux même pas poser les yeux dessus.

— Comme je te l'ai déjà dit, mes motivations ne regardent que moi. Mais je serais vraiment… très heureux que tu portes cette robe pour ta cérémonie d'union.

— Pourquoi est-ce si important pour toi ?

Une voix de femme les interrompit.

— Parce qu'il était là au tout début.

Xhex fit volte-face. Dans l'embrasure de la porte se tenait une silhouette noire, encapuchonnée, et elle crut d'abord qu'il s'agissait de la Vierge scribe… sauf qu'aucune lumière ne brillait sous les plis de sa robe.

Puis elle remarqua la grille émotionnelle de la femelle… qui était l'exacte réplique de la sienne.

En tous points identique.

La silhouette avança en boitant et Xhex recula. Trébuchant, elle tenta de rétablir son équilibre en prenant appui sur le montant du lit, le loupa et atterrit par terre, les quatre fers en l'air.

Oui, leurs grilles étaient identiques, pas en termes d'émotions mais de construction. Identiques… comme le seraient les grilles d'une mère et de sa fille.

Levant les mains vers sa capuche, la femelle rabattit lentement le tissu dissimulant son visage.

— Doux… *Jésus.*

C'était Tohrment qui avait parlé, d'une voix vibrante d'émotion. Les yeux gris acier de la femelle se posèrent sur lui. Elle s'inclina avec déférence.

— Tohrment… fils de Nhuisance. L'un de mes sauveurs.

Xhex remarqua confusément que le frère avait pris appui contre la malle, comme si ses jambes menaçaient de se dérober sous lui. Mais elle était surtout captivée par les traits de la femelle. Ils ressemblaient tellement aux siens, en plus courbes, peut-être… plus délicats, sans doute. Mais l'ossature était exactement la même que la sienne.

— Ma mère…, souffla Xhex.

Le regard de la femelle se posa de nouveau sur elle, scrutant, admirant, mémorisant, comme Xhex venait de le faire.

— Vraiment… tu es très belle.

Xhex effleura sa propre joue.

— Comment…

La voix de Tohrment retentit, incrédule.

— Oui… *Comment?*

La femelle avança encore un peu en claudiquant et Xhex voulut aussitôt savoir qui lui avait fait du mal. Bien que cela ne fasse aucun sens – on lui avait raconté que sa mère biologique était morte en couches –, elle détestait l'idée que quelqu'un ait pu blesser cette créature ravissante et triste.

— La nuit de ta naissance, ma fille, je… je suis morte, en effet. Mais lorsque je me suis présentée pour entrer dans l'Estompe, je m'en suis vu refuser l'accès. Toutefois, la Vierge scribe, dans toute Sa miséricorde, m'a recueillie de l'autre côté où je vis recluse depuis lors, servant les Élues en pénitence pour… ma mort. Je suis venue ici afin de veiller sur une Élue. Mais… à la vérité, j'avais très envie de te voir. Je t'ai souvent contemplée, j'ai souvent prié pour toi dans le sanctuaire… et maintenant que ta présence est devenue réalité, j'aimerais que… Je suis tout à fait consciente que tu auras besoin de temps et d'explications. Peut-être même seras-tu en colère.

Mais si tu acceptes de m'ouvrir ton cœur, j'aimerais tisser avec toi un lien… d'affection. Je comprendrais que ce soit trop peu, trop tard…

Xhex cligna des yeux. C'était ridicule mais ce fut tout ce qu'elle trouva à faire… en plus d'absorber l'incroyable chagrin de la femelle.

Finalement, dans l'espoir de comprendre quelque chose, quoi que ce soit, elle tenta de percer l'esprit de la silhouette en longue robe noire mais n'alla pas bien loin. Comme pour Tohrment, toutes les pensées, tous les souvenirs de la femelle se dérobèrent. Elle n'eut qu'une impression globale, mais aucun détail.

Elle savait cependant que la femelle disait la vérité.

Et même si elle s'était sentie de nombreuses fois abandonnée par celle qui lui avait donné la vie, elle n'était pas stupide. Compte tenu de l'espèce de son père, les circonstances de sa conception n'avaient pas dû être joyeuses.

Horribles, plutôt.

Xhex avait toujours pensé qu'elle avait été une malédiction pour la femelle qui l'avait portée mais, à présent qu'elle se trouvait face à elle, elle ne ressentait aucune rancœur envers la silhouette sombre et immobile.

En se relevant, Xhex perçut le mélange de désespoir et d'incrédulité qui animait Tohrment. Mais elle ne tournerait pas le dos à cette occasion unique… à ce cadeau que lui offrait le destin le soir même de son union.

Elle traversa le tapis à pas lents. Arrivée devant sa mère, elle s'aperçut que celle-ci était plus petite qu'elle, plus menue… et aussi plus effacée.

— Comment t'appelles-tu ? demanda Xhex d'un ton bourru.

— PersOnne. Je suis PersOnne…

Un sifflement aigu les fit tous se retourner vers la porte. John se tenait sur le seuil de la chambre, accompagné de sa sœur, la reine. Il tenait à la main un petit sac en papier bordeaux frappé du sigle d'un célèbre joaillier, Marcus Reinhardt, 1893.

Il n'était à l'évidence pas descendu faire du sport... mais était sorti dans le monde des humains avec sa sœur. Pour choisir une alliance.

Xhex promena son regard autour d'elle, fascinée par le tableau de tous ces êtres réunis : Tohrment près de la malle, John et Beth sur le seuil de la pièce, PersOnne à côté du lit.

Ce moment resterait à jamais gravé dans sa mémoire. Et bien qu'une multitude de questions tourbillonnent dans sa tête, elle trouva la force, tout au fond de son âme, de formuler une réponse à l'intention de John, qui s'interrogeait en silence sur l'identité de leur mystérieuse invitée.

Ce fut aussi grâce à lui qu'elle trouva une réponse à toutes les questions qui la tourmentaient : toujours aller de l'avant, toujours regarder devant soi. Le passé restait le passé. Là, dans cette pièce, entourée de tous ces gens, elle irait de l'avant.

Après s'être raclé la gorge, elle parla d'une voix claire et forte :

— John... voici ma mère. Elle sera près de moi pendant la cérémonie.

John la fixa d'un air abasourdi... mais se ressaisit rapidement. Tel un parfait gentleman, il s'approcha de PersOnne et se pencha révérencieusement. Puis il esquissa une série de gestes que Xhex traduisit d'une voix enrouée.

— Il dit qu'il apprécie ta présence parmi nous en cette soirée particulière et que tu es la bienvenue dans notre foyer.

PersOnne porta une main à son visage, visiblement bouleversée.

— Merci. Merci beaucoup.

Xhex n'appréciait pas trop les effusions ni les embrassades, mais elle était très douée quand il s'agissait de soutenir les gens, et sa main enveloppa le bras incroyablement frêle de sa mère pour l'empêcher de s'effondrer.

— C'est bon, ne t'en fais pas, dit-elle à John, qui contemplait la scène d'un air inquiet. Attends… une seconde… Ne regarde surtout pas par là. Tu n'as pas le droit de voir ma robe.

John se raidit. *Une robe ?*

Oui, on pouvait effectivement se demander ce qui était le plus surprenant dans tout ça. L'apparition de sa mère qu'elle n'avait jamais vue en trois cents ans… ou bien le fait qu'elle s'apprêtait à enfiler une robe pour sa cérémonie d'union ?

La vie était décidément pleine de surprises, n'est-ce pas ? De belles surprises, parfois. De très belles surprises.

La première… John.

La deuxième… une robe.

La troisième… sa mère.

Cette nuit s'annonçait… merveilleuse. Le mot n'était pas trop fort.

— Allez, on y va, ordonna-t-elle en refermant la malle d'un coup sec. Je dois encore m'habiller… Je ne voudrais tout de même pas arriver en retard à ma cérémonie.

Repoussant l'offre des mâles, elle entreprit de sortir la malle de la chambre et demanda à PersOnne et à Beth de l'accompagner. Il était temps pour sa mère et la sœur de John de faire connaissance… Ainsi, toutes deux l'aideraient à se préparer et se parer pour son futur *hellren*.

Pour son valeureux mâle.

L'amour de sa vie.

Cette nuit serait en effet une nuit d'exception : la meilleure chose qui lui soit jamais arrivée.

Chapitre 74

Impuissant, John Matthew suivit des yeux sa *shellane* et sa sœur qui s'éloignaient dans le couloir, toutes deux chargées d'une malle grande comme une Chevrolet, en compagnie de… la mère de Xhex ?

S'il se réjouissait de la tournure que prenaient les événements, il aurait préféré que Xhex lui demande de l'aide pour porter ce poids mort. Mais il la connaissait suffisamment bien pour ne pas intervenir.

Elle était assez forte pour se débrouiller seule.

Et il trouvait ça super excitant, à quoi bon le nier ?

— Tes vêtements sont prêts ? demanda Tohrment d'un ton bourru.

John jeta un coup d'œil en direction du frère. Ce dernier avait l'air si profondément secoué qu'il tenait à peine debout dans ses rangers. Mais, à en juger par sa mâchoire contractée et ses sourcils froncés, jamais il ne reconnaîtrait ce moment de faiblesse passagère.

— Ah… en fait, je ne sais pas encore ce que je vais mettre, signa John. *Un smoking ?*

— Non, je vais te trouver quelque chose. Attends-moi là.

Vlan ! La porte se referma.

John regarda autour de lui et, lorsqu'il avisa le dressing, le sourire béat qu'il arborait en permanence depuis des heures éclaira de nouveau son visage. Il se dirigea vers la penderie, posa sur la commode le petit sac du bijoutier, et s'arrêta quelques instants pour admirer l'étalage de leur vie de couple.

Seigneur… elle avait vraiment emménagé chez lui. Leurs vêtements pendaient côte à côte sur des cintres.

Il tendit la main pour effleurer ses pantalons en cuir, ses débardeurs, ses holsters… Au même instant, la joie et la fierté qui gonflaient son cœur se ternirent légèrement. Elle allait combattre sur le champ de bataille. À ses côtés, avec les frères. Le droit ancien avait beau interdire expressément ce genre de pratique, le Roi aveugle avait déjà prouvé par le passé qu'il n'était pas esclave des vieilles traditions. Et Xhex, quant à elle, avait déjà prouvé qu'elle était tout à fait capable de se débrouiller seule au combat.

John alla s'asseoir sur le lit. L'idée qu'elle sorte toutes les nuits pour affronter les éradiqueurs l'emplissait de sentiments mitigés.

Il se garderait bien de lui interdire d'aller se battre. C'était dans sa nature et il le savait : il s'apprêtait à s'unir à une combattante.

Elle était ainsi.

Son regard glissa sur la table de chevet. Il se pencha, ouvrit le tiroir et sortit le journal de bord de son père. Caressant du plat de la main le cuir souple de la couverture, il sentit toute la valeur spirituelle du passé imprégner l'instant présent. Bien longtemps auparavant, d'autres mains avaient tenu ce carnet et noirci ses pages… et, au gré d'une série d'accidents et de coups du hasard, le journal avait atterri entre les mains de John. Après bien des nuits et bien des jours…

Pour une raison obscure, ce soir-là, le lien l'attachant à son père Audazs parut assez fort pour vaincre l'éther du temps et les réunir tous les deux, dans une fusion véritable, jusqu'à ce que… Seigneur, on eût dit qu'ils ne faisaient plus qu'un.

Il savait que son père aurait été fou de joie. Le savait avec certitude, comme s'il était assis là, à côté de lui.

L'union de John et Xhex l'aurait empli d'allégresse. Pour quelle raison ? Qui aurait pu le dire… ? Toujours est-il que cette vérité était aussi authentique que les vœux qu'il prononcerait bientôt.

John tendit de nouveau la main vers le tiroir pour prendre, cette fois, le petit écrin en cuir patiné. Soulevant le couvercle, il contempla la lourde chevalière en or. Elle était énorme, taillée pour la main d'un guerrier. Sa surface brillait sous le réseau de fines rayures recouvrant les arêtes et le sommet.

Elle glissa parfaitement sur l'index de sa main droite.

Il prit la décision de ne jamais l'enlever, pas même pour aller combattre.

— Cela lui aurait fait tellement plaisir.

John leva les yeux. Tohr l'avait rejoint, un paquet de soie noire sur le bras. Lassiter était là aussi, posté derrière le frère. L'auréole de l'ange déchu brillait dans toutes les directions, un peu comme un glorieux lever de soleil.

— *Tu sais, je crois que tu as raison,* signa John.

— J'ai raison, c'est clair, répondit le frère en venant s'asseoir près de lui. Il la connaissait.

— *Qui ?*

— Il connaissait Xhex. Il était là aussi au moment de sa naissance, quand sa mère…

Il y eut un long silence, comme si Tohr ne s'était pas encore tout à fait remis de ses dernières émotions.

— Quand sa mère est morte, il a confié Xhex à une famille en qui il avait placé sa confiance. Il aimait ce bébé… et moi aussi. C'est pour cela qu'il l'a baptisée Xhexania. Il l'a regardée grandir de loin…

La crise d'épilepsie débuta si brusquement que John n'eut pas le temps de lutter. Il était assis sur le lit, en train d'écouter Tohr et, l'instant d'après, se retrouva par terre, plié en deux, agité de violentes secousses.

Quand ses synapses se reconnectèrent enfin et que ses membres cessèrent de tressaillir, son souffle saccadé s'échappa bruyamment de ses lèvres. À son grand soulagement, Tohr était penché au-dessus de lui, accroupi.

— Comment te sens-tu ? demanda-t-il d'un ton inquiet.

John se redressa. Passant une main sur son visage, il fut rassuré de constater que sa vue était intacte. Il n'aurait jamais cru être si heureux un jour de voir la bobine de Lassiter.

S'efforçant de maîtriser le tremblement de ses mains, il réussit à signer :

— *J'ai l'impression d'être passé à la moulinette.*

L'ange déchu hocha gravement la tête.

— Ça se voit.

Tohr foudroya l'ange du regard avant de reporter son attention sur John.

— Ne t'occupe pas de lui, il est aveugle.

— C'est faux.

— Tu le seras dans une minute et demie si tu continues à faire le malin.

Saisissant John par les deux bras, Tohr l'aida à se relever et l'entraîna vers le lit.

— Tu veux boire quelque chose ?

— Mais peut-être préfères-tu un nouveau cerveau ? plaisanta Lassiter.

Tohr se pencha en avant.

— Je vais lui couper la langue pour qu'il se taise définitivement. Dans l'intérêt général. D'accord ?

— *Tu es tellement attentionné.*

Il y eut un long silence, puis John signa de nouveau :

— *Mon père la connaissait ?*

— Oui.

— *Et toi aussi, n'est-ce pas ?*

— Oui.

John décida qu'il était préférable de ne pas s'appesantir sur le sujet. C'était mieux comme ça, à en juger par l'expression fermée du frère.

— Je suis heureux que tu portes sa bague, déclara Tohr d'un ton brusque en se levant. Surtout une nuit comme celle-ci.

John contempla le cabochon d'or à son doigt. C'était sa place, indéniablement, et il avait l'impression de la porter depuis des années.

— *Moi aussi,* signa-t-il.

Lorsqu'il leva les yeux, John fut assailli par le souvenir lointain de cette nuit où, ayant ouvert la porte de son studio miteux, il avait braqué son flingue sur Tohr. Vraiment tout contre son visage.

Et voilà qu'à présent Tohr lui apportait de quoi se vêtir pour sa cérémonie d'union.

Le frère esquissa un petit sourire.

— J'aurais aimé que ton père soit là pour voir ça.

Sourcils froncés, John fit rouler la chevalière autour de son doigt, songeant à tout ce qu'il devait au frère. Sur une impulsion, il bondit sur ses pieds… et enlaça Tohrment. La surprise passée, ce dernier lui rendit son étreinte.

Lorsque John s'écarta, il plongea son regard dans le sien.

— *Il est ici,* signa-t-il. *Mon père est ici, avec moi.*

Une heure plus tard, John se tenait sur la mosaïque du hall d'entrée, dansant nerveusement d'un pied sur l'autre. Il portait le costume traditionnel du mâle noble et valeureux pour sa cérémonie d'union : un pantalon en soie noire et une ample tunique resserrée à la taille par une ceinture brodée de pierres précieuses que lui avait prêtée le roi.

Il avait été décidé que la cérémonie aurait lieu au pied du grand escalier, sous l'arcade menant à la salle à manger. La porte à double battant avait été fermée, faisant office de mur. Derrière se dressait le festin préparé par les *doggen*.

Tout était prêt : les frères étaient alignés à côté de lui, les *shellane* et les autres membres de la maisonnée étaient réunis en arc de cercle tout autour de la pièce. Parmi les témoins,

Vhif était d'un côté, Blay et Saxton de l'autre. Et deux invités de marque, iAm et Trez, se tenaient au centre.

John contempla les colonnes de malachite, les murs de marbre et les lustres suspendus au plafond. Combien de fois lui avait-on dit, depuis son arrivée, que son père aurait aimé voir tous ces gens circuler dans les pièces et les couloirs, vivre leurs vies sous ce toit solide ?

Il observa le pommier en mosaïque qui recouvrait le sol. C'était un magnifique symbole de printemps, de floraison éternelle… le genre de chose qui vous remontait le moral chaque fois que vous passiez dessus.

Il était tombé sous le charme du pommier dès son arrivée…

Une exclamation collective lui fit lever la tête.

Oh… Sainte Marie… mère de…

Son cerveau cessa de fonctionner à cet instant précis. Black-out total. Son cœur continuait certainement de battre, vu qu'il était encore debout, mais pour le reste…

Il était au paradis.

Xhex avait fait son apparition au sommet de l'escalier, sa main délicatement posée sur la balustrade. Une vision de pure beauté qui le plongea dans un état de profonde hébétude.

La robe rouge lui allait comme un gant. La dentelle noire du décolleté se mariait à merveille avec la couleur de ses cheveux et de ses yeux anthracite. La soie rouge retombait en vagues resplendissantes autour de son corps mince et délié.

Lorsqu'elle croisa le regard de John, elle effleura nerveusement sa taille, lissa le corsage du plat de la main.

— *Viens,* signa-t-il. *Viens près de moi, ma femelle.*

À l'autre bout de la pièce, un ténor se mit à chanter, la voix cristalline de Zadiste s'élevant vers les fresques de guerre recouvrant le plafond haut, très haut au-dessus de leurs têtes. John ne reconnut pas tout de suite la chanson. De toute façon, il était tellement troublé que, quelle que soit la question, il aurait forcément répondu à côté de la plaque.

Mais la mélodie enfla et il reconnut bientôt l'air. C'était *All I Want Is You,* du groupe U2.

La chanson que John avait demandée à Zadiste.

Le premier pas de Xhex arracha des larmes aux femelles présentes dans l'assistance. Et à Lassiter, bien entendu. À moins que l'ange ait attrapé une poussière dans l'œil.

Chaque pas qui l'amenait vers lui gonfla le cœur de John d'un bonheur infini, lui donnant une force inouïe, au point qu'il se sentit soudain capable de porter la maison de pierre à bout de bras.

Au pied de l'escalier, elle marqua une nouvelle pause et Beth se précipita vers elle pour arranger les plis de sa robe.

Enfin, Xhex le rejoignit et ils se tinrent ensemble devant Kolher, le Roi aveugle.

— *Je t'aime,* articula John.

Un sourire étira le coin de ses lèvres, d'abord timide, puis radieux… tellement éclatant que ses crocs pointèrent et ses yeux s'illuminèrent comme une myriade d'étoiles.

— *Je t'aime aussi,* lui répondit-elle.

La voix du roi résonna jusqu'au plafond.

— Je m'adresse à vous tous, ici présents. Nous sommes réunis ce soir pour assister à l'union de ce mâle et de cette femelle…

La cérémonie se déroula comme dans un rêve. John et Xhex prirent la parole sans se tromper. L'absence de la Vierge scribe fut à peine remarquée. Le roi déclara qu'il s'agissait là d'une union bien fondée et, lorsque les vœux furent échangés, il fut temps de passer aux choses sérieuses.

Dès que Kolher donna le signal, John captura les lèvres de Xhex dans un bref baiser. Puis il recula pour ôter sa ceinture et sa tunique. Il souriait comme un imbécile en les remettant à Tohr tandis que Fritz apportait un bol de sel et une carafe d'eau sur une table roulante.

Dégainant sa dague noire, Kolher demanda d'une voix puissante :

— Comment s'appelle ta *shellane* ?

John signa à l'intention de tous :

— *Elle s'appelle Xhexania.*

Guidé par la main de Tohr, le roi grava la première lettre du bout de sa dague, à l'endroit où John s'était fait tatouer. Puis les autres frères firent de même, traçant les lettres du prénom par-dessus les symboles en langue ancienne, effaçant les fioritures dessinées par le tatoueur. À chaque estafilade, John reportait son attention sur le pommier en mosaïque, souffrant dans la fierté, réprimant le moindre soupir, même silencieux, et après chaque lettre et chaque courbe il levait les yeux sur Xhex. Elle se tenait parmi les autres femelles, les bras croisés sur son corsage, le regard grave, approbateur.

Lorsque le sel fut répandu sur les plaies fraîches, il serra les dents si fort que sa mâchoire craqua, et le bruit résonna par-dessus le clapotis de l'eau. Mais il n'émit aucune plainte, ne lâcha aucun juron, même quand la douleur fut si intense qu'elle brouilla son champ de vision.

Et lorsqu'il se redressa sur ses jambes, le cri de guerre de la Confrérie et des soldats de la maisonnée résonna tout autour de lui. Tohr épongea le dos de John à l'aide d'un morceau de tissu et, quand il eut terminé, il le rangea dans une boîte en laque noire qu'il remit à John.

Ce dernier s'avança alors vers Xhex du pas assuré de celui qui vient de passer une épreuve avec brio. Arrivé devant elle, il s'agenouilla, courba la nuque et lui tendit la boîte en laque pour qu'elle l'accepte ou la refuse, selon sa volonté. La tradition voulait que, si elle acceptait de prendre la boîte, elle l'acceptait comme *hellren*.

Elle n'eut pas l'ombre d'une hésitation.

La boîte lui fut arrachée des mains et il leva les yeux. De jolies larmes rouges brillaient dans ses yeux alors qu'elle serrait contre sa poitrine la boîte contenant son serment d'amour.

Tandis que l'assistance se mettait à crier et à applaudir, John se leva d'un bond pour la soulever dans ses bras, elle et sa superbe robe rouge. Il l'embrassa avec fougue puis, sous le regard attentif du roi et de sa sœur, de ses meilleurs amis et des frères, monta l'escalier que sa femelle avait descendu quelques minutes auparavant.

Un festin les attendait dans la salle à manger mais, avant ça, le mâle avait très envie de consommer son union… Ils y feraient honneur plus tard.

John avait gravi la moitié des marches lorsque la voix de Hollywood résonna à ses oreilles.

— Oh, moi aussi, j'en veux un nouveau avec toutes ces fioritures.

— N'y pense même pas, Rhage, répliqua Mary.

— On peut manger, maintenant ? demanda Lassiter. Ou bien quelqu'un d'autre a-t-il envie de se transformer en sushi ?

La fête commença, sur fond de rires et de conversations animées, avec la chanson de Jay-Z en fond sonore, *Young Forever*. Au sommet de l'escalier, John marqua une pause pour regarder en contrebas. La vue qui s'offrait à lui, avec sa femelle dans ses bras, lui donna l'impression d'avoir escaladé une montagne immense. Enfin, de façon tout à fait incroyable et inattendue, il était parvenu au sommet.

La voix rauque de Xhex attisa son excitation.

— On est montés là juste pour la vue… ou tu avais une autre idée derrière la tête ?

John l'embrassa, glissant la langue entre ses lèvres pour mieux la savourer. Et il continua en marchant vers sa…

Leur chambre.

À l'intérieur, il la déposa sur le lit et elle leva les yeux sur lui, prête à recevoir ce qu'il désirait lui donner.

Aussi parut-elle surprise quand il se détourna.

Pour revenir aussitôt avec le cadeau qu'il avait choisi pour elle.

— *J'ai été élevé comme un humain et, quand les gens de cette espèce se marient, l'homme offre à sa femme un gage d'affection.*

En proie à une soudaine bouffée de nervosité, il poursuivit :

— *J'espère que ça te plaira. J'ai essayé de te faire plaisir.*

Xhex se redressa et ses mains tremblèrent légèrement quand elle souleva le couvercle de l'écrin.

— Qu'est-ce que tu as fait là, John Matthew… ?

Elle retint son souffle et John trouva ça carrément charmant.

Il prit entre ses doigts la lourde chaîne reposant dans son écrin de velours. Le diamant carré serti de platine était un six-carats… Il ne savait pas trop ce que ça voulait dire et ça n'avait pas d'importance. Tout ce qui comptait à ses yeux, c'était que ce fichu caillou était assez gros, assez brillant, assez étincelant pour être repéré depuis le fin fond du Canada.

Juste pour décourager les mâles qui la trouveraient à leur goût, il voulait être sûr que tout le monde sache qu'elle était prise. Et si son odeur d'union ne parvenait pas jusqu'à leurs narines, alors la pierre leur brûlerait forcément la rétine.

— *Je n'ai pas pris de bague parce que je sais que tu vas te battre et je ne voulais pas que ça te gêne. Si tu le veux bien, je serais très heureux que tu le portes tout le temps…*

Xhex prit son visage dans ses mains et l'embrassa si fort et si longtemps qu'il peina à retrouver son souffle. Mais il s'en moquait.

— Je ne l'enlèverai jamais. Jamais, tu m'entends ?

Reprenant sa bouche, John la chevaucha, la forçant à s'allonger contre les oreillers, ses mains glissant vers ses seins puis sous ses hanches. Son corps massif plaqué contre celui de Xhex, il souleva les innombrables plis de satin, à la recherche de…

Une vague de frustration le submergea quand il crut un instant ne jamais trouver la fermeture…

Oh… la robe était encore plus belle posée sur le lit.

John fit l'amour à sa femelle lentement, langoureusement, savourant le contact de sa peau, la caressant avec ses mains et sa bouche. Et lorsqu'il la pénétra enfin, l'instant fut si parfait qu'il s'immobilisa. La vie l'avait amené là, avec elle ; elle les avait réunis tous les deux…

C'était le début de l'histoire dont il souhaitait se rappeler, désormais.

— Dis-moi, John…, murmura-t-elle d'une voix suave.

Il siffla sur une note ascendante.

— Je songe à me faire tatouer, moi aussi.

Comme il inclinait la tête de côté d'un air interrogateur, elle promena les mains sur ses larges épaules.

— Tu voudras bien m'accompagner à ce studio de tatouage ? Je porterais volontiers ton prénom dans mon dos.

L'orgasme qui le happa fut plus éloquent que les mots qu'il ne pouvait prononcer.

Laissant échapper un rire de gorge, Xhex fit onduler ses hanches contre les siennes.

— Je prends ça pour un oui.

Oui, songea John en s'enfonçant plus profondément en elle. *Oui, oh, putain, oui…*

Après tout, ce qui était bon pour un mâle était bon pour sa femelle. Et vice versa.

Dieu qu'il aimait la vie. La vie, tous les occupants de cette maison et toutes les personnes respectables aux quatre coins de la terre. Le destin n'était pas toujours tendre… mais il faisait les choses bien.

Au bout du compte, tout ce qui finissait par arriver était prévu de longue date.

Lexique des termes et des noms propres

***Abbîme* :** enfer.
***Abstrux nobtrum* :** garde personnel du roi ayant le droit de tuer, nommé à son poste par le roi.
***Brbume* :** dissimulation d'un certain environnement physique, création d'un champ d'illusion.
Chaleurs : période de fertilité des vampires femelles, d'une durée moyenne de deux jours, accompagnée d'intenses pulsions sexuelles. En règle générale, les chaleurs surviennent environ cinq ans après la transition d'un vampire femelle, puis une fois tous les dix ans. Tous les vampires mâles sont réceptifs à des degrés différents s'ils se trouvent à proximité d'un vampire femelle pendant cette période qui peut s'avérer dangereuse, caractérisée par des conflits et des combats entre des mâles rivaux, surtout si le vampire femelle n'a pas de compagnon attitré.
Chaste : vierge.
***Chrib* :** symbole d'une mort honorable dans la langue ancienne.
Cohmbat : conflit entre deux mâles revendiquant les faveurs d'une même femelle.
Confrérie de la dague noire : organisation de guerriers vampires très entraînés chargés de protéger leur espèce de la Société des éradiqueurs. Des unions sélectives au sein de l'espèce ont conféré aux membres de la Confrérie une force

physique et mentale hors du commun, ainsi que des capacités de guérison rapide. Pour la plupart, les membres de cette confrérie n'ont aucun lien de parenté et sont admis dans la Confrérie par cooptation. Agressifs, indépendants et secrets par nature, ils vivent à l'écart des civils et n'entretiennent que peu de contacts avec les membres des autres castes, sauf quand ils doivent se nourrir. Ils font l'objet de nombreuses légendes et d'une vénération dans la société des vampires. Seules des blessures très graves – balle ou coup de pieu dans le cœur, par exemple – peuvent leur ôter la vie.

Courthisane **:** Élue formée dans le domaine des arts du plaisir et de la chair.

Doggen **:** dans le monde des vampires, membre de la caste des serviteurs. Les *doggen* obéissent à des pratiques anciennes et suivent un code d'habillement et de conduite extrêmement formel. Ils peuvent s'exposer à la lumière du jour, mais vieillissent relativement vite. Leur espérance de vie est d'environ cinq cents ans.

Élues : vampires femelles élevées au service de la Vierge scribe. Elles sont considérées comme des membres de l'aristocratie, mais leur orientation est cependant plus spirituelle que temporelle. Elles ont peu, si ce n'est aucune, interaction avec les mâles, mais peuvent s'accoupler à des guerriers à la solde de la Vierge scribe pour assurer leur descendance. Elles possèdent des capacités de divination. Par le passé, elles avaient pour mission de satisfaire les besoins en sang des membres célibataires de la Confrérie, mais cette pratique est tombée en désuétude au sein de l'organisation.

Éradiqueur : être humain dépourvu d'âme, membre de la Société des éradiqueurs, dont la mission consiste à exterminer les vampires. Seul un coup de poignard en pleine poitrine permet de les tuer ; sinon, ils sont intemporels. Ils n'ont nul besoin de s'alimenter ni de boire et sont impuissants. Avec le temps, leurs cheveux, leur peau et leurs iris perdent leur pigmentation : les éradiqueurs blondissent, pâlissent et leurs yeux s'éclaircissent. Ils dégagent une odeur de talc pour bébé. Initiés au sein de la Société par l'Oméga, les éradiqueurs conservent dans une jarre de céramique leur cœur après que celui-ci leur a été ôté.

Esclave de sang : vampire mâle ou femelle assujetti à un autre vampire pour ses besoins en sang. Tombée en désuétude, cette pratique n'a cependant pas été proscrite.

L'Estompe : dimension intemporelle où les morts retrouvent leurs êtres chers et passent l'éternité.

***Ghardien* :** tuteur d'un individu. Les *ghardiens* exercent différents degrés de tutelle, la plus puissante étant celle qui s'applique à une femme *rehcluse* : le *ghardien* est alors nommé *gharrant*.

***Gharrant* :** protecteur d'une femelle *rehcluse*.

***Glymera* :** noyau social de l'aristocratie, équivalant vaguement au beau monde de la Régence anglaise.

***Granhmen* :** grand-mère.

***Hellren* :** vampire mâle en couple avec un vampire femelle. Les vampires mâles peuvent avoir plusieurs compagnes.

***Honoris* :** rite accordé par un offenseur permettant à un offensé de laver son honneur. Lorsqu'il est accepté, l'offensé choisit l'arme et frappe l'offenseur, qui se présente à lui désarmé.

***Intendhante* :** Élue au service personnel de la Vierge scribe.

***Jumheau exhilé* :** le jumeau maléfique ou maudit, celui né en second.

***Leelane* :** terme affectueux signifiant « tendre aimé(e) ».

***Lewlhen* :** « cadeau » en langue ancienne.

***Lhige* :** marque de respect utilisée par une soumise sexuelle à l'égard de son maître.

***Lys* :** instrument de torture utilisé pour énucléer.

***Mahmen* :** « maman ». Terme utilisé aussi bien pour désigner une personne que comme marque d'affection.

Menheur **:** personnage puissant et influent.

Mharcheur **:** individu qui est mort et est revenu de l'Estompe pour reprendre sa place parmi les vivants. Les *mharcheurs* inspirent le plus grand respect et sont révérés pour leur expérience.

Nalla ou ***nallum*** **:** être aimé.

Oméga : force mystique et malveillante cherchant à exterminer l'espèce des vampires par rancune contre la Vierge scribe. Existe dans une dimension intemporelle et jouit de pouvoirs extrêmement puissants, mais pas du pouvoir de création.

Première famille : roi et reine des vampires, ainsi que leur descendance éventuelle.

Prétrans : jeune vampire avant sa transition.

Princeps **:** rang le plus élevé de l'aristocratie vampire, après les membres de la Première famille ou les Élues de la Vierge scribe. Le titre est héréditaire et ne peut être conféré.

Pyrocante **:** point faible d'un individu ; son talon d'Achille. Il peut s'agir d'une faiblesse interne, une addiction par exemple, ou externe, comme un(e) amant(e).

Rahlman **:** sauveur.

Rehclusion **:** statut conféré par le roi à une femelle issue de l'aristocratie à la suite d'une demande formulée par la famille de cette dernière. La femelle est alors placée sous la seule responsabilité de son *ghardien*, généralement le mâle le plus âgé de la famille. Le *ghardien* est alors légalement en mesure de décider de tous les aspects de la vie de la *rehcluse*, pouvant notamment limiter comme bon lui semble ses interactions avec le monde extérieur.

Revhanche : acte de vengeance à mort, généralement assuré par un mâle amoureux.

Shellane **:** vampire femelle compagne d'un vampire mâle. En règle générale, les vampires femelles n'ont qu'un seul

compagnon, en raison du caractère extrêmement possessif des vampires mâles.
Société des éradiqueurs : organisation de tueurs à la solde de l'Oméga, dont l'objectif est d'éradiquer les vampires en tant qu'espèce.
***Symphathe* :** désigne certains individus, appartenant à l'espèce des vampires, qui, entre autres, ont la capacité et le besoin de manipuler les émotions d'autrui (afin d'alimenter un échange énergétique). Ils ont de tout temps fait l'objet de discriminations et parfois même de véritables chasses à l'homme. Ils sont aujourd'hui en voie d'extinction.
***Tahly* :** terme d'affection dont la traduction approximative serait « chérie ».
Le Tombeau : caveau sacré de la Confrérie de la dague noire. Utilisé comme lieu de cérémonie et comme lieu de stockage des jarres de céramique des éradiqueurs. Dans le Tombeau se déroulent diverses cérémonies, dont les initiations, les enterrements et les mesures disciplinaires prises à l'encontre des membres de la Confrérie. L'accès au Tombeau est réservé aux frères, à la Vierge scribe et aux futurs initiés.
***Trahyner* :** terme d'affection et de respect utilisé entre mâles. « Ami cher ».
Transition : moment critique de la vie d'un vampire mâle ou femelle lorsqu'il devient adulte. Passé cet événement, le vampire doit boire le sang d'une personne du sexe opposé pour survivre et ne peut plus s'exposer à la lumière du jour. La transition survient généralement vers l'âge de vingt-cinq ans. Certains vampires n'y survivent pas, notamment les mâles. Avant leur transition, les vampires n'ont aucune force physique, n'ont pas atteint la maturité sexuelle et sont incapables de se dématérialiser.
Vampire : membre d'une espèce distincte de celle d'*Homo sapiens*. Pour vivre, les vampires doivent boire le sang du sexe opposé. Le sang humain leur permet de survivre, bien

que la force ainsi conférée soit de courte durée. Après leur transition, qui survient vers l'âge de vingt-cinq ans, les vampires ne peuvent plus s'exposer à la lumière du jour et doivent s'abreuver de sang à intervalles réguliers. Ils ne sont pas capables de transformer les êtres humains en vampires après morsure ou transmission de sang, mais, dans certains cas rares, peuvent se reproduire avec des humains. Ils peuvent se dématérialiser à volonté, à condition toutefois de faire preuve de calme et de concentration ; ils ne peuvent pendant cette opération transporter avec eux d'objets lourds. Ils ont la faculté d'effacer les souvenirs récents des êtres humains. Certains vampires possèdent la faculté de lire dans les pensées. Leur espérance de vie est d'environ mille ans, ou plus dans certains cas.

Vierge scribe : force mystique œuvrant comme conseiller du roi, gardienne des archives vampires et pourvoyeuse de privilèges. Existe dans une dimension intemporelle. Ses pouvoirs sont immenses. Capable d'un unique acte de création, auquel elle recourut pour conférer aux vampires leur existence.

Vighoureux **:** terme relatif à la puissance des organes génitaux masculins. Littéralement : « digne de pénétrer une femelle ».

EN AVANT-PREMIÈRE

Découvrez la suite des aventures de
la Confrérie de la dague noire
(version non corrigée)

Traduit de l'anglais (États-Unis) par Éléonore Kempler

Disponible chez Bragelonne

Chapitre premier

Champ de course de l'Aqueduc,
Queens, New York, de nos jours

— J'ai envie de te sucer.

Le docteur Manny Manello tourna la tête à droite et observa la femme qui venait de lui parler. Ce n'était vraiment pas la première fois qu'il entendait ces mots, et la bouche qui les avait prononcés était certainement assez siliconée pour faire un bon coussin, mais c'était quand même une surprise.

Candace Hanson lui sourit et rajusta son chapeau à la Jackie Kennedy de sa main manucurée. Apparemment, elle avait décidé qu'associer un air distingué à des propos salaces était séduisant… et c'était peut-être le cas pour certains mecs.

Merde, à une autre époque de sa vie, il l'aurait probablement prise au mot, en appliquant sa théorie du « après tout, pourquoi pas ». Mais aujourd'hui, il la rangeait plutôt dans le dossier « non, pas vraiment ».

Nullement découragée par son manque d'enthousiasme, elle se pencha en avant, lui dévoilant des seins qui défiaient à ce point la gravité que cela en était insultant pour cette dernière.

— Je sais où on pourrait aller.

Il l'aurait parié.

— La course va commencer.

Elle fit la moue. À moins que ce soit simplement l'impression que donnait le gonflement de ses lèvres après l'injection. Mon Dieu, une décennie plus tôt elle avait probablement été mignonne ; à présent les années lui avaient ajouté une couche de désespoir, en plus du processus normal de vieillissement à base de rides qu'elle combattait comme une boxeuse.

—Après, alors ?

Manny se détourna sans répondre, ne sachant pas avec certitude comment elle avait atterri dans la zone réservée aux propriétaires. Cela avait dû se faire durant la bousculade de retour du paddock où les chevaux avaient été sellés et, à n'en pas douter, elle devait avoir l'habitude d'entrer dans des endroits où elle n'était techniquement pas autorisée à mettre les pieds : Candace était une de ces mondaines de Manhattan auxquelles il ne manquait qu'un maquereau pour être une prostituée et, à bien des égards, elle était comme n'importe quelle guêpe : lorsque l'on ignore cet insecte nuisible, il va se poser ailleurs.

Ou sur quelqu'un d'autre, en l'occurrence.

Levant le bras pour l'empêcher d'approcher, Manny se pencha sur la rambarde de sa tribune de propriétaire et attendit qu'on amène sa belle sur la piste. Elle avait été placée dans le couloir extérieur, et ce n'était pas plus mal : elle préférait ne pas être dans le peloton, et parcourir une distance légèrement supérieure ne l'avait jamais handicapée.

Le champ de course de l'Aqueduc, dans le Queens, sis dans l'État de New York, n'était pas aussi prestigieux que Belmont, Pimlico ou ce vénérable ancêtre de tous les hippodromes, Churchill Downs. Mais ce n'était pas rien non plus. L'installation disposait de trois bons kilomètres de terre battue, ainsi que d'un turf et d'une piste courte. La capacité d'accueil totale avoisinait les quatre-vingt-dix mille personnes. La bouffe était passable, mais personne ne venait vraiment ici pour manger, et il y avait quelques grosses courses, comme ce jour-là : la Wood Memorial Stakes offrait un prix de 750 000 dollars et, comme elle avait lieu en avril, c'était un bon test de référence pour les candidats à la Triple Couronne…

Oh oui, elle était là. Sa pouliche arrivait.

Quand le regard de Manny se posa sur GloryGlory-Hallelujah, le vacarme de la foule, l'éclatante lumière du jour et la ligne mouvante des autres chevaux disparurent instantanément. Il n'eut plus d'yeux que pour sa magnifique pouliche noire dont la robe étincelait sous le soleil, ses jambes souples extra-minces, ses délicats sabots qui se soulevaient avec grâce du sol de la piste avant de s'y planter de nouveau. Comme elle faisait près d'un mètre soixante-dix au garrot, le jockey sur son dos avait l'air d'un petit gnome recroquevillé, et cette différence de taille représentait bien la séparation des pouvoirs. Elle l'avait fait comprendre dès le premier jour d'entraînement : elle devrait peut-être tolérer ces petits humains embêtants, mais ils n'étaient là que pour la monter. C'était elle qui dirigeait.

Son tempérament dominateur avait déjà coûté deux entraîneurs à Manny. Quant au troisième, aux services duquel il recourait en ce moment ? Le type paraissait un peu frustré, mais ce n'était pas seulement parce que son sentiment de contrôle était piétiné : Glory faisait des temps remarquables et cela n'avait rien à voir avec lui. Et Manny se fichait franchement des ego gonflés d'hommes dont le métier était de faire travailler des chevaux. Sa pouliche était une guerrière et savait ce qu'elle faisait, et cela ne lui posait aucun problème de la laisser aller à sa guise et de profiter du spectacle quand elle réduisait à néant la compétition.

Les yeux toujours rivés sur elle, il se souvint de l'enfoiré auquel il l'avait achetée, un peu plus d'un an auparavant. Ces 20 000 dollars, c'était donné vu sa lignée, mais c'était du vol compte tenu de son tempérament et du fait qu'il n'était pas certain qu'elle soit en mesure d'obtenir son ticket d'entrée pour la course. C'était un yearling indiscipliné sur le point d'être mis en retraite… ou pire, d'être transformé en pâtée pour chien.

Mais il avait eu raison. Si on la laissait faire et diriger les opérations, elle était spectaculaire.

Quand le line-up approcha des portillons, certains chevaux se mirent à piaffer, mais sa pouliche resta immobile, comme si elle savait qu'il ne servait à rien de gaspiller son énergie en bêtises avant la course. Et il aimait vraiment leur cote en dépit de leur première place sur la grille, parce que ce jockey sur son dos était une star : il savait précisément comment la manier et, à cet égard, il avait plus de responsabilité dans son succès que les entraîneurs. Sa philosophie avec elle était de s'assurer qu'elle voie toutes les meilleures trajectoires possibles pour sortir du peloton, puis de la laisser en choisir une et foncer.

Manny se mit debout et agrippa la rambarde en métal peint devant lui, se joignant à la foule des spectateurs qui se levaient de leur siège et sortaient d'innombrables paires de jumelles. Quand son cœur s'accéléra, il en fut heureux, car en dehors de la salle de sport, son rythme cardiaque manquait d'amplitude ces derniers temps. Sa vie avait subi un terrible engourdissement au cours de l'année écoulée, et c'était peut-être la raison pour laquelle cette pouliche était si importante à ses yeux.

Peut-être était-elle tout ce qu'il avait.

Mais il refusait d'y penser.

Derrière la ligne de départ, il n'était question que de s'activer le plus vite possible. Quand on essayait de coincer quinze chevaux étroitement bridés, avec des jambes tendues comme des bâtons et des glandes à adrénaline prêtes à décharger comme des canons, dans de minuscules box en métal, on ne perdait pas de temps. En une minute, la piste fut close et les mains se crispèrent sur les rambardes.

Pulsation.

Cloche.

Bang!

Les portillons s'ouvrirent, la foule rugit et les chevaux jaillirent comme s'ils avaient été éjectés par un canon. Les conditions étaient idéales, il faisait sec et frais. Le sol de la piste était ferme.

Non que sa pouliche se soucie de cela. Elle courrait dans des sables mouvants s'il le fallait.

Les pur-sang passèrent dans un bruit de tonnerre, le fracas de leurs sabots et le rythme pressant de la voix du commentateur galvanisant l'énergie des spectateurs dans les tribunes jusqu'à atteindre des sommets extatiques. Manny demeura néanmoins calme, mais il n'ôta pas ses mains de la rambarde devant lui et conserva les yeux rivés sur le champ de course tandis que le peloton effectuait le premier virage dans un enchevêtrement de dos et de queues.

Le grand écran lui montrait tout ce qu'il avait besoin de voir. Sa pouliche était en avant-avant-dernière position, avançant à grandes enjambées tandis que les autres allaient ventre à terre… Merde, elle n'avait même pas encore complètement tendu le cou. Mais le jockey faisait son boulot, l'éloignant doucement de la bordure et lui donnant le choix entre contourner le peloton par le côté le plus long ou le traverser quand elle se sentirait prête.

Manny savait exactement ce qu'elle allait faire. Elle allait plonger pile entre les autres chevaux comme un boulet de démolition.

C'était son style.

Et forcément, tandis qu'ils entamaient la dernière ligne droite, elle mit les gaz. Elle baissa la tête, tendit le cou et commença à allonger sa foulée.

— Bordel, murmura Manny. Tu vas le faire, ma belle.

Quand Glory pénétra sur la piste encombrée, elle se transforma en un éclair dépassant les autres concurrents.

Son explosion de vitesse fut si extraordinaire qu'on savait forcément qu'elle le faisait sciemment : il ne lui suffisait pas de tous les battre, elle devait le faire dans les huit cents derniers mètres, arrachant de leurs selles ces salauds au tout dernier moment.

Manny eut un rire rauque. C'était vraiment son genre de fille.

— Seigneur, Manello, regarde-la courir.

Manny hocha la tête sans jeter un regard au type qui lui avait parlé à l'oreille, parce que quelque chose en tête du peloton changea la donne : le poulain qui menait perdit soudain de la vitesse et se laissa distancer, alors que ses jambes semblaient privées d'énergie. En réaction, son jockey lui cravacha la croupe, ce qui eut autant d'effet que de jurer contre une voiture dont le réservoir est vide. Le poulain en deuxième position, un grand alezan arrogant doté d'une foulée longue comme un terrain de foot, tira immédiatement avantage de ce ralentissement lorsque son jockey lui lâcha la bride.

Tous deux furent au coude à coude pendant à peine une seconde avant que l'alezan prenne la tête de la course. Mais cela n'allait pas durer. La pouliche de Manny avait choisi son moment pour se glisser au milieu de trois chevaux et lui coller au train plus sûrement qu'un autocollant.

Oui, Glory était dans son élément : elle avait les oreilles rabattues et montrait les dents.

Elle n'allait faire qu'une bouchée de son triomphe, à celui-là. Et il était impossible de ne pas songer déjà à la course du Premier Samedi de Mai et au Derby du Kentucky…

Tout se passa si vite.

Tout fut fini… en un clin d'œil.

Le poulain heurta volontairement Glory sur le côté, et l'impact brutal envoya celle-ci contre la rambarde. Sa pouliche était grande et forte, mais elle n'était pas de taille dans une confrontation pareille, pas à 60 kilomètres-heure.

L'espace d'une seconde, Manny fut persuadé qu'elle allait récupérer. En dépit de la façon dont elle oscillait et piétinait, il s'attendait à ce qu'elle retrouve sa foulée et apprenne les bonnes manières à ce salaud indiscipliné.

Sauf qu'elle s'effondra. Juste devant les trois chevaux qu'elle venait de dépasser.

Le carnage fut immédiat : les chevaux firent un large détour pour éviter l'obstacle sur leur chemin tandis que leurs jockeys brisaient leurs boucles de course dans l'espoir de rester en selle.

Tout le monde s'en sortit. Sauf Glory.

Comme la foule retenait son souffle, Manny se précipita et sauta par-dessus les palissades du box avant d'enjamber des gens, des chaises et des barrières jusqu'à ce qu'il atteigne la piste elle-même.

Il franchit la rambarde et atterrit sur la terre battue.

Il courut vers elle, ses années d'athlétisme le portant à une vitesse folle vers ce spectacle déchirant.

Elle tentait de se relever. Béni soit son grand cœur farouche, elle luttait pour se redresser, le regard toujours rivé sur le peloton comme si elle se foutait complètement d'être blessée ; elle voulait simplement rattraper ceux qui l'avaient abandonnée dans la poussière.

Tragiquement, sa jambe avant avait d'autres projets pour elle : alors qu'elle se démenait pour se relever, son antérieur droit lâcha sous le genou, et Manny n'eut pas besoin de faire appel à ses années d'expérience en tant que chirurgien orthopédique pour savoir qu'elle avait des problèmes.

De sérieux problèmes.

Quand il arriva à sa hauteur, son jockey était en larmes.

— Docteur Manello, j'ai essayé… Oh, mon Dieu…

Manny dérapa et attrapa les rênes tandis que les vétérinaires s'approchaient et qu'on érigeait un écran autour du drame.

Au moment où les trois hommes en uniforme s'approchèrent d'elle, les yeux de Glory s'affolèrent sous l'effet de la douleur et de la confusion. Manny fit son possible pour la calmer, la laissant remuer la tête tout son soûl pendant qu'il lui caressait le cou. Et elle se détendit quand ils lui firent une injection de tranquillisant.

Au moins ses tentatives désespérées pour se redresser cessèrent.

Le vétérinaire en chef jeta un coup d'œil à la jambe et secoua la tête. Ce qui, dans l'univers des courses de chevaux, était le signe universel pour dire : « Il faut l'euthanasier. »

Manny se redressa à hauteur du type.

— N'y pensez même pas. Réduisez la fracture et faites-la transporter à Tricounty tout de suite. C'est clair ?

— Elle ne courra plus jamais ; cela ressemble à une fracture multi…

— Sortez mon cheval de cette piste et envoyez-la à Tricounty…

— Elle n'en vaut pas la peine…

Manny empoigna le devant de la veste du véto et attira à lui Monsieur Solution de Facilité jusqu'à ce que leurs nez se touchent.

— Faites-le. Tout de suite !

Il y eut un moment d'incompréhension totale, comme si ce petit prétentieux se faisait malmener pour la première fois.

Et afin de s'assurer que tous deux soient parfaitement d'accord, Manny gronda :

— Je ne vais pas la perdre, mais j'ai bien envie de vous laisser tomber. Ici et maintenant.

Le véto eut un mouvement de recul, comme s'il savait qu'il courait le risque de s'en prendre une.

— OK… OK.

Manny n'allait pas perdre son cheval. Au cours des douze derniers mois, il avait pleuré la seule femme qu'il ait jamais aimée, avait douté de sa santé mentale et s'était mis à boire du scotch alors même qu'il avait toujours détesté cela.

Si Glory y restait à présent… il ne lui resterait vraiment plus grand-chose dans la vie.

BRAGELONNE – MILADY, C'EST AUSSI LE CLUB :

Pour recevoir le magazine *Neverland* annonçant les parutions de Bragelonne & Milady et participer à des concours et des rencontres exclusives avec les auteurs et les illustrateurs, rien de plus facile !

Faites-nous parvenir votre nom et vos coordonnées complètes (adresse postale indispensable), ainsi que votre date de naissance, à l'adresse suivante :

Bragelonne
60-62, rue d'Hauteville
75010 Paris

club@bragelonne.fr

Venez aussi visiter nos sites Internet :
www.bragelonne.fr
www.milady.fr
graphics.milady.fr

Vous y trouverez toutes les nouveautés, les couvertures, les biographies des auteurs et des illustrateurs, et même des textes inédits, des interviews, un forum, des blogs et bien d'autres surprises !

Achevé d'imprimer en mars 2013
Par CPI Brodard & Taupin - La Flèche (France)
N° d'impression : 72082
Dépôt légal : avril 2013
Imprimé en France
81120914-1